全宋词

（简体增订本） 三

唐圭璋 编纂

王仲闻 参订

孔凡礼 补辑

中华书局

目　　次

第　三　册

李　訦

张　抡

抡字才甫,开封人。绍兴间,知阁门事。淳熙五年(1178),为宁武军承宣使。知阁门事,兼客省四方馆事。自号莲社居士。有莲社词一卷。

柳　梢　青

柳色初匀。轻寒似水,纤雨如尘。一阵东风,縠纹微皱,碧沼鳞鳞。

仙娥花月精神。奏凤管、鸾丝鬥新。万岁声中,九霞杯里,长醉芳春。

蝶　恋　花

前日海棠犹未破。点点胭脂,染就真珠颗。今日重来花下坐。乱铺宫锦春无那。　　剩摘繁枝簪几朵。痛惜深怜,只恐芳菲过。醉倒何妨花底卧。不须红袖来扶我。

临　江　仙

玉宇凉生清禁晓,丹葩色照晴空。珊瑚敲碎小玲珑。人间无此种,来自广寒宫。　　雕玉阑干深院静,嫣然凝笑西风。曲屏须占一枝红。且图欹醉枕,香到梦魂中。

又　车驾朝享景灵宫,久雨,一夕开霁

闻道彤庭森宝仗,霜风逐雨驱云。六龙扶辇下青冥。香随鸾扇远,

日射赭袍明。　　帘卷天街人隘路,满城喜望清尘。欢声催起岭梅春。欲知天意好,昨夜月华新。

西江月　瑞香

翦就碧云闹叶,刻成紫玉芳心。浅春不怕峭寒侵。暖彻薰笼瑞锦。
　　花里清芬独步,尊前胜韵难禁。飞香直到玉杯深。消得厌厌痛饮。

朝　中　措

灯花挑尽夜将阑。斜掩小屏山。一点凉蟾窥幔,钏敲玉臂生寒。
　　起来无绪,炉薰烬冷,桐叶声乾。都把沉思幽恨,明朝分付眉端。

烛影摇红　上元有怀

双阙中天,凤楼十二春寒浅。去年元夜奉宸游,曾侍瑶池宴。玉殿珠帘尽卷。拥群仙、蓬壶阆苑。五云深处,万烛光中,揭天丝管。
　　驰隙流年,恍如一瞬星霜换。今宵谁念泣孤臣,回首长安远。可是尘缘未断。谩惆怅、华胥梦短。满怀幽恨,数点寒灯,几声归雁。

浣溪沙　和曾纯甫题谢氏小阁

筑室峥嵘占宝峰。退朝燕坐万缘空。出尘高志抗冥鸿。　　何日嘉招陪一笑,看君豪饮釂千钟。试凭鄙句作先容。

霜　天　晓　角

晓风摇幕。欹枕闻残角。霜月可窗寒影,金猊冷、翠衾薄。　　旧恨无处著。新愁还又作。夜夜单于声里,灯花共、泪珠落。

点绛唇 咏春十首

何处春来,惠风初自东郊至。柳条花蕊。迤逦争明媚。　　造化
难穷,谁晓幽微理。都来是。自然天地。一点冲和气。

又

昨夜东风,又还吹遍闲花草。翠轻红小。触处惊春早。　　草舍
茅□,□□□□□。谁□□。□□丹灶。别有阳和□。

又

阳气初生,万花潜动根荄暖。暗藏芳艳。未许东君见。　　恰似
温温,铅鼎丹初转。功犹浅。九回烹炼。日月光华满。

又

暖日迟迟,乱莺声在垂杨里。昼眠惊起。花影闲铺地。　　试问
荣名,何似花前醉。陶陶地。任他门外。车驾喧朝市。

又

花满名园,万红千翠交相映。画阑幽径。行乐迷芳景。　　惟有
幽人,不与浮华竞。便幽静。兴来独饮。花下风吹醒。

又

春入山家,杖藜独步登岩岫。野花争秀。弄蕊香盈袖。　　对景
开怀,莫遣双眉皱。春难久。乱红飞后。留得韶光否。

又

气体冲融,四时长在阳春里。玉田琼蕊。养就灵苗异。　　堪笑□□,□□□□□。□□□。□□流水。半落苍□□。

又

乐事难并,少年常恨春宵短。万花丛畔。只恐金杯浅。　　方喜春来,又叹韶华晚。频相劝。且闻强健。莫厌花经眼。

又

一瞬光阴,世人常被芳菲恼。玉壶频倒。惟恨春归早。　　何似逍遥,物外寻三岛。春长好。瑞芝瑶草。春又何曾老。

又

浮世如何,问花何事花无语。夜来风雨。已送韶华暮。　　念此堪惊,得失休思虑。从今去。醉乡深处。莫管流年度。

阮郎归　咏夏十首

亭亭槐柳午阴圆。薰风拂舜弦。一轮红日贴中天。乾坤如火然。　　观上象,想丹田。阳精色正鲜。□从炼得体纯全。朱颜无岁年。

又

欲如臭腐化神奇。当观蝉蜕时。脱然飞上绿槐枝。炎炎昼景□。　　□□□,□如斯。□□□□迷。灵躯一旦脱□□。□□□□归。

又

深亭邃馆锁清风。榴花芳艳浓。阳光染就欲烧空。谁能窥化工。

观物外，喻身中。灵砂别有功。若将一粒比花容。金丹色又红。

按此首别误作苏轼词，见古今合璧事类备要别集卷三十四。

又

炎天何处可登临。须于物外寻。松风涧水杂清音。空山如弄琴。

宜散髪，称披襟。都无烦暑侵。莫将城市比山林。山林兴味深。

又

豪家大厦敞千楹。风摇玉柄轻。金盆弄水复敲冰。热从何处生。

低草舍，小茅亭。如何安此身。元来一念静无尘。萧然心自清。

又

金乌玉兔最无情。驱驰不暂停。春光才去又朱明。年华只暗惊。

须省悟，莫劳神。朱颜不再新。灭除妄想养天真。管无寒暑侵。

又

动时思静暑思寒。尘劳扰扰间。翻云覆雨百千般。几时心地闲。

□□□，□□难。将□□□然。自然寒暑不相□。□□□地仙。

又

谁言无处避炎光。山中有草堂。安然一枕即仙乡。竹风穿户凉。
　　名不恋,利都忘。心闲日自长。不须辛苦觅琼浆。华池神水
香。

又

炎炎皦日正当中。澄潭忽此逢。金丹乍浴表深功。通明照水红。
　　丹浴罢,乐无穷。怡然百体融。人间何处不清风。此怀谁与
同。

又

寒来暑往几时休。光阴逐水流。浮云身世两悠悠。何劳身外求。
　　天上月,水边楼。须将一醉酬。陶然无喜亦无忧。人生且自
由。

醉落魄　咏秋十首

流光转毂。乌飞兔走争相逐。火云方见奇峰簇。飒飒西风,惊堕
井梧绿。　　隙驹莫叹年华速。新凉且喜消炎酷。休将闲事萦心
曲。红滴真珠,初醉玉醅熟。

又

红芳紫陌。韶华□□□□□。□花弄□□□色。不比西风,吹落
□□□。　　乾坤造化□□□。都缘一气潜相易。观时感事成嗟
惜。惟有乔松,不改旧时碧。

又

清秋夜寂。圆蟾素影流空碧。都无一点浮云隔。河汉光微，星斗淡无色。　　日精欲炼须阴魄。更深犹望清宵立。坎离二物都收得。独步瀛洲，方表大丹力。

又

秋高气肃。西风又拂盈盈菊。捼金弄玉香芬馥。桃李虽繁，其奈太粗俗。　　渊明雅兴谁能续。东篱千古遗高躅。人生所贵无拘束。且采芳英，潋滟泛醽醁。

又

流年迅速。君看败叶初辞木。若非寿有金丹续。石火光中，难保鬓长绿。　　区区何用争荣辱。百年一梦黄粱熟。人生要足何时足。赢取清闲，即是世间福。

又

秋光莹彻。园林□□□□□。如何宋玉□□切。作赋悲凉，草木□□□。　　□人自与□□□。长歌清啸无时节。瓮头且饮□如雪。不管春花，亦不管秋月。

又

虚窗透月。寒莎败壁蛩吟切。沉沉永漏灯明灭。只为愁人，不为道人设。　　愁人对此成愁绝。道人终是心如铁。一般景趣情怀别。笛里西风，吹下满庭叶。

又

光辉皎洁。古今但赏中秋月。寻思岂是月华别。都为人间，天上
气清彻。　　广寒想望峨琼阙。玲玲玉杵声奇绝。何时赐我长生
诀。飞入蟾宫，折桂饵丹雪。

又

湖光湛碧。亭亭照水芙蕖拆。绿罗盖底争红白。恍若凌波，仙子
步罗袜。　　如今霜落枯荷折。清香无处重寻觅。浮生似此初无
别。及取康强，一笑对风月。

又

秋宵露结。清晨□□□□□。□□润□□□冽。名体才分，功用
□□□。　　□儿本是□□□。养成方见仙凡隔。神仙不肯分明
说。多少迷人，海上访丹诀。

西江月 咏冬十首

有限光阴过隙，无情日月飞梭。春花秋月暗消磨。一岁相看又过。
　　逢酒须成痛饮，临风莫厌高歌。虚名微利两如何。识破方知
怎么。

又

雪似琼花铺地，月如宝鉴当空。光辉上下两相通。千古谁窥妙用。
　　若悟珠生蚌腹，方知非异非同。阴阳相感有无中。恍惚已萌
真种。

又

卷地朔风凛凛,漫天瑞雪霏霏。园林万木变枯枝。因甚松篁独翠。

只为春花竞发,却教秋叶争飞。若无荣盛便无衰。悟此方名达理。

又

密布同云万里,六飞玉糁琼铺。清歌妙舞拥红炉。犹恨寒侵尊俎。

谁念山林路险,独行跣足樵夫。莫惊苦乐□殊途。阳□皆由阴注。

又

雅士常多雅□,□□□□□怀。雪溪□□□舟来。兴尽何须见戴。

恰似□云出岫,岂拘宇内形骸。超然物外远尘埃。到此方为自在。

又

冬至一阳初动,鼎炉光满帘帏。五行造化太幽微。颠倒难穷妙理。

遇此急须进火,速修犹恐迟迟。茫茫何处问天机。要悟须凭师指。

又

一梦浮生未觉,三冬短晷堪惊。天高谁解挽长绳。系住流年光景。

须信阴阳有定,非关岁月无情。若教心地湛然清。日在壶中自永。

又

四序常如转毂,百年须待春风。江梅何事向严冬。早有清香浮动。　　只为六阴极处,一阳已肇黄宫。阴阳迭用事何穷。此是乾坤妙用。

又

独坐闲观瑞雪,方知造化无偏。不论林木与山川。白玉一时装遍。　　梁苑休寻赋客,山阴莫上溪船。三杯醉□意陶然。梦后瑶台阆苑。

又

仙道于人不□,□□□□□□。坎离□□□无穷。不信浮生若梦。　　君看□□窖雪,寻常见眽消熔。能令新旧再相逢。此是如何作用。

踏莎行 山居十首

朝锁烟霏,暮凝空翠。千峰迴立层霄外。阴晴变化百千般,丹青难写天然态。　　人住山中,年华频改。山花落尽山长在。浮生一梦几多时,有谁得似青山耐。

又

一道飞泉,来从何许。空山积翠无人处。潺湲时和七弦琴,溟濛忽散千岩雨。　　不问春秋,何拘今古。清音一听忘千虑。缨尘濯尽百神闲,飘然襟袖思轻举。

又

一片闲云,山头初起。飘然直上虚空里。残虹收雨耸奇峰,春晴鹤舞丹霄外。　　出岫无心,为霖何意。都缘行止难拘系。幽人心已与云闲,逍遥自在谁能累。

又

人远山深,草□□□。□□□□天真性。□□□长在山中,肯□□□□□□。　　□似幽□,□□心尽。超然心□□□隐。□□□水作生涯,百年甘守空山静。

又

堪笑山中,春来风景。一声啼鸟烟林静。山泉风暖奏笙簧,山花雨过开云锦。　　短棹桃溪,瘦藤兰径。独来独往乘幽兴。韶光回首即成空,及时乐取逍遥性。

又

人问山中,因何无暑。山堂恰在山深处。藤阴满地走龙蛇,泉声万壑鸣风雨。　　且弄青松,休挥白羽。相逢况有烟霞侣。长天一任火云飞,夜凉踏月相将去。

又

秋入云山,物情潇洒。百般景物堪图画。丹枫万叶碧云边,黄花千点幽岩下。　　已喜佳辰,更怜清夜。一轮明月林梢挂。松醪常与野人期,忘形共说清闲话。

又

雪拥群峰, 静□□□。□□□□居□。□□破壳粟黄香, 柴
□□□□□。　　　□□□□, □和衣倒。寂寥气□□君好。
□□□贵足人争, 山中恬淡能长保。

又

割断凡缘, 心安神定。山中采药修身命。青松林下茯苓多, 白云深
处黄精盛。　　　百味甘香, 一身清净。吾生可保长无病。八珍五
鼎不须贪, 荤膻浊乱人情性。

又

身世浮沤, 利名缰锁。省来万事都齐可。寻花时傍碧溪行, 看云独
倚青松坐。　　　云片飞飞, 花枝朵朵。光阴且向闲中过。世间萧
散更何人, 除非明月清风我。

朝中措 渔父十首

吴松江影漾清辉。山远翠光微。杨柳风轻日永, 桃花浪暖鱼肥。
　　　东来西往, 随情任性, 本自无机。何事沙边鸥鹭, 一声欸乃惊
飞。

又

湖光染翠□□□。□□□□□。□爱江湖光景, 不曾别做□□。
　　　□□□□, □□□□, □□侬家。醉卧水云□□, □□□□□
□。

又

碧波深处锦鳞游。波面小渔舟。不为来贪香饵，如何赚得吞钩。

绿蓑青蒻，吾生自断，终老汀洲。买断一江风月，胜如千户封侯。

又

沙明波净小汀洲。枫落洞庭秋。红蓼白蘋深处，晚风吹转船头。

鲈鱼钓得，银丝旋鲙，白酒新篘。一笑月寒烟暝，人间万事都休。

又

松江西畔水连空。霜叶舞丹枫。漫道金章清贵，何如蓑笠从容。

有时独醉，无人系缆，一任斜风。不是芦花惹住，几回吹过桥东。

又

鸣榔惊起鹭鸶飞。山远水瀰瀰。米贱茅柴酒美，霜清螃蟹螯肥。

人生所贵，逍遥快意，此外皆非。却笑东山太傅，几曾梦见蓑衣。

又

午阴多处□□□。杨柳□□□。翠羽无情飞去，红蕖有意□□。

□□□□，□□□□，□□吾生。为报凌烟□□，□□□□□名。

又

红尘光景事如何。扰扰利名多。若问侬家活计,扁舟小笠轻蓑。
　　一尊美酒,一轮皓月,一弄山歌。选甚掀天白浪,未如人世风
波。

又

萧萧芦叶暮寒生。雪压冻云平。密洒一篷烟火,惊鸿飞起沙汀。
　　收纶罢钓,空江有浪,短棹无声。便是天然图画,何须妙手丹
青。

又

慕名人似蚁贪膻。扰扰几时闲。输我吴松江上,一帆点破晴烟。
　　青莎卧月,红鳞荐酒,一醉陶然。此是人间蓬岛,更于何处求
仙。

菩萨蛮 咏酒十首

人间何处难忘酒。迟迟暖日群花秀。红紫鬪芳菲。满园张锦机。
　　春光能几许。多少闲风雨。一盏此时疏。非痴即是愚。

又

人间何处难忘酒。小舟□□□杨柳。柳影蘸湖光。薰风拂□□。
　　□□□□□。□□□□□。一盏此时倾。□□□□□。

又

人间何处难忘酒。中秋皓月明如昼。银汉洗晴空。清辉万古同。

凉风生玉宇。只怕云来去。一盏此时迟。阴晴未可知。

又

人间何处难忘酒。素秋令节逢重九。步屧绕东篱。金英烂漫时。
折来惊岁晚。心与南山远。一盏此时休。高怀何以酬。

又

人间何处难忘酒。六花投隙琼瑶透。火满地炉红。萧萧屋角风。
飘飖飞絮乱。浩荡银涛卷。一盏此时乾。清吟可那寒。

又

人间何处难忘酒。闭门永日无交友。何以乐天真。云山发兴新。
听风松下坐。趁蝶花边过。一盏此时空。幽怀谁与同。

又

人间何处难忘酒。□□□□□□閅。不是慕荣华。惟愁月□□。
□□□□□。□□□□□。一盏此时悭。□□□□□。

又

人间何处难忘酒。山村野店清明后。满路野花红。一帘杨柳风。
田家春最好。箫鼓村村闹。一盏此时辞。将何乐圣时。

又

人间何处难忘酒。兴来独步登岩岫。倚杖看云生。时闻流水声。
山花明照眼。更有提壶劝。一盏此时斟。都忘名利心。

又

人间何处难忘酒。水边石上逢山友。相约老山林。幽居不怕深。
　　浮名心已尽。倾倒都无隐。一盏此时无。交情何以舒。

诉衷情　咏闲十首

闲中一卷圣贤书。耽玩意□□。潜心要游阃奥，须是下工夫。
　　今何异，古何殊。本同途。若明性理，一点灵台，万事都无。

又

闲中一片□□□。□□□□□。□□□澄秋水，明月夜□□。
　　□□□，□□□。□□□。鹤长凫短，前定难□，□□□□。

又

闲中一亩小□□。临水对遥岑。茅茨□□低小，竹径要幽深。
　　逢酒醉，遇花吟。日登临。四时无限，好景良辰，莫负光阴。

又

闲中一篆百花香。袅袅翠□□。低回宛转何似，行路绕羊肠。
　　深竹户，小山房。雅相当。清心默坐，燕寝无风，永日芬芳。

又

闲中一盏瓮头春。养气又颐神。莫教大段沉醉，只好带微醺。
　　心自适，体还淳。乐吾真。此怀何似，兀兀陶陶，太古天民。

又

闲中一盏建溪茶。香嫩雨前芽。砖炉最宜石铫, 装点野人家。

三昧手, 不须夸。满瓯花。睡魔何处, 两腋清风, 兴满烟霞。

又

闲中一弄七弦琴。此曲少知音。多因淡然无味, 不比郑声淫。

松院静, 竹林深。夜沉沉。清风拂轸, 明月当轩, 谁会幽心。

　　此首文字原有残缺, 据韵石斋笔谈补足。

　　又按此首词林纪事卷十九误作杨妹子词。

又

闲中一叶小渔舟。无线也无钩。□□□云深处, 适性自遨游。

波渺渺, 兴悠悠。意休休。一船明月, 一棹清风, 换了封侯。

又

闲中一觉日高眠。都没利□□。黑甜自来无比, 百计总输先。

花转影, 篆凝烟。意悠然。华胥何处, 蝶化逍遥, 此意谁传。

又

闲中一首醉时歌。此乐信无过。阳春自来寡和, 谁与乐天和。

言不尽, 意何多。且蹉跎。功名莫问, 富贵休言, 到底如何。

减字木兰花　修养十首

五行颠倒。火里栽莲君莫□。□要东牵。引取青龙来西边。

一阳时候。□□温温光已透。消尽群阴。赫赤金丹色渐深。

又

阴阳均配。□□□□□□。□□□□。争得灵苗不解□。
□□□□。□□□□□□。□是真铅。只□□□□□。

又

至言妙道。□□□□□□。□□□□。□是蓬莱顶上仙。
归根□□。□□□□方复命。复命常存。此事幽微好细论。

又

神仙何处。若有宿缘须□□。□□□□。不在山林及市朝。
丹炉休守。须信人人皆自有。此外非真。莫认凡砂与水银。

又

天机深远。不遇真仙争得见。欲下工夫。须是先寻偃月炉。
抽添运用。火候不明□妄动。毫髪才差。只恐灵根□□芽。

又

咽津纳气。鼎内须□□□□。□□□□。□□空铛枉误人。
有真不□。□□□□□□。□□修持。超出□□□□□。

又

冥冥窈窕。□□□□□□。□□□□。□□□□□□。
□□□□。□□□□□□。□□□□。□□□□□□。

又

澄神静虑。□□□□□□□。□□□□。□□□峇水满池。
无中养□。□□□□□□□。□□凡胎。五彩云生鹤驾来。

又

乾坤入手。谈笑三关云□□。□□□□。鬼骇神惊一黍光。
逍遥宇内。□□□□□数外。功满三千。独跨斑麟入紫烟。

又

还元返本。作用难明须细论。神气□□。窈窕之中复混成。
勤修不倦。直到无为功始见。此是天机。不遇真仙莫强知。

蝶恋花 神仙十首

碧海沉沉西极远。闲访□□,□□□□□。恰值群仙来阆苑。相
将□□□□□。　　□□□□谁得见。五彩□□,□□□□□。
□□□□□□表。人间几度□□□。

又

□□□□□□□。□□□□,□□□□□。□影□□□□□。□
□□□□□□。　　□□□□长不老。天□□□,□□□□□。
□□□□□物表。广寒宫殿□□□。

又

碧落浮黎光景异。琼□□□,□□□□□□。□有宝珠如黍米。天
真□□□□□。　　□□□□凭玉儿。花雨霏霏,散入诸天□。

□□□□传妙旨。至今流演无终纪。

又

弱水茫茫三万里。遥望蓬莱,浮动烟霄外。若问蓬莱何处是。珠楼玉殿金鳌背。　　惟是飞仙能驭气。霞袖飘飖,来往如平地。除□飞仙谁得至。只缘山在波涛底。

又

绝想凝真天地表。九□□□,□□□□□。行处旌幢参羽葆。五云随□□□□。　　□□神仙春不老。烟□□□,□□□□□。□□□□多与少。下窥海□□□□。

又

□□□□□□□。□□□□,□□□□□。□□□□□□□。□□□□□□□。　　□□□□□露采。□□□□,□□□□□。□□□□□□□。飘然直□□□□。

又

碧海灵桃花朵朵。阿母□□,□□□□□。昨夜海风吹玉颗。分明□□□□□。　　□□□□苞已破。散液流□,馥郁□□□。□□三偷谁可那。如今先手还输我。

又

莫笑一瓢门户隘。任意游行,出入俱无碍。玉殿珠宫都不爱。别藏大地非尘界。　　东海扬尘瓢不坏。寒暑□移,瑞日何曾改。一住如今知几载。主人不老长春在。

又

清夜凝然□□□。□□□□,□□□□□。□界森罗星□□。
□□□□□□□。　　□□□□萦碧雾。上□□□,□□□□□。
□□□□□紫府。归来□□□□□。

又

不假□□□□。□□□□,□□□□□。□□□□□□□□。
□□□□□□□。　　□□□□□□。□□□□,□□□□□。
□□□□□□□。□□□□□□□。以上彊村丛书本莲社词

鹊　桥　仙

远公莲社,流传图画,千古声名犹在。后人多少继遗踪,到我便、失
惊打怪。　　西方未到,官方先到,冤我白衣吃菜。龙华三会愿相
逢,怎敢学、他家二会。夷坚三志己卷七

春　光　好

烟澹澹,雨濛濛。水溶溶。帖水落花飞不起,小桥东。　　翩翩怨
蝶愁蜂。绕芳丛。恋馀红。不恨无情桥下水,恨东风。阳春白雪卷四

壶　中　天　慢

洞天深处赏娇红,轻玉高张云幕。国艳天香相竞秀,琼苑风光如
昨。露洗妖妍,风传馥郁,云雨巫山约。春浓如酒,五云台榭楼阁。
　　圣代道洽功成,一尘不动,四境无鸣柝。屡有丰年天助顺,基
业增隆山岳。两世明君,千秋万岁,永享升平乐。东皇呈瑞,更无
一片花落。武林旧事卷七

侯　寘

真字彦周,晁谦之甥,东武(今山东诸城)人。南渡居长沙。曾官耒
阳县令。卒于乾道、淳熙间。有懒窟词。

水调歌头　题岳麓法华台

晓雾散晴渚,秋色满湘山。青鞋黄帽,忺与名士共跻攀。窈窕深
林幽谷,诘曲危亭飞观,俯首视尘寰。长啸望天末,馀响下云端。

白鹤去,荒井在,汲清寒。醒然毛骨,浮丘招我御风还。拂拭
苍崖苔藓,一写胸中豪气,渺渺洞庭宽。山鬼善呵护,千载照层峦。

又　上饶送程伯禹尚书

凉吹送溪雨,落日散汀鸥。暮天空阔无际,层巘绿蛾浮。上印初辞
藩寄,拂袖欣还故里,归骑及中秋。倚杖饱山阁,回首翠微楼。

一区宅,千里客,旧从游。甘棠空有馀荫,谁解挽公留。翰墨文
章独步,富贵功名馀事,当代仰风流。暂蜡登山屐,终作济川舟。

又　为郑子礼提刑寿

湘水照秋碧,衡岳际天高。绣衣玉节、清晓欢颂拥旌旄。本是紫庭
梁栋,暂借云台耳目,驿传小游遨。五筦与三楚,酖爱胜春醪。

扫欃枪,苏氄倪,载弓櫜。远民流恋、须信寰海待甄陶。坐享龟
龄鹤算,稳佩金鱼玉带,常近赭黄袍。岁岁秋月底,沉醉紫檀槽。

又　为张敬夫直阁寿

天地孕冲气,霜雪实嘉平。粹然经世材具,应为圣时生。妙处为仁

受用。颠倒纵横无壅。一笑泮春冰。袖手无一语,四海已倾情。

紫岩老,游戏事,悟诚明。当年夷夏高仰,玉振更金声。家有渊骞高第。可但闻诗闻礼。衣钵要相承。周彝绚馀彩,商鼎味新羹。

瑞鹤仙　送张丞罢官归柯山

楚山无际碧。湛一溪晴绿,四郊寒色。霜华弄初日。看玉明遥草,金铺平碛。天涯倦翼。更何堪、临岐送客。念飞蓬、断梗无踪,把酒后期难觅。　　愁寂。梅花憔悴,茅舍萧疏,倍添凄恻。维舟岸侧。留君饮,醉休惜。想柯山春晚,还家应对,菊老松坚旧宅。叹宦游、索寞情怀,甚时去得。

又　为刘信叔大尉寿

溥天氛祲廓。看庆绵鸿祚,勋昭麟阁。蕃宣换符钥。占西南襟带,遍□油幕。湘流绕郭。蔼一城、和气雾薄。听嘈嘈、比屋欢声,共说吏闲民乐。　　遥想芗霏鬼暖,翠拥屏深,晓风传乐。琼腴缓酌。花阴淡,柳丝弱。任松凋鹤瘦,莲欹龟老,丹颊常如旧渥。趁天申、去押西班,奉觞御幄。

又　咏含笑

春风无检束。放倡条冶叶,恣情丹绿。□莺喧燕宿。似东邻北里,都无贞淑。高情恨蹙。叹何时、重见桂菊。又谁知、天上黄姑,扫尽晚春馀俗。　　幽独。铅华不御,翡翠帏深,郁金裙薪。长眉瞭目。嫣然态,倚修竹。纵青门瓜美,江陵橘老,怎比无穷剩馥。最难禁、扇底横枝,恼人睡足。

满江红　中秋上刘恭甫舍人

天阔江南，秋未老、空江澄碧。江外月、飞来千丈，水天同色。万屋覆银清不寐，一城踏雪寒无迹。况楚风、连陌竞张灯，如元夕。

山獠静，棠阴寂。秋稼盛，香醪直。听子城吹角，青楼横笛。君不见、苏仙翻醉墨，一篇水调锵金石。念良辰美景赏心时，诚难得。

又

困顿春眠，无情思、梦魂飘泊。檐外雨、霏霏冉冉，乍晴还落。山黛四围频入眼，柳丝一缕低萦阁。念沈郎、多感更伤春，腰如削。

风入户，香穿箔。花似旧，人非昨。任游蜂双燕，经营拂掠。海阔锦鱼传不到，洞深紫凤期难约。谩彩笺、牙管倚西窗，题红叶。

又　和徐叔至御带

重到西湖，春拆信、露花酥滴。倚危栏、湖山佳处，短屏著色。拟泛一舟苍莽岸，恐伤万里羁游客。赖款门、修竹有高人，留狂迹。

倾盖意，真相得。诗句里，曾相识。看戛然飞动，笔端金石。照眼光浮琼液满，断肠翠拥宫靴窄。问多情、还肯借青鸾，通消息。

又　再用韵

老矣何堪，随处是、春衫酒滴。醉狂时、一挥千字，贝光玉色。失意险为湘岸鬼，浩歌又作长安客。且乘流、除却五侯门，无车迹。

惊人句，天外得。医国手，尘中识。问鼎槐何似，卧云欹石。梦里略无轩冕念，眼前岂是江湖窄。拚蝇头、蜗角去来休，休姑息。

又 和江亮采

甚矣吾衰，徒是苦、饥肠为孽。嗟寸禄、区区留恋，形疲心竭。江海
一生真可羡，尘埃永昼何堪说。似钝刀、终岁骘空山，宁无缺。

拚放浪，休豪杰。秋水涨，归期决。尽凫长鹤短，任渠分别。芒
屩夜寻溪上酒，葛巾晓挂松间月。向丹霄、传语旧交游，慵非拙。

水龙吟 老人寿词

夜来霜拂帘旌，淡云丽日开清晓。香猊金暖，冰壶玉嫩，佳辰寒早。
橘绿橙黄，袖红裙翠，一堂欢笑。正梅妃月姊，雪肌粉面，争妆点、
潇湘好。　　莫惜芳尊屡倒。拥群仙、醉游蓬岛。东床俊选，南溟
归信，一时俱到。鬓影摇春，命书纤锦，子孙环绕。看他时归去，飞
觞石涧，侍甘泉老。

多　丽

帝城春，玉堂深处飞烟。想圣人、恩隆内职，左珰押赐传宣。彩衣
明、瑶觞膝下，花昼永、锦瑟尊前。富贵从来，功名馀事，鼎彝勒遍
笔如椽。向中禁、琐窗偷觑，王母语当年。清平世，衣冠是谁，三世
甘泉。　　记年时、翘才献寿，小诗曾浣苔笺。望三槐、云霞交映，
照五彩、衮绣相鲜。当日非谀，如今方信，门人称颂是师言。况自
有、两宫酾眷，卜梦亦徒然。看指日，鼎新化炉，一气陶甄。

念奴娇 和王圣俞

沧浪万顷，厌尘缨、手掬清流频洗。落日孤云烟渚净，鸥没澄波心
里。一舸横秋，两桡开浪，霜竹醒烦耳。萧萧风露，梦回月照船尾。

　　须信闲少忙多，壶觞并赋咏，莫辜云水。乘兴前溪溪转□，隐

约归帆天际。红蓼丹枫, 黄芦白竹, 总胜春桃李。浮丘何在, 与君
共跨琴鲤。

又

竞春台榭, 媚东风、迤逦繁红成簇。方霁溪南帘绣卷, 和气充盈华
屋。金暖香彝, 玉鸣舞珮, 春笋调丝竹。乌衣宴会, 远追王谢高躅。

　　籍甚四海声名, 林泉活计, 未许翁知足。日日江边沙露静, 人
徯东来雕毂。八锦行持, 五禽游戏, 已受长生箓。衮衣蝉冕, 最宜
双鬓凝绿。

又　探梅

衰翁憨甚, 向尊前、手捻一枝寒玉。想见梅台花更好, 一片琼田栖
绿。短辔轻舆, 大家同去, 取酒偿酝馥。元来春晚, 万包空间黄竹。

　　休恨雪小云娇, 出群风韵, 已觉桃花俗。羯鼓声高回笑脸, 怎
得天公来促。江上风平, 岭南人远, 谁度单于曲。明朝酒醒, 但馀
诗兴天北。

风入松　西湖戏作

少年心醉杜韦娘。曾格外疏狂。锦笺预约西湖上, 共幽深、竹院松
窗。愁夜黛眉颦翠, 惜归罗帕分香。　　重来一梦觉黄粱。空烟
水微茫。如今眼底无姚魏, 记旧游、凝伫凄凉。入扇柳风残酒, 点
衣花雨斜阳。

又

东楼烟重暗山光。春意堕微茫。小红嫩绿匀如剪, 黯无言、云渡澄
江。没处与人消遣, 倚阑情寄斜阳。　　共君今夜举清觞。投老

各殊方。痴儿官事何时了，恨花时、潘鬓先霜。唤取客帆聊住，将
予同下潇湘。

又　<small>再用韵</small>

霏霏小雨恼春光。烟水更瀰茫。昨宵把酒高歌处，任一声、鸡唱清
江。憔悴杏花如许，情怀应似东阳。　　宿醒犹在莫传觞。消闷
苦无方。几时玉杵蓝桥路，约云英、同捣玄霜。冷落黄昏庭院，梦
回家在三湘。

遥天奉翠华引

雪消楼外山。正秦淮、翠溢回澜。香梢豆蔻，红轻犹怕春寒。晓光
浮画戟，卷绣帘、风暖玉钩闲。紫府仙人，花围羽帔星冠。　　蓬
莱阆苑，意倦游、常戏世间。佩麟旧都，江左襦裤歌欢。只恐催归
觐，剩宴都、休诉酒杯宽。明岁应看<small>按此下原有"君"字，从紫芝漫抄本懒窟词删</small>，钧容舞袖歌鬟。

蓦山溪　<small>建康郡圃赏芍药</small>

玉麟春晚，绿遍甘棠荫。可是惜花深，旋移得、翻阶红影。朱帘卷
处，如在古扬州，宝璎珞，玉盘盂，娇艳交相映。　　蓬莱殿里，几
样春风鬓。生怕逐朝云，更罗幕、重重遮定。多情绛蜡，常见醉时
容，萦舞袖，薰歌尘，莫负良宵永。

凤凰台上忆吹箫　<small>耒阳至节戏呈同官</small>

玉管灰飞，云台珥笔，东君飙驭将还。又正是、霜花□剪，梅粉初
干。窈窕红窗髻影，添一线、组绣工闲。潇湘好，雪意尚遥，绿占群
山。　　应思少年壮气，贪游乐、追随玉勒雕鞍。更化日舒长，赢

得觅醉谋欢。老去桑榆趁暖，任从教、潘鬓先斑。犹狂在，挥翰快写春寒。

又　再用韵赠黄宰

尘暗双凫，菊明山径，何妨倦羽知还。最好是，诗翁醉后，瓶罄罍干。一笑东风打耳，心无竞、远与春闲。时时地，觅伴访梅，寻胜登山。　　　清时俊材定用，看捧招春郊，月露濡鞍。况表识、买臣贵骨，琴瑟逾欢。好向玉堂视草，金章映、莱子衣斑。山人去，蕙帐夜雨空寒。

又　再用韵咏梅

浴雪精神，倚风情态，百端邀勒春还。记旧隐、溪桥日暮，驿路泥干。曾伴先生蕙帐，香细细、粉瘦琼闲。伤牢落，一夜梦回，肠断家山。　　　空教映溪带月，供游客无情，折满雕鞍。便忘了、明窗静几，笔研同欢。莫向高楼喷笛，花似我、蓬鬓霜斑。都休说，今夜倍觉清寒。

又　蜡梅用前韵

浅染霓裳，轻匀汉额，巫山行雨方还。最好是、肌香蜡莹，萼嫩红干。曾见金钟在列，钧天罢、筍虡都闲。妖饶似，晓镜乍开，绿沁眉山。　　　休夸瘦枝疏影，湘裙窄、一钩龙麝随鞍。便更做、山人倦赏，畏冷无欢。争奈冰瓯彩笔，题诗处、珠琲斓斑。清宵永，相对莫放杯寒。

蝶恋花　次韵张子原寻梅

雪压小桥溪路断。独立无言，雾鬓风鬟乱。拂拭冰霜君试看。一枝堪寄天涯远。　　拟向南邻寻酒伴。折得花归，醉著歌声缓。
姑射梦回星斗转。依然月下重相见。

清平乐 咏橄榄灯球儿

缕金剪彩。茸绾同心带。整整云鬟宜簇戴。雪柳闹蛾难赛。
休夸结实炎州。且看指面纤柔。试问苦人滋味，何如插鬓风流。

又

忍寒情味。枝染蔷薇水。揽照清溪花影碎。笑杀小桃秾李。
一生占断春妍。偏宜月露娟娟。欲寄江南春去，乱鸦点破云笺。

玉　楼　春

市桥灯火春星碎。街鼓催归人未醉。半嗔还笑眼回波，欲去更留
眉敛翠。　　归来短烛馀红泪。月淡天高梅影细。北风休遣雁南
来，断送不成今夜睡。

又 次中秋闰月表舅晁仲如韵

今秋仲月逢馀闰。月姊重来风露静。未劳玉斧整蟾宫，又见冰轮
浮桂影。　　寻常经岁睽佳景。阅月那知还赏咏。庾楼江阔碧天
高，遥想飞觞清夜永。

秦楼月 与杨君孜月夜泛舟

天一色。玉槃冷浸潇湘碧。潇湘碧。短亭系缆，隔江闻笛。
胡床对坐凉生腋。通宵说尽狂踪迹。狂踪迹。少年心事，老来难
得。

新荷叶 金陵府会鼓子词

柳幄飞绵,风池暖泛新萍。燕垒泥香,玉麟堂外春深。晴云丽日,花浓处、蜂蝶纷纷。偿春一醉,管弦声里欢声。　　况是清时,锦衣重到台城。故国江山,向人依旧多情。趁闲行乐,休辜负、冶叶繁英。彤庭归觐,恁时难驻前旌。

菩萨蛮 湖上即事

楼前曲浪归桡急。楼中细雨春风湿。终日倚危阑。故人湖上山。　　高情浑似旧。只枉东阳瘦。薄晚去来休。装成一段愁。

又 小女淑君索赋晚春词

东风吹梦春醒恶。琐窗淡淡花阴薄。一夜曲池平。小窗云样明。　　绿轻眉懒晕。香浅罗衣润。未见海棠开。卷帘双燕来。

又 饯田莘老

江风漠漠寒山碧。孤鸿声里霜花白。画舸且停桡。有人魂欲销。　　相从能几日。总是天涯客。尺素好频裁。休言无雁来。

又 荼蘼

东君管尽闲花草。红红白白知多少。末后一旻香。绿庭春昼长。　　道人心似海。梦冷屏山里。莫剪最长条。从教玉步摇。

又

东风卷尽欺花雨。月明皎纸庭前路。月底且论诗。从教露湿衣。　　明朝愁入绪。各自东归去。后夜月明中。绿尊谁与同。

又　木犀十咏　带月

绿帷剪剪黄金碎。西风庭院清如水。月姊更多情。与人无际明。

浓阴遮玉砌。桂影冰壶里。灭烛且徜徉。夜深应更香。

又　披风

靓妆金翠盈盈晚。凝情有恨无人管。何处一帘风。故人天际逢。

从教香扑鬓。只怕繁华尽。牢落正悲秋。非□谁解愁。

又　照溪

江梅占尽江头雪。忍寒玉骨夸清绝。不似杜秋娘。婆娑秋水傍。

波光涵晚日。照影从教密。隐隐认遥黄。隔溪十里香。

又　浥露

黄昏曾见凌波步。无端暝色催人去。一夜露华浓。香销兰菊丛。

缕金衣易湿。莫对西风泣。洗尽夜来妆。温泉初赐汤。

又　命觞

休文多病疏杯酌。被花恼得心情恶。碧树又惊秋。追欢怀旧游。

与君聊一醉。醉倒花阴里。斜日下阑干。满身金屑寒。

又　簪髻

交刀剪碎琉璃碧。深黄一穗珑鬆色。玉蕊纵妖娆。恐无能样娇。

绿窗初睡起。堕马慵梳髻。斜插紫鸾钗。香从鬓底来。

又　熏沉

黄姑青女交相忌。眼看尘土占芳蕊。急埽满阑金。小奁熏水沉。　博山银叶透。浓馥穿罗袖。犹欲问鸿都。太真安稳无。

又　来梦

午庭栩栩花间蝶。翅添金粉穿琼叶。曾见羽衣黄。瑶台淡薄妆。　醒来魂欲断。掺掺原校：疑“慘慘”芳英满。梦里尚偷香。何堪秋夜长。

又　写真

霓裳舞罢难留住。湘裙缓若轻烟去。动是隔年期。生绡傅原校：“傅”疑“传”艳姿。　精神浑似旧。碧暗黄金瘦。永夜对西窗。何缘襟袖香。

又　怨别

揉香嗅蕊朝还暮。无端却被西风误。底死欲留伊。金尘蔌蔌飞。　茂陵头已白。新聘谁相得。耐久莫相思。年年秋与期。

西　江　月

金鼎香销沉麝，碧梧影转阑干。可庭明月绮窗闲。帘幕低垂不卷。　一自高唐人去，秋风几许摧残。拂檐修竹韵珊珊。梦断山长水远。

又　赠蔡仲常侍儿初娇

豆蔻梢头年纪，芙蓉水上精神。幼云娇玉两眉春。京洛当时风韵。

金缕深深劝客,雕梁蘇蘇飞尘。主人从得董双成。应忘瑶池宴饮。

青玉案　东园饯母舅晁阁学镇临川

东风一夜吹晴雨。小园里、春如许。桃李无言情难诉。阳关车马,灞桥风月,移入江天暮。　　双旌明日留难住。今夕清觞且频举。咫尺清明三月暮。寻芳宾客,对花杯酌,回首西江路。

又　为外大父林下老人寿

年年寓屋称觞处。陪彩绶、尊前舞。牢落潇湘归去未。腊梅开遍,冰蟾圆后,梦断灵溪路。　　长年厚福天分付。算四海、今独步。涧竹岩花如旧否。与翁相伴,岁寒庭户,尽占闲中趣。

又　戏用贺方回韵饯别朱少章

三年牢落荒江路。忍明日、轻帆去。冉冉年光真暗度。江山无助,风波有险,不是留君处。　　梅花万里伤迟暮。驿使来时望佳句。我拚归休心已许。短篷孤棹,绿蓑青笠,稳泛潇湘雨。

昭君怨　亦名宴西园

晴日烘香花睡。花艳浮杯人醉。杨柳绿丝风。水溶溶。　　留恋芳丛深处。懒上锦鞯归去。待得牡丹开。更同来。

四　犯　令

月破轻云天淡注。夜悄花无语。莫听阳关牵离绪。拚酩酊、花深处。　　明日江郊芳草路。春逐行人去。不似酴醾开独步。能著意、留春住。

鹧鸪天 县圃约同官赏海棠

万点胭脂落日烘。坐间酒面散微红。谁教艳质撩潘鬓,生怕朝云逐楚风。　　寻画烛,照芳容。夜深两行锦灯笼。朱唇翠袖休凝伫,几许春情睡思中。

又

蜀锦吴绫剪染成。东皇花令一番新。风帘不碍寻巢燕,雨叶偏禁鬥草人。　　非病酒,不关春。恨如芳草思连云。西楼角畔双桃树,几许浓苞等露匀。

又 赏芍药

梦想当年姚魏家。尊前重见旧时花。双檠分焰交红影,四座春回粲晚霞。　　杯潋滟,帽欹斜。夜深绝艳愈清佳。天明恐逐行云去,更著重重翠幕遮。

又 送田簿秩满还霅川

只有梅花是故人。岁寒情分更相亲。红鸾跨碧江头路,紫府分香月下身。　　君既去,我离群。天涯白髮怕逢春。西湖苍莽烟波里,来岁梅时痛忆君。

朝中措 双头芍药

翻阶红药竞芬芳。著意巧成双。须信扬州国艳,旧时曾在昭阳。　　盈盈背立,同心对绾,联萼飞香。牢贮深沉金屋,任教蝶困蜂忙。

又 建康大雪,戏呈母舅晁留守

漏云初见六花开。惊巧妒江梅。飘洒元戎小队,玉妆旌旆归来。　　恩同化手,春回陇亩,欢到尊罍。记取明朝登览,绿漪惟有秦淮。

又 谢郭道深惠菊,有二小鬟

露英云萼一般清。揉雪更雕琼。预喜重阳登览,大家插帽浮觥。　　分香减翠,殷勤远寄,珍重多情。不似绮窗双艳,向人解语倾城。

又

依微春绿遍江干。烟水小屏寒。惆怅雁行南北,新词不忍拈看。　　从今寄取,临风把酒,役梦忘飡。飞絮落花时候,扁舟也到孤山。

又

风帘交翠篆香飘。却暑卷轻绡。最好佳辰相近,寿觞对饮连宵。　　仙翁未老,云中跨凤,台上吹箫。看取他年荣事,鱼轩入侍涂椒。

又 元夕上潭〔帅〕(师)刘共甫舍人

年来玉帐罢兵筹。灯市小迟留。花外香随金勒,酒边人倚红楼。　　沙堤此去,传柑侍宴,天上风流。还记月华小队,春风十里潭州。

又 为云庵寿

年年重午近佳辰。符艾一番新。满酌九霞奇酝,寿君两鬓长春。

　　闺中秀美,何如赋得,林下精神。早办荆钗布袖,共为云水闲人。

点绛唇 金陵府会鼓子词

春日迟迟,柳丝金淡东风软。绿娇红浅。帘幕飞新燕。　　玉帐优游,赢得花间宴。香尘远。暂停歌扇。□醉深深院。

又

约莫香来,倚阑低瞰花如雪。怨深愁绝。瘦似年时节。　　岁一相逢,常是匆匆别。歌壶缺。又还吹彻。笛里关山月。

苏武慢 湖州赵守席上作

暗雨收梅,晴波摇柳,万顷水精宫冷。桥森画栋,岸列红楼,两岸翠帘交映。天上行舟,鉴中开户,人在蕊珠仙境。况吟烟啸月,弹丝吹竹,太平歌咏。　　人尽说、铜虎分贤,银潢储秀,巩固行都藩屏。棠阴散暑,鼎篆凝香,永日一庭虚静。红袖持觞,彩笺挥翰,适意酒豪诗俊。看飞云丹诏,行沙金勒,待公归觐。

阮郎归 和邢公昭

莫欺骑省鬓边华。曾眠苏小家。彩丝萦腕剪轻霞。菖蒲酒更嘉。

　　人别后,叹飞花。云山和梦遮。吴笺小字写流沙。几行秋雁斜。

又　为邢鲁仲小鬟赋

美人小字称春娇。云鬟玉步摇。淡妆浓态楚宫腰。梅枝雪未消。
　　抃恼乱，尽妖娆。微窝生脸潮。算来虚度可怜宵。醉魂谁与
招。

又　为张丞寿

薰风吹尽不多云。晓天如水清。哦松庭院忽闻笙。帘疏香篆明。
　　兰玉盛，凤和鸣。家声留汉庭。狨鞍长傍九重城。年年双鬓
青。

浪　淘　沙

晓日掠轻云。霜瓦鳞鳞。六朝山色俨如新。家在洞庭南畔住，身
在江滨。　　华发照乌巾。无意寻春。空将两袖拂飞尘。可惜梅
花开近路，恼尽行人。

踏莎行　壬午元宵戏呈元汝功参议

元夕风光，中兴时候。东风著意催梅柳。谁家银字小笙簧，倚阑度
曲黄昏后。　　拨雪张灯，解衣贳酒。觚棱金碧闻依旧。明年何
处看升平，景龙门下灯如昼。

又　约云庵寻梅

雪意初浓，云情已厚。黄昏散尽扶头酒。不知墙外夜来梅，忍寒添
得疏花否。　　休更熏香，且同携手。从教策策轻寒透。亭儿直
下玉生烟，暗香归去沾襟袖。

浣溪沙　三衢陈签上作

客里匆匆梦帝州。故人相遇一杯休。疏梅些子最清幽。　　双绾
香螺春意浅,缓歌金缕楚云留。不知妆镜若为俦。

又　次韵王子弁红梅

倚醉怀春翠黛长。肉红衫子半窥墙。兰汤浴困懒匀妆。　　应为
长年餐绛雪,故教丹颊耐清霜。弄晴飞馥笑冯唐。

又　次韵杜唐佐秋怀

春梦惊回谢氏塘。箧中消尽旧家香。休文多病怯秋光。　　空对
金盘承瑞露,竟无玉杵碎玄霜。醉魂飞度月宫凉。

眼儿媚　效易安体

花信风高雨又收。风雨互迟留。无端燕子,怯寒归晚,闲损帘钩。
　　弹棋打马心都懒,撺掇上春愁。推书就枕,凫烟淡淡,蝶梦悠
悠。

渔　家　傲

过尽百花芳草满。柳丝舞困阑干暖。柳外秋千裙影乱。人逐伴。
旧家心性如今懒。　　斗帐宝香凝不散。黄昏院落莺声晚。红叶
不来音信断。疏酒盏。东阳瘦损无人管。

又　小舟发临安

本是潇湘渔艇客。钱塘江上铺帆席。两处烟波天一色。云幂幂。
吴山不似湘山碧。　　休费精神劳梦役。鸥凫难上铜驼陌。扰扰

红尘人似织。山头石。潮生月落今如昔。

临江仙　约同官出郊

一抹烟林屏样展,轻花岸柳无边。连朝春雨涨平川。冬冬迎社鼓,
渺渺下陂船。　　同事多才饶我懒,乘闲纵饮郊园。髻花欹侧醉
巾偏。时丰容卒岁,游乐更明年。

又　同官招饮席上作

失脚青云何所往,故山松竹应秋。痴儿官事几时休。可怜双白鬓,
斗粟尚迟留。　　尊酒偷闲聊放旷,夜凉河汉西流。从教孤笛喷
高楼。与君同一醉,明日旋分愁。

柳梢青　赠张丞

小院轻寒,酒浓香软,深沉帘幕。我辈相逢,欢然一笑,春在杯酌。
　　家山辜负猿鹤。轩冕意、秋云似薄。我自西风,扁舟归去,看
君寥廓。

又　送吕子绍守峡

楚天清绝。苇岸兰汀,素秋时节。帘卷湘鬟,香飞云篆,匝看轻别。
　　明朝底处关山,算总是、愁花恨月。白马江寒,黄牛峡静,小梅
初彻。

杏花天　豫章重午

宝钗整鬓双鸾鬥。睡未醒、熏风襟袖。彩丝皓腕宜清昼。更艾虎、
衫儿新就。　　玉杯共饮菖蒲酒。愿耐夏、宜春厮守。榴花故意
红添皱。映得人来越瘦。

江城子 萍乡王圣俞席上作

萍蓬踪迹几时休。尽飘浮。为君留。共话当年,年少气横秋。莫叹两翁俱白发,今古事,尽悠悠。　　西风吹梦入江楼。故山幽。谩回头。又是手遮,西日望皇州。欲向西湖重载酒,君不去,与谁游。

南歌子 为吕圣俞寿

菊润初经雨,橙香独占秋。碧琳仙酿试新篘。内集熙熙休试、蚁浮瓯。　　家世传黄阁,功名起黑头。双凫聊傍故人舟。咫尺青云岐路、看英游。

瑞鹧鸪 送晁伯如舅席上作

遥天拍水共空明。玉镜开奁特地晴。极目秋容无限好,举头醉眼暂须醒。　　白眉公子催行急,碧落仙人著句清。后夜萧萧葭苇岸,一尊独酌见离情。

天仙子 宴五侯席上作

暖日丽晴春正好。杨柳池塘风弄晓。露桃云杏一番新,花窈窕。香飘缈。玉帐靓深闻语笑。　　新赐绣鞯花映照。须信浓恩春共到。汉家飞将久宣劳,迎禁诏。瞻天表。入卫帝庭常不老。

醉落魄 夜静闻琴

铜壶漏歇。纱窗倒挂梅梢月。玉人酒晕消香雪。促轸调弦,弹个古离别。　　雏莺小凤交飞说。嘈嘈软语丁宁切。相如攲枕推红氍。脉脉无言,还记旧时节。

又

梅花似雪。雪花却似梅清绝。小窗低映梅梢月。常记良宵,吹酒
共攀折。　　如今客里都休说。潇潇洒洒情怀别。夜阑火冷孤灯
灭。雪意梅情,分付漆园蝶。

又

玉钩珠箔。夜凉庭院天垂幕。好风吹动纶巾角。羽扇休挥,已怯
绤衣薄。　　扁舟明日清溪泊。归来依旧情怀恶。为君唤月骖鸾
鹤。天近多寒,满引金凿落。

减字木兰花

春醒抖却。鹧鸪一声花雨落。蜜炬红残。人在青罗步障间。
天公薄相。惯得柳绵高百丈。彩笔题诗。休诵骚人九辨词。

鹊桥仙 和蔡子周

鹤髪萧森,玉颜腴润,养就黄芽金鼎。一区松菊老湘滨,但心远、何
妨人境。　　衮衣家世,鸣鸾歌舞,到了春冰消尽。不须惆怅梦中
身,这彩选、输赢谁省。以上校汲古阁本懒窟词

赵彦端

　　彦端字德庄,魏王廷美七世孙,鄱阳人。宣和三年(1121)生。绍兴
八年(1138)进士。十二年(1142)为左修职郎,钱塘县主簿。乾道三年
(1167),自右司员外郎,以直显谟阁为江南东路转运副使。四年
(1168),福建路转运副使,后为太常少卿。六年(1170),以直宝文阁知
建宁府。淳熙二年(1175)卒。有介庵集,不传。

醉蓬莱 梅

向蓬莱云渺。姑射山深,有春长好。香满枝南,笑人间惊早。试问寒柯,镂冰裁玉,费化工多少。东阁诗成,西湖梦觉,几番清晓。

好是罗帏,麝温屏暖,却恨烟村,雨愁风恼。一一清芬,为东君倾倒。待得明年,翠阴青子,荫凤皇池沼。更把阳和,从头付与,繁花芳草。

满江红 荼蘼

千种繁春,春已去、翩然无迹。谁信道、荼蘼枝上,静中留得。晓镜洗妆非粉白,晚衣弄舞馀衫碧。粲宝钿、珠珥不胜持,浓阴夕。

金靷度,还堪惜。霜蝶睡,无从觅。知多少、好词清梦,酿成冰骨。天女散花无酒圣,仙人种玉惭香德。怅攀条、记得鬓丝青,东风客。

又 饯前政卢光祖赴鼎州幕席上作

津鼓冬冬,三老醉、知谁留得。都不记、琵琶洲畔,草青江碧。桃李春风吹不断,烟霞秋兴清无极。怅樽前、桂子有馀香,曾相识。

残雨昼,初凉夕。高烛烂,新醅白。长歌断欢意,不如愁色。父老能寻循吏传,关河暂枉诸侯客。待日边、一纸诏黄飞,胜相忆。

又 汪秘监席上作

赐被薰炉,曾同见、官槐重绿。时归看、绮疏叠嶂,楚腰翻曲。君过蓬山轻岁月,我怀庐阜分符竹。道别离、待得再归来,人应俗。

春欲动,醅初熟。追一笑,森三玉。且相对青眼,共裁红烛。小语人家闲意态,浅寒都下新装束。念平生、和雨醉东风,从今足。

水调歌头 秀州坐上作

秋色忽如许,风露皎如空。平生青鬓馀地,老与故人同。忆得鲈鱼
来后,杂以洞庭新橘,月堕酒杯中。宾客可人意,歌舞转春风。

　　坐间玉,花底扇,又从容。从容更好,无奈多病已衰翁。赖有主
人风味,识我少年狂态,乞与酒颜红。一醉晓鸦起,流水任西东。

又 为寿

淦水定何许,楼外满晴岚。落霞萋鸟无际,新酒为谁甘。闻道居邻
玉笥,下有芝田琳苑,光景照江南。已转丹砂九,应降素云三。

　　忆畴昔,翻舞袖,纵剧谈。玉壶倾倒,香雾黄菊酿红柑。好在当
时明月,只有炉薰一缕,缄寄可同参。剩肯南游不,蓬海试穷探。

瑞鹤仙 为寿

记河梁折柳。问画堂乐事,燕鸿难偶。十年谩回首。但亭亭紫盖,
差差南斗。传闻小有。种桃花、亲烦素手。怪归来、道骨仙风缥
缈,迥然非旧。　　清昼。江南如画,紫菊冬前,翠橙霜后。扁舟
渡口。佳客至,奉名酒。唤青鸾起舞,云窗月槛,一曲山明水秀。
笑相看、玉海别来,浅如故否。

又 饯交代沈公雅台山寺作,继作朝中措

揽垂杨细折。有别情遗爱,与君都说。文茵带雕轭。是行春来处,
去年阡陌。柔桑半叶。转光风、轻飑秀麦。正人家共约,耕相借
牛,社相留客。　　清绝。溪山犹记,脱帽吟风,倚楼招月。东君
何事,将春至,放春歇。道从今江上,一花一柳,皆想油幢瑞节。纵
离愁、瘦减腰围,带金正晔。

朝　中　措

山矾风味更梨花。清白竞春华。试问西园清夜，何如山崦人家。
　　楚东千嶂，吴江一棹，云路非赊。惟有相思两地，可怜淡月朝
霞。

又

烧灯已过禁烟前。春信递相传。柳暗乍迷津路，花暄欲照江天。
　　天涯宾主，相逢老矣，一笑欢然。晚岁许同庐社，西风不买吴
船。

又　乘风亭初成

长松擎月与天通。霜叶乱惊鸿。露炯乍疑杯滟，云生似觉衣重。
　　江南胜处，青环楚嶂，红半溪枫。倦客会应归去，一亭长枕寒
空。

又

几枝筇竹半烟云。钟鼓醉中闻。千点好山馀思，一湾流水能分。
　　多情皓月，轮栖夜午，光动风文。看取清闲宾主，犹胜富贵封
君。

又　路彦丰生日

新凉溪阁暮山重。水月共空濛。九转不须尘外，三峰只在壶中。
　　他年盛业，云间可望，林下难逢。记取芎林岩洞，何如干越秋
风。

又

西城烟雾一重重。潇洒便秋风。巧妒玉人装髻,无如禁钥难通。 新声窈眇,怨传楚些,娇并吴宫。夜久三星为粲,皓娥宁为君容。

新 荷 叶

欲暑还凉,如春有意重归。春若归来,任他莺老花飞。轻雷澹雨,似晚风、欺得单衣。檐声惊醉,起来新绿成围。 回首分携。光风冉冉菲菲。曾几何时,故山疑梦还非。鸣琴再抚,将清恨、都入金徽。永怀桥下,系船溪柳依依。

又

雨细梅黄,去年双燕还归。多少繁红,尽随蝶舞蜂飞。阴浓绿暗,正麦秋、犹衣罗衣。香凝沉水,雅宜帘幕重围。 绣扇仍携。花枝尘染芳菲。遥想当时,故交往往人非。天涯再见,悦情话、景仰清徽。可人怀抱,晚期莲社相依。

又 秀州作

玉井冰壶,人间有此清秋。笑语雍雍,从今庭户初修。迎风待月,香凝处、四卷帘钩。月波奇观,未饶当日南楼。 闻说三吴,江湖胜、从古风流。况有双辖,旧谙黄阁青油。金瓯屡启,应难解、久为人留。天池波滟,可怜蘋满汀洲。

看花回 张守生日

注目。正江湖浩荡,烟云离属。美人衣兰佩玉。澹秋水凝神,阳春翻曲。烹鲜坐啸,清净五千言自足。横剑气、南斗光中,浩然一醉引双鹿。　　回雁到、归书未续。梦草处、旧芳重绿。谁忆潇湘岁晚,为唤起长风,吹飞黄鹄。功名异时,圮上家传谢荣辱。待封留,拜公堂下,授我长生箓。

又　为寿　东岩,庞蕴居也

爱日。报疏梅动意,春前呼得。画栋晓开寿域。度百和温馨,霜华无力。斑衣翠袖,人面年年照酒色。环四座、璧月琼枝,恍然江县拟乡国。　　闻道抚、东岩旧迹。又殊胜、谢家清逸。知与桃花笑了,定何似青鸟,层城消息。他年妙高峰上,优昙会堪折。拥轻轩、未妨游戏,看取朱轮十。

芰荷香　席上用韵送程德远罢金谿

燕初归。正春阴暗淡,客意凄迷。玉箸无味,晚花雨退凝脂。多情细柳,对沈腰、浑不胜垂。别袖忍见离披。江南陌上,强半红飞。　　乐事从今一梦散,纵锦囊空在,金碗谁挥。舞裙歌扇,故应闲琐幽闱。练江诗就,算舣舟、宁不相思。肠断莫诉离杯。青云路稳,白首心期。

垂丝钓　干越亭路彦捷置酒同别富南叔

短篷醉舣。江南秋意如水。露草星明,风柳丝委。危槛倚。为故人宴喜。　　欢无几。念青鞋紫绮。论诗载酒,犹胜心寄双鲤。倦游晚矣。云路非吾事。湖海从君意。沙雁起。记夜阑隐几。

又

莫愁有信。全胜春梦无准。篆缕欲销,衣粉堪认。残梦醒。枕夜凉满鬓。　　想香径。正垂垂美荫。晚花在否,朱阑谁与同凭。
断云怨冷。青鸟无凭问。红叶翻成恨。三五近。试预占破镜。

谒金门 题扇

朱槛曲。妆浅鬓云吹绿。半尺鹅溪凉意足。手香沾柄玉。　　午
梦已惊难续。说与翠梧修竹。蓬海路遥天六六。乘鸾何处逐。

又

劳顾曲。燕贡雅羞衣绿。鲁酒不能春味足。小杯空荐玉。　　只
愿此欢常续。莫序水边丝竹。明日朝参同趁六。犹期归骑逐。

又

休相忆。明夜远如今日。楼外绿烟村幂幂。花飞如许急。　　柳
岸晚来船集。波底斜阳红湿。送尽去云成独立。酒醒愁又入。

又

春已半。绣绿新红如换。燕子还来帘幕畔。闲愁天不管。　　翠
被曲屏香满。花叶彩笺人远。鹊喜蛛丝都未判。连环空约腕。

又

春不尽。处处与情相趁。谁道刘郎家恁近。一年花不问。　　双
剪画罗春胜。今夜月圆如镜。怎得酒阑心易定。试将金液镇。

又

春似绣。不是别离时候。滴尽黄昏残刻漏。月高花影昼。　　好
在画屏金兽。深琐粉窗兰牖。溪水南来堪问否。几时离渡口。

又

朱户密。镇锁一庭春日。画幕黄帘芳草碧。游蜂初未识。　脆管么弦无力。青子绿阴如织。花满深宫无路入。旧游浑记得。

又

春意密。不受人间风日。一曲清歌云暮碧。尊前今夜识。　醉客倦吟无力。滞梦停愁相织。只道桃源难再入。有人还问得。以上介庵赵宝文雅词卷一

柳梢青 生日

衰翁自谪。堪笑忘了,山林闲适。一岁花黄,一秋酒绿,一番头白。　浮生似醉如客。问底事、归来未得。但愿长年,故人相与,春朝秋夕。

又 庚寅生日铅山作

厄言日出。天上漫试,人间无术。一笑归来,身如蝉蜕,首如龟缩。　年年白酒黄花,共愿我、光风霁月。不道道人,骎骎老去,如何消得。

又

酴醾过也,酴醾过后,无花堪折。只有垂杨,垂杨却作,絮惊行色。　海棠半在如无,又争倩、蔷薇恋得。除是东风,随君归问,玉堂消息。

好事近　乘风亭作

君莫厌江乡,也有茂林修竹。竹外有些亭榭,置酒尊棋局。　　　　棋
神酒圣各成欢,欢长更烧烛。寄语故人鹏鹗,任倾金围玉。

又　送林主簿

君到共黄花,君去早梅将发。君不待梅归去,问与谁同折。　　　　白
头潘令一年秋,有酒恨无客。莫忘道山堂上,话清音风月。

又　卢金判席上

草草复匆匆,相见也还相忆。记取梦魂诗思,似水光山色。　　　　清
音堂下一扁舟,谁主又谁客。休厌一杯相劝,看梅梢将白。

又　晚集后园

寻得一枝春,惊动小园花月。把酒放歌添烛,看连林争发。　　　　从
今日日有花开,野水酿春碧。旧日爱闲陶令,作江南狂客。

又　白云亭

风露入新亭,看尽楚天秋色。行到暮霞明处,有金华仙刻。　　　　孤
城乔木堕荒凉,白云带溪碧。唤取小舟同醉,话江湖归日。

又　蜡梅

一种岁前春,谁辨额黄腮白。风意只吟群木,与此花修别。　　　　此
花佳处似佳人,高情带诗格。君与岁寒相许,有芳心难结。

又

朱户闭东风,春在小红纤雪。门外未寒犹暖,怪有花堪折。梨花菊蕊不相饶,娇黄带轻白。莫厌醉歌相恼,是中原乡客。

又

日日念江东,何有旧人重说。二妙一时相遇,怪尊前头白。山城无物为君欢,薄酒待寒月。草草数歌休笑,似主人衰拙。

点绛唇 路德友席上作

山水乡中,岂知还有中原笑。醉歌倾倒。记得升平调。旧日年光,试把华灯照。心情好。有些怀抱。拟向梅花道。

又 冬至

一点青阳,早梅初识春风面。暖回琼管。斗自东方转。白马青袍,莫作铜驼恋。看宫线。但长相见。爱日如人愿。

又 瑞香

护雨烘晴,紫云缥缈来深院。晚寒谁见。红杏梢头怨。绝代佳人,万里沉香殿。光风转。梦馀千片。犹恨相逢浅。

又

秋入阑干,亭亭波面虹千丈。一声渔唱。画个三高样。江上风波,更泛吴松浪。寒潮涨。石鱼酒舫。漫叟知何向。

又　题西隐

好在苍苔，摩挲遗恨风还雨。一凉相与。片月生新浦。　　天外离居，为我苏桥举。山如许。故人来否。岁晚鲈堪煮。

秦楼月　咏睡香

香蕲蕲。小山丛桂烘温玉。烘温玉。酒愁花暗，沈腰如束。
烦君剩与阳春曲。为君细拂衾罗馥。衾罗馥。一春幽梦，与君相续。

又

梅缀雪。雪缀梅花肌肤恹。肌肤恹。丰姿浓态，莹如玉色。
岁寒期约无相缺。祥花不减晴空月。晴空月。依前消瘦，还共清绝。

阮 郎 归

岁寒堂下两株梅。商量先后开。春前日绕一千回。花来春未来。
　冰可断，玉堪裁。寒空无暖埃。为君翻动腊前醅。酒醒香满怀。

又

一春种得牡丹成。那知君遽行。东君也自没心情。夜来风雨声。
　追间阔，数清明。不应歌渭城。只愁河畔草青青。却须离绪生。

又 　余干留别人家

三年何许竞芳辰。君家千树春。如今欲去复逡巡。好花留住人。
　　红蕊乱，绿阴匀。彩云新又新。只应小阁记情亲。动君梁上
尘。

减字木兰花 　赠摘阮者

四弦续续。山水依然关塞足。天上新声。谪堕人间得自名。
清歌宛转。弹向指间依旧见。满眼春风。不觉黄梅细雨中。

又

绿阴红雨。黯淡衣裳花下舞。花月佳时。舞破东风第几枝。
一杯相属。从㸔尊前三四烛。酒尽花阑。京洛风流仔细看。

又

一年歌舞。还是花黄尊绿处。雨横风多。比似年时恨若何。
帘深酒暖。细雨斜风浑不管。只有黄花。欲近佳人鬓畔鸦。

又

送人南浦。日日客亭风又雨。相见如何。梅子枝头春已多。
真成别去。酒病明朝知几许。淋损宫袍。都是人人醉后娇。

又

屈亭湘浦。怨尽朝云还暮雨。知是谁何。赋得清愁尔许多。
爱来慵去。此意平生成浪许。著尽茸袍。想像江梅雪后娇。

又

乱云萦浦。做雪不成还是雨。知我为何。一笑仍添一恨多。
不须归去。琥珀杯深能几许。草色如袍。记取从今舞处娇。

鹊 桥 仙

来时夹道,红罗步障,已换青丝翠羽。春愁元自逐春来,却不肯、随
春归去。　　千觞美酒,十分幽事,归到只愁风雨。凭谁传语牡丹
花,为做取、东君些主。

又　正月二十三日秀野堂作

江梅仙去,蜡梅蜂化,只有缃梅呈秀。不知春在阿谁边,试与问、青
青杨柳。　　小园幽事,中都风味,鬪草分香依旧。东风莫谩送扁
舟,为管取、轻寒罗袖。

又　送路勉道赴长乐

留花翠幕,添香红袖,常恨情长春浅。南风吹酒玉虹翻,便忍听、离
弦声断。　　乘鸾宝扇,凌波微步,好在清池凉馆。直饶书与荔枝
来,问纤手、谁传冰碗。

又　二色莲

藕花亭上,无尘无暑,滟滟一池秋韵。绿罗宝盖碧琼竿,翠浪里、亭
亭月影。　　一家姊妹,两般梳洗,浓淡施朱傅粉。夜深风露逼人
怀,问谁在、牙床酒醒。

菩萨蛮 同饮晁伯如家,席上和韩无咎韵

雪中梅艳风前竹。诗缘渐与情缘熟。醉眼眩成花。恼人生脸霞。
巫云将楚雨。只恐翩然去。我有合欢杯。为君聊挽回。

又

雨声不断垂檐竹。清歌唤起清眠熟。洞户有馀花。同倾细细霞。
酒行如过雨。雨尽风吹去。吹去复盈杯。一春能几回。

又

绣罗裙上双鸳带。年年长系春心在。梅子别时青。如今浑已成。
美人书幅幅。中有连环玉。不是只催归。要情无断时。

又

倚阑闲捻生绡扇。新凉庭户微风转。疏雨断檐声。淡云开晚晴。
蔗浆寒浸齿。枕簟清如水。相忆不胜愁。月来帘上钩。

又 集句

青春背我堂堂去。桃花乱落如红雨。是妾断肠时。芳心空自持。
相思君助取。脉脉如牛女。天远暮江迟。今宵归不归。

蝶恋花 赠别赵邦才席上作

堂外溪桥杨柳畔。满树东风,更著流莺唤。时节清明寒暖半。秦
筝欲妒歌珠贯。　　一寸离肠无可断。旧管新收,尽记双帷卷。
赖得今年春较晚。送人犹有馀红乱。

又

雪里珠衣寒未动。雪后清寒,惊损幽帷梦。风撼海牛帘幕重。画
檐冰箸如流汞。　　一穗香云佳客共。溜溜金槽,政尔新词送。
酒戏诗阄忘百中。烛间有个人非众。

琴调相思引　临别馀干席上作

拂拂轻阴雨麴尘。小庭深幕堕娇云。好花无几,犹是洛阳春。
　燕语似知怀旧主,水生只解送行人。可堪诗墨,和泪渍罗巾。

又

曾蹑姑苏城上台。好山知有好人来。几回徙倚,月里暮云开。
　闲倚和风千步柳,倦临残雪一枝梅。暖香高烛,翻动道人灰。

杏　花　天

风韶雨润催花候。叹春恨、年年常有。桃蹊杏陌相期久。一为东
君试手。　　匆匆去、那人信否。襟泪渍、粉香依旧。单衣煮酒重
来后。好与看承人瘦。

又

当时众里闻新曲。拚一醉、移舟换烛。清波快送仙帆幅。十里披
烟泛玉。　　谁知度、春寒夜独。常记恨、花阑漏促。西风渡口莲
堪束。一枕新凉会足。

浣溪沙　题扇

冰练新裁月见羞。墨花飞作淡云浮。宜歌宜笑不妨秋。　　　　约腕

半笼衫草碧，洗妆初失黛蛾愁。嫩凉轻暑奈风流。

又

过雨园林绿渐浓。晚霞明处暮云重。小桥东畔再相逢。　　睡起未添双鬟绿，汗融微退小妆红。几多心事不言中。

又

菊已开时梅未通。似寒如暖意融融。情亲语妙一杯中。　　歌舞欲来须更理，林泉有乐政须同。好诗多味酒无功。

又　为五叔寿，三月二十六日

渺渺东风泛酒船。月华为地玉—本作"土"为川。春于红药更留连。　　云路功名方步步，草庐松竹自年年。他时人说二疏贤。

又

花下凭肩月下迎。避人私语脸霞生。画堂红烛意盈盈。　　病酒一春愁与睡，倚阑终日雨还晴。强移心绪作清明。

又　辛卯会黄运属席上作

人意歌声欲度春。春容温暖胜于人。劝君一醉酒如渑。　　梅子枝头应有恨，柳花风底不堪鞋。盖公堂下净无尘。

虞美人　九月饮乘风亭故基

烟空磴尽长松语。佳处遗基古。道人乘月又乘风。未用秋衣沉水、换薰笼。　　两峰千涧依稀是。想像诗翁醉。莫惊青蕊后时开。笑倒江南陶令、未归来。

又

凌虚风马来无迹。水净山光出。松间孤鹤睡残更。唤起缑箫飞去、与云平。　　新亭聊共丰年悦。一醉中秋月。江山拟作画图临。乐府翻成终胜、写无声。

又 罢官嘉禾,张忠甫、曾彦思置酒舟中作

兰畦梅径香云绕。长恨相从少。相从虽少却情亲。不道相从频后、是行人。　　行人未去犹清瘦。想见相分后。书来梅子定尝新。记取江东日暮、雨还云。以上介庵赵宝文雅词卷二

南乡子 同韩子东饮汪德召新楼

风露晚珊珊。洛下湘中接佩环。急把一杯相劳苦,云端。只恐冰肌亦自寒。　　二客共阑干。漱激鲸波吸未干。待得月华移十丈,乘欢。更上层楼极处看。

又

浓绿暗芳洲。春事都随芍药休。风雨只贪梅子熟,飕飕。却送行人一夜秋。　　新月幸如钩。三五还催玉鉴浮。一段离愁溪样远,悠悠。只是溪流浅似愁。

又 集句

窗户映朝光。花气浑如百和香。即遣花飞深造次,茫茫。曲渚飘成锦一张。　　相忆莫相忘。并蒂芙蓉本自双。草色连云人去住,堪伤。海上尖峰似剑铓。

画堂春 饮赵渊卿容光堂

倡条繁蒂绿层层。解衫扶醉同登。暝云无树亦崚嶒。红袖深凭。
　　病思去春饶睡,醉魂因酒思冰。夜凉星斗挂修甍。歌尽香凝。

又

满城风雨近重阳。夹衫清润生香。好辞赓尽楚天长。唤得花黄。
　　客胜不知门陋,酒新如趁春狂。故人相见等相忘。一语千觞。

滴滴金 送路彦捷赴仪真

澄溪暝度轻澌白。对平湖、澹烟隔。我与征鸿共行人,更张灯留
客。　　东园半是馀花迹。料仙帆、到时发。若倚江楼望清淮,为
殷勤乡国。

青玉案 赠勉道琵琶人

当年万里龙沙路。载多少、离愁去。冷压层帘云不度。芙蓉双带,
垂杨娇髻,弦索初调处。　　花凝玉立东风暮。曾记江边丽人句。
异县相逢能几许。多情谁料,琵琶洲畔,同醉清明雨。

沙　塞　子

春水绿波南浦。渐理棹、行人欲去。黯消魂、柳上轻烟,花梢微雨。
　　长亭放盏无计住。但芳草、迷人去路。忍回头、断云残日,长
安何处。

临江仙 和洪景卢送行韵

忆著旧山归去乐,松筠岁晚参天。老来慵似柳三眠。从教官府冷,

甘作地行仙。　　青琐紫微追昨梦,扁舟已具犹怜。有情如酒月如川。为君忘饮病,更拟索茶煎。

又　席上次元明韵

潦水似讥酒浅,秋云如妒蟾明。幽人闻雁若闻莺。更长端有意,菊晚近无情。　　诗学笑中偷换,烛花醉里频倾。罗衣迥立可怜生。五湖虽好在,客意欲登瀛。

鹧鸪天　白鹭亭作

天外秋云四散飞。波间风艇一时归。他年淮水东边月,犹为登临替落晖。　　夸客胜,数星稀。晚寒拂拂动秋衣。酒行不尽清光意,输与渔舟睡钓矶。

又　送王漕侍郎奏事

渺渺东风拂画船。不堪临雨落花前。清歌只拟留春住,好语频闻有诏传。　　秦望月,镜湖天。养成英气自当年。两山总是经行处,献纳雍容定几篇。

又　为韩漕无咎寿

忆醉君家倚翠屏。年年相喜鬓毛青。谁知缓步从天下,犹许清弹此地听。　　挥羽扇,写鹅经。使星何似老人星。几时一试薰风手,今日桐阴又满庭。

又　上元孙长文郎中坐上次仲益尚书赠玉奴韵

拂拂深帏起暗尘。清歌缓响自回春。月知灯市云间堕,人对梅花雪后新。　　杯掌露,舞衣云。酒慵微觉翠鬟倾。洞房不压阳台雨,乞与游人弄晚晴。

清平乐 建安泛舟作

新寒一段。变尽人间暖。说与群花花不管。只有江梅情乱。
江梅也似山人。山人到老梅亲。斗薮衣冠气象,百般归去精神。

又 席上赠人

桃根桃叶。一树芳相接。春到江南三二月。迷损东家蝴蝶。
殷勤踏取青阳。风前花正低昂。与我同心栀子,报君百结丁香。

眼儿媚 建安作

侬家风物似山家。梅老鬓丝华。几回记得,攀翻琪树,醉帽欹斜。
　　冷香不断春千里,归路本非赊。有人却道,使君犹健,看遍馀花。

永遇乐 陪程金粲跃马用其韵

杜曲桑麻,灞桥风雪,归梦无路。马健凌秋,人间玩日,聊用宽迟
暮。摇摇羽扇,翩翩凫舄,胜处恍疑仙去。笑相看,风林露草,古来
有谁知趣。　　黄公垆下,山阴亭畔,岁月著鞭如骛。出塞功名,
入关游说,纸上俱难据。论诗说剑,尊前风味,天巧却容人觑。问
少陵,酣歌拓戟,为谁献赋。

诉衷情 雨中会饮赏梅,烧烛花杪

洗妆傲舞傍清尊。霏雨澹黄昏。殷勤与花为地,烧烛助微温。
　　松半岭,竹当门。意如村。明朝酒醒,桃李漫山,心事谁论。

又

江梅初试两三花。人意竞年华。春工未取轻放，深院拥吴娃。
翻酒戏，醉人家。旧生涯。而今且趁，便面斜阳，莫照红纱。

千　秋　岁

杏花风下。独立春寒夜。微雨度，疏星挂。晖晖浓艳出，袅袅繁枝
亚。朱槛倚，轻罗醉里添还卸。　　寂寞情犹乍。怅望骖鸾驾。
衣褪玉，香欺麝。一花拚一醉，杯重凭谁把。春去也，重帘翠幕人
如画。

风入松　杏花

传闻天上有星榆。历历谁居。淡烟暮拥红云暖，春寒乍有还无。
作态似深又浅，多情要密还疏。　　移尊环坐足相娱。醉影凭扶。
江南归到虽怜晚，犹胜不见踟蹰。尽拚绿阴青子，凭肩携手如初。

茶瓶儿　上元

澹月华灯春夜。送东风、柳烟梅麝。宝钗宫髻连娇马。似记得、帝
乡游冶。　　悦亲戚之情话。况溪山、坐中如画。凌波微步人归
也。看酒醒、风鸾谁跨。

祝　英　台

兽金寒，帘玉润，梅雪印苔絮。春意如人，易散苦难聚。几多丝竹
深情，池塘幽梦，犹倚赖、与君同住。　　旧游处。谁唤别浦仙帆，
风前问征路。烟雨连江，吹恨正无数。莫教紫燕归来，红云开后，
空怅望、主人轻去。

五彩结同心 为渊卿寿

人间尘断,雨外风回,凉波自泛仙槎。非郭还非埜原作"壄",原校:"壄"疑"埜",闲莺燕、时傍笑语清佳。铜壶花漏长如线,金铺碎、香暖檐牙。谁知道、东园五亩,种成国艳天葩。　　　　主人汉家龙种,正翩翩迥立,雪绽乌纱。歌舞承平旧,围红袖、诗兴自写春华。未知三斗朝天去,定何似、鸿宝丹砂。且一醉、朱颜相庆,共看玉井浮花。

瑞鹧鸪 为婶寿

芙蓉池馆一重重。留得黄花寿罍中。春到小春如有信,月临良月正相同。　　　　芝兰美应瑶阶瑞,蘋藻香吹翠沼风。此夜隔墙闻凤管,人间元自胜蟾宫。

月中桂 送杜仲微赴阙

露醑无情,送长歌未终,已醉离别。何如暮雨,酿一襟凉润,来留佳客。好山侵座碧。胜昨夜、疏星淡月。君欲翩然去,人间底许,员峤问帆席。　　　　诗情酒病非畴昔。赖亲朋对影,且慰良夕。风流雨散,定几回肠断,能禁头白。为君烦素手,荐碧藕、轻丝细雪。去去江南路,犹应水云秋共色。

满庭芳 道中忆钱塘旧游

云暖萍漪,雨香兰径,西湖二月初时。两山十里,锦绣照金羁。柳外阑干相望,弄东风、倚遍斜晖。朋游好,乱红堆里,一饮百篇诗。　　　　三年,江上梦,青衫风日,白纻尘泥。听几声黄鸟,粤树闽溪。长是春朝多病,今年更、添得相思。须归去,倦游滋味,犹有个人知。

水 龙 吟

春溪漠漠如空,望中只与新愁去。何知尚有,烟间馀怨,洛津闲赋。已瘦难丰,久离重见,好春如许。念海棠未老,荼蘼欲吐。且莫恨、风兼雨。　　休问无情水驿,载幽怀、小桡轻橹。君看睡起,平阶柳絮,入门花雾。才尽无奇,客残如扫,一尊谁举。怅行云断后,只应梦里,有澄江句。

如梦令 酥花

鸳瓦初凝霜粟。冰笋旋裁春玉。巧思化东风,唤省蕊红枝绿。清淑。清淑。会有蜂栖蝶宿。

又

嫩柳眉梢轻蹙。细草烟凝堪掬。争似小桃秾,酒入香肌红玉。清馥。清馥。不觉花阑漏促。

蕊 珠 闲

浦云融,梅风断,碧水无情轻度。有娇黄上林梢,向春欲舞。绿烟迷昼,浅寒欺暮。不胜小楼凝伫。　　倦游处。故人相见易阻。花事从今堪数。片帆无恙,好在一篙新雨。醉袍宫锦,画罗金缕。莫教恨传幽句。

念 奴 娇

雨斜风横,正诗人闲倦,淮山清绝。弹压秋光江万顷,只欠凌波罗袜。好事幽人,怜予止酒,著意温琼雪。翠帷低卷,怪来飞堕初月。　　凉夜华宇无尘,舞裙香渐暖,锦茵声阕。不分金莲随步步,谁遣芙蓉争发。赖得高情,湘歌洛赋,称作西风客。为君留住,不然飘去云阙。

忆 少 年

逢春如酒,逢花如露,逢人如玉。东风送寒去,蔚温温香毂。
海上三山元似粟。试招来、共藏金屋。与君醉千岁,看人间新绿。

思 佳 客 令

天似水。秋到芙蓉如乱绮。芙蓉意与黄花倚。　　历历黄花矜酒美。清露委。山间有个闲人喜。

惜分飞 送江鸣玉归乌墩

相与十年亲且旧。一笑天涯携手。霜际寒云逗。去年情味君思否。　　远水无情冰不就。好在尊前眉岫。肠断东南秀。淡烟疏月梅时候。

绛都春 别张子仪

平生相遇。算未有、笑语闽山佳处。旧日文章,如今风味浑如许。眼前都是蓬莱路。但莫道、有人曾住。异时天上,种种风流,待君如故。　　此自君家旧物,看九万清风,为君掀举。举上青云,却忆梅花如旧否。故人衰病今无绪。只种得、梅花盈圃。待君一过山家,共斟露醑。

小 重 山

春日归来如许长。不知偿此意,几何觞。老人临酒兴犹狂。溪山主,终不道山王。　　一雨罢耕桑。平生欢喜处,是吾乡。与君花底共风光。春莫笑,花不似人香。

隔 浦 莲

西风吹断梦草。来度芙蓉老。座上人谁在,晨参疏影相照。幽馆寒意早。帘声小。醉语秋屏晓。　　记年少。相携胜处,黄花香满乌帽。如今将见,璧月琼枝空好。准拟新歌待见了。不道。些儿心事还恼。

贺 圣 朝

一江风月同君住。了不知秋去。赏心亭下,过帆如马,堕枫如雨。

　　相将莫问,兴亡旧事,举离觞谁诉。垂杨指点,但归来、有温柔佳处。以上介庵赵宝文雅词卷三

念奴娇　建安饯交代沈公雅

棠阴绿遍,正金菊芙蓉,争放时节。满路歌谣民五袴,底事逢车催发。结彩成门,攀辕卧辙,何计留连得。故园花柳,尽成憔悴难说。

　　今夜祖席邮亭,主人来日,已是朝天客。旌旆匆匆从此去,□赏□湖风月。眷恋无因,笑啼不敢,那忍伤轻别。清□难驻,一杯聊送行色。

点绛唇　途中逢管倅

憔悴天涯,故人相遇情如故。别难何遽。忍唱阳关句。　　我是行人,更送行人去。愁无据。寒蝉鸣处。回首斜阳暮。

　　按此首别误作吴琚词,见历代诗馀卷五。

转调踏莎行　路宜人生日

宿雨才收,馀寒尚力。牡丹将绽也、近寒食。人间好景,算仙家也
惜。因循尽扫断、蓬莱迹。　　旧日天涯,如今咫尺。一月五番
价、共欢集。些儿寿酒,且莫留半滴。一百二十个、好生日。

按词律卷八此首误作赵师侠词。

瑞　鹤　仙

气佳哉寿域。正晓松呈翠,早梅施白。良辰值良月。看景星朝睹,
洗空霜洁。珍图瑞牒。仰天心、钟在俊杰。向人间,化作如膏甘
雨,莫放春歇。　　堪忆。三吴乐事,画戟凝香,舞衣回雪。风流
胜绝。尊中酒,坐中客。问今年何事,骑鲸南去,久矣湘枫下叶。
早归来,应取千龄,凤池旧列。

看　花　回

端有恨,留春无计,花飞何速。槛外青青翠竹。镇高节凌云,清阴
常足。春寒风袂,带雨穿窗如利镞。催处处、燕巧莺慵,几声钩辀
叫云木。　　看波面、垂杨蘸绿。最好是、风梳烟沐。阴重熏帘未
卷,正泛乳新芽,香飘清馥。新诗惠我,开卷醒然欣再读。叹词章、
过人华丽,掷地胜如金玉原校:结句多一字。

好　事　近

一沮寄江干,十载山青水碧。山水大无馀意,有故情难识。　　故
情难识有谁知,衣残更头白。别后是人安稳,只楚吴行客。

贺 圣 朝

河阳桃李开无数。待成春归去。小园几月忽惊飞,恨主人难驻。
　　雏莺乳燕愁悲语。道留君不住。愿君随处作东风,举群花为
主。

浣沙溪　张宜兴生日

花县双凫缥缈仙。家庭椿树正苍然。斑衣举酒大人前。　　袅袅
凉风供扇枕,悠悠飞露湿丛萱。醉扶黄髪弄曾玄。

又

水到桐江镜样清。有人还似水清明。尊前无语更盈盈。　　翠袖
舞衫何日了,白头归去几时成。老来犹有惜花情。

菩 萨 蛮

佩环解处妆初了。翠娥玉面金钿小。萼绿本仙家。天香谁似他。
　　芳心真耐久。度月长相守。岁晚未能忘。相期云水乡。

眼儿媚　王漕赴介庵赏梅

黄昏小宴史君家。梅粉试春华。暗香素蕊,横枝疏影,月淡风斜。
　　更饶红烛枝头挂,粉蜡鬥香奢。元宵近也,小园先试,火树银
花。

江城子　上张帅

春风旗鼓石头城。急麾兵。斩长鲸。缓带轻裘,乘胜讨蛮荆。蚁
聚蜂屯三十万,争面缚,向行营。　　舳舻千里大江横。凯歌声。

犬羊惊。尊俎风流,谈笑酒徐倾。北望旄头今已减,河汉淡,两台
星。

西江月 为寿

捣玉扬珠万户,肮眉高髻千峰。佳辰请寿黑头公。老稚扶携欢动。
　　借问优游黄绮,何如强健夔龙。觥船一棹百分空。浇泼胸中
云梦。

千秋岁 外姑生日

柏舟高躅。晚岁宜遐福。门户壮,疏汤沐。青袍围白髪,瑞锦缠犀
轴。仙桂长,交柯却映蟠桃熟。　　缥缈长生曲。入破笙箫逐。
香雾薄,菲华屋。玉钩凉月挂,水麝秋蕖馥。千万寿,酒中倒卧南
山绿。

按此首别作陈克词,见乐府雅词卷下。

虞　美　人

断蝉高柳斜阳处。池阁丝丝雨。绿檀珍簟卷猩红。屈曲杏花蝴
蝶、小屏风。　　春山叠叠秋波慢。收拾残针线。又成娇困倚檀
郎。无事更抛莲子、打鸳鸯。

又 刘帅生日

疏梅淡月年年好。春意今年早。迎长时节近佳辰。看取衮衣黄
髪、画麒麟。　　酒中倒卧南山绿。起舞人如玉。风流椿树可怜
生。长与柳枝桃叶、共青青。

瑞 鹧 鸪

榴花五月眼边明。角簟流冰午梦清。江上扁舟停画桨,云间一笑濯尘缨。　　主人杯酒留连意,倦客关河去住情。都付驿亭今日水,伴人东去到江城。

豆 叶 黄

粉墙丹柱柳丝中。帘箔轻明花影重。午醉醒来一面风。绿葱葱。几颗樱桃叶底红。

按此首别作陈克词,见乐府雅词卷下。

念奴娇 中秋

姮娥万古,算清光常共、水清山绿。我欲蓬莱风露顶,眇视寰瀛一粟。携手群仙,广寒游戏,玉砌琉璃屋。归来一笑,葛陂还访骑竹。　　此夕纵饮清欢,吸寒辉万丈、快如飞瀑。倾倒银河斟斗杓,莫问人间荣辱。独倚阑干,浩歌长啸,惊堕云飞鹄。乱呼蟾兔,捣霜为驻颜玉。

水 调 歌 头

山色望中好,□□此处汲古阁本介庵词作“气”□□清。连峰叠嶂极目,高下与云平。玉洞沉沉何处。玉清洞在溪水中。隐映一溪烟树。倒影碧波□。唤起骖鸾客,丹灶夜光横。　　□霞卷,风露滴,月华明。佳人为我、垂手凄怨理秦筝。千载虹桥新路。依约幔亭歌舞。一醉话浮生。但得尊盈酒,莫问世间名。

清平乐 雪

悠悠漾漾。做尽轻模样。昨夜潇潇窗外响。多在梅梢柳上。
画楼拂晓帘开。六花一片飞来。却被金炉香雾,腾腾扶上琼钗。

> 按此首别作孙道绚词,见唐宋诸贤绝妙词选卷十。别又误作郑文妻词,见彤管遗
> 编后集卷十二。

临江仙 赏芙蓉

十载长安桃李梦,年来镜净尘空。忽传彩笔小笺红。满怀秋思,倾
倒为芙蓉。　　莫恨霜浓开较晚,尊前元有春风。酣娇肯为别人
容。试携银烛,斜照绿波中。

鹧鸪天 羊城天下最号都会,风轩月馆,艳姬角妓,倍
于他所,人以群仙目之,因赋十阕鹧鸪天　萧秀

一□汲古阁本介庵词作“有女”青春正及笄。蕊珠仙子下瑶池。箫吹弄
玉登楼月,弦拨昭君未嫁时。　　云体态,柳腰肢。绮罗活计强相
随。天教谪入群花苑,占得东风第一枝。

又 萧莹

花动仪容玉润颜。温柔袅娜趁清闲。盈盈醉眼横秋水,淡淡蛾眉
抹远山。　　膏雨霁,晓风寒。一枝红杏拆朱阑。天台迥失刘郎
路,因忆前缘到世间。

又 欧懿

月□汲本介庵词作“晓”金□□□以上三空格,介庵词作“云□梳”。素娥何
事下天衢。翩翩舞袖穿花蝶,宛转歌喉贯索珠。　　帘翡翠,枕珊
瑚。锦衾冰簟象床铺。春光九十羊城景,百紫千红总不如。

又 桑雅

云暗青丝玉莹冠。笑生百媚入眉端。春深芍药和烟拆,秋晓芙蓉破露看。　　星眼俊,月眉弯。舞狂花影上栏干。醉来直驾仙鸾去,不到银河到广寒。

又 刘雅

醉捻花枝舞翠翘。十分春色赋妖娆。千金笑里争檀板,一搦纤围间舞腰。　　行也媚,坐也娇。乍离银阙下青霄。檀郎若问芳笄记,二月和风弄柳条。

又 欧倩

梅粉新妆间玉容。寿阳人在水晶宫。浴残雨洗梨花白,舞转风摇菡萏红。　　云枕席,月帘栊。金炉香喷凤帏中。凡材纵有凌云格,肯学文君一旦从。

又 文秀

绰约娇波二八春。几时飘谪下红尘。桃源寂寂啼春鸟,蓬岛沉沉锁暮云。　　丹脸嫩,黛眉新。肯将朱粉污天真。杨妃不似才卿貌,也得君王宠爱勤。

又 王婉

未有年光好破瓜。绿珠娇小翠鬟丫。清肌莹骨能香玉,艳质英姿解语花。　　钗插凤,鬓堆鸦。舞腰春柳受风斜。有时马上人争看,擘破红窗新绛纱。

又 杨兰

两两青螺绾额傍。彩云齐会下巫阳。俱飞蛱蝶尤相逐,并蒂芙蓉本自双。　　翻彩袖,舞霓裳。点风飞絮恣轻狂。花神只恐留难住,早晚承恩入未央。

又 总咏

一簇神仙会见奇。誓夸苏小与西施。怜轻镂月为歌扇,喜薄裁云作舞衣。　　牙板脆,玉音齐。落霞天外雁行低。看看各得风流侣,回首乘鸾旧路归。以上介庵赵宝文雅词卷四(宝文雅词四卷,从毛扆校汲古阁本介庵词录出,并以吴讷百家词本校。)

桃源忆故人

修檐堕玉欺窗竹。独坐冷云堆屋。此味与谁同宿。几寸东斋烛。　　烟鬟雾鬓春山曲。好梦浅愁相续。那慰沈腰如束。歌意灯前足。

生 查 子

翻翻别袖风,醉眼迷残日。春色荡人魂,杨柳浑无力。　　不知长短亭,何处逢寒食。多少向来情,门掩梨花夕。

卜算子 集句

脉脉万重心,相望何时见。强半春寒去却来,野水差新燕。　　远负白头吟,坐惜红颜变。欲问平安无使来,日落庭花转。以上三首疆村丛书本介庵琴趣外篇卷六

生 查 子

新月曲如眉,未有团圆意。红豆不堪看,满眼相思泪。 终日擘桃穰,人在心儿里。两朵隔墙花,早晚成连理。杨金本草堂诗馀前集卷下

按此首又见词林万选卷四,作牛希济词,未知何据。

存 目 词

调　名	首　句	出　处	附　注
菩萨蛮	琼英为惜轻飞去	介庵琴趣外篇卷三	赵师侠词,见坦庵长短句
又	多情又是怜高节	又	又
又	霜风落木千山远	又	又
又	行舟荡漾鸣双桨	又	又
又	故人话别情难已	又	又
又	西风又老潇湘树	又	又
又	东皇不受人间俗	又	又
又	水风叶底波光浅	又	又
南乡子	元夜景尤殊	介庵琴趣外篇卷四	又
鹧鸪天	烟霭空濛江上春	介庵琴趣外篇卷五	又
又	玉带红靴供奉班	又	又
又	榕叶阴阴未著霜	又	又
又	一叶惊秋风露清	又	又
又	风定江流似镜平	又	又
又	妙曲新声压楚城	又	又
又	爆竹声中岁又除	又	又

调　名	首　句	出　处	附　注
诉衷情	清和时候雨初晴	介庵琴趣外篇卷五	赵师侠词,见坦庵长短句
又	神功圣德妙难量	又	又
又	茫茫云海浩无边	又	又
又	威灵千里护封圻	又	又
贺圣朝	半林脱叶群芳息	介庵琴趣外篇卷六	又
生查子	梅从陇首传	又	又
又	千山拥翠屏	又	又
又	迟迟春昼长	又	又
又	春光不肯留	又	又
又	庭虚任雀喧	又	又
卜算子	晴日敛春泥	又	又
又	杨柳褪金丝	又	又

喜迁莺 秋望

登山临水。正桂岭瘴开,蘋洲风起。玄鹤高翔,苍鹰远击,白鹭欲飞还止。江上澄波似练,沙际行人如蚁。目断处,见遥峰蹙翠,残霞浮绮。　　千里。关塞远,雁阵不来,犹把阑干倚。数叠悲笳,一行征旆,城郭几番成毁。白塔前朝寝陵,青嶂故都营垒。念往事,但寒烟满目,秋蝉盈耳。草堂诗馀续集卷下

王千秋

千秋字锡老,东平人。有审斋词一卷。

贺新郎　石城吊古

吊古城头去。正高秋、霜晴木落，路通洲渚。欲问紫髯分鼎事，只
有荒祠烟树。巫觋去、久无箫鼓。霸业荒凉遗堞坠，但苍崖、日阅
征帆渡。兴与废，几今古。　　　　夕阳细草空凝伫。试追思、当时子
敬，用心良误。要约刘郎铜雀醉，底事遽争荆楚。遂但见、吴蜀烽
举。致使五官伸脚睡，唤诸儿、昼取长陵土。遗此恨，欲谁语。

沁园春　晁共道侍郎生日

豆蔻娇春，烟花羞暖，物华渐嘉。也不须莺怨，桃封绛萼，也不须蜂
恨，兰郁金芽。料是东君，都将和气，分付清丰诗礼家。充闾庆，有
青毡事业，丹凤才华。　　　　乘槎。早上云霞。侍祠甘泉瞻羽车。
试笑凭熊轼，嘉禾合穗，进思鱼钥，菡萏骈花。萧寇勋名，龚黄模
样，入拜行趋堤上沙。今宵里，且觥船满棹，醉帽欹斜。

风　流　子

夜久烛花暗，仙翁醉、丰颊缕红霞。正三行钿袖，一声金缕，卷茵停
舞，侧火分茶。笑盈盈，溅汤温翠碗，折印启缃纱。玉笋缓摇，云头
初起，竹龙停战，雨脚微斜。　　　　清风生两腋，尘埃尽，留白雪、长
黄芽。解使芝眉长秀，潘鬓休华。想竹宫异日，衮衣寒夜，小团分
赐，新样金花。还记玉麟春色，曾在仙家。

醉蓬莱　送汤

正歌尘惊夜，斗乳回甘，暂醒还醉。再煮银瓶，试长松风味。玉手
磨香，镂金檀舞，在寿星光里。翠袖微揎，冰瓷对捧，神仙标致。
　　记得拈时，吉祥曾许，一饮须教，百年千岁。况有阴功在，遍江东

桃李。紫府春长,凤池天近,看提携云耳。积善堂前,年年笑语,玉簪珠履。

西 江 月

心事几多白髪,客情无数青山。廉纤细雨褪馀寒。正是花期酒限。

一自〔瓶〕(鉼)簪信杳,空留钿带香残。我今多病寄江干。瘦似东阳也惯。

又

老去频惊节物,乱来依旧江山。清明雨过杏花寒。红紫芳菲何限。

春病无人消遣,芳心有酒摧残。此情拍手问阑干。为甚多愁我惯。

南歌子　寿广文

鹊起惊红雨,潮生涨碧澜。水晶城馆月方圆。谁唤骑鲸仙伯、下三山。　　笔势翔鸾媚,词锋射斗寒。向来文价重贤关。便合批风支月、紫薇间。

虞美人　寄李公定

流苏斗帐泥金额。我亦花前客。谪仙标韵胜琼枝。一咏一觞、常是得追随。　　自从风借云帆便。冷落青楼宴。石桥风月也应猜。过尽中秋、不见晚归来。

念奴娇　荷叶浦雪中作

扁舟东下,正岁华将晚,江湖清绝。万点寒鸦高下舞,凝住一天云叶。映筱渔村,衡茅酒舍,淅沥鸣飞雪。壮怀兴感,悔将钗凤轻别。

遥望杰阁层楼,明眸称艳,许把同心结。东攲西倾浑未定,终
恐前盟虚设。薰兽炉温,分霞酒满,此夕欢应狎。多情言语,又还
知共谁说。

青玉案 送人赴黄冈令

雪堂不远临皋路。怅仙伯、骑鲸去。燕麦桃花更几度。横桥虽在,
种松无有,谁是关心处。　　解鞍君到冬虽暮。传语无忘晒蓑句。
起手栽花花定许。艺香披翠,灌红疏绿,趁取清明雨。

水 调 歌 头

迟日江山好,老去倦遨游。好天良夜,自恨无地可销忧。岂意绮窗
朱户,深锁双双玉树,桃扇避风流。未暇泛沧海,直欲老温柔。
　　解檀槽,敲玉钏,泛清讴。画楼十二,梁尘惊坠彩云留。座上骑
鲸仙友,笑我胸中磊硊,取酒为浇愁。一举千觞尽,来日判扶头。

减字木兰花

阴檐雪在。小雨廉纤寒又曀。莫上危楼。楼迥空低雁更愁。
一杯浊酒。万事世间无不有。待早归田。欲买田无使鬼钱。

风 流 子

同云垂六幕,啼乌静、风御玉妃寒。渐声入钓蓑,色侵书幌,似花如
絮,结阵成团。倦游客,一番诗思若,无算酒肠宽。黄竹调悲,绮衾
人马按"马"字误,岂堪梅蕊,索笑巡檐。　　一杯知谁劝,空搔首、还
是忆旧青毡。问素娥早晚,光射江干。待醉披鹤氅,高吟冰柱,剡
溪何妨,乘兴空还。只恐橹声咿轧,栖鸟难安。

忆 秦 娥

云破碧。作霜天气西风急。西风急。一行征雁,数声横笛。

挑灯试问今何夕。柔肠底事愁如织。愁如织。紫苔庭院,悄无人迹。

又

云叶舞。寒林浅淡围烟雨。围烟雨。三三两两,雁投沙渚。

征帆暂落知何所。短篷静听舟人语。舟人语。夜寒如许,客能眠否。

清 平 乐

吹花何处。桃叶江头路。碧锦障泥冲暮雨。一霎峭寒如许。

归来索酒浇春。潮红秋水增明。却自不禁春恼,偎人低度歌声。

贺 新 郎

短艇横烟渚。梦惊回、凄凉尚记,绿蓑鸣雨。拍塞愁怀人不解,只有黄鹂能语。复拟待、乘槎重去。无奈东君刚留客,张碧油、缓按香红舞。生怕我,顿遏举。　　故溪冉冉春光度。想晚来、杨花云际,白蘋无数。竹里樵青应是怪,目断鸣榔去路。料为我、羞烦鳞羽。好趁小蛮针线在,按纶巾、归唤松江渡。重系缆,醉眠处。

好事近　和李清宇

六幕冻云凝,谁剪玉花为雪。寒入竹窗茅舍,听琴弦声绝。　　从他拂面去寻梅,香吐是时节。归晚楚天不夜,抹墙腰横日。

又

明日发骊驹,共起为传杯绿。十岁女儿娇小,倚琵琶翻曲。　　绝怜啄木欲飞时,弦响颤鸣玉。虽是未知离恨,亦晴峰微蹙。

虞　美　人

琵琶弦畔春风面。曾向尊前见。彩云初散燕空楼。萧寺相逢各认、两眉愁。　　旧时曲谱曾翻否。好在曹纲手。老来心绪怯么弦。出塞移船莫遣、到愁边。

水调歌头　九日

壮日遇重九,跃马□原无空格,据毛扆校本校语补欢游。如今何事多感,双鬓不禁秋。目断五陵台路,无复临高千骑,鼓吹簇轻裘。霜露下南国,淮汉绕神州。　　钓松鲈,斟郢酒,听吴讴。壮心铄尽,今夕重见紫茱羞。月落笳鸣沙碛,烽静人耕榆塞,此志恐悠悠。拟欲堕清泪,生怕菊花愁。

菩萨蛮　荼蘪

流莺不许青春住。催得春归花亦去。何物慰侬怀。荼蘪最后开。　　青衫冰雪面。细雨斜桥见。莫浪送香来。等闲蜂蝶猜。

蓦山溪　海棠

清明池馆。侧卧帘初卷。还是海棠开,睡未足、馀醒满面。低头不语,浑似怨东风,心始吐,又惊飞,交现垂杨眼。　　少陵情浅。花草题评遍。赋得恶因缘,没一字、聊通缱绻。黄昏时候,凝伫怯春寒,笼翠袖,减丰肌,脉脉情何限。

渔家傲 简张德共

黄栗留鸣春已暮。西园无著清阴处。昨日骤寒风又雨。花良苦。
信缘吹落谁家去。　病起日长无意绪。等闲还与春相负。魏紫
姚黄无恙否。栽培取。开时我欲听金缕。

念奴娇 水仙

开花借水，信天姿高胜，都无俗格。玉陇娟娟黄点小，道书：玉女鼻端有
黄点。依约西湖清魄。绿带垂腰，碧簪篸髻，索句撩元白。西清微
笑，为渠模写香色。　常记月底风前，水沉肌骨，瘦不禁怜惜。
生怕因循纷委地，仙去难寻踪迹。缥槛深栽，彤帏密护，不肯轻抛
释。等差休问，未容梅品悬隔。

生 查 子

枝垂云碧长，心展鹅黄嫩。无力倚阑时，扫尽漫山杏。　玲珑影
结阴，蕴藉香成阵。谁为祝东风，更莫催花信。

又

花飞锦绣香，茗碾枪旗嫩。是处绿连云，又摘斑斑杏。　愁来苦
酒肠，老去闲花阵。燕子不知人，尚说行云信。

又

莺声恰恰娇，草色纤纤嫩。诗鬓已惊霜，镜叶慵拈杏。　因何积
恨山，著底攻愁阵。春事到荼蘼，还是无音信。

又

睡起鬐云松,枕印香腮嫩。愁思到眉尖,齿软尝新杏。　　都无鱼
雁书,又过莺花阵。宽尽缕金衣,说与伊争信。

又

春江波面浑,春岸芦芽嫩。不见木兰舟,羞带骈枝杏。　　轻绡揾
泪痕,急雨冲花阵。暗祷紫姑神,觅个巴陵信。

又

雄姿画麒麟,朽骨分蝼蚁。争似及生前,常为莺花醉。　　云山静
有情,天地宽无际。且放两眉开,万事非人意。

又

功名竹上鱼,富贵槐根蚁。三万六千场,排日扶头醉。　　高怀隘
世间,壮气横天际。常是惜春残,不会东君意。

解佩令　木犀

花儿不大,叶儿不美。只一段、风流标致。淡淡梳妆,已赛过、骚人
兰芷。古龙涎、怎敢□气。　　开时无奈,风斜雨细。坏得来、零
零碎碎。著意收拾,安顿在、胆瓶儿里。且图教平声、梦魂旖旎。

清　平　乐

唤云且住。莫作龙池舞。五月人间须好雨。为扫无边烦暑。
畦秧针绿重生。壶天表里俱清。林外桔槔闲挂,省渠多少心情。

忆 秦 娥

阑干侧。当时我亦凝香客。凝香客。而今老大,鬓苍头白。
扬州梦觉浑无迹。旧游英俊今南北。今南北。断鸿沉鲤,更无消
息。

西 江 月

梦幻影泡有限,风花雪月无涯。莫分粗俗与精华。日醉石间松下。
　　菜尽邻家解与,杯空稚子能赊。通幽即步尽横斜。不问墩犹
姓谢。

临 江 仙

者也之乎真太错,甘心吞棘吞蓬。有无俱尽见真空。炉锥难自荐,
关捩只心通。　　野鹤孤云元自在,刚论隐豹冥鸿。此身今在幻
人宫。要将驴佛我,分付马牛风。

浣 溪 沙

殢玉偎香倚翠屏。当年常唤在凝春。岂知云雨散逡巡。　　不止
恨伊唯准拟,也先伤我太因循。而今头过总休论。

又

亲染柔毛擘按"擘"原作"劈",从朱居易校审斋词彩笺。自怜探平声得恶因
缘。一尊重许笑凭肩。　　往事已同花屡褪,新欢闻似月常圆。
休休休更苦萦牵。

瑞　鹤　仙

征鸿翻塞影。怅悲秋人老，浑无佳兴。鸣蛩问酒病。更按"更"原作"叟"，从紫芝漫钞本审斋词堆积愁肠，摧残诗鬓。起寻芳径。菊羞人、依丛半隐。又岂知、虚度重阳，浪阔渺无归恨。　　　无定。登高人远，戏马台按"台"下原有"前"字，据毛氏校语删闲，怨歌谁听。香肩醉凭。镇常是、笑得醒。到如今何在，西风凝伫，冠也无人为正。看他门、对插茱萸，恨长怨永。

又　韩南涧生日

红消梅雨润。正榴花照眼，荷香成阵。炉薰炷芳烬。记于门今日，长庚占庆。文摛艳锦，笑班扬、用字未隐。果青云、快上黄扉，地□誉高英俊。　　　名盛。都期持橐，却借乘轺，布按"布"字上原有空格，据毛氏校语删宣宽政。除书已进。归宠异，侍严近。且金船满酌，云翘低祝，□比椿龄更永。任月斜、未放笙歌，翠桐转影。

满江红　和诸公赏心亭待月

楼压层城，斜阳敛、帆收南浦。最好是、长江澄练，远山新雨。□□留连邀皓月，一堂高敞祛隆暑。问从来、佳赏有谁同，应难数。　　舟横渡，车阗路。催酒进，麾灯去。放姮娥照座，不烦帘阻。已见天清无屏翳，更须潮上喧阛鼓。看波光、撩乱上樯竿，龙蛇舞。

感　皇　恩

天气过烧灯，初闲人倦。晓色曈昽绣帘卷。聚星歌扇，一簇雪香琼软。寿杯争要按"要"原作"安"，毛校："安"疑"要"把，从他满。　　　低低笑祝，年龄遐远。息驾无由遂公愿。东风吹喜，又做眉黄一点。便参鵷鹭入,常朝殿。

青 玉 案

鸣鼍欲引鱼龙戏。先自作、长江攦。头管一声天外起。群仙俱上,有人殊丽。认得分明是。　　欲相问劳来无计。但隔炉烟屡凝睇。掷我胸前方寸纸。拥翘欲去。鬒蛾还住。不尽徘徊意。

醉 落 魄

惊鸥扑蔌。萧萧卧听鸣幽屋。窗明怪得鸡啼速。墙角烂平声斑,一半露松绿。　　歌楼管竹谁翻曲。丹唇冰面喷馀馥。遗珠满地无人掬。归著红靴,踏碎一街玉。

桃源忆故人

移灯背月穿金缕。合色鞋儿初做。却被阿谁将去。鹦鹉能言语。　　朝来半作凌波步。可惜孤鸾□按空格原无,据毛晋校语增侣。若念玉纤辛苦。早与成双取。

水调歌头　赵可大生日

披锦泛江客,横槊赋诗人。气吞宇宙,当拥千骑静胡尘。何事折腰执版,久在泛莲幕府,深觉负平生。跟跼众人底,欲语复吞声。　　庆垂弧,期赐杖,酒深倾。愿君大耐,碧眸丹颊百千龄。用即经纶天下,不用归谋三径,一笑友渊明。出处两俱得,鸱鹠亦鸥鹏。

鹧鸪天　圆子

翠杓银锅飨夜游。万灯初上月当楼。溶溶琥珀流匙滑,璨璨蝤珠著面浮。　　香入手,暖生瓯。依然京国旧风流。翠娥且放杯行缓,甘味虽浓欲少留。

又 蒸茧

比屋烧灯作好春。先须歌舞赛蚕神。便将簇上如霜样,来饷尊前
似玉人。　　丝馅细,粉肌匀。从它犀箸破花纹。殷勤又作梅羹
送,酒力消除笑语新。

浣溪沙 焦油

买市宣和预赏时。流苏垂盖宝灯围。小铛烹玉鼓声随。　　金弹
玲珑今夕是,鳌山缥缈昔游非。马行遗老想沾衣。

又 科斗

灯火阑珊欲晓时。夜游人倦总思归。更须冰蛹替捼丝。　　玉篆
古文光灿烂,花垂零露影参差。月寒烟淡最相宜。

好事近 寿黄仲符

人物又无双,馀事锦机闲织。□按空格原无,据毛扆校语补就两都新赋,
笑一生联缉。　　来年秋色起鹏程,一举上晴碧。须洗玉荷为寿,
助穿杨飞的。

喜 迁 莺

春前腊尾。问谁会开解,幽人心里。映竹精神,凌风标致,姑射昔
闻今是。试妆竞看吹面,寄驿胜传缄纸。迥潇洒,更香来林表,枝
横溪底。　　谁为。停征骑。评蕙品兰,俱恐非同里。天意深怜,
花神偏巧,持为剪冰裁水。拟唤绿衣来舞,只许苍官相倚。醉眠
稳,尽参横月落,留连行李。事见柳子厚龙城录。

又

玉龙垂尾。望阙角岩峣,如侵云里。明璧榱题,白银阶陛,平日世间无是。静久声鸣槛竹,夜半色侵窗纸。最奇处,尽巧妆枝上,低飞檐底。　　当为。呼游骑。嗾犬擎苍,腰箭随邻里。藉草烹鲜,枯枝煎茗,点化玉花为水。未挹瑶台风露,且借琼林栖倚。眩银海,待斜披鹤氅,骑鲸寻李。

满庭芳　二色梅

蕊小雕琼,花明镕蜡,天交一旦俱芳。丰臞虽异,皆熨水沉香。应笑粉红堕紫,初未识、调粉涂黄。凭肩处,金钿玉珥,不数寿阳妆。　　思量。谁比似,酥裁笋指,蜜剪蜂房。又何须醋酒,重暖瑶觞。且放侧堆金缕,骊山冷、来浴温汤。谁题品,青枝绿萼,俱未许升堂。

诉衷情　登雨华台

二分浓绿一分红。春事若为穷。醉袖罥香沾粉,公挽我、我扶公。　　敧短帽,吐长虹。拟凌风。布金堆里,叠翠屏中,云月轻笼。

临　江　仙

柳巷莺啼春未晓,画堂环佩珊珊。薰炉烘暖鹧鸪斑。寿杯须斗酌,舞袖正弓弯。　　未说珥貂横玉事,勋名且勒燕然。归来方卜五湖闲。年年花月夜,沉醉绮罗间。

浣溪沙　白纻衫子

叠雪裁霜越纻匀。美人亲翦称腰身。暑天宁数越罗春。　　　　两臂轻笼燕玉腻,一胸斜露塞酥温。不教香汗湿歌尘。

西江月 小鹿鸣

四俊乡书荐鹗,一夔漕府登贤。明年春晚柳如烟。看取胪传金殿。
　　册府牙签昼阅,词垣紫诰宵传。青楼买酒定无缘。且放金杯
潋滟。

醉　落　魄

能歌善谑。精神堆下人难学。疏帘清下缺。

汲古阁本原无此首,据紫芝漫抄本补。

虞美人 和姚伯和

风花南北知何据。常是将春负。海棠开尽野棠开。匹马崎驱、还
人乱山来。　　尊前人物胜前度。谁记桃花句。老来情事不禁
浓。玉佩行云、切莫易丁东。

又 代简督伯和借战国策

要津去去无由据。已分平生负。拟将怀抱向谁开。万水千山、聊
为借书来。　　玄都昼永闲难度。欲正书中句。黄琮丹璧已磨
浓。发箧烦君、早送过桥东。

谒金门 次李圣予月中韵

春漠漠。闲尽绮窗云幕。悔不车轮生四角。却成缘分薄。　　想
画鸦儿方学。小鬖恨人无托。不道月明谁共酌。这般情味恶。

又 诸公要予出郊

春漠漠。何处养花张幕。佩冷香残天一角。忍看罗袖薄。　　两
两鸳鸯难学。六六锦鳞空托。趁有馀妍须细酌。东风情性恶。

按此首别误作程垓词,见花草粹编卷三。

点绛唇 刘公宝生日

玉立霞升,纵谈刘尹高支许。待为霖雨。小驻红莲府。　　鹤健
松坚,鸿宝初非误。玄都路。桃花栽取。来看千千度。

又 春日

何处春来,试烦君向垂杨看。万条轻线。已借鹅黄染。　　弄日
摇风,按舞知谁见。阳关远。一杯休劝。且放修眉展。

又

何处春来,试烦君向梅梢看。寿阳妆面。漏泄春何限。　　冷蕊
疏枝,似恨春犹浅。收羌管。莫惊香散。留副□和愿。

又

何处春来,试烦君向钗头看。舞翻飞燕。已拂春风面。　　白玉
圆钿,酌酒殷勤劝。深深愿。愿长□健。岁与春相见。

又

何处春来,试烦君向盘中看。韭黄犹短。玉指呵寒靷。　　犀箸
调匀,更为双双卷。情何限。怕寒须暖。先酌黄金盏。

水调歌头 席上呈梁次张

笔力卷鲸海，人物冠麟台。向来朱邸千字，不省有惊雷。人似曲江风韵，刚要重来持节，不道玉堂开。草诏坐扛鼎，琐屑扫尊罍。　金错落，貂掩映，玉崔嵬。看公谈笑、长河千里静氛埃。散马昼闲榆塞，辫髮春趋瑶陛，都出济川才。老子尚顽健，东阁亦时来。

瑞鹤仙 张四益生日

夷吾在江左。罄毡裘俱詟，笑清边琐。遗民冀巾裹。个规模欲继，外人谁可。一花两果。晚占熊、材能更夥。试颁春、便有驩谣，声接月鞍烟柂。　驳娑。已传丹诏，催上文石，□论炙輠。櫜弓□笴。□三空格据律补。毛校：此行共脱三字九域，措安妥。待缁衣重咏，履封光继，绿野从教昼锁。问黑头、当日三公，可能似我。

满 江 红

水满方塘，三日雨、晓来方足。阑干外、锦棚初脱，新篁森玉。沃叶未干鸠妇去，馀花时坠蜂儿逐。认去年、乳燕又双双，飞华屋。　红豆恨，归谁促。青鸾梦，惊难续。想多情犹记，碧笺新曲。白髮欺人虽已老，短襟揾黛存馀馥。且如今、一笑总休论，杯行速。

西 江 月

璀璨雕笼洒笔，联翩荐鹗飞书。翻阶红药试妆梳。管取不言温树。　容我一杯为寿，看君九万鹏图。髫鬟人小串珠玑。岁岁绿窗朱户。以上校汲古阁本审斋词七十三首

李　吕

　　吕字滨老,一字东老。邵武军光泽人。生于宣和四年(1122)。年
四十即弃科举。庆元四年(1198)卒,年七十七。有澹轩集七卷、词一
卷。

一落索　送游君安解绵竹尉

琢成玉树。谁解著、云斤月斧。短筇羸骖,朴樕一怀尘土。叹雄
图、伤别绪。　　主人不语花能语。苦欲留君、不是留君处。碧落
紫霄,楼观参差烟雾。一樽空、鸿鹄举。

按此下原有浣溪沙颍上即事"章水何如颍水清"一首,乃徐俯作,见乐府雅词卷
中;又有念奴娇"海天向晚"一首,乃韩驹作,见草堂诗馀后集卷上;又有念奴娇
"素光练静"一首,乃李邴作,见苕溪渔隐丛话前集卷五十九,兹并不录。

满　庭　芳

光拂星榆,轮高金掌,暮烟飘尽澄空。素娥幽恨,霜艳洗铅红。醉
把摩云妙手,教纤翳、不点青铜。知多少,天高露冷,争占九秋风。
　　歌钟。邀胜侣,园攀琼树,帘卷珠宫。算庾楼吟赏,今古应同。
多谢秦娥绝唱,声声为、飘入云中。留仙住,莫教清影,容易转梧
桐。

按此下原有卜算子警悟"心空道亦空"一首,乃徐俯作,见乐府雅词卷中,今不录。

醉落魄　有序

　　予病足,置酒圃间,江梅渐开,不能一举爵。对景呻吟,因效山谷道
人"陶陶兀兀"之句,法其体,作此以遣兴云。

休休莫莫。当年不负西湖约。一枝初见横篱落。嚼蕊闻香,长是

醉乡落魄按此句衍一字。　　而今对酒空斟酌。老来多病情非昨。谁人伴我临东阁。冷淡吟怀,犹可追前作。

朝　中　措

展屏山色翠连空。潇洒冠闽中。背郭元无尘事,披襟时有清风。　　君侯雅致,临流句丽,爱月情钟。乐府直追欧老,堂名新自陶翁。

前　　调

堂成开宴日无空。景占四时中。画栋翚飞星汉,雕阑锁断花风。　　薰人和气,清谈四坐,雅量千钟。早晚催归天仗,往来还记溪翁。

鹧鸪天 寄情

脸上残霞酒半消。晚妆匀罢却无聊。金泥帐小教谁共,银字笙寒懒更调。　　人悄悄,漏迢迢。琐窗虚度可怜宵。一从恨满丁香结,几度春深豆蔻梢。

前调 谢人送牡丹

甲帐春风肯见分。夜陪清梦当炉熏。寻香若傍阑干晓,定见堆红越鄂君。　　雕玉佩,郁金裙。凭谁书叶寄朝云。兰芽九畹虽清绝,也要芳心伴小醺。

沁园春 叹老

射虎南山,断蛟北海,恍如梦中。念少年豪气,霜寒一剑,清时功业,月满雕弓。年去年来成底事,已一半消磨成老翁。那堪更,病

为城绕,愁作兵攻。　　　无悰。慵语西风。正独倚危阑送塞鸿。道酒能消遣,酒因病减,歌能消遣,歌为愁浓。大造不将炉冶去,□

按此处原无空格,据澹轩词补万卷诗书宁愤穷。都休问,且试弹绿绮,闲和秋虫。

按此下原有木兰花"沉吟不语晴窗畔"一首,乃李邴作,见中兴以来绝妙词选卷一,今不录。

水调歌头　和伯称

山雨喜开霁,爽气涤烦襟。晚秋丹叶飘坠,篱菊散黄金。徙倚关河凝望,回首光阴轻驶,倏忽二毛侵。须信人间世,莫放酒杯深。

　一星子,名与利,漫浮沉。塞翁祸福无定、此理古犹今。妙处只应亲到,外物从渠舒卷,出处我无心。袖手无新语,洗耳听清音。

凤　栖　梧

一岁光阴寒共暑。一日光阴,只个朝还暮。有物分明能唤寤。晚钟晨角君听取。　　　扰扰胶胶劳百虑。究竟思量,没个相干处。只有一般携得去。世人唤作闲家具。

点　绛　唇

去岁天涯,一灯闲作幽窗伴。酒来须满。不待旁人劝。　　　今岁天涯,又是年华晚。凄凉惯。问天不管。只我何曾管。

调笑令　笑

　　掩袖低迷情不禁。背人低语两知心。烟蛾渐放愁边散,细眉从教醉里深。小梅破萼娇难似。喜色著人吹不起。莫将羽扇掩明波,滟滟光风生眼尾。
眼尾。寄深意。一点兰膏红破蕊。钿窝浅浅双痕媚。背面银床斜倚。烛花先报今宵喜。管定知人心里。

前调 饮

　　摘蕊和香滴得成。更将白玉琢飞鲸。殢娇一任香罗浣,更折花枝
作令行。香泛金鳞翻蕊盏。笑里桃花红近眼。粉壶琥珀为君倾,弄翠
挼红归去晚。

归晚。思何限。玉坠金偏云鬟乱。伤春谁作嬉游伴。只有飞来花
片。几回愁映眉山远。总被东风惊散。

前调 坐

　　玉笙吹遍古梁州。暗学芙蓉一样愁。倚窗重整金条脱,对槛不卸
红臂韝。浅浅绿靴双凤困。柳弱花慵敛新闷。娇多无力凭熏笼,又报
杏园春意尽。

春尽。敛新闷。暗傍银屏撩绿鬓。攒眉不许旁人问。帘外冷红成
阵。银钉挑尽睡未肯。肠断秦郎归信。

前调 博

　　绿檀屏下玉成围。唤拥金盆出注时。多情故与诸郎戏,不惜春娇
两鬓垂。珠玑满斗犹慵起。玉马象盘还得意。漏冷铜乌唤不譍,更移
红烛桃花底。

花底。锦铺地。绣浪琼枝光似洗。一心长在金盆里。翠袖懒遮纤
指。珠玑满斗犹慵起。过尽红楼春睡。

前调 歌

　　贤川六叠小香檀。玉笋纤纤不奈寒。浅破朱唇促新调,红丝短瑟
未须弹。锦字两行妆宝扇。扇中鸾影迷娇面。兰叶歌翻春事空,孤凤
离鸾两含怨。

含怨。两鬟浅。羽髻云鬟低玉燕。绿沉香底金鹅扇。隐隐花枝轻

颤。当筵不放红云转。正是玉壶春满。

按此下原有八宝妆感怀"门掩黄昏"一首,乃刘焘作,见乐府雅词拾遗卷上;又有临江仙洞庭湖怀古"湖水连天天连水"一首,乃滕宗谅作,见能改斋漫录卷十六,兹并不录。

临　江　仙

家在宋墙东畔住,流莺时送芳音。窃香解佩两沉沉。都缘些子事,过却许多春。　　日上花梢初睡起,绣衣闲纵金针。错将黄晕压檀心。见人羞不语,偷把泪珠匀。以上见澹轩集卷四

青玉案　春夜怀故人

参横月落闻街鼓。指杨柳、天边路。冷澹梨花啼玉箸。五云芝检,八花砖影,稳上鳌头去。　　吹箫台冷秦云暮。玉勒嘶风弄娇步。四雁峰前凭尺素。壁尘香减,绮窗风静,记得题诗处。永乐大典卷三千零五人字韵引李滨老词

存　目　词

调　名	首　句	出　处	附　　　　注
浣溪沙	章水何如颍水清	澹轩集卷四	徐俯作,见乐府雅词卷中
念奴娇	海天向晚	又	韩驹作,见草堂诗馀后集卷上
又	素光练静	又	李邴作,见苕溪渔隐丛话前集卷五十九
卜算子	心空道亦空	又	徐俯作,见乐府雅词卷中
木兰花	沉吟不语晴窗畔	又	李邴作,见中兴以来绝妙词选卷一
八宝妆	门掩黄昏	又	刘焘作,见乐府雅词拾遗卷上

调　名	首　　句	出　　处	附　　　　注
临 江 仙	湖水连天天连水	澹轩集卷四	滕宗谅作,见能改斋漫录卷十六

陈从古

　　从古字晞颜,金坛人。宣和四年(1122)生。绍兴二十一年(1151)进士。乾道间,提点湖南刑狱,移本路转运判官,除直秘阁。九年(1173),知襄阳府。淳熙元年(1174)罢。连界衢、饶、秀三州,俱被论放罢。淳熙九年(1182)卒,年六十一。有洮湖集,又有单行洮湖词,俱不传。

蝶　恋　花

日借轻黄珠缀露。困倚东风,无限娇春处。看尽夭红浑漫语。淡妆偏称泥金缕。　　不共铅华争胜负。殿后开时,故欲寻春去。去似朝霞无定所。那堪更著催花雨。全芳备祖前集卷三芍药门

姚　　宽

　　宽字令威,号西溪,嵊人。崇宁三年(1104)生。以荫补官,权尚书户部员外郎、枢密院编修官。绍兴三十二年(1162)卒。有西溪丛语传于世。

菩萨蛮 春愁

斜阳山下明金碧。画楼返照融春色。睡起揭帘旌。玉人蝉鬓轻。　　无言空伫立。花落东风急。燕子引愁来。眉心那得开。

又　别恨

梦中不记江南路。玉钗翠鬓惊春去。午醉晚来醒。暝烟花上轻。
　　红绡空浥泪。锦字凭谁寄。衫薄暖香销。相思云水遥。

怨王孙　春情

毵毵杨柳绿初低。澹澹梨花开未齐。楼上情人听马嘶。忆郎归。
细雨春风湿酒旗。

生查子　情景

郎如陌上尘,妾似堤边絮。相见两悠扬,踪迹无寻处。　　酒面扑
春风,泪眼零秋雨。过了别离时,还解相思否。

踏莎行　秋思

蘋叶烟深,荷花露湿。碧芦红蓼秋风急。采菱渡口日将沉,飞鸿楼
上人空立。　　彩凤难双,红绡暗泣。回纹未剪吴刀涩。梦云归
处不留踪,厌厌一夜凉蟾入。以上中兴以来绝妙词选卷三

　　以上姚宽词五首,用周泳先辑本西溪乐府。

刘　珙

　　珙字共父,崇安人。宣和四年(1122)生。登绍兴十二年(1142)进
士乙科。迁礼部郎官。孝宗朝,拜参知政事。淳熙五年(1178)卒,年五
十七。尝手书诀张栻、朱熹,以未能为国雪耻为恨。谥忠肃。

满江红　遥寿仲固叔谊

南郭新居,忆乡社、久成疏隔。乘暇日、风吹衣袂,花迎村陌。果核

鸡豚张燕豆,儿童父老联宾席。想笋舆、到处水增光,山添色。

　　应情念,天涯侭。随官牒,飘萍迹。叹离多聚少,感今思昔。鬓影羞临湘水绿,梦魂常对屏山碧。凭画栏、搔首望归云,情无极。

截江网卷六

　　按此首原题刘忠肃作。

黄　格

水调歌头　寿留守刘枢密

富贵不难致,名节几人全。渡江龙化,于今五十有三年。历数朝堂诸老,谁似武夷仙伯,操行老弥坚。吾道适中否,一柱独擎天。

　　湖南北,江左右,屡藩宣。韩公城下,烽火静、米斗三钱。人愿公归台鼎,我愿公归中隐,九老要齐肩。岁岁祝公寿,风月伴梅仙。

截江网卷四

汤思退

　　思退字进之,处州青田人。绍兴十五年(1145),中宏词科,除秘书省正字。累官观文殿大学士左仆射,封岐国公。隆兴初,责居永州。二年(1164)卒。

菩萨蛮　游水月寺

画船横绝湖波练。更上雕鞍穷翠巘。霜橘半垂黄。征衣尽日香。

　　钟声云外听。金界青松映。何处是华山。峰峦杳霭间。吴郡志卷三十三

张仲宇

仲宇字德宜,临桂人。绍兴时人。

如梦令　秋怀

送过雕梁旧燕。听到妆楼新雁。菊讯一何迟,倒尽清樽谁伴。魂断。魂断。人与暮云俱远。历代词人考略引粤西诗载补遗

李流谦

流谦字无变,绵竹人。宣和五年(1123)生。以荫补将仕郎,授成都府雪泉尉,调雅州教授。以荐授诸王府大小学教授,改奉议郎、通判潼川府。淳熙三年(1176)卒。有澹斋集。

踏莎行　灵泉重阳作

菊露晴黄,枫霜晚翠。重阳气候偏如此。异乡牢落怕登临,吾家落照飞云是。　　举扇尘低,脱巾风细。灵苗医得人憔悴。灯前点检欠谁人,惟有断鸿知此意。

如梦令　前题

老插黄花不称。节物撩人且任。破帽略遮阑,嫌见星星越甚。不饮。不饮。和取蜂愁蝶恨。

醉蓬莱　同幕中诸公劝虞宣威酒

正红疏绿密,浪软波肥,放舟时节。载地擎天,识堂堂人杰。万里

长江，百年骄虏_{原作敌，据永乐大典卷一万二千零四十三酒字韵改}，只笑谈烟灭。葭苇霜秋，楼船月晓，渔樵能说。　　分陕功成，沙堤归去，衮绣光浮，两眉黄彻。了却中兴，看这回勋业。应有命圭相印，都用赏、元功重叠。点检尊前，太平气象，今朝浑别。

小重山　绵守白宋瑞席间作

轻暑单衣四月天。重来闲屈指，惜流年。人间何处有神仙。安排我，花底与尊前。　　争道使君贤。笔端驱万马，驻平川。长安只在日西边。空回首，乔木淡疏烟。

青玉案　和雅守蹇少刘席上韵

相知元早来何暮。社燕送、秋鸿去。春草春波愁目注。酒香花韵，绮谭妍唱，怎不思量住。　　虚无指点骑鲸路。个是骚人不凡处。画栋云飞帘卷雨。风流千古，一时人物，好记尊前语。

虞美人　春怀

一春不识春风面。都为慵开眼。荼蘼雪白牡丹红。犹及尊前一醉、赏芳秾。　　东君又是匆匆去。我亦无多住。四年薄宦老天涯。闲了故园多少、好花枝。

点绛唇　德茂生朝作

一剪秋光，阿谁洗得无纤滓。冰盘彻底。人也清如此。　　万里归来，著个斑衣戏。慈颜喜。问君不醉。更遣何人醉。

感皇恩　无害弟生朝作

万绿压庭柯，雨晴烟润。三尺金猊麝微喷。百花香暖，酿作九霞仙

醧。祝君如此酒,年年饮。　　插额汉貂,垂腰苏印。趁取如今未
华鬓。三茅兄弟,总有丹台名姓。蟠桃熟也未,教人问。

武陵春　德茂乃翁生朝作

晓日帘栊初破睡,宝鸭宿薰浓。笑指图中鹤发翁。仙骨宛然同。
　　万里郎官遥上寿,五马茜衫红。待插华貂酒满钟。仍是黑头
公。

谒金门　晚春

行不记。贪看远峰鬖翠。风约柳花吹又起。故黏行客袂。　　老
大浑无欢意。不为伤春憔悴。茅屋数间修竹里。日长春睡美。

又

空伫立。又是冷烟寒食。开尽荼蘼都一色。东风吹更白。　　我
是纶竿倦客。道上行人不识。著取蓑衣拈短笛。沙鸥应认得。

又

春又晚。杨柳晓莺啼断。落尽残红馀片片。风狂都不管。　　作
客惟嫌酒浅。未敌闲愁一半。人与青山谁近远。可怜春梦短。

又

山数尺。江草江波同碧。晚雨吹风才数滴。行人心更急。　　漠
漠疏烟如织。遮断客愁不得。肠断故园无信息。灯花闲手剔。

玉漏迟　送官东南

东南应眷倚。当年丽绝,今其馀几。云锦飘香,好在藕花十里。六

月长安徂暑,只一雨、滂沱都洗。君好为。携将苏醒,三吴生齿。

　　总道秦蜀讴吟,但消得雍容,笑谈而致。稍待秋风,也拟买舟东逝。收拾尘编蠹简,更饱看、江山奇伟。歌盛美。还送往趋天陛。

满庭芳 过黄州游雪堂次东坡韵

归去来兮,吾归何处,旧山闲却岷峨。雪堂重到,但觉客愁多。来往真成底事,人应笑、我亦狂歌。凭阑久,云车不至,举盏酹东坡。

　　少年,浑妄意,鬥冲剑气,雷化龙梭。到如今,翻羡白鸟沧波。松柏皆吾手种,依然□按此间原无空格,据澹斋词补、烟蕊霜柯。君知否,人间尘事,元不到渔蓑。

殢 人 娇

痴本无缘,闷宁有火。都是你、自缠自锁。高来也可。低来也可。这宇宙、何曾碍你一个。　　休说荣枯,强分物我。惺惺地、要须识破。渔樵不小,公侯不大。但赢取、饥餐醉来便卧。

洞仙歌 忆别

云窗雾阁,尘满题诗处。枝上流莺解人语。道别来、知否瘦尽花枝,春不管,更遣何人管取。　　平生鸥鹭性,细雨疏烟,惯了江头自来去。不见鹊桥边,只为隔年,翻赢得、年年风露。便学得、无情海中潮,纵一日两回,如何凭据。

卜算子 前题

生别有相逢,死别无消息。说著从前总是愁,只是不相忆。　　月坠半窗寒,梦里分明识。却似瞑人不忆他,花露盈盈湿。

水调歌头　江上作

江涨解网雨,衣润熟梅天。高人何事,乘兴来寄五湖船。才听冬冬叠奏,呕轧橹声齐发,几别故州山。转盼青楼杪,已在碧云端。

　渡头月,临晚霁,泊清湾。水空天静,高下相应总团圞。遥想吾家更好,尽唤儿曹泛扫,欣赏共婵娟。应念思归客,对此不成眠。

此下原有临江仙江上九日即事一首,乃李之仪作,见姑溪居士文集卷四十六,今不录。

于飞乐　为海棠作

薄日烘晴,轻烟笼晓,春风绣出林塘。笑溪桃、并坞杏,忒煞寻常。东君处,没他后、成甚风光。　　翠深深、谁教入骨,夜来过雨淋浪。这些儿颜色,已恼乱人肠。如何更道,可惜处、只是无香。

西江月　为木樨作

色似蜡梅浑浅,香如蔷薇微清。更张绿幄蔽轻盈。巧著工夫鬥钉。

　露叶涓涓月晓,风英点点秋晴。江南江北可经行。梦到吴王香径。

眼儿媚　中秋无月作

素娥作意失幽期。我自不凭伊。举杯重叹,帖云微笑,应道人痴。

　如今老去无情绪,只有睡相宜。建溪一啜,木樨数蕺,酒醒归时。

朝中措　失题

相思两地费三年。明月几回圆。鸥鸟不知许事,清江仍绕青山。

　尊前歌板,未终金缕,已到阳关。趁取腊前归去,梅花不奈春寒。

千秋岁 别情

玉林照坐。簌簌花微堕。春院静,烟扉锁。黛轻妆未试,红淡唇微破。清瘦也,算应都是风流过。　　把盏对横枝,尚忆年时个。人不见,愁无那。绕林霜掠袂,嚼蕊香黏唾。清梦断,更随月色禁持我。以上文津阁四库全书本澹斋集卷八

虞美人 在芜湖待仲甄巨卿未至作

吴波亭畔千行柳。直恁留人久。晚来船槛再三凭。又是一钩新月、照江心。　　故人有约何时到。白地令人老。只愁酒尽更谁赊。一段闲愁无计、奈何他。永乐大典卷二千二百六十六湖字韵引李流谦澹斋集

存　目　词

澹斋集卷八有临江仙"□□三春都过了"一首,乃李之仪作,见姑溪居士文集卷四十六。

洪　迈

迈字景卢,鄱阳人。皓季子。生于宣和五年(1123)。绍兴十五年(1145)中博学宏词科。孝宗朝,累迁中书舍人、兼侍读、直学士院、拜翰林学士。进焕章阁学士、知绍兴府。以端明殿学士致仕。嘉泰二年(1202)卒,年八十。赠光禄大夫,谥文敏。有野处类稿、容斋五笔、夷坚志、万首唐人绝句行于世。

满江红 立夏前一日借坡公韵

雨涩风悭,双溪闷、几曾洋溢。长长是、非霞散绮,岫云凝碧。修禊

欢游今不讲,流觞故事何从觅。待它时、水到却寻盟,筹输一。

　燕舞倦,莺吟毕。春肯住,才明日。池塘波绿皱,小荷争出。童子舞雩浑怅望,吾人提笔谁飘逸。记去年、修竹暮天寒,无踪迹。

附洪适盘州乐章满江红答景卢词后

临　江　仙

绮席流欢欢正洽,高楼佳气重重。钗头小篆烛花红。直须将喜事,来报主人公。　　桂月十分春正半,广寒宫殿葱葱。姮娥相对曲阑东。云梯知不远,平步蹑东风。夷坚志支景卷八

高宗梓宫发引三首
导　引

寒日短,草露朝晞。仙鹤下,梦云归。大椿亭畔苍苍柳,怅无由、挽住天衣。昭阳深,暝鸦飞。愁带箭、恋恩栖。笳箫三叠奏,都人悲泪袂成帏。

六　州

尧传舜,盛事千古难并。回龙驭,辞凤掖,北内别有蓬瀛。为天子父,册鸿名。万年千岁福康宁。春秋不说楚冥灵。莱衣彩戏,汉殿玉卮轻。宸游今不见,烟外落霞明。前回丁未,雾塞神京。正同符、光武中兴。擎天独力扶倾。定宗庙,保河山,乾坤整顿庚庚。功成了,脱屣遗荣。访崆峒、容与丹庭。笑捐尘寰、不留行。吾皇哀恋,泪血洒神旌。肠断涛江渡,明日稽山暮云,东望元陵。

十　二　时

璧门双阙转苍龙。德寿俨祇宫。轩屏正坐,天子亲拜天公。仪绅

笏，罗鹓鹭，棨庭中。仙家欢不尽，人世寿无穷。谁知云路，玉京成
就，催返璇穹。转手万缘空。见说烟霄好处，不与下方同。尘合雾
迷濛。笙箫寥寂，楼阁玲珑。中兴大业，巍巍稽古成功。事去孤
鸿。忍听宵柝晨钟。灵舆驾，素帏低，杳庞茸。浙江潮，万神护，川
后滋恭。因山祇事，崔嵬禹穴，此日重逢。柏城封。愁长夜、起悲
风。哥清庙、千古诵高宗。以上三首见宋史乐志

　　按此三首原不著撰人，此据容斋五笔卷五。

踏　莎　行

院落深沉，池塘寂静。帘钩卷上梨花影。宝筝拈得雁难寻，篆香消
尽山空冷。　　钗凤斜欹，鬓蝉不整。残红立褪慵看镜。杜鹃啼
月一声声，等闲又是三春尽。绝妙好词卷一

存　目　词

　　本书初版卷一百四十三据夷坚志支丙卷四引洪迈减字木兰花"家
门希差"一首，据夷坚志原书，乃无名氏作。

赵缩手

　　缩手，普州士人。

浪　淘　沙

损屋一间儿。好与支持。休教风雨等闲欺。觅个带修安稳路，休
遣人知。　　须是着便宜。运转临时。袄知险里却防危。透得玄
关归去路，方步云梯。夷坚丙志卷二

存　目　词

　　本书初版卷二百八十据夷坚丙志卷二另载赵缩手浪淘沙一首，据

夷坚志原书,赵缩手仅歌此词,而云是吕洞宾作,今另编。

张风子

张风子,不知何许人。绍兴间来鄱阳。

满 庭 芳

咄哉牛儿,心壮力壮,几人能可牵系。为爱原上,娇嫩草萋萋。只管侵青逐翠,奔走后、岂顾群迷。争知道,山遥水远,回首到家迟。

牧童,能有智,长绳牢把,短梢高携。任从它,入泥入水无为。我自心调步稳,青松下、横笛长吹。当归处,人牛不见,正是月明时。夷坚丙志卷十八

按此首罗湖野录卷二作则禅师词,未知孰是。

张珍奴

珍奴,吴兴(今浙江省)妓。

失 调 名

逢师许多时,不说些儿个。及至如今闷损我。夷坚丁志卷十八

洪惠英

惠英,会稽(今浙江绍兴)歌宫调女子。

减字木兰花

梅花似雪。刚被雪来相挫折。雪里梅花。无限精神总属他。

梅花无语。只有东君来作主。传语东君。且与梅花作主人。夷坚
志支乙卷六

　　按此首别附会作马琼琼词,见明瞿佑看梅记。

何作善

　　　　作善字伯明。

浣　溪　沙

草草杯盘访玉人。灯花呈喜座添春。邀郎觅句要奇新。　　黛浅
波娇情脉脉,云轻柳弱意真真。从今风月属闲人。夷坚志支景卷八

刘之翰

　　　　之翰,荆南(今湖北省江陵县)人。官峡州远安主簿。

水调歌头　献田都统

凉露洗金井,一叶下梧桐。谪仙浪游,何事华髪作诗翁。乌帽萧萧
一幅,坐对清泉白石,矫首抚长松。独鹤归来晚,声在碧霄中。

　　神仙宅,留玉节,驻金狨。黔南一道、十万貔虎控雕弓。笑折碧
荷倒影,自唱采莲新曲,词句满秋风。剑佩八千岁,长入大明宫。
夷坚志支景卷十

周　某

　　　　不知其名,周德材之子。

失　调　名

瑶池仙伴。应讶我、归来晚。夷坚三志辛卷十

太学诸生

南　乡　子

洪迈被拘留。稽首垂哀告彼酋。七日忍饥犹不耐,堪羞。苏武争禁十九秋。　　厥父既无谋。厥子安能解国忧。万里归来夸舌辨,村牛。好摆头时便摆头。谈薮

仪　珏

仪珏,临安(今浙江杭州)妓。

失　调　名

鄱江英气钟三秀。异闻总录卷四

袁去华

去华字宣卿,奉新人。绍兴十五年(1145)进士。善化知县,又知石首县。有袁宣卿词一卷。

水调歌头　雪

云冻鸟飞灭,春意著林峦。姮娥何事,醉撼瑞叶落人间。斜入酒楼歌处,微褪茅檐烟际,窗户漾光寒。西帝游何许,翳凤更骖鸾。

玉楼耸,银海眩,倚阑干。渔蓑江上归去,浑胜画图看。三嗅疏

枝冷蕊,索共梅花一笑,相对两无言。月影黄昏里,清兴绕吴山。

又　次黄舜举登姑苏台韵

吴门古都会,畴昔记曾游。轻帆卸处,西风吹老白蘋洲。试觅姑苏台榭,尚想吴王宫阙,陆海跨鳌头。西子竟何许,水殿漫凉秋。

画图中,烟际寺,水边楼。叫云横玉、须臾三弄不胜愁。兴废都归闲梦,俯仰已成陈迹,家在泽南州。有恨向谁说,月涌大江流。

又

天下最奇处,绿水照朱楼。三高仙去,白头千古想风流。跨海晴虹垂饮,极目沧波无际,落日去渔舟。蘋末西风起,橘柚洞庭秋。

记当年,携长剑,觅封侯。而今憔悴长安,客里叹淹留。回首洪崖西畔,随分生涯可老,卒岁不知愁。做个终焉计,谁羡五湖游。

又　次韵别张梦卿

一叶堕金井,秋色满蟾宫。婵娟影里,玉箫吹断碧芙蓉。缭绕宫墙千雉,森耸觚棱双阙,缥缈五云中。郁郁葱葱处,佳气夜如虹。

日华边,江海客,每从容。青钱万选,北门东观会留侬。堪叹抟沙一散,今夜扁舟何许,红蓼碧芦丛。无地寄愁绝,把酒酹西风。

又　送杨廷秀赴国子博士用廷秀韵

笔阵万人敌,风韵玉壶冰。文章万丈光焰,论价抵连城。小试冯川三异,无数成阴桃李,寒谷自春生。奏牍三千字,晁董已销声。

玺书下,天尺五,运千龄。长安知在何处,指点日边明。看取纶巾羽扇,静扫神州赤县,功业小良平。翻笑凌烟阁,双鬓半星星。

又 定王台

雄跨洞庭野,楚望古湘州。何王台殿,危基百尺自西刘。尚想霓旌千骑,依约入云歌吹,屈指几经秋。叹息繁华地,兴废两悠悠。

登临处,乔木老,大江流。书生报国无地,空白九分头。一夜寒生关塞,万里云埋陵阙,耿耿恨难休。徙倚霜风里,落日伴人愁。

又

鸟影度疏木,天势入平湖。沧波万顷,轻风落日片帆孤。渡口千章云木,苒苒炊烟一缕,人在翠微居。客里更愁绝,回首忆吾庐。

功名事,今老矣,待何如。拂衣归去,谁道张翰为莼鲈。且就竹深荷静,坐看山高月小,剧饮与谁俱。长啸动林木,意气欲凌虚。

念奴娇 梅

蕊珠宫女弄幽妍,初著春心娇小。自白真香,浑胜似、姑射冰肌窈窕。带雪茅檐,临溪篱落,占却春多少。天寒日暮,有人愁绝行绕。

长记流水桥边,雨晴烟淡,袅一枝清晓。梦想经年开病眼,把酒风前一笑。花骨娇多,不禁人觑,只怕轻飞了。无端羌管,夜阑声入云杪。

又 和人韵

水边篱落独横枝,苒苒风烟岑寂。踏雪寻芳村路永,竹屋西头遥识。蕙草香销,小桃红未,醉眼惊春色。罗浮何处,断肠无限陈迹。

憔悴素脸朱唇,天寒日暮,倚琅玕无力。岁晚天涯驿使远,难寄江南消息。自笑平生,怜清惜淡,故国曾亲植。百花虽好,问还有恁标格。

又

竹阴窗户荐微凉,积雨郊墟新霁。万里飞云都过尽,天阙星河如
洗。檐隙风来,流萤飘堕,苒苒还飞起。魂清骨冷,坐来衣润空翠。

　　堪笑丘壑闲身,儒冠相误,著青衫朝市。功业君看清镜里,两
鬓于今如此。身外纷纷,倘来适去,到了成何事。人生一世,种瓜
何处无地。

又　次郢州张推韵

满城风雨近重阳,云卷天空垂幕。林表初阳光似洗,屋角呼晴双
鹊。香泽方熏,烘帘初下,森森霜华薄。发妆酒暖,殢人须要同酌。

　　老手为拂春山,休夸京兆扫,宫眉难学。客里清欢随分有,争
似还家时乐。料得厌厌,云窗深锁,宽尽黄金约。不堪重省,泪和
灯烬偷落。

又　九日

一番雨过一番凉,秋入苍崖青壁。昼日多阴,还又是、重九飘零江
国。瘦水鳞鳞,长烟袅袅,枫叶千林赤。南山入望,为谁依旧佳色。

　　随分绿酒黄花,联镳飞盖,总龙山豪客。人世高歌狂笑外,扰
扰于身何得。短髪萧萧,风吹乌帽,醉里从敧侧。明年虽健,未知
何处相忆。

水龙吟　雪

晚来侧侧清寒,冻云万里回飞鸟。故园梦断,单于吹罢,房栊易晓。
西帝神游,万妃缟袂,相看一笑。泛扁舟乘兴,蹇驴觅句,山阴曲、
霸陵道。　　舞态随风窈窕。任穿帘、儿童休扫。洛阳高卧,萧条

门巷,悄无人到。供断诗愁,夜窗还共,陈编相照。念寒梅映水,匀妆弄粉,与谁争好。

又　次韵呈吕帅张漕

汉家经略中原,上游眷此喉衿地。风行雷动,无前伟绩,伊谁扬厉。玉帐筹边,绣衣给饷,江上增气。自武侯蜕迹,羊公缓带,功名事、更谁继。　　方□长驱万里。笑谈间、生擒元济。非熊未兆,封留终在,同功异世。刻就丰碑,万山直下,不须沉水。要追攀二雅,流传千古,属骚人记。

又　九日次前韵

汉江流入苍烟,戍楼吊古临无地。清霜初肃,鹰扬隼击,青霄凌厉。新雁声中,夕阳影里,千崖秋气。念东篱采菊,龙山落帽,风流在、尚堪继。　　引满松醪径醉。诵坡仙、临漳宵济。茱萸细看,明年谁健,空悲身世。儿辈何知,更休说似,登山临水。那纷纷毁誉,耳边风过,我何曾记。

满庭芳　八月十六日醴陵作

雨送凉来,风将云去,晚天千顷玻璃。婵娟依旧,出海较些迟。玉兔秋毫可数,疏星外、乌鹊南飞。今何夕,空浮大白,一笑共谁持。　　团栾,成露坐,云鬟香雾,玉臂清辉。任短髭争挽,问我归期。三弄楼头长笛,愁人处、休苦高吹。沉吟久,揩颐细数,四十九年非。

又

麦陇黄轻,桑畴绿暗,野桥新碧泱泱。怕春归去,莺语燕飞忙。风定闲花自落,穿幽径、拾蕊寻香。曾来处,孤云翠壁,依旧挂斜阳。

客愁,知几许,唯思径醉,谁与持觞。料文君衣带,为我偷长。苦忆新晴昼永,闲相伴、刺绣明窗。何时得,西风夜雨_{别作"永"},枕簟共新凉。

又

马上催归,枕边唤起,谢他闲管闲愁。正难行处,云木叫钩辀。似笑天涯倦客,区区地、著甚来由。真怜我,提壶劝饮,一醉散千忧。

人生,谁满百,闲中最乐,饱外何求。算苦无官况,莫要来休。住个溪山好处,随缘老、蜡屐渔舟。虽难比,东山绿野,得似个优游。

满　江　红

香雾空濛,檐牙外、流萤自照。夜向久、明河东畔,电飞云绕。错落疏星垂屋角,须臾万弩鸣林杪。渐翠竹、苍梧嫩凉生,惊秋早。

人语静,签声杳。珍簟冷,纱厨小。想云窗依旧,梦寻难到。雁足空来书断绝,眉头顿著愁多少。纵细写、琴心有谁知,朱弦悄。

又　滕王阁

画栋珠帘,临无地、沧波万顷。云尽敛、西山横翠,半江沉影。斜日明边回白鸟,晚烟深处迷渔艇。听棹歌、游女采莲归,声相应。

愁似织,人谁省。情纵在,欢难更。满身香犹是,旧时荀令。宦海归来尘扑帽,酒徒散尽霜侵鬓。最愁处、独立咏苍茫,西风劲。

又　都下作

社雨初晴,烟光暖、吴山滴翠。望绛阙、祥云亏蔽,粉垣千雉。万柳低垂春似酒，微风不动天如醉。遍万井、嬉嬉画图中，欢声里。

　　嗟倦客，道傍李。看人事，槐根蚁。立苍茫俯仰，漫悲身世。靖
节依然求县令，元龙老去空豪气。便乘兴、一叶泛沧浪，吾归矣。

兰陵王 郴州作

晓阴薄。隔屋呼晴噪鹊。长烟袅、轻素望中，林表初阳照城郭。秋
容自寂寞。清浅溪痕旋别作"渐"落。桥虹外，明别作"晴"嶂万重，云
木千章映楼阁。　　　　天涯信飘泊。漫水绕郴山，尺素难托。文园
多病宽衣索。最长笛声断，画阑凭暖，黄昏前后况味恶。甚良宵闲
却。　　　　辽邈。误行乐。料恨寄徽弦，心倦梳掠。西风满院垂帘
幕。对千里明月，五更悲角。归期秋尽，尚未定，怎睡著。

又 次周美成韵

小桥直。林表遥岑寸碧。斜阳外、霞绚晚空，一目千里总佳色。初
寒遍泽国。投老依然是客。功名事，云散鸟飞，匣里青萍漫三尺。
　　　　重来怆陈迹。又水褪沙痕，风满帆席。鲈肥莼美曾同食。听
虚阁松韵，古墙竹影，参差犹记过此驿。傍溪南山北。　　　　悲恻。
暗愁积。拥绣被焚香，谁伴孤寂。追寻恩怨无穷极。正难续幽梦，
厌闻邻笛。那堪檐外，更夜雨，断又滴。

六州歌头 渊明祠

柴桑高隐，丘壑岁寒姿。北窗下，羲黄上，古人期。俗人疑。束带
真难事，赋归去，吾庐好，斜川路，携筇杖，看云飞。六翮冥冥高举，
青霄外、矰缴何施。且流行坎止，人世任相违。采菊东篱。　　　正
悠然、见南山处，无穷景，与心会，有谁知。琴中趣，杯中物，醉中
诗。可忘机。一笑骑鲸去，向千载，赏音稀。嗟倦翼，瞻遗像，是吾

师。门外空馀衰柳,摇疏翠、斜日辉辉。遣行人到此,感叹不胜悲。物是人非。

瑞 鹤 仙

郊原初过雨。见败叶零乱,风定犹舞。斜阳挂深树。映浓愁浅黛,遥山眉妩。来时旧路。尚岩花、娇黄半吐。到而今,唯有溪边流水,见人如故。　无语。邮亭深静,下马远寻,旧曾题处。无聊倦旅。伤离恨,最愁苦。纵收香藏镜,他年重到,人面桃花在否。念沉沉、小阁幽窗,有时梦去。

荔 枝 香 近

晓来丹枫过雨,净如扫。霜空横雁,寒日翻鸦,惊嗟岁月如流,更被酒迷花恼。转眼吴霜,点鬓催老。　细思欢游旧事,还自笑。断雨残云,都总似、梦初觉。锦鳞书断,宝奁香销向谁表。尽情说似啼鸟。

卓 牌 子 近

曲沼朱阑,缭墙翠竹晴昼。金万缕、摇摇风柳。还是燕子归时,花信来后。看淡净洗妆态,梅样瘦。春初透。　尽日明窗相守。闲共我焚香,伴伊刺绣。睡眼腾别作"薯"腾,今朝早是病酒。那堪更、困人时候。

剑 器 近

夜来雨。赖倩得、东风吹住。海棠正妖饶处。且留取。悄庭户。试细听、莺啼燕语。分明共人愁绪。怕春去。　佳树。翠阴初转午。重帘未卷,乍睡起、寂寞看风絮。偷弹清泪寄烟波,见江头

故人，为言憔悴如许。彩笺无数。去却寒暄，到了浑无定据。断肠
落日千山暮。

木兰花慢 用韩幹闻喜亭柱间韵

□中原望眼，正汉水、接天流。渐霁雨虹消，清风面旋，借我凉秋。
草庐旧三顾处，但孤云、翠壁晚悠悠。唯有兰皋解佩，至今犹话离
愁。　　迟留。叹息此生浮。去去老沧洲。念岁月侵寻，闲中最
乐，饱外何求。功名付他分定，也谁能、伴得赤松游。尊酒相逢，更
莫问侬，依旧狂不。

八声甘州

正阴阴、夏木听黄鹂，百啭语惺松。乍钩窗意适，临池倒影，竹树青
葱。翠盖红妆窈窕，香引一帘风。向晚追凉处，月挂梧桐。　　何
处楼头吹笛，渐玉绳低侧，河汉横空。想调冰雪藕，清夜与谁同。
贮离愁、难凭梦寄，纵遣书、何日有征鸿。房栊静，伴人孤寂，唯有
鸣蛩。

宴清都

暮雨消烦暑。房栊□、顿觉秋意如许。天高云杳，山横绀碧，桂华
初吐。空庭静掩桐阴，更苒苒、流萤暗度。记那时、朱户迎风，西厢
待月私语。　　佳期易失难重，馀香破镜，虽在何据。如今要见，
除非是梦，几时曾做。人言雁足传书，待尽写、相思寄与。又怎生、
说得愁肠，千丝万缕。

倾杯近

邃馆金铺半掩，帘幕参差影。睡起槐阴转午，鸟啼人寂静。残妆褪

粉，松鬟欹云慵不整。尽无言，手捼裙带绕花径。　　　酒醒时，梦
回处，旧事何堪省。共载寻春，并坐调筝何时更。心情尽日，一似
杨花飞无定。未黄昏，又先愁夜永。

长　相　思

叶舞殷红，水摇瘦碧，隐约天际帆归。寒鸦影里，断雁声中，依然残
照辉辉。立马看梅。试寻香嚼蕊，醉折繁枝。山翠扫修眉。记人
人、蹙黛愁时。　　　叹客里、光阴易失，霜侵短鬓，尘染征衣。阳台
云归后，到如今、重见无期。流怨清商，空细写、琴心向谁。更难
将、愁随梦去，相思惟有天知。

风　流　子

吴山新摇落，湖光净、鸥鹭点涟漪。望一簇画楼，记沽酒处，几多鸣
橹，争趁潮归。瑞烟外，缭墙迷远近，飞观耸参差。残日衬霞，散成
锦绮，怒涛推月，辗上玻璃。　　　西风吹残酒，重门闭，深院露下星
稀。肠断凭肩私语，织锦新诗。想翠幄香消，都成闲梦，素弦声苦，
浑是相思。还恁强自开解，重数归期。

侧　犯

篆销馀馥，烛堆残蜡房栊晓。寒峭。看杏脸羞红、尚娇小。游蜂静
院落，绿水摇池沼。闲绕。翠树底、揩颐听啼鸟。　　　愁风怕雨，
弹指春光了。音信杳。最堪恨、归雁过多少。困倚孤眠，昼长人
悄。睡起依然，半窗残照。

贺　新　郎

晓色明窗绮。耿残灯别作“篆烟消”、寒生翠幕别作“幄”，鸟啼人起。一

别作"昨"夜西园新雨过,细草闲花似洗。漾澜别作"阑",一作"蓝"影、柳塘春水。闲别作"晴"昼双飞归来燕,正东风、漫漫吹别作"缓缓临"桃李。还是个,闷别作"又是醉"天气。　　回廊小院帘垂地。想别作"恨"连天、芳草萋迷,短长亭外别作"际"。愁到春来依然在,旧事浑别作"还"如梦里。又生怕、人惊憔悴。楼上谁家别作"何处楼头"、一作"楼上人家"吹长别作"羌"笛,向曲中、说尽相思意。三弄处别作"罢",寸心碎。

红 林 檎 近

森木蝉初噪,淡烟梅半黄。睡起傍檐隙,墙梢挂斜阳。鱼跃浮萍破处,碎影颠倒垂杨。晚庭谁与追凉。清风散荷香。　　望极霞散绮,坐待月侵廊。调冰荐饮,全胜河朔飞觞。渐参横斗转,怀人未寝,别来偏觉今夜长。

垂 丝 钓

江枫秋老。晚来红叶如扫。暮雨生寒,正北风低草。宾鸿早。乱半川残照。伤怀抱。　　记西园饮处,微云弄月,梅花人面争好。路长信杳。度日房栊悄。还是黄昏到。归梦少。纵梦归易觉。

安 公 子

弱柳丝千缕。嫩黄匀遍鸦啼处。寒入罗衣春尚浅,过一番风雨。问燕子来时,绿水桥边路。曾画楼、见个人人否。料静掩云窗,尘满哀弦危柱。　　庾信愁如许,为谁都著眉端聚。独立东风弹泪眼,寄烟波东去。念永昼春闲,人倦如何度。闲傍枕、百啭黄鹂语。唤觉来厌厌,残照依然花坞。

蓦山溪　次陈帅用曹元宠梅花韵

蕊珠宫阙，西帝陈嫔御。语笑梦中香，叹罗浮、几番春暮。江南岁晚，垂地冻云黄，修竹外，一枝斜，流水桥边路。　　小桃半吐。羞得无藏处。不怕雪霜欺，最难禁、豪风横雨。当年诗兴，犹自记扬州，今老矣，客天涯，还认何郎否。

一　丛　花

东风吹恨著眉心。金约瘦难任。西窗翦烛浑如梦，最愁处、南陌分襟。香歇绣囊，尘生罗幌，憔悴到如今。　　小花幽院夜沉沉。凉月转槐阴。拂墙树动开朱户，又赢得、愁与更深。青翼不来，征鸿难倩，流怨入瑶琴。

雨中花　按调乃满路花

江上西风晚。野水兼天远。云衣拖翠缕，易零乱。见柳叶满梢，秀色惊秋变。百岁今强半。两鬓青青，尽著吴霜偷换。　　向老来、功名心事懒。客里愁难遣。乍飘泊、有谁管。对照壁孤灯，相与秋虫叹。人间事，经了万千，这寂寞、几时曾见。

谒　金　门

春索寞。楼上晚来风恶。午醉初醒罗袖薄。护寒添翠幕。　　愁里花时过却。闲处泪珠偷落。憔悴只羞人间著。镜中还自觉。

又

深院闭。漫漫东风桃李。芳草萋迷烟雨细。秦楼何处是。　　还是伤春意味。闲却踏青天气。折得海棠双蒂子。无言心别作"还"

自喜。

又

春寂寂。尽日蜂寻窗隙。隔叶黄鹂声历历。满庭芳草碧。　　　相
对熏炉象尺。新睡觉来无力。几日郎边无信息。闲拈双六掷。

又

归鸟急。照水斜阳红湿。篷底夜凉风露入。藕花香习习。　　　点
滴城头漏涩。凄断草间虫泣。新恨旧愁眉上集。月斜还伫立。

又

烟水阔。夜久风生蘋末。东舫西船人语绝。四更山吐月。　　　客
里光阴电抹。不记离家时节。楼上单于别作"笛声"听未彻。又催征
棹发。

又

云障日。檐外雪销残滴。画阁红炉窗户窄。博山烟穗直。　　　酒
入横波滟溢。羞得梅无颜色。乡有温柔元未识。更从何处觅。

又

清汉曲。天际落霞孤鹜。幽草墙阴秋更绿。倚檐三两竹。　　　绣
被焚香独宿。梦绕绿窗华屋。何日明眸光射目。夜阑更秉烛。

金　蕉　叶

涛翻浪溢。调停得、似饧似蜜。试一饮、风生两腋。更烦襟顿失。
　　　雾縠衫儿袖窄。出纤纤、自传坐客。觑得他、烘地面赤。怎得

来痛惜。

又

行思坐忆。知他是、怎生过日。烦恼无、千万亿。诮将做饭吃。

　旧日轻怜痛惜。却如今、怨深恨极。不觉长吁叹息。便直恁下得。

又

江枫半赤。雨初晴、雁空绀碧。爱篱落、黄花秀色。带零露旋摘。

　向晚西风淡日。髮萧萧、任从帽侧。更莫把、茱萸叹息。且更持大白。

又

沉烟篆曲。可庭轩、翠梧荫绿。挂晚景、寒林数幅。对冰盘莹玉。

　印枕娇红透肉。眼偷垂、睡犹未足。试纤手、清泉戏掬。看风动槛竹。

清　平　乐

嫩凉新霁。明月光如洗。长笛一声烟际起。人在危楼独倚。
夜深风露娟娟。抱琴谁和流泉。只有乘鸾仙子,见人愁绝无眠。

又

春愁错莫。风定花犹落。鬥草踏青闲过却。乳燕鸣鸠自乐。
行人江北江南。满庭萱草毵毵。且恁亡忧可矣,只他怎解宜男。

又 赠歌者

移商换羽。花底流莺语。唱彻秦娥君且住。肠断能消几许。
劝觥斜注微波。真情著在谁那。只怕如今归去,酒醒无奈愁何。

又 赠游簿侍儿

长条依旧。不似章台柳。见客入来和笑走。腻脸羞红欲透。
桃花流水茫茫。归来愁杀刘郎。尽做风情减尽,也应未怕颠狂。

又

春衫袖窄。烛底横波溢。困倚屏风无气力。故故停歌驻拍。
夜深满劝金杯。曲中偷送情来。归去十分准拟,今宵梦里阳台。

又 瑞香

争妍占早。只有梅同调。紫晕丁香青盖小。比似横枝更好。
日烘锦被熏香。老夫恼得颠狂。把酒花前一笑,醉乡别有风光。

柳 梢 青

草底虫吟。烟横水际,月澹松阴。荷近香浓,竹深凉早,销尽烦襟。
　　髮稀浑不胜簪,更客里、吴霜暗侵。富贵功名,本来无意,何
况如今。

　　按此首别见张孝祥于湖先生长短句卷五。

又 建康作

白鹭洲前,乌衣巷口,江上城郭。万古豪华,六朝兴废,潮生潮落。
　　信流一叶飘泊。叹问米、东游计错。老眼昏花,吴山何处,孤

云天角。

又 <small>长桥</small>

天接沧浪。晴虹垂饮,千步修梁。万顷玻璃,洞庭之外,纯浸斜阳。

　　西风劝我持觞。况高栋、层轩自凉。饮罢不知,此身归处,独咏苍茫。

又 <small>钓台。绍兴甲子赴试南宫登此,今三十三年矣</small>

一水萦回。参天古木,夹岸苍崖。三十三年,客星堂上,几度曾来。

　　眼看变化云雷。分白首、烟波放怀。细细平章,钓台毕竟,高似云台。

菩 萨 蛮

流苏宝帐沉烟馥。寒林小景银屏曲。睡起鬓云松。日高花影重。

　　沉吟思昨梦。闲抱琵琶弄。破拨错成声。春愁著莫人<small>别作"指下生"</small>。

又 <small>送刘帅</small>

重湖草木威名熟。儿童犹唱平郴曲。宴寝静愔愔。恩波湘水深。

　　举头天尺五。稳步烟霄去。三柱黑头公。朔庭谈笑空。

又 <small>杜省幹席上口占赋桃花菊</small>

木犀开遍芙蓉老。东篱独占秋光好。还记笑春风。新妆相映红。

　　莫嫌彭泽令。不似刘郎韵。把酒赋新诗。花前知是谁。

又

西风送别作"吹"雨鸣庭树。嫩寒先到孤眠处。愁极梦频惊。马嘶天渐明。　　千林枫叶赤。寒事催刀尺。树杪又斜阳。迢迢归路长。

思佳客　王宰席上赠歌姬

把酒听歌始此回。流莺花底语徘徊。神仙也许人间见,腔调新翻辇下来。　　银烛灺,玉山颓。谁言弱水隔蓬莱。绝胜想像高唐赋,浪作行云行雨猜。

又

飞燕双双掌上身。花光纷艳晚妆新。纤腰妙舞萦回雪,皓齿清歌遏住云。　　欢卜夜,座添春。近前生怕主人嗔。主人见惯浑闲事,恼杀醒狂一个人。

又　七夕

宝阁珠宫夜未央。嫌迟怕晚不成妆。乞求乌鹊填河汉,已早玉绳低建章。　　笼月烛,闭云房。经年离恨不胜长。思量也胜姮娥在,夜夜孤眠不识双。

浣　溪　沙

庭下丛萱翠欲流。梁间双燕语相酬。日长帘底篆烟留。　　金勒去遥芳草歇,玉箫吹罢紫兰秋。一年春事只供愁。

又　梅

玉骨冰肌比似谁。淡妆浅笑总相宜。一枝清绝照涟漪。　　客意
无聊花亦老,风烟错莫雨垂垂。溪边立马断肠时。

又

一夕高唐梦里狂。云情雨意两茫茫。袖间依约去年香。　　乳燕
鸣鸠闲院落,垂杨芳草小池塘。墙梢冉冉又斜阳。

山花子　成支使出侍姬,次穆季渊韵

雾阁云窗别有天。丰肌秀骨净娟娟。独立含情羞不语,总妖妍。
　　持酒听歌心已醉,可怜白髮更苍颜。红烛纱笼休点著,月中
还。

蝶恋花　次韩幹梦中韵

细雨斜风催日暮。一梦华胥,记得惊人句。雾阁云窗歌舞处。翠
峰青嶂无重数。　　解佩江头元有路。流水茫茫,尽日无人渡。
一点相思愁万缕。几时却跨青鸾去。

又

十二峰前朝复暮。空忆兰台,公子高唐句。断雨残云无觅处。古
来离合归冥数。　　咫尺明河无限路。牛女佳期,犹解年年渡。
细写罗笺情缕缕。雁飞不到谁将去。

惜分飞　九日

平日悲秋今已老。细看秋光自好。风紧寒生早。漫将短髮还吹

帽。　　寂寞东篱人不到。只有渊明醉倒。一笑留残照。世间万
事蝇头小。

又

雨过残阳明远树。树底鸣蝉无数。临水人家住。靠西便入江南
路。　　曲径通幽深几许。翠竹短窗无暑。小立凭肩语。个中曾
是孤眠处。

鹊　桥　仙

明眸皓齿，丰肌秀骨，浑是揉花碎玉。十分心事有谁知，暗恼得、愁
红怨绿。　　残云断雨，不期而会，也要天来大福。若还虚度可怜
宵，便做下、来生不足。

又　七夕

牛郎织女，因缘不断，结下生生世世。人言恩爱久长难，又不道、如
今几岁。　　眼穿肠断，一年今夜，且做不期而会。三杯酒罢闭云
房，管上得、床儿同睡。

诉　衷　情

荷花风细竹娟娟。新浴晚凉天。钩帘坐期素月，相对理朱弦。
　　歌扇底，舞裙边。旧因缘。忔憎模样，别没包弹，只欠心坚。

又　中秋微雨，入夜开霁，吕履谦座上赋此

晓来犹自雨冥冥。投晚却能晴。姮娥为谁著意，洗得十分明。
　　人自老，兔长生。酒徐倾。杯行到手，休更推辞，转眼参横。

相 思 引

皓齿清歌绝代音。眼波斜处寄情深。东风吹散，云雨杳难寻。
　　试手罗笺花样在，唾窗茸线暗尘侵。向来多事，触绪碎人心。

又

晓鉴燕脂拂紫绵。未忺梳掠鬓云偏。日高人静，沉水袅残烟。
　　春老菖蒲花未著，路长鱼雁信难传。无端风絮，飞到绣床边。

点绛唇　登郢州城楼

楼槛凌风，四边浑是青山绕。水空相照。天末归帆小。　　家在
江南，三径都荒了。何时到。暗尘扑帽。应被渊明笑。

又

徙倚虚檐，柳阴疏处看飞鸟。水平池沼。云影闲相照。点翰舒笺，
字密蝇头小。还揉了。路长山杳。寄得愁多少。

减字木兰花　梅

微红嫩白。照水横枝初摘索。一梦扬州。客里相逢无限愁。
黄昏院落。细细清香无处著。觅句持觞。鬓点吴霜不碍狂。

又　灯下见梅

灯前初见。冰玉玲珑惊眼眩。艳溢香繁。绝胜溪边月下看。
铅华尽洗。只有檀唇红不退。倾坐精神。全似当时一个人。

归　字　谣

归。目断吾庐小翠微。斜阳外,白鸟傍山飞。

又

归。随分家山有蕨薇。陶元亮,千载是吾师。

玉　团　儿

吴江渺渺疑天接。独著我、扁舟一叶。步袜凌波,芙蓉仙子,绿盖红颊。　　登临正要诗弹压。叹老别作"此"去、都忘句法。剧饮狂歌,清风明月,相应相答。

青山远　题王见几侍儿真

花竹亭轩。曲径通幽小洞天。翠帏苒苒隔轻烟。锁婵娟。　　画图初试春风面,消得东君著意怜。到伊歌扇舞裙边。要前缘。

玉　楼　春

垂鬟初学窥门户。妙舞妍歌俱独步。引成密约笑言间,认得真情离别处。　　潘郎两鬓今如许。纵得相逢知认否。多时无雁寄书来,今夜情风吹梦去。

踏　莎　行

醉捻黄花,笑持白羽。秋江绿涨迷平楚。燕鸿曾寄去年书,汉皋不记来时路。　　天际归舟,云中烟树。兰成憔悴愁难赋。香囊钿合忍重看,风裳水佩寻无处。

南　柯　子

秋晚霜初肃,江寒雾未收。西风吹老白蘋洲。长笛一声、谁在水边楼。　　带绿柈新破,真醇酒旋笒。簪花莫怪老人羞。直是黄花、羞上老人头。

虞美人 七夕悼亡

娟娟缺月梧桐影。云度银潢静。夜深檐隙下微凉。醒尽酒魂何处、藕花香。　　鹊桥初会明星上。执手还惆怅。莫嗟相见动经年。犹胜人间一别、便终天。

忆秦娥 七夕

月照席。不知天上今何夕。今何夕。鹊桥初就,玉绳低侧。暂时不见犹寻觅。那堪更作经年隔。经年隔。许多良夜,怎生闲得。

长　相　思

荷花香。竹风凉。万动声沉更点长。荧荧月半床。　　好思量。恶凄惶。独立西厢花拂墙。如今空断肠。

东　坡　引

陇头梅半吐。江南岁将暮。闲窗尽日将愁度。黄昏愁更苦。归期望断,双鱼尺素。念嘶骑、今别无"今"字到何处。残灯背壁三更鼓。斜风吹细雨。别本末句叠。　　以上四印斋所刻词本宣卿词九十八首

朱　雍

雍,绍兴中乞召试。有梅词。

如　梦　令

池上数枝开遍。临水幽香清浅。楼上欲黄昏,吹彻一声晴管。零乱。零乱。衣上残英都满。

生　查　子

帘栊月上时,寂寞东风裹。又是立黄昏,梅影临窗绮。　玉梅清夜寒,梦断还无寐。晓角一声残,吹彻人千里。

点　绛　唇

轻艳盈盈,相逢曾向寒溪路。惜飘零处。无计禁春雨。　素影参差,人在琼城步。危阑暮。年光催度。特地香风别作"留"住。

浣　溪　沙

残日凭阑目断霞。寒林人静每归鸦。小梅春早压群花。　一槛风声清玉管,数枝月影到窗纱。隔帘时度暗香些。

谒　金　门

春太早。十二玉楼初晓。半额试妆深院悄。相逢何草草。　临水幽香缥缈。仿佛淡妆窥照。恰值日边人未到。纷纷萦古道。

好　事　近

春事别作"色"为谁来,枝上半留残雪。恰近小园香径,对霜林寒月。

危阑别作"楼"凄断笛声长,吹到偏呜咽。最好短亭归路,有行人先折。

清　平　乐

雪开瑶径。素蕊迎春影。楼上玉声三弄定。无奈幽香翻阵。
凌晨不事铅华。化工却付春花。流水残阳江上,清随月色低斜。

忆　秦　娥

风萧萧。驿亭春信期春潮。期春潮。黄昏浮动,谁在江皋。
碧云冉冉横溪桥。琼车未至馀香飘。馀香飘。一帘疏影,月在花梢。

亭　前　柳

拜月南楼上,面婵娟、恰对新妆。谁凭阑干处,笛声长。追往事,遍凄凉。　　看素质、临风消瘦尽,粉痕轻、依旧真香。潇洒春尘境,过横塘。度清影,在回廊。

又

伫立东风里,放纤手、净试梅妆。眉晕轻轻画,远山长。添新恨,更凄凉。　　尝忆得、驿亭人别后,寻春去、尽是幽香。归路临清浅,在寒塘。同水月,照虚廊。

又

养就玄霜圃,问东君、曾放瑶英。回首蓝桥路,遍琼城。横斜影,照人明。　　飘香信、玉溪仙佩晚,同新月、步入西清。冰质枝头袅,更轻盈。分春色,赠双成。

十 二 时 慢

粉痕轻、谢池泛玉，波暖别作"浸"琉璃初暖别作"波暖琉璃初展"。睹靓
芳、尘冥春浦，水曲漪生遥岸。麝气柔、云容影淡，正日边寒浅。闲
院寂，幽管声中，万感并生，心事曾陪琼宴。　　春暗南枝依旧，但
得当时别作"初"缱绻按"缱绻"原作"绻缱"，据词谱卷三十七改。昼永乱英，缤
纷解佩，映人轻盈面。香暗酒醒处，年年共副良愿。

塞 孤　次柳耆卿韵

雪江明，练静波声歇。玉浦梅英初发。隐隐瑶林堪乍别。琼路冷，
云阶滑。寒枝晚、已黄昏，铺碎影、留新月。向亭皋、一任风冽按
"冽"原作"裂"，据词谱卷二十三改。　　歌起郢曲时，目断秦城阙。远道
冰车清彻。追念酥妆凝望切。淡伫迎佳节。应暗想、日边人，聊寄
与、同欢悦。劝清尊、忍负盟设。

八 声 甘 州

听玎玎漏永，洗银林、梅英别作"蕊"半寒收。正蟾辉舒粉，云容缕
色，切近妆楼。人在东风伫立，悄悄独凝眸。多少横斜影，萦绕江
流。　　只有清香暗度，堕髻簪珥玉，曾赋清游。认瑶车冰辙，佳
致肯延留。指蓬山、青别作"丹"砂初转，望沧溟、羽佩一同舟。仙娥
许，酒涴与我，消尽春愁。

迷 神 引

白玉楼高云光绕。望极新蟾同照。前村暮雪，霁梅林道。涧风平，
波声渺。喜登眺。疏影寒枝颤别作"裛"，太春早。临水凝清浅，靓
妆巧。　　瘦体伤离，向此萦怀抱。觉璧华轻，冰痕小。倦听塞

管,转鸣咽,令人老。素光回,长亭静,无尘到。烟锁横塘暖,香径悄。飞英难拘束,任春晓。

瑶台第一层 上元扈跸同宗室仲御作

西母池边宴罢,赠南真、步玉霄。绪风和扇,冰华发秀,雪质孤高。汉陂澄练影,问是谁、独立江皋。便凝望,认壶中圭璧,天上琼瑶。

　　清标。曾陪胜赏,坐忘愁解使尘销。况双成、与乳丹点染,都付香梢。寿妆酥冷,郢韵佩举,麝卷云绡。乐逍遥。□凤凰台畔,忆取吹箫。

按此首别作无名氏撰,见能改斋漫录卷十七。依后山诗话,又似赵顼作。

西平乐 用耆卿韵

夜色娟娟皎月,梅玉供别作"共"春绪。不使铅华点缀,超出精神淡伫别作"泞"。休妒残英如雨。清香眷恋,只恐随风满路。散无数。别作"只恐他风满树。散难伫。"韵与柳合,应从。　　江亭暮。鸣佩语。正值匆匆乍别,天远瑶池缟縠别作"縠",好趁飞琼去。忍孤负、瑶台伴侣。琼肌瘦尽,庾岭零落,空怅望,动情处。画角哀时别作"声"暗度。参横向晓,吹入深沉院宇。

梅 花 引

梅亭别。梅亭别。梅亭回首都如雪。粉融融。月濛濛。月别作"江"上小车,归去小楼空。当时曾傅新妆薄。而今一任花零落。朝随风。暮随风。竹外孤根,犹与幽径通。　　长相忆。无消息。庾岭沉沉云暗碧。玉痕惊。对离情。无奈水遥天阔、隔琼城。年来素袂香不灭。此心无限凭谁说。夜绵绵。路漫漫。愁别作"谁"听枕前,吹彻笛声寒。

笛家弄 <small>用耆卿韵</small>

瑰质仙姿,缟袂清格,天然疏秀。静轩烟锁黄昏后。影瘦零乱,艳冷珑璁,雪肌莹暖,冰枝紫绣。更赋风流,几番攀赠,细捻香盈手。与东君、叙暌远,脉脉两情有旧。　　立久。阆苑凝夕,瑶窗淡月,百琲寻芳,醉玉谈群,千钟酹酒。向此,是处难忘瘦花,送远何劳垂柳。忍听高楼,笛声凄断,乐事人非偶。空馀恨,惹幽香不灭,尚沾春袖。

玉女摇仙佩

灰飞嶰谷,佩解江干,庾岭寒轻梅瘦。水面吞蟾,山光暗斗。物色盈枝依旧。凭暖危阑久。有清香旖旎,却沾襟袖。赋情□、窥人艳冷,更是殷勤,忍重回首。谁知道,春归院落,缤纷雪飞鸳甃。须谢化机爱惜,碎璧铺酥,肯把飞英僝僽。念念瑶珂,乘飙烟浦,送别犹携纤手。馥郁盈芳酒。临妆罢、一点眉峰伤皱。又只恐、□收梦断,管凄风怨,晓催银漏。残金兽。参横月堕归时候。<small>以上四印斋所刻词本梅词</small>

晁公武

<small>公武字子止,钜野人,冲之之子。官侍郎、安抚使。有郡斋读书志。</small>

鹧　鸪　天

笑擘黄柑酒半醒。玉壶金斗夜生冰。开窗尽见千山雪,雪未消时月正明。　　兰烬短,麝煤轻。画楼钟鼓已三更。倚栏谁唱清真

曲，人与梅花一样清。阳春白雪卷二

阳春白雪原注：或云戴平之。

林　仰

仰字少瞻，福州长溪（在今福建省霞浦县）人。绍兴十五年（1145）
进士，曾为袁州宜春县尉。绍兴三十二年（1162），监登闻鼓院。

少年游　早行

雾霞散晓月犹明。疏木挂残星。山径人稀，翠萝深处，啼鸟两三
声。　　霜华重迫驼裘冷，心共马蹄轻。十里青山，一溪流水，都
做许多情。唐宋诸贤绝妙词选卷七

存　目　词

古今词选卷八有林仰小重山"绿树莺啼春正浓"一首，乃何大圭
作，见唐宋诸贤绝妙词选卷八。

邵伯雍

伯雍，绍兴时人。自号道山公子。

虞美人　赏梅月夜有怀

玉壶满插梅梢瘦。帘幕轻寒透。从今春恨满天涯。月下几枝疏
影、透窗纱。　　锦城咫尺如千里。乍别难成寐。孤眠半晌断人
肠。夜静分明全似、那人香。花草粹编卷六

按此首原题道山公子撰。

黄中辅

中辅号槐卿,义乌人,元黄溍六世祖。

念　奴　娇

炎精中否,叹人材委靡,都无英物。胡马长驱三犯阙,谁作长城坚
壁。万国奔腾,两宫幽陷,此恨何时雪。草庐三顾,岂无高卧贤杰。

天意眷我中兴,吾皇神武,踵曾孙周发。河海封疆俱效顺,狂
虏何劳灰灭。翠羽南巡,叩阍无路,徒有冲冠髮。孤忠耿耿,剑铓
冷浸秋月。

此首原见泊宅编卷九,题中兴野人作。又见苕溪渔隐丛话前集卷五十九,不著撰
人。据元黄溍金华黄先生文集卷三"记居士公乐府"一文,乃其六世祖所作。兹
从泊宅编录出。

元徐大焯烬馀录乙编以此首为吴云公撰,盖附会之说,不足据。

满庭芳　题太平楼

快磨三尺剑,欲斩佞臣头。金华黄先生文集附宋濂金华黄先生行状(文字据历
代词人考略引金华府志人物志,第一句原仅有磨剑二字)

郑　闻

闻字仲益,开封人。绍兴二十一年(1151)进士。历中书舍人、兼直
学士院、刑部尚书。乾道九年(1173),参知政事。淳熙元年(1174)卒,
赠正献。

瑞鹤仙　赠官妓周韵

醉归来,不悟人间天上,云雨难寻旧迹。但馀香、暗著罗衾,怎生忘

得。瓮牖闲评卷五

刘望之

望之字夷叔,号观堂,成都人。绍兴二十一年(1151)进士。二十七
年(1157),左文林郎、达州州学教授,行国子正。二十九年(1159),官左
奉议郎、秘书省正字卒。有集数百卷,不传。

鹊 桥 仙

只应将巧畀人间,定却向、人间乞取。谭南诗话卷下

如 梦 令

休絮。休絮。我自明朝归去。说郛本浩然斋意抄

水调歌头 （原无调名,据律补）

劝子一杯酒,清泪不须流。人间千古,俯仰如梦说扬州。何况楚王
台畔,为雨为云无限,人事付轻沤。聚散随来去,天地有虚舟。

　谪仙人,解金龟,换美酒。载与君游,流水曲觞且赓酬。麾盖飞
迎过霭,江滨响振歌喉,拚醉又何求。三万六千日,日日此优游。
补续全蜀艺文志卷五十六引綦江志

法 常

法常,俗姓薛氏,开封人。报恩首座。淳熙七年(1180)卒。

渔 父 词

此事楞严常露布。梅华雪月交光处。一笑寥寥空万古。风瓯语。
迥然银汉横天宇。　　蝶梦南华方栩栩。斑斑谁跨丰干虎。而今

忘却来时路。江山暮。天涯目送鸿飞去。五灯会元卷十八

陆　淞

淞字子逸,号云溪,山阴(今浙江省绍兴)人。耆旧续闻云:陆辰州
子逸,左丞佃之孙。晚以疾废,卜筑于秀野,越之佳山水也。放傲世间,
不复有荣念。对客则终日清谈不倦,尤好语前辈事。

念奴娇 和李汉老

黄橙紫蟹,映金壶潋滟,新醅浮绿。共赏西楼今夜月,极目云无一
粟。挥麈高谈,倚栏长啸,下视鳞鳞屋。轰然何处,瑞龙声喷蕲竹。

何况露白风清,银河澈汉,仿佛如悬瀑。此景古今如有价,岂
惜明珠千斛。灏气盈襟,冷风入袖,只欲骑鸿鹄。广寒宫殿,看人
颜似冰玉。耆旧续闻卷二

瑞　鹤　仙

脸霞红印枕。睡觉来、冠儿还是不整。屏间麝煤冷。但眉峰压翠,
泪珠弹粉。堂深昼永。燕交飞、风帘露井。恨无人,与说相思,近
日带围宽尽。　　　重省。残灯朱幌,淡月纱窗,那时风景。阳台路
迥。云雨梦,便无准。待归来,先指花梢教看,却把心期细问。问
因循、过了青春,怎生意稳。绝妙好词卷一
按此首又见草堂诗馀前集卷上,误作欧阳修词。

卓世清

世清,津阳令。

卜算子 题徐仙亭

流水一湾西。晚坐孤亭静。不见高人跨鹤归,风竹摇清影。
往古与来今,休用重重省。十里梅花雪正晴,月挂遥山冷。舆地纪胜
卷二十八引夷坚志

按湖海新闻夷坚续志后集卷一题卓津作。津字少清,永福人,绍兴二十一年
(1151)进士,终从政郎、津阳令,盖即一人。

李 结

结字次山,号渔社,南阳人。乾道二年(1166),监进奏院。六年
(1170),知常州。七年(1171),提举浙西常平。淳熙九年(1182),知秀
州。绍熙二年(1191),四川总领。

浣 溪 沙

花圃萦回曲径通。小亭风卷绣帘重。秋千闲倚画桥东。 双蝶
舞馀红便旋,交莺啼处绿葱珑。远山眉黛晚来浓。阳春白雪卷二

西 江 月

若将花卉论行藏。盍在凌烟阁上。附见客亭乐府内

向 滈

滈字丰之,曾官县令。有乐斋词。

水 调 歌 头

短棹舣湍石,华月满汀洲。应知孤客无寐,特地照离忧。谁念姮娥
单枕,寂寞广寒宫殿,亦自□□□。□□□□□,□□□□□。

□怜我,尘满袖,雪盈头。两乡千里萦恨,何事不归休。遥想闺中今夜,夜久寒生玉臂,犹自倚高楼。别泪入湘水,归梦绕鄜州。

念奴娇 木樨

霜威凄紧,政悲风摇落,千山群木。十里清香方盛赏,岩桂娇黄姹绿。九畹衰丛,东篱落蕊,到此成粗俗。孤标高远,淡然还媚幽独。

憔悴诗老多情,问佳人底事,幽居空谷。日暮天寒垂翠袖,愁倚萧萧修竹。林下神情,月边风露,不向雕栏曲。殷勤惟有,篆烟留得馀馥。

满庭芳 寿妻母高令人

玉粉匀梅,麴尘浮柳,画檐迟日融融。金猊喷麝,庭户转香风。好是闲居戏彩,寿觞举、和满春容。须知道,闺门孕秀,佳气在帘栊。

无穷。观盛事,年年此会,拚醉金钟。又何须、西池高宴仙宫。尽把乔松□寿,兼大国、秦虢重封。那堪更,门阑多喜,女婿近乘龙。

青玉案

别时扯泪花无语。但一味、教郎住。此日扁舟游远浦。雨晴云树。月斜烟树。目断家何许。　　红笺不寄相思句。人在潇湘雁回处。屈指归期秋已暮。万千里路。两三头绪。恨不飞将去。

又

多情赋得相思分。便揽断、愁和闷。万种千般说不尽。吃他圈樻,被他拖逗,便佛也、须教恨。　　传消寄息无凭信。水远山遥怎生奔。梦也而今难得近。伊还知道,为伊成病,便死也、谁能问。

小　重　山

翡翠林梢青黛山。小楼新罨画,卷珠帘。碧纱窗外水挼蓝。凭栏
处,相对玉纤纤。　　人散酒阑珊。夜长都睡皱,唾花衫。一弯残
月下风檐。凌波去,罗袜步蹁跹。

踏　莎　行

万水千山,两头三绪。凭高望断迢迢路。钱塘江上客归迟,落花流
水青春暮。　　步步金莲,朝朝琼树。目前都是伤心处。飞鸿过
尽没书来,梦魂依旧阳台雨。

蝶　恋　花

费尽东君无限巧。玉减香销,回首令人老。梦绕岭头归未到。角
声吹断江天晓。　　燕子来时春正好。寸寸柔肠,休问愁多少。
从此欢心还草草。凭栏一任桃花笑。

临江仙　再到桂林

瘦损东阳缘底事,离愁别恨难禁。夜长谁共拥孤衾。来时青鬓在,
今已二毛侵。　　流水青山依旧是,兰桡往事空寻。一番风雨又
春深。桃花都落尽,赢得是清阴。

又

乱后此身何计是,翠微深处柴扉。即今双鬓已如丝。虚名将底用,
真意在鸥夷。　　治国无谋归去好,衡门犹可栖迟。不妨沉醉典
春衣。人生行乐耳,须富贵何时。

武陵春 藤州江月楼

长记酒醒人散后,风月满江楼。楼外烟波万顷秋。高槛冷飕飕。

想见云鬟香雾湿,斜坠玉搔头。两处相思一样愁。休更照鄜州。

阮　郎　归

隔篱疏影照横塘。东风吹暗香。陇头归路指苍茫。江南春兴长。

扃小院,静回廊。有人凭短墙。角声惊梦月横窗。此时能断肠。

南乡子 白石铺

临水窗儿。与卷珠帘看画眉。雨浴红衣惊起后,争知。水远山长各自飞。　　受尽孤凄。极目风烟说与谁。直是为他憔悴损,寻思。怎得心肠一似伊。

西　江　月

流水断桥衰草,西风落日清笳。往来赢得鬓边华。此去征鞍休跨。

烟淑绿深陂筱,霜篱红老江花。青山尽处是侬家。拟唤渔舟东下。

又

门柳疏疏映日,井桐策策翻秋。萧条不似那时游。只有山光依旧。

别久犹牵去梦,怀多还惹新愁。吹箫人在雁回州。不管沈郎消瘦。

又

竹寺青灯永夜,江城黄叶高秋。当时文物尽交游。更为笛声怀旧。

　　牢落一生羁思,风流万斛诗愁。强邀从事到青州。酒病绵绵越瘦。

又

抵死漫生要见,偷方觅便求欢。十分赢得带围宽。划地如今难恋。

　　枕畔水沉烟尽,床头银蜡烧残。鸳衾不觉夜深寒。记取有人肠断。

又

别后千思万想,眼前一日三秋。小街栏槛记追游。料得新妆依旧。

　　自笑非常蒂芥,为他无限闲愁。莫将离恨寄郿州。闻道腰肢愈瘦。

虞美人　临安客店

酒阑欹枕新凉夜。断尽人肠也。西风吹起许多愁。不道沈腰潘鬓、不禁秋。　　如今病也无人管。真个难消遣。东邻一笑直千金。争奈茂陵情分、在文君。

又

宝梳半脱文窗里。玉软因谁醉。锦鸳应是懒熏香。□我水村孤酌、减疏狂。　　此时纵有千金笑。情味如伊少。带围宽尽莫教知。嫌怕为侬成病、似前时。

南　歌　子

路尽湘江水，人行瘴雾间。昏昏西日度严关。天外一簪初见、岭南
山。　　北雁连书断，新霜点鬓斑。此时休问几时还。准拟桂林
佳处、过春残。

按此首又见张孝祥于湖先生长短句拾遗。

点　绛　唇

屈指新冬，肃霜天气重阳后。授衣时候。兰菊香盈袖。　　此日
生申，维岳钟神秀。倾名酎。篆添金兽。共祝如椿寿。

减字木兰花

多情被恼。枉了东君无限巧。真个愁人。一片轻飞减却春。
阑干凭暖。目断彩云肠也断。两岸青山。隐隐孤舟浪接天。

朝　中　措

平生此地几经过。家近奈情何。长记月斜风劲，小舟犹渡烟波。
　　而今老大，欢消意减，只有愁多。不似旧时心性，夜长听彻渔
歌。

忆　秦　娥

秋萧索。别来先自情怀恶。情怀恶。日斜庭院，月明帘幕。
轻离却似于人薄。而今休更思量著。思量著。肝肠空断，水云辽
邈。

摊破丑奴儿

自笑好痴迷。只为俺、忒瞇雏儿。近来都得傍人道,帖儿上面,言儿语子,那底都是虚脾。　　楼上等多时。两地里、人马都饥。低低说与当直底,轿儿抬转,喝声靠里,看俺么、裸而归。

好　事　近

清晓渡横江,江上月寒霜白。寂寞断桥南畔,有一枝春色。　　玉肌孤瘦恰如伊,此际转相忆。且道这些烦恼,看几时休得。

点绛唇　和彪德美韵赠杨伯原

蕙怨兰愁,玉台羞对啼妆面。懒匀香脸。不放眉峰展。　　幽恨谁知,锦字空传远。何时见。为郎肠断。不似郎情浅。

阮　郎　归

湘南楼上好凭栏。西风吹鼻酸。宦游何处不惊湍。白鸥盟已寒。　　空饮恨,废追欢。沈郎衣带宽。故人休放酒杯干。而今行路难。

如梦令　道人书郡楼

旧恨新愁无际。近水远山都是。西北有高楼,正为行藏独倚。留滞。留滞。家在吴头楚尾。

又　次韵子文邢丈

梦断绿窗莺语。消遣客愁无处。小槛俯青郊,恨满楚江南路。归去。归去。花落一川烟雨。

又　书百方观音寺壁

直面雨轻风峭。极目水空烟渺。家在武陵溪，无限壑讥峰诮。归好。归好。睡足一江春晓。

又　书弋阳楼

楼上千峰翠巘。楼下一湾清浅。宝簟酒醒时，枕上月华如练。留恋。留恋。明日水村烟岸。

又

杨柳千丝万缕。特地织成愁绪。休更唱阳关，便是渭城西路。归去。归去。红杏一腮春雨。

又

野店几杯空酒。醉里两眉长皱。已自不成眠，那更酒醒时候。知否。知否。直是为他消瘦。

又

谁伴明窗独坐。和我影儿两个。灯烬欲眠时，影也把人抛躲。无那。无那。好个栖惶的我。

按此首别误作李清照词，见续选草堂诗馀卷上。

又

厮守许多时价。谁信一筹不画。相送到矶园，赢得泪珠如泻。挥洒。挥洒。将底江州司马。

长 相 思

桃花堤。柳花堤。芳草桥边花满溪。而今戎马嘶。　千山西。
万山西。归雁横云落日低。登楼望欲迷。

又

行相思。坐相思。两处相思各自知。相思更为谁。　朝相思。
暮相思。一日相思十二时。相思无尽期。

菩萨蛮 望行人（题从永乐大典卷三千零五人字韵补）

小楼不放珠帘卷。菱花羞照啼妆面。金鸭水沉烟。待君来共添。
鹊声生暗喜。翠袖轮纤指。细细数归程。脸桃春色深。

又

云屏月帐孤鸾恨。香消玉减无人问。斜倚碧琅玕。萧萧生暮寒。
低垂双翠袖。袖薄轻寒透。庭院欲黄昏。凝情空断魂。

清平乐 次韵王武子寄远

离愁万斛。春思难拘束。瘦尽玉肌清彻骨。蹙损两眉秀绿。
画屏罗幌输君。文鳞锦翼尤勤。长记酒醒香冷，笑将髻子隈“隈”字
原缺，据永乐大典卷一万四千三百八十一寄字韵补人。

卜算子 寄内

休逞一灵心，争甚闲言语。十一年间并枕时，没个牵情处。　四
岁学言儿，七岁娇痴女。说与傍人也断肠，你自思量取。士平四岁解
言，道庆七岁犹痴，皆病损，又是孺人所奶，故特及之耳。　以上紫芝漫抄本乐斋词

存 目 词

金绳武本花草粹编卷十二有向镐"花样妖娆柳样愁"小重山一首，乃宋丰之词，见草堂诗馀后集卷下。

程大昌

大昌字泰之，休宁人。生于宣和五年(1123)。绍兴二十一年(1151)第进士，擢太平州教授。孝宗即位，累迁著作佐郎、国子司业，兼权礼部侍郎，直学士院，权吏部尚书。出知泉、明二州，以龙图阁学士致仕。庆元元年(1195)卒，年七十三。谥文简。

念奴娇 呈苏季真提举

冰容玉格，笑桃杏、非是闺帏装束。待要舒华那更管，朔气凝波僵木。五鬣山松，万年宫树，仅仅存馀绿。一枝寄赠，教渠知道春复。

宁解车马成蹊，高标宜雪月，仍便溪谷。纵有知闻，谁办得、驾野凌寒秉烛。尽更荒闲，终难掩抑，风里香千斛。林坰兴尽，此时鼎味翻足。

浣溪沙 五首

干处缁尘湿处泥。天嫌世路净无时。皓然岩谷总凝脂。　　清夜月明人访戴，玉山顶上玉舟移。一蓑渔画更能奇。

又

兽炭香红漫应时。遮寒姝丽自成围。销金暖帐四边垂。　　报道黑风飞柳絮，齐翻白雪侑羔卮。那家斟唱□□词。

又

剺水飞花也大奇。熬波出素料同机。会心一笑撒盐诗。　　谁拥醴酏夸岁瑞，恨无坚白怨朝曦。闭门高卧有人饥。

又

始待空冬岁不华。还教呈瑞怨贫家。若为高下总无嗟。　　日照华檐晴后雨，风吹飞絮腊前花。天公何事不由他。

又

水递迢迢到日边。清甘夸说与茶便。谁知绝品了非泉。　　旋挹天花融湩液，净无土脉污芳鲜。乞君风腋作飞仙。

万年欢　硕人生日

岁岁梅花，向寿尊画阁，长报春起。恰似今朝，分外香肥萼铧。杂佩珊珊就列，映蓝袂、宝薰擎踢。道这回、屋舍团栾，四时风月桃李。　　回头处、无限思。看秋前药裹，而今鼎匕。须把康强，收作玳筵欢喜。况是鬓云全绿，顶珈笄、笑陪星履。新年动、定拥新祺，有孙来捧醪醴。

汉宫春　生日词

万六千年，是仙椿日月，两度阳春。根柯不随物化，那有新陈。戏夸悠久，借时光、惊觉时人。道历管，阶蓂万换，悠然唤做逡巡。　　老我百无贪羡，羡天芳寿种，掩冉三辰。谢他流年甲子，已是重轮。人间春狭，只九旬、斗柄标寅。更拟向，椿枝倚数，十分取一为真。

好事近 生日词

日绎五千言,未说年龄可续。且得襟期萧散,远氛嚣宠辱。　　鬓髯白尽秀眉生,来伴老眸绿。人道雪霜林里,有翠松鲜竹。

减字木兰花 内子生日

距春五日。吉语搀先来饮席。易卦占新。八八周轮又再轮。开年定好。定把笙歌更药裹。旧怕无孙。今已蓝袍拥绣荪。

卜算子 园丁献海棠

春产不贪春,为厌春花泛。睡到深秋梦始回,素影翻春艳。　　意赏逐时新,旧事谁能占。解转春光入酒杯,萸菊谁云欠。

感 皇 恩

七十在前头,难言未老。只是中间有些好。鬓云虽瘦,未有一根华皓。都缘心地静,无忧恼。　　此际生朝,梅花献笑。似向天边得新报。孙枝秀雅,已挂恩袍春草。定从欢喜处,添年考。

又

池馆足名花,四时蔫馥。就里梅春春到速。周遭松竹,任是雪霜长绿。总堪供寿乐,翻新曲。　　别向心田,有般奇木。依约灵椿共标目。八千换历,才当一番春复。莫辞春起处,醥浮玉。

万年欢 硕人生日

富寿康宁,要三般齐足,方是有福。献个新词,不是越夸搀祝。七十古稀今独。花钗底、鬖云堆绿。那堪更、眼力过人,彩丝穿透珠曲。　　　星辰履阶庭玉。对这般景趣,乐胜笙筑。更愿孙枝衮衮,诜诜续续。解把诗书勤读。新丹桂、会生旧竹。十年外、又颂生朝,恁时别换腔局。

韵令　硕人生日

是男是女,都有官称。孙儿仕也登。时新衣著,不待经营。寒时火柜,春里花亭。星辰上履,我只唤卿卿。　　　寿开八秩,两鬓全青。颜红步武轻。定知前面,大有年龄。芝兰玉树,更愿充庭。为询王母,桃颗几时赪。白乐天开六秩诗自注:年五十一岁,即曰开第六秩矣。言自五十一,即为六十纪数之始也。

折丹桂　端复受官　并序

　　通奉尝欲为先硕人篆帔,命为诗语,某献语曰:"诗礼为家庆,貂蝉七叶馀。庭闱称寿处,童稚亦金鱼。"通奉喜,自为小篆,缀珠其上。今此小孙端复以近制奏官,感记旧事,为词以歌之,曼往为弟侄一笑。

童年未晓君恩重。教得能趋拱。重亲带笑酌天杯,听祝语、殷勤捧。　　　青衫得挂尤光宠。桂是蟾宫种。诗书浓处便生枝,但只要、频浇壅。

水调歌头　并序

　　水晶宫之名,天下知之,而此邦图志,元不能主名其所。某尝思之,苕雪水清可鉴,邑屋之影入焉。而甍栋丹垩,悉能透现本象,有如水玉。故善为言者,得以衮撮其美而曰,此其宫盖水晶为之,如骚人之谓宝阙珠宫,正其类也。则岂容一地独擅此名也。兹承词见及,无以为报,辄取此意,稍加檃括,用来况水调歌头为腔,辄以奉呈。若遂有取,可补地志之阙,不但持杯一笑也。

绿净贯阛阓,夹岸是楼台。楼台分影倒卧,千丈郁崔嵬。此是化人奇变,能使山巅水底,对出两蓬莱。溪浒有仙观,苕雪信佳哉。

水晶宫，谁著语，半嘲诙。世间那有，如许磊砢栋梁材。每遇天容全碧，仍更蘋风不动，相与夜深来。饮子以明月，净洗旧尘埃。

临江仙　和正卿弟生日词三首

遥认埍篪相应，为传珠贯累累。紫荆同本但殊枝。直须投老日，常似有亲时。　　子姓亦闻多慧性，贪书不是痴儿。朝家世世重诗书。一登龙虎榜，许并凤凰池。

又

抗步碧潭瀰瀰，五畬青髻累累。何年乔木倚笻枝。搜寻同队者，追说钓游时。　　今日昂藏称壮子，向来襁褓婴儿。年周甲子又重书。岂容藏老丑，照白有清池。

又

夹路传呼杳杳，垂腰印绶累累。万般荣贵出丹枝。遥知心乐处，椿畔桂当时。　　酒到芳春偏弄色，轻黄泛滟鹅儿。大为行乐使堪书。醉来花下卧，便是习家池。

好事近　硕人生日

绿鬓又红颜，谁道年周甲子。两婿□□蓝绶，那一儿何虑。　　只今卜筑水晶宫，归安好名义。金紫珈笄偕老，备长生福贵。

又

白屋到横金，已是蟠桃结子。更向仕途贪恋，是痴人呆虑。　　水晶宫里饭莼鲈，中菰第一义。留得鬓须迟白，是本来真贵。

浣溪沙 饯万大卿。前一夜有月，此日不得用乐作

物本无情人有情。百般禽味百般声。有人闻鹊不闻莺。　　　我珧
通神君信否，酒才著珧月随生。大家吸月当箫笙。

万　年　欢

秋后花窠，放两枝三朵，来通芳信。诗眼惊观，谓是春光倒运。便
即移尊就赏，更不惜、黄封赤印。何期道，青女专时，露华忽变霜
阵。　　　诗翁笑、但休问。那阳和有脚，骎骎日进。待得灰飞，梅
腕果先骋俊。次后连天红紫，向东风、万般娇韵。恁时节，玉勒狨
鞍，郊原莫论远近。

感皇恩 生日示妹

身寿又康强，谢天将并。耳目聪明行步壮。登高挥翰，不用睡眉扶
杖。华堂偕老处，儿孙王。　　　只恨萍蓬，他乡浮荡。回首故山便
惆怅。今年生日，忽似还家模样。当缘风絮韫，来赓唱。

又 代妹答

画舸白蘋洲，如归故里。老幼欢迎僮婢喜。较量心事，岁岁春风弧
矢。今年称寿处，尤欢美。　　　嫁得黔娄，白乐天代内子寄兄嫂诗云："嫁
得黔娄为妹婿。"苦耽书史。文字流传曾贵纸。便同黼黻，何似实头龟
紫。天公闻此语，应怜许。

又 某蒙惠和鄙作，谨再次韵。为闻对班在近，故有祝
语。平生梦多验，此之心声，比梦又差有实也

变化属朝班，鲲鹏相并。健翼垂云风用壮。扶摇得势，不藉仙人仙

杖。旁观生意气，犹神王。　　此去汉庭，春光骀荡。亲见子虚不惘怅。鸢肩捷上，自有唐家格样。三台旬月里，堪歌唱。

又　中外三人受封

中外受郊恩，三封纶告。依并小君出称号。锦犀光艳，不比香薰脂膏。况从鸣瑟里，添花草。　　更愿天公，别施洪造。水长船高愈新好。恁时舞带，一任巧装百宝。曲终珠满地，从人扫。

又

措大做生朝，无他珍异。填个曲儿为鼓吹。古来龙马，曾献河图真数。羲黄缘得此，齐元气。　　我向如今，职名升赐。地在天宫正东序。当初真本，到此或容披觑。这回错综处，堪详叙。

又　生朝

七十有三番，挂弧门首。此事从来信希有。新来仕路，夸说一般高手。肯从清要地，抛簪绶。　　何许分花，伊谁送酒。得开口时且开口。无烦无恼，也没期程奔走。但能安此乐，夷然寿。

又　淑人生日词

锦告侈脂封，煌煌家宝。偕老之人已华皓。绿云拥鬓，更没一根入老。但从和晬看，年堪考。　　叶是松苗，松为叶脑。禀得松神大都好。人人戴白，独我青青常保。只将平易处，为蓬岛。

又　娄通判生日词

一岁一生朝，一番老相。无欲无营亦无望。看经写字，且做闲中气象。闭门人阒静，心清旷。　　骨肉团栾，一杯相向。野蔌家肴竞来饷。真情直话,不用逢迎俯仰。从他人笑道,不时样。

好事近 <small>会娄彦发</small>

桃柳旧根株,春到红蔫绿苗。一似老年垂白,带少容鬒髪。　浮
家泛宅在他乡,难得会瓜葛。幸对此番乐饮,任宵分明发。

又 <small>生日</small>

盥水结冰花,老眼于今重见。一似琢成水玉,向冻盆游泛。　天
公作事有何难,要花花便现。且把重春留住,变苍黎容面。

又

腊月做生朝,只有南枝梅玉。此外后生桃李,未舒英吐馥。　后
园别自出神奇,现双松双竹。报道前堂琴瑟,俱长生厚福。

又 <small>同日即事</small>

岁岁做生朝,只是儿孙捧酒。今岁丝纶茶药,有使人双授。　圣
君作事与天通,道有便真有。老去不能宣力,只民编分寿。

又

我里比侨居,不欠山青水绿。只恨风冲雁序,使分飞隔澳。　只
今一苇视苕溪,见天伦雍睦。此去春浓絮起,应翻成新曲。

又 <small>生朝纪梦</small>

自涉希寿来,疑道无多岁月。昨夜风吹好梦,报前途康吉。　石
桥坚壮跨黄河,不用资舟楫。管取身心安泰,阅椿龄千百。

减字木兰花

桑弧标吉。做了生朝逾七十。子又生孙。阶砌芝兰欲满门。
今年定好。春腊之交诞婴少。玉烛气中。寿富康宁四序同。

念奴娇　彝卿国录不闲僻远，特为一来。则既幸佳词
　　　叙旧，谦褒交厚，不容虚辱，次韵为谢

海角怀人，长误喜、簌簌敲帘风竹。命驾翩然，谁信道、不怕溪山回
曲。榻拂凝塵，香笼清宴，塵柄从挥玉。好音闻耳，慰心何啻跫足。

　犹记一桂专秋，创开殊选，倒峡馀词力。往事茫茫十换岁，却
共天涯醽醁。已分成翁，翘观赐带，上拥通仙录。休贪泉石，贤台
闻用金筑。

南歌子　景仁知府郎中见示月词，特从险韵出奇丽，得
　　　拭目则已夜，不暇尽和。取最后两阕，试追元韵。
　　　地窄，但能小举袖，不容敷舒也

每月冰轮转，常疑桂影摇。封姨特地借今宵。万水一规光景、湛寒
瑶。　　圆处应无恨，君胡不自聊。谁家隐隐度晴箫。莫是素娥
仙玉、会丛霄。

又

才出沧溟底，旋明紫岫腰。玉光漫漫涌层潮。上有乘流海贾、卧吹
箫。　　更上云台望，翻牵旅思遥。我生何许著箄瓢。却向天涯
起舞、影萧萧。

又

韵致撩诗客，风流出酒家。长绳为驻日车斜。且向春香玉色、占生

涯。　　细按歌珠串,从歈宝髻鸦。花应笑我鬓双华。偏向西阶吹馥、侑流霞。

点绛唇 庚戌生日

春草池塘,茸茸短碧通芳信。更饶华润。不解膏霜鬓。　　池上诗翁,别带超遥韵。阳和进。香苞翠晕。物物皆沾分。

万年欢 丙午生日

老钝迂疏,尽世间乐事,不忟不觊。痴向韦编,根究卦爻来处。浑沌包中天地。谢东家、从头指示。便和那、八八机关,并将匙钥分付。　　行年数、六十四。把一年一卦,恰好相拟。妙道生生,既济还存未济。身愿河图比似。每演九后,重从一始。待人间、甲子何其,剩书亥字为戏。

水调歌头 上巳日领客往洛阳桥

坐上羽觞醨,水际涗衣褰。适兹胜赏,风轻云薄有情天。不用船舷悲唱,真俯阑干小海,乐事可忘年。莫向歌珠里,却叹鬓霜鲜。　　送朝潮,迎夕汐,思茫然。知他禊饮,此地过了几千千。既有相催春夏,自解转成今古,谁后更谁前。堪笑兴怀客,不似咏归川。

又

红树迎风舞,仿佛采衣褰。云容应为,虞侍分付下缺。　　以上彊村丛书本文简公词(文字据典雅词本校补)

曹　冠

　　冠字宗臣,号双溪居士,东阳人。居秦桧门下,教其孙埙。为十客之一。绍兴二十四年(1154),与埙同登甲科。二十五年(1155),自平江府府学教授擢国子录。寻除太常博士兼权中书门下检正诸房公事。秦桧死,放罢。寻被论驳放科名。乾道五年(1169),再应举中第。淳熙元年(1174),临安府通判改任太常寺主簿,被论罢新任。绍熙初,仕至郴州守。有燕喜词。

汉宫春　梅

一品天香。似蕊真仙质,宫额新妆。先春为传信息,压尽群芳。化工著意,赋阳和、欺雪凌霜。应自负,孤标介洁,岁寒独友松篁。

　　因念广平曾赋,爱浮香胧月,疏影横窗。真堪玉堂对赏,琼苑依光。江城塞管,任龙吟、吹彻何妨。君看取,和羹事在,收功不负东皇。

凤栖梧　牡丹

魏紫姚黄凝晓露。国艳天然,造物偏钟赋。独占风光三月暮。声名都压花无数。　　蜂蝶寻香随杖屦。睨睨莺声,似劝游人住。把酒留春春莫去。玉堂元是常春处。

又　兰溪

桂棹悠悠分浪稳。烟幂层峦,绿水连天远。赢得锦囊诗句满。兴来豪饮挥金碗。　　飞絮撩人花照眼。天阔风微,燕外晴丝卷。翠竹谁家门可款。舣舟闲上斜阳岸。

又　会于秋香阁，适令丞有违言，赋此词劝之

昨夜西畴新足雨。玉露金飙，著意麾残暑。画阁登临凝望处。馀
霞晚照明烟浦。　　闲是闲非知几许。物换星移，风景都如故。
耳听是非萦意绪。争如挥麈谈千古。

又　寻芳，饮于小园　元名蝶恋花

桃杏争妍韶景媚。雨霁烟轻，山色挼蓝翠。绿竹青松依涧水。了
无一点尘埃气。　　忙里偷闲真得计。乘兴携壶，文饮欣同志。
对景挥毫聊寓意。赏花对月拚深醉。

夏　初　临

琴拂虞薰，月裁班扇，麦秋槐夏清和。笋变琅玕，绛榴细蹙香罗。
绿云初展圆荷。见金鳞、戏跃清波。山丹舒艳，葵花映日，萱草成
窠。　　浮云富贵，出处无心，好天风月，如意偏多。用晏元献公幕府
王君玉事。功名事业，壮怀岂肯蹉跎。待拥雕戈。洗胡尘、须挽天
河。醉挥毫，知音为我，发兴高歌。

又　婺州郡圃

水榭风台，竹轩梅径，双溪新创名园。极目遐观，碧岑敛散瑶烟。
柳塘风皱清涟。烂红云、花岛争妍。艳妆佳丽，相携笑歌，学弄秋
千。　　遨头多暇，命友寻芳，赏心行乐，物态熙然。偎香拾翠，雅
宜飞盖联翩。满劝金船。任玉山、频醉花前。且留连，赏月画阑，
拟鬥婵娟。

又　淳熙戊戌四月既望，游涵碧，登生秋、冲霄二亭，觞
　　咏竟日。是日也，初夏恢台，园林茂密。瀑泉铿锵，

松韵笙箫。峦翠波光，上下相映。佳山句在，我思
古人，对景兴怀，视今犹昔，何异乎兰亭之感慨也。
赋夏初临一阕，以纪时日

翠入烟岚，绿铺槐幄，薰风初扇微和。茂樾扶疏，绛榴花映庭柯。
瀑泉飞下层坡。间新篁、夹径青莎。良辰佳景，登临隽游，清兴何
多。　　　流觞高会，不减兰亭，感怀书事，聊寄吟哦。升沉变化，任
它造物如何。蹑磴攀萝。上冲霄、满饮高歌。醉还醒，重宴画楼，
赏玩金波。

风入松　双溪阁观水

瑶烟敛散媚晴空。云淡奇峰。澄江金斗平波面，扁舟载、蓑笠渔
翁。仿佛辋川图上，依稀苕霅溪中。　　　春锄鹭也掠水浪花重。飞
傍芦丛。绮霞斜映征鸿影，供吟毫、佳景无穷。顿起骑鲸游兴，泠
然欲御清风。

霜天晓角　清高堂看山

小雨濛濛。轻烟舞曳风。林樾高低疏密，依浅濑、媚遥峰。　　　浴
鹭水溶溶。晴霞映晚红。拟向玉堂举似，摹写入、画图中。

又　荷花令用欧阳公故事，歌霜天晓角词，擘荷花，遍分
席上，各人一片，最后者饮

浦溆凝烟。谁家女采莲。手捻荷花微笑，传雅令、侑清欢。　　　擘
叶劝金船。香风袭绮筵。最后殷勤一瓣，分付与、酒中仙。

又

水亭清绝。拥翠环林樾。湘簟宾筵乘兴，玉壶酒、漾冰雪。　　　宝

兽沉烟爇。玉琴声韵彻。夜永风微烟淡,梧桐影、碎明月。

喜朝天　绮霞阁　即踏莎行

绣水雕栏,绮霞邃宇。薰风飒至清无暑。花间休唱遏云歌,枝头且
听娇莺语。　　景物撩人,悠然得句。深杯戏把纹楸赌。胸中丘
壑自生凉,何须泉石寻佳趣。

又

翠老红稀,歌慵笑懒。溟濛烟雨秋千院。芹泥带湿燕双飞,杜鹃啼
诉芳心怨。　　座客分题,传觞迭劝。送春惜别情何限。不须惆
怅怨春归,明年春色重妍暖。

浣溪沙　柳

翠带千条蘸碧流。多情不解系行舟。章台惜别恨悠悠。　　湿雨
伤春眉黛敛,倚风无力舞腰柔。丝丝烟缕织离愁。

又

槐柳风微轩槛凉。芙蕖绿叶映池光。几多飞盖拥红妆。　　泉试
云龙花乳泛,袖笼宝鼎水沉香。纹楸戏战赌霞觞。

又

雁字鳞差印碧空。淡云萦缕媚遥峰。悠飔舒卷逐西风。　　烟锁
绿杨深院静,花前寓意劝金钟。凤箫一曲月明中。

朝中措　茶

春芽北苑小方珪。碾畔玉尘飞。金箸春葱击拂,花瓷雪乳珍奇。

主人情重,留连佳客,不醉无归。邀住清风两腋,重斟上马金卮。

又　<small>汤</small>

更阑月影转瑶台。歌舞下香阶。洞府归云缥缈,主宾清兴徘徊。

汤斟崖蜜,香浮瑞露,风味方回。投辖高情无厌,抱琴明日重来。

<small>按此下原有和陶渊明归去来词,乃文体而非词体,未录。</small>

念奴娇　<small>宋玉高唐赋述楚怀王遇神女事,后世信之。</small>
<small>愚独以为不然,因赋念奴娇,洗千载之诬蔑,以祛
流俗之惑</small>

蜀川三峡,有高唐奇观,神仙幽处。巨石巉岩临积水,波浪轰天声怒。十二灵峰,云阶月地,中有巫山女。须臾变化,阳台朝暮云雨。

堪笑楚国怀襄,分当严父子,胡然无度。幻梦俱迷,应感逢魑魅,虚言冥遇。仙别无"仙"字女耻求媒,况神清直,岂可轻诬污。逢君之恶,鄙哉宋玉词赋。

又　<small>县圃达观赏岩桂</small>

金飙替暑,觉庭梧湘簟,凉生秋意。玉露宵零仙掌洁,云卷碧天如水。银汉波澄,蟾光练静,依约山横翠。清商佳景,笑它宋玉憔悴。

堪笑利锁名缰,向蜗牛角上,所争何事。四者难并人易老,惟有修真得计。荣悴循环,功名由命,达观明深旨。桂花同赏,莫辞通夕欢醉。

又　<small>述怀和赵宰通甫韵</small>

天津仙客,话平蔡、曾把龙钟调戏。<small>裴度未达,尝游天津桥。或言蔡州未平,</small>

一老父指度曰:必待此人。度笑曰:见我龙钟,故相调戏。茅舍云林方隐迹,日日琴樽适意。鹏激天池,扶摇未便,尚敛摩云翅。经纶万卷,个中真负豪气。　　喜遇良友知心,登临酬唱,堪作词林瑞。况是韶华将近也,待约连宵春醉。对客挥毫,如虹浩饮,争涌如泉思。同寅他日,誓坚忠义相济。

又　咏中秋月

碧天如水,湛银潢清浅,金波澄澈。疑是姮娥将宝鉴,高挂广寒宫阙。林叶吟秋,帘栊如画别作“昼”,丹桂香风发。年年今夕,庾楼此兴清绝。　　因念重折高枝,壮心犹郁,已觉生华髮。好向林泉招隐处,时讲清游真率。乘兴歌欢,熙然朝野,何日非佳节。百杯千首,醉吟长对风月。

西江月　秋香阁

仙掌初零玉露,清商乍肃金飙。回环高阁桂香飘。元自广寒移到。　　绛蜡银蟾辉映,纶巾鹤氅逍遥。赏心乐事醉良宵。赢取开怀吟啸。

又　示忠彦

秋霁姮娥二八,寒光逼散浮云。小山丛桂吐清芬。犹带蟾宫风韵。　　因念两登仙籍,恩沾雨露方新。汝今妙岁已能文。早折高枝荣奋。

又　泛舟

一派弯溪曲港,两山松干桯萝。寻幽乘兴泛烟波。时见白鸥飞过。　　炫日浪纹金影,连云岸草青莎。陶然一醉养天和。解意歌莺劝我。

水调歌头 游三洞

我本方壶客，飘逸离凡尘。胸中万卷，谈笑挥翰墨别作"笔"通神。
不慕巢由隐迹，不羡皋夔功业，出处两无心。坦荡灵台净，麈隐胜
云林。　　　念生平，喜旷达，事幽寻。登临舒啸，惟有风月是知音。
雅爱金华仙洞，一派苍崖飞瀑，四序景常新。遐想赤松子，来为醒
冲襟。

又 红梅

造物巧钟赋，新腊报花期。江梅清瘦，只是洁白逞芳姿。我欲超群
绝类，故学仙家繁杏，秾艳映横枝。朱粉腻香脸，酒晕著冰肌。
　　玉堂里，山驿畔，最希奇。谁将绛蜡笼玉，香雪染胭脂。好向歌
台舞榭，鬥取红妆娇面，俔倚韵偏宜。羌管莫吹动，风月正相知。

又

游燕赏潭洞，舒啸对云峰。瀑泉飞下银汉，一水净涵空。前度刘郎
诗句，只咏丹青摹写，佳境未亲逢。刘禹锡寄题涵碧诗，有"远写丹青到雍
州"之句。争似我吟赏，携酒屡从容。　　　濯尘缨，挥羽扇，快薰风。
因思往古游者，清兴与今同。泉石因人轻重，岘首名传千古，登览
赖羊公。陵谷有迁变，勋烈耀无穷。

鹧鸪天 梦仙

我昔蓬莱侍列仙。梦游方悟绊尘缘。青春放浪迷诗酒，黄卷优游
对圣贤。　　　嘲水石，咏云烟。乘风欲往思泠然。要知昨夜方壶
景，只在芸斋杖屦前。

好事近 岩桂

蟾苑桂飘香,雅称姮娥珍惜。吹下一丛仙种,伴秋光岑寂。　　金
风玉露嫩凉天,造化有消息。醉赏绿云金粟,媚枝头月色。

又 己丑重阳游雷峰

商素肃金飙,吹帽又逢佳节。乘兴登临舒啸,玩云林清绝。　　高
歌横剑志平戎,酒量与天阔。更待醉归开宴,赏东篱明月。

又 灯花

良月戒微寒,清夜祥烟馥郁。来报天庭喜事,现灯花金粟。　　芝
书奎画下层霄,宣召想来促。它日玉堂挥翰,赐金莲花烛。

兰陵王 涵碧

晚云碧。松巅飞泉翠滴。双鱼畔、疑是永和,曲水流觞旧风物。波
光映山色。时见轻鸥出没。壶天邃,修竹翠阴,虚籁吟风更幽寂。
　　登临兴何极。上烟际危亭,彩笔题石。山中猿鹤应相识。对
远景舒啸,壮怀豪逸。刘郎何在玩石刻。感往事陈迹。　　还忆。
少年日。帅旗鼓文场,轩冕京国。如今老大机心息。有陶令秫酒,
谢公山屐。闲来潭洞,醉皓月,弄横笛。

宴桃源 游湖 （按词律调名当作醉桃源）

西湖避暑棹扁舟。忘机狎白鸥。荷香十里供瀛洲。山光翠欲流。
　　歌浩浩,思悠悠。诗成兴未休。清风明月解相留。琴声万籁
幽。

又

廉纤小雨养花天。池光映远山。蕙兰风暖正暄妍。归梁燕翼偏。　　芳草碧,绿波涟。良辰近禁烟。酒酣午枕兴怡然。莺声惊梦仙。

惜芳菲　述怀

寓意登临诗与酒。豪气直冲牛斗。挥翰风雷吼。我生嗟在东坡后。　　流水高山琴静奏。莫笑知音未偶。天意君知否。穷通在道吾何有。

江神子　南园

雨馀乾鹊报新晴。晓风清。听莺声。飞盖南园,游赏赋闲情。麦垅黄云堆万顷,收刈处,有人耕。　　淙琤漱玉涧泉鸣。翠峰横。碧云凝。罨画园林,缣素写难成。卢橘杨梅时正熟,随处赏,饮班荆。

蓦山溪　九日

年年九日,萸菊登高宴。今岁旅新丰,听征雁、吟蛩幽怨。行行游赏,邂逅得诗人,呼斗酒,发清吟,豪气凌霄汉。　　穷通默定,志士那兴叹。寓意醉乡游,且赢得、开怀萧散。功名外物,何必累冲襟,炼丹井,叱羊山,寻个修真伴。

又　鉴湖

鉴湖千顷,四序风光好。拨棹皱涟漪,极目处、青山缭绕。微茫烟霭,鸥鹭点菰蒲,云帆过,钓舟横,俱被劳生扰。　　知章请赐,独占心何小。风月本无私,同众乐、宁论多少。浮家泛宅,它日效陶朱,烹鲈鳜,酌松醪,吟笔千篇扫。

又 乾道戊子秋游涵碧

深秋澄霁,烟淡霜天晓。翠岘峻摩穹,有碧涧、清溪缭绕。鸣弦多暇,乘兴约登临,听水乐,玩丰碑,遐想东坡老。　　当年叔子,何事伤怀抱。名与此山俱,叹无闻、真成可笑。吾侪勋业,要使列云台,擒颉利,斩楼兰,混一车书道。

又 渡江咏潮

潮生潮落,千古长如许。吴越旧争衡,览遗迹、英雄何处。胥神忠愤,贾勇助鲸波,湍砥柱,驾鳌峰,万骑轰鼍鼓。　　连天雪浪,直上银河去。击楫誓中流,剑冲星、醉酣起舞。丈夫志业,当使列云台,擒颉利,斩楼兰,雪耻歼狂虏。

又 九日

佳辰泝九,吹帽霜风峭。画阁势崔嵬,遍危阑、翠峰缭绕。茂林修竹,别是小壶天,烟霭淡,夕阳明,隐映溪光渺。　　匣琴流水,休恨知音少。长啸对西风,觉志气、凌云缥缈。传杯兴逸,高会继龙山,簪嫩菊,插红萸,相对年年好。

东坡引 九日

凉飙生玉宇。黄花晓凝露。汀蘋岸蓼秋将暮。登高开宴俎。
传杯兴逸,分咏得句。思戏马、长怀古。东篱候酒人何处。芳尊须送与。

水龙吟　梅

自来百卉千葩,算多有、异芬清绝。此花独赋,天然标致,于中超越。月脸妆匀,碧琼枝瘦,真仙风骨。向严寒雪里,千林冻损,钟和气、先春发。　　信是芳姿高洁。肯趋陪、游蜂戏蝶。玉堂静处,竹梢斜亚,凝烟媚月。一任严城上,单于奏、角声凄切。待芳心结实,和羹鼎鼐,收功须别。

满江红　淳熙丁酉六月十三日,浙宪芮国瑞巡历东阳,招饮涵碧。是日也,实予始生之日。国瑞用旧词韵作满江红为寿,因和述怀

味道韬光,伴耕钓、城南涧曲。吾不羡、炼丹金井,访仙王屋。清洁<small>别作"节"</small>无瑕通隐显,满堂岂肯贪金玉。向北窗、高卧水风凉,槐阴绿。　　闲自赏,东篱菊。偏喜种,幽居竹。信巍然良贵,有荣无辱。外物随缘姑泛应,无心仕止常知足。喜圣时、协气屡丰年,西畴熟。

又

日暖烟轻,竹梢映、花阴凌乱。微风皱、池光青<small>别作"弄"</small>碧,绿杨垂岸。艳杏墙头红粉媚,幽兰砌下飘香暖。称邀宾、明<small>别作"排"</small>日去寻芳,频欢宴。　　光景速,浑如箭。醉梦里,春强半。且花前莫厌,玉杯频劝。一枕游仙方警悟,浮名自笑犹萦绊。醉挥毫、付与雪儿歌,娇莺啭。<small>古诗:"丽词付与雪儿歌。"</small>

桂飘香　元名花心动

律应清商,嫩凉生、金风乍飘林叶。玉兔腾精,光浸楼台,宛似广寒

宫阙。远山横翠烟霏敛,鹊枝绕、蛩声凄切。气萧爽,一年好处,桂花时节。　　香压群芳妙绝。记蟾窟高枝,两曾攀折。思报君亲,何事壮怀犹郁。傅岩莘野时方隐,心先定、经纶施设。赏花醉,持杯更邀皓月。

喜迁莺　上巳游涵碧

艳阳时序。向祓禊芳辰,登临仙府。碧水澄虚,修篁耸翠,夹径蕙兰香吐。春晚巧莺声碎,风卷飞红无数。凝望处,见桑村麦陇,竹溪烟浦。　　欢聚。须信道,游宦东西,易得成离阻。北海开尊,东山乘兴,四乐偷闲赢取。棋战新来常胜,诗瘦只因吟苦。心湛静,笑白云多事,等闲为雨。

八六子　九日

晚秋时。碧天澄爽,云何宋玉兴悲。对美景良辰乐事,采萸簪菊登临,共上翠微。　　堪嗟乌兔如飞。秉烛欢游须屡,传杯到手休辞。念戏马台存,隽游安在,且开怀抱,听歌金缕,从教下客疏狂落帽,也胜醒醒东篱。太白诗:"醒醒东篱下,渊明不足群。"醉中归。花阴月影正移。

木兰花慢　和旧词韵

念行藏在道,仕宦岂为谋身。自谤起营蝇,东山高卧,北海开尊。荣枯置之度外,得饶人处、谩也饶人。须信吾躬道义,巍然良贵中存。　　浮名。蜗角是非蚊。过耳总休论。且啸傲幽居,清风皓月,光景常新。佩琴行吟胜景,访林泉、避暑赏烟云。谁识怀忠畎亩,此心常不忘君。

柳梢青 游湖

湖岸千峰。嵌岩隐映,绿竹青松。古寺东西,楼台上下,烟雾溟濛。
　　波光万顷溶溶。人面与、荷花共红。拨棹归欤,一天明月,十
里香风。

按此首别误作张孝祥词,见永乐大典卷二千二百六十五湖字韵。

哨遍　东坡采归去来词作哨遍,音调高古。双溪居士
　　　櫽括赤壁赋,被之声歌,聊写达观之怀,寓超然之
　　　兴云

壬戌孟秋,苏子夜游,赤壁舟轻漾。观水光、瀲滟接遥天,月出于东
山之上。与客同,清欢扣舷歌咏,开怀饮酒情酣畅。如羽化登仙,
乘风独立,飘然遗世高尚。客吹箫、音韵远悠飏。怨慕舞潜蛟、动
凄凉。自古英雄,孟德周郎。旧踪可想。　　　噫,水与月兮,逝者
如斯曷尝往。变化如一瞬,盈虚兮、莫消长。自不变而观,物我无
尽,何须感物兴悲怅。夫天地之间,物各有主,惟同风月清赏。念
江山美景岂可量。吾与子、乐之兴徜徉。听江渚、樵歌渔唱。□侣
鱼虾、友麋鹿,举匏尊相劝,人生堪笑,蜉蝣一梦,且纵扁舟放浪。
戏将坡赋度新声,试写高怀,自娱闲旷。

小　重　山

风飐池荷雨盖翻。明珠千万颗,碎仍圆。龟鱼浮戏皱清涟。翠光
映,垂柳幂瑶烟。　　幽兴寓薰弦。俗尘飞不到,小壶天。身闲无
事自超然。拚酩酊,一枕梦游仙。

满　庭　芳

榴艳喷红,槐阴凝绿,薰风初扇微凉。新荷舒盖,翠色映波光。时

见金鳞戏跃,听莺声、巧啭垂杨。谁知我,身闲无累,对景自襄羊。
　　南堂。清昼永,瑶琴横膝,芸帙披香。负气冲牛斗,操凛冰霜。
吟笔通神掣电,乘高兴、鲸吸飞觞。情何憾,君亲未报,功业志难
忘。

卜算子 梦仙

午枕梦游仙,身到蓬莱境。何事莺声啭绿杨,刚把人惊醒。　　乘
兴对琴尊,寄傲吟光景。绕舍清阴映远岑,香篆槐堂静。

粉　蝶　儿

绕舍清阴,还是暮春天气。遍苍苔、乱红堆砌。问留春不住,春怎
知人意。最关情,云杪杜鹃声碎。　　休怨春归,四时有花堪醉。
渐红莲、艳妆依水。次芙蓉岩桂,与菊英梅蕊。称开尊,日日殢香
偎翠。

临江仙 明远楼

三洞烟霞多胜致,壶中别有登临。白鸥飞处晚云深。群峰罗户牖,
空翠入衣襟。　　分得双溪楼上景,四时佳趣供吟。浩歌鲸饮酒
频斟。莺花休恨别,风月是知音。

浪淘沙 述怀

清介百无求。民瘼怀忧。席珍藏器效前修。自负平戎经国略,壮
气横秋。　　二纪叹淹留。寻壑经丘。醉吟适意且遨游。致主丹
心犹未老,天意知不。

定　风　波

万个琅玕筛日影,两堤杨柳蘸涟漪。鸣鸟一声林愈静。吟兴。未曾移步已成诗。　　旋汲清湘烹建茗,时寻野果劝金卮。况有良朋谈妙理。适意。此欢莫遣俗人知。

青　玉　案

烟村茂樾湾溪畔。似远景、摹轻练。细草平沙骑款段。渔翁欸乃,却惊鸥鹭,飞起澄波面。　　班荆对饮垂杨岸。枝上莺歌如解劝。山映斜阳霞绮散。醉吟乘兴,锦囊诗满,爱月归来晚。

使　牛　子

晚天雨霁横雌霓。帘卷一轩月色。纹簟坐苔茵,乘兴高歌饮琼液。　　翠瓜冷浸冰壶碧。茶罢风生两腋。四座沸欢声,喜我投壶全中的。

望海潮　绍兴府西园席上

会稽藩镇,舟车都会,槐庭燕寝凝香。禹穴旧踪,兰亭胜致,千岩万壑生光。舆颂美龚黄。庆慈闱戏彩,眉寿而康。寓兴西园,月台风榭赏群芳。下半阕佚。　　以上四印斋所刻词本燕喜词(文字据典雅词本改)

葛　郯

郯字谦问,归安(今浙江省吴兴县)人。葛立方之子。绍兴二十四年(1154)进士。乾道七年(1171),常州通判。守临川,淳熙八年(1181)卒。有信斋词一卷。

玉蝴蝶 和维扬晁侍郎寄伯强

忆昨苕溪，惯弄五亭月笛，四水烟蓑。何事毗檀门外，马驻长坡。野花中、乱红杏霭，小桥外、叠翠嵯峨。且颜酡。但存_{按"存"字原空}格，从鲍校本信斋词长袖，舞倒婆娑。　　云何。主盟惠政，春行五马，月皎千波。赢得宾僚，听隔墙、无事高歌。帐烟寒、瑞麟影堕，帘雾细、宝鸭香多。试蹉跎。一枰落日，又送樵柯。

念奴娇 和人

冯夷微怒，被鲛人水府，织成绡縠。何处飞来双白鹭，点破一溪寒玉。岸柳烟迷，海棠酒困，赢得春眠足。凭栏搔首，为谁消遣愁目。　　遥想居士床头，竹渠新雨，溜瓮中春醁。不惜千钟为客寿，倒卧南山新绿。晚月催归，春风留住，费尽纱笼烛。恍疑仙洞，梦游天柱林屋。

又 和人

阳关西路，看垂杨客舍，嫩浮波縠。宝马嘶风人渐远，隐隐歌声戛玉。踏遍春山，归来高卧，笑濯沧浪足。孤鸿天际，断霞摇曳心目。　　香露飞入壶中，仙家九酝，酿百花醽醁。一朵巫阳休怅望，且看家山眉绿。歌罢风生，舞馀花颤，凤髓飘红烛。瑶台月冷，夜归斗挂银屋。

洞仙歌 壬辰六月十二日纳凉

璚楼十二，无限神仙侣。紫绶丹麾彩鸾驭。步虚声杳霭，碧落天高，微云淡，点破瑶阶白露。　　暗香来水阁，冰簟纱厨，一枕风轻自无暑。更上水精帘，斗挂阑干，银河浅、天孙将渡。终不如、归去在苕川，看千顷菰蒲，乱鸣秋雨。

又 十三夜再赏月用前韵

藐姑仙子，天外谁为侣。八极浮游气为驭。看朝餐沆瀣，暮饮醍醐，瑶台冷，吹落九天风露。　　翠空云幕净，宝鉴无尘，碧树秋来暗消暑。残夜水明楼，影落寒溪，行人起、沙头唤渡。任角声、吹落小梅花，梦不到渔翁，一蓑烟雨。

满庭霜 宴黄仲秉镇江守

红叶飞时，青山缺处，云吴昌绶校本引董本作"云"，原作"泻"横秋影斜阳。凤凰旌节，何事到吾乡。要见大江东去，寒光静、水与天长。人争看，恩袍焕锦，新惹御炉香。　　满城，夸盛事，两邦鼓吹，几部笙簧。看万红千翠，簇拥云裳。况是重阳近也，萸露紫、菊吐轻黄。休辞醉，明朝一枕，歌韵尚悠扬。

又 述怀

归去来兮，苕谿深处，上有苍翠从吴校，原空格千峰。月桥烟墅，家在五湖东。试觅桃花流水，鸡犬静、人迹才通。沙汀晚，一天云锦，飞下水精宫。　　两年，官事少，江梅雾暗，多稼云丰。把毗坛清梦，尽入诗筒。只欠芦花夜宿，金溪上、一苇秋风。蓑衣在，不辞重整，来作钓鱼翁。

又 和前

归去来兮，家林不远，梦魂飞绕烟峰。洞房花木，只在小池东。谁道云深无路，小桥外、一径相通。功名小，从教群蚁，鏖战大槐宫。　　故人，书夜到，秋田百亩，已兆年丰。把乌程烂醉，不数郓筒。

醉后村歌社舞,团圞坐、一笑春风。洪崖伴,定驱鸾鹤,时一访衰翁。

又　再和

归去来兮,心空无物,乱山不鬥眉峰。夜禅久坐,窗晓日升东。已绝乘槎妄想,沧溪迥、不与河通。维摩室,从教花雨,飞舞_{原空格,从}吴校_{下天空原作"宫",从吴校。}　　何人,开宴豆,楚羹莼嫩,吴脍盘丰。看一声欸乃,落日收筒。应笑红尘陌上,津亭暮、十里斜风。从今去,青鞋黄帽,分付紫髯翁。

满江红　和吕居仁酬芮国瑞提刑

家住苕西,小池映、青山一曲。翠深里、猿呼鹤应,短墙低屋。麦影离离翻翠浪,泉声　　　敲寒玉。怪夜来、有蚁出糟床,笞新绿。
　　和月种,南阳菊。饶云买,淇园竹。任蛮争触战,世间荣辱。两目未消凭远恨,一筇费尽登山足。便棹舟、炊火荻花中,鲈鱼熟。

又

卷尽珠帘,楚天迥、阑干几曲。最好是、瑶台归路,月翻银屋。深院数枰风入座,高楼一喷云横玉。看橘林、霜浅未全黄,犹悬绿。
　　悠然意,渊明菊。真如指,国师竹。者是非识破,都无荣辱。不管浮生如蝶梦,从教万事添蛇足。坐西崑、一笑八千秋,蟠桃熟。

又

郢客高歌,犹未睹、阳春一曲。多应是、连城有价,闼藏华屋。但使章台无异意,何妨一见邯郸玉。料锦囊、随客泛东溪,凌波绿。
　　难独唱,篱边菊。谁与咏,阶前竹。想秋光不久,又成虚辱。过雁不知蛰有恨，行蘷应笑蚿无足。愿为予、落笔走盘珠，争圆熟。

念　奴　娇

年来衰懒，渐无心赏遍，目前佳趣。寂寂墙阴春荠老，不到先生鼎俎。诗卷寻医，禅林结局，酒入昏田务。山头云气，为谁来往朝暮。

　犹有筇杖多情，扪萝踏石，堕半岩花雨。更向葭丛摇短艇，惊起飞鸿烟渚。横玉凄清，焦桐古淡，一笑忘千虑。更阑原作"闲"，从吴校引董本人静，此声今在何处。

又　再和咏杜庵高君忻聚画屏

蓬莱一岛，卧长烟千柳，西溪幽趣。苜蓿盘中初日上，不把酰臡充俎，和月栽松，饶云买石，只此为家务。倚楹清啸，断霞斜倚天暮。

　闻道块磊浇胸，槎枒肝肺，动笔端风雨。壁上潇湘秋一帧，影落荻花洲渚。暗浦潮生，寒矶雪化，无复风原空格，从吴校尘虑。此时渔父，短蓑合在何处。

江　神　子

亭亭鹤羽戏芝田。看群仙。起青涟。绿盖红幢，千乘去朝天。留得瑶姬清夜舞，人与月，鬪婵娟。　　凭阑有恨不堪言。倩谁传。曲声圆。写尽清愁，香弄晚风妍。不羡山头窥玉井，花十丈，藕如船。

又

粼粼白水护青田。想真仙。弄清涟。十里香风，吹下碧云天。月在草堂人未寝，松竹暗，水涓涓。　　夜阑何事悄无言。怨空传。事难圆。欲借寒光，谁与伴清妍。待得凌波人肯住，呼玉笛，劝金船。

鹧鸪天 咏野梅

千树家园锁旧津。谁移数点在孤村。海仙探蕊禽留影,楚客穿花蝶舞魂。　　桥断港,水横门。残霞零落晚烟昏。只因留住三更月,暗里香来别是春。

又

万木家园雾暗津。不须踏影下前村。须知苕雪水云窟,自有罗浮冰雪魂。　　横水馆,倚楼门。参旗有约共黄昏。此中有句无人见,谁在樽前领略春。

洞　仙　歌

风摇丹髻,叶剪西岩树。岁律峥嵘又如许。看千峰倒影,浮动舴船,纱窗外,万幅鲛绡鬥舞。　　五弦弹不尽,碧落天高,隐隐孤鸿向云度。送斜红敛尽,催上蟾钩,金风细,点破瑶阶白露。任笛声、吹残一帘秋,看人□栏□,暮云高处。

又

橹声伊轧,影转云间树。试问扁舟在何许。正溪堂波动,沙渚蘋轻,渔翁醉,隔岸蓑衣对舞。　　归来无一事,尊酒相逢,莫把光阴更虚度。看歌云杳霭,香雾轻盈,银河转,笑浥芙蓉晓露。纵西风、黄叶满庭秋,也不碍凝眸,乱山多处。

又

丹青明灭,霜著谁家树。满眼风光向谁许。送寒鸦万点,流水孤村,归来晚,月影三人夜舞。　　　金英秋已老,蜡缀寒葩,空里时闻暗香度。任一枝瓶小,数点钗寒,佳人笑,饮尽床头玉露。看纱窗、红日上三竿,把蝶影捎空,在花深处。

水调歌头 送唯斋之官回舟松江赋

年来惯行役,楚尾又吴头。餐霞吸露,何事佳处辄迟留。云听渔舟夜唱,花落牧童横笛,占尽五湖秋。胡床兴不浅,人在庾公楼。

绣帘卷,曲阑暝,翠鬟愁。森罗万象,与渠诗里一时收。天设四桥风月,地会三州山水,邀我伴沙鸥。明朝起归梦,一枕过蘋洲。

又 舟回平望,久之过乌戍,值雨少憩,向晚复晴,再用韵赋二首

帆腹饱天际,树髪渺云头。翠光千顷,为谁来去为谁留。疑是吴宫西子,淡扫修眉一抹,妆罢玉奁秋。中流送行客,却立望层楼。

风色变,堤草乱,浪花愁。跳珠翻墨,轰雷掣电几时收。应是阳侯薄相,催我胸中锦绣,清唱和鸣鸥。残霞似相贷,一缕媚汀洲。

又

青铜昏水面,乌帽裹山头。风涛如此,天公作意巧相留。常记垂虹晚渡,卧看菰蒲烟雨,屈指十三秋。恍若华胥梦,无语下西楼。

翠翻空,寒入座,不禁愁。五弦弹尽,隐隐天末暮虹收。欲伴渔翁钓艇,欸乃一声江上,寒碧点轻鸥。无人阻归兴,直欲迈长洲。

兰陵王 和吴宣卿

乱烟簇。帘外青山渐肃。莲房静。荷盖半残,欲放清涟媚溪绿。凭高送远目。飞起沧洲雁鹜。寒窗静,茶碗未深,一枕胡床昼眠

足。　　　闲行问松菊。今□雨谁家,空对银烛。箫声忽下瑶台曲。看鹤舞风动,乌啼云起,何须舟内怨女哭。抱琴写幽独。　　　情触。会相续。况节近中元,月浪翻屋。长鲸愁晓寒蟾促。要百柁倾□,万花流玉。山肴倒尽,又空腹,鲙野蕨。

柳梢青 和人

谢家池阁。翠桁香浓,琐纱窗薄。夜雨灯前,秋风笔下,与谁同乐。

主人许我清狂,奈酒量、从来最弱。颠倒冠巾,淋漓衣袂,醒时方觉。

又

空中雨阁。一段轻阴,翠铺林薄。橘内仙翁,棋边公子,共成清乐。

主人有井留车,看席上、云轻柳弱。斗转檐头,鸡鸣窗外,无人知觉。

朝中措 送蔡定夫

双鞬锦领出山西。戎幕护旌旗。横槊春风百咏,临淮夜月千卮。

风流樽俎,琼花破艳,红药攒枝。赏尽竹西歌吹,珠帘十里香迷。

感 皇 恩

风雨半摧残,一园花老。绿遍池塘夜来草。看花何处,莫被此花相恼。世间多少事,邯郸道。　　　凭远下临,暗尘飞绕。数点烟中树、水村小。斜阳且住,为我花间留照。从教红满地。何须扫。

又

花似镜中人,不堪衰老。空羡青青岸边草。多情消瘦,更被无情相恼。近来无限事,凭谁道。　　胡蝶满园,丛边空绕。睡起流莺过、语声小。琐窗危坐,更被玉蟾相照。夜阑梅影瘦,凭谁扫。以上吴讷唐宋名贤百家词本信斋词

姚述尧

述尧字进道,钱塘(今浙江省杭州市)人。登绍兴二十四年(1154)进士。乾道四年(1168),知乐清县事。乾道九年(1173),权发遣处州。淳熙九年(1182),知鄂州,放罢。十五年(1188),被命知信州,旋改主管亳州明道宫。有箫台公馀词一卷。

太平欢　圣节赐宴

蕤宾奏律,正太平无事,欢娱时节,翘首箫台南望处,两两寿星明彻。和满乾坤,春回草木,瑞霭凝金阙。钧天齐奏,嵩呼隐隐三发。

遥想帝里繁华,庆父尧子舜,赓歌胥悦。黼座传觞仙仗里,拜舞两阶英杰。愠解薰风,恩覃湛露,玉陛笙镛咽。溥天同庆,年年沉醉花月。

满庭芳　赐坐再赋

酒泛恩波,香凝瑞彩,笙歌鼎沸华堂。簪缨济济,拜手祝君王。好是重华盛世,康衢里、争颂陶唐。古今少,圣明相继,交劝万年觞。

升平,无外事,穷天极地,俱沐恩光。更宫花齐戴,锦绣成行。愿捧蟠桃为寿,对瑶宴、一曲山香。尧天近,葵倾心切,相约共梯航。

念奴娇　次刘周翰韵

山城秋早，听画角吟风，晓来声咽。梦断华胥人乍起，冷浸一天霜月。灏气参横，尘埃洗尽，玉管濡冰雪。兴来吟咏，灵均谁谓今绝。

闻道潇洒王孙，对黄花清赏，喜延佳客。一坐簪缨谭笑处，全胜东篱山色。酒兴云浓，诗肠雷隐，饮罢须臾设。醉归凝伫，此怀还与谁说。

又　冬日赏菊次前韵

霜风初过，正仙吏微吟，诗喉清咽。静对南山真赏处，秋后一亭花月。翠簇香茵，光摇金胜，玉女肌凝雪。花有黄白相间。寒城无伴，烂然还自奇绝。　　况有凫舄朋来，拚金钱都罄，晚酻留客。应笑陶潜孤负了，多少傲霜馀色。鲸饮方豪，龙吟未已，更著雕胡设。清欢无限，醉归犹记前说。

又　九日作

山城秋好，正西风渐渐，登高时候。杖倚徘徊凝望处，翠叠万山如绣。云绕禾场，烽沉戎马，田野欢声凑。琴堂无事，何妨同泛香溜。

况有庭下黄花，遍河阳、尽把金钱铺就。一坐簪缨谭笑里，尘脱风生清昼。饮罢龙山，诗成彭泽，灏气森星斗。醉归凝伫，美人时炷金兽。老杜九日诗："万国皆戎马，酣歌泪欲垂。"

又　重九前二日登西塔观县治，用前韵

江山清绝，正箫台花县，霜秋时候。寻胜登高环望处，碧瓦参差铺绣。五岫藏云，两溪吞月，古市渔盐凑。青帘斜飏，家家香泛丹溜。

况是东鲁风流，看儒冠济济，垂天赋就。时科举后邑中预荐者四人。

陶令从容官事了,把菊高吟闲昼。草鞠圜扉,香凝燕寝,豪饮挥金斗。公庭无事,珍祥休问驯兽。<small>鲁恭驯雉也。</small>

又　瑞香

芸堂春早,正芳苞紫萼,笼烟调雨。隐隐朝阳歌宴罢,拥出三千宫女。醉面匀红,香囊暗惹,鹊尾烟频炷。庐山佳致,依然都在庭宇。

因念一种天香,当年岩谷下,想难俦侣。一旦呈祥都占断,阆苑琼林歌舞。瑞彩扶疏,锦笼绰约,兰蕙应羞妒。明朝胜赏,有谁同唱金缕。

又　梅词　厉主簿为梅溪先生寿

早春时候,占百花头上,天香芳馥。寥廓寒分和气到,知是花神全毓。独步前林,挽回春色,素节辉冰玉。翛然一笑,便应扫尽粗俗。

最爱潇洒溪头,孤标凛凛,不与凡华逐。自是玉堂深处客,聊寄疏篱茅屋。已报君王,为调金鼎,直与人间足。更看难老,岁寒长友松竹。

水调歌头　中秋

碧落暮云卷,玉宇静无尘。宝阶露滴仙掌,秋气正平分。冷浸银河清澈,光射珠躔明灭,素女拥冰轮。今夕桂华满,疑是别乾坤。

对清影,凌灏气,沃芳尊。凭高凝望,万里城阙尽铺银。偏照长门离恨,更揽西园诗思,何处不关情。此景年年好,莫惜醉归频。

又　七夕

三五半圆夜,二七素秋天。银河耿耿,中渡绛节会星轷。宝鹊喜传佳信,丹凤欢迎仙仗,瑞彩映珠躔。此意天长久,不比在人间。

多情客,捧香饵,洁宾筵。殷勤拜舞,乞寿乞富乞团圆。宜与人人愿足,更看家家欢洽,喜气满江山。今夕莫辞醉,后会是来年。

又 酴醾

上苑暮春好,烟雨正溟濛。桃蹊冷落无语,嫩绿翳残红。好是翠帡乍展,喜见玉英初坼,裁翦费春工。绰约更娇软,轻飐万条风。
散清馥,翻素艳,照晴空。佳人羞妒,竞把粉质鬪芳容。无限恼人风味,别有留春情韵,张商英酴醾诗云:"红雨万花供扫迹,玉英一笑独留春。"都付酒杯中。唐制,寒食日内宴,群臣赐酴醾酒。极目凭阑久,月影在墙东。

又 秩满告归,曾使君饯别,席间奉呈

泽国正秋杪,微雨洒江滨。凭高一望,万里多稼总如云。芳野壤歌鼎沸,古市欢声辐凑,尽是泰平人。铃阁尽无事,桃李满公门。
恨瓜戍,趣征驭,惜芳辰。高情耿耿,重别中夜沃清尊。不为兰亭感慨,莫作楚狂醉倒,谭笑自生春。明日送行处,忍顾翠眉颦。

洞仙歌 七夕

金风玉露,正清秋初霁。天上星郎夜游戏。喜鹊儿、向织女报佳期,停机杼,草草便谐欢会。　　情深悄无寱,云雨须臾,刚被鸡人早惊起。念岁岁年年,今夕之前,两下里、千山万水。到今夕、相逢又匆匆,愿地久天长,永无抛弃。

南歌子 九日会黄子升、何诚夫、宋仲远、丁景之、熙叔、刘方叔、何伯明、戴子强、二赵主管及诸同舍席间作

素节秋强半,嘉名久最宜。霜风簌簌下天涯。幸有佳朋何惜、共登

危。　　月窟诸仙子,天宫两白眉。相逢不醉定无归。笑问黄花重约、是何时。

又　呈府判删定黄子升

天宇霜风净,雷封露气寒。群贤高宴胜龙山。中有仙翁绿鬓、更朱颜。　　北阙心犹壮,老杜九日诗云:"北阙心长恋,西江首独回。"东篱兴未阑。年年身健足清欢。后会不妨重约、醉长安。

又　九日次赵季益韵

人在烟云里,山横碧落旁。望中缥缈是仙乡。幸有佳朋何惜、醉斜阳。　　公子传杯速,骚人炼句忙。悠然此兴未能忘。似觉庭花、全胜去年黄。

又　赵德全会同舍小集,屏间置山丹花红黄二枝,即席索词

瑞彩迎朝日,柔枝绕庆云。谁将仙种下天阍。却笑葵杯榴火、俗纷纷。　　色映蔷薇水,光浮琥珀尊。美人浴罢近黄昏。总把淡妆浓抹、鬥芳芬。

又　赠赵顺道

咳唾琼珠璀,精神冰玉寒。不求名利不谈玄。明月清风相对、自怡然。　　潇洒真仙隐,繁华小洞天。薰风飒飒度虞弦。更拥姬姜何惜、醉华年。

又　圣节前三日小集于尉厅

宾宴亲尧日,薰弦动舜风。公馀无事乐年丰。多谢歌姬流盼、更情

浓。　　气逼云天外，毫濡雪碗中。百篇斗酒兴何穷。却笑东山
无语、醉花丛。

又　王清叔会同舍赏莲花，席间命官奴索词

罗盖轻翻翠，冰姿巧弄红。晚来习习度香风。疑是华山仙子、下珠
宫。　　柳外神仙侣，花间锦绣丛。竞将玉质比芳容。笑指壶天
何惜、醉千钟。

又　户掾陈宋萧、法曹郑颉约新隆兴倅木蕴之同游西山，小饮于净社僧舍，席间作

金谷貂蝉侣，东山锦绣丛。管弦丝竹醉东风。漫逐流莺飞舞、乱红
中。　　清赏吾人事，诗情我辈钟。藤萝欲上更揩筇。笑指壶天
烟绕、斗城东。斗城，永嘉城名也。

又　时方自金厅会议催科，事罢即作此游

误入红莲幕，来依玉树丛。也将尘迹寄东风。忙里偷闲同到、此山
中。　　迥野韶华丽，晴岚秀色钟。凭高凝望倦扶筇。喜见今年
和气、满南东。诗云："南东其亩。"时山间见麦禾方秀，故云。

又

雨过云峰净，天高水镜平。望中寸碧远山横。潇洒何郎相对、挹金
觥。　　朱李沉寒碧，新瓜破玉英。浩然谭笑有馀情。醉舞何妨
颓玉、倚飞琼。

临　江　仙

山县登高真胜事，满筵当代英奇。黄花无语笑东篱。龙山真鼠辈，

巴岭漫羁栖。　　　醉后风流情更好,笑谭落落珠玑。莫将乌帽任风吹。动容皆是舞,出语总成诗。

又　呈湘川使君丁郎中仲京

佳节喜逢长久日,<small>魏文帝与钟繇书曰:九月九为阳数,而日月并应。俗嘉其名,以为宜于长久,故以享宴高会。是月律中无射,言群木庶草无有射地而生,惟菊纷然独荣。非夫含乾坤之淳和,体芬芳之淑气,孰能如此。故屈平悲冉冉之将老,思食秋菊之落英。辅体延年,莫斯之贵。谨奉一束,以助彭祖之术。</small>翩翩凫舄朋来。霜清天宇绝纤埃。<small>老杜九日诗云:"天宇清霜净,公堂宿雾披。"</small>遥怜巴岭月,<small>严武有九日巴岭答杜二见忆诗云:"卧向巴山落月时,两乡千里梦相思。"</small>拟上曲江台。<small>老杜有九日曲江诗云:"重阳独酌杯中酒,抱病起登江上台。"</small>　　怀县从容留客宴,<small>见老杜九日杨奉先会白水崔明府诗。</small>追欢正好传杯。使君归骑莫相催。更拚明日醉,未放菊花开。

又　雨中观瀑泉于白鹤僧舍

云度岩扉风振谷,迅雷惊起蛟龙。天威汹汹变晴空。搅翻银汉水,倾入宝莲宫。　　雪浪奔冲凌翠麓。陇头低挂双虹。人间热恼尽消融。此流长不断,万折竟朝东。

又　中秋夜雨次石敦夫韵

万石家声夸第一,清材更美姿容。笑谭落落与谁同。烟分丹篆碧,香泛小槽红。<small>石云:"窥檐蟾影白,照坐烛花红。"</small>　　准拟中秋圆月好,暮云忽翳晴空。共将清致敌西风。举头连玉兔,乘兴沃金钟。

又　前县尉吕次新自台城来访,酌酒为劝

材刃纵横森武库,萧台旧日梅仙。累陪簪盍醉花前。吴门归去后,一别动经年。　　曾到赤城真隐处,飘飘凤举龙蟠。勒回俗驾向长安。好将医国手,从此活人间。

又　九日

橘绿橙黄秋正好,霜飙洗尽炎威。<small>江南多秋热,至九日而后凉。</small>园林木落望中奇。俊游方得意,楚客为谁悲。　　况有风流文字饮,何妨同醉东篱。狂歌犹记少陵诗。地偏初衣夹,山拥更登危。

又　乡人王元行调永嘉盐仓,到官一岁有奇,余继至。
更再冬,王先受代,过乐清,置酒为别,席间作

一去吴山三改火,我来两见寒梅。君今先向斗城回。尊前方重别,征骑莫相催。　　堪笑人生如逆旅,明年我亦言归。羡君平步到天涯。吴侬如有问,为我说归期。

又　送使君刘显谟归三衢

忆昨曾将明使指,轺车踏遍东城。重来游戏拥双旌。江山皆故部,英俊尽门生。<small>时坐客预门生者六。</small>　　杖策翩然归去也,送行满坐簪缨。尊前雨泪不胜情。曲终人散后,江上数峰青。

浣溪沙　呈潮阳使君宋台簿敦书

乳酒初颁菊正黄。<small>羌人作马乳酒兼蒲萄压之,晋宣帝时九日来献,因遍赐百僚。</small>去年高宴近清光。朝回犹带御炉香。　　暂向花封陪客醉,已闻芝检促归装。昌黎宁许到潮阳。

又　青田赵宰席间作

与客相从谒谢公。芝田绛节拥仙翁。数枝桃杏鬥香红。　　　　醉眼

斜拖春水绿，黛眉低拂远山浓。此情都在酒杯中。

又　赠王清叔县尉

两到蟾宫折桂枝。经文纬武拟康时。萧台仙隐漫游嬉。　气宇
棱棱吞梦泽，笑谭落落璀珠玑。何妨相对沃金卮。

又　渔父词

短棹翩翩绿一莎。碧潭深处几风波。晚来风定却高歌。　千尺
丝纶随卷放，数声玉笛足清和。蝇头名利奈伊何。

鹧鸪天　呈鄱阳使君何郎中伯谨

玉宇无尘露气清。凭高极目万山横。霜前白雁初传信，笔谈云：北方
白雁，似雁而小，秋深则来。白雁至则霜降，北人谓之霜信。老杜九日诗云："殊方日落
玄猿哭，旧国霜前白雁来。"篱下黄花独有情。　乌帽侧，紫荚馨。尊
前醉舞拥飞琼。明年此会知何处，不是鄱江是帝城一作"便合挟扶上玉
京"。

又　王清叔具草酌赏海棠，为作二绝句，清叔击节，檃括
以鹧鸪天歌之

昨夜东风到海涯。繁红簇簇吐胭脂。恍疑仙子朝天罢，醉面匀霞
韵更宜。类说云：花以海名者，皆自海外来。　欢未足，困相依。羞将兰
麝污天姿。少陵可是风情薄，却为无香不作诗。

又　渴雨

几阵萧萧弄雨风。片云微破月朦胧。田家侧耳听鸣鹳，寰海倾心
想卧龙。　尧日近，舜云浓。圣仁天覆忍民穷。会看膏泽随车

下,只恐诗人句未工。

又 县有花名日日红,高仲坚席间作

凤阙朝回晓色分。彩霞轻拂绛衣新。炎乌影里年年好,碧玉枝头日日春。　　　携翠斝,对芳尊。东君著意属诗人。夜深莫放西风入,频遣司花护锦茵。

瑞鹧鸪 王清叔赏海棠。翌日,赵顺道再剪数枝约同舍小集。且云:春已过半,桃杏皆飘零,惟此花独芳,尤不可孤。因索再赋

司花著意惜春光。桃杏飘零此独芳。一抹霞红匀醉脸,恼人情处不须香。　　　王孙好客成巢饮,故剪繁枝簇画堂。后夜更将银烛照,美人敛衽怯残妆。山谷南昌集云:徐俭乐道隐于药肆中,家有海棠数窠,结巢其上,时引客巢饮于其间。

西江月 次蔡仲明韵

红叶漫随风舞,黄花不畏霜凋。诗人把酒竞招招。更欲移尊藉草。　　　醉里谪仙兴逸,夜深归骑声呶。孟公投辖未相饶。不放秋光便老。

又

嫩绿烟笼碎玉,繁红日护香绡。故人去后恨迢迢。独倚危楼情悄。　　　脉脉望穷云杪,看看月上花梢。懒添金鸭任烟消。杜宇一声春晓。

减字木兰花

井梧飞早。一雁横空天更好。才子寻幽。争把新诗断送秋。

浮生鸥没。莫为尘劳轻度日。倒载何妨。唱彻凉州月在旁。

又

烟收云敛。极目遥岑三四点。过了重阳。篱下残花未褪黄。
郑庄好客。故遣红妆飞大白。月满回廊。饮散歌阑已断肠。

又 千叶梅

暗香清绝。不比寻常枝上雪。细叠冰绡。多谢天公快剪刀。
仙姿楚楚。轻曳霓裳来帝所。淡拂宫妆。瑞脑重铺片片香。

又 再用前韵

霜天奇绝。江上寒英重缀雪。簌簌轻绡。应是司花巧奏刀。
东君清楚。故把疏枝来酒所。出西汉。点点新妆。冷浸冰壶别有
香。

又 厉万顷生日，时久旱得雨

飞龙利见。前夜君王方锡宴。时天申圣节宴后二日。今日相逢。却向
南阳起卧龙。　　　果为霖雨。洗尽苍生炎夏苦。喜气匆匆。好向
尊前醉晚风。

又 县斋见梅

天寒人静。啸倚胡床闲昼永。春信初回。报道南枝昨夜开。
沉沉庭院。独坐黄昏谁是伴。风过南墙。似觉天宫暗递香。

又 圣节鼓子词

薰风解愠。手握乾符躬揖逊。廊庙无为。天子亲传万寿卮。

恩覃湛露。和气欢声均海宇。嵩岳三呼。父子唐虞今古无。

又

琴堂无事。满酌金罍承帝祉。乐奏箫韶。更与封人共祝尧。
君王万岁。岁岁今朝歌既醉。主圣臣贤。从此鸿图万万年。

如梦令　水仙　用雪堂韵

绰约冰姿无语。高步广寒深处。香露浥檀心，拟到素娥云路。仙
去。仙去。莫学朝云暮雨。

又

雅淡轻盈如语。碧玉枝头娇处。钩月衬凌波，仿佛湘江烟路。凝
伫。凝伫。不似梨花带雨。

又　寿茶

龙焙初分丹阙。玉果轻翻琼屑。彩仗挹香风，搅起一瓯春雪。清
绝。清绝。更把兽烟频爇。

点绛唇　兰花

潇洒寒林，玉丛遥映松篁底。凤簪斜倚。笑傲东风里。　　一种
幽芳，自有先春意。香风细。国人争媚。不数桃和李。

又　双柑扇

金碧交辉，江陵千树天然富。寒林争秀。独向霜风后。　　写入
冰纨，两两情何厚。同携久。凉生清昼。香满佳人手。

又　月夜独坐赏岩桂

夜桂飘香,西风渐渐寒窗悄。素娥相照。倍觉秋光好。　　花本无情,刚被诗情恼。知音少。为花歌笑。醉向花前倒。

又

玉叶金英,倩谁移下蟾宫树。香风飘度。满院飞黄雨。　　独倚寒林,搜尽高人句。关情处。素娥无语。的 枝头露。

行香子　抹利花

天赋仙姿。玉骨冰肌。向炎威、独逞芳菲。轻盈雅淡,初出香闺。是水宫仙,月宫子,汉宫妃。　　清夸蔷薇,韵胜酴醿。笑江梅、雪里开迟。香风轻度,翠叶柔枝。与玉郎摘,美人戴,总相宜。

朝　中　措

满城风雨近重阳。小院更凄凉。遥想东篱山色,今年花为谁黄。　　何妨载酒,登高落帽,物外徜徉。都把渊明诗思,消磨□□□□。

南乡子　九日黄删定再索席间作

秋水莹精神。靖节先生太逼真。谭塵生风霏玉屑,津津。爽气泠然欲浸人。　　一坐尽生春。满引琼觥已半醺。更把黄花寿彭祖,事出魏文帝书。盈盈。数阕新声又遏云。

忆秦娥　曹季明休沐日,会同舍小酌,命爱女奏筝于帘间,索词。醉中口占

珠帘深。玉人天上传清音。传清音。云横新雁,梅落寒林。筝声奏

梅花词。 □□□□□□。□□□□□□。□□□。谢家
庭院,寿酒频斟。

丑奴儿 王清叔赠梅花见索

山城寂寞浑无绪,兀坐黄昏。多谢东君。先遣司花来报春。
清标自是蓬莱客,冰玉精神。独步前村。分付仙翁作主人。

又 寿词

晓来佳气穿帘幕,郁郁葱葱。宝鸭烟浓。戏彩庭前玉树丛。
肌肤绰约真仙子,王母宫中。欢会曾同。笑问蟠桃几度红。

醉落魄 前题

春回海角。望中佳气连云幕。晓来隐隐闻天乐。玉女金童,来奉
瑶池约。 东风已破蟠桃萼。霞觞荐寿更酬酢。香山舞罢宫花
落。步辇安舆,岁岁同行乐。

阮郎归 前题

江村昨夜一枝梅。先传春信回。非烟非雾下瑶台。香风拂面来。
云幕卷,日华开。祥光映上台。安舆从此步天街。君王赐寿
杯。

归 国 谣

初夏好。雨过池塘荷盖小。绿阴庭院莺声悄。 朱帘隐隐笙歌
早。沉烟袅。玉人笑拥金尊倒。

又

春已去。墙外榴花红半吐。薰风习习生庭户。　　美人浴罢黄昏暮。愁无绪。阑干倚遍凭谁诉。

好事近 赠王清叔

水阁弄清风，黯黯满园肥绿。茶罢竹间携手，有佳人如玉。　　渊明三径已催归，名利几时足。遥想五云多处，奏南风一曲。

又 重午前三日

梅子欲黄时，霖雨晚来初歇。谁在绿窗深处，把彩丝双结。　　浅斟低唱笑相偎，映一团香雪。□指墙头榴火，倩玉郎轻折。以上彊村丛书本箫台公馀词

石敦夫

敦夫，与姚述尧同时。

临　江　仙

窥檐蟾影白，照坐烛花红。箫台公馀词临江仙词注

甄龙友

龙友字云卿，永嘉人。绍兴二十四年（1154）进士。官国子监簿。尝游天竺寺，集诗句为大士赞，书壁间。孝宗临幸，赏之，诏侍臣物色其人，召见不称旨，遣还。

水 调 歌 头

西风新叶堕，南国九秋初。周天三百六十五度、片云无。上有迢迢河汉，下有滔滔江水，横载洞庭湖。一叶放流去，人在浑仪图。

满虚空，张宝盖，缀明珠。玻璃为地，游戏乾象驾坤舆。烂醉蓬莱方丈，遍入华严法界，试问夜何如。北斗转魁柄，东海欲飞乌。

阳春白雪外集

南乡子 寿木状元 十月廿二（按调名原误作瑞鹤仙）

十月小阳春。放榜梅花作状元。重庆礼成三日后，生贤。第一龙飞不偶然。　　劝酒自弹弦。更著班衣寿老仙。见说海坛沙涨也，明年。此夜休嗔我近前。温经云：海坛沙涨，温州出相。

翰墨大全丁集卷四载此首，不著撰人姓氏。考齐东野语卷十三，此首乃甄龙友作。

贺 新 郎

思远楼前路。望平堤、十里湖光，画船无数。绿盖盈盈红粉面，叶底荷花解语。鬥巧结、同心双缕。尚有经年离别恨，一丝丝、总是相思处。相见也，又重午。　　清江旧事传荆楚。叹人情、千载如新，尚沉菰黍。且尽尊前今日醉，谁肯独醒吊古。泛几盏、菖蒲绿醑。两两龙舟争竞渡，奈珠帘、暮卷西山雨。看未足，怎归去。

按此首原见草堂诗馀后集卷上，无撰人姓氏。齐东野语卷十三引其首句作甄龙友词，今从之。此首别误作刘克庄词，见类编草堂诗馀卷四。

霜天晓角 题赤壁

峨眉仙客。四海文章伯。来向东坡游戏，人间世、著不得。　　　去国谁爱惜。在天何处觅。但见尊前人唱，前赤壁、后赤壁。庶斋老学

丛谈卷中之下

范端臣

　　端臣字元卿,兰溪人。绍兴二十四年(1154)进士。隆兴二年(1164),太学录。召试馆职,授秘书省校书郎。淳熙四年(1177),礼部员外郎。五年(1178),起居舍人。又曾为中书舍人、韶州守。

念 奴 娇

寻常三五,问今夕何夕,婵娟都胜。天豁云收崩浪净,深碧琉璃千顷。银汉无声,冰轮直上,桂湿扶疏影。纶巾玉麈,庾楼无限清兴。

　　谁念江海飘零,不堪回首,惊鹊南枝冷。万点苍山何处是,修竹吾庐三径。香雾云鬟,清辉玉臂,醉了愁重醒。参横斗转,辘轳声断金井。宝真斋法书赞卷二十七

　　按此首别误作朱敦儒词,见明安肃荆聚本草堂诗馀后集卷上。

又　上太守月词

玉楼绛气,卷霞绡云浪,飞空蟾魄。人世江山惊照耀,烟霭鳌峰千尺。陆海蓬壶,银葩星晕,点破琉璃碧。有人吟笑,紫荷香满晴陌。

　　况是东府君侯,西清别骑,樽俎开华席。迤逦飞轮催杖履,入对青藜仙客。襦袴歌谣,升平风露,拚取金莲侧。梅花吹动,满城依旧春色。草堂诗馀后集卷上

韦能谦

　　能谦,韦寿隆之侄,曾监四安税。寿隆,馀杭人。元丰八年(1085)进士。靖康间给事中。

虞　美　人

风清日晚溪桥路。绿暗摇残雨。闲亭小立望溪山。画出明湖深秀、水云间。　　漫郎疏懒非真吏。欲去无深计。功名英隽满凌烟。省事应须速上、五湖船。_{张氏拙轩集卷五}

按本书初版卷二百零四此首误作韦寿隆词。

耿时举

　　　　时举字元鼎,一字德基,平江(今江苏苏州)人。居太学,以恩科得文学,为岳庙卒。

浣　溪　沙

露压蔷薇金井栏。辘轳声断碧丝乾。辽阳无信带围宽。　　花落池塘春梦静,月生帘幕夜香寒。闲愁无力凭阑干。_{阳春白雪卷二}

又

独鹤山前步药苗。青山只隔过溪桥。洞宫深处白云飘。　　碧井卧花人寂寞,画廊鸣叶雨潇潇。漫题诗句满芭蕉。_{阳春白雪卷三}

满江红　_{中秋泛月太湖}

问月杯空,谪仙去、无人重举。兰台旧、扁舟乘兴,处留奇语。洞府初疑仙骨瘦,樽前尚爱纶巾舞。信前身、太白尚何疑,词高古。

　　盟后会,偕真侣。黄叶渡,丹枫渚。道五湖烟浪,胜游溢浦。念我身闲鸥样度,似海山共去君应许。但只愁、岳牧要人□,□_{原无空格,据律补}撑住。_{永乐大典卷二千二百六十湖字韵引耿元鼎词}

喜迁莺 送阜卿显谟知镇江府

暮春清昼。政莺啭夏林,棠阴初秀。鼓角谯雄,旌旗明灭,宝马又
还西骤。山水六朝堪画,宫阙千门如绣。印悬斗。盛元戎小队,花
间迎候。　　　芳酎。为公寿。带雨梨花,未用啼红袖。玉帐风前,
胡床月下,谈笑要清群丑。桃叶渡船应在,太白酒楼依旧。暂回
首。看槐班爱立,沙堤成就。永乐大典卷一万零九百九十九送字韵引耿元鼎
词

管　鉴

　　鉴字明仲,龙泉(今浙江省)人。以父泽官江西常平提干,始家临
川。淳熙十三年(1186),官至广东提刑、权知广州经略安抚使。有养拙
堂词一卷。

念奴娇 癸巳重九,同陈汉卿、张叔信、王任道登金石
台作

登高作赋,叹老来笔力,都非年少。古观重游秋色里,冷怯西风吹
帽。千里江山,一时人物,迥出尘埃表。危阑同凭,皎然玉树相照。
　　惆怅紫菊红萸,年年簪髻、应笑人空老。北阙西江君赐远,难
得一枝来到。莫话升沉,且乘闲暇,赢得清尊倒。饮酣归暮,浩歌
声振林杪。

又 夷陵九日忆去岁金石之游,用旧韵寄汉卿、叔信。
盖尝归饮任道家,故有徐娘及悲欢之句

楚山万叠,怅高情、不比当年嵩少。官况全如秋淡薄,枉却尘侵乌
帽。菊蕊犹青,茱萸未紫,节意凭谁表。故园何处,暮云低尽残照。

追念往昔佳辰，尊前绝唱，未觉徐娘老。聚散悲欢回首异，今岁古台谁到。藉甚声名，难按“难”原作“谁”，从吴讷唐宋名贤百家词本忘风味，何日重倾倒。交情好在，雁书频寄云杪。

又　丙申十二月六日赏梅，闻岑守得祠、下政将赴（按“赴”原作“起”，从吴讷本），代归有日，喜见于辞

寒梢冰破，问何人远寄、江南春色。似是天怜为客久，报我春归消息。茅舍疏篱，故园开处，两岁关山隔。天涯重见，向人风味如昔。

谁念月底风前，当时青鬓、渐与花颜白。不恨一番花阴别作“落”早，恨把年华虚掷。嚼蕊含香，攀条觅句，拚醉禁愁得。酒醒还是，梦魂数遍归驿。

又　移节岭表，宋子渊置酒后堂饯别，出词付二姬歌以侑觞，席间和

两鬟娇小，向尊前、未省修蛾攒碧。唱得主人英妙句，气压三江七泽。病怯遄征，老添离抱，我是愁堆积。故园归梦，等闲吹堕南国。

况是耐久交情，经年方幸，接从容辞色。告别匆匆聊共醉，惜此分阴如璧。锦瑟华堂，明朝回望，暮霭迷空隙。相思何处，风林月挂纤魄。

水龙吟　携家游甘泉寺，歌坡仙“小舟横截春江”之词，用韵。壮观、通幽、吸江，皆亭名

小舟横截西江，晓来风静无尘起。霜馀日暖，东君见效，梅梢春醉。壮观亭高，通幽径远，吸江临水。任全抛簿领，携家访古，清泉畔、疏阴里。　　楚蜀江山分处，望神京、三千馀里。才高命偶，功名休羡，纷纷馀子。强健身心，团栾尊酒，此游须记。便他年富贵，园林钟鼓，只如今是。

又　夷陵雪作

晓来密雪如筛，望中莹彻还如洗。梅花过了，东风未别作"君又"放，满城桃李。碎翦琼英，高林低树，巧装匀缀。更江山秀发，田畴清润，满眼是、丰年意。　　谁念危楼独倚。共飘零、茫茫天外。毫端句涩，杯中酒减，欢情难寄。天为凄凉，暂时遮尽，黄茅白苇。但神州目断，珠宫玉阙，缈别作"隔"三千里。

水调歌头　同张子仪诸公泛舟北渚，席间用子仪韵

平生五湖兴，梦想白蘋洲。只今何处，卷帘波影漾风钩。况值晚天新霁，菱叶荷花如拭，香翠拥行舟。却为湖山好，牵思绕皇州。

柳边堤，竹里阁，旧曾游。恍然重到，不知身世此淹留。且对碧梧修竹，领略好风凉月，大白与重浮。欲和凌云赋，佳思苦难酬。

又　后十日，子仪相招游仓司后圃，舣舟堤岸，醉中再赋

凉意在何许，高柳荫汀洲。移船藕花深处，待得月如钩。一抹晚山残照，十顷醉红香绿，百舸列琼舟。浩歌激苍莽，豪气溢神州。

泛芙蓉，依绿水，并英游。明年此会，可怜独是贾胡留。赖有瀛洲仙子，能应尝为国子录。少驻云霄高步，相与慰沉浮。富贵倘来尔，有酒且相酬。

又　同子仪、韦之登舟青阁，用韦之韵

秋色浩无际，风露洗晴空。登临江山胜处，楼倚最高峰。好是夕阳低后，四野暮云齐敛，遮尽远山重。城郭参差里，烟树有无中。

坐间客，才论斗，气如虹。挥毫万字，举双白眼送飞鸿。莫问梅仙丹灶，休觅山灵蕙帐，追忆采芝翁。便草凌云赋，归奏大明宫。

又　龙守沈商卿，三十年故交也，经过，为留五日。临行，以词为别，次韵以谢

一雨洗烦溽，天气爽如秋。江山佳处，眼明重见旧交游。去国三千馀里，俯视朝宗一水，共笑此生浮。幸我扁舟具，归欲问菟裘。

叹君才，方进用，岂容休。銮坡凤沼，情知不为蜀人留。便恐升沉各异，后日相逢无处，别语〔按“语”原作“话”，从吴讷本易成愁。记取平安使，时访获花洲。

又　大雪登望京楼

南雪不到地，今雪瑞非常。堆檐平砌，晚来风定转飞扬。浩荡乾坤无际，洗尽蛮烟瘴雾，和气遍遐荒。满眼丰年意，民共乐时〔按“时”原作“安”，从吴讷本康。　　倚琼楼，临玉树，举瑶觞。高吟低唱，从他减尽少年狂。且趁明年春好，整顿雨犁风箸，归去老农桑。唤起江南梦，先到水云乡。

又　夷陵九日

举俗爱重九，秋至不须悲。登临昔贤胜地，空愧主人谁。滚滚长江不尽，叠叠青山无数，千载揖高姿。况有贤宾客，同醉此佳时。

坐间菊，青作袂，玉为肌。香英泛酒，风流绝胜酌酴醾。莫话龙山高会，只作东篱幽想，应有故人思。北望江南路，回首暮云披。

又

举俗爱重九，我辈更钟情。良辰好景，赏心乐事古难并。正是朝廷闲暇，四序均调玉烛，一路庆丰登。况值循良守，酒与政俱成。

倚危亭，持玉斝，泛金英。风高日淡，一天秋色共澄清。指点云间岳镇，寿与两宫齐久，天地永成平。岁岁同民乐，持此报君恩。

满江红　北岩寺饯别张子仪,醉归口占

百罚深杯，都不记、归来时节。仿佛听、重城更鼓,催成离缺别作
"阕"。江上愁心山敛翠,津头夜色沙如雪。渐中年、怀抱更深交,难
为别。　　　歌声缓,行云歇。尊酒散,香尘灭。想来宵何处,乱山
明月。得意春风群玉府,第名早晚黄金阙。但相思、莫遣雁来时,
音书绝。

又　寄寿宋子渊,宋生朝先余一日

去岁兹辰,记称寿、曾陪燕席。明朝更、屈公扶醉,相过为客。间世
生贤元自异,偶然先后欢连日。怅如今、五岭望三湘,云霄隔。
　　　松鹤算,珪璋德。廊庙器,神仙格。想尊前仍唱,雪中晴色。去岁
尝有词云:"要知(二字原缺,从吴讷本补)他日调元手,看取今朝雪里松。"公上清都
调鼎鼐,我归旧隐寻泉石。愿年年、东阁燕嘉宾,常相忆。

又　清明前三日登清晖作

十日狂风,都断送、杏花红去。却是有、海棠枝上,一分春住。桃叶
桃根浑未觉,樱桃杨柳成轻负。强尊前、抖擞旧精神,谁能许。
　　　时不再,欢难屡。心未老,杯频举。尚不妨领略,登临佳处。山
接武陵馀胜气,江吞大别仍东注。叹圣贤、功业与江山,无今古。

洞仙歌　访郑德兴郎中留饮

悠然堂上,山色浑如画。堂下梅花未多谢。向小亭、留客处,晴雪
初飞,香四面,不比茅檐低亚。　　　绿窗帘尽卷,吹到眉心,点缀新
妆称闲雅。缓歌喉、馀舞态,云遏风回,须信道、欲买青春无价。任
匆匆、归去酒醒时,镇梦绕琼梢,月寒清夜。

又　夜宴梁季全大卿赏牡丹作

化工妙手，惯与花为主。忍便摧残任风雨。剪姚黄、移魏紫，齐集梁园，春艳艳，何必尊前解语。　　绣屏深照影，帘密收香，夜久寒生费调护。宝杯翻、银烛烂，客醉忘归，共惜此、芳菲难遇。看明年、紫禁绕莺花，谩相望、春风五云深处。

蓦山溪　饯沈公雅移漕江东

潜藩报政，玉座勤深眷。假节上青霄，正霜原空格，从吴讷本补风、轻寒剪剪。天香怀袖，凝燕得从容，占喜色，送新声，潋滟金荷满。趣装入相，盛事应重见。尽待苦按"苦"原作"若"，从吴讷本留连，怕九重、兴思见晚。休文未老，金带称围腰，丹禁密，凤池深，不但长安远。

又　甲辰生日醉书示儿辈

老来生日，渐觉心情懒。卯酒带春醒，更昨来、东风已转。衰颜易改，不用看传神，欢意浅，酒肠悭，孤负深深劝。　　浮云富贵，本自无心羡。金带便围腰，也应似、休文瘦减。君恩未报，何日赋归欤，三径乐，五湖游，趁取身强健。

蝶恋花　辛卯重九，余在试闱（按"闱"原作"围"，从吴讷本），闻张子仪、文元益诸公登舟青阁分韵作词。既出院，方见所赋，以"玉山高并两峰寒"为韵，尚馀并字，因为足之

楼倚云屏江泻镜。尊俎风流，地与人俱胜。酒力易消风力劲。归时城郭烟生暝。　　幕府俊游常许并。可惜佳辰，独阻登临兴。妙语流传空叹咏。一时珠玉交相映。

定风波　张子仪将赴南宫，同官移会饯别。有举“耳边
听唱状元声”调子仪侍儿，子仪命足成词，戏作

秋入华堂一味清。四山环碧眼双明。欲送主人天上去。无绪。一
尊已带别离情。　　洞府桃花常许见。□□。为谁特地惜娉婷。
<small>时子仪侍儿久不肯出。</small>祇待明年春醉里。偎倚。耳边听唤状元声。

鹧鸪天　<small>席上赠别</small>

杨柳梢头月未残。杏花开尽却春寒。宾鸿社燕寻常别，渭北江东
别更难。　　尊欲尽，夜将阑。明朝马首便长安。悬知不作人间
住，归去春风玉笋班。

又

山色初晴翠拂云。画桥流水碧粼粼。一尊不尽登临兴，归及西湖
二月春。　　班缀旧，诏除新。稳看腾踏上星辰。回头却望尘凡
处，应记尘凡有故人。

又　<small>为妻寿</small>

前日新冬举寿觞。今朝喜色又非常。一阳生后逢生日，日渐舒长
寿更长。　　移晚宴，庆新堂。堂前高竹早梅芳。年年一为梅花
醉，醉到千回鬓未霜。

又　<small>宋子渊生日</small>

富贵楼台玉琢成。更移玉节下西清。才高不数梅花赋，笑捻琼苞
泛寿觥。　　莲幕静，宝香凝。春风和气自然生。要知他日调元
手，看取今朝雪里情。

又　为薛子昭寿

燕寝香中锦帐郎。二年和气蔼蒸湘。鬓间不减当年绿,眉上新添一点黄。　　微诏近,寿筵长。乍晴人意喜非常。燕莺休苦留春住,归趁薰风殿阁凉。

朝中措　为文伜元益寿。元益,陈鲁公之婿

十年班缀近彤庭。一笑下霓旌。好是平分风月,新秋特地凉生。　　华堂燕喜,流霞觞满,彩戏衣轻。要识他年荣贵,从来玉润冰清。

又　以海错为唐守寿

暖风帘幕卷春阴。歌吹画堂深。云袖纤纤捧玉,霞觞滟滟浮金。　　佳辰恨我,空传善颂,阻缀朋簪。莫笑海滨乡味,尊前会有知音。

又　游王沅州山亭

清江绕舍竹成阴。秋日共登临。地与主人俱胜,情如酒盏方深。　　故园何处,时因望眼,聊寄归心。抖擞一襟凉韵,不教簿领尘侵。

又　立夏日观酴釄作

一年春事到酴釄。何处更花开。莫趁垂杨飞絮,且随红药翻阶。　　倦游老矣,肯因名宦,孤负衔杯。寄语故园桃李,明年留待归来。

柳梢青 次韵赵德庄

神仙堕谪。天为赋与，经纶才识。盖代声名，宗英惟向，翰林颂白。

　　黄堂一笑留客。算此处、淹留未得。且对清尊，高谈风月，厌厌今夕。

又 七夕诸公祖席

澹云微月。又是一年，新秋佳节。天上欢期，人间何事，翻成离别。

　　清尊欲醉还歇。怕饮散、匆匆话别。若是经年，得回相见，甘心愁绝。

好事近 张子仪席上

风扫暮云空，依旧四山环碧。珍重主人清别作"情"意，放梅梢春色。

　　艳妆清唱两无尘，莲步绣鞋窄。莫怪十分沉醉，为教人消得。

又

列炬照梅花，仰看满空春雪。翠幕沉沉天净，挂一钩新月。　　微风不动暖光融，金杯堕琼屑。仿佛暗香吹梦，醉广寒宫阙。

又 为妻寿

鸳瓦晓霜浓，酒力渐消寒力。好是一堂和气，胜十分春色。　　鬓翁笑领彩衣郎，同祝寿千百。看取明年欢宴，更强如今日。

又 七月十八日，移具宪司，为楚观落成。潘德鄜举前岁私第方毕工有湖北之召

楚观落成初，还是诏书催发。却似爱山堂上，拜新除时节。　　要

知君自栋梁材,开藩暂南越。早建明堂一柱,去扶持天阙。

桃源忆故人 郑德舆饯别元益,余亦预席。醉中诸姬索词,为赋一阕

寿芽初长香英嫩。拾翠芳洲春近。倩笑脸霞羞裰。真个都风韵。　　垂按"垂"原作"叶",从吴讷本鬈小舞么歌趁。莺语绿杨娇困。多少旧愁新恨。一醉浑消尽。寿、英、翠、倩,皆公家侍儿名。

又

小园日别作十日狂风雨。几阵桃花红去。惟有绿窗朱户。春色常如许。　　歌声屡唤飞云驻。销得行人且住。倒尽玉壶春露。醉到无愁处。

菩萨蛮 德舆饯别坐间作

今日云山堂上客。明朝真个云山隔。人不似行云。相随长短亭。　　堂空歌韵响。清切缘云上。留住莫教飞。怕如人别离。

浣溪沙 饯别陈汉卿于张叔信后堂,席上用叔信韵

金殿晨趋玉佩苍。君才久合侍龙章。花砖学士紫薇郎。　　小试一麾行促诏,暂留千骑且飞觞。夜堂歌暖借春光。

又

秾李花开雪满空。缟裙香袂俨春容。艳妆一笑喜相逢。　　拟倩清歌留白日,且扶残醉殢东风。好迟留处却匆匆。

又

十里别作"日"狂风特地晴。天工著意送行人。负他桃李十分春。

杜宇已催归思乱,啼莺休惹客愁新。晚风溪路净无尘。

又 寿程将

小小梅花巧耐寒。曛曛晴日醉醒间。茶瓯金缕鹧鸪斑。　　三寿作朋须共醉,一杯留客未应悭。酒肠如海寿如山。

醉落魄 正月二十日张园赏海棠作

春阴漠漠。海棠花底东风恶。人情不似春情薄。守定花枝,不放花零落。　　绿尊细细供春酌。酒醒无奈愁如昨。殷勤待与东风约。莫苦吹花,何似吹愁却。

又 三月十日赏酴醾,时坐客沈、赵与余将终更,花干复议归蜀,醉中口占

春愁无力。酴醾娇软难禁摘。风流彻骨香无敌。积玉团珠,明月夜同色。　　花时易失欢难得。尊前半是将行客。为花一醉何须惜。明岁花时,何处谩相忆。

又 后两日,再拉同官,席上用前韵

寒欺酒力。一番风雨花如摘。酴醾不与群花敌。笑吐清香,独自殿春色。　　春愁惟酒消除得。何妨常满坐中客。因花更把光阴惜。莫待春归,空对花梢忆。

又 中秋前一日,饯潘德鄜于花光,用德鄜韵

碧云暮合。不教预赏中秋月。凉生楚观风初歇。山影沉沉,相对两奇绝。　　湘人怅望黄金节。只愁酒散仙舟发。凭谁为与姮娥说。明夜虽圆,空照人离别。

生　查　子

天教百媚生,赋得多情怨。背整玉搔头,宽了黄金钏。　　情随歌意深,故故回娇盻。不是不相知,只为难相见。

虞美人　送杏花与陆仲虚

一枝繁杏千红蕊。酽笑东风里。恰如歌院晓妆迟。簇簇娇娆同步、出深闺。　　风流莲幕莺花主。持送花深处。花多莫便著情偏。一一淡匀深注、总堪怜。

又　与客赏海棠,忆去岁临川所赋,怅然有远宦之叹。晚过楚塞作

海棠花下春风里。曾拚千场醉。如今老去谩情多。步绕芳丛无力、奈春何。　　蜀乡不远长安远。相向空肠断。不如携客过西楼。却是江山如画、可消忧。

临江仙　十一月二十六日,雪霁,行武陵道中,江山莹彻,不类人世

昨日武陵溪上雪,今朝特地开晴。故留佳景付行人。琼田千顷熟,琪树万株春。　　好是长松飘坠屑,天花时下缤纷。桃源何处更寻真。腰悬明月佩,直访玉华君。

又

三月更当三十日,留春不住春归。问春还有再来时,腊前梅蕊破,相见未为迟。　　不似人生无定据,匆匆聚散难期。水遥山远谩相思。情知难舍弃,何似莫分飞。

清 平 乐

未春先暖。天与梅花便。点检枝头开已遍。一一檀心粉面。
巡檐索笑题诗。老怀不似当时。犹有惜花心在,等闲羌管休吹。

点绛唇　拉同官赏海棠

酒困诗慵,一春抦被花枝恼。艳妆浓笑。那更花中好。　　不著
清尊,持底宽愁抱。须颠倒。晚风如扫。忍见枝头少。

又

去岁今朝,海棠桃杏开都遍。今年花晚。不恨春情浅。　　旋旋
花开,图得春长远。且留恋。爱花心眼。常与花为伴。

酒泉子　唐德兴为海棠赋酒泉子词,而尊前无能歌者,
即席用韵

春色十分。付与海棠枝上满,清尊我亦十分倾。未忘情。　　阳
春一曲唤愁醒。可惜无人歌此曲,须君别院恼春醒。绕梁声。

又

清夜将分。有酒为谁花下满,相逢轩盖暂时倾。故人情。　　海
棠欲睡照教醒。烛影花光浑似按"似"原作"如",从吴讷本锦,伴君佳句
解人醒。恨无声。

青玉案　永春夜宴张叔信后堂,席上用韵

相逢何处梅花好。深院宇、笙歌绕。春入侯门长不老。罗帏绣幕,
护香藏粉,却许行人到。　　遏云清唱倾城笑。玉面别作"貌"花光

互相照。银烛频更尊屡倒。明年应是,对花相忆,君已班清要。

阮郎归 以红酒为马倅寿

浅寒天气雨催冬。梅梢糁嫩红。天教来寿黑头公。和羹信已通。　　斟滟滟,劝重重。新笃琥珀浓。他年赐酒拆黄封。还思此会同。

木兰花 唐守生日

乱花飞絮。却是一年春好处。留住韶光。共醉蓬莱日月长。翻阶红药。天上东风传近约。绿遍庭槐。看取除书一并来。

西　江　月

夜雨落花满地,晓风飞絮连天。苦无春恨可萦牵。只数年华暗换。　　生意惟添白髮,化工不染朱颜。老来愈觉欠清闲。梦想故园春晚。

又 为细君寿

好个今年生日,满堂儿女团栾。歌声不似笑声喧。满捧金杯争劝。　　富贵功名任运,佳辰乐事随缘。白头相守愿年年。只恁尊前长健。

鹊　桥　仙

中秋重九,等闲虚过,多病全疏酒盏。初寒时候试新醅,正好为、霜螯持满。　　诗情未减,酒肠宽在,且趁尊前强健。百年三万六千场,试屈指、如今过半。

又　重九前一日游向氏江东二园

东皋圃隐，木犀开后，香遍江东十里。因香招我渡江来，悄不记、重阳青蕊。　　人生行乐，宦游佳处，闲健莫辞清醉。不寒不暖不阴晴，正是好登临天气。

鹊桥仙　(调名原作步蟾宫，据律改)八月二十八日寿唐子才

中秋过了，重阳将近，正是一年佳处。柤黄橘绿总寻常，看丹桂、馀香再吐。　　胸中星斗，笔端风雨，定约蟾宫高步。赐袍归别作赐带御别作玉炉薰，共岁岁、斑衣戏舞。

南乡子　张子仪席上作

檐外雪纷纷。雾阁云窗气自温。谩道使台霜样峻，情亲。引到壶中别有春。　　尊酒负殷勤。病减杯中量几分。十五年间无限事，休论。说与梅花解笑人。

玉连环　泊英州钟石铺

江上青山无数。绿阴深处。夕阳犹在系扁舟，为佳景、留人住。　　已办一蓑归去。江南烟雨。有情鸥鹭莫惊飞，便相约、长为侣。

以上四印斋所刻词本养拙堂词

吴　傲

　　傲字益恭，休宁人，生于宣和七年(1125)。绍兴二十七年(1157)登进士，调明州鄞县尉，历官奉议郎。淳熙初，通判邕州，任满入对，即擢知州事，兼广南西路安抚都监。以亲老请祠，得主管台州崇道观，转朝

散郎致仕。淳熙十年(1183)卒,年五十九。宝祐中,追谥文肃。有竹洲
集。

念奴娇　寿程致政

凉生秋早,正梧桐院落,风清月白。帘卷香凝人笑喜,应是瀛洲仙
谪。云绕画梁,花明彩服,中有人华发。恩袍蓝绿,高年况已逾百。

最是有子宜家,兰阶方竞,珠履延佳客。好唤凌波来洛浦,醉
促霓裳仙拍。玉井开莲,金茎承露,莫惜金尊侧。试占弧兆,祥光
已映南极。

蓦山溪　效樵歌体

清晨早起,小阁遥山翠。頮面整冠巾,问寝罢、安排菽水。随家丰
俭,不羡五侯鲭,软煮肉,熟炊粳,适意为甘旨。　　　中庭散步,一
盏云涛细。迤逦竹洲中,坐息与、行歌随意。逡巡酒熟,呼唤社中
人,花下石,水边亭,醉便颓然睡。

按此下原有蓦山溪园林何有一首,题作老人和,乃徽父舜选和作,另编。

满庭芳　寄叶蔚宗

宿雨滋兰,轻风飐柳,新来随处和融。幽兰曲径,花气巧相通。燕
子才飞又语,带芹泥、时点芳丛。微中酒,日长睡起,心事在眉峰。

年年,春好处,联镳荡桨,拾翠接红。任金貂醉脱,不放杯空。
谁信风流一别,当时事、已逐飞鸿。云山晚,阑干罢倚,烟寺起疏钟。

又　用前韵并寄

水满池塘,莺啼杨柳,燕忙知为泥融。桃花流水,竹外小桥通。又
是一春憔悴,摘残英、绕遍芳丛。长安远,平芜尽处,叠叠但云峰。

西湖，行乐处，牙樯漾鹢，锦帐翻红。想年时桃李，应已成空。欲写相思寄与，云天阔、难觅征鸿。空凝想，时时残梦，依约上阳钟。

虞美人　送兄益章赴会试

银屏一夜金风细。便作中秋意。碧天如水月如眉。已有征鸿摩月、向南飞。　　金尊满酌蟾宫客。莫促阳关拍。须知丹桂擅秋天。千里婵娟指日、十分圆。

又　七夕

飞桥驾鹊天津阔。云驭看看发。相思惟恨不相逢。及至相逢还是、去匆匆。　　垂丝插竹真堪笑。欲乞天孙巧。天孙多巧漫多愁。巧得千般争解、劝郎留。

又

双眸蕲水团香雪。云际看新月。生绡笼粉倚窗纱。全似瑶池疏影、浸梅花。　　金翘翠靥双蛾浅。敛袂低歌扇。羞红腻脸语声低。想见流苏帐掩、烛明时。

西江月

竹里全无暑气，溪边长有清风。荷花落日照酣红。雨过遥山翠重。　　老作宫祠散汉，本来田舍村翁。腰缠三万禄千钟。也是一场春梦。

浣溪沙　题星洲寺

十里青山沂碧流。夕阳沙晚片帆收。重重烟树出层楼。　　人去人来芳草渡,鸥飞鸥没白蘋洲。碧梧翠竹记曾游。

又　次范石湖韵

歙浦钱塘一水通。闲云如幕碧重重。吴山应在碧云东。　　无力
海棠风淡漾,困眠宫柳日葱茏。眼前春色为谁浓。

　　　　按此首别作范成大词,见石湖词,陈三聘有和范词。

又　题馀干传舍

画楯朱栏绕碧山。平湖徙倚水云宽。人家杨柳带汀湾。　　目力
已随飞鸟尽,机心还逐白鸥闲。萧萧微雨晚来寒。

又　登镇远楼

寒日孤城特地红。瘦藤扶我上西风。一川平远画图中。　　江海
一身真客燕,云天万里看归鸿。吴山应在白云东。

又　竹洲七夕

秋到郊原日夜凉。黍禾高下已垂黄。荷花犹有晚来香。　　天上
佳期称七夕,人间好景是秋光。竹洲有月可徜徉。

又

风入枯藜衣袂凉。江枫园柳半青黄。洗车飞雨带天香。　　世事
一场真大梦,宦情都薄似秋光。竹洲有酒可徜徉。

又　和前镇远楼韵

斜阳波底湿微红。朱栏翠袖倚轻风。平平山色有无中。　　俯首
微官真自缚,高飞远举羡冥鸿。何时一艇大江东。

又　咏梅

茅舍疏离出素英。临风照水眩精神。娟娟新月又黄昏。　削约
寒枝香未透,细看频嗅独消魂。为谁消瘦不禁春。

减字木兰花　中秋独与静之饮

碧梧秋老。满地琅玕纷不扫。门掩黄昏。惟有年时月照人。
凄凉满眼。肯作六年灯火伴。莫说凄凉。来岁如今天一方。

又　朱子渊见和,次韵为谢

思君欲老。一榻尘生谁与扫。禄仰晨昏。同是迟迟去鲁人。
行当洗眼。看子青藜来夜伴。莫变炎凉。斩马还须请上方。

又

少陵未老。曾把千人军独扫。髪白眵昏。却作天涯流落人。
只堪合眼。夜直谁能潜入伴。斗酒西凉。何似卑栖且远方。

又

此身已老。三径都荒长却扫。面目尘昏。怕著朝章揖贵人。
难瞒明眼。只有青山堪作伴。触事心凉。无病何劳更觅方。

念奴娇　寿陈尚书母夫人

东风着意,正群芳未放,蟠桃初缀。王母当年亲手种,来作人间上
瑞。婺女星躔,金华福地,聊驻千千岁。恰才八十,百分未及一二。
　　况是间生英贤,名高日月,未说文昌贵。今日凝香称寿斝,来
岁衮衣当发。黄贴天香,太白珍膳,押赐传中旨。戏拈金果,宫娥

应是争取。

又 寿吴宰

延州积庆，到如今千载，芳传遗绪。世袭簪缨来旧治，依约棠阴如
故。百里休声，三年遗爱，若迹高今古。邑人尽道，郎君福过渠父。

　　州县岂久徒劳，汉家密令，须作三公去。今入花城称寿处，他
日荣归禁路。黄贴天有，上尊名酒，押赐传天语。朱颜绿鬓，腰黄
绅蹙金缕。

又

相逢恨晚，人谁道、早有轻离轻折。不是无情，都只为、离合因缘难
测。秋去云鸿，春深花絮，风雨随南北。絮飞鸿散，问谁解咨得得。

　　君自举远高飞，知他此去、萍梗何时息。雅阁幽窗欢笑处，回
首翻成陈迹。小楷缄题，细行针线，一一重收拾。风花雪月，此生
长是思忆。

西 江 月

山色不随春老，竹枝长向人新。桃蹊李径已成阴。深院莺啼人静。

　　尘世白驹过隙，人情苍狗浮云。不须计较谩劳神。且恁随缘
任运。

浣溪沙 春题别墅

暖日和风并马蹄。按"马蹄"原作"鸟啼"，不可解，且与末句韵重，据新安文献志甲
集卷六十改畦秧按"秧"原作"英"，据新安文献志改陇麦绿新齐。人家桑柘午
阴迷。　　　山色解随春意远，残阳还傍远山低。晚风归路杜鹃啼。

又 和前次范石湖韵

帘额风微紫燕通。楼头柳暗碧云重。玉人争劝玉西东。　醉拥
雕鞍金踯躅,夜归花院玉葱茏。归心何事与山浓。

又 代作

已是青春欲暮天。酒愁离恨不禁添。尊前休说见郎难。　别后
要知还有意,生前莫道便无缘。雁来频寄小蛮笺。

又 戏陈子长

汗裼香红雪莹肌。装馀静丽雾裁衣。晚凉新浴倚栏时。　帘卷
轻风斜茧髲,杯深新月堕蛾眉。此时风味许谁知。

朝中措 代宋仲温上德操

文章声价擅南州。人物更风流。岂久徒劳州县,看看催上瀛洲。

朱颜绿鬓,画堂标王疑误,宝带垂镠。睡起八砖影转,归来双烛
光浮。以上见明万历本吴文肃公文集卷二十

陆　游

　　游字务观,号放翁,山阴(今浙江绍兴)人。宣和七年(1125)生。以
荫补登仕郎,历枢密院编修官。绍兴三十二年(1162),赐进士出身,为
州别驾。范成大帅蜀时,为参议官。嘉泰初,诏同修国史,升宝章阁待
制。嘉定二年除夕(1210)卒,年八十六。有渭南词。

赤壁词 招韩无咎游金山

禁门钟晓,忆君来朝路,初翔鸾鹄。西府中台推独步,行对金莲宫

烛。蹙绣华鞯,仙葩宝带,看即飞腾速。人生难料,一尊此地相属。

回首紫陌青门,西湖闲院,锁千梢修竹。素壁栖鸦应好在,残梦不堪重续。岁月惊心,功名看镜,短鬓无多绿。一欢休惜,与君同醉浮玉。

浣沙溪 和无咎韵

懒向沙头醉玉瓶。唤君同赏小窗明。夕阳吹角最关情。　　忙日苦多闲日少,新愁常续旧愁生。客中无伴怕君行。

按此首误入王之望汉滨诗馀。

其二 南郑席上

浴罢华清第二汤。红绵扑粉玉肌凉。娉婷初试藕丝裳。　　凤尺裁成猩血色,螭奁熏透麝脐香。水亭幽处捧霞觞。

青玉案 与朱景参会北岭

西风挟雨声翻浪。恰洗尽、黄茅瘴。老惯人间齐得丧。千岩高卧,五湖归棹,替却凌烟像。　　故人小驻平戎帐。白羽腰间气何壮。我老渔樵君将相。小槽红酒,晚香丹荔,记取蛮江上。

水调歌头 多景楼

江左占形胜,最数古徐州。连山如画,佳处缥渺著危楼。鼓角临风悲壮,烽火连空明灭,往事忆孙刘。千里曜戈甲,万灶宿貔貅。

露沾草,风落木,岁方秋。使君宏放,谈笑洗尽古今愁。不见襄阳登览,磨灭游人无数,遗恨黯难收。叔子独千载,名与汉江流。

浪淘沙　丹阳浮玉亭席上作

绿树暗长亭。几把离尊。阳关常恨不堪闻。何况今朝秋色里，身是行人。　　清泪浥罗巾。各自消魂。一江离恨恰平分。安得千寻横铁锁，截断烟津。

定风波　进贤道上见梅赠王伯寿

欹帽垂鞭送客回。小桥流水一枝梅。衰病逢春都不记。谁谓。幽香却解逐人来。　　安得身闲频置酒。携手。与君看到十分开。少壮相从今雪鬓。因甚。流年羁恨两相催。

南　乡　子

归梦寄吴樯。水驿江程去路长。想见芳洲初系缆，斜阳。烟树参差认武昌。　　愁鬓点新霜。曾是朝衣染御香。重到故乡交旧少，凄凉。却恐它乡胜故乡。

其　　二

早岁入皇州。尊酒相逢尽胜流。三十年来真一梦，堪愁。客路萧萧两鬓秋。　　蓬峤偶重游。不待人嘲我自羞。看镜倚楼俱已矣，扁舟。月笛烟蓑万事休。

满　江　红

危堞朱栏，登览处、一江秋色。人正似、征鸿社燕，几番轻别。缱绻难忘当日语，凄凉又作它乡客。问鬓边、都有几多丝，真堪织。　　杨柳院，秋千陌。无限事，成虚掷。如今何处也，梦魂难觅。金鸭微温香缥渺，锦茵初展情萧瑟。料也应、红泪伴秋霖，灯前滴。

其二 夔州催王伯礼侍御寻梅之集

疏蕊幽香,禁不过、晚寒愁绝。那更是、巴东江上,楚山千叠。欹帽
闲寻西瀼路,韂鞭笑向南枝说。恐使君、归去上銮坡,孤风月。

清镜里,悲华髮。山驿外,溪桥侧。凄然回首处,凤凰城阙。憔
悴如今谁领略,飘零已是无颜色。问行厨、何日唤宾僚,犹堪折。

感皇恩 伯礼立春日生日

春色到人间,彩幡初戴。正好春盘细生菜。一般日月,只有仙家偏
耐。雪霜从点鬓,朱颜在。　　温诏鼎来,延英催对。凤阁鸾台看
除拜。对衣裁稳,恰称球纹新带。个时方旋了、功名债。

其 二

小阁倚秋空,下临江渚。漠漠孤云未成雨。数声新雁,回首杜陵何
处。壮心空万里,人谁许。　　黄阁紫枢,筑坛开府。莫怕功名欠
人做。如今熟计,只有故乡归路。石帆山脚下,菱三亩。

好事近 寄张真甫

羁雁未成归,肠断宝筝零落。那更冻醪无力,似故人情薄。　　瘴
云蛮雨暗孤城,身在楚山角。烦问剑南消息,怕还成疏索。

其 二

风露九霄寒,侍宴玉华宫阙。亲向紫皇香案,见金芝千叶。　　碧
壶仙露酝初成,香味两奇绝。醉后却骑丹凤,看蓬莱春色。

其三　次宇文卷臣韵

客路苦思归，愁似茧丝千绪。梦里镜湖烟雨，看山无重数。尊
前消尽少年狂，慵著送春语。花落燕飞庭户，叹年光如许。

其　四

岁晚喜东归，扫尽市朝陈迹。拣得乱山环处，钓一潭澄碧。卖
鱼沽酒醉还醒，心事付横笛。家在万重云外，有沙鸥相识。

其　五

华表又千年，谁记驾云孤鹤。回首旧曾游处，但山川城郭。纷
纷车马满人间，尘土污芒屦。且访葛仙丹井，看岩花开落。

其　六

挥袖别人间，飞蹑峭崖苍壁。寻见古仙丹灶，有白云成积。心
如潭水静无风，一坐数千息。夜半忽惊奇事，看鲸波瞰日。

其　七

溢口放船归，薄暮散花洲宿。两岸白蘋红蓼，映一蓑新绿。有
沽酒处便为家，菱芡四时足。明日又乘风去，任江南江北。

其八　登梅仙山绝顶望海

挥袖上西峰，孤绝去天无尺。拄杖下临鲸海，数烟帆历历。贪
看云气舞青鸾，归路已将夕。多谢半山松吹，解殷勤留客。

其　九

小倦带馀醒,澹澹数棂斜日。驱退睡魔十万,有双龙苍璧。　　少
年莫笑老人衰,风味似平昔。扶杖冻云深处,探溪梅消息。

其　十

觅个有缘人,分付玉壶灵药。谁向市尘深处,识辽天孤鹤。　　月
中吹笛下巴陵,条华赴前约。今古废兴何限,叹山川如昨。

其　十　一

平旦出秦关,雪色驾车双鹿。借问此行安往,赏清伊修竹。　　汉
家宫殿劫灰中,春草几回绿。君看变迁如许,况纷纷荣辱。

其　十　二

秋晓上莲峰,高蹑倚天青壁。谁与放翁为伴,有天坛轻策。　　铿
然忽变赤龙飞,雷雨四山黑。谈笑做成丰岁,笑禅龛柳栗。

鹧鸪天　送叶梦锡

家住东吴近帝乡。平生豪举少年场。十千沽酒青楼上,百万呼卢
锦瑟傍。　　身易老,恨难忘。尊前赢得是凄凉。君归为报京华
旧,一事无成两鬓霜。

其二　葭萌驿作

看尽巴山看蜀山。子规江上过春残。惯眠古驿常安枕,熟听阳关
不惨颜。　　慵服气,懒烧丹。不妨青鬓戏人间。秘传一字神仙
诀,说与君知只是顽。

其　三

梳髮金盘剩一窝。画眉鸾镜晕双蛾。人间何处无春到，只有伊家独占多。　　微步处，奈娇何。春衫初换麴尘罗。东邻鬥草归来晚，忘却新传子夜歌。

其　四

家住苍烟落照间。丝毫尘事不相关。斟残玉瀣行穿竹，卷罢黄庭卧看山。　　贪啸傲，任衰残。不妨随处一开颜。元知造物心肠别，老却英雄似等闲。

其　五

插脚红尘已是颠。更求平地上青天。新来有个生涯别，买断烟波不用钱。　　沽酒市，采菱船。醉听风雨拥蓑眠。三山老子真堪笑，见事迟来四十年。

其　六

懒向青门学种瓜。只将渔钓送年华。双双新燕飞春岸，片片轻鸥落晚沙。　　歌缥缈，橹呕哑。酒如清露鲊如花。逢人问道归何处，笑指船儿此是家。

其七　薛公肃家席上作

南浦舟中两玉人。谁知重见楚江滨。凭教后苑红牙版，引上西川绿锦茵。　　才浅笑，却轻颦。淡黄杨柳又催春。情知言语难传恨，不似琵琶道得真。

按永乐大典卷二万零三百五十三席字韵此首误作丘崈词。

蓦山溪　送伯礼

元戎十乘,出次高唐馆。归去旧鹓行,更何人、齐飞霄汉。瞿唐水落,惟是泪波深,催叠鼓,起牙樯,难锁长江断。　　春深鳌禁,红日宫砖暖。何处望音尘,黯消魂、层城飞观。人情见惯,不敢恨相忘,梅驿外,蓼滩边,只待除书看。

又　游三荣龙洞

穷山孤垒,腊尽春初破。寂寞掩空斋,好一个、无聊底我。啸台龙岫,随分有云山,临浅濑,荫长松,闲据胡床坐。　　三杯径醉,不觉纱巾堕。画角唤人归,落梅村、篮舆夜过。城门渐近,几点妓衣红,官驿外,酒垆前,也有闲灯火。

木兰花　立春日作

三年流落巴山道。破尽青衫尘满帽。身如西瀼渡头云,愁抵瞿唐关上草。　　春盘春酒年年好。试戴银幡判醉倒。今朝一岁大家添,不是人间偏我老。

朝中措　梅

幽姿不入少年场。无语只凄凉。一个飘零身世,十分冷淡心肠。　　江头月底,新诗旧梦,孤恨清香。任是春风不管,也曾先识东皇。

其二　代谭德称作

怕歌愁舞懒逢迎。妆晚托春酲。总是向人深处,当时枉道无情。　　关心近日,啼红密诉,剪绿深盟。杏馆花阴恨浅,画堂银烛嫌明。

其　三

冬冬傩鼓饯流年。烛焰动金船。彩燕难寻前梦,酥花空点春妍。　文园谢病,兰成久旅,回首凄然。明月梅山笛夜,和风禹庙莺天。

临江仙　离果州作

鸠雨催成新绿,燕泥收尽残红。春光还与美人同。论心空眷眷,分袂却匆匆。　只道真情易写,那知怨句难工。水流云散各西东。半廊花院月,一帽柳桥风。

蝶恋花　离小益作

陌上箫声寒食近。雨过园林,花气浮芳润。千里斜阳钟欲暝。凭高望断南楼信。　海角天涯行略尽。三十年间,无处无遗恨。天若有情终欲问。忍教霜点相思鬓。

其　二

桐叶晨飘蛩夜语。旅思秋光,黯黯长安路。忽记横戈盘马处。散关清渭应如故。　江海轻舟今已具。一卷兵书,叹息无人付。早信此生终不遇。当年悔草长杨赋。

其　三

水漾萍根风卷絮。倩笑娇颦,忍记逢迎处。只有梦魂能再遇。堪嗟梦不由人做。　梦若由人何处去。短帽轻衫,夜夜眉州路。不怕银缸深绣户。只愁风断青衣渡。

钗　头　凤

红酥手。黄縢酒。满城春色宫墙柳。东风恶。欢情薄。一怀愁绪，几年离索。错错错。　　　春如旧。人空瘦。泪痕红浥鲛绡透。桃花落。闲池阁。山盟虽在，锦书难托。莫莫莫。

清商怨　葭萌驿作

江头日暮痛饮。乍雪晴犹凛。山驿凄凉，灯昏人独寝。　　　鸳机新寄断锦。叹往事、不堪重省。梦破南楼，绿云堆一枕。

水龙吟　荣南作

樽前花底寻春处，堪叹心情全减。一身萍寄，酒徒云散，佳人天远。那更今年，瘴烟蛮雨，夜郎江畔。漫倚楼横笛，临窗看镜，时挥涕、惊流转。　　　花落月明庭院。悄无言、魂消肠断。凭肩携手，当时曾效，画梁栖燕。见说新来，网萦尘暗，舞衫歌扇。料也羞憔悴，慵行芳径，怕啼莺见。

秋波媚　七月十六日晚登高兴亭望长安南山

秋到边城角声哀。烽火照高台。悲歌击筑，凭高酹酒，此兴悠哉。　　　多情谁似南山月，特地暮云开。灞桥烟柳，曲江池馆，应待人来。

其　　二

曾散天花蕊珠宫。一念堕尘中。铅华洗尽，珠玑不御，道骨仙风。　　　东游我醉骑鲸去，君驾素鸾从。垂虹看月，天台采药，更与谁同。

采桑子

宝钗楼上妆梳晚，懒上秋千。闲拨沉烟。金缕衣宽睡髻偏。
鳞鸿不寄辽东信，又是经年。弹泪花前。愁入春风十四弦。

卜算子　咏梅

驿外断桥边，寂寞开无主。已是黄昏独自愁，更著风和雨。　　无
意苦争春，一任群芳妒。零落成泥碾作尘，只有香如故。

沁园春　三荣横溪阁小宴

粉破梅梢，绿动萱丛，春意已深。渐珠帘低卷，笟枝微步，冰开跃
鲤，林暖鸣禽。荔子扶疏，竹枝哀怨，浊酒一尊和泪斟。凭栏久，叹
山川冉冉，岁月骎骎。　　当时岂料如今。漫一事无成霜鬓侵。
看故人强半，沙堤黄阁，鱼悬带玉，貂映蝉金。许国虽坚，朝天无
路，万里凄凉谁寄音。东风里，有灞桥烟柳，知我归心。

其　二

一别秦楼，转眼新春，又近放灯。忆盈盈倩笑，纤纤柔握，玉香花
语，雪暖酥凝。念远愁肠，伤春病思，自怪平生殊未曾。君知否，渐
香消蜀锦，泪渍吴绫。　　难求系日长绳。况倦客飘零少旧朋。
但江郊雁起，渔村笛怨，寒釭委烬，孤砚生冰。水绕山围，烟昏云
惨，纵有高台常怯登。消魂处，是鱼笺不到，兰梦无凭。

其　三

孤鹤归飞，再过辽天，换尽旧人。念累累枯冢，茫茫梦境，王侯蝼
蚁，毕竟成尘。载酒园林，寻花巷陌，当日何曾轻负春。流年改，叹

围腰带剩,点鬓霜新。 交亲。散落如云。又岂料、如今馀此身。幸眼明身健,茶甘饭软,非惟我老,更有人贫。躲尽危机,消残壮志,短艇湖中闲采莼。吾何恨,有渔翁共醉,鸥友为邻。

忆 秦 娥

玉花骢。晚街金辔声璁珑。声璁珑。闲敧乌帽,又过城东。
富春巷陌花重重。千金沽酒酬春风。酬春风。笙歌围里,锦绣丛中。

汉宫春 张园赏海棠作,园故蜀燕王宫也

浪迹人间。喜闻猿楚峡,学剑秦川。虚舟泛然不系,万里江天。朱颜绿鬓,作红尘、无事神仙。何妨在,莺花海里,行歌闲送流年。

休笑放慵狂眼,看闲坊深院,多少婵娟。燕宫海棠夜宴,花覆金船。如椽画烛,酒阑时、百炬吹烟。凭寄语,京华旧侣,幅巾莫换貂蝉。

其二 初自南郑来成都作

羽箭雕弓,忆呼鹰古垒,截虎平川。吹笳暮归,野帐雪压青毡。淋漓醉墨,看龙蛇、飞落蛮笺。人误许,诗情将略,一时才气超然。

何事又作南来,看重阳药市,元夕灯山。花时万人乐处,敧帽垂鞭。闻歌感旧,尚时时、流涕尊前。君记取,封侯事在,功名不信由天。

月上海棠 成都城南有蜀王旧苑,尤多梅,皆二百馀年
古木

斜阳废苑朱门闭。吊兴亡、遗恨泪痕里。淡淡宫梅,也依然、点酥

剪水。凝愁处,似忆宣华旧事。　　行人别有凄凉意。折幽香、谁
与寄千里。伫立江皋,杳难逢、陇头归骑。音尘远,楚天危楼独倚。
宣华,故蜀苑名。

其　　二

兰房绣户厌厌病。叹春醒、和闷甚时醒。燕子空归,几曾传、玉关
边信。伤心处,独展团窠瑞锦。　　熏笼消歇沉烟冷。泪痕深、展
转看花影。漫拥馀香,怎禁他、峭寒孤枕。西窗晓,几声银瓶玉井。

乌　夜　啼

金鸭馀香尚暖,绿窗斜日偏明。兰膏香染云鬟腻,钗坠滑无声。
　冷落秋千伴侣,阑珊打马心情。绣屏惊断潇湘梦,花外一声莺。

其　　二

檐角楠阴转日,楼前荔子吹花。鹧鸪声里霜天晚,叠鼓已催衙。
　乡梦时来枕上,京书不到天涯。邦人讼少文移省,闲院自煎茶。

其　　三

我校丹台玉字,君书蕊殿云篇。锦官城里重相遇,心事两依然。
　携酒何妨处处,寻梅共约年年。细思上界多官府,且作地行仙。

其　　四

世事从来惯见,吾生更欲何之。镜湖西畔秋千顷,鸥鹭共忘机。
　一枕蘋风午醉,二升菰米晨炊。故人莫讶音书绝,钓侣是新知。

其　五

素意幽栖物外，尘缘浪走天涯。归来犹幸身强健，随分作山家。

　　已趁馀寒泥酒，还乘小雨移花。柴门尽日无人到，一径傍谿斜。

其　六

园馆青林翠樾，衣巾细葛轻纨。好风吹散霏微雨，沙路喜新干。

　　小燕双飞水际，流莺百啭林端。投壶声断弹棋罢，闲展道书看。

其　七

从宦元知漫浪，还家更觉清真。兰亭道上多修竹，随处岸纶巾。

　　泉洌偏宜雪茗，粳香雅称丝莼。翛然一饱西窗下，天地有闲人。

其　八

纨扇婵娟素月，纱巾缥渺轻烟。高槐叶长阴初合，清润雨馀天。

　　弄笔斜行小草，钩帘浅醉闲眠。更无一点尘埃到，枕上听新蝉。

真　珠　帘

山村水馆参差路。感羁游、正似残春风絮。掠地穿帘，知是竟归何处。镜里新霜空自悯，问几时、鸾台鳌署。迟暮。谩凭高怀远，书空独语。　　自古。儒冠多误。悔当年、早不扁舟归去。醉下白蘋洲，看夕阳鸥鹭。菰菜鲈鱼都弃了，只换得、青衫尘土。休顾。早收身江上，一蓑烟雨。

好　事　近

混迹寄人间，夜夜画楼银烛。谁见五云丹灶，养黄芽初熟。　　　　　　春

风归从紫皇游,东海宴旸谷。进罢碧桃花赋,赐玉尘千斛。以上双照
楼影宋本渭南文集卷四十九

柳梢青　故蜀燕王宫海棠之盛,为成都第一,今属张氏

锦里繁华。环宫故邸,叠萼奇花。俊客妖姬,争飞金勒,齐驻香车。
　　何须幕障帏遮。宝杯浸、红云瑞霞。银烛光中,清歌声里,休
恨天涯。

其二　乙巳二月西兴赠别

十载江湖,行歌沽酒,不到京华。底事翩然,长亭烟草,衰鬓风沙。
　　凭高目断天涯。细雨外、楼台万家。只恐明朝,一时不见,人
共梅花。

夜游宫　记梦寄师伯浑

雪晓清笳乱起。梦游处、不知何地。铁骑无声望似水。想关河,雁
门西,青海际。　　睡觉寒灯里。漏声断、月斜窗纸。自许封侯在
万里。有谁知,鬓虽残,心未死。

其二　宫词

独夜寒侵翠被。奈幽梦、不成还起。欲写新愁泪溅纸。忆承恩,叹
馀生,今至此。　　薾薾灯花坠。问此际、报人何事。咫尺长门过
万里。恨君心,似危栏,难久倚。

安　公　子

风雨初经社。子规声里春光谢。最是无情,零落尽、蔷薇一架。况
我今年,憔悴幽窗下。人尽怪、诗酒消声价。向药炉经卷,忘却莺

窗柳树。　　　万事收心也。粉痕犹在香罗帕。恨月愁花，争信道、如今都罢。空忆前身，便面章台马。因自来、禁得心肠怕。纵遇歌逢酒，但说京都旧话。

玉胡蝶 <small>王忠州家席上作</small>

倦客平生行处，坠鞭京洛，解佩潇湘。此夕何年，来赋宋玉高唐。绣帘开、香尘乍起，莲步稳、银烛分行。暗端相。燕羞莺妒，蝶绕蜂忙。　　　难忘。芳樽频劝，峭寒新退，玉漏犹长。几许幽情，只愁歌罢月侵廊。欲归时、司空笑问按“问”原作“闷”，从朱居易校放翁词，微近处、丞相嗔狂。断人肠。假饶相送，上马何妨。

木兰花慢 <small>夜登青城山玉华楼</small>

阅邯郸梦境，叹绿鬓、早霜侵。奈华岳烧丹，青谿看鹤，尚负初心。年来向浊世里，悟真诠秘诀绝幽深。养就金芝九畹，种成琪树千林。　　　星坛夜学步虚吟。露冷透瑶簪。对翠凤披云，青鸾溯月，宫阙萧森。琅函一封奏罢，自钧天帝所有知音。却过蓬壶啸傲，世间岁月骎骎。

苏武慢 <small>唐安西湖</small>

淡霭空濛，轻阴清润，绮陌细尘初静。平桥系马，画阁移舟，湖水倒空如镜。掠岸飞花，傍檐新燕，都似学人无定。叹连年戎帐，经春边垒，暗凋颜鬓。　　　空记忆、杜曲池台，新丰歌管，怎得故人音信。羁怀易感，老伴无多，谈麈久闲犀柄。惟有翛然，笔床茶灶，自适笋舆烟艇。待绿荷遮岸，红蕖浮水，更乘幽兴。

齐天乐 左绵道中

角残钟晚关山路，行人乍依孤店。塞月征尘，鞭丝帽影，常把流年虚占。藏鸦柳暗。叹轻负莺花，谩劳书剑。事往关情，悄然频动壮游念。　　孤怀谁与强遣。市垆沽酒，酒薄怎当愁酽。倚瑟妍词，调铅妙笔，那写柔情芳艳。征途自厌。况烟敛芜痕，雨稀萍点。最是眠时，枕寒门半掩。

其二 三荣人日游龙洞作

客中随处闲消闷，来寻啸台龙岫。路敛春泥，山开翠雾，行乐年年依旧。天工妙手。放轻绿萱牙，淡黄杨柳。笑问东君，为人能染鬓丝否。　　西州催去近也，帽檐风软，且看市楼沽酒。宛转巴歌，凄凉塞管，携客何妨频奏。征尘暗袖。漫禁得梅花，伴人疏瘦。几日东归，画船平放溜。

望　梅

寿非金石。恨天教老向，水程山驿。似梦里、来到南柯，这些子光阴，更堪轻掷。戍火边尘，又过了、一年春色。叹名姬骏马，尽付杜陵，苑路豪客。　　长绳漫劳系日。看人间俯仰，俱是陈迹。纵自倚、英气凌云，奈回尽鹏程，铩残鸾翮。终日凭高，诮不见、江东消息。算沙边、也有断鸿，倩谁问得。

洞 庭 春 色

壮岁文章，暮年勋业，自昔误人。算英雄成败，轩裳得失，难如人意，空丧天真。请看邯郸当日梦，待炊罢黄粱徐欠伸。方知道，许多时富贵，何处关身。　　人间定无可意，怎换得、玉鲙丝莼。且钓竿渔艇，笔床茶灶，闲听荷雨，一洗衣尘。洛水秦关千古后，尚棘暗铜驼空怆神。何须更，慕封侯定远，图像麒麟。

渔家傲 寄仲高

东望山阴何处是。往来一万三千里。写得家书空满纸。流清泪。书回已是明年事。　　寄语红桥桥下水。扁舟何日寻兄弟。行遍天涯真老矣。愁无寐。鬓丝几缕茶烟里。

绣　停　针

叹半纪，跨万里秦吴，顿觉衰谢。回首鹓行，英俊并游，咫尺玉堂金马。气凌嵩华。负壮略、纵横王霸。梦经洛浦梁园，觉来泪流如泻。　　山林定去也。却自恐说著，少年时话。静院焚香，闲倚素屏，今古总成虚假。趁时婚嫁。幸自有、湖边茅舍。燕归应笑，客中又还过社。

桃源忆故人 并序

　　　三荣郡治之西，因子城作楼观，曰高斋。下临山村，萧然如世外。予留七十日，被命参成都戎幕而去。临行，徙倚竟日，作桃源忆故人一首。

斜阳寂历柴门闭。一点炊烟时起。鸡犬往来林外。俱有萧然意。　　衰翁老去疏荣利。绝爱山城无事。临去画楼频倚。何日重来此。

其二 应灵道中

栏干几曲高斋路。正在重云深处。丹碧未干人去。高栋空留句。　　离离芳草长亭暮。无奈征车不住。惟有断鸿烟渚。知我频回顾。

其　三

一弹指顷浮生过。堕甑元知当破。去去醉吟高卧。独唱何须和。
残年还我从来我。万里江湖烟舸。脱尽利名缰锁。世界元来大。

其　四

城南载酒行歌路。冶叶倡条无数。一朵鞓红凝露。最是关心处。
莺声无赖催春去。那更兼旬风雨。试问岁华何许。芳草连天暮。

其五　题华山图

中原当日三川震。关辅回头煨烬。泪尽两河征镇。日望中兴运。
秋风霜满青青鬓。老却新丰英俊。云外华山千仞。依旧无人问。

极　相　思

江头疏雨轻烟。寒食落花天。翻红坠素，残霞暗锦，一段凄然。
惆怅东君堪恨处，也不念、冷落尊前。那堪更看，漫空相趁，柳絮榆钱。

一　丛　花

尊前凝伫漫魂迷。犹恨负幽期。从来不惯伤春泪，为伊后、滴满罗衣。那堪更是，吹箫池馆，青子绿阴时。　　回廊帘影昼参差。偏共睡相宜。朝云梦断知何处，倩双燕、说与相思。从今判了，十分憔悴,图要个人知。

其 二

仙姝天上自无双。玉面翠蛾长。黄庭读罢心如水,闭朱户、愁近丝
簧。窗明几净,闲临唐帖,深炷宝奁香。　　人间无药驻流光。风
雨又催凉。相逢共话清都旧,叹尘劫、生死茫茫。何如伴我,绿蓑
青篛,秋晚钓潇湘。

隔浦莲近拍

飞花如趁燕子。直度帘栊里。帐掩香云暖,金笼鹦鹉惊起。凝恨
慵梳洗。妆台畔,蘸粉纤纤指。宝钗坠。　　才醒又困,厌厌中酒
滋味。墙头柳暗,过尽一年春事。罨画高楼怕独倚。千里。孤舟
何处烟水。

其 二

骑鲸云路倒景。醉面风吹醒。笑把浮丘袂,寥然非复尘境。震泽
秋万顷。烟霏散,水面飞金镜。露华冷。　　湘妃睡起,鬌倾钗坠
慵整。临江舞处,零乱塞鸿清影。河汉横斜夜漏永。人静。吹箫
同过缑岭。

昭 君 怨

昼永蝉声庭院。人倦懒摇团扇。小景写潇湘。自生凉。　　帘外
蹴花双燕。帘下有人同见。宝篆拆官黄。炷熏香。

双头莲 呈范至能待制

华鬓星星,惊壮志成虚,此身如寄。萧条病骥。向暗里。消尽当年

豪气。梦断故国山川,隔重重烟水。身万里。旧社凋零,青门俊游
谁记。　　尽道锦里繁华,叹官闲昼永,柴荆添睡。清愁自醉。念
此际。付与何人心事。纵有楚柁吴樯,知何时东逝。空怅望,鲙美
菰香,秋风又起。

南歌子 送周机宜之益昌

异县相逢晚,中年作别难。暮秋风雨客衣寒。又向朝天门外、话悲
欢。　　瘦马行霜栈,轻舟下雪滩。乌奴山下一林丹。为说三年
常寄、梦魂间。

豆 叶 黄

春风楼上柳腰肢。初试花前金缕衣。袅袅娉娉不自持。晓妆迟。
画得蛾眉胜旧时。

按此首别误作莫将词,见花草粹编卷一。

其 二

一春常是雨和风。风雨晴时春已空。谁惜泥沙万点红。恨难穷。
恰似衰翁一世中。

醉 落 魄

江湖醉客。投杯起舞遗乌帻。三更冷翠沾衣湿。袅袅菱歌,催落
半川月。　　空花昨梦休寻觅。云台麟阁俱陈迹。元来只有闲难
得。青史功名,天却无心惜。

鹊 桥 仙

华灯纵博,雕鞍驰射,谁记当年豪举。酒徒一一取封侯,独去作、江

边渔父。　　轻舟八尺,低篷三扇,占断蘋洲烟雨。镜湖元自属闲人,又何必、君恩赐与。

其　　二

一竿风月,一蓑烟雨,家在钓台西住。卖鱼生怕近城门,况肯到、红尘深处。　　潮生理棹,潮平系缆,潮落浩歌归去。时人错把比严光,我自是、无名渔父。

按此首别误作明无名氏词,见草堂诗馀新集卷二。别又误作杨继盛词,见古今别肠词选卷二。

其三　夜闻杜鹃

茅檐人静,蓬窗灯暗,春晚连江风雨。林莺巢燕总无声,但月夜、常啼杜宇。　　催成清泪,惊残孤梦,又拣深枝飞去。故山犹自不堪听,况半世、飘然羁旅。

长　相　思

云千重。水千重。身在千重云水中。月明收钓筒。　　头未童。耳未聋。得酒犹能双脸红。一尊谁与同。

其　　二

桥如虹。水如空。一叶飘然烟雨中。天教称放翁。　　侧船篷。使江风。蟹舍参差渔市东。到时闻暮钟。

其　　三

面苍然。鬓皤然。满腹诗书不直钱。官闲常昼眠。　　画凌烟。上甘泉。自古功名属少年。知心惟杜鹃。

其　　四

暮山青。暮霞明。梦笔桥头艇子横。蘋风吹酒醒。　　看潮生。
看潮平。小住西陵莫较程。莼丝初可烹。

其　　五

悟浮生。厌浮名。回视千钟一髪轻。从今心太平。　　爱松声。
爱泉声。写向孤桐谁解听。空江秋月明。

菩　萨　蛮

江天淡碧云如扫。蘋花零落莼丝老。细细晚波平。月从波面生。
　　渔家真个好。悔不归来早。经岁洛阳城。鬓丝添几茎。

其　　二

小院蚕眠春欲老。新巢燕乳花如扫。幽梦锦城西。海棠如旧时。
　　当年真草草。一棹还吴早。题罢惜春诗。镜中添鬓丝。

诉　衷　情

当年万里觅封侯。匹马戍梁州。关河梦断何处,尘暗旧貂裘。
　　胡未灭,鬓先秋。泪空流。此生谁料,心在天山,身老沧洲。

其　　二

青衫初入九重城。结友尽豪英。蜡封夜半传檄,驰骑谕幽并。
　　时易失,志难成。鬓丝生。平章风月,弹压江山,别是功名。

生　查　子

还山荷主恩,聊试扶犁手。新结小茅茨,恰占清江口。　　风尘不
化衣,邻曲常持酒。那似宦游时,折尽长亭柳。

其　　二

梁空燕委巢,院静鸠催雨。香润上朝衣,客少闲谈麈。　　鬓边千
缕丝,不是吴蚕吐。孤梦泛潇湘,月落闻柔橹。

破　阵　子

仕至千钟良易,年过七十常稀。眼底荣华元是梦,身后声名不自
知。营营端为谁。　　幸有旗亭沽酒,何妨茧纸题诗。幽谷云萝
朝采药,静院轩窗夕对棋。不归真个痴。

其　　二

看破空花尘世,放轻昨梦浮名。蜡屐登山真率饮,筇杖穿林自在
行。身闲心太平。　　料峭馀寒犹力,帘纤细雨初晴。苔纸闲题
谿上句,菱唱遥闻烟外声。与君同醉醒。

上西楼　一名相见欢

江头绿暗红稀。燕交飞。忽到当年行处、恨依依。　　洒清泪。
叹人事。与心违。满酌玉壶花露、送春归。

点　绛　唇

采药归来,独寻茅店沽新酿。暮烟千嶂。处处闻渔唱。　　醉弄
扁舟,不怕黏天浪。江湖上。遮回疏放。作个闲人样。

谢 池 春

壮岁从戎，曾是气吞残虏。阵云高、狼烽夜举。朱颜青鬓，拥雕戈西戍。笑儒冠、自来多误。　　功名梦断，却泛扁舟吴楚。漫悲歌、伤怀吊古。烟波无际，望秦关何处。叹流年、又成虚度。

其　　二

贺监湖边，初系放翁归棹。小园林、时时醉倒。春眠惊起，听啼莺催晓。叹功名、误人堪笑。　　朱桥翠径，不许京尘飞到。挂朝衣、东归欠早。连宵风雨，卷残红如扫。恨樽前、送春人老。

其　　三

七十衰翁，不减少年豪气。似天山、凄凉病骥。铜驼荆棘，洒临风清泪。甚情怀、伴人儿戏。　　如今何幸，作个故谿归计。鹤飞来、晴岚暖翠。玉壶春酒，约群仙同醉。洞天寒、露桃开未。

一 落 索

满路游丝飞絮。韶光将暮。此时谁与说新愁，有百啭、流莺语。　　俯仰人间今古。神仙何处。花前须判醉扶归，酒不到、刘伶墓。

其　　二

识破浮生虚妄。从人讥谤。此身恰似弄潮儿，曾过了、千重浪。　　且喜归来无恙。一壶春酿。雨蓑烟笠傍渔矶，应不是、封侯相。

杏 花 天

老来驹隙骎骎度。算只合、狂歌醉舞。金杯到手君休诉。看著春光又暮。　　谁为倩、柳条系住。且莫遣、城笳催去。残红转眼无寻处。尽属蜂房燕户。

太　平　时

竹里房栊一径深。静愔愔。乱红飞尽绿成阴。有鸣禽。　　临罢兰亭无一事,自修琴。铜炉袅袅海南沉。洗尘襟。

恋　绣　衾

不惜貂裘换钓篷。嗟时人、谁识放翁。归棹借、樵风稳,数声闻、林外暮钟。　　幽栖莫笑蜗庐小,有云山、烟水万重。半世向、丹青看,喜如今、身在画中。

其　　二

无方能驻脸上红。笑浮生、扰扰梦中。平地是、冲霄路,又何劳、千日用功。　　飘然再过莲峰下,乱云深、吹下暮钟。访旧隐、依然在,但鹤巢、时有堕松。

风　入　松

十年裘马锦江滨。酒隐红尘。万金选胜莺花海,倚疏狂、驱使青春。吹笛鱼龙尽出,题诗风月俱新。　　自怜华发满纱巾。犹是官身。凤楼常记当年语,问浮名、何似身亲。欲寄吴笺说与,这回真个闲人。

真　珠　帘

灯前月下嬉游处。向笙歌、锦绣丛中相遇。彼此知名,才见便论心素。浅黛娇蝉风调别,最动人、时时偷顾。归去。想闲窗深院,调弦促柱。　　　乐府初翻新谱。漫裁红点翠，闲题金缕。燕子入帘时，又一番春暮。侧帽燕脂坡下过，料也记、前年崔护。休诉。待从今须与，好花为主。

风流子　一名内家娇

佳人多命薄，初心慕、德耀嫁梁鸿。记绿窗睡起，静吟闲咏，句翻离合，格变玲珑。更乘兴，素纨留戏墨，纤玉抚孤桐。蟾滴夜寒，水浮微冻，凤笺春丽，花砑轻红。　　　人生谁能料，堪悲处、身落柳陌花丛。空羡画堂鹦鹉，深闭金笼。向宝镜鸾钗，临妆常晚，绣茵牙版，催舞还慵。肠断市桥月笛，灯院霜钟。

双　头　莲

风卷征尘，堪欢处、青骢正摇金辔。客襟贮泪。漫万点如血，凭谁持寄。伫想艳态幽情，压江南佳丽。春正媚。怎忍长亭，匆匆顿分连理。　　　目断淡日平芜，望烟浓树远，微茫如荠。悲欢梦　。奈倦客、又是关河千里。最苦唱彻骊歌，重迟留无计。何限事。待与丁宁，行时已醉。

鹧　鸪　天

杖屦寻春苦未迟。洛城樱笋正当时。三千界外归初到，五百年前事总知。　　　吹玉笛，渡清伊。相逢休问姓名谁。小车处士深衣叟，曾是天津共赋诗。

蝶　恋　花

禹庙兰亭今古路。一夜清霜，染尽湖边树。鹦鹉杯深君莫诉。他时相遇知何处。　　　冉冉年华留不住。镜里朱颜，毕竟消磨去。

一句丁宁君记取。神仙须是闲人做。以上双照楼影宋本渭南文集卷五十

渔父 灯下读玄真子渔歌，因怀山阴故隐，追拟

石帆山下雨空濛。三扇香新翠箬篷。蘋叶绿，蓼花红。回首功名一梦中。

又

晴山滴翠水挼蓝。聚散渔舟两复三。横埭北，断桥南。侧起船篷便作帆。

又

镜湖俯仰两青天。万顷玻璃一叶船。拈棹舞，拥蓑眠。不作天仙作水仙。

又

湘湖烟雨长莼丝。菰米新炊滑上匙。云散后，月斜时。潮落舟横醉不知。

又

长安拜免几公卿。渔父横眠醉未醒。烟艇小，钓车腥。遥指梅山一点青。以上剑南诗稿卷十九

恋绣衾

雨断西山晚照明。悄无人、幽梦自惊。说道去、多时也，到如今、真个是行。　　远山已是无心画，小楼空、斜掩绣屏。你嚛早、收心呵，趁刘郎、双鬓未星。

采　桑　子

三山山下闲居士,巾履萧然。小醉闲眠。风引飞花落钓船。以上耆
旧续闻卷十

水龙吟　春日游摩诃池

摩诃池上追游路,红绿参差春晚。韶光妍媚,海棠如醉,桃花欲暖。
挑菜初闲,禁烟将近,一城丝管。看金鞍争道,香车飞盖,争先占、
新亭馆。　　惆怅年华暗换。黯销魂、雨收云散。镜奁掩月,钗梁
拆凤,秦筝斜雁。身在天涯,乱山孤垒,危楼飞观。叹春来只有,杨
花和恨,向东风满。

月照梨花　闺思

霁景风软,烟江春涨。小阁无人,绣帘半上。花外姊妹相呼。约樗
蒲。　　修蛾忘了章台样。细思一饷。感事添惆怅。胸酥臂玉消
减,拟觅双鱼。倩传书。

又　闺思

闷已萦损。那堪多病。几曲屏山,伴人昼静。梁燕催起犹慵。换
熏笼。　　新愁旧恨何时尽。渐凋绿鬓。小雨知花信。芳笺寄与
何处,绣阁珠栊。柳阴中。

夜游宫　宴席

宴罢珠帘半卷。画檐外、蜡香人散。翠雾霏霏漏声断。倚香肩,看
中庭,花影乱。　　宛是高唐馆。宝奁炷、麝烟初暖。璧月何妨夜
夜满。拥芳柔,恨今年,寒尚浅。

如梦令 闺思

独倚博山峰小。翠雾满身飞绕。只恐学行云,去作阳台春晓。春晓。春晓。满院绿杨芳草。<small>以上五首见中兴以来绝妙词选卷二</small>

失 调 名

飞上锦茵红皱。<small>四朝闻见录乙集</small>

解 连 环

泪淹妆薄。背东风伫立,柳绵池阁。漫细字、书满芳笺,恨钗燕筝鸿,总难凭托。风雨无情,又颠倒、绿苔红蕚。仗香醪破闷,怎禁夜阑,酒醒萧索。　刘郎已忘故约。奈重门静院,光景如昨。尽做它、别有留心,便不念当时,雨意初著。京兆眉残,怎忍为、新人梳掠。尽今生、拚了为伊,任人道错。<small>阳春白雪卷三</small>

大圣乐 (按词律调名当作沁园春)

电转雷惊,自叹浮生,四十二年。试思量往事,虚无似梦,悲欢万状,合散如烟。苦海无边,爱河无底,流浪看成百漏船。何人解,问无常火里,铁打身坚。　须臾便是华颠。好收拾形体归自然。又何须着意,求田问舍,生须宦达,死要名传。寿夭穷通,是非荣辱,此事由来都在天。从今去,任东西南北,作个飞仙。<small>珊瑚网法书题跋卷七</small>

<small>按此首乃陆游所书,不见于本集。是否即其自作,俟考。姑附于此。</small>

存 目 词

调　名	首　句	出　处	附　　注
恋绣衾	长夜冷添被儿	花草粹编卷五	辛弃疾作,见稼轩长短句卷十二
又	病来自是于春懒	又	辛弃疾作,见稼轩词甲集
南乡子	泊雁小汀洲	词的卷二	蒋捷作,见竹山词
浣溪沙	花市东风卷笑声	草堂诗馀续集卷上	毛滂作,见东堂词
玉井莲	谁道秋期远	记红集卷三	无名氏作,见翰墨大全丁集卷三

江月晃重山 雪

芳草洲前道路,夕阳楼上阑干。碧云何处望归鞍。从军客,耽乐不思还。　　洞里仙人种玉,江边楚客滋兰。鸳鸯沙暖鹡鸰寒。菱花晚,不奈鬓毛斑。

唐　婉

陆游妻,为陆游母所逼离异,改适赵士程,怏怏而卒。

钗　头　凤

世情薄。人情恶。雨送黄昏花易落。晓风干。泪痕残。欲笺心事,独语斜阑。难难难。　　人成各。今非昨。病魂尝似秋千索。角声寒。夜阑珊。怕人寻问,咽泪装欢。瞒瞒瞒。古今词统卷十

陆游妾某氏

驿卒女。能诗,陆游纳之。方馀半载,夫人逐之。

生　查　子

只知愁上眉，不识愁来路。窗外有芭蕉，阵阵黄昏雨。　　逗晓理残妆，整顿教愁去。不合画春山，依旧留连住。阳春白雪卷三

王　嵎

嵎字季夷，号贵英，北海(今山东潍县)人。绍兴、淳熙间名士，寓居吴兴。少与陆游同学。卒于淳熙九年(1182)。有北海集，今不传。

祝　英　台　近

柳烟浓，花露重，合是醉时候。楼倚花梢，长记小垂手。谁教钗燕轻分，镜鸾慵舞，是孤负、几番春昼。　　自别后。闻道花底花前，多是两眉皱。又说新来，比似旧时瘦。须知两意长存，相逢终有。莫谩被、春光僝僽。

夜　行　船

曲水溅裙三月二。马如龙、钿车如水。风飏游丝，日烘晴昼，人共海棠俱醉。　　客里光阴难可意。扫芳尘、旧游谁记。午梦醒来，小窗人静，春在卖花声里。以上二首见阳春白雪卷二

贾逸祖

逸祖字元放，邯郸(今河北省)人。好古博学，尝应宏词科，官兴化令。

朝　中　措

青山隐隐水斜斜。修竹两三家。又是水寒山瘦，依然行客遍天涯。

天教流落,东西南北,不恨年华。只恨夜来风雨,投明月、老却梅花。同治铅山县志卷三十九

蜀　妓

陆游客自蜀携归。

鹊　桥　仙

说盟说誓。说情说意。动便春愁满纸。多应念得脱空经,是那个、先生教底。　　不茶不饭,不言不语,一味供他憔悴。相思已是不曾闲,又那得、工夫咒你。齐东野语卷十一

姜特立

特立字邦杰,丽水人。宣和七年(1125)生。靖康中,父缓殉难,补承信郎。淳熙中,迁阁门舍人。光宗即位,除知阁门事。恃恩无忌,为留正所论,夺职。宁宗朝,拜庆远军节度使。有梅山续稿。

画　堂　春

故园二月正芳菲。红紫团枝。一番草绿谢郎池。人醉如泥。底事江乡风物,年年独殿芳时。无情燕子背人飞。似愧春迟。

浣　溪　沙

节序回环已献裘。不堪风叶夜鸣秋。寒螀吟露月阶幽。　　蜗角虚名真误我,蝇头细字不禁愁。班超何日定封侯。

菩　萨　蛮

日长庭院无人到。琅玕翠影摇寒峭。困卧北窗凉。好风吹梦长。

璧月升东岭。冷浸扶疏影。苗叶万珠明。露华圆更清。

又

蓬山学士文章伯。尊前风味谁能敌。新觅似花人。添成小院春。
玉纤呵翠袖。满劝金杯酒。寿酒莫辞斟。酒深人意深。

又 中秋不见月

镜天良月皆佳节。休恨今宵妨皎洁。玉锁闷蟾宫。姮娥意自通。
终有开时节。莫放笙歌歇。来夕尚婵娟。何妨把酒看。

霜天晓角 为夜游湖作

欢娱电掣。何况轻离别。料得两情无奈,思量尽、总难说。　　酒
热。凄兴发。共寻波底月。长结西湖心愿,水有尽、情无歇。

阮郎归 寄人

绿阴庭院记年时。家人捧寿卮。乐声催拍送腰支。香风匝地衣。
　　清梦断,彩云飞。刘郎今鬓丝。强将杯酒破愁眉。如今触事
非。

浪 淘 沙

春事有来期。且喜春归。问春何似去年时。报道今年春意好,随
分开眉。　　往事莫伤悲。光景如飞。十分潘鬓已成丝。幸是风
流犹未减,且醉芳菲。

朝中措 应令锦林檎

芳林曲径锦玲珑。腻白借微红。元是海棠标格,司花点化东风。

端相浑似,玉真未醉,春思先慵。留取浅鼙低笑,夜深翠幄轻笼。

又 送人

十分天赋好精神。宫样小腰身。迷却阳城下蔡,未饶宋玉东邻。

不堪回首,高唐去梦,楚峡归云。从此好寻夫婿,有书频寄鸿鳞。

又 和欧阳公韵

如山堂上翠横空。山影浪花中。夜夜林间明月,时时柳外清风。

如今到此,翛然万事,无处情钟。唯有尊前一笑,分明好个山翁。

蝶恋花 送妓

飘粉吹香三月暮。病酒情怀,愁绪浑无数。有个人人来又去。归期有恨难留驻。　　明日尊前无觅处。咿轧篮舆,只向双溪路。我辈情钟君谩与。为云为雨应难据。

声声慢 岩桂

云迷越岫,枫冷吴江,天香忽到人寰。满额涂黄,别更一种施丹。天教素秋独步,笑同时、霜菊秋兰。最好处,向水阶月地,把酒相看。　　应有骚人雅韵,将胆瓶筠管,簇向屏山。野店云房,争待结屋中间。无奈猖狂老子,架巢卧、风露清闲。待早晚,约姮娥、同住广寒。

卜算子 用坡仙韵

丹桂一枝芳，陡觉秋容静。月里人间总一般，共此扶疏影。　　枕畔忽闻香，夜半还思省。争奈姮娥不嫁人，寂寞孤衾冷。

西江月 戊午生朝

富贵从来自有，人生最羡长年。駸駸八秩未华颠。更喜此身强健。　　金印新来如斗，丝纶御墨犹鲜。枣如瓜大藕如船。莫惜尊前满劝。

满江红 己未生朝

听说梅山，一丘内、深藏曲折。过醒心桥下，水光清彻。迤逦跻攀登翠岭，沉沉烟壑千峰列。更小亭、风露逼华堂，荷香发。　　歌声动，云横阕。舞腰转，风回雪。正良辰美景，众宾欢悦。老子中间聊笑傲，酒行莫放觥筹歇。愿此生、长似钓璜公，添华髮。

念奴娇 庚申生朝

宦途巇岭，问急流勇退，几人闻早。自别修门今正是，一纪生朝还到。绿野风光，平泉草木，争似梅山好。园林如画，芰荷香泛芳沼。　　早晚玉节来临，君恩踵至，金印应如斗。好是华堂开宴处，歌舞管弦声奏。海上蟠桃，山中仙杏，共劝长生酒。莫辞沉醉，年年此会依旧。

满江红 辛酉生朝

小小华堂，朱阑外、乱山如簇。更云中仙掌，一峰高矗。南极老人呈瑞处，丙丁躔次光相烛。又谁知、堂上有闲人，无拘束。　　宾朋至，须歌曲。风月好，纷丝竹，都不管、世间是非荣辱。屈指如今侪辈少，几人老后能知足。问此身、何地寄生涯，唯松菊。

临 江 仙

桃李飞花春渐老，海棠次第芬芳。庭前红药已成行。酴醿开未到，犹更有花王。　　从此便须排日醉，莫将闲事相妨。老来不是太疏狂。尊前君看取，潘鬓已成霜。

感皇恩　壬戌生朝

儿女沸欢声，生朝来到。帘幕中间喷香兽。京祠新任，好事日边还又。清闲无个事，君恩厚。　　赢得乞食，歌姬一笑。旧衲云山伴红袖。蓬莱弱水，试问神仙何有。近来饶落托，贪杯酒。以上四印斋所刻词本梅山词

周必大

必大字子充，一字洪道，庐陵（今江西吉安）人。生于靖康元年(1126)。绍兴二十一年(1151)进士，又中二十七年(1157)宏词科。孝宗朝，历官起居郎、权中书舍人、给事中，罢，复为秘书少监兼权直学士院，罢，又权兵部侍郎兼直学士院，除翰林学士、礼部尚书兼翰林学士、吏部尚书兼翰林学士承旨。淳熙七年(1180)，除参知政事，九年(1182)，知枢密院事，十一年(1184)，除枢密使，十四年(1187)，转右丞相，十六年(1189)，转左丞相。光宗立，转少保，封益国公。出判潭州，改判隆兴府。宁宗朝，以少傅致仕。坐伪学贬降少保，寻复原官。嘉泰四年(1204)卒，年七十九。赠太师、谥文忠。有平园集。

朝 中 措

乘成台上晓书云。黄色映天庭。已谢浮名浮利，也知来应长生。

边亭卧鼓,馀粮栖亩,朝野欢声。从此四时八节,弟兄常醉金舠。

满庭芳 子中兄自安仁遗书云:将以重九登高祝融峰。且有"借琼佩霞裾"之语,戏往一阕以解嘲

天壤茫茫,人心殊观,未免因欠思馀。太山丘垤,同载一方舆。那更长沙下湿,祝融峰、才比吾庐。秋风冷,攀缘汗浃,应叹苦区区。

登高,聊尔耳,何须蜡屐,谁暇膏车。默存处,清都宛在须臾。笑约乘鸾羽客,窥倒景、拊掌崎岖。归来把,茰囊菊盏,一为洗泥涂。

谒金门 和从周宣教韵祝千岁寿,请呼段、马二生歌之

梅乍吐。趁寿席、香风度。人与此花俱独步。风流天付与。
好在青云歧路。愿共作、和羹侣。归访赤松辞万户。莺花犹是主。

点绛唇 葛守坐上出此词,道思归之意,走笔次其韵

报答风光,满倾琼液休思睡。乱莺声碎。来往甘棠底。　　闻道中和,深简君王意。归舟起。到时应是。玉殿槐交翠。

又

醉上兰舟,羡他沙暖鸳鸯睡。月波金碎。愁海深无底。　　太守新词,解释无穷意。高歌起。浮云闲事。浑付烟中翠。

又 赴池阳郡会,坐中见梅花赋　丁亥九月己丑

踏白江梅,大都玉骍酥凝就。雨肥霜逗。痴了闺房秀。　　莫待

冬深,雪压风欺后。君知否。却嫌伊瘦。仍怕伊偻伣。

　　　　又　七夜,赵富文出家姬小琼,再赋　丁亥七月己丑

秋夜乘槎,客星容到天孙渚。眼波微注。将谓牵牛渡。　　见了
还非,重理霓裳舞。都无误。几年一遇。莫讶周郎顾。

　　　　朝中措　贱生之日,蒙季怀示朝中措新词。今借严韵
　　　　　　以侑寿斝,敬述雅志,非泛泛祝词也　戊子

月眉新画露珠圆。今夕正相鲜。见杜诗。欲导唐家诞节,先生汉相
韦贤。　　悬知此去,莺迁春谷,鹗在秋天。班首算来旬岁,状头
看取明年。

　　　　又　胡季怀以朝中措为寿。八月四日,复次其韵。季怀
　　　　　　常以宰相自期,故每戏之　己丑

九重深念朔庭空。良弼梦时中。季怀有时中堂。擢第难遵常制,筑岩
直继高风。　　明年东府,金钗珠履,列鼎鸣钟。良酝倘分焦革,
早禾休浸曹公。季怀近送酒如醴。诘之,则云:秫名早禾酸。

　　　　醉落魄　次江西帅吴明可韵　庚寅四月

山川迥别。赤城自古雄东越。钟英储秀簪绅列。何事黄扉,殊未
相黄髪。　　如今衮职那容缺。人心恰与天时合。看看孚号彤庭
发。初破天荒,留与后来说。明可,台州人。自云:近世未有二府。

　　　　　　　　　　又

才高句杰。飞黄却应鸾和节。新词聊卷波澜阔。泉玉淙琤,犹不
比清切。　　相逢未稳愁相别。南园烟草南楼月。阳关西出重吹
彻。垂柳新栽,宁忍便攀折。明可新创南园。

西江月 暮春鲁氏坐上次胡邦衡韵

三月群贤毕集,二天五马生光。传觞击鼓底匆忙。画鹢将飞江上。

　　鲁国方虚两社,齐人要复侵疆。延英引对上东廊。应念幽人相望。

又 再赋送行

藉甚新除刺史,岿然鲁殿灵光。诏书催发棹讴忙。沙路从今稳上。

　　有喜刊除戎索,无劳远抚闽疆。日高龙影转槐廊。想见清光注望。以上晨风阁本益公大全集近体乐府

加上太上皇帝太上皇后尊号册宝乐章 乾道六年
奉上册宝导引曲

重华真主,晨夕奉庭闱。禋祀庆成时。乾元坤载同归美,宝册两光辉。斑衣何似赭黄衣。此事古今稀。都人欢乐嵩呼震,圣寿总天齐。

加上太上皇帝太上皇后尊号册宝乐章 淳熙二年
奉上册宝导引曲

新阳初应,乐事起彤庭。和气满吴京。帝家来庆东皇寿,西母共长生。金书玉篆灿龙文。前导沸欢声。修龄无极名无尽,一岁一回增。

明堂大礼乐章 淳熙六年
明堂大礼鼓吹无射宫导引旧黄钟宫

合宫亲飨,青女肃长空。精意与天通。后皇临顾谁为侑,文祖暨神

功。㕙蒙祉福岁常丰。声教被华戎。两宫眉寿同荣乐,戬穀永来崇。

合　宫　歌

圣明朝,旷典乘秋举。大飨本仁祖。九室八牖四户。救躬齐戒格堪舆。盛牲实俎。并侑总稽古。玉露乍肃天宇。冰轮下照金铺。燎烟嘘呼。郁尊香,云门舞。仿佛翔坐,灵心咸嘉娱。众星俞美,光属照焜珠。清晓御丹凤,湛恩遍浃率溥。欢声雷动岳镇呼。徐命法驾,万骑花盈路。献胙慈极,寿同箕翼以上八字宋史作“万姓齐祝,寿同天地”,事超唐虞。看平燕云,从此兴文偃武。待重会诸侯,依旧东都。以上四首见玉堂类稿卷十九

按以上四首俱见宋史乐志十六,第一第二首又见宋会要辑稿第九册乐八,并无撰人姓氏。

存　目　词

蕙风词话续编卷一载周必大木兰花慢:“松间玄鹤舞翩翩。山鬼下苍烟。正闭户焚香,揿商泛角,非指非弦。”实元人刘时中作,见中庵乐府。

周　辉

辉字昭礼,周邦之子。寓居杭州。生靖康元年(1126)。著有清波杂志十二卷、清波别志三卷。又有北辕录一种,收入说郛。

失调名　和人春词

卷帘试约东君,问花信风来第几番。

按宋诗纪事卷五十一引此二句作诗。是诗是词,不易断定,姑收于此。

又　和人蜡梅词

生怕冻损蜂房,胆瓶汤浸,且与温存著。以上清波杂志卷九

范成大

　　　成大字致能,号石湖居士,吴郡(今江苏苏州)人。生于靖康元年
(1126)。绍兴二十四年(1154)进士。孝宗时,累官权吏部尚书,拜参知
政事。尝帅蜀,继帅广西,复帅金陵。进资政殿学士,提举洞霄宫。绍
熙四年(1193)卒,年六十八。谥文穆。有石湖集。

满江红　冬至

寒谷春生,熏叶气、玉箫吹谷。新阳后、便占新岁,吉云清穆。休把
心情关药裹,但逢节序添诗轴。笑强颜、风物岂非痴,终非俗。

清昼永,佳眠熟。门外事,何时足。且团栾同社,笑歌相属。著
意调停云露酿,从头检举梅花曲。纵不能、将醉作生涯,休拘束。

又　始生之日,丘宗卿使君携具来为寿,坐中赋词,次韵谢之

竹里行厨,来问讯、诸侯宾老。春满座、弹丝未遍,挥毫先了。云避
仁风收雨脚,日随和气薰林表。向尊前、来访白髭翁,衰何早。

志千里,功名兆。光万丈,文章耀。洗冰壶胸次,月秋霜晓。应
念一堂尘网暗,故将百和香云绕。算赏心、清话古来多,如今少。

又　雨后携家游西湖,荷花盛开

柳外轻雷,催几阵、雨丝飞急。雷雨过、半川荷气,粉融香浥。弄蕊
攀条春一笑,从教水溅罗衣湿。打梁州、箫鼓浪花中,跳鱼立。

山倒影,云千叠。横浩荡,舟如叶。有采菱清些,桃根双楫。忘

却天涯漂泊地,尊前不放闲愁入。任碧箭、十丈卷金波,长鲸吸。

又

罨画溪山,行欲遍、风蒲还举。天渐远、水云初静,柁楼人语。月色
波光看不定,玉虹横卧金鳞舞。算五湖、今夜只扁舟,追千古。

　　怀往事,渔樵侣。曾共醉,松江渚。算今年依旧,一杯沧浦。宇
宙此身元是客,不须怅望家何许。但中秋、时节好溪山,皆吾土。

千秋岁 重到桃花坞

北城南埭。玉水方流汇。青樾里,红尘外。万桃春不老,双竹寒相
对。回首处,满城明月曾同载。　　分散西园盖。消减东阳带。
人事改,花源在。神仙虽可学,功行无过醉。新酒好,就船况有鱼
堪买。

浣溪沙 烛下海棠

倾坐东风百媚生。万红无语笑逢迎。照妆醒睡蜡烟轻。　　采蛛
横斜春不夜,绛霞浓淡月微明。梦中重到锦官按“官”原作“宫”,此从彊
村丛书本石湖词城。

又

催下珠帘护绮丛。花枝红里烛枝红。烛光花影夜葱茏。　　锦地
绣天香雾里,珠星璧月彩云中。人间别有几春风。

又 新安驿席上留别

送尽残春更出游。风前踪迹似沙鸥。浅斟低唱小淹留。　　月见
西楼清夜醉,雨添南浦绿波愁。有人无计恋行舟。

又

歙浦钱塘一水通。闲云如幕碧重重。吴山应在碧云东。　无力
海棠风淡荡，半眠官柳日葱茏。眼前春色为谁浓。

按此首又见吴儆竹洲词。

又　元夕后三日王文明席上

宝髻双双出绮丛。妆光梅影各春风。收灯时候却相逢。　鱼子
笺中词宛转，龙香拨上语玲珑。明朝车马莫西东。

又

红锦障泥杏叶鞯。解鞍呼渡忆当年。马骄不肯上航船。　茅店
竹篱开席市，绛裙青袯劚姜田。临平风物故依然。

又

白玉堂前绿绮疏。烛残歌罢困相扶。问人春思肯浓无。　梦里
粉香浮枕簟，觉来烟月满琴书。个侬情分更何如。

朝中措　丙午立春大雪，是岁十二月九日丑时立春

东风半夜度关山。和雪到阑干。怪见梅梢未暖，情知柳眼犹寒。
　青丝菜甲，银泥饼饵，随分杯盘。已把宜春缕胜，更将长命题幡。

又

身闲身健是生涯。何况好年华。看了十分秋月，重阳更插黄花。
　消磨景物，瓦盆社酿，石鼎山茶。饱吃红莲香饭，侬家便是仙

家。

又

系船沽酒碧帘坊。酒满胜鹅黄。醉后西园入梦，东风柳色花香。　　水浮天处，夕阳如锦，恰似鲈乡。中有忆人双泪，几时流到横塘。

又

海棠如雪殿春馀。禽弄晚晴初。倦客长惭杜宇，佳辰且醉提壶。　　逍遥放浪，还他渔子，输与樵夫。一棹何时归去，扁舟终要江湖。

又

天容云意写秋光。木叶半青黄。珍重西风祛暑，轻衫早怯新凉。　　故人情分，留连病客，孤负清觞。陌上千愁易散，尊前一笑难忘。

蝶 恋 花

春涨一篙添水面。芳草鹅儿，绿满微风岸。画舫夷犹湾百转。横塘塔近依前远。　　江国多寒农事晚。村北村南，谷雨才耕遍。秀麦连冈桑叶贱。看看尝面收新茧。

南 柯 子

槁项诗馀瘦，愁肠酒后柔。晚凉团扇欲知秋。卧看明河银影、界天流。　　鹤警人初静，虫吟夜更幽。佳辰只合算花筹。除了一天风月、更何求。

又

怅望梅花驿,凝情杜若洲。香云低处有高楼。可惜高楼、不近木兰
舟。　　缄素双鱼远,题红片叶秋。欲凭江水寄离愁。江已东流、
那肯更西流。

又 七夕

银渚盈盈渡,金风缓缓吹。晚香浮动五云飞。月姊妒人、颦尽一弯
眉。　　短夜难留处,斜河欲淡时。半愁半喜是佳期。一度相逢、
添得两相思。

水 调 歌 头

细数十年事,十处过中秋。今年新梦,忽到黄鹤旧山头。老子个中
不浅,此会天教重见,今古一南楼。星汉淡无色,玉镜独空浮。
　　敛秦烟,收楚雾,熨江流。关河离合、南北依旧照清愁。想见姮
娥冷眼,应笑归来霜鬓,空敝黑貂裘。酾酒问蟾兔,肯去伴沧洲。

　　　按此首别误作王质词,见雪山集卷十六。

又 燕山九日作

万里汉家使,双节照清秋。旧京行遍,中夜呼禹济黄流。寥落桑榆
西北,无限太行紫翠,相伴过芦沟。岁晚客多病,风露冷貂裘。
　　对重九,须按"须"原作"颂",从彊村丛书本烂醉,莫牢愁。黄花为我,一
笑不管鬓霜羞。袖里天书咫尺,眼底关河百二,歌罢此生浮。惟有
平安信,随雁到南州。

西　江　月

十月谁云春小，一年两见风娇。云英此夕度蓝桥。人意花枝都好。
　　百媚朝天淡粉，六铢步月生绡。人间霜叶满庭皋，别有东风不
老。

又

北客开眉乐岁，东君著意华年。遮风藏雨晚云天。应怕杏梢红浅。
　　不惜灯前放夜，从教雪后留寒。水晶帘箔万花钿。听彻南楼
晓箭。

鹊桥仙　七夕

双星良夜，耕慵织懒，应被群仙相妒。娟娟月姊满眉颦，更无奈、风
姨吹雨。　　相逢草草，争如休见，重搅别离心绪。新欢不抵旧愁
多，倒添了、新愁归去。

宜　男　草

篱菊滩芦被霜后。袅长风、万重高柳。天为谁、展尽湖光渺渺，应
为我、扁舟入手。　　橘中曾醉洞庭酒。辗云涛、挂帆南斗。追旧
游、不减商山杳杳，犹有人、能相记否。

又

舍北烟霏舍南浪。雪倾篱、雨荒薇涨。问 按"问"原作"闲"，从彊村丛书本
小桥、别后谁过，惟有迷鸟羁雌来往。　　重寻山水问无恙。扫柴
荆、土花尘网。留小桃、先试光风，从此芝草琅玕日长。

秦　楼　月

窗纱薄。日穿红幔催梳掠。催梳掠。新晴天气，画檐闻鹊。
海棠逗晓都开却。小云先在阑干角。阑干角。杨花满地，夜来风恶。

又

珠帘狭。卷帘春院花围合。花围合。昼长人静，双双胡蝶。
花前苦殢金蕉叶。瞢腾午睡扶头怯。扶头怯。闲愁无限，远山斜叠。

又

香罗薄。带围宽尽无人觉。无人觉。东风日暮，一帘花落。
西园空锁秋千索。帘垂帘卷闲池阁。闲池阁。黄昏香火，画楼吹角。

又

楼阴缺。阑干影卧东厢月。东厢月。一天风露，杏花如雪。
隔烟催漏金虬咽。罗帏暗淡灯花结。灯花结。片时春梦，江南天阔。

又

浮云集。轻雷隐隐初惊蛰。初惊蛰。鹁鸠鸣怒，绿杨风急。
玉炉烟重香罗浥。拂墙浓杏燕支湿。燕支湿。花梢缺处，画楼人立。

念 奴 娇

双峰叠嶂,过天风海雨,无边空碧。月姊年年应好在,玉阙琼宫愁寂。谁唤痴云,一杯未尽,夜气寒无色。碧城凝望,高楼缥缈西北。

肠断桂冷蟾孤,佳期如梦,又把阑干拍。雾鬓风鬟相借问,浮世几回今夕。圆缺晴阴,古今同恨,我更长为按"为"原作"长",从彊村丛书本客。婵娟明夜,尊前谁念南陌。

又

十年旧事,醉京花蜀酒,万葩千萼。一棹归来吴下看,俯仰心情今昨。强倚雕阑,羞簪雪鬓,老恐花枝觉。揩摩愁眼,雾中相对依约。

闻道家宴团栾,光风转夜,月傍西楼落。打彻梁州春自远,不饮何时欢乐。沾惹天香,留连国艳,莫散灯前酌。袜尘生处,为君重赋河洛。

又

吴波浮动,看中流翻月,半江金碧。醉舞空明三万顷,不管姮娥愁寂。指点琼楼,凭虚有路,鲸背横东极。水云飘荡,阑干千丈无力。

家世回首沧洲,烟波渔钓,有鸥夷仙迹。一笑闲身游物外,来访扁舟消息。天上今宵,人间此地,我是风前客。涛生残夜,鱼龙惊听横笛。

又

水乡霜落,望西山一寸,修眉横碧。南浦潮生帆影去,日落天青江白。万里浮云,被风吹散,又被风吹积。尊前歌罢,满空凝淡寒色。

人世会少离多,都来名利,似蝇头蝉翼。赢得长亭车马路,千古羁愁如织。我辈情钟，匆匆相见，一笑真难得。明年谁健，梦魂飘荡南北。

又 和徐尉游石湖

湖山如画，系孤篷柳岸，莫惊鱼鸟。料峭春寒花未遍，先共疏梅索笑。一梦三年，松风依旧，萝月何曾老。邻家相问，这回真个归到。

　　绿鬓新点吴霜，尊前强健，不怕衰翁号。赖有风流车马客，来觅香云花岛。似我粗豪，不通姓字，只要银瓶倒。奔名逐利，乱帆谁在天表。

惜　分　飞

易散浮云难再聚。遮莫相随百步。谁唤行人去。石湖烟浪渔樵侣。　　重别西楼肠断否。多少凄风苦雨。休梦江南路。路长梦短无寻处。

梦 玉 人 引

送行人去，犹追路、再相觅。天末交情，长是合堂同席。从此尊前，便顿然少个，江南羁客。不忍匆匆，少驻船梅驿。　　酒斝虽满，尚少如、别泪万千滴。欲语吞声，结心相对呜咽。灯火凄清，笙歌无颜色。从别后，尽相忘，算也难忘今夕。

又

共登临处，飘风袂、倚空碧。雨卷云飞，长有桂娥看客。箫鼓生春，遍锦城如画，雪山无色。一梦才成，恍天涯南北。　　舞馀歌罢，料宣华、回首尽陈迹。万里秦吴，有情应问消息。我欲归耕，如何重来得。故人若望江南，且折梅花相忆。

如　梦　令

罨画屏中客住。水色山光无数。斜日满江声，何处撑来小渡。休去。休去。惊散一洲鸥鹭。

又

两两莺啼何许。寻遍绿阴浓处。天气润罗衣，病起却怯微暑。休雨。休雨。明日榴花端午。

菩　萨　蛮

小轩今日开窗了。揉蓝染碧缘阶草。檐佩可怜风。杏梢烟雨红。　飘零欢事少。鬓点吴霜早。天色不愁人。眼前无限春。

又　元夕立春　原无题，据彊村丛书本

雪林一夜收寒了。东风恰向灯前到。今夕是何年。新春新月圆。　绮丛香雾隔。犹记疏狂客。留取缕金幡。夜蛾相并看。

又

黄梅时节春萧索。越罗香润吴纱薄。丝雨日曈明。柳梢红未晴。　多愁多病后。不识曾中酒。愁病送春归。恰如中酒时。

临　江　仙

羽扇纶巾风袅袅，东厢月到蔷薇。新声谁唤出罗帏。龙须将笛绕，雁字入筝飞。　陶写中年须个里，留连月扇云衣。周郎去后赏音稀。为君持酒听，那肯带春归。

又

万事灰心犹薄宦，尘埃未免劳形。故人相见似河清。恰逢梅柳动，高兴逐春生。　　卜昼匆匆还卜夜，仍须月堕河倾。明年我去白鸥盟。金闺三玉树，好问紫霄程。

减字木兰花

玉烟浮动。银阙三山连海冻。翠袖阑干。不怕楼高酒力寒。双松冻折。忽忆衰翁容易别。想见鸥边。压损年时小钓船。

又

折残金菊。枨子香时新酒熟。谁伴芳尊。先问梅花借小春。道人破戒。染酒题诗金凤带。愁病相关。不似年时酒量宽。

又

波娇鬓衮。中隐堂前人意好。不奈春何。拼却轻寒透薄罗。翦梅新曲。欲断还联三叠促。围坐风流。饶我尊前第一筹。

又

枕书睡熟。珍重月明相伴宿。宝鸭金寒。香满围屏宛转山。鸡人声杳。瑶井玉绳相对晓。黯淡窗纱。却下风帘护烛花。

又

腊前三白。春到西园还见雪。红紫花迟。借作东风万玉枝。归田计决。麦饭熟时应快活。身在高楼。心在山阴一叶舟。

鹧 鸪 天

休舞银貂小契丹。满堂宾客尽关山。从今袅袅盈盈处,谁复端端
正正看。　　模泪易,写愁难。潇湘江上竹枝斑。碧云日暮无书
寄,寥落烟中一雁寒。

又

荡漾西湖采绿蘋。扬鞭南埭衮红尘。桃花暖日茸茸笑,杨柳光风
浅浅颦。　　章贡水,郁孤云。多情争似桂江春。崔徽卷轴瑶姬
梦,纵有相逢不是真。

又

嫩绿重重看得成。曲阑幽槛小红英。酴醾架上蜂儿闹,杨柳行间
燕子轻。　　春婉娩,客飘零。残花浅酒片时清。一杯且买明朝
事,送了斜阳月又生。

又 雪梅

压蕊拈须粉作团。疏香辛苦颤朝寒。须知风月寻常见,不似层层
带雪看。　　春髻重,晓眉弯。一枝斜并缕金幡。酒红不解东风
冻,惊怪钗头玉燕乾。

好 事 近

云幕暗千山,肠断玉楼金阙。应是高唐小妇,妒姮娥清绝。　　夜
凉不放酒杯寒,醉眼渐生缬。何待桂华相照,有人人如月。

又

昨夜报春来,的皪岭梅开雪。携手玉人同赏,比看谁奇绝。　阑干倚遍忆多情,怕角声呜咽。与折一枝斜戴,衬鬓云梳月。

卜 算 子

凉夜竹堂虚,小睡匆匆醒。银漏无声月上阶,满地阑干影。　何处最知秋,风在梧桐井。不惜骖鸾弄玉箫,露湿衣裳冷。

又

云压小桥深,月到重门静。冷蕊疏枝半不禁,更著横窗影。　回首故园春,往事难重省。半夜清香入梦来,从此熏炉冷。

三 登 乐

一碧鳞鳞,横万里、天垂吴楚。四无人、橹声自语。向浮云、西下处,水村烟树。何处系船,暮涛涨浦。　正江南、摇落后,好山无数。尽乘流、兴来便去。对青灯、独自叹,一生羁旅。敧枕梦寒,又还夜雨。

又

路转横塘,风卷地、水肥帆饱。眼双明、旷怀浩渺。问菟裘、无恙否,天教重到。木落雾收,故山更好。　过溪门、休荡桨,恐惊鱼鸟。算年来、识翁者少。喜山林、踪迹在,何曾如扫。归鬓任霜,醉红未老。

又

今夕何朝,披岫幌、云关重启。引冰壶、素空似洗。卷帘中、欹枕上,月星浮水。天镜夜明,半窗万里。　　盼庭柯、都老大,树犹如此。六年前、转头未几。唤邻翁、来话旧,同笞新蚁。秉烛夜阑,又疑梦里。

又

方帽冲寒,重检校、旧时农圃。荒三径、不知何许。但姑苏台下,有苍然平楚。人笑此翁,又来访古。　　况五湖、元自有,扁舟祖武。记沧洲、白鸥伴侣。叹年来、孤负了,一蓑烟雨。寂寞暮潮,唤回棹去。

浪 淘 沙

黯淡养花天。小雨能悭。烟轻云薄有无间。官柳丝丝都绿遍,犹有春寒。　　空翠湿征鞍。马首千山。多情若是肯俱还。别有玉杯承露冷,留共君看。玉杯,官舍中牡丹绝品也。

虞美人 寄人觅梅

霜馀好探梅消息。日日溪桥侧。不如君有似梅人。歌里工颦妍笑、两眉春。　　疏枝冷蕊风情少。却称衰翁老。从教来作静中邻。冷淡无言无笑、也无颦。

又

落梅时节冰轮满。何似中秋看。琼楼玉宇一般明。只为姮娥添了、万枝灯。　　锦江城下杯残后。还照鄞江酒。天东相见说天西。除却衰翁和月、更谁知。

又

玉箫惊报同云重。仍怪金瓶冻。清明将近雪花翻。不道海棠消
瘦、柳丝寒。　　王孙沉醉狨毡幕。谁怕罗衣薄。烛灯香雾两厌
厌。仿佛有人愁损、上眉尖。

又　红木犀

谁将击碎珊瑚玉。装上交枝粟。恰如娇小万琼妃。涂罢额黄、嫌
怕污燕支。　　夜按"夜"原误"日",从彊村丛书本深未觉清香绝。风露
溶溶月。满身花影弄凄凉。无限月和风露、一齐香。

醉落魄　元夕

春城胜绝。暮林风舞催花发。垂云卷尽添空阔。吹上新年,美满
十分月。　　红蕖影下勾丝抹。老来牵强随时节。无人知道心情
别。惟有蛾儿,惊见鬓边雪。此下元缺醉落魄一首,眼儿媚一首。　　以上武进
陶氏影印汲古阁抄本石湖词

白玉楼步虚词六首　并序

　　赵从善示余玉楼图,其前玉阶一道,横跨绿霄中。琪树垂珠网,夹
阶两旁。绿霄之外,周以玉阑,阑外方是碧落。阶所接亦玉池,中间涌
起玉楼三重,千门万户,无非连璐重璧。屋覆金瓦,屋山缀红牙垂珰。
四檐黄帘皆卷,楼中帝座,依约可望。红云自东来,云中虚皇乘玉辂,驾
两金龙。侍卫可见者:灵官法服骑而夹侍二人,力士黄麾前导二人,仪
剑四人,金囲子四人,夹辂黄幡二人,五色戟带二人,珠幢二人,金龙旗
四人,负纳陛而后从二人。云头下垂,将至玉阶,楼前仙官冠帔出迎,方
下阶,双舞鹤行前。云驾之旁,又有红云二:其一,仙官立幢节间,其二,
女乐并奏。玉楼之后,又有小玉楼六,其制如前,宝光祥云,前后蔽亏,

或隐或现。小案之前，独为金地，亦有仙官自金地下迎。傍小楼最高处，有飞桥直瑶台，仙人度桥登台以望。名数可纪者，大略如此。若其景趣高妙、碧落浮黎、青冥风露之境，则览者可以神会，不能述于笔端。此画运思超绝，必梦游帝所者仿佛得之，非世间俗史意匠可到。明窗净儿，尽卷展玩，恍然便觉身在九霄三景之上，奇事不可以不识。简斋有水府法驾导引歌词，乃倚其体，作步虚词六章，以遗从善。羽人有不俗者，使歌之于清风明月之下，虽未得仙，亦足以豪矣。

珠霄境，却似化人宫。梵气弥罗融万象，玉楼十二倚清空。一片宝光中。

又

浮黎路，依约太微间。雪色宝阶千万丈，人间遥作白虹看。幢节度高寒。

又

罡风起，背负玉虚廷。九素烟中寒一色，扶阑四面是青冥。环拱万珠星。

又

流铃响，龙驭笮云来。夹道骞华笼彩仗，红云扶辂辗天街。迎驾鹤裴回。

又

钧天奏，流韵满空明。琪树玲珑珠网碎，仙风吹作步虚声。相和八鸾鸣。

又

楼阑外，辇道插非烟。闲上郁萧台上看，空歌来自始青天。扬袂揖

飞仙。以上见石湖居士诗集卷三十二

玉　楼　春

佳人无对甘幽独。竹雨松风相澡浴。山深翠袖自生寒，夜久玉肌
元不粟。　　　却寻千树烟江曲。道骨仙风终绝俗。绛裙缟袂各朝
元，只有散仙名萼绿。

霜 天 晓 角

晚晴风歇。一夜春威折。脉脉花疏天淡，云来去、数枝雪。　　　胜
绝。愁亦绝。此情谁共说。惟有两行低雁，知人倚、画楼月。以上
二首见全芳备祖前集卷一梅花门

玉　楼　春

云横水绕芳尘陌。一万重花春拍拍。蓝桥仙路不崎岖，醉舞狂歌
容倦客。　　　真香解语人倾国。知是紫云谁敢觅。满蹊桃李不能
言，分付仙家君莫惜。全芳备祖前集卷二牡丹门

醉 落 魄

马蹄尘扑。春风得意笙歌逐。款门不问谁家竹。只拣红妆，高处
烧银烛。　　　碧鸡坊里花如屋。燕王宫下花成谷。不须悔唱关山
曲。只为海棠，也合来西蜀。全芳备祖前集卷七海棠门

菩 萨 蛮

冰明玉润天然色。凄凉拚作西风客。不肯嫁东风。殷勤霜露中。
　　　绿窗梳洗晚。笑把玻璃盏。斜日上妆台。酒红和困来。全芳
备祖前集卷二十四芙蓉花门

眼儿媚 萍乡道中乍晴,卧舆中,困甚,小憩柳塘

酣酣日脚紫烟浮。妍暖破轻裘。困人天色,醉人花气,午梦扶头。　　春慵恰似春塘水,一片縠纹愁。溶溶泄泄,东风无力,欲皱还休。诗人玉屑卷二十一

惜分飞 南浦舟中与江西帅漕酌别,夜后忽大雪

画戟锦车皆雅故。箫鼓留连客住。南浦春波暮。难忘罗袜生尘处。　　明日船旗应不驻。且唱断肠新句。卷尽珠帘雨。雪花一夜随人去。

菩萨蛮 湘东驿

客行忽到湘东驿。明朝真是潇湘客。晴碧万重云。几时逢故人。　　江南如塞北。别后书难得。先自雁来稀。那堪春半时。

满江红 清江风帆甚快,作此,与客剧饮歌之

千古东流,声卷地、云涛如屋。横浩渺、樯竿十丈,不胜帆腹。夜雨翻江春浦涨,船头鼓急风初熟。似当年、呼禹乱黄川,飞梭速。　　击楫誓,空惊俗。休拊髀,都生肉。任炎天冰海,一杯相属。荻笋蒌芽新入馔,鹍弦凤吹能翻曲。笑人间、何处似尊前,添银烛。

谒金门 宜春道中野塘春水可喜,有怀旧隐

塘水碧。仍带麹尘颜色。泥泥縠纹无气力。东风如爱惜。　　恰似越来溪侧。也有一双鸂鶒。只欠柳丝千百尺。系船春弄笛。

秦楼月　寒食日湖南提举胡元高家席上闻琴

湘江碧。故人同作湘中客。湘中客。东风回雁，杏花寒食。

温温月到蓝桥侧。醒心弦里春无极。春无极。明朝残梦，马嘶南
陌。以上五阕见中兴以来绝妙词选卷二

醉　落　魄

雪晴风作。松梢片片轻鸥落。玉楼天半褰珠箔。一笛梅花，吹裂
冻云幕。　　去年小猎漓山脚。弓刀湿遍犹横槊。今年翻怕貂裘
薄。寒似去年，人比去年觉。阳春白雪卷四

霜　天　晓　角

少年豪纵。袍锦团花凤。曾是京城游子，驰宝马、飞金鞚。　　旧
游浑似梦。鬓点吴霜重。多少燕情莺意，都泻入、玻璃瓮。阳春白雪
卷七

菩萨蛮　寓直晚对内殿

彤楼鼓密催金钥。沉沉青琐重重幕。宣唤晚朝天。五云笼暝烟。
　　风急东华路。暖扇遮微雨。香雾扑人衣。上林乌满枝。咸淳
临安志卷十五

水调歌头　桂林九日作

万里汉都护。下缺

又　成都九日作

万里桥边客。下缺

又　淳熙己亥重九，与客自阊门泛舟，径横塘。宿雾一白，垂垂欲雨。至彩云桥，氛翳豁然，晴日满空，风景闲美，无不与人意会。四郊刈熟，露积如缭垣。田家妇子着新衣，略有节物。挂飒溯越来溪，潦收渊澄，如行玻璃地上。菱华虽瘦，尚可采。舣棹石湖，扳紫荆，坐千岩，观下菊丛中，大金钱一种已烂熳秾香，正午薰入酒杯，不待鼓饮，已有醉意。其傍丹桂二亩，皆盛开，多栾枝，芳气尤不可耐。携壶度石梁，登姑苏后台，踦攀勇往，谢去巾舆筇杖，石棱草滑，皆若飞步。山顶正平，有坳堂藓石可列坐，相传为吴故宫闲台别馆所在。其前湖光接松陵，独见孤塔之尖。少北，墨点一螺为崑山。其后西山竞秀，紫青丛碧，与洞庭、林屋相宾。大约目力逾百里，具登高临远之胜。始余使虏，是日过燕山馆，赋水调，首句云："万里汉家使。"后每自和。桂林云："万里汉都护。"成都云："万里桥边客。"明年，徘徊药市，颇叹倦游，不复再赋。但有诗云："年来厌把三边酒，此去休哦万里词。"今年幸甚，获归故园，偕邻曲二三子，酬酢佳节于乡山之上，乃复用旧韵。

万里吴船泊，归访菊篱秋。下缺　　以上见澄怀录卷下

醉 落 魄

栖乌飞绝。绛河绿雾星明灭。烧香曳簟眠清樾。花久影吹笙，满地淡黄月。　　好风碎竹声如雪。昭华三弄临风咽。鬓丝撩乱纶巾折。凉满北窗，休共软红说。

朝 中 措

长年心事寄林扃。尘鬓已星星。芳意不如水远，归心欲与云平。　　留连一醉，花残日永，雨后山明。从此量船载酒，莫教闲却春

情。以上二首见绝妙好词卷一

水龙吟　寿留守

仙翁家在丛霄,五云八景来尘表。黄扉紫闼,化钧高妙,风霆挥扫。
漠北寒烟,峤南和气,笑谈都了。自玉麟归去,金牛再款,却回首、
人间少。　　天与丹台旧籍,笑苍生、祝公难老。春葩秋叶,暄寒
易变,壶天长好。物外新闻,凤歌鸾叠,龙蟠虎绕。想如心高会,寒
霜夜永,尽横参晓。截江网卷四

满　江　红

山绕西湖,曾同泛、一篙春绿。重会面、未温往事,先翻新曲。劲柏
乔松霜雪后,知心惟有孤生竹。对荒园、犹解两高歌,空惊俗。
　　人更健,情逾熟。樱共柳,冰和玉。恐相逢如梦,夜阑添烛,别后
书来空怅望,尊前酒到休拘束。笑箪瓢、未足已能狂,那堪足。永乐
大典卷二千二百六十六湖字韵引范石湖大全集

水调歌　人日

元日至人日,未有不阴时。新年叶气,无处人物不熙熙。万岁声从
天下,一札恩随春到,光采动天鸡。寿域遍寰海,直过雪山西。
　　忆曾预,宣玉册,捧金卮。如今万里,魂梦空绕五云飞。想见大
庭宫馆,重起三山楼观,双指赭黄衣。此会古无有,何止古来稀。
永乐大典卷三千零一人字韵引范石湖词

浣溪沙　江村道中

十里西畴熟稻香。槿花篱落竹丝长。垂垂山果挂青黄。　　浓雾
知秋晨气润,薄云遮日午阴凉。不须飞盖护戎装。永乐大典卷三千五

百七十六村字韵引范石湖大全集

破阵子 祓禊

漂泊天隅佳节,追随花下群贤。只欠山阴修禊帖,却比兰亭有管弦。舞裙香未湔。　　泪竹斑中宿雨,折桐雪里蛮烟。唤起杜陵饥客恨,人在长安曲水边。碧云千叠山。永乐大典卷一万三千九百九十三禊字韵引范石湖大全集

鹧鸪天 席上作

楼观青红倚快晴。惊看陆地涌蓬瀛。南园花影笙歌地,东岭松风鼓角声。　　山绕水,水萦城。柳边沙外古今情。坐中更有挥毫客,一段风流画不成。永乐大典卷二万零三百五十三席字韵引范石湖词

酹 江 月

浮生有几,叹欢娱常少,忧愁相属。富贵功名皆由命,何必区区仆仆。燕蝠尘中,鸡虫影里,见了还追逐。山间林下,几人真个幽独。　　谁似当日严君,故人龙衮,独抱羊裘宿。试把渔竿都掉了,百种千般拘束。两岸烟林,半溪山影,此处无荣辱。荒台遗像,至今嗟咏不足。钓台集卷六

水 调 歌 头

万里筹边处,形胜压坤维。恍然旧观重见,鸳瓦拂参旗。夜夜东山衔月,日日西山横雪,白羽弄空晖。人语半霄碧,惊倒路傍儿。　　分弓了,看剑罢,倚阑时。苍茫平楚无际,千古锁烟霏。野旷岷峨江动,天阔嶓函云拥,太白暝中低。老矣汉都护,却望玉关归。全蜀艺文志卷二十五

木兰花慢 送郑伯昌

古人吾不见，君莫是、郑当时。更筑就山房，躬耕谷口，名动京师。诸公任他衮衮，与杜陵野老共襟期。有客至门先喜，得钱沽酒何疑。　　昔年连辔柳边归。陈迹怳难追。况种桃道士，看花才子，回首皆非。相逢故人问讯，道刘郎去按"去"字上下缺一字久无诗。把做一场春梦，觉来莫要寻思。古今图书集成交谊典卷七十七饯别部

　　按此首别见后村长短句卷二，当为刘克庄作。

存　目　词

调　名	首　句	出　处	附　　　注
菩 萨 蛮	春城办得红蕖了	历代诗馀卷九	陈三聘词，见和石湖词
朝 中 措	草堂春过一分馀	历代诗馀卷十七	又

游次公

　　次公字子明，号西池，建安人。范成大帅桂林，以文章见知，参内幕。曾为安仁令。淳熙十四年，通判汀州。

贺新郎 宫词

暖霭浮晴巘。锁垂杨、笼池罩阁，万丝千缕。池上晓光分宿雾，日近群芳易吐。寻并蒂、阑干凝伫。不信钗头飞凤去，但宝刀、被妾还留住。天一笑，万花妒。　　阿娇正好金屋贮。甚西风、易得萧疏，扇鸾尘土。一自昭阳扃玉户，墙角土花无数。况多病、情伤幽

素。别殿时闻箫鼓奏,望红云、冉冉知何处。天尺五,去无路。后村
先生大全集卷一百七十四

卜 算 子

风雨送人来,风雨留人住。草草杯柈话别离,风雨催人去。　　泪
眼不曾晴,眉黛愁还聚。明日相思莫上楼,楼上多风雨。后村先生大
全集卷一百七十六

满 江 红

云接苍梧,山莽莽、春浮泽国。江水涨、洞庭相近,渐惊空阔。江燕
飘飘身似梦,江花草草春如客。望渔村、樵市隔平林,寒烟色。

　方寸乱,成丝结。离别近,先愁绝。便满篷风雨,橹声孤急。白
髪论心湖海暮,清樽照影沧浪窄。看明年、天际下归舟,应先识。
诗人玉屑卷二十一

贺新郎　月夜

斗柄回秋律。素蟾飞、冰霜万里,满川金碧。得月偏多何处是,惟
有桥南第一。正野迥、西风寒寂。丹桂婆娑疏影在,想微瑕、未累
千金璧。河汉远,澹无迹。　　知君有句酬佳夕。尽高歌、胡床自
倚,露泫珠溢。坐到参横星欲暗,隐隐天低似笠。但络纬、悲啼催
织。吟咏凄凉翻有恨,谅知音、人远空追忆。谁为置,郑庄驿。

满江红　丹青阁

一舸归来,何太晚、鬓丝如织。谩叹息、凄凉往事,尽成陈迹。山迫
暮烟浮紫翠,溪摇寒浪翻金碧。看长虹、渴饮下青冥,危栏湿。

　谁可住,烟萝侧。俗士驾,当回勒。伴岩扃,须是碧云仙客。风

月已供无尽藏,溪山更衍清凉国。恨谪仙、苏二不曾来,无人说。

以上二首见中兴以来绝妙词选卷四

赵磻老

磻老字渭师,东平人。娶欧阳懋女,以懋待制恩补官。绍兴三十年(1160),宝应县主簿。乾道九年(1173),自尚书吏部员外郎除直秘阁知庐州。淳熙二年(1175),两浙路转运副使。四年(1177),工部侍郎知临安府。坐失于弹压,放罢,送饶州居住。有拙庵词一卷。

满　江　红

见说春时,新波涨、二川溶溢。今底事、沙痕犹褪,石渠悭碧。人意不须长作解,兴来便向杯中觅。纵茂林修竹记山阴,千年一。
薰吹动,春工毕。桥上景,壶中日。况梅肥笋嫩,雨微鱼出。只恐延英催入觐,不教绿野长均逸。任多情、胡蝶满园飞,狂踪迹。

又　用前韵

西郭园林,湖光净、暮寒清溢。明月上,近环山翠,远摇天碧。粉泽兰膏违俗尚,岩花磴蔓从谁觅。问近来、铛脚许何人,吾其一。
欢乐事,休教毕。经后夜,思前日。想无心不竞,水流云出。物外烟霞供啸咏,个中鱼鸟同休逸。又何须、浮海访三山,寻仙迹。

又

潇洒星郎,吹绿鬓、胜游霞举。秋又半,月磨云翳,籁传风语。太一青藜光对射,中流荡漾莲舟舞。戏人间、今夜水精宫,前无古。
吾家是,蓬山侣。歌舞袖,蘋花渚。拟问津斜汉,乘槎南浦。谒帝通明今得便,素娥拍手心先许。笑画阑、三十六宫秋,花如土。

念奴娇 中秋垂虹和韵

冰蟾驾月,荡寒光、不见层波层碧。几岁中秋争得似,云卷秋声寂
寂。多谢星郎,来陪贤令,快赏鳌峰极。广寒宫近,素娥不靳馀力。

夜久露落琼浆,神京归路,有云翘前迹。当日仙人曾驭气,只
学神交龟息。今夜清尊,一齐分付,稳是乘槎客。天津重到,霓裳
何似闻笛。

水调歌头 和平湖

梅仙了无讼四印斋本作"语",拄笏看西山。山涵秋晓,水光磨荡有无
间。自是灵襟空洞,更望风云吞吐,浩渺白鸥闲。高诵远游赋,独
立桂香阑。　　谩常谈,如观水,要观澜。物情长在,人生何用苦
求难。随我一觞一咏,任彼非元非白,唯放酒杯宽。富贵傥来事,
天道管知还。

永遇乐 寿叶枢密

香雪堆梅,绣丝蹙柳,仙馆春到。午夜华灯,烘春艳粉,月借今宵
好。袞衣摇曳,簪缨闲绕,共祝大椿难老。望台躔、明星一点,冰壶
表里相照。　　诞弥令节,欣欣物态,共喜重生周召。八鼎勋庸,
九夷姓字,策杖孤鸿杳。鸦啼鹊噪,兰馨松茂,把酒共春一笑。管
如今、盐梅再梦,夜铃命诏。

醉蓬莱 同前

听都人歌咏,便启金瓯,再登元老。山色溪声,与春风齐到。补袞
工夫,望梅心绪,见丹青重好。鹊噪晴空,灯迎诞节,槐堂欢笑。

正是元宵,满天和气,璧月流光,雪消寒峭。今夜今年,表千年同

照。万象森罗，一夜清莹，影山河多少。玉烛调新，彩眉常喜，寰瀛春晓。

又 同前

记青蛇感异，后日扶颠，太平人瑞。壮岁弹冠，有经邦高志。晚上文墀，载严霜简，便云龙交际。紫极旋枢，金蝉映衮，乾坤开霁。

底事当时，饮江胡马，一望云旗，倒戈投贽。此片丹心，几风声鹤唳。烟息尘收，水明山丽，只五湖相记。今夜华灯，火城信息，千年荣贵。

鹧鸪天 同前

堂上年时见烛花。青毡还入旧时家。芝函瑞色回春早，绿野东风转岁华。　　催召传，稳铺沙。罍尊今日枣如瓜。诞辰更接传柑宴，莲炬通宵唤草麻。

又 同前

白日青天一旦明。旧时勋业此时情。延英再许裴公对，商鼎须调傅说羹。　　千万载，辅宗祊。擎天八柱愈峥嵘。将军犁却龙庭后，岁傍鳌山奏太平。

生查子 答洪丞相谢送小冠

章甫不如人，翠绾垂杨缕。纤手送来时，罗帕缄香雾。　　貂蝉懒上头，渭水知何处。风月共垂竿，脱帽须亲付。

又 洪舍人用前韵索冠答谢，并以冠往

朝路进贤归，厌听歌金缕。不恋玉堂花，豹隐南山雾。　　漉酒未

巾时，暑槛披风处。子夏不兼人，并与诗筒付。

又 _{再和丞相}

金门一免时，离绪纷如缕。想像切云高，晓日罗昏_{别作"昏罗"}雾。　峨冠补衮人，不是无心处。欲效贡公弹，衣钵知谁付。

又 _{再和舍人}

斜日下平川，楼角销霞缕。摆尽浊尘缨，画栋萦非雾。　平生许子穷，今到知音处。约伴玉簪游，好梦从天付。

南柯子 _{和洪丞相约赏荷花}

世上渊明酒，人间陆羽茶。东山无妓有莲花。隐隐仙家鸡犬、路非赊。　积霭犹张幕，轻雷似卷车。要令长袖舞胡靴。须是檐头新霁、鹊查查。

又 _{和谢洪丞相送竹妆奁}

体质娟娟静，花纹细细装。翠筠初得试新忙。睡起鬓云撩乱、趣泉汤。　多病心常捧，新词字带香。管教涂泽到云窗。办下谢君言语、巧如簧。

浣溪沙

懒画娥眉倦整冠。笋苞来点镜中鬟。承恩容易报恩难。　鬐髮未饶青箬笠，素鳞行簇水晶盘。流觞元自不相干。

又 _{和洪舍人}

刘氏风流设此冠。今谁将去伴珠鬟。君家兄弟二俱难。　驰去

请观流汗马,钓时休等烂银盘。明朝吟咏有方干。以上典雅词本拙庵
词十八首

尤　袤

　　袤字延之,无锡人。生于靖康二年(1127)。绍兴十八年(1148)进
士。淳熙五年(1178),知台州,放罢。八年(1181),江西运判,除直秘
阁。十四年(1187),中书门下省检正诸房公事、太常少卿。十五年
(1188),礼部侍郎、直学士院。绍熙三年(1192),给事中。累官至正奉
大夫、礼部尚书。绍熙五年(1194)卒,年六十八,谥文简。袤以诗名,与
杨万里、范成大、陆游齐名,称尤杨范陆。又以藏书名,有遂初堂书目传
世。

瑞鹧鸪 落梅

梁溪西畔小桥东。落叶纷纷水映空。五夜客愁花片里,一年春事
角声中。　　　歌残玉树人何在,舞破山香曲未终。却忆孤山醉归
路,马蹄香雪衬东风。

又 海棠

两行芳蕊傍溪阴。一笑嫣然抵万金。火齐照林光灼灼,彤霞射水
影沉沉。　　　晓妆无力胭脂重,春醉方酣酒晕深。定自格高难著
句,不应工部总无心。以上二首见万柳溪边旧话

　　按尤袤全集久佚。今传梁溪遗稿一卷,乃清尤侗所编。瑞鹧鸪“梁溪西畔小桥
东”一首,方回瀛奎律髓卷二十梅花类收作“落梅”七律,未知孰是。

赵　昚

　　昚即孝宗,太祖七世孙,字元永。建炎元年(1127)生。高宗无子,

立为皇太子。受内禅,在位二十七年。传位太子,尊帝为寿皇。绍熙五年(1194)卒。纪元三:隆兴、乾道、淳熙。

阮郎归 选德殿作和赵志忠

留连春意晚花稠。云疏雨未收。新荷池面叶齐抽。凉天醉碧楼。

能达理,有何愁。心宽万事休。人生还似水中沤。金樽尽更酬。宝真斋法书赞卷三

存　目　词

沈雄古今词话·词话卷上引东皋杂录载宋孝宗浣溪沙"珠箔乍开风正暖,雕阑斜倚燕交飞"两句,乃宋宁宗赵扩作,见贺裳皱水轩词筌。

谢　懋

　　懋字勉仲。洛师(在今河南省)人。以乐府知名。卒于淳熙间(十三年或以前)。有静寄乐府,词七十五篇。或作静寄居士乐章二卷,今不传,仅有赵万里辑本。

忆少年 寒食

池塘绿遍,王孙芳草,依依斜日。游丝卷晴昼,系东风无力。
蝶趁幽香蜂酿蜜。秋千外、卧红堆碧。心情费消遣,更梨花寒食。

石州引 别恨

日脚斜明,秋色半阴,人意凄楚。飞云特地凝愁,做弄晚来微雨。
谁家别院,舞困几叶霜红,西风送客闻砧杵。鞭马出都门,正潮平洲渚。　　　无语。匆匆短棹,满载离愁,片帆高举。京洛红尘,因

念几年羁旅。浅颦轻笑,旧时上二字从阳春白雪补风月逢迎,别来谁画
双眉妩。回首一销凝,望归鸿容与。

洞仙歌 春雨

愁边雨细。漠漠天如醉。摇飏游丝晚风外。酿轻寒、和暝色,花柳
难胜,春自老,谁管啼红敛翠。　　关情潜入夜,斜湿帘栊,几处挑
灯耿无寐。念阳台、当日事,好伴云来,因个甚、不入襄王梦里。便
添起、寒潮卷长江,又恐是离人,断肠清泪。

杏花天 春思

海棠枝上东风软。荡霁色、烟光弄暖。双双燕子归来晚。零落红
香过半。　　琵琶泪揾青衫浅。念事与、危肠易断。馀醒未解扶
头懒。屏里潇湘梦远。

画堂春 秋思

西风庭院雨垂垂。黄花秋闰迟。已凉天气未寒时。才褪单衣。
　　睡起枕痕犹在,鬓松钗压云低。玉奁重拂淡胭脂。情入双眉。

武陵春 惜别

门掩东风人去后,愁损燕莺心。一朵梅花淡有春。粉黛不忺匀。
　　我亦青楼成倦客,风月强追寻。莫把恩情做弄成。容易学行
云。

霜天晓角 桂花

绿云剪叶。低护黄金屑。占断花中声誉,香与韵、两清洁。　　胜
绝。君听说。是他来处别。试看仙衣犹带,金庭露、玉阶月。

按全芳备祖前集卷十三作郑域词。

风流子　行乐

少年多行乐,方豪健、何处不嬉游。记情逐艳波,暖香斜径,醉摇鞭影,扑絮青楼。难忘是,笑歌偏婉娩,乡号得温柔。娇雨娱云,旋宽衣带,剩风残月,都在眉头。　　一成憔悴损,人惊怪,空自引镜堪羞。谁念短封难托,征雁虚浮。念夜寒灯火,懒寻前梦,满窗风雨,供断闲愁。情到不堪言处,却悔风流。

念奴娇　中秋呈徐叔至

雾天湛碧。正新凉风露,冰壶清彻。河汉无声光练练,涌出银蟾孤绝。岩桂香飘,井梧影转,冷浸官袍洁。西厢往事,一帘轻梦凄切。　　肠断楚峡云归,尊前无绪,知有愁如发。此夕常娥应也恨,冷落琼楼金阙。禁漏迢迢,边鸿杳杳,幽意凭谁决。阑干星斗,落梅三弄初阕。

鹊桥仙　七夕

钩帘借月,染云为幌,花面玉枝交映。凉生河汉一天秋,问此会、今宵孰胜。　　铜壶尚滴,烛龙已驾,泪浥西风不尽。明朝乌鹊到人间,试说向、青楼薄幸。以上十首见中兴以来绝妙词选卷四

解　连　环

雁空辽邈。衬鱼鳞浪浅,护霜云薄。念故人、千里音尘,正山月朦胧,水村依约。见说瑶姬,拥十二、碧峰如削。倚孤芳澹伫,冷笑岁华,可堪寂寞。　　情多为谁瘦弱。爱吹芎弄粉,斜搴珠箔。自然林壑精神,想回首东风,万花羞落。梦绕南楼,对皓月、忍思量著。

但销凝、夜阑酒醒,数声画角。阳春白雪卷三

蓦 山 溪

厌厌睡起,无限春情绪。柳色借轻烟,尚瘦怯、东风倦舞。海棠红皱,不奈晚来寒,帘半卷,日西沉,寂寞闲庭户。　　飞云无据。化作冥濛雨。愁里见春来,又只恐、愁催春去。惜花人老,芳草梦凄迷,题欲遍,琐窗纱,总是伤春句。

风 入 松

老年常忆少年狂。宿粉栖香。自怜独得东君意,有三年、窥宋东墙。笑舞落花红影,醉眠芳草斜阳。　　事随春梦去悠扬。休去思量。近来眼底无姚魏,有谁更、管领年芳。换得河阳衰鬓,一帘烟雨梅黄。

浪 淘 沙

黄道雨初干。霁霭空蟠。东风杨柳碧毵毵。燕子不归花有恨,小院春寒。　　倦客亦何堪。尘满征衫。明朝野水几重山。归梦已随芳草绿,先到江南。以上三首见绝妙好词卷一

以上谢懋词十四首,用赵万里辑静寄居士乐章。

存 目 词

截江网卷六有谢逸仲鹧鸪天寿太夫人"戏彩堂前翠幕张"一首,乃向子諲作,见酒边集。

王 质

质字景文,号雪山,郓州人,寓居兴国军(今湖北省阳新县)。建炎

元年(1127)生。绍兴三十年(1160)进士。孝宗朝,为枢密院编修官,出判通荆南府,奉祠山居。淳熙十六年(1189)卒。有雪山集。

相见欢 薄霜

霜花零落全稀。不成飞。寒水溶溶漾漾、软琉璃。　　红未涌,青已露,白都晞。□□□□沙暖、戏凫鹥。

长相思 暮春

红疏疏。紫疏疏。可惜飘零著地铺。春残心转孤。　　莺相呼。燕相呼。楼下垂杨遮得乌。倚阑人已无。

又 渔父

山青青。水青青。两岸萧萧芦荻林。水深村又深。　　风泠泠。露泠泠。一叶扁舟深处横。垂杨鸥不惊。

生查子 见梅花

见汝小溪湾,修竹连疏影。林杪动风声,惊下氄氄粉。　　见汝大江郊,高浪摇枯本。飞雪密封枝,直到斜阳醒。

杨柳枝 淡月

惯得娇云赶不开。去还来。淡光无可照楼台。且停杯。　　薄雨疏疏时几点,洒浮埃。卖花未上担儿抬。听他催。

浣溪沙 和王通一韵简虞祖予

何药能医肠九回。榴莲不似蜀当归。却簪征帽解戎衣。　　泪下猿声巴峡里,眼荒鸥碛楚江涯。梦魂只傍故人飞。

又

梦到江南梦却回。梦归何处得身归。故溪渌净看凫衣。　　下到
瞿唐春欲杪,桃花香浪渺无涯。三台回望五云飞。

又

征雁年来得几回。春风无雁带书归。故应春瘦减春衣。　　花柳
伤心经岁月,江湖无梦失津涯。到家无树不红飞。

又　有感

细雨萧萧变作秋。晚风杨柳冷飕飕。无言有泪洒西楼。　　眼共
云山昏惨惨,心随烟水去悠悠。一蓑一笠任孤舟。

清平乐　感怀

江沙带湿。莎露和烟泣。落日欲低红未入。悄悄暮峰凝立。
疏林秀色荒寒。频频驻骑回看。应是梧桐影下,秋风蹙碎眉山。

又

断桥流水。香满扶疏里。忽见一枝明眼底。人在山腰水尾。
梨花应梦纷纷。征鸿叫断行云。不见绿毛么凤,一方明月中庭。

又　梅影

从来清瘦。更被春僝僽。瘦得花身无可有。莫放隔帘风透。
一枝相映孤灯。灯明不似花明。细看横斜影下,如闻溪水泠泠。

眼儿媚 送别

雨润梨花雪未干。犹自有春寒。不如且住,清明寒食,数日之间。

想君行尽嘉陵水,我已下江南。相看万里,时须片纸,各报平安。

西江月 借江梅蜡梅为意寿董守

月斧修成腻玉,风斤琢碎轻冰。主人无那寿杯深。倩取花来唤醒。

舞罢绣茵凤蹙,饮阑画阁香凝。试将花蕊数层层。犹比长年不尽。江梅

又

轻蜡细凝蜂蜜,薄罗深压鹅黄。玉容纵不似何郎。也在百花头上。

试看眉间一点,全如瓶里孤芳。明年此日趁鹓行。记取今朝胜赏。蜡梅

又 和王道一韵促画屏

蹙蹙红中烟润,梢梢翠尾风斜。闲轩幽树少啼鸦。此处最宜君画。

望眼不知天阔,归心常恨山遮。见君江浦到芦花。意在琵琶亭下。轩外有石榴芭蕉。壁间有所画江浦芦雁。

又 感怀

璧水桥边此客,金銮坡上何人。沙场老马事无成。泪湿青莹夹镜。

袖手烟霏小景,回头石岭空城。乾坤遗恨渺难平。目断塞鸿孤影。

滴滴金 晚眺

阴阴湿雾霜无汁。江气逼、树声滴。荒林只见夕阳入。谁唤晚烟
集。　　渔翁犹把钓竿执。蓑共笠、时时茸。风刚浪猛早收拾。
天外暮云黑。

燕归梁 送别

拂拂春风入马蹄。□驻绿杨堤。绿杨堤上乳莺啼。声声怨、怨春
归。　　而今一似花流水,踪迹任东西。利成名遂在何时。早赢
得、两分飞。

青门引 寻梅

寻遍江南麓。只有斑斑野菊。梅花不遇我心悲,一枝得见,便是一
年足。　　微香来自横冈竹。飞度寒溪曲。落路寻人借问,谢他
指向深深谷。

鹧鸪天 山行

空响萧萧似见呼。溪昏树暗觉神孤。微茫山路才通足,行到山深
路亦无。　　寻草浅,拣林疏。虽疏无奈野藤粗。春衫不管藤挡
碎,可惜教花著地铺。

又 咏渔父

一只船儿任意飞。眼前不管是和非。鱼儿得了浑闲事,未得鱼儿
未肯归。　　全似懒,又如痴。这些快活有谁知。华堂只见灯花
好,不见波平月上时。

一斛珠 十一月十日知郡宴吴府判坐中赋海棠

风流太守。未春先试回春手。天寒修竹斜阳后。翠袖中间,忽有人红袖。 天香国色浓如酒。且教青女休僝僽。梅花元是群花首。细细商量,只怕梅花瘦。

又 桃园赏雪

寒江凝碧。是谁剪作梨花出。花心犹带江痕湿。轻注香腮,却是桃花色。 飞来飞去何曾密。疏疏全似新相识。横吹小弄梅花笛。看你飘零,不似江南客。

又 有寄

平塘玉立。薄罗飞起层层碧。人心不似花心密。待要相逢,未必相逢得。 袜尘不动何曾湿。芙蓉桥上曾相识。橹声摇去江声急。西北高楼,回首浮云隔。

怨春郎 宿池口

芦花已老。蓼花已老。江腹冲风,山头残照。暮烟不辨栖鸥。识归舟。 归舟照顾新洲阁。惊波恶。别拣深湾泊。南津北泺,水村总没人家。莽平沙。

虞美人 即事

绿阴夹岸人家住。桥上人来去。行舟远远唤相譍。全似孤烟斜日、出闉门。 浪花拂拂侵沙觜。直到垂杨底。吴江虽有晚潮回。未比合江亭下、水如飞。

又 李敷文席上

翠阴融尽毵毵雪。惨淡花明灭。嫩沙拂拂涨痕添。想见故溪、绿
到草堂前。　　夕阳红透樱桃粒。掩映深沉碧。成都事事似江
南。只是香衾、两处受春寒。

临江仙 和徐守圣可

缥缈青霄云一握,太清群玉光中。钧天声里拂香风。紫皇低接手,
稳步上层空。　　雀扇徐开鸾影转,日高舞动蛟龙。双瞻御座立
昭容。回班趋复道,环佩响丁东。

又

千顷翠围遮绿净,菱花影落波中。看看红锦漾清风。此时催入觐,
烟浪拍云空。　　伫见觚棱栖宝爵,旌旗全仗飞龙。赭黄一点现
真容。御麻宣未毕,云镜上天东。

又 宴向守籛

曲水流觞修禊事,祓除洗净春愁。举尊再拜寿君侯。只今虚鼎足,
好去作班头。　　自古相门还出相,春旗小驻南州。云孙将绍祖
风流。他时如见忆,江汉一渔舟。

又 南楼席上寿张守

八字山头来较晚,彩云未散南楼。夕阳千丈映帘钩。君侯如欲老,
江水莫教流。　　扇底清歌尘不动,胡床明月清秋。天浆为浪玉
为舟。酒阑君便起,归去立班头。

定风波　夜赏海棠

曲曲阑干曲曲池。万红缭绕锦相围。花到黄昏思欲睡。休睡。眼前都是好相知。　银烛转添花转好，人在，花深深处更相宜。似此好花须爱惜。休惜。鬓边消得两三枝。

又　赠将

问讯山东窦长卿。苍苍云外且垂纶。流水落花都莫问，等取，榆林沙月静边尘。　江面不如杯面阔，卷起，五湖烟浪入清尊。醉倒投床君且睡，却怕，挑灯看剑忽伤神。

又

白璧黄金爵上卿。紫宸殿下拜丝纶。才出龙门开虎帐，但看，甲光如水夜无尘。　古古今今男子事，摇动，芙蓉旗影入金尊。到得关河公事了，早去，白云堆里养精神。

苏幕遮　守倅移厨

孟夏上浣，使君通守不以荒寒肯临。老杜所谓"尽日淹留佳客坐，百年粗粝腐儒餐"者也。两辞极道湖山云月之趣，因以记相与之意云。
水风轻，吹不皱。上下浮光，两镜光相就。云锦摇香吹散酒。细听清谈，玉屑津津嗽。　明月前，斜阳后，竹露秋声，拂拂寒生袖。掇取湖山聊入手。紫阁黄扉，到了终须有。

又　送张删定赴召

驿尘飞，天意紧。香雪芝封，犹带吴泥润。昨夜宝奁开玉镜。一点西风，便觉寒秋近。　白蘋洲，红蓼径。风露凄清，快促黄金镫。

叠叠重重听好信。掷了碧油幢,更掷双堂印。

□□□ 闻鹃啼

眼将穿,肠欲裂。声声似向春风说。春色飘零,自是人间客。
不成泪,都成血。朝朝暮暮何曾歇。叫彻斜阳,又见空山月。

又

夜茫茫,春寂寂。寒烟叫裂空山石。吸尽东风,化作垂红滴。
漏将阑,情转极。月明绕树声声急。无数闲花,尽染啼痕湿。

青玉案 木樨

中央自有仙风度。散入千林去。万点秋芳洒飞露。舜裳赭色,尧
眉黄彩,化作花无数。　　层层翠葆鸾旗舞。吹下天香遍瑶宇。
万岁千秋奉明主。桂华月苑,蕊珠宝殿,长听黄金缕。

又 池亭

浮萍不碍鱼行路。细数鱼来去。静倚溪阴深觅句。碧鲜清润,影
摇香度。易觉阑干暮。　　凫雏深傍蘋根住。浴罢红衣褪残缕。
一寸江湖无可付。渚兰汀草,卧烟欹雨。荒了垂纶处。

江城子 席上赋

细风微揭碧鳞鳞。绣帏深。不闻声。时见推帘,笼袖玉轻轻。不
似绮楼高卷幔,相指点,总分明。　　斜湾丛柳暗阴阴。且消停。
莫催行。只恨夕阳,虽好近黄昏。得到钗梁容略住,无分做,小蜻
蜓。

又

细风吹起翠田田。雨和烟。入梅天。鲜润繁阴,悄悄转清圆。十
顷蒲萄深贮碧,鸥共鹭,各翩翩。　　影摇香度小婵娟。竹林贤。
总神仙。滴露飞霜,雪原作“云”,据永乐大典卷二万零三百五十三席字韵改壑
注冰泉。伴了芙蓉城里客,无一事,北窗眠。

又　宴守倅

柳梢无雪受风吹。绿垂垂。乳鸦啼。直下蒲萄,春水未平堤。却似今
年春气早,白团扇,已相宜。　　红巾当日鸟衔飞。曲江湄。暮春
时。孔雀麒麟,交蹙绣罗衣。何似野堂陪胜客,花影外,竹阴移。

蓦山溪　咏茶

枯林荒陌,矮树敷鲜叶。不见雅风标,十二分、山容野色。因何嫩
苗,舞动小旗枪,梅花后,杏花前,色味香三绝。　　含光隐燿,尘
土埋豪杰。试看大粗疏,争知变、寒云飞雪。休说休说,世只两名
花,芍药相,牡丹王,未尽人间舌。

满江红　幕府诸公郊外同集以病不去

方丈维摩,蒙衲被、都齐不省。空怅望、锦裘绣帽,玉珂金镫。十月
小春逢此日,一时胜事输公等。问短衣、匹马射南山,何人肯。
　　山暮紫,峰如笋。江寒碧,沙如粉。望塞鸿杳杳,水遥天永。饮
罢不妨瓶屡卧,归来自有风吹醒。试断桥、流水月明边,寻疏影。

又　庆寿

整顿乾坤,恨舞袖、回旋不足。须付与、腰金叠赤,面槐参绿。功业

岂无人可了,英豪自有心相伏。自孤窗、寒烛听经纶,常三复。

举大白,倾醽醁。为公起,歌此曲。曲中意惟有,斯贤堪属。萱草喜除烦恼障,莲花妙享清凉福。愿年年、团扇弄生绡,长如玉。

又 春日

惨淡轻阴,都养就、朱朱白白。最好是、梨花带雨,海棠映日。暖雾烘成芳草色,娇风分与垂杨力。听红边、翠杪啭清圆,曾相识。

春绪乱,还如织。春梦断,还堪觅。看青梅下有,游人啧啧。爱酒正香须满泛,怜花太嫩休轻摘。把领巾、收聚众香浓,凭风立。

又

生縠平铺,吹不起、轻风无力。西江上、斗牛相射,水天一色。二妙风流今代少,一时光价何时息。更绛霄、白日下云轺,芙蓉客。

整飞驭,成得得。寻前约,宽忆忆。正云飞雨卷,旧红新碧。苗苗抽长荷柄绿,毵毵吐净杨花白。渐衣篝、香润入梅天,红绡湿。

又 渔舟

莽莽云平,都不辨、近山远水。尽徘徊、尚留波面,未归湾尾。浪猛深深鸥抱稳,波寒缩缩鱼沉底。恐狂风、颠雨岸多摧,舟难舣。

船篷重,拖不起。蓑衣湿,森如洗。想杖头未足,杯中无计。渔网吹翻无把捉,钓竿冻断成抛弃。到高歌、风静月明时,谁如你。

又 牧童

落尽斜阳,尚有些、断霞残影。甚弯环、东溪西巷,南岩北岭。行熟更教羊引著,睡浓却被鸦惊醒。渐孤村、树暗颤山歆,霜风冷。

人世里,嫌他蠢。牛背上,输他稳。但芒鞋一緉,蓑衣一领。五脏荒陂蔬荐口,双髻幽唵花漫顶。虽云乌、月黑路蒙笼,何曾窘。

又 听琴

纸帐梅花,有丛桂、又有修竹。是何声、雪飘远渚,泉鸣幽谷。红蓼
白蘋须拂袖,馀音尚带清香馥。挽素娥青女、问飞琼,谁家曲。

韩退之,欧永叔。惚兮恍,恍兮惚。试侧耳,山常似黛,水常如
玉。颜子操中何足怨,醉翁徽外无人续。正青天、明月上东南,芳
时足。

水调歌头 京口

江水去无极,无地有青天。怒涛汹涌,卷浪成雪蔽长川。一望扬州
苍莽,隐见烟竿双矗,何处卷珠帘。落日瓜洲渡,鸿鹭满风前。

古战场,皆白草,更苍烟。清平犹有遗恨,久矣在江边。北固山
前三杰,遥想当年意气,曡曡眦中原。上马促归去,风堕接䍦翩。

又 中秋饮南楼呈范宣抚

细数十年梦,十处过中秋。今年清梦,还在黄鹤旧楼头。老子个中
不浅,此会天教重见,今古一南楼。星汉淡无色,玉锦倚空浮。

带秦烟,萦楚雾,熨江流。关河离合南北,依旧照清愁。想见姮
娥冷笑,笑我归来霜鬓,空敝黑貂裘。把酒问清影,肯去伴沧洲。

按此首别作范成大作,见石湖词及吴船录。

又 游银山寺和壁间张安国作

晚嶂倚斜日,秋树战悲风。一泓绀紫澄碧,中有睡蛟龙。散作清溪
明玉,激上长松流水,雨电乱寒空。抛却红尘袂,飞入妙光宫。

佛国大,天溥博,地含洪。空岩乱壑递响,珠影动金容。万古碧

潭空界，一点青霄明月，涝漉总无功。云散殿突兀，风动铎丁东。

又

草蔓已多露，松竹总含风。群山左顾右盼，如虎更如龙。时见渔灯三两，知在谁家浦溆，星斗烂垂空。万有付一扫，人世等天宫。

秋萧瑟，林脱叶，水归洪。江湖飘泊鸿雁，洲渚肯相容。要使群生安堵，不听三更吠犬，此则是奇功。一任画麟阁，吾自老墙东。

又　九日

云巘在空碧，天宇共高明。重阳易得风雨，今日不胜晴。天为两朝元老，付与四时佳节，不动一丝尘。香霭洗金戟，飞雾洒霓旌。

山鸣叶，江动石，总欢声。剑关玉垒千载，谁见此升平。细看尊前万蕊，相映眉间一点，黄气郁骎骎。江汉下淮海，都赖一长城。

又　饶风岭上见梅

花上插苍碧，花下走清湍。浓霜深覆残雪，更有月相参。似我竹溪茅屋，欲晓未明天气，扶杖绕篱看。秦楚五千里，何处是江南。

饶风下，人不断，马相连。颇尝见有此客，相属意惓惓。欲为横吹出塞，无处可寻羌管，短策叩征鞍。策断征鞍裂，惊堕玉毨毨。

又　寿查郎中

淮海一星出，分野到梁州。玉京群帝朝斗，公在列仙流。尽扫欃枪格泽，高拱紫微太乙，霞佩拂红禂。非雾非烟里，永侍绀云裘。

日南至，月既望，寿君侯。梅花满眼，一朵聊当一千秋。半夜玉堂承诏，翼旦路朝宣册，归去作班头。风净瞿唐峡，安稳放行舟。

又 庆寿

河汉湛秋碧,玉露暧瑶空。太清仙子,飘渺飞佩响玲珑。暂驭青鸾紫凤,来玩十洲三岛,旌旆卷芙蓉。身在大江表,名系绛霄宫。

两仙客,歌驻月,舞回风。宝薰轻度帘幕,香雾结重重。已觉长安近日,会看此星朝斗,千载庆云龙。翠霭彤烟里,长侍衮衣红。

八声甘州 怀张安国

海茫茫、天北与天南,吾友定安归。闻濡须江上,皖公山下,驾白云飞。莽苍空郊虚野,古路立斜晖。颜跖皆尘土,苦泪休挥。　　一代锦肠绣肺,想英魂皎皎,健口霏霏。望寒空明月,无路寄相思。叹千古、兴亡成败,满乾坤、遗恨有谁知。今何在,一川烟惨,万壑风悲。安国死后,在淮南屡降,凭箕作诗词偈颂及结字,比生前愈奇伟。淮宁宰陆同得遗墨尤多。

又 读周公瑾传

事茫茫、赤壁半帆风,四海忽三分。想苍烟金虎,碧云铜爵,恨满乾坤。郁郁秣陵王气,传到第三孙。风虎云龙会,自有其人。　　朱颜二十有四,正锦帏秋梦,玉帐春声。望吴江楚汉,明月伴英魂。泡泡小桥红浪湿,抚虚弦、何处得郎闻。雪堂老,千年一瞬,再击空明。

又 读诸葛武侯传

过隆中、桑柘倚斜阳,禾黍战悲风。世若无徐庶,更无庞统,沉了英雄。本计东荆西益,观变取奇功。转尽青天粟,无路能通。　　他日杂耕渭上,忽一星飞堕,万事成空。使一曹三马,云雨动蛟龙。看璀璨、出师一表,照乾坤、牛斗气常冲。千年后,锦城相吊,遇草堂翁。

又 读谢安石传

气佳哉、烟紫石头城,云碧雨花台。想东山前后,望春树绿,看晚潮
回。自古英雄豪杰,无不待时来。拥鼻微吟处,山静花开。　　商
皓亦尝如此,羡苍生皆有,瞻望之怀。但泚河洛涧,此事偶然谐。
疑是彼、八公草木,得神明、相亮不相猜。西州泪,千年犹湿,回望
兴哀。

倦寻芳 试墨

冰壶秋月,去了潘郎,传到梁老。骑马乘船,麾斥五湖三岛。任捎
云,兼拂日,拽蛟龙、鳞鬣都推倒。向尘中,分付高人胜士,把云烟
扫。　　乾坤巧。自苍筜无汗,乌锥无刃,此为至宝。第一君门通
表。书囊谏草。第二文章扬事业,第三编简摅怀抱。千百般,终久
被他磨了。

又 渡口酒家

断崖树老,侧岸槎枯,倒倚斜插。脚面浅溪,掌样平洲重叠。著芒
鞋,携竹杖,遇乱莎幽涧萦纡涉。那人家,有竹筜瓦缶。颇颇清冽。
　　曾微呷。正斜阳淡淡,暮霭昏昏,晚风猎猎。转眼已成陈迹。
不堪追蹑。试问旧醅还好在,暂停归影留时霎。待重来,细拈弄、
水花山叶。

万年欢 有感

一轮明月,古人心万年,更寸心存。沧海化为黄土,心不成尘。杳
杳兴亡成败,满乾坤、未见知音。抚阑干、欲唤英魂,沉沉又没人

噾。　　　无聊欹枕搔首,梦庐中坛上,一似平生。共挽长江为酒,相对同倾。不觉霜风敲竹,睡觉来、海与愁深。拂袖去,塞北河西,红尘陌上寻人。

真珠帘　栽竹

翠虬夭矫拏苍玉。飞来到、吾庐溪湾山麓。一笑忽相逢,更解包投宿。北池之畔西墙曲,与主人、呼青吸绿。恨我,无天寒翠袖,共倚修竹。　　　每遇飞雪萧萧,更惊风撼撼,清标可掬。更与月同来,无半点尘俗。冬有寒梅闲相伴,春亦有、幽兰相逐。香足。才露下霜飞,又有秋菊。

沁园春　闲居

二百年间,十二时中,悲欢往来。但盖头一把,容身方丈,无多缘饰,莫遣尘埃。屈曲成幽,萧条生净,野草闲花都妙哉。家无力,虽然咫尺,强作萦回。　　　竹斋。向背松斋。须次第、春兰秋菊开。在竹篱虚处,密栽甘橘,荆桥斜畔,疏种香梅。山芋芼羹,地黄酿粥,冬后春前皆可栽。门通水,荷汀蓼渚,足可徘徊。

红窗怨　送邵倅

欲寄意,都无有。且须折赠、市桥官柳。看君著上征衣,也寻思、榜舟楚江口。　　　此会未知何时又。恨男儿、不长相守。苟富贵、毋相忘,若相忘、有如此酒。

　　　按此首别作蜀妓词,见齐东野语卷十。

又　即事

帘不卷。人难见。缥缈歌声,暗随香转。记与三五少年,在杭州、

曾听得几遍。　　唱到生绡白团扇。晚凉初、桐阴满院。待要图
入丹青,奈无缘识如花面。

凤时春　见残梅

标格风流前辈。才瞥见春风,萧然无对。只有月娥心不退。依旧
断桥,横在流水。　　我亦共、月娥同意。肯将情移在,粗红俗翠。
除丁香蔷薇酴醾外。便做花王,不是此辈。

泛兰舟　谯天授画像

萧萧乌帽黄衫。烟水拍云岩。风清月白,一双碧眼莹秋潭。四海
九州,茫茫东北,渺渺西南。松霜杉露毵毵。　　龙门隔如参井,
青城佳气与天参。蔽山充野,牡丹红外茯苓甘。鹤顶凝丹,隙驹蹀
躞,尽百年闲。乾坤云海风帆。谯名定,涪陵人。受道于伊川。后弃乡里,隐
河洛。复归蜀,居青城之老人村,至今尚存。

无月不登楼　种花

池塘生春草,梦中共、水仙相识。细拨冰绡,低沉玉骨,搅动一池寒
碧。吹尽杨花,糁毡消白。却有青钱,点点如积。渐成翠、亭亭如
立。　　汉女江妃入夜室。擘破靓妆拥出。夜月明前,夕阳敧后,
清妙世间标格。中贮琼瑶汁。才嚼破、露飞霜泣。何益。未转眼,
度秋风,成陈迹。

别素质　请浙江僧嗣宗住庵

一个茅庵,三间七架。两畔更添两厦。倒坐双亭平分,扶阑两下。
门前数十丘稷稏。篱外更百十株桑柘。一溪活水长流,馀波及、蔬
畦菜把。　　便是招提与兰若。时钞疏乡园,看经村社。随分斗

米相酬,镮钱相谢。便阙少亦堪借借。常收些、笋干蕨鲊。好年岁,更无兵无火,快活杀也。以上彊村丛书本雪山词

笛家弄 水际闲行(弄原误作筝)

凌乱败荷,既似沙莞,又如沲水。颠倒旌旗都靡。馀花欹谢,又似乌江,骓兮不逝。虞兮奈尔。凋柳萧骚,又如轵道,故老何颜对。因缘断,时节转,自然如彼。自然如此。　　水边沙际。芦花摇曳。唤住行人,蓼花妩媚。引翻游子。又似江都酣夜延秋,建业望仙结绮。月下心飞,风前骨醉。共蘋花得意。今看昔、后看今未。一回头,已百弹指。永乐大典卷八千六百二十八行字韵引王质雪山集

沈　瀛

　　瀛字子寿,号竹斋,归安人。绍兴三十年(1160)进士。历知江州、江东安抚司参议。有竹斋词。

念　奴　娇

郊原浩荡,正夺目花光,动人春色。白下长干佳丽最,寒食嬉游人物。雾卷香轮,风嘶宝骑,云表歌声遏。归来灯火,不知斗柄西揭。

六代当日繁华,幕天席地,醉拍江流窄。游女人人争唱道,缓缓踏青阡陌。乐事何穷,赏心无限,惟惜年光迫。须臾聚散,人生真信如客。

又

梧桐响雨,忆空江寒浪,渔舟冲雪。横卧云峰千叠嶂,风旆槽香新压。网跃银刀,纶收钩线,倚棹清歌发。征鸿嘹亮,助予闲奏音节。

天上桂子阴成,月中香旧,几度人间别。玉斧匣中常夜吼,可惜光阴虚设。唤下云梯,直攀金户,打透重门铁。姮娥念旧,料应重许人折。

又

春来腊去,一番新风景,为君开设。试忆前时花雨坠,只少梅花清绝。两个难逢,一分才欠,巧杀终如拙。玉梅人唤,雪儿来对时节。

应更付属楼头,丁宁笛伴,莫把声声彻。玉女行春娇渡马,休是鹊桥轻别。对我三人,与君一醉,醉了樽重设。清歌未放,更须天上呼月。

又

赏心佳处,登临地、千古人人都说。何况江天来雪望,添得十分奇绝。倚遍栏干,下窥寒镜,照我容颜拙。举头惊笑,问天今是何节。

天外蠹蠹琼山,溶溶银海,上下光相接。年去岁来频览为,何事今朝浑别。坐跐云茵,横牵绡幕,玉女来铺设。公馀多暇,正堪同此风月。

又

阳春布暖,又还见、光景如梭催逼。帝里皇都人共道,好个前时春色。默默暗沉,含颦不语,此意谁人识。何如索笑,放开说尽端的。

须信漏泄风光,百花头上,报一枝消息。多少园林应次第,迤逦排红骈白。金鼎芳滋,玉堂璀璨,趁取佳时节。东君归后,绿阴依旧南陌。

又

万般照破,无一点闲愁,萦系心目。种柳栽花园数亩,不觉吾庐幽独。闲上高台,溪光山色,一洗襟尘俗。小庵深处,萧然无限修竹。

尽日闭却柴门,故人相问,扣户来车毂。相对围棋看胜负,更听弹琴一曲。尔汝忘形,高谈剧论,莫遣人来促。村歌社舞,为予倒尽千斛。

又

光阴转毂,况生死事大,无常迅速。学道参禅、要识取,自家本来面目。闹里提撕,静中打坐,闲看传灯录。话头记取,要须生处教熟。

一日十二时中,莫教间断,念念来相续。唤作竹篦还则背,不唤竹篦则触。斩却猫儿,问他狗子,更去参尊宿。忽然瞥地,碧潭冷浸寒玉。

满江红　九日登凌歊台

姑孰名邦,黄山畔、古台巍立。秋渐老、重阳天气,郊原澄碧。隐隐西州增远望,长江一带平如席。怅英雄、千古到如今,空遗迹。

吴太守,文章伯。寻胜事,酬佳节。拥笙歌千骑,遍游南陌。襟带江城当一面,折冲千里无强敌。更行看、击楫溯中流,妖氛息。

又

半世飘蓬,今何幸、得归乡曲。却还似、重来燕子,认巢新屋。好是秋晴风日美,饭香云子炊如玉。念蟹螯、满把欲黄时,莼新绿。

仍更有,初开菊。何妨更,重添竹。与此君相对,且无荣辱。待得吾庐三径就,此生素愿都齐足。任三竿、红日上檐梢,眠方熟。

水调歌头 和李守

潇洒云中鹤，容与水边鸥。缑山仙客，飘然曾约此中留。更有骑鲸公子，相与翱翔八极，凛凛气横秋。明月楼头宴，樽俎好诗流。

　　思往事，增逸兴，唤仙舟。谁能拘束，尘埃堆里蹙昏眸。拟附星槎直上，十二玉京绛阙，高处且嬉游。回首视人世，天地一沙洲。

又

岁月如奔箭，屈指又中秋。去年江上行役，常动故乡愁。容与碧云亭畔，极目江山千里，隐隐是西州。日暮天容敛，鸥雁下汀州。

　　回故棹，寻旧里，解客裘。功名前定，时到安得为淹留。幸有青编万轴，且又日长无事，莫恁做闲忧。花下常携酒，明月好登楼。

又

门外可罗雀，长者肯来寻。留君且住，听我一曲楚狂吟。枉了闲烦闲恼，莫管闲非闲是，说甚古和今。但看镜中影，双鬓已星星。

　　人生世，多聚散，似浮萍。适然相会，须索有酒且同倾。说到人情真处，引入无何境界，惟酒是知音。况有好风月，相对且频斟。

满庭芳 立春生日

画戟霜匀，谯门风动，满城和气氤氲。一年好事，今早属东君。歌管欢迎五马，金章烂、华毂朱轮。班春了，归来燕寝，香重烛花轻。

　　盈盈。春酒暖，金幡彩胜，霞袂云旌。算重重佳庆，都聚今辰。且听雪儿歌罢，称寿处、兰玉诜诜。新春暖，貂蝉象服，同日感皇恩。

又

春锁琼台,花藏瑶圃,彩云片片来归。任城仙子,玉笈镇长移。时会三元金母,云墩奏、天上佳期。嬉游处,飘然侍女,玉佩紫霞衣。

芙蓉帔欲去,鸾音鹤驭,洞府应迷。向人间挥手,留语人知。此去何须怅望,蓬莱水、弹指依稀。还知否,刘安未老,仙籍有津涯。

又

裘带功名,袴襦歌颂,世间谁似公贤。去年江上,谈笑息狼烟。多少宜民事了,芹宫内、华屋修橼。邦人爱,频频借寇,飞诏下甘泉。

开筵。春昼永,朱颜相对,三凤齐肩。正鸾鸣丹桂,凤映红莲。人道名驹千里,他年事、能继青毡。休辞醉,三槐影里,岁岁捧金船。

又

柳外山光,林间塔影,一溪横泻清流。四围洲渚,绿叶泼如油。荷盖亭亭照水,红蓼岸、芦荻萧飕。乘闲兴,溪云亭畔,终日看莲游。

修篁栽欲遍,青松相映,两径成丘。种桃杏,随时亦弄春柔。此是先生活计,高卧处、无喜无忧。门前事,人来问我,回首但摇头。

朝中措 生日生双竹

论兵齿颊带霜寒。清似碧琅玕。好是天然风韵,琳宫瑶馆清闲。

华筵初启,小蛮二八,对影朱颜。便好添筹索笑,双枝原应双鬟。

又

东风吹上小桃枝。春色拥旌麾。昨夜三台星见，分明直照姑溪。　　皇都禁阙，天颜遥想，应待公归。此去再登黄阁，火城光映沙堤。

西 江 月

五马人生最贵，金陵自古繁华。光悬相印拥朱牙。况值边庭闲暇。　　满劝东西碧玉，高烧丽烛红葩。诏黄新湿字如鸦。明日天庭飞下。

醉 落 魄

野庵鼓吹。翻腾似与寻常异。笙箫筝笛皆非是。今日头场，看取些儿戏。　　心中无事无萦系。村歌数首新来制。参禅渐渐知滋味。细语粗言，俱是第一义。

又

时光盛逼。杯盘渐渐来收拾。主人便欲留连客。末后殷勤，一著怎生得。　　来时便有归时刻。归时便是来时迹。世间万事曾经历。只看如今，无不散筵席。

又

致知格物。初学工夫参圣域。天高地远无穷极。欲造精微，莫若守惟一。　　纯全天理明如日。都缘人欲来相惑。且将持敬为先入。若能持敬，真个是神力。

又

致知格物。孔颜学问从兹出。圣言句句皆真实。涵养功深，将见自家得。　　毋意毋我毋固必。视听言动非礼勿。胜己之私之谓克。克尽私心，天理甚明白。

柳　梢　青

相逢今夕。故人相见，先谈踪迹。旧日书生，而今村叟，新来禅客。　　跳过世界三千，特特地、人间九百。自在狂歌，□□□□，一场杂剧。

行　香　子

野叟愚痴。一向昏迷。笑呵呵、前事皆非。从前业债，今尽抠离。也不能文，不能酒，不能诗。　　屏除人事，闭却门儿。于其中、别有儿戏。几般骨董，衮过年时。待参些禅，弹些曲，学些棋。

又

野叟归欤。朋友来无。数无多、几个相于。问谁姓字，在底中居。云陶靖节，白居士，邵尧夫。　　时时对语，一笑轩渠。他行藏、是我规模。朝朝暮暮，相唤相呼。愿今生世，长相守，作门徒。

又

野叟长年。一室萧然。都齐收、万轴牙签。只留三件，三教都全。时看周易，读庄子，诵楞严。　　阙躠会得，万语千言。得鱼儿、了后忘筌。行行坐坐，相与周旋。待将此意，寻老孔，问金仙。

卜　算　子

睡觉五更钟,正好深提省。只看如今梦儿般,觉后原无影。明暗若从来,且道来从甚。不是空生不是根,认取真如性。

又

那里是闲时,这里何曾定。毕竟忙时恼杀人,到了还他静。静处又如何,莫被顽空引。一道神光总现前,受用无穷尽。

又

只管要参禅,又被禅萦绕。好笑西来老秃奴,赚了人多少。你待更瞒咱,咱也今知晓。只这喃喃说底人,又被傍人笑。

如　梦　令

才听笛声三弄。关捩一时都动。收拾去来休,三脚驴儿相送。珍重。珍重。归去好生做梦。

捣练子　存神词

神欲出,便收来。神返心中气自回。换丹元,朝玉台。时运水,日搬柴。寸田一点是根荄。这交梨,常种栽。

又

神欲出,便收来。神返心中气自回。返婴儿,成圣胎。灵液注,蕊珠开。大丹炉里响如雷。忽飞升,游九垓。

又

放下著,须弥山。分明北斗面南看。没丝毫,相阻拦。　　休优
侗,莫颟顸。含元殿上问长安。欲归家,行路难。

又

放下著,须弥山。百斛油麻水上摊。欲成团,真个难。　　除有
累,去痴顽。无心犹是隔重关。到其中,方是安。

又

放下著,须弥山。情人今日出阳关。看人间,天地宽。　　徒缱
绻,枉汍澜。别郎容易见郎难。且还家,重整冠。

浣溪沙　雨中荷花

雨点真珠水上鸣。更将青盖一时倾。总是江妃来堕珥,访娉婷。
　　不为含愁啼粉泪,只因贪爱湿行云。惟有游鱼偏得意,许成
群。

画堂春　风中荷花

荷花含笑调薰风。两情著意尤浓。水精栏槛四玲珑。照见妆容。
　　醉里偷开盏面,晓来暗坼香风。不知何事苦匆匆。飘落残红。

减字木兰花

乘流坎止。住个斋儿无愠喜。竹引清风。透入虚窗窈窕通。
仰天酌酒。万八千年盘古寿。身在无何。只这斋儿已自多。

又

蓬门居止。竹见宾来先啸喜。窗外敲风。果有宾朋姓字通。
莫嫌村酒。且祝佳宾千万寿。无用辞何。日出明朝事更多。

又

停杯且止。斋里百无为客喜。冷淡文风。只有狂言数百通。
不须载酒。粗有五车聊当寿。莫笑予何。空恁贪多嚼不多。

又

或行或止。难得人间相聚喜。一日分风。千里如何信息通。
再倾寿酒。五福从来先说寿。其次云何。直至三公未足多。

又

渊明酒止。莫信渠言心妄喜。达士高风。只说三杯大道通。
不如饮酒。人世岂能金石寿。无奈渠何。赢得樽前笑语多。

又

老而不止。三岁发蒙心已喜。朴略其风。裴楷王戎简要通。
昏如醉酒。羞见总龟灵且寿。笑杀常何。空有闲言长仄语多。

又

不能者止。百念灰心无所喜。暖日和风。手把奇文诵数通。
老来怯酒。欲保残生期养寿。少恕予何。近日衰翁病觉多。

又

且安汝止。快活心中惟法喜。一处通风。万别千差处处通。
腐肠是酒。伐性蛾眉徒损寿。诗到阴何。划地乱丝头绪多。

又

不如知止。看尽世间无可喜。心热生风。王老门前问仲通_{仲淹王通}。　六经如酒。一句中人仁者寿。仁道伊何。要处还他静处多。

又

动而思止。止即患生徒自喜。试举幡风。未举之前说已通。
携瓶沽酒。却著衫来为我寿。者也之何。赚却阎浮世上多。

又　贪

贪而忘止。贪即生瞋逢饱喜。一逐贪风。恨不当初嫁邓通。
残杯剩酒。食籍名中犹折寿。若使兼何。他日阴司罪过多。_{安城食临汝,饰湛之美兼何孟,谓何勖、孟灵休。}

又　嗔

人无常止。暮四朝三时怒喜。怪雨嫌风。高耳皇天下听通。
刚而使酒。骂坐灌夫忘客寿。魃若予何。夫子雍容语不多。

又　痴

心如皎止。何必佯痴藏暗喜。聋不听风。要得人情内外通。
半醨半酒。痴黠恺之真短寿。莫折随何。宁可书痴胜彼多_{高祖折}

随何为腐儒。

又　<small>成败</small>

纠缠弗止。成是败非生戚喜。既灭灾风。否极还须有泰通。
祸常因酒。酒亦令人能介寿。成也萧何。败也萧何更是多。

又　<small>荣辱</small>

贪荣肯止。结绶弹冠王贡喜。稍借天风。便说今年运大通。
华亭别酒。安得思如亭鹤寿。贵若从何。只恐来生折本多。<small>后周
柱国太尉,赐姓从何。</small>

又　<small>好恶</small>

瞻乌爰止。不是檐前闻鹊喜。上下鸣风。<small>庄子。</small>以类相从自感通。
　嫌茶爱酒。恶彼芝焚夸柏寿。说汝言何。一切人言口众多。

又　<small>迟速</small>

未行先止。鱼上竹竿人噪喜。九万鹏风。六月天池一息通。
邯郸鲁酒。却笑行人陵柏寿。<small>寿陵馀子。</small>笑彼迟何。不道能行失亦
多。

又

圣经五止。<small>大学:"为人君,止于仁"五句。</small>止向丘隅黄鸟喜。广大儒风。
一贯三才万类通。　　太羹玄酒。圣域能跻民域寿。支派从何。
关内濂溪洛涧多。

又

定而后止。<small>知止而后有定。</small>善到止时心地喜。鱼跃鸢风。此理昭然
上下通。　　好如好酒。欲似人常心欲寿。若到兹何。治国治家
用处多。

又 <small>已下五首赠刘烟霞</small>

朱幡归止。却返烟霞寻旧喜。羽帔香风。再拜天门直上通。
青君赐酒。乞与长生无量寿。<small>真诰。</small>更挟仙何。<small>何仙姑。</small>跨鹤凌云
洞府多。

又

气升气止。引得丹元童子喜。耳里闻风。<small>真诰。</small>知是泥丸一窍通。
　　危楼宴酒。<small>灵宝毕法。</small>不觉黄芽生蕊寿。芽长如何。只觉金花
罩体多。

又

琴心和止。姹女与君相对喜。窗牖藏风。每唤其名应即通。<small>黄庭：
"不方不圆牖室□，三呼我名神自通。"</small>　　玉英金酒。<small>吞玉英、漱金醴。</small>更唤黄
婆同饮寿。莫讳人何。见说婴儿屋里多。

又

工夫莫止。脱得壳儿方是喜。不识真风。只说双关夹脊通。
氤氲似酒。元气本同天地寿。君可能何。一跃红楼好处多。

又

擎拳仰止。不是凡人名尹喜。尹喜为关尹，识老子，及关从而问道。道骨仙风。与帝神游结信通。真诰:结信通神交。　　献花跪酒。清彻云璈歌益寿。老子父为上御大夫，娶益寿氏女婴敷，生老子。广记。所愿维何。愿得升平乐事多。

又

雨难禁止。恼得衰翁浑没喜。一夜南风。北望苕溪震泽通。"北望苕溪转，遥怜震泽通。"坡诗。隻鸡斗酒。且为晚禾生日寿。六月三日晚禾生日。不奈之何。今岁田畴晚底多。

又　答恕斋问晚禾生日何人设寿席

寿诗且止。设席肆筵谁助喜。抹月批风。先向天厨号令通。满卮天酒。上与天田同日寿。其应维何。寿及天民性命多。

又　简沈都仓

玉人来止。见说冰翁心甚喜。好个家风。举案齐眉胜敬通。华堂举酒。簇簇亲姻相祝寿。善颂言何。桂树鸾鸣子姓多。

又　赠樊子野

谁来贲止。千里得朋方切喜。汪氏门风。大学中庸正脉通。公从汪端明学。　　不妨诗酒。请以还丹为荐寿。唐人以及第为孤进还丹。已过羊何。太白诗。绍述韩门得趣多。樊绍述宗师，韩门高弟，退之称其文不烦绳削而自合□□。

又　荷花没浸水中

凌波不止。少小拍浮荷女喜。出没由风。安得灵犀与暗通。
龙池醉酒。应是太真羞见寿。不晓谁何。却是浑身一半多。义山
龙池诗:"夜半宴归宫漏永,薛王沉醉寿王醒。"

又　杨梅

渴心先止。惟有杨家梅可喜。争笑梅风。落梅风。空怨楼头角数通。
甜浆酿酒。紫气结成千日寿。不奈人何。化作飞星处处多。

又　谢人和词

必恭敬止。老子甚为桑梓喜。骏马争风。诗卷人人数百通。
斗杓挹酒。齐祝乡人箕翼寿。天若言何。天何言哉。更乞文星下照
多。

又　同前

锦囊送止。拆看篇篇珠玉喜。大胜鱼风。韶濩宫商角徵通。
醉而强酒。有愧多闻张子寿。九龄。其哂由何。刻画无盐已甚多。

又　以下竹斋侑酒辞

竹斋陋止。坐客无毡为客喜。壁不遮风。八达门窗更四通。　邻家
觅酒。赤脚扶翁翁老寿。恶妾寿乃翁。子曰其何。除却渠侬没事多。

又

荷公临止。宾客惯看儿亦喜。惯看宾客儿童喜。歌雅歌风。通鉴通
书濂溪又史通。　欲相酹酒。瓦缶田家羞出寿。莫笑田家老瓦盆。

甚欲舟何。愧没瑶觞玉罍多。<small>何以舟之,惟玉及瑶。</small>

又

棋枰响止。胜负岂能全两喜。不竞南风。忽尔三生六劫通。
客方对酒。一片捷音来自寿。<small>淝水即寿春县。</small>甚快人何。大胜呼卢
百万多。

又　<small>头劝</small>

酒巡未止。先说一些儿事喜。别调吹风。佛曲由来自普通。<small>梁武</small>
<small>年号。</small>　　长鲸吸酒。面对沉香山刻寿。<small>坡有寿子由沉香山子赋。</small>吸尽
如何。吸了西江说甚多。

又　<small>二劝</small>

酒巡未止。听说二疏归可喜。随意乘风。拄杖深村狭巷通。
渊明漉酒。更与庞公庞媪寿。切莫讥何。<small>何充与弟准崇佛,谢氏讥之曰:</small>
<small>"二何佞佛。"</small>唤取同来作队多。

又　<small>三劝</small>

酒巡未止。更号三般杨氏喜。<small>杨子拜司业,两子登科,号杨三喜。</small>上苑春
风。宝带灵犀点点通。<small>通天犀带。</small>　　听歌侑酒。富贵两全添个
寿。人少兼何。彭祖人言只寿多。

又　<small>四劝</small>

酒巡未止。说著四并须著喜。<small>良辰美景,赏心乐事。</small>好月兼风。好个
情怀命又通。　　明朝醒酒。起看佳人妆学寿。<small>寿阳妆。</small>定问人
何。昨夜何人饮最多。

又　五劝

酒巡未止。更说五行人听喜。康节淳风。说道诸公运数通。乞浆得酒。岁在申酉,乞浆得酒。更检戊申前定寿。亥子推何。甲子生年四百多。

又　六劝

酒巡未止。鼓吹六经为公喜。也没回风。只有村中鼓数通。　长须把酒。自当长头杯捧寿。贾长头。问得穷何。一坐靴皮笑面多。

又　七劝

酒巡未止。且听七言馀韵喜。弹到悲风。醒酒风吹路必通。休休避酒。末后茶仙来献寿。七碗休何。不独茶多酒亦多。

又　八劝

八巡将止。八节四时人贺喜。汉俗成风。薛老之言贵尚通。汉以至日休吏,张扶不肯休,薛宣曰:人道尚通,宜对妻子,设酒肴,请邻里相笑乐。妻儿设酒。更得比邻相庆寿。虚度时何。只恐妻儿怪汝多。

又　九劝

九巡将止。留读九歌章句喜。尽溘渴合反,掩也埃风。发轫苍梧万里通。见离骚。　楚歌发酒。读到人生何所寿。天问:“延年不死,寿何所止。”试问原何。尔独惺然枉了多。痛饮读离骚。

又　十劝

十巡今止。乐事要须防极喜。淳于□□:“酒极则乱,乐极则悲。”烛影摇风。月落参横影子通。　　粗茶淡酒。五十狂歌供宴寿。敬谢来何。再得寻盟后日多。

按以上十首永乐大典卷一万二千零四十三酒字韵误作李澥词。

又 诸斋作真率会，又用前韵赋木兰花令三首

陋人居止。旬一集真终日喜。先自薰风^{堂名}。客目轮流次第通。　　昔贤置酒。十老半千年纪寿。知彼由何。真处闲中日月多。

温公作真率会云：伯康与君从七十八岁，安之七十七岁，正叔七十四岁，不疑七十三岁，叔达七十岁，温公六十五岁，合五百十五岁。口号云："七人五百有馀岁，同醉花前今古稀。"又乐天九老诗："九人五百七十岁。"

又

鸡鸣弗止。弗到天明心弗喜。投辖成风。壑谷吾公宜弗通。^{伯有嗜酒，为窟室而夜饮，击钟焉。人问公焉在。曰："吾公在壑谷。"即窟室也。}　齐盟酌酒。扬觯先听方饮寿^{杜蒉}。盟载言何。卜昼三杯不用多。^{温公真率约，肴馔不过五品，果实不过五品。真率诗曰：日费须三爵，年支仰数缣。}

又

适然萃止。不待灯花先报喜。不速真风。且免毛生不为通^{名纸毛}^{生不为通}。　　诗歌棋酒。真正清欢真正寿。事事真何。更得真真真更多。

野庵曲（套曲）

野叟最昏迷。叹世间、光阴奔走如驰。逢这闲时。忽寻忖、一生里事都非。从头到尾。都改了、重立根基。枕上披衣。浑无寐。时时摩挲行气。

才睡起。避户扉。爇一炷清香，烟气霏霏。膜拜更归依。冥心坐、

看经念佛行持。消除秽恶,光洒洒、禅律威仪。佛力慈悲。愿今世。永没冤债相随。

食将惭愧。才饭了、一枕茶香美。迟迟日长,觅伴相对围棋。安排势子。相望相窥。闭心机。输赢成败,却似人居世。跳脱去、唤方帽杖藜。为伴侣、小桥那面一庵儿。登高望远输情思。叹物荣物枯,节换时移。

春到园中,见寒梅同春雪乱飞。冷艳冰肌。须臾李杏开遍,一日芳菲。和风骀荡,两岸细柳捻金丝。清明时候,景物尤韶媚。

春事退。叹万红狼籍飞满堤。水平池。风到卷涟漪。荷花一望如霞绮。对好些景物,敌去炎威。

秋景凄凄。长空明月正扬辉。蒹葭岸、浮云侧畔坐钓矶。正桂花香喷鼻。黄花满眼,风劲霜坠。做寒来天气。秋光老、草木一齐似洗。独修篁径,青松路,残岁方知。

日将斜,园里缓行归。听流水。明窗净几。调数徽。到妙处、古曲幽闲韵渐稀。徐徐弹了融心意。忽然惊起。外时闻车履。故人来相对。

瓮浮蚁。草草杯盘灯正辉。漏声迟。浮瓥飞觞,言渐嘻嘻。轩渠一笑,高歌野庵新唱、劝些儿。人听村歌,一霎时、好娱戏。休笑颠狂,也是大奇。能赶气闷忧悲。自然沉醉。

客都去后,睡颡颡地。一枕华胥惊又起。晓鸡啼。重起着衣。心火烧脐。龙行虎驰。依前啰啰哩哩。

从头到尾今如此。若唱此曲没休时。保取长年到期颐。

醉乡曲 (套曲)

说与贤瞒,这躯壳、安能久仗凭。幸尊中有酒浇磊块,先交神气平。醉乡道路无他径。任陶陶、现出真如性。没闲恼、没闲争。　　　也

能使情怀长似春。也能使飘然逸气如云。饶君万劫修功行。又争
如、一盏乐天真。这些儿，休放过、且重斟。

驻　马　听

人都道四者难并。也由在人心。烦恼欢喜元无定。奸峭底自能称
停。你待前面怎那，且随任咱分。　　自家有后自未奔。枉劳人
方寸。眼前推辞怎。那知他人也心闷。

风　人　松

金榜初登。绮阁朱楼对娉婷。软红尘、有人相等。归来寝立功名。
油盖拥著一书生。开宴处、笙歌频奏声。眼前光景。人生如意享
欢荣。得酒娱情。　　没事汉、清闲人。任自由、毁誉利害不上
心。恣闲吟。登山玩水且闲行。来主他、风花雪月盟。相逢道友，
握手闲语百事真。得酒忘情。紫芝漫抄本竹斋词

杨万里

万里字廷秀，吉水人。生于建炎元年(1127)。绍兴二十四年
(1154)进士。光宗朝，历秘书监，出为江东转运副使，改知赣州，再召皆
辞。宁宗朝，以宝谟阁学士致仕。开禧二年(1206)卒，年八十。谥文
节，赠光禄大夫。学者称为诚斋先生。有诚斋集。

归去来兮引

侬家贫甚诉长饥。幼稚满庭闱。正坐瓶无储粟，漫求为吏东西。
偶然彭泽近邻圻。公秫滑流匙。葛巾劝我求为酒，黄菊怨、冷落东
篱。五斗折腰，谁能许事，归去来兮。
老圃半榛茨。山田欲蒺藜。念心为形役又奚悲。独惆怅前迷。不

谏后方追。觉今来是了,觉昨来非。

扁舟轻飏破朝霏。风细漫吹衣。试问征夫前路,晨光小,恨熹微。

乃瞻衡宇载奔驰。迎候满荆扉。已荒三径存松菊,喜诸幼、入室相携。有酒盈尊,引觞自酌,庭树遣颜怡。

容膝易安栖。南窗寄傲睨。更小园日涉趣尤奇。尽虽设柴门,长是闭斜晖。纵遐观矫首,短策扶持。

浮云出岫岂心思。鸟倦亦归飞。翳翳流光将入,孤松抚处凄其。

息交绝友堑山溪。世与我相违。驾言复出何求者,旷千载、今欲从谁。亲戚笑谈,琴书觞咏,莫遣俗人知。

邂逅又春熙。农人欲载畲。告西畴有事要耘耔。容老子舟车,取意任委蛇。历崎岖窈窕,丘壑随宜。

欣欣花木向荣滋。泉水始流澌。万物得时如许,此生休笑吾衰。

寓形宇内几何时。岂问去留为。委心任运无多虑,顾皇皇、将欲何之。大化中间,乘流归尽,喜惧莫随伊。

富贵本危机。云乡不可期。趁良辰、孤往恣游嬉。独临水登山,舒啸更哦诗。除乐天知命,了复奚疑。

念奴娇　上章乞休致,戏作念奴娇以自贺

老夫归去,有三径、足可长拖衫袖。一道官衔清彻骨,别有监临主守。主守清风,监临明月,兼管栽花柳。登山临水,作诗三首两首。

　　休说白日升天,莫夸金印,斗大悬双肘。且说庐陵传盛事,三个闲人眉寿。拣罢军员,归农押录,致政诚斋叟。只愁醉杀,螺江门外私酒。

好事近　七月十三日夜登万花川谷望月作

月未到诚斋,先到万花川谷。不是诚斋无月,隔一林修竹。　　　如

今才是十三夜,月色已如玉。未是秋光奇绝,看十五十六。

昭君怨 赋松上鸥　晚饮诚斋,忽有一鸥来泊松上,已
而复去,感而赋之

偶听松梢扑鹿。知是沙鸥来宿。稚子莫喧哗。恐惊他。　　俄顷
忽然飞去。飞去不知何处。我已乞归休。报沙鸥。

又 咏荷上雨

午梦扁舟花底。香满西湖烟水。急雨打篷声。梦初惊。　　却是
池荷跳雨。散了真珠还聚。聚作水银窝。泻清波。

武陵春 老夫茗饮小过,遂得气疾,终夕越吟,而长孺
子有书至,答以武陵春,因呈子西

长铗归乎逾十暑,不著骏骎冠。道是今年胜去年。特地减清欢。
　　旧赐龙团新作祟,频啜得中寒。瘦骨如柴痛又酸。儿信问平
安。

水调歌头 贺广东漕蔡定夫母生日

玉树映阶秀,玉节逐年新。年年九月,好为阿母作生辰。润底蒲芽
九节,海底银涛万顷,酿作一杯春。泛以东篱菊,寿以漆园椿。
　　对西风,吹鬓雪,炷香云。郎君入奏,又迎珠幰入修门。看即金
花紫诰,并举莆常两国,册命太夫人。三点台星上,一点老人星。
以上诚斋集卷九十七

忆秦娥 初春

新春早。春前十日春归了。春归了。落梅如雪,野桃红小。
老夫不管春催老。只图烂醉花前倒。花前倒。儿扶归去,醒来窗

晓。诗人玉屑卷二十一

某教授

眼 儿 媚

鬓边一点似飞鸦。莫把翠钿遮。三年两载,千捆百就,今日天涯。

　　杨花又逐东风去,随分落谁家。若还忘得,除非睡起,不照菱
花。贯耳集卷上

　　　按此首山房随笔作陈诜词,而陈诜亦未为教授,疑传闻有误。此首又误入赵长卿惜
　　　香乐府卷八。

陈居仁

　　　居仁字安行,兴化军人。生建炎元年(1127)。登绍兴二十一年
(1151)进士。历守五郡,仕至宝文阁直学士、提举太平兴国宫。庆元三
年(1197)卒,谥文懿。学者称菊坡先生。

水 调 歌 头

重过钓台路,风物故依然。羊裘轩上,俯临清沚面屏颜。仰见先生
风节,更有两公名德,冰雪照人寒。龙野方驰逐,鸿翼自孤骞。

　　酹壶觞,追往昔,笑华颠。别来三纪,推排曾戴侍臣冠。惭愧君
恩难答,聊复守符重绾,敢叹客途艰。少报期年政,行泛五湖船。
钓台集卷六

李 洪

　　　洪字子大,扬州人。建炎三年(1129)生。曾知温州及藤州。与弟

漳、泳、泾、澌有李氏花萼集。洪又有芸庵类稿。俱不传,今只有辑本。
朱祖谋以芸庵类稿之李洪为昭武人,字芸子。本书初刻卷一百六十二
以为芸庵类稿乃昭武李芸子耘叟撰(非李洪撰),俱误。

满庭芳　木犀

香满千岩,芳传丛桂,小山曾咏幽菲。仙姿冷淡,不奈此香奇。翠
葆层层障日,深爱惜、早被风吹。秋英嫩,夜来露浥,月底半离披。

　　谁知。清品贵,带装金粟,韵透文犀。与降真为侣,罗袖相宜。
宝鸭休薰百濯,清芬在、常惹人衣。姮娥约,广寒宫殿,留折最高
枝。

满江红　和盐田驿驹父留题

梅雨成霖,倦永昼、暑行岩曲。爱云梢翠樾,枕溪蓬屋。轻木凌波
冲卷雪,飞泉奔壑鸣哀玉。羡渔翁、终岁老烟波,披蓑绿。　　　嗟
客宦,荒松菊。颓壮志,青编竹。更长年谙尽,是非荣辱。钟鼎无
心时节异,山林有味箪瓢足。感故人、于此赋归欤,思之熟。

南乡子　盐田渡

挂席泛安流。细雨斜风到渡头。万叠云鬟真似画,云州。自古诗
人几个游。　　　旌旆去悠悠。别驾无功愧食浮。却忆五湖烟浪
里,扁舟。第四桥南云水秋。

鹧鸪天　送客至汤泉

十月南闽未有霜。蕉林蔗圃郁相望。压枝橄榄浑如画,透甲香橙
半弄黄。　　　斟绿醑,泛沧浪。白沙翠竹近温汤。分明水墨山阴
道,只欠冰谿雪月光。

西江月　送客石岊亭

渺渺长汀远壑，萧萧雨叶风枝。几回临水送将归。客里暗添憔悴。

门枕数峰滴翠，舟横几度涟漪。绿秧深处鹭于飞。愈觉田园有味。

菩　萨　蛮

寒山横抹修眉绿。楼前溪瀑锵鸣玉。车马各西东。行人如转蓬。

阑干成独倚。海阔天无际。云淡隔壶山。鸿飞杳霭间。

浣溪沙　梅菁山遇雪

夭娇翔鸾谿上峰。飘萧雪霰打船篷。天花凌乱水晶宫。　飞透纸窗斜取势，吹回谿面舞因风。身游水墨画图中。

前调　山中清明后一日大雪

碧涧苍崖玉四围。东君翦水散明玑。半开桃杏不胜威。　疑是群仙游阆苑，歌云舞蝶鬥高飞。珠幢玉节送人归。

前调　暮春

扫地烧香绝点尘。缘阶绿草又残春。略无闲事挠天真。　时落燕泥沾几席，乱黏飞絮上衣巾。西湖回柁少年人。以上芸庵类稿卷五

按本书初版卷一百四十三误以以上九首为李芸子词。

念奴娇　晓起观落梅

丽谯吹角，渐疏星明澹，帘筛残月。袅袅霜飙欺翠袖，飞下一庭香雪。半面妆新，回风舞困，此况真奇绝。桄榔林里，苏仙偏感华髪。

休怨时暂飘零,玉堂清梦,不惹闲蜂蝶。好似王家丛竹畔,乘兴山阴时节。剪水无情,阆风归去,忍使芳心歇。和羹有待,恁时身到天阙。<small>中兴以来绝妙词选卷五</small>

卜算子　和宋子闲早梅

南国小春时,常是寒威浅。玉缀香苞已有梅,疏影无人见。　　愁忆故园芳,梦断扬州远。不御铅华自出尘,赛过徐妃面。<small>永乐大典卷二千八百零八梅字韵引李子大词</small>

存　目　词

调　　名	首　　句	出　　处	附　　　　注
木兰花慢	占西风早处	芸庵类稿卷五	李芸子词,见中兴以来绝妙词选卷十
浪淘沙	上苑又春残	词综卷十六	洪子大词,见全芳备祖后集卷九樱桃门

李　漳

漳字子清。

鹊桥仙　七夕

迢迢郎意,盈盈妾恨,今夕鹊桥欲度。世间儿女一何痴,鬥乞巧、纷纷无数。　　遥知此际,有人孤坐,心切天街云路。好因缘是恶因缘,梦魂远、阳台雨暮。

桃源忆故人　闺情

小楼帘卷栏干外。花下朱门半启。中有倾城佳丽。一笑西风里。

盈盈临水情难致。尽日相看如醉。乾鹊不知人意。只管声声喜。以上二首见中兴以来绝妙词选卷五

满江红　周监务生日,妻善鼓琴

雨歇前林,薰风度、琴声清淑。绮窗迥、张眉初扫,弄弦鸣玉。三叠瑶池仙侣宴,九江鹤唳清江曲。政伯鸾、此日梦维熊,祥烟馥。

金徽外,音时续。雕筵上,听难足。且相将一醉,满倾醽醁。共祝遐龄何所似,水流不尽高山矗。算未应、归去抱琴书,云间宿。截江网卷五

鹧鸪天　寿友人母

淑德由来孟母名。方瞳鹤髪莹精神。天教遐算灵椿比,亲见贤郎擢桂荣。　　逢诞日,庆孙曾。金花纶诰又重新。愿君学得司空母,管取年高寿太平。张司空齐贤母年八十馀,太宗面赐一诗曰:"往日贫儒母,年高寿太平。"

生查子　寿陈宰妻

家承阀阅高,人擅闺房秀。嫁得伯鸾夫,直是齐眉偶。　　榴花著子时,萱草宜男候。一笑捧觥船,共祝人长寿。

南歌子　寿子

小子何时见,高秋此日生。阶兰岩桂正欣荣。家比杜陵犹有、彩衣轻。　　应诏须三载,传家有一经。齐禽刷羽早蜚鸣。莫效老夫原误作"天",据翰墨大全丙集卷十四改头白、好归耕。以上三首见截江网卷六

存　目　词

词综卷十六有李漳多丽"好人人"一首,乃李子申词,见花草粹编

卷十二。

李　泳

　　泳字子永,号兰泽。淳熙中,尝为溧水令,又为阮冶司幹官。淳熙
末卒。

水 调 歌 头

危楼云雨上,其下水扶天。群山四合,飞动寒翠落檐前。尽是秋清
栏槛,一笑波翻涛怒,雪阵卷苍烟。炎暑去无迹,清驶久翩翩。

　　夜将阑,人欲静,月初圆。素娥弄影,光射空际绿婵娟。不用濯
缨垂钓,唤取龙宫仙驾,耕此万琼田。横笛望中起,吾意已超然。
夷坚三志己卷八

贺 新 郎

门掩长安道。卷重帘、垂杨散暑,嫩凉生早。午梦惊回庭阴翠,蝶
舞莺吟未了。政露冷、芙蓉池沼。金雁尘昏么弦断,理馀音、尚想
腰支袅。欢渐远,思还绕。　　临皋望极沧江渺。晚潮平、湘烟万
顷,断虹残照。彩舫凌波分飞后,别浦菱花自老。问锦鲤、何时重
到。楼迥层城看不见,对潇潇、暮雨怜芳草。幽恨阔、楚天杳。中兴
以来绝妙词选卷五

定 风 波　感旧

点点行人趁落晖。摇摇烟艇出渔扉。一路水香流不断。零乱。春
潮绿浸野蔷薇。　　南去北来愁几许,登临怀古欲沾衣。试问越
王歌舞地。佳丽。只今惟有鹧鸪啼。绝妙好词卷二

存　目　词

通行本绝妙好词卷二有李泳清平乐"乱云将雨"一首,乃李莆作,
见阳春白雪卷四。汲古阁抄本绝妙好词未误。

李　洤

洤字子召。

满庭芳　送张守汉卿赴召

麦秀连云,桑枝重绿,史君佳政流传。风衔丹诏,来自九重天。千
里欢腾祖帐,棠阴外、多少攀辕。津亭路,纮如五鼓,难驻邓侯船。
　　光华,家世事,门中列戟,圯上遗编。况建炎勋业,图画凌烟。
此去朝端济美,看平步、两两台躔。须知道,中兴盛治,主圣赖臣
贤。中兴以来绝妙词选卷五

西江月　蜡梅

可是江梅开晚,从教蜡雪来迟。此花清绝胜南枝。搀过春风第一。
　　蘸蜡女工斗巧,涂黄汉额偏宜。□按原无空格,据律补腮相倚并开
时。认取东君深意。永乐大典卷二千八百十一梅字韵引李子召花尊词

李　澥

澥字子秀,新城邑丞、柯山别驾。

踏莎行　送新城交代李达善

红药香残,绿筠粉嫩。春归何处寻春信。绣鞍初上马蹄轻,举头便

觉长安近。　　　别酒无情，啼妆有恨。山城向晚斜阳褪。清江极目带寒烟，锦鳞去后凭谁问。_{中兴以来绝妙词选卷五}

满庭芳 <small>乡老众宾劝制置开府酒</small>

油幕新开，骅旆前导，暂归梓里春容。致身槐府，功在鼎彝中。慨想东山故侣，烟霞外、久阔仙踪。今何幸，相逢吐握，谈笑一尊同。

　　德星，占瑞处，旌麾五马，衮绣三公。对渭川遗老，绛县仙翁。厚意杯传绀玉，那堪更、筐实囊红。拚沉醉，今宵盛事，复见古人风。

　　　　按此首又见史浩鄮峰真隐词曲卷一。

千秋岁 <small>四明赵制置、史开府劝乡老众宾酒</small>

鄮峰凝瑞，鄞水浮佳气。晴景转，花光媚。碧幢森大纛，红旆纷千骑。相遇处，满城鹤髮群仙萃。　　绮席张高会。鼍鼓笙箫沸。金兽袅，檀烟翠。玉山环回座，休惜今朝醉。觥再举，清歌共引千秋岁。_{以上二首永乐大典卷一万二千零四十三酒字韵引柯山别驾李澥词}

调　名	首　句	出　处	附　　　　注
减字木兰花	八巡将止	永乐大典卷一万二千零四十三酒字韵	沈瀛词,见竹斋词
又	九巡将止	又	又
又	十巡今止	又	又

朱　熹

　　熹字元晦,一字仲晦,世为徽州婺源人。家建阳之考亭。生于建炎四年(1130)。绍兴十八年(1148)进士。宁宗朝,历官宝文阁待制。伪学禁起,落职奉祠。庆元六年(1200)卒,年七十一。后谥曰文。有晦庵词。

浣溪沙　次秀野酴醿韵

压架年来雪作堆。珍丛也是近移栽。肯令容易放春回。　　却恐阴晴无定度,从教红白一时开。多情蜂蝶早飞来。

菩萨蛮　回文

晚红飞尽春寒浅。浅寒春尽飞红晚。尊酒绿阴繁。繁阴绿酒尊。　老仙诗句好。好句诗仙老。长恨送年芳。芳年送恨长。

又　次圭父回文韵

暮江寒碧萦长路。路长萦碧寒江暮。花坞夕阳斜。斜阳夕坞花。　客愁无胜集。集胜无愁客。醒似醉多情。情多醉似醒。

好　事　近

春色欲来时,先散满天风雪。坐使七闽松竹,变珠幢玉节。　　中原佳气郁葱葱,河山壮宫阙。丞相功成千载,映黄流清澈。

西　江　月

睡处林风瑟瑟，觉来山月团团。身心无累久轻安。况有清池凉馆。　　句稳翻嫌白俗，情高却笑郊寒。兰膏元自少陵残。好处金章不换。

又

堂下水浮新绿，门前树长交枝。晚凉快写一篇诗。不说人间忧喜。　　身老心闲益壮，形臞道胜还肥。软轮加璧未应迟。莫道前非今是。

鹧鸪天　江槛

暮雨朝云不自怜。放教春涨绿浮天。只令画阁临无地，宿昔新诗满系船。　　青鸟外，白鸥前。几生香火旧因缘。酒阑山月移雕槛，歌罢江风拂玳筵。

又

已分江湖寄此生。长蓑短笠任阴晴。鸣桹细雨沧洲远，系舸斜阳画阁明。　　奇绝处，未忘情。几时还得去寻盟。江妃定许捐双珮，渔父何劳笑独醒。

又　叔怀尝梦飞仙，为之赋此。归日以呈茂献侍郎，当发一笑

脱却儒冠著羽衣。青山绿水浩然归。看成鼎内真龙虎，管甚人间闲是非。　　生羽翼，上烟霏。回头只见冢累累。未寻跨凤吹箫侣，且伴孤云独鹤飞。

南乡子　次张安国韵

落日照楼船。稳过澄江一片天。珍重使君留客意,依然。风月从今别一川。　　离绪悄危弦。永夜清霜透幕毡。明日回头江树远,怀贤。目断晴空雁字连。

满江红　刘知郡生朝

秀野诗翁,念故山、十年乖隔。聊命驾、朱门旧隐,绿槐新陌。好雨初晴仍半暖,金钉玉斝开瑶席。更流传、丽藻借江天,留春色。

过里社,将儿侄。谈往事,悲陈迹。喜尊前现在,镜中如昔。两鬓全期烟树绿,方瞳好映寒潭碧。但一年、一度一归来,欢何极。

水 调 歌 头

富贵有馀乐,贫贱不堪忧。谁知天路幽险,倚伏互相酬。请看东门黄犬,更听华亭清唳,千古恨难收。何似鸱夷子,散髪弄扁舟。

鸱夷子,成霸业,有馀谋。致身千乘卿相,归把钓渔钩。春昼五湖烟浪,秋夜一天云月,此外尽悠悠。永弃人间事,吾道付沧洲。

又　次袁仲机韵

长记与君别,丹凤九重城。归来故里,愁思怅望渺难平。今夕不知何夕,得共寒潭烟艇,一笑俯空明。有酒径须醉,无事莫关情。

寻梅去,疏竹外,一枝横。与君吟弄风月,端不负平生。何处车尘不到,有个江天如许,争肯换浮名。只恐买山隐,却要炼丹成。

又　檃括杜牧之齐山诗

江水浸云影,鸿雁欲南飞。携壶结客,何处空翠渺烟霏。尘世难逢一笑,况有紫萸黄菊,堪插满头归。风景今朝是,身世昔人非。

酬佳节,须酩酊,莫相违。人生如寄,何事辛苦怨斜晖。无尽今来古往,多少春花秋月,那更有危机。与问牛山客,何必独沾衣。

　　按此首别误入赵长卿惜香乐府卷五。

念奴娇　用傅安道和朱希真梅词韵

临风一笑,问群芳谁是,真香纯白。独立无朋,算只有、姑射山头仙客。绝艳谁怜,真心自保,邈与尘缘隔。天然殊胜,不关风露冰雪。

应笑俗李粗桃,无言翻引得,狂蜂轻蝶。争似黄昏闲弄影,清浅一溪霜月。画角吹残,瑶台梦断,直下成休歇。绿阴青子,莫教容易披折。

水调歌头　联句问讯罗汉同张敬夫

雪月两相映,水石互悲鸣。不知岩上枯木,今夜若为情。应见尘中胶扰,便道山间空旷,与么了平生。与么平生了,□水不流行。熹

起披衣,瞻碧汉,露华清。寥寥千载,此事本分明。若向乾坤识易,便信行藏无间,处处总圆成。记取渊冰语,莫错定盘星。栻

忆秦娥　雪、梅二阕怀张敬夫

云垂幕。阴风惨淡天花落。天花落。千林琼玖,一空鸾鹤。
征车渺渺穿华薄。路迷迷路增离索。增离索。剡溪山水,碧湘楼阁。

又

梅花发。寒梢挂著瑶台月。瑶台月。和羹心事,履霜时节。
野桥流水声呜咽。行人立马空愁绝。空愁绝。为谁凝伫,为谁攀

折。以上俱见宋元十五家词本晦庵词

　　按此二首中兴以来绝妙词选卷二误作张安国词。

水 调 歌 头

不见严夫子,寂寞富春山。空馀千丈危石,高插暮云端。想象羊裘
披了,一笑两忘身世,来把钓鱼竿。不似林间翮,飞倦始知还。

　　中兴主,功业就,鬓毛斑。驰驱一世豪杰,相与济时艰。独委狂
奴心事,不羡痴儿鼎足,放去任疏顽。爽气动心斗,千古照林峦。
方舆胜览卷四

　　按此首亦见晦庵题跋卷三,不云何人所作,渚山堂词话卷一云:依旧本定为胡明
仲作。

存 目 词

调　名	首　　句	出　　处	附　　　注
生 查 子	庭户晓光中	永乐大典卷五百四十蓉字韵	李处全词,见晦庵词
青 玉 案	雪消春水东风猛	古今别肠词选卷三	似是明人作品,必非朱熹词。词附录于后
满 江 红	扰扰劳生	金绳武本花草粹编卷十七	僧晦庵作,见鹤林玉露卷四

青 玉 案

雪消春水东风猛。帘半卷、犹嫌冷。怪是春来常不醒。杨柳堤边,
杏花村里,醉了重相请。　　而今白髮羞垂领。静里时将旧游省。
记得孤山山畔景。一湾流水,半痕新月,画作梅花影。

黄　铢

　　　　铢字子厚,自号谷城翁,崇安人。生于绍兴元年(1131),游刘子翚

之门。庆元五年(1199)卒。有谷城集,不传。

江神子　晚泊分水

秋风袅袅夕阳红。晚烟浓。暮云重。万叠青山,山外叫孤鸿。独上高楼三百尺,凭玉楯,睇层空。　　人间日月去匆匆。碧梧桐。又西风。北去南来,销尽几英雄。掷下玉尊天外去,多少事,不言中。

菩萨蛮　夜宿崇安县第三铺闻吹箫

海山翠叠青螺浅。暮云散尽天容远。匹马度江皋。北风生怒号。　　解鞍栖倦翮。皓月空庭白。何处小阑干。玉箫吹夜寒。

渔家傲　朱晦翁示欧公鼓子词戏作一首

永日离忧千万绪。雪舟远泛清漳浦。珍重故人寒夜语。挥玉麈。沉沉画阁凝香雾。　　风砌落花留不住。红蜂翠蝶闲飞舞。明日柳营江上路。云起处。苍山万叠人归去。以上三首见中兴以来绝妙词选卷四

高宣教

宣教,不知其名,唐仲友之戚,淳熙间人。

卜　算　子

去又如何去。住又如何住。但得山花插满头,休问奴归处。朱文公全集卷十九按唐仲友第四状

高宣教　严蕊　晦庵　　　　　　　　　　2169

严　蕊

蕊字幼芳，天台营妓。

卜　算　子

不是爱风尘，似被前身误。花落花开自有时，总是东君主。　　去也终须去。住也如何住。若得山花插满头，莫问奴归处。夷坚支志庚卷十

如　梦　令

道是梨花不是。道是杏花不是。白白与红红，别是东风情味。曾记。曾记。人在武陵微醉。

鹊　桥　仙

碧梧初出，桂花才吐，池上水花微谢。穿针人在合欢楼，正月露、玉盘高泻。　　蛛忙鹊懒，耕慵织倦，空做古今佳话。人间刚道隔年期，指天上、方才隔夜。齐东野语卷二十

晦　庵

晦庵，僧人。

满　江　红

胶扰劳生，待足后、何时是足。据见定、随家丰俭，便堪龟缩。得意浓时休进步，须知世事多翻覆。漫教人、白了少年头，徒碌碌。

谁不爱,黄金屋。谁不羡,千钟禄。奈五行不是,这般题目。枉费心神空计较,儿孙自有儿孙福。也不须、采药访神仙,惟寡欲。

鹤林玉露卷四

　　按此词或传朱熹作,朱熹云非。见鹤林玉露卷四。

徐　逸

　　逸字无竞,号抱独子,自称汝阳被褐公,天台(今浙江省)人。少与朱熹为友。

清　平　乐

风韶雨秀。春已平分后。陡顿故人疏把酒。闲恁画阑搔首。

争须携手踏青。人生几度清明。待得燕慵莺懒,杨花点点浮萍。

阳春白雪卷四

沈端节

　　端节字约之,吴兴人,寓居溧阳(今江苏省)。有才美。令芜湖。淳熙三年(1176),知衡州。提举江东茶盐。仕至朝散大夫、江东提刑。有克斋词一卷。

五福降中天　梅

月胧烟澹霜蹊滑,孤宿暮林荒驿。绕树微吟,巡檐索笑,自分平生相得。冰池半释。正节物惊心,泪痕沾臆。流水溅溅,照影古寺满春色。　　沉叹今年未识。暗香微动处,人〔□〕初寂。酷爱芳姿,最怜幽韵,来款禅房深密。他时恨〔□〕。怅却月凌风,信音难的。雪底幽期,为谁还露立。

卜　算　子

愁极强登临，毕竟愁难避。千里江山黯淡中，总是悲秋意。谁
插菊花枝，谁带茱萸佩。独倚阑干醉不成，日暮西风起。

又　梅

冷蕊伴疏枝，一笑何时共。江北江南两处愁，忍看花影动。旅
泊怕逢春，卜睡都无梦。岁暮何郎未得归，手捻频呵冻。

又

踏雪探孤芳，只有诗人共。守定南枝待得开，不觉冰轮动。却
月与凌风，谩说扬州梦。想见雕阑曲沼边，残雪和烟冻。

又

客里见梅花，独赏无人共。风度精神总是伊，又是归心动。把
酒破忧端，熏被寻佳梦。梦觉香残一味寒，有泪都成冻。

又

烘手熨笙簧，呵冻匀酥面。闲向梅花树下行，拜月遥相见。何
处托春心，乐府流深怨。却捻寒窗傍绮疏，恨极东风远。

忆　秦　娥

凭阑独。南山影蘸杯心绿。杯心绿。悠然忽见，卧披横轴。
西风暗度钗梁玉。手香记得人簪菊。人簪菊。无穷幽韵，细看不
足。

惜分飞　桂花

喜入眉心黄点莹。珠珮玲珑透影。风露萧萧冷。梦回月窟香成阵。　　秋后情怀君莫问。拚了因他瘦损。不似寻常韵。细看没处安排闷。

南　歌　子

远树昏鸦闹，衰芦睡鸭双。雪篷烟棹炯寒光。疑是风林纤月、到船窗。　　时序惊心破，江山引梦长。思量也待不思量。泪染罗巾犹带、旧时香。

鹊　桥　仙

怀人意思，悲秋情绪，长是文园病后。蛛丝轻袅玉钗风，想花貌、参差依旧。　　无穷往事，一襟新恨，老泪淋浪卮酒。天涯相对话平生，怅南北、还如箕斗。

醉　落　魄

红娇翠弱。春寒睡起慵匀掠。些儿心事谁能学。深院无人，时有燕穿幕。　　漏声滴尽莲花萼。静看月转西阑角。世情一任浮云薄。花与东君，却解慰流落。

太　常　引

三三五五短长亭。都只解、送人行。天远树冥冥。怅好梦、才成又惊。　　夜堂歌罢，小楼钟断，归路已闻莺。应是困营腾。问心绪、而今怎生。

谒 金 门

真个忆。花下雨声初息。猛记乌衣曾旧识。丁宁教去觅。　　春半峭寒犹力。泪滴两襟成迹。独倚危阑清昼寂。草长流翠碧。

又

春欲去。人瘦不胜金缕。门巷阴阴飞絮舞。断肠双燕语。　　孤坐晚窗闲处。月到花心亭午。寒色著人无意绪。竹鸣风似雨。

又

寻胜去。湖色净涵疏树。欸乃一声何处起。风铃相应语。　　目断遥林修渚。画出江南烟雨。山水照人人楚楚。锦肠生秀句。

菩 萨 蛮

春山千里供行色。客愁浓似春山碧。幸自不思归。子规心上啼。　　芳意随人老。绿尽江南草。窈窕可人花。路长何处家。

又

愁人道酒能消解。元来酒是愁人害。对酒越思量。醉来还断肠。　　酒醒初梦破。梦破愁无那。干净不如休。休时只恁愁。

浣 溪 沙

灯夜香甘动绮筵。明珠颗颗泛瓯圆。佳人巧意底难传。　　喜见翻溪流细滑，却思信手弄轻纤。不知辛苦为谁甜。

行 香 子

烟淡回塘。月浸疏篁。一枝□、压尽群芳。翛然风度,玉质金章。有许多清,许多韵,许多香。　　中酒情怀,琢句心肠。倚屏山、子细端相。冰芽初试,柑子新尝。更绮窗前,冰壶畔,看匀妆。

喜 迁 莺

暮云千里。正小雨乍晴,霜风初起。芦荻江边,月昏人静,独自小船儿里。消魂几声新雁,合造愁人天气。怎奈何,少年时光景,一成抛弃。　　回首空肠断,尺素未传,应是无双鲤。闷酒孤斟,半醺还醒,干净不如不醉。有得恁多烦恼,直是没些如意。受尽也,待今回厮见,从头说似。

菩 萨 蛮

楚山千叠伤心碧。伤心只有遥相忆。解佩揖巫云。愁生洛浦春。　　香波凝宿雾。梦断消魂处。空听水泠泠。如闻宝瑟声。

朝 中 措

天遥野阔雁书空。山远暮云中。目断江南烟雨,□□欹枕春风。　　功名富贵,何须计较,烟际疏钟。解道浅妆浓抹,从来惟有坡翁。

念 奴 娇

灯宵渐近,更兵尘初息,韶华偏早。太守风流张宴乐,不管江城寒峭。鬓底蜂儿,钗头梅蕊,一一夸新巧。笙歌鼎沸,万人争看标表。　　应记革履雍容,天香满袖,侍宴游三岛。圣主中兴思用旧,尊礼先朝元老。烛赐金莲,柑传罗帕,行即趋严道。深杯休诉,任教银漏催晓。

又

重阳恁好,正秋清天色,水容如泻。野阔风高香雾满,采菊无人同把。堪笑渊明,蓬头曳杖,吟赏东篱下。孤风远韵,至今犹作佳话。

　　争似太守才贤,慈祥恺悌,赋政多闲暇。千里江山供胜践,尊俎延登儒雅。只恐相将,吹花春宴,不许斯民借。花嘲便坐,尚怀方外司马。

青 玉 案

史君标韵如徐庾。更名节、高千古。卧治姑溪才小驻。闲云无定,阳春有脚,又作南昌去。　　兴来亭上清歌度。尽能唱、公诗句。记取诸生临别语。从容占对,天颜应喜,千万留王所。

洞 仙 歌

雪肌花貌,见了千千万。眼去眉来几曾管。被今回打住,没□施程,〔□〕捺地,却悔看承较晚。　　琴心传密意,唯有相如,失笑他满恁撩乱。抖下俏和娇,掩翠凌红,真个是、从前可见。据入马牢笼怎干休,但拈取真诚,试教人看。

又

夜来惊怪,冷逼流苏帐。梦破初闻打窗响。向晓开帘,凌乱千里寒光,清兴发,鹤氅谁同纵赏。　　江南春意动,梅竹潜通,醉帽冲风自来往。慨念故人疏,便理扁舟,须信道、吾曹清旷。待石鼎煎茶洗馀酲,更依旧归来,浅斟低唱。

又

重阳近也,渐秋光凄劲。宿雨初收好风景。正干戈甚定,禾黍丰登,人意乐,歌舞贤侯美政。　　醉翁游历处,胜概依然,木落淮南见山影。有客共登临,醉里疏狂,欹乌帽、从嘲雪鬓。但目送孤鸿傍危栏,笑问道,黄花似谁风韵。

虞 美 人

去年寒食初相见。花上双飞燕。今年寒食又花开。垂下重帘不许、燕归来。　　隔帘听燕呢喃语。似说相思苦。东君都不管闲愁。一任落花飞絮、两悠悠。

又

卧红堆碧纷无数。春事知何许。班班小雨裛梨花。又是清明时候、不归家。　　伤春减尽东阳带。人道多情杀。青春留下许多愁。分付与君今夜、一齐休。

又

暮云衰草连天远。不记离人怨。可怜无处不关情。梦断孤鸿哀怨、两三声。　　恨眉醉眼何时见。夜夜相思遍。梧桐叶落候虫秋。唯有一江烟雨、替人愁。

探 春 令

旧家元夜,追随风月,连宵欢宴。被那憨、引得滴流地,一似蛾儿转。　　而今百事心情懒。灯下几曾伎看。算静中、唯有窗间梅影,合是幽人伴。

如　梦　令

雨后轻寒天气。玉酒中人小醉。乍报一番秋,晚簟清凉如水。伫
睡。伫睡。窗在芭蕉叶底。

薄　幸

桂轮香满。送寒色、轻风剪剪。又还是、幽窗人静,梅影参差初转。
念少年孤负芳音,多时不见文君面。漫快泻琼舟,浓熏宝鸭,终是
心情差懒。　　谩就枕,浑无寐,□听彻、天边飞雁。闲愁消万缕,
如何消遣。绣衾□忆鸳鸯暖。细思量、遍倚屏山,挑尽琴心,谁识
相思怨。休文瘦损,陡觉频移带眼。

江　城　子

秋声昨夜入梧桐。雨濛濛。洒窗风。短杵疏砧,将恨到帘栊。归
梦未成心已远,云不断,水无穷。　　有人应念水之东。鬓如蓬。
理妆慵。览镜沉吟,膏沐为谁容。多少相思多少事,都尽在,不言
中。

满　庭　芳

雾薄阴轻,林深烟暖,海棠特地开迟。光风绝艳,独自殿芳时。须
信东君注意,花神会、别有看持。群英外,嫣然一笑,富贵出天姿。
　　日长,春睡足,粉香扑扑,酒晕微微。明皇当日,称许最相宜。
妃子扶来半醉,宫妆淡、不扫蛾眉。偏怜处,流莺惊绕,金弹拂丛
飞。

采　桑　子

昔年曾记寻芳处,短帽冲寒。竹外江干。玉面皮儿月下观。
而今老大风流减,百事心阑。谷底林间。坐对横枝只鼻酸。

西　江　月

一枕香消睡恼,十年漂泊江湖。空馀清梦绕康庐。记得林间风度。
　　锦绣谷中旧客,襟怀未肯全疏。从今不要别人扶。醉拥紫云
归去。

喜　迁　莺

冰池轻皱。喜寒律乍回,微阳初透。岁晚云黄,日晴烟暖,昼刻暗
添宫漏。山色岸容都变,春意欲传官柳。最好处,正酥融粉薄,一
枝梅瘦。　　　行乐,春渐近,景胜欢长,幼眇丝簧奏。鸣玉鹓行,退
朝花院,犹有御香沾袖。试问西邻虽富,何似东皋依旧。趁未老,
便优游林壑,围棋把酒。

西　江　月

幸自心肠稳审,怎禁眼脑迷奚。招愁买恨带人疑。一味笑吟吟地。
　　闲趁莺来日下,却随燕入乌衣。阿蛮风味有谁知。认得乐天
词意。

念　奴　娇

嫩凉清晓,淡秋容、横写鲛绡十幅。山水光中参意味,不管人间荣
辱。藜杖棕鞋,纶巾鹤氅,宾主俱遗俗。倚阑舒啸,一樽花下相属。
　　云际有药千年,琼瑶争秀发,龙蛇新剧。富贵功名元自有,且

乐无穷真福。莲社风流,醉乡跌宕,时奏长生曲。月娥同听,好风
徐韵松竹。

又

洛妃汉女,护春寒、不惜鲛绡重叠。拾翠江边烟澹澹,交影参差胧
月。秦虢相将,英娥接武,同宴瑶池雪。层冰连璧,个中谁敢优劣。

　　著意晕粉饶酥,韵多香剩,都与群花别。娟秀敷腴索笑处,玉
脸微生娇靥。羞损南枝,映翻绿萼,不数黄千叶。形容不尽,细看
一倍清绝。

又

湖山照影,正日长娇困,不烦匀扫。絮满长洲春澹沲,开遍吴宫花
草。嫩绿葱葱,轻红蔌蔌,渐觉枝头少。馀芳难并,破愁惟有馨醁。

　　应是留得东君,海棠方待折,玉环娇小。雾薄阴轻初睡足,宝
幄画屏香袅。醉态天真,半羞微敛,未肯都开了。嫣然一笑,此时
风度尤好。

又

寻幽览胜,凭危栏、极目风烟平楚。自笑飘零惊岁晚,欲挂衣冠神
武。芳甸时巡,醉乡日化,庭实名花旅。阆风蓬顶,自来不见烽戍。

　　宴罢玉宇琼楼,醉中都忘却,瑶池归路。俯瞰尘寰千万落,渺
渺峰端栖雾。群玉图书,广寒宫殿,一一经行处。相羊物外,旷怀
高视千古。以上校汲古阁本克斋词

感　皇　恩

和气霭微霄,黄云飘转。东阁观梅负诗眼。满斟绿酒,唱个曲儿亲

劝。愿从今日去,长相见。　　　　宝幄欢浓,玉炉香软。彼此宜冬镇
长健。绣床儿畔,渐渐日迟风暖。告他事事底,饶一线。张侃拙轩集
卷五

张孝祥

　　孝祥字安国,历阳乌江人。绍兴二年(1132)生。绍兴二十四年
(1154)廷试第一。孝宗朝,累迁中书舍人、直学士院、领建康留守。寻
以荆南湖北路安抚使请祠。乾道五年(1169)卒。有于湖集词一卷。

六 州 歌 头

长淮望断,关塞莽然平。征尘暗,霜风劲,悄边声。黯销凝。追想
当年事,殆天数,非人力,洙泗上,弦歌地,亦膻腥。隔水毡乡,落日
牛羊下,区脱纵横。看名王宵猎,骑火一川明。笳鼓悲鸣。遣人
惊。　　　　念腰间箭,匣中剑,空埃蠹,竟何成。时易失,心徒壮,岁
将零。渺神京。干羽方怀远,静烽燧,且休兵。冠盖使,纷驰骛,若
为情。闻道中原遗老,常南望、羽葆霓旌。使行人到此,忠愤气填
膺。有泪如倾。

水调歌头　为总得居士寿

隆中三顾客,圯上一编书。英雄当日感会,馀事了寰区。千载神交
二子,一笑眇然兹世,却愿驾柴车。长忆淮南岸,耕钓混樵渔。
　　忽扁舟,凌骇浪,到三吴。纶巾羽扇容与,争看列仙儒。不为莼
鲈笠泽,便挂衣冠神武,此兴渺江湖。举酒对明月,高曳九霞裾。

又　凯歌上刘恭父

猩鬼啸篁竹,玉帐夜分弓。少年荆楚剑客,突骑锦襜红。千里风飞

雷厉，四校星流彗扫，萧斧锉春葱。谈笑青油幕，日奏捷书同。

　诗书帅，黄阁老，黑头公。家传鸿宝秘略，小试不言功。闻道玺书频下，看即沙堤归去，帷幄且从容。君王自神武，一举朔庭空。

又　泛湘江

濯足夜滩急，晞发北风凉。吴山楚泽行遍，只欠到潇湘。买得扁舟归去，此事天公付我，六月下沧浪。蝉蜕尘埃外，蝶梦水云乡。

　制荷衣，纫兰佩，把琼芳。湘妃起舞一笑，抚瑟奏清商。唤起九歌忠愤，拂拭三闾文字，还与日争光。莫遣儿辈觉，此乐未渠央。

又　金山观月

江山自雄丽，风露与高寒。寄声一本作"笺"月姊，借我玉鉴此中看。幽壑鱼龙悲啸，倒影星辰摇动，海气夜漫漫。涌起白银阙，危驻紫金山。　　　表独立，飞霞珮，切云冠。漱冰濯雪，眇视万里一毫端。回首三山何处，闻道群仙笑我，要我欲俱还。挥手从此去，翳凤更骖鸾。

　　　按类编草堂诗馀卷三此首误作韩驹词。

又　汪德邵无尽藏

淮楚襟带地，云梦泽南州。沧江翠壁佳处，突兀起红楼。凭仗使君胸次，与问老仙何在，长啸俯清秋。试遣吹箫看，骑鹤恐来游。

　欲乘风，凌万顷，泛扁舟。山高月小，霜露既降，凛凛不能留。一吊周郎羽扇，尚想曹公横槊，兴废两悠悠。此意无尽藏，分付水东流。

又　隐静山观雨

青嶂度云气,幽壑舞回风。山神助我奇观,唤起碧霄龙。电掣金蛇
千丈,雷震灵鼍万叠,汹汹欲崩空。尽泻银潢水,倾入宝莲宫。

坐中客,凌积翠,看奔洪。人间应失匕箸,此地独从容。洗了从
来尘垢,润及无边焦槁,造物不言功。天宇忽开霁,日在五云东。

又　桂林集句

五岭皆炎热,宜人独桂林。江南驿使未到,梅蕊破春心。繁会九衢
三市,缥缈层楼杰观,雪片一冬深。自是清凉国,莫遣瘴烟侵。

江山好,青罗带,碧玉簪。平沙细浪欲尽,陡起忽千寻。家种黄
柑丹荔,户拾明珠翠羽,箫鼓夜沉沉。莫问骖鸾事,有酒且频斟。

又　桂林中秋

今夕复何夕,此地过中秋。赏心亭上唤客,追忆去年游。千里江山
如画,万井笙歌不夜,扶路看遨头。玉界拥银阙,珠箔卷琼钩。

驭风去,忽吹到,岭边州。去年明月依旧,还照我登楼。楼下水
明沙静,楼外参横斗转,搔首思悠悠。老子兴不浅,聊复此淹留。

又　和庞佑父

雪洗虏尘静,风约楚云留。何人为写悲壮,吹角古城楼。湖海平生
豪气,关塞如今风景,剪烛看吴钩。剩喜然犀处,骇浪与天浮。

忆当年,周与谢,富春秋。小乔初嫁,香囊未解,勋业故优游。赤
壁矶头落照,肥水桥边衰草,渺渺唤人愁。我欲乘风去,击楫誓中
流。

又　为时传之寿

云海漾空阔,风露凛高寒。仙翁鹤驾,羽节缥缈下天端。指点虚无征路,时见双凫飞舞,挥斥隘尘寰。吹笛向何处,海上有三山。

彩衣新,鱼服丽,更朱颜。蟠桃未熟,千岁容与且人间。早晚金泥封诏,归侍玉皇香案,踵武列仙班。玉骨自难老,未用九霞丹。

又　为方务德侍郎寿

紫橐论思旧,碧落拜除新。内家敕使,传诏亲付玉麒麟。千里江山增丽,是处旌旗改色,佳气郁轮囷。看取连宵雪,借与万家春。

建崇牙,开盛府,是生辰。十州老稚,都向今日祝松椿。多少活人阴德,合享无边长算,惟有我知君。来岁更今日,一气转洪钧。

又　垂虹亭

舣棹太湖岸,天与水相连。垂虹亭上,五年不到故依然。洗我征尘三斗,快揖商飙千里,鸥鹭亦翩翩。身在水晶阙,真作驭风仙。

望中秋,无五日,月还圆。倚栏清啸孤发,惊起蛰龙眠。欲酹鸱夷西子,未办当年功业,空系五湖船。不用知馀事,莼鲙正芳鲜。

又　送刘恭父趋朝

鳌禁辍颇牧,熊轼赖龚黄。一时林莽千险,蜂午要驱攘。金版六韬初试,烟敛山空野迥,低草见牛羊。旆纩释南顾,戈甲濯银潢。

玉书下,褒懿绩,促曹装。帝宸天近,红旆东去带朝阳。归辅五云丹陛,回首楚楼千里,遗爱满潇湘。应记依刘客,曾此奉离觞。

多　丽

景萧疏,楚江那更高秋。远连天、茫茫都是,败芦枯蓼汀洲。认炊
烟、几家蜗舍,映夕照、一簇渔舟。去国虽遥,宁亲渐近,数峰青处
是吾州。便乘取、波平风静,荃棹且夷犹。关情有,冥冥去雁,拍拍
轻鸥。　　忽追思、当年往事,惹起无限羁愁。挂笏朝来多爽气,
秉烛夜永足清游。翠袖香寒,朱弦韵悄,无情江水只东流。桅楼
晚,清商哀怨,还听隔船讴。无言久,馀霞散绮,烟际帆收。

木兰花慢

送归云去雁,澹寒采、满溪楼。正佩解湘腰,钗孤楚鬓,鸾鉴分收。
凝情望行处路,但疏烟远树织离忧。只有楼前溪水,伴人清泪长
流。　　霜华夜永逼衾裯。唤谁护衣篝。念粉馆重来,芳尘未扫,
争见嬉游。情知闷来殢酒,奈回肠、不醉只添愁。脉脉无言竟日,
断魂双鹜南州。

又

紫箫吹散后,恨燕子、只空楼。念璧月长亏,玉簪中断,覆水难收。
青鸾送碧云句,道霞扃雾锁不堪忧。情与文梭共织,怨随宫叶同
流。　　人间天上两悠悠。暗泪洒灯篝。记谷口园林,当时驿舍,
梦里曾游。银屏低闻笑语,但醉时冉冉醒时愁。拟把菱花一半,试
寻高价皇州。

水龙吟　望九华山作

竹舆晓入青阳,细风凉月天如洗。峰回路转,云舒霞卷,了非人世。
转就丹砂,铸成金鼎,碧光相倚。料天关虎守,箕畴龙负,开神秘、

留兹地。　　　缥缈珠幢羽卫。望蓬莱、初无弱水。仙人拍手，山头笑我，尘埃满袂。春锁瑶房，雾迷芝圃，昔游都记。怅世缘未了，匆匆又去，空凝伫、烟霄里。

又 过浯溪

平生只说浯溪，斜阳唤我归船系。月华未吐，波光不动，新凉如水。长啸一声，山鸣谷应，栖禽惊起。问元颜去后，水流花谢，当年事、凭谁记。　　　须信两翁不死。驾飞车、时游兹地。漫郎宅里，中兴碑下，应留屐齿。酌我清尊，洗公孤愤，来同一醉。待相将把袂，清都归路，骑鹤去、三千岁。

念奴娇 过洞庭

洞庭青草，近中秋、更无一点风色。玉鉴琼田三万顷，著我扁舟一叶。素月分辉，明河共影，表里俱澄澈。悠然心会，妙处难与君说。

　　　应念岭海经年，孤光自照，肝肺皆冰雪。短髪萧骚襟袖冷，稳泛沧浪空阔。尽吸西江，细斟北斗，万象为宾客。扣舷独笑，不知今夕何夕。

按此首清黄燮清国朝词综续编卷一误作清人荆掊词。

又 张仲钦提刑行边

弓刀陌上，净蛮烟瘴雨，朔云边雪。幕府横驱三万里，一把平安遥接。方丈三韩，西山八诏，慕义羞椎结。梯航入贡，路经头痛身热。

　　　今代文武通人，青霄不上，却把南州节。房马秋肥雕力健，应看名王宵猎。壮士长歌，故人一笑，趁得梅花月。王春奏计，便须平步清切。

又　欲雪呈朱漕元顺

朔风吹雨,送凄凉天气,垂垂欲雪。万里南荒云雾满,弱水蓬莱相
接。冻合龙冈,寒侵铜柱,碧海冰澌结。凭高一笑,问君何处炎热。

家在楚尾吴头,归期犹未,对此惊时节。忆得年时貂帽暖,铁
马千群观猎。狐兔成车,笙歌震地,归踏层城月。持杯且醉,不须
北望凄切。

又　再和

绣衣使者,度郢中绝唱,阳春白雪。人物应须天上去,一日君恩三
接。粉省香浓,宫床锦重,更把丝纶结。臣心如水,不教炙手成热。

还记岭海相从,长松千丈,映我秋竿节。忍冻推敲清兴满,风
里乌巾猎猎。只要东归,归心入梦,梦泛寒江月。不因莼鲙,白头
亲望真切。

又

星沙初下,望重湖远水,长云漠漠。一叶扁舟谁念我,今日天涯飘
泊。平楚南来,大江东去,处处风波恶。吴中何地,满怀俱是离索。

常记送我行时,绿波亭上,泣透青罗薄。檐燕低飞人去后,依
旧湘城帘幕。不尽山川,无穷烟浪,辜负秦楼约。渔歌声断,为君
双泪倾落。

醉蓬莱　为老人寿

问人间荣事。海内高名,似今谁比。脱屣归来,眇浮云富贵。致远
钩深,乐天知命,且从容阅世。火候周天,金文满义,从来活计。

有酒一尊,有棋一局,少日亲朋,旧家邻里。世故纷纭,但蚊虻过

耳。解愠薰风,做凉梅雨,又一般天气。曲几蒲团,纶巾羽扇,年年
如是。

雨 中 花 慢

一叶凌波,十里驭风,烟鬟雾鬓萧萧。认得兰皋琼珮,水馆冰绡。
秋霁明霞乍吐,曙凉宿霭初消。恨微颦不语,少进还收,伫立超遥。

神交冉冉,愁思盈盈,断魂欲遣谁招。犹自待,青鸾传信,乌鹊
成桥。怅望胎仙琴叠,忍看翡翠兰苕。梦回人远,红云一片,天际
笙箫。

二郎神 七夕

坐中客。共千里、潇湘秋色。渐万宝西成农事了,樱稏看、黄云阡
陌。乔□橘洲风浪稳,岳镇耸、倚天青壁。追前事、兴亡相续,空与
山川陈迹。　　南国。都会繁盛,依然似昔。聚翠羽明珠三市满,
楼观涌、参差金碧。乞巧处、家家追乐事,争要做、丰年七夕。愿明
年强健,百姓欢娱,还如今日。

转调二郎神

闷来无那,暗数尽、残更不寐。念楚馆香车,吴溪兰棹,多少愁云恨
水。阵阵回风吹雪霰,更旅雁、一声沙际。想静拥孤衾,频挑寒炧,
数行珠泪。　　凝睇。傍人笑我,终朝如醉。便锦织回鸾,素传双
鲤,难写衷肠密意。绿鬓点霜,玉肌消雪,两处十分憔悴。争忍见,
旧时娟娟素月,照人千里。以上于湖居士文集卷三十一

满 江 红

秋满蘅皋,烟芜外、吴山历历。风乍起、兰舟不住,浪花摇碧。离岸

橹声惊渐远,盈襟泪颗凄犹滴。问此情、能有几人知,新相识。

追往事,欢连夕。经旧馆,人非昔。把轻鞮浅笑,细思重忆。红叶题诗谁与寄,青楼薄幸空遗迹。但长洲、茂苑草萋萋,愁如织。

又　于湖怀古

千古凄凉,兴亡事、但悲陈迹。凝望眼、吴波不动,楚山丛碧。巴滇绿骏追风远,武昌云旆连江赤。笑老奸、遗臭到如今,留空壁。

边书静,烽烟息。通辂传,销锋镝。仰太平天子,坐收长策。蹙踏扬州开帝里,渡江天马龙为匹。看东南、佳气郁葱葱,传千亿。

又　思归寄柳州

秋满漓一本作"湘"源,瘴云净、晓山如簇。动远思、空江小艇,高丘乔木。策策西风双鬓底,晖晖斜日朱栏曲。试侧身、回首望京华,迷南北。　　思归梦,天边鹄。游宦事,蕉中鹿。想一年好处,砌红堆绿。罗帕分柑霜落齿,冰盘剥芡珠盈掬。倩春纤、缕鲙捣香齑,新篘熟。

青玉案　饯别刘恭父

红尘冉冉长安路。看风度、凝然去。唱彻阳关留不住。甘棠庭院,芰荷香渚。尽是相思处。　　龟鱼从此谁为主。好记江湖断肠句。万斛离愁休更诉。洞庭烟棹,楚楼风露。去作为霖雨。

蓦山溪　和清虚先生皇甫坦韵(调名原误作洞仙歌)

清都绛阙,我自经行惯。璧月带珠星,引钧天、笙箫不断。宝簪瑶珮,玉立拱清班。天一笑,物皆春,结得清虚伴。　　还丹九转。凡骨亲曾换。携剑到人间,偶相逢、依然青眼。狂歌醉舞,心事有谁知,明月下,好风前,相对纶巾岸。

蝶恋花　行湘阴

漠漠飞来双属玉。一片秋光,染就潇湘绿。雪转寒芦花薮薮。晚风细起波纹縠。　　落日闲云归意促。小倚蓬窗,写作思家曲。过尽碧湾三十六。扁舟只在滩头宿。

又　怀于湖

恰则杏花红一树。捻指来时,结子青无数。漠漠春阴缠柳絮。一天风雨将春去。　　春到家山须小住。芍药樱桃,更是寻芳处。绕院碧莲三百亩。留春伴我春应许。

又　送刘恭父

画戟旂闲刀入鞘。安石榴花,影落红栏小。似劝先生须饮釂。枕中鸿宝微传妙。　　衮衮锋车还急诏。满眼潇湘,总是恩波渺。归去槐庭思楚峤。觚棱月晓期分照。

又　送姚主管横州

君泛仙槎银海去。后日相思,地角天涯路。草草杯盘深夜语。冥冥四月黄梅雨。　　莫拾明珠并翠羽。但使邦人,爱我如慈母。待得政成民按堵。朝天衣袂翩翩举。

鹧鸪天　上元设醮

咏彻琼章夜向阑。天移星斗下人间。九光倒景腾青简,一气回春绕绛坛。　　瞻北阙,祝南山。遥知仙仗簇清班。何人曾侍传柑宴,翡翠帘开识圣颜。

又

子夜封章扣紫清。五霞光里珮环声。驿传风火龙鸾舞,步入烟霄
孔翠迎。　　瑶简重,羽衣轻。金童双引到通明。三湘五凭同民
乐,万岁千秋与帝龄。

又

忆昔追游翰墨场。武夷仙伯较文章。琅函奏号银台省,毡笔书名
御苑墙。　　经十载,过三湘。横楣丽锦照传觞。醉馀吐出胸中
墨,只欠彭宣到后堂。

又

月地云阶欢意阑。仙姿不合住人间。骖鸾已恨车尘远,泣凤空馀
烛影残。　　情脉脉,泪珊珊。梅花音信隔关山。只应楚雨清留
梦,不那吴霜绿易斑。

又　提刑仲钦行部万里,阅四月而后来归,辄成,为太夫人寿

去日清霜菊满丛。归来高柳絮缠空。长驱万里山收瘴,径度层波
海不风。　　阴德遍,岭西东。天教慈母寿无穷。遥知今夕称觞
处,衣彩还将衣绣同。

又　为老母寿

阿母蟠桃不记春。长沙星里寿星明。金花罗纸新裁诏,贝叶旁行
别授经。　　同犬子,祝龟龄。天教二老鬓长青。明年今日称觞
处,更有孙枝满谢庭。

又　赠钱横州子山

舞凤飞龙五百年。尽将锦绣裹山川。王家券册诸孙嗣，主第笙歌故国传。　　居玉铉，拥金蝉。祗今门户庆蝉联。君侯合侍明光殿，且作横槎海上仙。

又　饯刘恭父

浴殿西头白玉堂。湘江东畔碧油幢。北辰躔次瞻星象，南国山川解印章。　　随步武，谢恩光。送公归趣念人装。它年若肯传衣钵，今日应须醮寿觞。

又　淮西为老人寿

昼得游嬉夜得眠。农桑欲遍楚山川。问看百姓知公否，馀子纷纷定不然。　　思主眷，酌民言。与民称寿拜公前。只将心与天通处，合住人间五百年。

又　饯刘恭父

割镫难留乘马东。花枝争看袅长红。衮衣空使斯民恋，绿竹谁歌入相同。　　回武事，致年丰。几多遗爱在湘中。须知楚水枫林下，不似初闻长乐钟。

又　平国弟生日

楚楚吾家千里驹。老人心事正关渠。风流合是阶除玉，爱惜真成掌上珠。　　纡彩绶，荐芳壶。老人还醉弟兄扶。问将何物为儿寿，付与家传万卷书。

又　荆州别同官

又向荆州住半年。西风催放五湖船。来时露菊团金颗,去日池荷叠绿钱。　　斟别酒,扣离弦。一时宾从最多贤。今宵拚醉花迷坐,后夜相思月满川。

又

忆昔彤庭望日华。匆匆枯笔梦生花。郁轮袍曲惭新奏,风送银湾犯斗槎。　　追往事,甫新瓜。飞蓬何事及兰麻。一江湘水流馀润,十里河堤筑浅沙。

又

瞻跸门前识个人。柳眉桃脸不胜春一本作"香车油壁照雕轮"。短襟衫子新来掉,四直冠儿内样新。　　秋色净,晓妆匀。不知何事在风尘。主翁若也怜幽独,带取妖饶上玉宸。

虞美人　赠卢坚叔

卢敖夫妇骖鸾侣。相敬如宾主。森然兰玉满尊前。举案齐眉乐事、看年年。　　我家白发双垂雪。已是经年别。今宵归梦楚江滨。也学君家儿子、寿吾亲。

又　代季弟寿老人

雪花一尺江南北。薪尽炊无粟。老仙活国试刀圭。十万人家生意、与春回。　　天公一笑酬阴德。赐与长生籍。今朝雪霁寿尊前。看我双亲都是、地行仙。

又 无为作

雪消烟涨清江浦。碧草春无数。江南几树夕阳红。点点归帆吹尽、晚来风。　　楼头自撤昭华管。我已无肠断。断行双雁向人飞。织锦回文空在、寄它谁。

又

溪西竹榭溪东路。溪上山无数。小舟却在晚烟中。更看萧萧微雨、打疏〔篷〕(逢)。　　无聊情绪如中酒。此意君知否。年时曾向此中行。有个人人相对、坐调筝。

又

柳梢梅萼春全未。谁会伤春意。一年好处是新春。柳底梅边只欠、那人人。　　凭春约住梅和柳。略待些时候。锦帆风送彩舟来。却遣香苞娇叶、一齐开。

又

罗衣怯雨轻寒透。陡做伤春瘦。个人无奈语佳期。徙倚黄昏池阁、等多时。　　当初不似休来好。来后空烦恼。倩人传语更商量。只得千金一笑、也甘当。

鹊桥仙 邢少连送末利

北窗凉透,南窗月上,浴罢满怀风露。不知何处有花来,但怪底、清香无数。　　炎州珍产,吴儿未识,天与幽芳独步。冰肌玉骨岁寒时,倩间止,堂中留住。间止,少连堂名。

又　落梅

吹香成阵,飞花如雪,不那朝来风雨。可怜无处避春寒,但玉立、仙
衣数缕。　　清愁万斛,柔肠千结,醉里一时分付。与君不用叹飘
零,待结子、成阴归去。

又

横波滴素,遥山蹙翠,江北江南肠断。不知何处驭风来,云雾里、钗
横鬟乱。　　香罗叠恨,蛮笺写意,付与瑶台女伴。醉时言语醒时
羞,道醒了、休教再看。

又　平国弟生日

湘江东畔,去年今日,堂上簪缨罗绮。弟兄同拜寿尊前,共一笑、欢
欢喜喜。　　渚宫风月,边城鼓角,更好亲庭一醉。醉时重唱去年
词,愿来岁、强如今岁。

又　以酒果为黄子默寿

南州名酒,北园珍果,都与黄香为寿。风流文物是家传,睨血指、旁
观袖手。　　东风消息,西山爽气,总聚君家户牖。旧时曾识玉堂
仙,在帝所、频开荐口。

又　戏赠吴伯承侍儿

明珠盈斗,黄金作屋,占了湘中秋色。金风玉露不胜情,看天上、人
间今夕。　　枝头一点,琴心三叠,算有诗名消得。野堂从此不萧
疏,问何日,尊前唤客。

又 别立之

黄陵庙下，送君归去，上水船儿一只。离歌声断酒杯空，容易里、东西南北。　　重湖风月，九秋天气，冉冉清愁如织。我家住在楚江滨，为频寄、双鱼素尺。

又 为老人寿

东明大士，吾家老子，是一元知非二。共携甘雨趁生朝，做万里、丰年欢喜。　　司空山上，长沙星里，乞与无边祥瑞。仙家日月镇常春，笑人说、长生久视。

南乡子 送朱元晦行，张钦夫、邢少连同集

江上送归船。风雨排空浪拍天。赖有清尊浇别恨，凄然。宝蜡烧花看吸川。　　楚舞对湘弦。暖响围春锦帐毡。坐上定知无俗客，俱贤。便是朱张与少连。

画堂春 上老母寿

蟠桃一熟九千年。仙家春色无边。画堂日暖卷非烟。昼永风妍。　　看取疏封汤沐，何妨频棹舣船。方瞳绿鬓对儒仙。岁岁尊前。

以上于湖居士文集卷三十二

柳梢青 饯别蒋德施、粟子求诸公

重阳时节。满城风雨，更催行色。陇树寒轻，海山秋老，清愁如织。　　一杯莫惜留连，我亦是、天涯倦客。后夜相思，水长山远，东西南北。

又　元宵何高士说京师旧事

今年元夕。探尽江梅,都无消息。草市梢头,柳庄深处,雪花如席。　　一尊邻里相过,也随分、移时换节。玉辇端门,红旗夜市,凭君休说。

又　探梅

溪南溪北。玉香消尽,翠娇无力。月淡黄昏,烟横清晓,都无消息。　　无聊更绕空枝,断魂远、重招怎得。驿使归来,戍楼吹断,空成凄恻。

踏　莎　行

杨柳东风,海棠春雨。清愁冉冉无来处。曲径惊飞蛱蝶丛,回塘冻湿鸳鸯侣。　　舞彻霓裳,歌残金缕。蘼芜白芷愁烟渚。不识阳台梦里云,试听华表归来语。

又　长沙牡丹花极小,戏作此词,并以二枝为伯承、钦夫诸兄一觞之荐

洛下根株,江南栽种。天香国色千金重。花边三阁建康春,风前十里扬州梦。　　油壁轻车,青丝短鞚。看花日日催宾从。而今何许定王城,一枝且为邻翁送。

又　荆南作

旋葺荒园,初开小径。物华还与东风竞。曲槛晖晖落照明,高城冉冉孤烟暝。　　柳色金寒,梅花雪静。道人随处成幽兴。一杯不惜小淹留,归期已理沧浪艇。

又

万里扁舟,五年三至。故人相见尤堪喜。山阴乘兴不须回,毗耶问疾难为对。　　不药身轻,高谈心会。匆匆我又成归计。它时江海肯相寻,绿蓑青蒻看清贵。

又 五月十三日月甚佳

藕叶池塘,榕阴庭院。年时好月今宵见。云鬟玉臂共清寒,冰绡雾縠谁裁剪。　　扑粉□绵,侵尘宝扇。遥知掩抑成凄怨。去程何许是归程,离觞为我深深劝。

又 送别刘子思

古屋丛祠,孤舟野渡。长年与客分携处。漠漠愁阴岭上云,萧萧别意溪边树。　　我已北归,君方南去。天涯客里多岐路。须君早出瘴烟来,江南山色青无数。

又 寿黄坚叟并以送行

时雨初晴,诏书随至。邦人父老为君喜。十年江海始归来,祥曦殿里挽班对。　　日月开明,风云感会。切须稳上平戎计。天教慈母寿无穷,看君黄发腰金贵。

又 为朱漕寿

桂岭南边,湘江东畔。三年两见生申旦。知君心地与天通,天教仙骨年年换。　　趁此秋风,乘槎霄汉。看看黄纸书来唤。但令丹鼎汞频添,莫辞酒盏春无算。

丑奴儿 张仲钦母夫人寿

年年有个人生日，谁似君家。谁似君家。八十慈亲髪未华。
棠阴阁上棠阴满，满劝流霞。满劝流霞。来岁应添宰路沙。

又 张仲钦生日用前韵

伯鸾德耀贤夫妇，见说宜家。见说宜家。庭砌森森长玉华。
天公遣注长生籍，服日餐霞。服日餐霞。寿纪应须海算沙。

又 王公泽为予言查山之胜，戏赠

十年闻说查山好，何日追游。木落霜秋。梦想云溪不那愁。
主人好事长留客，尊酒夷犹。一笑登楼。兴在西峰上上头。

又

十分济楚邦之媛，此日追游。雨霁云收。梦入潇湘不那愁。
主人白玉堂中老，曾侍凝旒。满酌琼舟。即上虚皇香案头。

又

珠灯璧月年时节，纤手同携。今夕谁知。自捻梅花劝一卮。
逢人问道归来也，日日佳期。管有来时。趁得收灯也未迟。

又

无双谁似黄郎子，自郐无讥。月满星稀。想见歌场夜打围。
画眉京兆风流甚、应赋蚍蜉。杨柳依依。何日文箫共驾归。

浣溪沙　刘恭父席上

卷旗直入蔡州城。只倚精忠不要兵。贼营半夜落妖星。　　万旅
云屯看整暇，十眉环坐却娉婷。白麻早晚下天庭。

又

玉节珠幢出翰林。诗书谋帅眷方深。威声虎啸复龙吟。　　我是
先生门下士，相逢有酒且教斟。高山流水遇知音。

又

绝代佳人淑且真。雪为肌骨月为神。烛前花底不胜春。　　倚竹
袖长寒卷翠，凌波袜小暗生尘。十分京洛旧家人。

又

妙手何人为写真。只难传处是精神。一枝占断洛城春。　　暮雨
不堪巫峡梦，西风莫障庾公尘。扁舟湖海要诗人。

又　瑞香

腊后春前别一般。梅花枯淡水仙寒。翠云裘著紫霞冠。　　仙品
只今推第一，清香元不是人间。为君更试小龙团。

又　饯郑宪

宝蜡烧春夜影红。梅花枝傍锦薰笼。曲琼低卷瑞香风。　　万里
江山供燕几，一时宾主看谈锋。问君归计莫匆匆。

又　亲旧蕲口相访

六客西来共一舟。吴儿踏浪剪轻鸥。水光山色翠相浮。　我欲
吹箫明月下,略须停棹晚风头。从前五度到蕲州。

又

已是人间不系舟。此心元自不惊鸥。卧看骇浪与天浮。　对月
只应频举酒,临风何必更搔头。暝烟多处是神州。

又

冉冉幽香解钿囊。兰桡烟雨暗春江。十分清瘦为萧郎。　遥忆
牙樯收楚缆,应将玉箸点吴妆。有人萦断九回肠。

又

楼下西流水拍堤。楼头日日望春归。雪晴风静燕来迟。　留得
梅花供半额,要将杨叶画新眉。莫教辜负早春时。

又　去荆州

方舡载酒下江东。箫鼓喧天浪拍空。万山紫翠映云重。　拟看
岳阳楼上月,不禁石首岸头风。作笺我欲问龙公。

又　次韵戏马梦山与妓作别

罗袜生尘洛浦东。美人春梦琐牕空。眉山蹙恨几千重。　海上
蟠桃留结子,渥洼天马去追风。不须多怨主人公。

又　梦山未释然，再作

一片西飞一片东。高情已逐落花空。旧欢休问几时重。　结习
正如刀舐蜜，扫除须著絮因风。请君持此问庞公。

又

鹎鵊楼高晚雪融。鸳鸯池暖暗潮通。郁金黄染柳丝风。　油壁
不来春草绿，阑干倚遍夕阳红。江南山色有无中。

又

妒妇滩头十八姨。颠狂无赖占佳期。唤它滕六把春欺。　愝愢
莺莺并燕燕，恓惶柳柳与梅梅。东君独自落便宜。

又　洞庭

行尽潇湘到洞庭。楚天阔处数峰青。旗梢不动晚波平。　红蓼
一湾纹缬乱，白鱼双尾玉刀明。夜凉船影浸疏星。

又　坐上十八客

同是瀛洲册府仙。只今聊结社中莲。胡笳按拍酒如川。　唤起
封姨清晚景，更将荔子荐新圆。从今三夜看婵娟。

又　用沈约之韵

细仗春风簇翠筵。烂银袍拂禁炉烟。旃书名字压宫垣。　太学
诸生推独步，玉堂学士合登仙。乃翁种德满心田。

又　赋微之提刑绣扇

只说闽山锦绣帏。忽从团扇得生枝。绛红衫子映丰肌。　　春线
应怜壶漏永,夜针频见烛花摧。尘飞一骑忆来时。

又　烟水亭蔡定夫置酒

滟滟湖光绿一围。修林断处白鸥飞。天机云锦蘸空飞于湖先生长短
句作"霏"。　　乞我百弓真可老,为公一饮醉忘归。扁舟日日弄晴
晖。

又

晚雨潇潇急做秋。西风掠鬓已飕飕。烛花明夜酒花浮。　　醉眼
定知非妙赏,□词端为□□留。想君泾渭不同流。

又　母氏生辰,老者同在舟中

稳泛仙舟上锦帆。桃花春浪舞清湾。寿星相伴到人间。　　黄石
公传三百字,西王母授九霞丹。银潢有路接三山。

又　以贡茶、沈水为扬齐伯寿

北苑春风小凤团。炎州沈水胜龙涎。殷勤送与绣衣仙。　　玉食
乡来思苦口,芳名久合上凌烟。天教富贵出长年。

又

霜日明霄水蘸空。鸣鞘声里绣旗红。澹烟衰草有无中。　　万里
中原烽火北,一尊浊酒戍楼东。酒阑挥泪向悲风。

又　再用韵

宫柳垂垂碧照空。九门深处五云红。朱衣只在殿当中。　　细捻丝梢龙尾北,缓携纶旨凤池东。阿婆三五笑春风。

又

日暖帘帏春昼长。纤纤玉指动抨床。低头佯不顾檀郎。　　豆蔻枝头双蛱蝶,芙蓉花下两鸳鸯。壁间闻得唾茸香。

又　侑刘恭父别酒

射策金门记昔年。又交藩翰入陶甄。不妨衣钵再三传。　　粉泪但能添楚竹,罗巾谁解系吴船。捧杯犹愿小留连。

浪　淘　沙

琪树间瑶林。春意深深。梅花还被晓寒禁。竹里一枝斜向我,欲诉芳心。　　楼外卷重阴。玉界沉沉。何人低唱醉泥金。掠水飞来双翠碧,应寄归音。

又

溪练写寒林。云重烟深。楼高风恶酒难禁。徙倚阑干谁共语,江上愁心。　　清兴满山阴。鸿断鱼沉。一书何啻直千金。独抚瑶徽弦欲断,凭寄知音。

定　风　波

铃索声乾夜未央。曲阑花影步凄凉。莫道岭南冬更暖。君看。梅花如雪月如霜。　　见说墙西歌吹好,玉人扶坐劝飞觞。老子婆

婆成独冷。谁省。自挑寒炧自添香。

望江南 　赠谈献可

谈子醉,独立睨东风。未试玉堂挥翰手,只今楚泽钓鱼翁。万事举杯空。　　谋一笑,一笑与君同。身老南山看射虎,眼高四海送飞鸿。赤岸晚潮通。

又　南岳铨德观作

朝元去,深殿扣瑶钟。天近月明黄道冷,参回斗转碧霄空。身在九光中。　　风露下,环珮响丁东。玉案烧香萦翠凤,松坛移影动苍龙。归路海霞红。

醉落魄

轻黄澹绿。可人风韵闲装束。多情早是眉峰蹙。一点秋波,闲里觑人毒。　　桃花庭院光阴速。铜鞮谁唱大堤曲。归时想是樱桃熟。不道秋千,谁伴那人蹴。

桃源忆故人

朔风弄月吹银霰。帘幕低垂三面。酒入玉肌香软。压得寒威敛。　　檀槽乍捻么丝慢。弹得相思一半。不道有人肠断。犹作声声颤。

临江仙

试问梅花何处好,与君藉草携壶。西园清夜片尘无。一天云破碎,两树玉扶疏。　　谁撅昭华吹古怨,散花便满衣裾。只疑幽梦在清都。星稀河影转,霜重月华孤。

又

试问宜楼楼下竹，年来应长新篁。使君五岭又三湘。旧游知好在，熟处更难忘。　尚念论心舒啸否，只今湖海相望。遥怜阴过酒尊凉。举觞须酹我，门外是清江。

如梦令 木犀

花叶相遮相映。雨过翠明金润。折得一枝归，满路清香成阵。风韵。风韵。寄赠绮窗云鬓。以上于湖居士文集卷三十三

菩萨蛮 立春

丝金缕翠幡儿小。裁罗捻线花枝袅。明日是新春。春风生鬓云。　吴霜看点点。愁里春来浅。只愿此花枝。年年长带伊。

又 诸客往赴东邻之集

庭叶翻翻秋向晚。凉砧敲月催金剪。楼上已清寒。不堪频倚栏。　邻翁开社瓮。唤客情应重。不醉且无归。醉时归路迷。

又

恰则春来春又去。凭谁说与春教住。与问坐中人。几回迎送春。　明年春更好。只怕人先老。春去有来时。愿春长见伊。

又

东风约略吹罗幕。一檐细雨春阴薄。试把杏花看。湿红娇暮寒。　佳人双玉枕。烘醉鸳鸯锦。折得最繁枝。暖香生翠帏。
按此首别误作辛弃疾词，见历代诗馀卷十。

又　赠筝妓

琢成红玉纤纤指。十三弦上调新水。一弄入云声。月明天更青。
匆匆莺语唝。待寓昭君怨。寄语莫重弹。有人愁倚栏。

又

玉龙细点三更月。庭花影下馀残雪。寒色到书帏。有人清梦迷。
墙西歌吹好。烛暖香闺小。多病怯杯觞。不禁冬夜长。

又　登浮玉亭

江山佳处留行客。醉馀老眼迷空碧。独倚最高楼。乾坤日夜浮。
微风吹笑语。白日鱼龙舞。此意忽翩翩。凭虚吾欲仙。

又

雪消墙角收灯后。野梅官柳春全透。池阁又东风。烛花烧夜红。
一尊留好客。歃尽阑干月。已醉不须归。试听乌夜啼。

又

溶溶花月天如水。阑干小倚东风里。夜久寂无人。露浓花气清。
悠然心独喜。此意知何意。不似隐墙东。烛花围坐红。

又　夜坐清心阁

暗潮清涨蒲塘晚。断云不隔东归眼。堂上晚风凉。藕花开处香。
夜航人不渡。白鹭双飞去。待得月华生。携筇独自行。

又

缥缈飞来双彩凤。雨疏云澹撩清梦。兰薄未禁秋。月华如水流。
采香溪上路。愁满参差树。独倚晚楼风。断霞萦素空。

又

蘼芜白芷愁烟渚。曲琼细卷江南雨。心事怯衣单。楼高生晚寒。
云鬟香雾湿。翠袖凄馀泣。春去有来时。春从沙际归。

又　舣舟采石

十年长作江头客。樯竿又挂西风席。白鸟去边明。楚山无数青。
倒冠仍落珮。我醉君须醉。试问识君不。青山与白鸥。

又　和州守胡明秀席上

乳觥属国归来早。知君胆大身犹小。一节不须论。功名看致君。
镇西楼上酒。父老为公寿。更祝太夫人。年年封诏新。

又

胭脂浅染双珠树。东风到处娇无数。不语恨厌厌。何人思故园。
故园花烂熳。笑我归来晚。我老只思归。故园花雨时。

又　与同舍游湖归

吴波细卷东风急。斜阳半落苍烟湿。一棹采菱歌。倚栏人奈何。
天公怜好客。酒面风吹白。更引十玻璃。月明骑鹤归。

又

冥濛秋夕泞清露。玉绳耿耿银潢注。永夜滴铜壶。月华楼影孤。　　佳人纤绝唱。翠幕丛霄上。休劝玉东西。乌鸦枝上啼。

西　江　月

问讯湖边春色，重来又是三年。东风吹我过湖船。杨柳丝丝拂面。　　世路如今已惯，此心到处悠然。寒光亭下水如天。飞起沙鸥一片。

又

风定滩声未已，雨来〔篷〕(逢)底先知。岸边杨柳最怜伊。忆得船儿曾系。　　湖雾平吞白塔，茅檐自有青旗。三杯村酒醉如泥。天色寒呵且睡。

又

冉冉寒生碧树，盈盈露湿黄花。故人玉节有光华。高会仍逢戏马。　　万事只今如梦，此身到处为家。与君相遇更天涯。拚了茱萸醉把。

又　张钦夫寿

诸老何烦荐口，先生自简渊衷。千年圣学有深功。妙处无非日用。　　已授一编圯下，却须三顾隆中。鸿钧早晚转春风。我亦从君贾勇。

又 代五三弟为老母寿

慈母行封大国,老仙早上蓬山。天怜阴德遍人间。赐与还丹七返。

莫问清都紫府,长教绿鬓朱颜。年年今日彩衣斑。兄弟同扶酒盏。

又 蕲倅李君达才,当靖康、建炎之间,以诸生起兵河东,屡摧强敌,盖未知其事,重为感叹,赋此

不识平原太守,向来水北山人。世间功业谩亏成。华髪萧萧满镜。

幸有田园故里,聊分风月江城。西湖西畔晚波平。袖手时来照影。

又

楼外疏星印水,楼头画烛烘帘。凭高举酒恨厌厌。征路虚无指点。

酒兴因君开阔,山容向我增添。一钩新月弄纤纤。浓雾花房半敛。

又 阻风三峰下

满载一船秋色,平铺十里湖光。波神留我看斜阳。放起鳞鳞细浪。

明日风回更好,今宵露宿何妨。水晶宫里奏霓裳。准拟岳阳楼上。

又 桂州同僚饯别

窗户青红尚湿,主人已作归期。坐中宾客尽邹枚。盛事它年应记。

别酒深深但劝,离歌缓缓休催。扁舟明日转清溪。好月相望千里。

又　以隋索靖小字法华经及古器为老人寿

汉铸九金神鼎,隋书小字莲经。刚风劫火转青冥。护守应烦仙圣。

分　昨梦归来帝所,今朝寿我亲庭。只将此宝伴长生。谈笑中原
底定。

又　饮百花亭,为武夷枢密先生作。亭望庐山双剑峰, 为恶竹所蔽,是夕尽伐去

落日镕金万顷,晴岚洗剑双锋。紫枢元是黑头公。佳处因君愈重。

分得湖光一曲,唤回庐岳千峰。清尊今夜偶然同。早晚商岩
有梦。

又　为枢密太夫人寿

畴昔通家事契,只今两镇交承。起居枢密太夫人。绿鬓斑衣相映。

乞得神仙九酝,祝教福禄千春。台星直上寿星明。长见门阑
鼎盛。

减字木兰花　江阴州治漾花池

佳人绝妙。不惜千金频买笑。燕姹莺娇。始遣清歌透碧霄。
主人好事。更倒一尊留客醉。我醉思家。月满南池欲漾花。

又

一尊留夜。宝蜡烘帘光激射。冻合铜壶。细听冰檐夜剪酥。
清愁冉冉。酒唤红潮登玉脸。明日重看。玉界琼楼特地寒。

又

爱而不见。立马章台空便面。想像娉婷。只恐丹青画不成。

诗人老去。恰要莺莺相伴住。试与平章。岁晚教人枉断肠。

又

阿谁曾见。马上墙阴通半面。玉立娉婷。一点灵犀寄目成。
明朝重去。人在横溪溪畔住。乔木千章。摇落霜风只断肠。

又 　琵琶亭林守、王倅送别

江头送客。枫叶荻花秋索索。弦索休弹。清泪无多怕湿衫。
故人相遇。不醉如何归得去。我醉忘归。烟满空江月满堤。

又 　二十六日立春

春如有意。未接年华春已至。春事还新。多得年时五日春。
春郊便绿。只向腊前春已足。屈指元宵。正是新春二十朝。

又 　黄坚叟母夫人

慈闱生日。见说今年年九十。戏彩盈门。大底孩儿七个孙。
人间喜事。只这一般难得似。愿我双亲。都似君家太淑人。

又 　赠尼师,旧角奴也

吹箫泛月。往事悠悠休更说。拍碎琉璃。始觉从前万事非。
清斋净戒。休作断肠垂泪债。识破嚣尘。作个逍遥物外人。

又

人间奇绝。只有梅花枝上雪。有个人人。梅样风标雪样新。
芳心不展。嫩绿阴阴愁冉冉。一笑相看。试荐冰盘一点酸。

又

柳花搦柳。知道东君留意久。惨绿愁红。憔悴都因一夜风。
轻狂蝴蝶。拟欲扶持心又怯。要免离披。不告东君更告谁。

清平乐 殿庐有作

光尘扑扑。宫柳低迷绿。斗鸭阑干春诘曲。帘额微风绣蹙。
碧云青翼无凭。困来小倚银屏。楚梦未禁春晚,黄鹂犹自声声。

又 杨侯书院闻酒所奏乐

油幢画戟。玉铉调春色。勋阀诸郎俱第一。风流前辈敌。　　玉
人双鞚华骝。翠云深处消摇。有客留君东阁,时闻风下笙箫。

又 梅

吹香嚼蕊。独立东风里。玉冻云娇天似水。羞杀夭桃〔秾〕(浓)李。
　　如今见说阑干。不禁月冷霜寒。垅上驿程人远,楼头戍角声
乾。

又 寿叔父

英姿慷慨。独立风尘外。湖海平生豪气在。行矣云龙际会。
充庭兰玉森森。一觞共祝修龄。此地去天尺五,明年持橐西清。

又

向来省户。谋国参伊吕。暂借良筹非再举。谈笑肃清三楚。
良辰上客徜徉。奏篇犹记传香。此日一尊相属,它时同在岩廊。

点绛唇　赠袁立道

四到蕲州,今年更是逢重九。应时纳祐。随分开尊酒。　　屡舞婆娑,醉我平生友。休回首。世间何有。明月疏疏柳。

又　饯刘恭父

绮燕高张,玉潭月丽玻璃满。旆霞行卷。无复长安远。　　夏木阴阴,路袅薰风转。空留恋。细吹银管。别意随声缓。

又

萱草榴花,画堂永昼风清暑。麝团菰黍。助泛菖蒲醑。　　兵辟神符,命续同心缕。宜欢聚。绮筵歌舞。岁岁酬端午。

卜　算　子

雪月最相宜,梅雪都清绝。去岁江南见雪时,月底梅花发。　　今岁早梅开,依旧年时月。冷艳孤光照眼明,只欠些儿雪。

诉衷情　中秋不见月

晚烟斜日思悠悠。西北有高楼。十分准拟明月,还似去年游。　　飞玉斝,卷琼钩。唤新愁。姮娥贪共,暮雨朝云,忘了中秋。

又　牡丹

乱红深紫过群芳。初欲减春光。花王自有标格,尘外锁韶阳。　　留国艳,问仙乡。自天香。翠帷遮日,红烛通宵,与醉千场。

好事近 木犀

一朵木犀花,珍重玉纤新摘。插向远山深处,占十分秋色。　　满
园桃李闹春风,漫红红白白。争似淡妆娇面,伴蓬莱仙客。

又 冰花

万瓦雪花浮,应是化工融结。仍看牡丹初绽,有层层千叶。　　镂
冰剪水更鲜明,说道真奇绝。来报主人佳兆,庆我公还阙。

南歌子 仲弥性席上

曾到蕲州不,人人说使君。使君才具合经纶。小试边城、早晚上星
辰。　　佳节重阳近,清歌午夜新。举杯相属莫辞频。后日相思、
我已是行人。

又 赠吴伯承

人物羲皇上,诗名沈谢间。漫郎元自谩为官。醉眼瞢腾、只拟看湘
山。　　小隐今成趣,邻翁独往还。野堂梅柳尚春寒。且趁华灯、
频泛酒船宽。

霜 天 晓 角

柳丝无力。冉冉萦愁碧。系我船儿不住,楚江上、晚风急。　　棹
歌休怨抑。有人离恨极。说与归期不远,刚不信、泪偷滴。

生 查 子

远山眉黛横,媚柳开青眼。楼阁断霞明,帘幕春寒浅。　　杯延玉
漏迟,烛怕金刀剪。明月忽飞来,花影和帘卷。

按此首别又误作秦观词,见续选草堂诗馀卷上。

长　相　思

小楼重。下帘栊。万点芳心绿间红。秋千图画中。　　　草茸茸。
柳松松。细卷玻璃水面风。春寒依旧浓。

忆秦娥　元夕

元宵节。凤楼相对鳌山结。鳌山结。香尘随步,柳梢微月。
多情又把珠帘揭。游人不放笙歌歇。笙歌歇。晓烟轻散,帝城宫
阙。

苍梧谣　饯刘恭父

归。十万人家儿样啼。公归去。何日是来时。

又

归。猎猎薰风飐绣旗。拦教住,重举送行杯。

又

归。数得宣麻拜相时。秋前后,公衮更莱衣。以上于湖居士文集卷三十
四

水　调　歌　头

天上掌纶手,阃外折冲才。发踪指示,平荡全楚息氛埃。缓带轻裘
多暇,燕寝森严兵卫,香篆几徘徊。襦袴见歌咏,桃李藉栽培。
　紫泥封,天笔润,日边来。趣装入觐,行矣归去作盐梅。祖帐不
须遮道,看取眉间一点,喜气入尊罍。此去沙堤路,平步上三台。

又　送谢倅之临安

客里送行客,常苦不胜情。见公秣马东去,底事却欣欣。不为青毡俯拾,自是公家旧物,何必更关心。且喜谢安石,重起为苍生。

圣天子,方侧席,选豪英。日边仍有知己,应刻荐章间。好把文经武略,换取碧幢红旆,谈笑扫胡尘。勋业在此举,莫厌短长亭。

木　兰　花

拥貔貅万骑,聚千里、铁衣寒。正玉帐连云,油幢映日,飞箭天山。锦城起方面重,对筹壶、尽日雅歌闲。休遣沙场虏骑,尚馀匹马空还。　那看。更值春残。斟绿醑、对朱颜。正宿雨催红,和风换翠,梅小香悭。牙旗渐西去也,望梁州、故垒暮云间。休使佳人敛黛,断肠低唱阳关。以上于湖先生长短句卷一

雨　中　花

一舸凌风,斗酒酹江,翩然乘兴东游。欲吐平生孤愤,壮气横秋。浩荡锦囊诗卷,从容玉帐兵筹。有当时桥下,取履仙翁,谈笑同舟。　先贤济世,偶耳功名,事成岂为封留。何况我、君恩深重,欲报无由。长望东南气王,从教西北云浮。断鸿万里,不堪回首,赤县神州。

鹧　鸪　天

可意黄花人不知。黄花标格世间稀。园葵裛露迎朝日,槛菊迎霜媚夕霏。　芍药好,是金丝。绿藤红刺引蔷薇。姚家别有神仙品,似着天香染御衣。

眼　儿　媚

晓来江上荻花秋。做弄个离愁。半竿残日，两行珠泪，一叶扁舟。　　须知此去应难遇，直待醉方休。如今眼底，明朝心上，后日眉头。以上于湖先生长短句卷二

　　按此首别误作贺铸词，见阳春白雪卷三。别又误作明人钟惺词，见古今别肠词选卷二。

虞　美　人

清宫初入韶华管。宫叶秋声满。满庭芳草月婵娟。想见明朝喜色、动天颜。　　持杯满劝龙头客。荣遇时难得。词源三峡泻瞿塘。便是醉中空去、也无妨。

菩萨蛮　林柳州生朝

史君家枕吴波碧。朱门铺手摇双戟。也到岭边州。真成汗漫游。　　归期应不远。趁得东江暖。翁媪雪垂肩。双双平地仙。

临　江　仙

罨画楼前初立马，隔帘笑语相亲。铅华洗尽见天真。衫儿轻罩雾，髻子直梳云。　　翠叶银丝簪末利，樱桃澹注香唇。见人不语解留人。数杯愁里酒，两眼醉时春。以上于湖先生长短句卷三

浣溪沙　过临川席上赋此词

我是临川旧史君。而今欲作岭南人。重来辽鹤事犹新。　　去路政长仍酷暑，主公交契更情亲。横秋阁上晚风匀。

又 同前

康乐亭前种此君。重来风月苦留人。儿童竹马笑谈新。 今代孟士仍好客,政成归去眷方新。十眉环坐晚妆匀。

西 江 月

十里轻红自笑,两山浓翠相呼。意行着脚到精庐。借我绳床小住。 解饮不妨文字,无心更狎鸥鱼。一声长啸暮烟孤。袖手西湖归去。

忆 秦 娥

天一角。南枝向我情如昨。情如昨。水寒烟淡,雾轻云薄。 吹花嚼蕊愁无托。年华冉冉惊离索。惊离索。倩春留住,莫教摇落。

浣 溪 沙

溢浦从君已十年。京江仍许借归船。相逢此地有因缘。 十万貔貅环武帐,三千珠翠入歌筵。功成去作地行仙。

柳 梢 青

碧云风月无多。莫被名缰利锁。白玉为车,黄金作印,不恋休呵。 争如对酒当歌。人是人非怎么。年少甘罗,老成吕望,必竟如何。以上于湖先生长短句卷四

卜 算 子

万里去担簦,谁识新丰旅。好事些儿说与郎,奴是姮娥侣。 若到广寒宫,但道奴传语。待我仙郎折桂枝,拣个高枝与。

柳 梢 青

草底蛩吟。烟横水际,月澹松阴。荷动香浓,竹深凉早,销尽烦襟。

髪稀浑不胜簪。更客里、吴霜暗侵。富贵功名,本来无意,何况如今。

按此首又见袁去华宣卿词。

瑞 鹧 鸪

香佩潜分紫绣囊。野塘波急折鸳鸯。春风灞岸空回首,落日西陵更断肠。　　雪下哦诗怜谢女,花间为令胜潘郎。从今千里同明月,再约闉时拜夜香。

青玉案　送频统辖行

相春堂上闻莺语。正花柳、芳菲处。有底尊前欢且舞。满堂宾客,紫泥丹诏,衮衮烟霄路。　　君王天纵资仁武。要尺箠、平骄虏。思得英雄亲驾驭。将军行矣,九重虚宁,谈笑清寰宇。以上于湖先生长短句卷五

念 奴 娇

海云四敛,太清楼、极目一天秋色。明月飞来云雾尽,城郭山川历历。良夜悠悠,西风袅袅,银汉冰轮侧。云霓三弄,广寒宫殿长笛。　　偏照紫府瑶台,香笼玉座,翠霭迷南北。天上人间凝望处,应有乘风归客。露滴金盘,凉生玉宇,满地新霜白。壶中清赏,画檐高挂虚碧。

又

风帆更起,望一天秋色,离愁无数。明日重阳尊酒里,谁与黄花为

主。别岸风烟,孤舟灯火,今夕知何处。不如江月,照伊清夜同去。

　　船过采石江边,望夫山下,酹水应怀古。德耀归来虽富贵,忍弃平生荆布。默想音容,遥怜儿女,独立衡皋暮。桐乡君子,念予憔悴如许。

蓦　山　溪

雄风豪雨,时节清明近。帘幕起轻寒,暖红炉、笑翻灰烬。阴藏迟日,欲验几多长,绣工慵,围棋倦,香篆频销印。　　茂林芳径,绿变红添润。桃杏意酣酣,占前头、一番花信。华堂尊酒,但作艳阳歌,禽声喜,流云尽,明日春游俊。

拾　翠　羽

春入园林,花信总诸迟速。听鸣禽、稍迁乔木。夭桃弄色,海棠芬馥。风雨霁,芳径草心频绿。　　禊事才过,相次禁烟追逐。想千岁、楚人遗俗。青旗沽酒,各家炊熟。良夜游,明月胜烧花烛。

蝶恋花　秦乐家赏花

烂烂明霞红日暮。艳艳轻云,皓月光初吐。倾国倾城恨无语。彩鸾祥凤来还去。　　爱花常为花留住。今岁风光,又是前春处。醉倒扶归也休诉。习池人笑山翁语。

渔家傲　红白莲不可并栽,用酒盆种之,遂皆有花,呈　周倅

红白莲房生一处。雪肌霞艳难为喻。当是神仙来紫府。双禀赋。人间相见犹相妒。　　清雨轻烟凝态度。风标公子来幽鹭。欲遣微波传尺素。歌曲误。醉中自有周郎顾。

夜游 原作"莲"，据目录改宫 句景亭

听话危亭句景。芳郊迥、草长川永。不待崇冈与峻岭。倚栏杆，望无穷，心已领。　万事浮云影。最旷阔、鹭闲鸥静。好是炎天烟雨醒。柳阴浓，芰荷香，风日冷。

鹧鸪天 咏桃菊花

桃换肌肤菊换妆。只疑春色到重阳。偷将天上千年艳，染却人间九日黄。　新艳冶，旧风光。东篱分付武陵香。尊前醉眼空相顾，错认陶潜是阮郎。

按百菊集谱拾遗引"偷将天上"二句，作康与之词。

又 送陈倅正字摄峡州

人物风流册府仙。谁教落魄到穷边。独班未引甘泉伏，三峡先寻上水船。　斟楚酒，扣湘弦。竹枝歌里意凄然。明时合下清猿泪，闲日须题采凤笺。

菩萨蛮 回文

落霞残照横西阁。阁西横照残霞落。波浅戏鱼多。多鱼戏浅波。　手携行客酒。酒客行携手。肠断九歌长。长歌九断肠。

又 回文

渚莲红乱风翻雨。雨翻风乱红莲渚。深处宿幽禽。禽幽宿处深。　澹妆秋水鉴。鉴水秋妆澹。明月思人情。情人思月明。

又 回文

晚花残雨风帘卷。卷帘风雨残花晚。双燕语虚窗。窗虚语燕双。
睡醒风惬意。意惬风醒睡。谁与话情诗。诗情话与谁。

又 回文

白头人笑花间客。客间花笑人头白。年去似流川。川流似去年。
老羞何事好。好事何羞老。红袖舞香风。风香舞袖红。

南歌子 过严关

路尽湘江水,人行瘴雾间。昏昏西北度严关。天外一簪初见、岭南
山。　　　北雁连书断,秋霜点鬓斑。此行休问几时还。唯拟桂林
佳处、过春残。

　　按此首别又见向滈乐斋词。

燕 归 梁

风柳摇丝花缠枝。满目韶辉。离鸿过尽百劳飞。都不似、燕来归。
　　旧来王谢堂前地,情分独依依。画梁雕拱启朱扉。看双舞、羽
人衣。

卜 算 子

风生杜若洲,日暮垂杨浦。行到田田乱叶边,不见凌波女。　　独
自倚危栏,欲向荷花语。无奈荷花不应人,背立啼红雨。

点 绛 唇

秩秩宾筵,玉潭春涨玻璃满。旆霞风卷。可但长安远。　　夏木

成阴,路袅薰风转。空留恋。细吹银管。别意随声缓。

水调歌头　过岳阳楼作

湖海倦游客,江汉有归舟。西风千里,送我今夜岳阳楼。日落君山
云气,春到沅湘草木,远思渺难收。徙倚栏杆久,缺月挂帘钩。

　雄三楚,吞七泽,隘九州。人间好处,何处更似此楼头。欲吊沉
累无所,但有渔儿樵子,哀此写离忧。回首叫虞舜,杜若满芳洲。
以上于湖先生长短句拾遗

锦　园　春

醉痕潮玉。爱柔英未吐,露花如簇。绝艳矜春,分流芳金谷。
风梳雨沐。偏只欠、夜阑清淑。杜老情疏,黄州恨冷,谁怜幽独。
全芳备祖前集卷七海棠门

天　仙　子

三月灞桥烟共雨。拂拂依依飞到处。雪球轻飏弄精神,扑不住。
留不住。常系柔肠千万缕。　　只恐舞风无定据。容易著人容易
去。肯将心绪向才郎,待拟处。终须与。作个罗帏收拾取。全芳备
祖前集卷十八杨花门

鹧鸪天　春情

日日青楼醉梦中。不知楼外已春浓。杏花未遇疏疏雨,杨柳初摇
短短风。　　扶画鹢,跃花骢。涌金门外小桥东。行行又入笙歌
里,人在珠帘第几重。中兴以来绝妙词选卷二

风入松　蜡梅

玉妃孤艳照冰霜。初试道家妆。素衣嫌怕姮娥妒,染成宫样鹅黄。

宫额娇涂飞燕,缕金愁立秋娘。　　　湘罗百濯爇香囊。蜜露缀琼
芳。蔷薇水蘸檀心紫,郁金薰染浓香。蕚绿轻移云袜,华清低舞霓
裳。永乐大典卷二千八百十一梅字韵

存　目　词

调　名	首　句	出　　处	附　　　　注
生　查　子	宫纱蜂赶梅	于湖先生长短句卷三	朱翌词,见容斋四笔卷十三
忆　秦　娥	云垂幕	中兴以来绝妙词选卷二	朱熹作,见晦庵词
又	梅花发	又	又
柳　梢　青	湖岸千峰	永乐大典卷二千二百六十五湖字韵	曹冠作,见燕喜词
满　江　红	斗帐高眠	类编草堂诗馀卷三	无名氏作,见草堂诗馀后集卷上
感　皇　恩	常岁海棠时	广群芳谱卷三十六	晁补之词,见晁氏琴趣外篇卷二
浣　溪　沙	脚上鞋儿四寸罗	古今词选卷二	秦观词,见淮海居士长短句卷中
多　丽	小庭阶	古今词选卷十二	张翥作,见蜕岩词卷上。词附录于后
临　江　仙	误入蓬莱仙境	张于湖误宿女贞观杂剧	依托之词。词附录于后
杨　柳　枝	碧玉冠簪金缕衣	又	又
鹧　鸪　天	脱却麻衣换绣裙	又	又
西　江　月	半旧鞋儿着稳	张于湖宿女贞观平话	又

多　丽

小庭阶。帘栊婀娜蓬莱。恨匆匆、归鸿度影,东风摇荡情怀。不多时、见他行过,霎儿后、依旧迴来。银铤双鬟,玉丝头道,一尖生色合欢鞋。麝香粉、绣茸衫子,窄窄可身裁。偶回头,笑涡透脸,蝉影笼钗。　　忆疏狂、随车信马,那知沦落天涯。豆蔻初、可怜春早,菖蒲晚、难见花开。红叶波深,彩楼天远,浪凭青鸟信音乖。等闲是、这番迷眼,无处可安排。行云断、梦魂不到,空赋阳台。

临　江　仙

误入蓬莱仙境,松风十里凄凉。众中仙子淡梳妆。瑶琴横膝上,一曲泛宫商。　　独步寂寥归去睡,月华冷淡高堂。觉来犹惜有馀香。有心归洛浦,无计梦襄王。

杨　柳　枝

碧玉簪冠金缕衣。雪如肌。从今休去说西施。怎如伊。　　杏脸桃腮不傅粉,貌相宜。好对眉儿共眼儿。觑人迟。

鹧　鸪　天

脱却麻衣换绣裙。仙凡从此两俱分。蛾眉再画当时柳,蝉鬓仍梳旧日云。　　施玉粉,点朱唇。星冠不戴貌超群。枕边一任潘郎爱,再也无心恋老君。

西　江　月

半旧鞋儿着稳,重糊纸扇多风。隔年煮酒味偏浓。雨过樱桃色重。　　有距公鸡快鬭,尾长山雉枭雄。烧残银烛焰头红。半老佳人可共。

郭世模

世模字从范。与张孝祥交游。绍兴三十年(1160)卒。

瑞鹧鸪 席上

倾城一笑得人留。舞罢娇娥敛黛愁。明月宝鞲金络臂,翠琼花珥碧搔头。　　晴云片雪腰支袅,晚吹微波眼色秋。清露亭皋芳草绿,轻绡软挂玉帘钩。回文类聚卷四

瑞　鹤　仙

云阶连月地。记旧游、身在温柔乡里。花阴透窗绮。罗衾拥残梦,流莺惊起。银瓶水沸。待梳妆、屏风共倚。看情眉恨眼,宿粉剩香,乱愁无际。　　长记。多情消减,宋玉连墙,茂陵同里。离怀似水。天涯路,叹愁悴。想鸳机织锦,鸾台窥镜,秦丝幽怨未已。好归去、共把琴书,倚娇扶醉。

朝　中　措

青灯听雨夜荒凉。归梦苦难长。坐想玉奁鸳锦,空馀臂粉衣香。　　枕边共语,窗前执手,帘外啼妆。也是平生薄幸,须还几度思量。

南　歌　子

玉醆浮琼蚁,金奁吐翠虬。醉乡归路接温柔。暗卜幽期低约、笑藏阄。　　索去眉先锁,将言泪已流。小窗移火更迟留。自剔灯花

油浣、玉搔头。以上三首见阳春白雪卷三

念　奴　娇

光风转蕙,泛崇兰、漠漠满城飞絮。金谷楼危山共远,几点亭亭烟树。枝上残花,胭脂满地,乱落如红雨。青春将暮,玉箫声在何处。

无端天与娉婷,帘钩鹦鹉,梦断闻残语。玉骨瘦来无一把,手挹罗衣看取。江北江南,灵均去后,谁采蘋花与。香销云散,断魂分付潮去。

浣　溪　沙

几点胭脂印指红。一双蛾绿敛眉浓。夜寒绡帐烛花融。　　剩炷龙涎熏骨冷,旋调银液镇心忪。整鬟羞顾半娇慵。以上二首见阳春白雪卷四

黄仁荣

仁荣号坚叟,邵武人。曾守永嘉。绍兴、隆兴间,两为两浙路转运副使,两守临安。

木　兰　花

监郡风流欢洽。清波杂志卷九

清波杂志原云黄坚叟作。

许左之

左之,绍兴间天台人。

失　调　名

谁知花有主。误入花深处。放直下、酒杯干、便归去。

又

忆你当初,惜我不去。伤我如今,留你不住。以上见深雪偶谈

黄　谈

　　谈字子默,分宁人。黄庭坚侄孙。自号涧壑居士。受知于胡寅。刘珙、张孝祥帅湖南,辟为属。官止榷务,年未满五十卒。有涧壑诗馀,不传。

念奴娇　过西湖

午风清暑,过西湖隐约,曾游堤路。云径烟扉人境绝,真是珠宫玄圃。倦倚阑干,笑呼艇子,同入荷花去。一杯相属,恍然身在何许。

　　休怪梦入巫云,凌波罗袜,我在迷湘浦。缥缈惊鸿飞燕举,却怨严城钟鼓。百斛明珠,千金骏马,豪气今犹故。归来清晓,幅巾犹带香露。永乐大典卷二千二百六十五湖字韵

张　栻

　　栻字敬夫,广汉人,浚之子,绍兴三年(1133)生,以荫补官。孝宗朝,历左司员外郎,除秘阁修撰,历知江陵府、荆湖北路安抚使,淳熙七年(1180)卒,年四十八。学者称南轩先生。

水调歌头　联句问讯罗汉同朱熹

雪月两相映,水石互悲鸣。不知岩上枯木,今夜若为情。应见尘中
胶扰,便道山间空旷,与么了平生。与么平生了,□水不流行。熹

　　起披衣,瞻碧汉,露华清。寥寥千载,此事本分明。若向乾坤
识易,便信行藏无间,处处总圆成。记取渊冰语,莫错定盘星。栻
朱熹晦庵词

存　目　词

本书初版卷一百五十五据花草粹编卷十一收张栻向湖边"万里烟
堤"一首,据花草粹编原书,乃张拭作。

阎苍舒

苍舒字才元,蜀人。乾道八年(1172)入琰幕,淳熙四年(1177)使
金。迁吏部侍郎、荆州安抚使。嘉泰初,焕章阁学士卒,谥恭惠。

水　龙　吟

少年闻说京华,上元景色烘晴昼。朱轮画毂,雕鞍玉勒,九衢争骤。
春满鳌山,夜沉陆海,一天星斗。正红球过了,鸣鞘声断,回鸾驭、
钧天奏。　　谁料此生亲到,十五年、都城如旧。而今但有,伤心
烟雾,萦愁杨柳。宝篆宫前,绛霄楼下,不堪回首。愿皇图早复,端
门灯火,照人还又。芦浦笔记卷十

存　目　词

烬馀录甲编有阎苍舒念奴娇"疏眉秀目"一首,据归潜志卷八,乃
宇文虚中作,据朝野遗记,乃张孝纯作。烬馀录不甚可信,必非阎

作,附录于后。

念　奴　娇

疏眉秀目,向尊前、依旧宣和妆束。贵气盈盈风韵爽,举止知非凡俗。宋室宗姬,陈王爱女,曾嫁貂蝉族。干戈浩荡,事随天地翻覆。

珠泪揾了偷弹,劝人饮尽,愁怕吹笙竹。流落天涯俱是客,何必平生相熟。旧日繁华,如今憔悴,付与杯中醁。兴亡休问,为予且嚼船玉。

崔敦礼

敦礼,河北人。字仲由,本通州静海人,居溧阳。与弟敦诗同登绍兴三十年(1160)进士。历江宁尉、平江府教授、江东安抚司干官、诸王官大小学教授。淳熙八年(1181)卒,官至宣教郎。有宫教集。

柳梢青　寿词

惊世文章,门户照人,外家衣钵。多谢温存,相期宅相,此恩难说。

今朝祝寿樽前,共拜舞、诸孙下列。但愿从今,一年强似,一年时节。

西江月　寿词

暖日江南梅柳,春风堂上笙歌。满斟醽醁笑声〔哗〕(譁)。再拜千年寿嘏。　　清健非缘服玉,红颜不是苍霞。仙姿福禄自无涯。要看沧溟绿野。

鹧鸪天　时夫人寿

本是瑶台月里仙。笑麾鸾鹤住人间。蟠桃一熟三千岁,剩对春风日月闲。　　　绵缓结,彩衣斑。孙枝相应傍门阑。年年同上长生酒,得见沧溟几度干。

又

王母瑶池景物鲜。蟠桃华实不知年。天教把定春风笑,来作人间长寿仙。　　　披蕊笈,诵云篇。朝朝香火篆炉烟。只将清静为真乐,合住春秋岁八千。

念奴娇 和徐尉

吴松江畔,对烟波浩渺,相忘鸥鸟。日日篮舆湖上路,十里珠帘惊笑。高下楼台,浅深溪坞,著此香山老。辋川图上,好风吹梦曾到。

不用金谷繁华,碧城修竹,自比封君号。万壑千岩天付与,一洗寒酸郊岛。霖雨方思,烟尘未扫,合挽三江倒。功成名遂,却来依旧华表。

水调歌头 垂虹桥亭词

倚棹太湖畔,踏月上垂虹。银涛万顷无际,渺渺欲浮空。为问瀛洲何在,我欲骑鲸归去,挥手谢尘笼。未得世缘了,佳处且从容。

饮湖光,披晓月,抹春风。平生豪气安用,江〔海〕(梅)兴无穷。身在冰壶千里,独倚朱栏一啸,惊起睡中龙。此乐岂多得,归去莫匆匆。

江城子 送凌静之

吴王台上雨初晴。远烟横。柳如云。门外西风,催踏马蹄尘。声断阳关人去□,遮落日,向西秦。　　　不教容易纵归程。语酸辛。黯消魂。且共一尊,相属莫辞频。后夜月明千里隔,君忆我,我思

君。以上见宫教集卷三

陈　造

造字唐卿,高邮人。生于绍兴三年(1133)。淳熙二年(1175)进士,
调繁昌尉,寻宰定海、倅房陵,至淮浙安抚使参议。晚号江湖长翁。嘉
泰三年(1203)卒,年七十一。有江湖长翁集。

诉衷情　西湖

今朝人自藕州来。花意尚迟回。几时画船同载,云锦照樽罍。

铃斋外,已全开。是谁催。诗仙住处,和气回春,羯鼓如雷。永乐
大典卷二千二百六十五湖字韵引江湖长翁集

蝶恋花　范参政游石湖作命次韵

山立翠屏开几面。画舸经行,蒲茸□□按此处原无空格,据律补岸。想
过溪门帆影转。湖光忽作浮天远。　　诗卷来时春晼晚。愁把钓
游,佳处寻思遍。不许冷官人所贱。拘缠自叹冰蚕茧。永乐大典卷二
千二百六十六湖字韵引江湖长翁集

洞仙歌　赵史君送红梅

蝶狂风闹,不到凝香地。谁见飞琼巧梳洗。厌孤标冷艳,不入时
宜,银烛底,酒沁冰肌未睡。　　东君怜索寞,分寄寒斋,闹耐残醒
嗅芳蕊。费西湖东阁,多少诗愁,援彩笔、重与江梅品第。算肯容、
丹杏接仙游,又却要蕊宫,侍香扶醉。

水调歌头　千叶红梅送史君

胜日探梅去,邂逅得奇观。南枝的皪,〔陡〕(陕)觉品俗又香悭。曾

是瑶妃清瘦,帝与金丹换骨,酒韵上韶颜。百叠侈罗袂,小立耐春寒。　　凝香地,古仙伯,玉尘闲。烦公持并三友,秀色更堪餐。定笑芙蓉骚客,认作东风桃杏,醉眼自相谩。想见落诗笔,字字漱龙兰。以上二首见永乐大典卷二千八百零九梅字韵引江湖长翁集

菩萨蛮 十月十三日,宝应宰招饮,弟子常盼酒所指屏间画梅乞词

冰花的皪冰蟾下。松烟竹雾谿桥夜。斜倚小峰峦。依依同岁寒。　　生绡明粉墨。浅笑犹倾国。恰似野桥看。飘零只等闲。永乐大典卷二千八百十三梅字韵引江湖长翁集

虞美人 呈赵帅

凝香仙伯莺花主。雅意怜羁旅。略分春色便浓欢。街吏何妨日日、报平安。　　诗人一醉龙公妒。恰限今朝雨。关门独酌强伸眉。也胜栖栖腰铺、守风时。

鹧鸪天

闲去街头赏大花。翠帷珠幰护豪华。西真宴罢群仙醉,千尺黄云错紫霞。　　团粉黛,闹箫笳。使星踯处驻灵槎。定知今夜游仙梦,不落西京姚魏家。

又

遍赏扬州百种花。因循忘却鬓苍华。客闲惯刻分题烛,坐久还生醉眼霞。　　催掺鼓,趁鸣笳。未应回首问归槎。清明寒食风烟地,判到今春不著家。

又

醉阅东风百种花。醒来长悔误随车。须知绿幕黄帘底,别有春藏姚魏家。　　空想像,剩惊嗟。梦云从此漫天涯。二年得趁花前约,潘鬓缘愁恐更华。以上四首见永乐大典卷一万五千一百三十八帅字韵

江神子　席上史君令谢芷索词作

歌筵当日小蓬瀛。晚妆明。识芳卿。挽袖新词,曾博遏云声。又侍仙翁灯夕饮,红雾底,沸箫笙。　　催人刻烛待诗成。捧雕觥。媚盈盈。不道醉魂,入夜已誊腾。墨浣香罗回盼处,和笑道,太狂生。永乐大典卷二万零三百五十三席字韵引江湖集陈唐卿词

以上陈造词十首,用赵万里辑江湖长翁词增补。

黄　定

定字泰之,永福(今福建永泰)人。绍兴三年(1133)生。乾道八年(1172)进士第一。淳熙三年(1176),秘书省校书郎。四年(1177),秘书郎。八年(1181),工部员外郎。九年(1182),军器监,国子司业。十年(1183),直显谟阁、知温州。

鹧鸪天　寿熊左史

间世文章万选钱。清时平步八花砖。大开紫府瑶池宴,正是橙黄橘绿天。　　金烛里,玉堂前。翰林元是武夷仙。雍容草罢明堂诏,留取天香馥寿筵。翰墨大全丙集卷十三

王自中

自中字道甫,平阳人。绍兴四年(1134)生。淳熙中登进士乙科。官怀宁主簿、分水令。王蔺荐其才,召对称旨,改籍田令,迁通判邓州、知光化军。光宗朝,召为郎,固辞。命知信州,再知邵州。庆元五年(1199),终知兴化军。

念奴娇　题钓台

扁舟夜泛,向子陵台下,偃帆收橹。水阔风摇舟不定,依约月华新吐。细酌清泉,痛浇尘臆,唤起先生语。当年纶钓,为谁高卧烟渚。

还念古往今来,功名可共,能几人光武。一旦星文惊四海,从此故人何许。到底轩裳,不如蓑笠,久矣心相与。天低云淡,浩然吾欲高举。嘉靖本钓台集卷六

李处全

处全字粹伯。徐州丰县人。生绍兴四年(1134),绍兴三十年(1160)进士。历殿中侍御史、侍御史、知袁州、处州、舒州。淳熙十六年(1189)卒,年五十六。有晦庵词一卷。

水调歌头　丁丑岁,吴门为外舅蒋宣卿寿

金节照南国,画戟壮陪都。严谯鼓角霜晓,雄胜压全吴。葱茜采香古径,缥缈折梅新奏,春事早关渠。谁识使君意,行乐与民俱。

披绣幌,薰宝篆,引琼酥。黄堂富暇,宾幕谈笑足欢娱。看取十行丹诏,遥指五云深处,归路接亨衢。玉佩映鸳缀,不老奉轩虞。

又 送王景文

上马趣携酒,送客古朱方。秋风斜日山际,低草见牛羊。酩酊不知
更漏,但见横江白露,清映月如霜。平睨广寒殿,谁说路歧长。

醉还醒,时起舞,念吾乡。江山尔尔,回首千载几兴亡。一笑书
生事业,谁信管城居士,不换碧油幢。好在中泠水,击楫奏伊凉。

又

明月浸瑶碧,河汉水交流。偏来照我,知我白髮不胜愁。客里山中
三载,枕上人间一梦,曾忆到瀛洲。矫首蓬壶路,两腋已飕飕。

记扁舟,浮震泽,趁中秋。垂虹亭上,与客千里快凝眸。看剑引
杯狂醉,饮水曲肱高卧,鹏鷃本同游。起舞三人耳,横笛唤沙鸥。

又 冒大风渡沙子

落日暝云合,客子意如何。定知今日,封六巽二弄干戈。四望际天
空阔,一叶凌涛掀舞,壮志未消磨。为向吴儿道,听我扣舷歌。

我常欲,利剑戟,斩蛟鼍。胡尘未扫,指挥壮士挽天河。谁料半
生忧患,成就如今老态,白髮逐年多。对此貌无恐,心亦畏风波。

又

春事已如许,柳眼早依依。故园桃李何似,芳蕊想团枝。此地嵩高
名里,信美元非吾土,清梦绕瀍沂。扶杖欲行乐,还使我心悲。

对琴书,歌一阕,引千卮。昔曾击楫,今日投老叹吾衰。睡起推
窗凝睇,失喜柔桑微绿,便拟作春衣。搔首长吟处,此意有谁知。

又 咏梅

微雨眼明处，春信著南枝。百花头上消息，为我赴襟期。松下凌霜古干，竹外横窗疏影，同是岁寒姿。唤取我曹赏，莫使俗流知。

对风前，看雪后，总相宜。碧天如洗，何许羌笛月边吹。一段出群标格，合得水仙兄事，千古豫章诗。鼎鼐付佳实，终待麦秋时。

又 前篇既出，诸君皆有属和，因自用韵

飞雪已传信，端叶未分枝。莫嫌开晚，前月曾付小春期。谁道梳风洗雨，不许调脂弄粉，容易涴天姿。眼界未多见，鼻观已先知。

昔西湖，今北客，各从宜。要渠烂熳，趣得暖律为渠吹。犹记石亭攀折，浑似扬州观赏，清兴欲寻诗。三嗅不离手，如得和篇时。

又 除夕

今夕定何夕，今夕岁还除。团栾儿女，尽情灯火照围炉。但惜年从节换，便觉身随日老，踪迹尚沉浮。万事古如此，聊作旧桃符。

任东风，吹缟鬓，戏臞儒。韶颜壮齿，背人去似隙中驹。杯酌犹倾腊酒，漏箭已传春夜，何处不歌呼。惟愿长穷健，命釂且欢娱。

又 处州烟雨楼落成，欲就中秋，后值雨

楼观数南国，烟雨压东州。溪山雄胜，天开图画肖瀛洲。我破瀛洲客梦，来剖仙都符竹，乐岁又云秋。聊作幻师戏，肯遗后人愁。

趁佳时，招我辈，共凝眸。君侯胸次丘壑，意匠付冥搜。刻日落成华栋，对月难并清景，千丈素光流。老子兴何极，小子趣觥筹。

满江红 <small>镇安女兄生日</small>

清晓高堂，春晚处、旧红新绿。耸曩昔、蟠桃初种，更并潭菊。强健
老人松下鹤，森荣孙子霜中竹。看共持、寿<small>原误"筹"，从吴讷本</small>畀祝期
颐，倾醽醁。　　烘晴昼，炉烟馥。连永夜，笙歌簇。喜一时欢意，
何人兼足。早愿诸甥成宅相，便从明岁开汤沐。向年年、今日度新
腔，调仙曲。

临江仙 <small>木犀</small>

畴昔方壶游戏地，群仙步履相从。明黄衫子御西风。佩环金错落，
羽葆翠璁珑。　　骑鹄翩然归去路，吹箫横度青峰。夜深河汉冷
秋容。前驱香十里，飘堕月轮东。

念奴娇 <small>京口上元雪夜招唐元明</small>

一天春意，趁东皇幽赏，重飞端叶。造物有心成伟<small>原作"律"，从吴讷本</small>
观，来伴红蕖开彻。桂魄初圆，梅腮全放，节物俱奇绝。冷官门巷，
望中北固楼堞。　　遐想篷底高人，拥衾无寐，九曲肠增结。我亦
低窗翻蠹纸，失喜瑶花盈尺。拥鼻孤吟，搔头危坐<small>原作"扶头兀坐"，从
吴讷本</small>，所欠惟佳客。须君来此，脸纹相对生缬。

满庭芳 <small>初春</small>

乳燕将雏，啼莺求友，江南梅子黄时。欲晴还雨，烟外看成丝。迎
袂风来麦陇，吹饼饵、香入书帷。行吟处，溪翁说我，不似去年衰。
　　方池。荷出水，朱榴倚槛，粉箨穿篱。有吾曹我辈，把酒寻诗。
醉去黑甜一枕，炉烟袅、花影斜晖。家山乐，南窗寄傲，唯有晦庵
知。

鹧鸪天　社日落成烟雨楼二首

烟雨溟溟趁落成。只应天欲称佳名。万丝明灭青山映,匹素浓纤渌水萦。　　民亦乐,美能并。酒杯莫惜十分倾。要知社下平生志,觞政聊须为主盟。

又

缥缈危楼百尺雄。淡烟疏雨暗帘栊。偶妨清赏中秋夕,为忆名言玉局翁。　　贤达意,古今同。凉天佳月会相逢。老蟾一跃三千丈,却唤姮娥驾阆风。

柳梢青　茶

九天圆月。香尘碎玉,素涛翻雪。石乳香甘,松风汤嫩,一时三绝。　　清宵好尽欢娱,奈明日、扶头怎说。整顿颓山,殷勤春露,馀甘齿颊。

又　汤

馀甘齿颊。酒□半酣,漏声频促。月下传呼,风前摻别,无原作“况”,从吴讷本因留客。　　丁宁玉笋磨香,为料理、十分醒著。后会何时,前欢未尽,明朝重约。

朝中措　夜坐有感

晦庵四至似天宽。生计有心田。闲弄炉薰茗碗,困寻纸帐蒲团。　　商山橘隐,须弥芥纳,容与湖天。谁笑先生贫窭,东篱无数金钱。

又 初夏

薰风庭院燕双飞。园柳啭黄鹂。是处蜂狂蝶乱,元来绿暗红稀。

衫笼白苎,琴推绿绮,满眼新诗。好个江南风景,杜鹃犹自催归。

菩萨蛮 续前意,时溧阳之行有日矣

杜鹃只管催归去。知渠教我归何处。故国泪生痕。那堪枕上闻。

严装吾已具。泛宅吴中路。弭棹唤东邻。江东日暮云。

又 中秋已近,木犀未开,戏作菩萨蛮以催之。西湖有月轮山名,柳氏云,三秋桂子,山名载于图经,余顷为郡掾,尝见之

晦庵老子修行久。问禅金粟曾回首。截竹是禅机。吹破粟玉枝。

西湖秋好处。承得昭阳露。香透月轮低。来薰打坐时。

又 菊花

四时皆有司花女。杪秋犹见花如许。想得紫金丹。工夫造化间。

春莺留弱羽。更渍蔷薇露。莫取落原误"薄",从吴讷本英餐。留供醉眼看。

浣溪沙 儿辈欲九日词而尚远,用"满城风雨近重阳"填成浣溪沙

宋玉应当久断肠。满城风雨近重阳。年年戏马忆吾乡。　　催促东篱金蕊放,佳人更绣紫萸囊。白衣才到共飞觞。

西江月　重阳再作

窗户风薰端午,楼台月满中秋。阴晴寒暑总无忧。几事不如重九。

　　落帽何羞种种,看山都付悠悠。黄花已作醉乡游。梦觉黄花在手。

又　芍药

婷婷妆楼红袖,亭亭将阃青油。东皇天巧世无俦。定有司花妙手。

　　十里香风晓霁,千家绮陌春游。竹西路转古扬州。歌吹只应如旧。

又　二月旦侍女兄游高斋

南国一分春色,东窗八面光风。女兄欢笑酒尊同。满眼儿孙群从。

　　但愿年逾百岁,何妨时醉千钟。朱颜绿髪照青铜。要看如龙如凤。

生查子　拒霜花

庭户晓光中,帘幕秋光里。曲沼绮疏横,几处新妆洗。　　红脸露轻匀,翠袖风频倚。鸾鉴不须开,自有窗前水。

按此首别误作朱熹词,见永乐大典卷五百四十蓉字韵。

又　正月十六日周仲先劝酒

温柔属东南,和冷经三五。几夜德星明,果应荀陈聚。　　分虎屈雄姿,展骥淹遒步。除诏已涂芝,便看朝天去。

减字木兰花　预作菊词,俾歌之,至时以侑酒

今年菊早。想到重阳花正好。玉冷金寒。全似东篱挹露看。
色庄香重。直与梅花堪伯仲。待唤渊明。三友相从盖为倾。

又　咏木犀

谁将翡翠。闲屑黄金摅巧思。缀就花钿。飞上秋云入鬓蝉蝉。
一枝斜倚。披拂香风多少意。午镜重匀。娇额妆成宫样新。

又　甲午九月末在婺州韩守坐上和陈尚书韵

更生观尽。双璧兼葭那敢并。四海无人。笑语从容许我亲。
平生此客。复与太丘登醉白。病里颦眉。贪看惺惺骑马归。

相见欢　见月闻笛八月五夜

新凉襟袂泠然。乍晴天。风送谁家羌管、月便娟。　　云散尽,秋
空碧,玉钩悬。洗耳时听三弄、等团圆。

江城子　重阳

一番风雨一番凉。炯秋光。又重阳。潇洒东篱,浑学汉宫妆。今
日且须开口笑,花露衮,鬓云香。　　泼醅新取淡鹅黄。趁幽芳。
趣飞觞。落帽当时,□发少年狂。万事破除惟有此,尘外客,醉中
乡。

阮郎归　寮生朝

佳人偏爱菊花天。玉钗金附蝉。歌声缥缈紫云边。博山沉水烟。
　　须斗酒,泛觥船。乃翁能百篇。高堂此会看年年。夜深人醉

眠。

忆秦娥 海棠

春山寂。佳人凝笑山南陌。山南陌。东风寒浅,绛罗衫窄。
阑干倚处云如幂。晚来雨过胭脂滴。胭脂滴。啼妆难劝,且须欢
伯。

又

莺花寂。为渠游冶长安陌。长安陌。今朝风景,酒肠宽窄。
锦茵闲把薰笼幂。嫩红倚绿娇如滴。娇如滴。古今高咏,老泉仙
伯。

好事近 荼蘼

香雪弄春妍,柳外黄昏池阁。要看月华相映,卷东风帘幕。　　更
倾壶酒伴芳姿,名字胜桑落。直与岭梅兄弟,是醍醐酥酪。

蓦 山 溪

梨花过雨,已是春强半。花恼欲颠狂,兴浑在、秋千架畔。搔头无
语,斜日上帘栊,飞上下,语呢喃,又见双双燕。　　鱼吹细浪,镜
面摇歌扇。藉草倒芳尊,衬香茵、落红千片。追奔蜗角,回首醉初
醒,逢节物,且欢娱,莫待流年换。

卜 算 子

春事忆松江,江上花无数。一枕匆匆醉梦中,芳草瞨庵路。　　携
手度虹梁,洗眼看渔具。盐豉莼羹是处无,早买扁舟去。

又 即席奉女兄寿

芍药鬥新妆,杨柳飞轻雪。著意留连不放春,已向东皇说。　　况是谪仙家,自有长生诀。方士呼来借玉蟾,要吸杯中月。

诉　衷　情

疏烟明淡雨膏如。青入烧痕初。开到无言桃李,春事喜敷腴。　　随杖履,有琴书。酒盈壶。风前花下,睡起醒时,著我篮舆。

醉蓬莱 毛氏女兄生朝三月二十八日

政馀春眷眷,首夏骎骎,清和时候。晓色曈昽,瑞霭凝轩牖。著子青梅,袅枝红药,物物俱情厚。绿绮朱弦,檀槽铁拨,华堂称寿。

季父高怀,庆钟吾姊,富贵长年,自应兼有。更看诸郎,谢砌芝兰秀。蚤晚成名,雁行亲膝,无忌胜如舅。沆瀣朝霞,蓬莱弱水,酿为春酒。

贺新郎 和俞叔夜七夕

秋意生何许。对玉钩、微云避舍,素风吹暑。银汉桥成天路稳,乾鹊声声媚妩。送仙仗、年年须度。离合悲欢多少话,想今宵、缱绻难深诉。千古恨,无新故。　　聊须作意成欢绪。为佳时、金针戏把,翠觞频举。莫念匆匆轻掺袂,天上元无间阻。况好是、新凉庭户。倦客天涯嗟老大,趁珠帘、绣额高楼处。乞些巧,调儿女。

又 再和

心事知谁许。政吾曹、摛辞弄翰,邀凉觳暑。节物于人俱可喜,今夕渠偏媚妩。笑曝腹、书生风度。河鼓天孙非世俗,纵惊云、急雨休轻诉。忆倾盖,便如故。　　良辰欢意宽离绪。称仙家、瑶台缥缈,霓裳掀举。应想尘寰空怅望,月路谁曾隔阻。是处有、绮窗朱户。我爱五湖烟水阔,待扁舟、寻到揩机处。访婺女,共娈女。

四和香　立春

香雪新原作"渐",从吴讷本苢偏胜韵。领袖催花信。华节良辰人有分。看士女、幡垂鬓。　　莫向春风寻旧恨。乐事随方寸。眉寿故应天不吝。浮大白、吾无闷。

玉楼春　守岁

年光箭脱无留计。才过立春还守岁。要知一岁已寻侬,听打个惊人喷嚏。　　椒盘荐寿休辞醉。坐听爆竹浑无寐。明朝末后饮屠苏,白髪从渠相点缀。

南乡子　除夕又作

和气作春妍。已作寒归塞地天。岁月翩翩人老矣,华颠。胆冷更长自不眠。　　节物映椒盘。柏酒香浮白玉船。捧劝大家相祝愿,何言。但愿今年胜去年。以上四印斋所刻词本晦庵词

韩仙姑

苏　幕　遮

不忧贫,不恋富。大悟之人,开著波罗铺。内有真如无价宝,欲识真如,正照菩提路。　　贪爱心,须除去。清净法身,直是堪凭据。忍辱波罗为妙药,服了一圆,万病都新愈。成都文类卷十五

周　颉

颉字元吉,长兴人。绍兴十五年(1145)进士。曾以朝奉郎知德安府。淳熙十二年(1185),右司郎中。十四年(1187),湖北转运判官。又曾官两浙提刑。

朝中措 饮饯元龄诸公席上戏作

郧城清胜压湖湘。人物镇相望。秀气谁符楚泽,建安诸子文章。
　　东风得意,青云路稳,好去腾骧。要识登科次第,待看北斗光芒。永乐大典卷二万零三百五十三席字韵

王彭年

朝中措 彭年不学空疏,才无足取。蒙赖教养,更叨荐送。而燕饯之日,曲尽礼意。至于篇章重贶,褒宠勤至。闻诸乡老,谓:在承平时,亦无此作。退自揆度,不知何以得之! 铭佩厚德,无以自见。敢借所赐词韵,少信悃愊。僭越犯分,悚恐无地。尚祈恕采

人才七泽盛三湘。前辈敢追望。惭愧史君劝驾,杯前重赐篇章。
　　雷风断送,鱼龙变化,云路蜚骧。德意如何报称,短歌莫写毫芒。永乐大典卷二万零三百五十三席字韵

李伯虎

朝中措　伯虎伏以判府中大先生,二年边城,作成士
类。既著文以励学者,又复增请荐名,为邦人无
穷之利。兵祸荒凉之馀,遽能复承平之旧数。非
思造特达,何以得此! 乡闾士夫、庠序诸生等方
日颂盛德,而讴歌之私,恨未有称塞。既而燕饯
礼颁,复以佳词光贲行李。学校晚生,荣于拜赐。
伯虎铭镂之馀,敢以俚语,仰继严韵,少见谢意之
万一。伏惟台慈恕其狂僭渎尊之罪,而采目之。
伯虎下情无任悚惧之至。

史君清德比清湘。妙政古相望。闲暇恩波万井,笑谈风月千章。

　　殷勤劝驾,几人怀德,刻意腾骧。试问匣中长剑,也应增焕光
芒。永乐大典卷二万零三百五十三席字韵

丘　崈

　　崈字宗卿,江阴人。绍兴五年(1135)生。隆兴元年(1163)进士。
为建安府推官,除国子博士,出知华亭县。迁户部郎中、提点浙东刑狱,
知平江府,移帅绍兴,改两浙转运副使,进户部侍郎,四川安抚制置使。
官至同知枢密院事。嘉定二年(1209)卒,谥文定。宋史有传。有文定
公词一卷。

水调歌头　登赏心亭怀古

一雁破空碧,秋满荻花洲。淮山淡扫,欲颦眉黛唤人愁。落日归云
天外,目断清江无际,浩荡没轻鸥。有恨寄流水,无泪学羁囚。

　　望石城,思东府,话西州。平芜千里,古来佳处几回秋。歌舞当

年何在，罗绮一时同尽，梦幻两悠悠。杯到莫停手，唯酒可忘忧。

又　为赵漕德庄寿

人物冠江左，正始有遗音。谪仙风味，洒然那受一尘侵。倚马文章天与，霏屑谈辞云委，宣室为虚襟。小驻外台节，聊屈济时心。

记长庚，曾入梦，恰而今。橙黄橘绿，可人风物是秋深。九日明朝佳节，得得天教好景，供与醉时吟。从此寿千岁，一岁一登临。

又　戊戌迓客回程至松江作

小队拥龙节，三度过鲈乡。烟波万顷，縠纹轻皱湿斜阳。何处渔舟唱晚，最是芦花风断，欸乃一声长。矫首望空阔，逸兴堕微茫。

笑尘缨，何日许，濯沧浪。天随甫里，相寻无处一凄凉。会把水光山色，收入烟蓑短艇，胜世作清狂。举酒属公子，富贵未渠央。

又　秋日登浮远堂作

一叶下林表，秋色满蘅皋。江风吹雨初过，天宇一何高。蜡屐径来堂上，倚杖翛然长啸，万里看云涛。逸兴浩无际，安得驾灵鳌。

叹吾生，天地里，一秋毫。江山如传，古来阅尽几英豪。回首只今何在，举目依然风景，此意属吾曹。欲去重惆怅，松径冷萧骚。

又　鄂渚忆浮远

彩舰驾飞鹢，帆影漾江乡。肥梅天气，一声横玉换新阳。惊起沙汀鸥鹭，点破暮天寒碧，极目楚天长。一抹残霞外，云断水茫茫。

溯清风，歌白雪，和沧浪。枕流亭馆，昔年行处半荒凉。我欲骖风游戏，收拾烟波佳景，一一付词章。闻说洞天好，何处水中央。

满 江 红

驻马江头,聊自放、尘劳踪迹。身渐老、尊前羞见,异乡风物。雪柳
垂金幡胜小,钗头又报春消息。记去年、持酒觅新词,人疏隔。

时序好,今犹昔。携赏处,空追忆。都如梦才觉,悄然难觅。且
饮不须论许事,从今煞有佳天色。但官闲、有酒便嬉游,愁无益。

又 和梁漕次张韵

玉宇无尘,斜阳外、江楼伫立。人正远、骑鲸南去,笑言难挹。冰雪
生寒烟瘴冷,海山著处恩波湿。问碧门、金阙待君来,何时入。

犹自有,新篇什。应念我,相思急。满乌丝挥遍,麝煤香浥。尊
酒相逢佳□□,十年一梦长川吸。想上都、风月未盟寒,追良集。

又 和范石湖

十载重游,愧好在、吴中父老。官事里、空然痴绝,竟何曾了。赖有
平生知己地,全胜末路依刘表。竟此身、还复雁门踦,宁论早。

蓬仙语,开朕兆。郇翰洒,增荣耀。倚先声风动,了然家晓。翘
馆每烦尘想□,宾筵更著红妆绕。算从前、得此慰初心,于人少。

又 余以词为石湖寿,胡长文见和,复用韵谢之

冠盖吴中,羡来往、风流二老。谈笑处、清风满座,倡酬不了。琪树
相鲜崑阆里,玉山高并云烟表。叹□时、顿有古来无,功名早。

膺帝眷,符梦兆。为国镇,腾光耀。更宁容秀野,醉眠清晓。麟
组已联方面重,衮衣行接天香绕。许畸人、巾履奉英游,荣多少。

又 渚宫怀古即事,用二干韵

楚甸云收,歌舞地、依然江渚。嗟往事、豪华无限,梦回何许。翠被那知思玉度,绣袿谩说为行雨。悄不禁、俯仰一凄凉,成千古。

吴蜀会,襟喉处。据胜势,开天府。著诗书元帅,笑谈尊俎。步障月明翻鼓吹,华樯雾湿披窗户。把胜游、都与旧风光,湔尘土。

又 癸亥九日

平楚苍然,烟霭外、飞鸿冥灭。身老矣、登临感慨,几时当彻。痛饮从教吹帽落,悲歌莫击壶边缺。算人生、任运复何为,伤情切。

功名事,休谩说。渠自有命,谁工拙。且随宜鬥健,强酬佳节。九月从今知几度,试看镜里头如雪。向醉中、赢取万缘空,真蝉脱。

洞仙歌 为叶梦锡总领寿

一番好景,近莺花时候。才过收灯便晴昼。正熊罴、占梦日,戏彩称觞,当此际,须信人间未有。　　光华分瑞节,粉署兰台,谁出如公望郎右。气如虹,才吐凤,指掌功名,馀事也、千载犹当不朽。待辟国、清边取封侯,看肘后、黄金印悬如斗。

又 辛卯嘉禾元夕作

江城梅柳,惯得春先处。催趁风光上歌舞。见九衢、车马流水如龙,喧笑语,罗绮香尘载路。　　欢娱多暇日,尊俎风流,重见承平旧官府。有多少、佳丽事,堕珥遗簪,芳径里,瑟瑟珠玑翠羽。好惜取、韶华醉连宵,更莫待、收灯酒阑人去。

又 元宵词

□□春□，□画□□处。十里红莲照歌舞。望鳌山天际，宝篆翻空，看未了，涌出珠宫贝宇。　　锦江桥那畔，罗绮重重，曲巷深坊暗香度。玉相辉，花并艳，明月随人，归去也，零落珠玑翠羽。先如许、风光更元宵，算却好、图将凤城夸去。

又 庚申乐净锦棠盛开作

花中尤物，欲赋无佳句。深染燕脂浅含露。被春寒无赖，不放全开，才半吐，翻与留连妙处。　　人间称绝色，倾国倾城，试问太真似花否。最娉婷，偏艳冶，百媚千娇，谁道许，须要能歌解舞。算费尽、春工到开时，甚却付、连宵等闲风雨。

又 咏金林檎

丰肌腻体，雅澹仍娇贵。不与群芳竞姝丽。向琼林珠殿，独占春风，仙仗里，曾奉三宫燕喜。　　低回如有恨，失意含羞，乐事繁华竟谁记。应怜我，空老去，无句酬伊，吟未就，不觉东风又起。镇独立黄昏怯轻寒，这情绪、年年共花憔悴。

沁园春 景明告行，颇动怀归之念。得帅卿词，因次其韵。前阕奉送，后阕以自见云

雨趣轻寒，风作秋声，燕归雁来。动天涯羁思，登山临水，惊心节物，极目烟埃。客里逢君，才同一笑，何遽言归如此哉。别离久，算不应兴尽，却棹船回。　　主人下榻高斋。更点检笙歌频宴开。便留连不到，迎春见柳，也须小驻，度腊观梅。花上盈盈，闺中脉脉，应念胡麻正好栽。从教去，正危阑望断，小倚徘徊。

又

匏系弥年，江北江南，羡君去来。笑山横南浦，朝来爽致，文书堆
案，胸次生埃。放旷如君，拘縻如我，试问人生谁乐哉。真难学，是
得留且住，欲去须回。　　何时竹屋茅斋。去相傍为邻三径开。
撰小窗临水，危亭当巘，随宜有竹，著处须梅。坐读黄庭，手援紫
虆，一寸丹田时自栽。当馀暇，更与君来往，林下徘徊。

千秋岁　用秦少游韵

梅妆竹外。未洗唇红退。酥脸腻，檀心碎。临溪闲自照，爱雪春犹带。
沙路晓，亭亭浅立人无对。　　似恨谁能会。迟见江头盖。和鼎事，
终应在。落残知未免，韵胜何曾改。牵醉梦，随香欲渡三山海。

又

征鸿天外。风急惊飞退。云彩重，窗声碎。初凝铺径絮，渐卷随车带。
凝望处，巫山秀耸寒相对。　　高卧传都会。茅屋倾冠盖。空往事，
今谁在。梅梢春意动，泽国年华改。楼上好，与君浩荡浮银海。

又

窥檐窗外。酒力冲寒退。风絮乱，琼瑶碎。凌波争缭绕，点舞相萦带。
应惬当，凝香燕寝佳人对。　　恰与花时会。小阻寻芳盖。犹自得，
春多在。日烘梅柳竞，翠入山林改。但只恐，别离恨远如云海。

汉宫春　乙未正月和李汉老韵，简严子文

横笛吹梅，记南楼夜月，疏蕊纤枝。香尘软红自暖，不怕寒欺。人归
梦悄，怅凭阑、密约深期。身渐老，风流纵在，逢花那似当时。　　东

阁占春宜早,甚开迟也似,雪屋疏篱。须公彩毫度曲,锦帐题诗。多应见我,怪尊前、华髮其谁。烦道与,巡檐共笑,元是旧日相知。

又 和辛幼安秋风亭韵,癸亥中秋前二日

闻说瓢泉,占烟霏空翠,中著精庐。旁连吹台燕榭,人境清殊。犹疑未足,称主人、胸次恢疏。天自与,相攸佳处,除今禹会应无。 选胜卧龙东畔,望蓬莱对起,岩壑屏如。秋风夜凉弄笛,明月邀予。三英笑粲,更吴天、不隔莼鲈。新度曲,银钩照眼,争看阿素工书。

水龙吟 为建康史帅志道寿

蕊珠仙籍标名,绛纱覆玉云霞里。銮坡凤披,丝纶鸣佩,甘泉近侍。濯柳临春,钉梨照座,绝尘风味。记青蒲、夜半论兵,万人惊诵回天意。 麟组遥临万里。谈笑处、江山增丽。遐冲坐折,风流馀事,唯应燕喜。新筑沙堤,暂占熊梦,恰经长至。过佳辰献寿,双旌便好,作朝天计。

念 奴 娇

烛花渐暗,似梦来非梦,今夕何夕。帘幕生香人醉里,家住深深密密。送客难为,独留无计,此意谁知得。相看无语,可怜心绪如织。 缓辔踏月归来,空馀襟袖,有多情脂泽。浅笑轻颦追想处,眼底如今历历。著意新词,于人好语,过后应难必。今宵酒醒,断肠人正愁寂。

扑蝴蝶 蜀中作

鸣鸠乳燕。春在梨花院。重门镇掩。沉沉帘不卷。纱窗红日三竿,睡鸭馀香一线。佳眠悄无人唤。 谩消遣。行云无定,楚雨

难凭梦魂断。清明渐近，天涯人正远。尽教闲了秋千，觑著海棠开遍。难禁旧愁新怨。

祝英台 成都牡丹会

聚春工，开绝艳，天巧信无比。旧日京华，应也只如此。等闲一尺娇红，燕脂微点，宛然印、昭阳玉指。　　最好是。乐岁台府官闲，风流剩欢意。痛饮连宵，花也为人醉。可堪银烛烧残，红妆归去，任春在、宝钗云髻。

江城梅花引 枕屏

轻煤一曲染霜纨。小屏山。有无间。宛是西湖，雪后未晴天。水外几家篱落晚，半开关。有梅花、傲峭寒。　　渐看。渐远。水瀰漫。小舟轻，去又还。野桥断岸，隐萧寺、□出晴峦。忆得孤山，山下竹溪前。佳致不妨随处有，小窗闲。与词人、伴醉眠。

西河 饯钱漕仲耕移知婺州奏事，用幼安韵

清似水。不了眼中供泪。今宵忍听唱阳关，暮云千里。可堪客里送行人，家山空老春荠。　　道别去，如许易。离合定非人意。几年回首望龙门，近才御李。也知追诏有来时，匆匆今见归骑。
整弓刀、徒御喜。举离觞、饮釂无味。端的慰人愁悴。想天心、注倚方深应是，日日传宣公来未。

夜合花

雨过凉生，风来香远，柳塘池馆清幽。圆荷万柄，芙蓉困倚轻柔。暮霞映，日初收。更满意、绿密红稠。是牵情处，低回照影，特地娇羞。　　惆怅好景难酬。慰家山梦绕，十顷新秋。庭空吏散，依然

兴在沧洲。未容短棹轻舟。谩赢得、终日迟留。笑空归去,篮舆路
转,月上西楼。

垂丝钓　戊戌迓客。自入淮南,多所感怆作

夕烽戍鼓。悲凉江岸淮浦。雾隐孤城,水荒沙聚。人共语。尽向
来胜处。谩怀古。　　问柳津花渡。露桥夜月,吹箫人在何许。
缭墙禁籞。粉黛成黄土。惟有江东注。都无虏。似旧时得否。

黄河清　为史帅寿

鼓角清雄占云祲。喜边尘、今度还静。一线乍添,长觉皇州日永。
楼外崇牙影转,拥千骑、欢声万井。太平官府人初见,梦熊三占佳
景。　　皇恩夜出天闱,云章粲、凤鸾飞动相映。宝带万钉,与作
今朝佳庆。勋业如斯得也,况整顿、江淮大定。这回恰好,归朝去、
共调金鼎。

蓦山溪　为叶总领寿

风传芳信,晓色便清霁。帘幕护春寒,篆香温、笙簧韵美。使华容
与,星动帝王州,花上脸,柳边眉,竞报占熊喜。　　欢娱好是,玉
塞无尘起。鞭计小迟留,要长折、遐冲万里。传闻有诏,宣室待归
来,醽醁满,叵罗深,莫负春葱指。

鹧鸪天　和严倅二秦同集席上赋

怀抱　奇懒叩阍。朝阳独赋远人村。即看飞下芝封诏,会见趣归
金马门。　　今夕饮,拚濡裙。一时尊俎尽诗人。唯馀阿买真才
劣,醉后犹能写八分。

又

陆海蓬壶自有山。光风霁月未应悭。但将歌舞酬佳节,却信阴晴是等闲。　　花照夜,烛烘盘。明年公更酒肠宽。奉陪黄伞传柑宴,莫忘红妆拥座欢。

又　乙未钱守登君山

准拟关门度一秋。强扶衰病起相酬。不辞酩酊还吹帽,自笑髭鬒怯露头。　　江日晚,更迟留。争传五马足风流。论车载酒浑闲事,著笼藏花说未休。

又　采莲曲

两两维舟近柳堤。菱歌迤逦过前溪。曲中自诉衷肠事,岸上行人那得知。　　金齿屐,翠云篦。女萝为带蕙为衣。惜花贪折归时晚,急桨相呼入翠微。

又　咏绿荔枝

玳瑁筵中见绿珠。淡然高韵胜施朱。揉蓝雾縠蔷薇浅,半露冰肌玉不如。　　餐秀色,味肤腴。轻红端合与为奴。只愁宴罢翻成恨,赢得偏怜不似初。

夜行船　越上作

水满平湖香满路。绕重城、藕花无数。小艇红妆,疏帘青盖,烟柳画桥斜渡。　　恣乐追凉忘日暮。箫鼓动、月明人去。犹有清歌,随风迢递,声在芰荷深处。

又　和朱茶马

　　昨醉中说越上旧词,相与一笑,乃烦和章狎至,愧不可言,聊复戏作以谢。尘务满前,略无佳语,惟一过目,幸甚。

一舸鸥夷云水路。贪游戏、悄忘尘数。明月长随,清风满载,那向急流争渡。　　邂逅占星来已暮。芝封待、却催归去。倚玉兼葭,论文尊俎,回首笑谈何处。

又　和成都王漕巽泽

飞舄朝天云作路。长安近、更无程数。梧竹当年,丝纶奕世,咫尺凤池平渡。　　青眼相逢何太暮。眉黄透、却愁君去。官事无多,丰年有暇,莫负赏心佳处。

又　怀越中

万柄荷花红绕路。锦连空、望无层数。照水旌旗,临风鼓吹,行遍月桥烟渡。　　堪笑年华今已暮。身西上、梦魂东去。一曲亭边,五云门外,犹记最花多处。

临江仙　乙未,高宗庆七十,母氏封宜人作

天上玉卮称万寿,人间湛露初匀。种萱堂上阅青春。薰风频送喜,同日拜丝纶。　　班在蕊珠仙缀立,等闲历遍燕秦。紫皇先付与佳名。宜家更宜国,宜子又宜孙。

感皇恩　庚申为大儿寿

时节近中秋,桂花天气。忆得熊罴梦呈瑞。向来三度,恨被一官萦系。今朝称寿,也休辞醉。　　斑衣戏彩,薄罗初试。华髪双亲剩

欢喜。功名荣贵，未要匆匆深计。一杯先要祝，千百岁。

蝶恋花 　为钱守寿

梅子著花当献寿。得得天工，有意还知否。教在岁寒霜雪后。长
年不羡松筠茂。　　莫厌杯深歌舞奏。约略丝纶，正是来时候。
富贵明年公自有。天香宫烛黄封酒。

又 　送岳明州

鼓吹东方天欲晓。打彻伊州，梅柳都开了。尽道鄞江春许早。使
君未到春先到。　　号令只凭花信报。旗垒精明，家世临淮妙。
遥想明年元夕好。玉人更著华灯照。

又 　西堂竹阁，日气温然，戏作

逼砌筠窗围小院。日照花枝，疏影重重见。金鸭无风香自暖。腊
寒才比春寒浅。　　昼景温温烘笔砚。闲把安西，六纸都临遍。
茗碗不禁幽梦远。鹊来唤起斜阳晚。

一剪梅 　梅

潇洒佳人淡淡妆。特地凌寒，秀出孤芳。雪为肌体练为裳。韵处
天姿，不御铅黄。　　古样铜壶湿篆章。浅浸横斜，净几明窗。何
妨三弄点苔苍。但有疏枝，依旧清香。

天　仙　子

畏暑只嫌秋较晚。不道玉楼人渐远。此情那解却清凉，肠欲断。
愁无限。安得冰壶还照眼。　　妙舞蹁跹歌宛转。走遍京华何处
见。清眠无梦到西州，馀香浅。银钩软。唯仗锦书聊自遣。

朝中措 绍兴末太学作

晚风斜日折梅花。楼外卷残霞。领略一城春气,华灯十万人家。
　　轻衫短帽,风前趁马,月下随车。道个小来脚定,那人笑隔笼
纱。

又

几回相与叹高才。忽报驭风来。谁道讴朝天阙,更能同上春台。
　　主人早晚,班联玉笋,行听连催。湖上饱赓新唱,思堂快泻深
杯。

又

尊前宾主角多才。亦许我同来。诗思竞翻三峡,酒狂欲拗连台。
　　身闲有限,莫辞光景,刻烛相催。沙路即看联辔,上林趁赏流
杯。

菩萨蛮 再登赏心用林子长韵

壶边击断歌无节。山川一带伤情切。依旧石头城。夕阳天外明。
　　行人谁是侣。遗唱今何许。对酒转愁多。愁多奈酒何。

又 甲午秋作

秋声夜到秋香院。重帘试卷都开遍。只似旧时香。更添些子黄。
　　绮窗人共赋。犹忆分香句。别后几回秋。见花空复愁。

又 次朱都大韵送王漕行

云林带水山横阁。故人去尽添萧索。反照射微茫。临分愁夕阳。

传柑当令节。连璧朝天阙。还有雁西飞。慰人新别离。

西 江 月

恰好轻篷短棹,绝胜锦缆牙樯。一声横笛起微茫。十里红莲步障。
　　小待山头吐月,何妨说剑杯长。更看风露洗湖光。水底金盘
滉漾。

又

明日又还重九,黄昏小雨疏风。菊英萸糁一尊同。付与今宵好梦。
　　寒意梧桐叶上,客愁画角声中。小楼何日却从容。千里此情
应共。

梅 弄 影

雨晴风定。一任春寒逞。要勒群芳未醒。不废梅花,晚来妆面靓。
　　曲阑斜凭。水槛临清镜。翠竹萧骚相映。付与幽人,巡池看
弄影。

诉衷情　癸未团司归舟中作

东风罱岸进船难。酒醒篆香残。不堪客里无绪,那更晚来寒。
　　思往事,耿无眠。掩屏山。夜深人静,何处一声,月子弯弯。

又　丙申中秋

素衣苍狗不成妍。何意妒婵娟。不知高处难掩,终自十分圆。
　　涵万象,独当天。照无边。乾坤呈露,何况人间,大地山川。

又　荆南重湖作

芙蓉深径小肩舆。相并语徐徐。红妆著处迎笑,遮路索踟蹰。
　锦步障,绣储胥。绕重湖。更添月照,人面花枝,疑在蓬壶。

又　因见早梅作

十分风味似诗人。有些子太清生。只应最嫌俗子,消瘦却盈盈。
　风乍静,雪初晴。月微明。泊然疏淡,莫是无情,作个关情。

锦帐春　己未孟冬乐净见梅英作

翠竹如屏,浅山如画。小池面、危桥一跨。著棕亭临水,宛然郊野。
竹篱茅舍。　　好是天寒,倍添幽雅。正雪意、垂垂欲下。更朦胧
月影,弄明初夜。梅花动也。

谒金门　送林子长同年起官宣城

风又雨。吹面落花红舞。把酒不禁春思苦。别离闻杜宇。　　叠
嶂楼头佳处。犹想褾笺容与。思入云山便好语。莫辞频寄取。

又　为韩漕无咎寿

槐阴绿。帘卷翠屏山曲。照眼冰壶寒并玉。赐衣便雾縠。　　熊
梦又惊初卜。好在掖垣梧竹。应讶人归犹未速。已颁新诏墨。

又

罗袖薄。玉臂镂花金约。起晚欠伸莲步弱。倚床娇韵恶。　　独
自青楼珠箔。怎向日长花落。门掩东风春寂寞。误人瞋喜鹊。

又 为尤郎中延之寿

花雨润。烟锁玉炉香韵。笑度华年春不尽。寿觞寒食近。甲子才周一瞬。争羡朱颜青鬓。咫尺朝元仙路稳。碧云新有信。

好事近 留幹家咏方响

空涧落鸣泉,千骑雨霖衣铁。金奏欲终人醉,有玉声清越。夜深纤手怯轻寒,馀韵寄愁绝。玉树梦回何处,但满庭霜月。

又 辛酉二月望日雨中作

整整一冬晴,雨后不论朝夕。麦陇救得一半,莫妨他寒食。试看天气定乘除,宽更待三日。桃李且须宁耐,有无边春色。

浣溪沙 即席和徐守元宵

铁锁星桥永夜通。万家帘幕度香风。俊游人在笑声中。罗绮十行眉黛绿,银花千炬簇莲红。座中争看黑头公。

又 迎春日作

胜子幡儿袅鬓云。钗头绝唱旧曾闻。江城喜见又班春。拂柳和风初有信,欺梅残雪已无痕。只应笑语作春温。

浪淘沙 朱都大和荆州作,次韵谢之

潇洒五湖仙。踏遍尘寰。吟哦长忆两松闲。邂逅天涯还一笑,璧合珠连。 风采照衰残。妙语泠然。妓围香暖簇金蝉。端为故人情未减,醉玉颓山。

定风波　咏丹桂

月殿移根入帝乡。风流犹是旧时妆。猩血染成丹杏脸。浓点。郁金笼就赭衣黄。　　浪说锦城元自少。不道。只今何啻五枝芳。试问司花谁是主。传语。且烦都与十分香。

卜　算　子

翠被怯轻寒，花气撩幽梦。梦蹑飞云驾彩鸾，惊觉花枝动。　　宿酒未全醒，屋角闻晴哢。爱著荼蘼彻骨香，觑了还重□按空格原作"觑"，未叶韵，疑误。

柳梢青　和胡夫人

风佩珊珊。云屏曲曲，愁绝春悭。无赖馀寒。半醒宿酒，御夹成单。　　深沉院落人闲。凭阑处、眉颦黛残。彩笔慵拈。新声微度，兴入云山。

点绛唇　戊子之春，同官皆拘文，不暇游集。春暮，皆兴牢落之叹。予亦颇叹之，作此，乃三月九日也。是日，杨花甚盛，盖风云

花落花开，等闲不管流年度。旧游何处。浅立空凝伫。　　惊拍阑干，忍见春将暮。凭风絮。为人飞去。散作愁无数。

醉花阴　木犀

碧玉槎桠金粟小。山路惊秋老。倒倚湿寒烟，似怯秋风，阁泪啼清晓。　　铜壶冷浸宜深窈。人试新妆巧。云鬓一枝斜，小阁幽窗，是处都香了。

愁倚阑 丙申重九和钱守

风雨骤,炉花黄。忽斜阳。急手打开君会否,是伊凉。　　深深密密传觞。似差胜、落帽清狂。满引休辞还醉倒,却何妨。

如梦令 元宵席上口占

门外绮罗如绣。堂上华灯如昼。领略一番春,共醉连宵歌酒。今后。今后。如此遨头少有。

又

小小峰峦对起。芳树重重相倚。清溜绕阶除,聊备一池春水。游戏。游戏。适意随缘足矣。以上彊村丛书本丘文定公词

太常引 仲履席上戏作

憎人虎豹守天关。(并)嗟蜀道、十分难。说与沐猴冠。这富贵、于人怎谩。　　忘形尊俎,能言桃李,日日在东山。不醉有馀欢。唱好个、风流谢安。永乐大典卷二万零三百五十三席字韵

存　目　词

调　名	首　　句	出　　处	附　　注
鹧鸪天	南浦舟中两玉人	永乐大典卷二万零三百五十三席字韵	陆游词,见渭南文集卷四十九
青平乐	清歌逐酒	又	张先词,见张子野词卷一

朱晞颜

晞颜字子困，新安人。吉州守。直秘阁、京西运判。直焕章阁、知静江府。绍熙中，广西漕使。庆元六年(1200)卒，年六十六。

南歌子　□□桂林，过□□玉堂仙，景卢饯别野处。壁间歌姬所作墨竹，上有同年傅景仁长短句，走笔次韵，既抵峤南，回首野处，后会之期未卜也。因锲石湘漓江上，以寓万里之思云。绍熙五年清明后二日

影落三秋月，寒生六月霜。是谁幻出玉筼筜。乞与一枝和雪、钓漓湘。　　劲节依琳馆，虚心陋草堂。笔端元自有雌黄。疑是化龙蜇到、葛仙旁。粤西诗载卷二十五

吕胜己

字季克，建阳人。受学于朱熹。以荫为湖南干官，历倅江州，知杭州，官至朝请大夫。

沁　园　春

月晃虚窗，风掀斗帐，晓来梦回。见满川惊鹭，长空瑞鹤，联翩来下，翔舞徘徊。旋放金盘承积块，更轻撼琼壶撩冻澌。毡帏小，近宝炉兽炭，沉水兰煤。　　寒威。酒力相欺。荐绿蚁霜螯左右持。问岁岁祯祥，如何中断，年年梅月，因甚愆期。上绀碧楼，城高百尺，看白玉虬龙奔四围。纷争罢，正残鳞败甲，天上交飞。

醉桃源　即阮郎归

山翁可是爱登台。看云日几回。恨无语似谪仙才。空教云去来。　　思往事，引深杯。长歌感壮怀。霜风晚下扫阴霾。天心宝鉴开。

又　题清晖阁

马蹄西路赏春妍。重来十五年。好山如带水如环。红楼罨画闲。　　人易老，景如前。停杯俯逝川。归舟回首望云烟。秦人隔洞天。

又

去年手种十株梅。而今犹未开。山翁一日走千回。今朝蝶也来。　　高树杪，暗香微。悭香越恼怀。更烧银烛引春回。英英露粉腮。

蝶　恋　花

墙角栽梅分两下。夹竹穿松，巧傍柴门亚。不似西湖明月夜。展开一片江南画。　　老子寻芳心已罢。为爱孤高，结约如莲社。清静界中观物化。憧憧门外驰车马。

又　一名凤栖梧　长沙作

天际行云红一缕。无尽青山，江水悠悠去。更上层楼凭远处。凄凉今古悲三楚。　　心事多端谁共语。酒醒愁来，望望家何所。薄宦漂零成久旅。天涯却羡鸿遵渚。

又　观雪作

姑射真仙蓬海会。驭气乘龙，作意游方外。冬后蔐花飞素彩。腊
前陨璞抛团块。　　　幂幂绵云相映带。川谷林峦，混一乾坤大。
白玉装成全世界。江湖点染微瑕颣原作"类"，从彊村丛书本渭川居士词。

又　长沙送同官先归邵武

屈指瓜期犹渺渺。羡子征鞍，去上长安道。到得故园春正好。桃
腮杏脸迎门笑。　　　闻道难兄登显要。雁字云霄，花萼应同调。
旧恨新愁须拚了。功名趁取方年少。

又

眼约心期常未足。邂逅今朝，暂得论心曲。忽堕鲛珠红簌簌。双
眸蔐水明如烛。　　　可恨匆匆归去速。去去行云，望断凄心目。
何似当初情未熟。免教添得愁千斛。

又　霰雨雪词

天色沉沉云色赭。风搅阴寒，浩荡吹平野。万斛珠玑天弃舍。长
空撒下鸣鸳瓦。　　　玉女凝愁金阙下。褪粉残妆，和泪轻挥洒。
欲降尘凡飘驭驾。翩翩白凤先来也。

长　相　思

体夭夭。步飘飘。绥带金泥缕绛绡。珑璁趁步摇。　　　浅霞消。
两峰遥。斜插层楼金系腰。花羞人面娇。

又　效南唐体

展鬖蛾。抹流波。并插玲珑碧玉梭。松分两髻螺。　　晓霜和。
冻轻呵。拍罢阳春白雪歌。偎人春意多。

又　探梅摘归

冒寒吹。访琼姬。行到青山遇玉肌。凝情欲待谁。　　出疏篱。
手同携。踏月随香清夜归。乘欢拨冻醅。

浣　溪　沙

浅著铅华素净妆。翩跹翠袖拂云裳。傍人作意捧金觞。　　曲度
清悲云冉冉，花飞零乱月茫茫。梦回人去似高唐。

又

直系腰围鹤间霞。双垂项帕凤穿花。新妆全学内人家。　　惠性
芳心谁得似，饶嗔□恶也还他。只消凡事与饶些。

清　平　乐

红尘久住。仙驭凌波去。本似行云无定处。那更腊残风雨。
瑶芳片片轻飞。但留青子栾枝。孤负岁寒幽意，如今却与春宜。

又　咏木犀

灵心暗属。髻垒黄金粟。寂静虚堂情不足。微步徘徊山麓。
蕊珠宫里新妆。生香全似瑶芳。应为莺花留恋，人间暂歇鸾凰。

促拍满路花　瑞香

名花无影迹，寒气日凄凉。人间千万树，歇芬芳。紫微宫女，仙驭降霓裳。名在仙班簿，不属尘凡，洞天密锁云窗。　　遗珰连宝珥，人世识天香。凝寒承雨露，傲冰霜。凌仙仙子，邂逅水云乡。更约南枝友，游遍江南，共归三岛扶桑。

谒金门　闻莺声作

花满树。两个黄鹂相语。恰似碧城双玉女。对歌还对舞。　　可惜娟娟楚楚。同伴彩云归去。居士心如泥上絮。那能无恨处。

又

嗟久客。又见他乡寒食。流水断桥春寂寂。孤村烟火息。　　白去红飞无迹。千树总成新碧。醉里伤春愁似织。东风欺酒力。

又

芳思切。旧事不堪重说。浓露凝香花喷血。花心双蛱蝶。　　燕语莺啼都歇。又过清明时节。记得离歌三两阕。未歌先哽咽。

又

春又过。那更雨摧风挫。留得浅红三两朵。竹梢烟雾锁。　　把酒对花危坐。多病多愁都可。舞蝶游蜂迷道左。惜春忙似我。

又

秋夜静。屋上狂风初定。两两啼蛩相答应。灯蛾摇烛影。　　枕上鸡声遥听。起舞良宵偏永。明日谩寻弓剑整。衰颜重揽镜。

又 早梅

芳信拆。漏泄东君消息。帝殿宝炉烟未熄。龙香飘片白。　　点缀枯梢的皪。疏影荡摇寒碧。指与纤纤教自摘。枝横云鬓侧。

又

天气暖。开了荼䕷一半。红日迟迟风拂面。阶前花影乱。　　俊雅风流不见。定被莺花留恋。千尺游丝舒又胃。系人心上线。

又

歌罢奏。敛步拂开罗袖。宝扇轻摇香汗透。软香沾素手。　　小立偎人良久。一寸娇波横溜。心事未言眉已皱。无端催劝酒。

南 乡 子

斗笠棹扁舟。碧水湾头放自流。尽日垂丝鱼不上,优游。更觉心松奈得愁。　　行客语沧洲。笑道渔翁太拙休。万事要须有道,何由。教与敲针换曲钩。

又

纵棹越溪船。破浪冲涛到碧湾。种就长堤千亩竹,无边。插玉屯云满渭川。　　平日乐归田。不恋荣华不慕仙。得个容身栖隐处,宽闲。每日江边理钓竿。

减字木兰花

烟云变化。面面青山如展画。俯对平川。野水烟村远接天。有时纵目。景物繁华观不足。月下风头。一曲清讴博见楼。

瑞鹤仙　栽梅

南州春又到。向腊尽冬残,冰姑先报。芳心爱春早。露生香馥馥,
靓妆皎皎。诗人最巧。道竹外、斜枝更好。旋移根引水,浇培松
竹,凑成三妙。　　回首当年客里,荆棘途中,幸陪欢笑。闲愁似
扫。记风雪、关山道。待飘花结子,和羹煮酒,还我山居送老。那
青红、浪蕊浮花,尽锄去了。

又　嘲博见楼

倚阑观四远。近有客登临,故相磨难。山形欠舒展。小峰峦云树,
晦明更变。江淮楚甸。又何曾、分明在眼。但临深、自觉身高,未
可便名博见。　　休辨。吾心乐处,不要他人,共同称善。痴儿浅
浅。因他谩说一遍。问还知宴坐,回光收视,大地河山尽现。待于
中、会得些时,举觞奉劝。

又　众会谢右司赵鄂州劝酒二首　右司

人生如意少。谁得似仙翁,身名俱好。亨衢腾踏早。驾双旌五马,
便居蓬岛。闽山蜀道。秉玉节、油幢屡到。号当今、有脚阳春,处
处变愁成笑。　　尤妙。晚陪论道。密赞调元,虎符重剖。去劳
自保。奉香火、归来了。见煌煌甲第,两两龙驹,绿鬓朱颜未到。
是平生、种德阴功,自天有报。

又　鄂州

金枝联玉叶。世代有宗英,声华烨烨。君侯更超绝。抱不群才气,
壮图英发。津途轨辙。□武上、青霄迥别。自玉阶、契合君王,拍
拍满怀风月。　　奇绝。身居萧散,志在功名,眼高天阔。恩来魏

阙。长江上、驻旌节。待胡尘有警,纶巾羽扇,谈笑周郎事业。恁
时看、国倚强宗,诏褒伟烈。

又　渭川行乐词　予有一洲,可五百亩,植花竹其上,号
小渭川,春月游人多于其上藉草酌酒歌乐

残梅飘簌簌。看柳上春归,柔条新绿。娇莺离幽谷。弄弹簧清响,
飞迁乔木。年华迅速。叹浮生、流晖转烛。自春来、每每遨游,多
办九霞醽醁。　　　溪北。踏青微步,鬥草慵眠,锦茵花褥。铅华簌
簌。歌声妙、间丝竹。爱一川好处,高山流水,不减城南杜曲。笑
平生、卓地无锥,老来富足。

满　江　红

往事千端,都笑道、衰翁宦拙。今会得、人情物态,尽皆休说。广厦
尽堪舒笑傲,层楼又见凌空阔。试闲思、画戟比衡门,谁优劣。

尘里事,无休歇。楼上趣,真奇绝。有一川虚旷,万山环列。识
破古今如旦暮,肯将物我刚分别。愿时时、与客坐楼心,谈风月。

又　中秋日

屈指重阳,有半月、犹零九日。且停待、今宵月上,宝轮飞出。有客
最谙闲况味,无人会得真消息。算何须、抵死要荣华,劳心力。

楼观迥,遥山碧。槽醿小,真珠滴。随分赏、闲亭别圃,好天良
夕。篱畔行看金蕊耀,林梢便见瑶芳白。玩春来、夏去复秋冬,尘
中客。

又　登长沙定王台和南轩张先生韵

小立危亭,风惨淡、斜阳满目。望渺渺、湘江一派,楚山千簇。芳草

连云迷远树、断霞散绮飞孤鹜。感骚人、赋客向来词,愁如束。

　嗟远宦,甘微禄。惊世事,伤浮俗。且经营一醉,未怀荣辱。君不见、渊明归去后,一觞自泛东篱菊。仰高风、寂寞奠生刍,人如玉。

又　辛丑年假守沅州,蒙恩贬罢,归次长沙道中作

忆昔西来,春已暮、馀寒犹力。正逦迤、登山临水,未嗟行役。云笈偶寻高士传,桃川又访秦人迹。向此时、游宦兴阑珊,归无策。

　归计定,归心迫。惊换岁,犹为客。还怅望、家山千里,迥无消息。□□不堪泥路远,烟林赖有梅花白。为孤芳、领略岁寒情,谁人识。于时部使者一二人,修私怨,攘微功,阴加中伤,不遗馀力。有一故人当道,甚怜无辜,津送之意甚勤,逆旅不至狼狈者,故人之恩也,遂发兴于风雨梅花之间。

又　题博见楼

物理分明,人事巧、元来是拙。常自觉、满怀春意,向他谁说。剩喜登临频眺望,那知出处成迂阔。细闲思、萧散较贪痴,谁为劣。

　高楼上,蝉声歇。飞栋外,云行绝。见明河星斗,半空森列。领略光阴成赋咏,等闲酬唱休旌别。要良辰、把酒倩佳宾,嘲风月。

又　赴长沙幕府,别饯,送客

拍碎红牙,一声上、梁尘暗落。纨扇掩、雏莺叶下,巧呈绰约。字字只愁郎幸浅,声声似怨年华薄。坐中人、相顾感幽怀,添萧索。

　歌暂阕,杯交错。人又去,情怀漠。那堪听风雨,渭城吹角。去去已离闽岭路,行行渐近滕王阁。便无情、山海会相逢,坚心著。

又　郡集观舞

檀板频催,双捻袖、飞来趁拍。锦茵上、娇抬粉面,浅蛾脉脉。鸾觑
莺窥秋水净,鸿惊凤翥祥云白。看妖娆、体态与精神,天仙谪。

　　鞓带紧,弓靴窄。花压帽,云垂额。□原无空格,从彊村丛书本回雪、
定拚醉倒,厌厌良夕。明日恨随芳草远,回头目断遥山隔。料多
情、应也念行人,思佳客。

又

墙下松筠,并手种、花寘尽著。试屈指、一年前事,恍然如昨。繁杏
新荷春夏景,疏梅细菊秋冬约。渭川翁、随分小生涯,些官爵。

　　分物我,争强弱。都做梦,谁先觉。好一条平路,是人迷却。斑
鬂已灰心里事,瘦藤谩挂瓢中药。愿当今、四海九州人,同欢乐。

又　观雪述怀

雪压山颓,谁撒下、琼花玉蕊。寒气凛、沉沉天籁,望迷千里。群雀
耐寒枯树顶,扁舟独钓平沙凊。把江南、图画展开看,都难比。

　　台榭远,登临喜。楼阁上,歌声起。赏时光,居士独怜愁底。安
得四方寒畯彦,归吾广厦千间里。但今生、此愿得从心,心休矣。

又

惨惨枯梢,初疑似、真酥点滴。见深红蒂萼,方认早梅消息。粉艳
牵连春意动,冰姿照映霜华白。伴苍松、修竹似幽人,相寻觅。

　　香远近,枝南北。幽涧畔,疏篱侧。便佣儿贩妇,也知怜惜。渭
水渔翁方入社,西湖处士成陈迹。爱平生、炯炯岁寒心,无今昔。

江城子　盆中梅

年年腊后见冰姑。玉肌肤。点琼酥。不老花容,经岁转敷腴。向背稀稠如画里,明月下、影疏疏。　　江南有客问征途。寄音书。定来无。且傍盆池,巧石倚浮图。静对北山林处士,妆点就、小西湖。

又

一钩新月下庭西。绣帘低。漏声迟。小宴幽欢,衣约似当时。娇盼注人都不语,眉黛蹙,鬓云欹。　　街槐阴下玉骢嘶。苦相催。醉中归。可惜明朝,秋色满东篱。只恐又成轻别也,情脉脉,恨凄凄。

满庭芳　乙巳八月十日登博见楼作

丹腹浮空,琉璃耀日,上云楼阁眈眈。□□居士,燕坐息玄谈。十载劳心问道,今悟罢、截日停参。凝神处,九苞丹凤,翔舞在山南。　　喃喃。成障碍,千经万论,从此休贪。且陶陶兀兀,对酒醺酣。清兴有时狂放,扁舟上、绿水澄潭。渔歌起,从他两岸,齐笑老翁憨。

卜　算　子

人事几时穷,我性偏宜静。世上谁无富贵心,到了须由命。　　闲里且偷安,醉后休教醒。醉里高歌妙入神,妙处君须听。

又

梅蕾破香时,雪月交光夜。何处飞来两玉娥,体态双闲雅。　　纵目碧城楼,劝酒留云榭。唱底仙家古道情,分付知音者。

瑞鹧鸪 登博见楼作

与君蹑足共凭阑。俯视周回四面山。目静鲁邦心渺渺,气吞梦泽意闲闲。　　烟云变化更明晦,乌鹊忘机互往还。唤取黄尘冠盖客,暂来徙倚片时间。

又

几时芟棘薙蒿蓬。付我天然地一弓。乔木茂林森耸耸,遥岑叠嶂碧重重。　　水心台榭超尘表,楼上乾坤跨域中。黄鹤巴陵千古事,那知不是此衰翁。

感皇恩 雁汉泊舟作

秋意满江湖,雨轻风熟。上水扁舟片帆速。远山低岸,贪看浅红深绿。不知回柂尾,沧湾宿。　　推枕起来,举杯相属。休叹风尘为微禄。几年行路,但觉登临不足。且翻楚调入,清江曲。

临江仙 同王侯二公登裴公亭

忽忆裴公台上去,远空秋气棱棱。万山一水秀还明。此时三楚客,何意续骚经。　　爱竹子猷参杖屦,能诗侯喜同登。赓酬不尽古今情。清风生白麈,侧月照疏星。

好事近 和人题渭川钓渔图韵

风景好樵川,郭外三洲烟渚。过尽古今清逸,奈天公不与。　　地灵人意会符同,留待烟霞侣。一棹轻舟开岸,弄滩声风雨。

又

宿面浅匀妆,梅粉旋生春色。绣草冠儿宫样,系丁香新缬。　　凤
檀槽上四条弦,轻□□□撚。恰似浔阳江畔,话长安时节。

鹊桥仙　乙巳第四次雪

银花千里,玉阶三尺,远近高低一色。天公今岁被诗催,特地放、冬
前四白。　　梅梢竹外,频频轻撼,嫌乱瑶芳素质。耐寒相对不胜
清,毡帐底、偎红未得。

木 兰 花 慢

残红吹尽了,换新绿、染疏林。正杜宇催归,行人贪路,天气轻阴。
江亭旧游宴处,但遥山、数叠晚云深。犹忆佳人敛黛,为予别泪盈
襟。　　而今。旅况难禁。逢胜概、懒登临。念景熟难忘,情多易
感,取次关心。平明又西去也,望关山、古道马骎骎。回首当年一
梦,笑将浊酒重斟。

又　登楼观稼作

无言凭燕几,爱香袅、博山炉。正暖日辉辉,晴云淡淡,千里平芜。
田家尽收刈了,见牛羊、下垅暝烟孤。闻说丰年景致,老农击壤呜
呜。　　狂夫。素乏良图。从上策、赋归欤。有千亩松筠,三洲风
月,尽遂吾初。凭谁去西塞岸,问玄真、此意果何如。寂寞无人共
乐,醉乡是我华胥。

又　思旧事有作

对轩辕古镜,照华髪、短刁骚。念壮岁心情,平生志气,可笑徒劳。

云中谩夸魏尚,请休论、定远说班超。总是黄粱一梦,怎如尘外逍
遥。　　蛮徭。洞入云霄。算无分、到仙曹。愿归隐闽山,来临渭
水,葺个云巢。楼居共、真仙伴侣,又有时、混迹入渔樵。且恁随缘
玩世,帝乡路觉迢迢。

<h2 style="text-align:center">又</h2>

朝天门外路,路坦坦、走_{去声}瑶京。悔年少狂图,争名远宦,为米孤
征。星星。半凋鬓发,事千端、回首只堪惊。居士新来悟也,渭川
小隐初成。　　临清。巧创幽亭。真富贵、享安荣。有猿鸟清讴,
松篁森卫,桧柏双旌。蛙鸣。自然鼓吹,粲林华、前后锦围屏。须
信早朝鸡唱,未如夜枕滩声。

<h2 style="text-align:center">又　看春有感</h2>

平生花恨少,又那得、酒中愁。自禅板停参,蒲团悟罢,身世忘忧。
南柯旧时太守,尽当年、富贵即时休。莫羡痴儿小子,心心念念封
侯。　　优游。取次凝眸。春浩浩、思悠悠。爱万木欣荣,幽泉流
注,好鸟勾舟。感生生、自然造化,玩吾心、此外复何求。应有知音
共赏,定当一语相投。

<h2 style="text-align:center">柳　梢　青</h2>

叶下云行,亭皋风静,凉雨丝丝。断雁孤鸣,寒蛩相应,寂寂书帏。
　　蒲团纸帐兰台。梦不到、邯郸便回。蚁穴荣华,人间功业,都
恼人怀。

<h3 style="text-align:center">鹧鸪天　城南书院饯别张南轩赴阙奏事知严州</h3>

竹树萧萧屋数椽。平湖漫漫纳通川。有时竹杖芒鞋至,醉著山光

水色间。　　成小隐,未经年。功名夷路稳加鞭。逢时且数中书考,他日还寻独乐园。

又

记得追游故老家。红莲幕府在长沙。放船桥口秋随月,走马春园夜踏花。<small>马氏故宫有会春园。</small>　　思往昔,谩咨嗟。几番魂梦转天涯。葵轩老子今何在,岳麓风雩噪暮鸦。<small>岳麓书院旁有风雩亭。</small>

又

一夜春寒透锦帏。满庭花露起多时。全金梳子双双耍,铺翠花儿袅袅垂。　　人去后,信来稀。等闲屈指数归期。门前恰限行人至,喜鹊如何圣得知。

又

日日楼心与画眉。松分蝉翅黛云低。象牙白齿双梳子,驼骨红纹小棹篦。　　朝暮宴,浅深杯。更阑生怕下楼梯。徐娘怪我今疏懒,不及卢郎年少时。

又

纸帐虚明好醉眠。博山轻袅水沉烟。了知世上都如梦,须信壶中别有天。　　知我者,为君言。道人有个好因缘。丹成有日归云路,且醉梅花作地仙。

点绛唇 <small>长沙送同官先归邵武</small>

满路梅花,为谁开遍春风萼。短亭萧索。草草传杯酌。　　送子先归,我羡辽东鹤。他年约。瘦藤芒屦。共子同丘壑。

又

日月无根，循环常共天难老。世间扰扰。只见闲烦恼。　满酌
高吟，便是今生了。还知道。旧时官好。几个新华表。

又

一叶扁舟，浮家来向江边住。这回归去。作个渔樵侣。　不挂
征帆，也莫摇双橹。天涯路。云山烟渚。总是留人处。

又

桂子飘香，江南秋老霜风作。自怜漂泊。几度伤离索。　孤馆
迢迢，满引村醪酌。情无著。好音难托。又失黄花约。

又　代作，贺生子

瑞气盈门，神仙谪下看看到。已知消耗。弧矢呈祥了。　种德
阴功，自有多男报。还知道。果生蓬岛。不比人间早。刘梦得诗云：
海中仙果子生迟。

鱼游春水

林梢听布谷。郭外舒怀仍快目。平田浩荡，潋潋泉鸣暗谷。香稻
吐芒针棘细，秀麦摇风波浪绿。山童野老，意亲情熟。　我待休
官弃禄。屏迹幽闲安退缩。渭川千亩修篁，嶰嶰绀玉。顾盼滩流
萦八节，呼吸湖光穿九曲。贪求自乐，尽忘尘俗。

霜天晓角　题九里驿

晓来风作。病怯春衫薄。郭外溪山明秀，红尘里、自拘缚。　村

酒频斟酌。野花偏绰约。十载人非物是,惊回首、梦初觉。

虞美人 咏菊

疏风摆撼芙蓉沼。垅上梅英小。谁家姊妹去寻芳。粉面云鬟参杂、汉宫妆。　　邯郸奏罢宫中乐。邂逅同杯酌。老来花酒制颓龄。为爱嫣然娇靥、鬬盈盈。

又

年年冬后心情快。常是留宾醉。尊前笑靥糁金钿。更有半黄柑橘、满堆盘。　　人人爱道休官去。总是闲言语。古今文士与贤才。为甚独高陶令、赋归来。

又 月下听琴,西湖作

横波清靓西湖水。黛拂吴山翠。藕丝衫子水沉香。坐久冰肌玉骨、起微凉。　　金徽泛柳听佳句。叠叠胎仙舞。曲终松下小盘桓。风露泠泠、直欲便骖鸾。

菩 萨 蛮

遥山几叠天边碧。故教遮断天涯客。楼倚暮云端。春风罗袖寒。　　兴君千里别。共此关山月。皓月一般明。君心怎敢凭。

又 题莲花庵

岭猿啸罢千山碧。小庵虚室团团白。庵在小山头。从来少客游。　　道人方打坐。举袖来迎我。问我此来因。拈花与道人。

南　歌　子

湛露凉亭馆,香风散荬荷。晚来月色似金波。间绿围红、同伴雪儿歌。　　年少风流足,情深欢会多。佳人月下拜嫦娥。不似隔年牛女、望星河。

八声甘州　怀渭川作

自秋来、多病意无聊,不作渭川游。想兰菊凋疏,松筠茂密,亭馆清幽。四望遥山万叠,叠叠翠光浮。人道蓬莱岛,仿佛瀛洲。　　居士心迷丘壑,念迂疏老懒,难觅封侯。看才能成事业,且自抽头。携老稚、团栾百口,要他年、在此作菟裘。无言也,此生心事,都付东流。

如　梦　令

花上娇莺哑咤。著色江南图画。可惜好春风,有酒无人同把。拚舍。拚舍。独醉好天良夜。

又　同官新得故官故姬

王谢堂前旧燕。毕竟情高意远。只恐宠恩深,后会不教人见。深劝。深劝。不枉追欢一遍。

又　催梅雪

梅雪渐当时候。访问全无消耗。凭仗小阳春,催取南枝先到。然后。然后。雪月交光同照。

西江月 为内子寿

日日齐眉举案,年年劝酒持觥。今年著意寿卿卿。幼稚绵绵可庆。
　　官冷未尝贫贱,家肥胜似功名。所为方便合人情。管取前途
更永。

渔家傲 沅州作

长记浔阳江上宴。庾公楼上凭阑遍。北望淮山连楚甸。真伟观。
中原气象依稀见。　　漂泊江湖波浪远。依然身在蛮溪畔。愁里
不知时节换。春早晚。杜鹃声里飞花满。

又

闻道西洲梅已放。几时乘兴同寻访。稚子携壶翁策杖。徐徐往。
青山绿水皆堪赏。　　满月当空川晃晃。却呼艇子摇双桨。几阵
浓香新酝酿。波溶漾。宛然身在西湖上。

又

特为梅花来渭水。有人折得横梢至。粉悴香悭春意未。多应是。
江南信息争先寄。　　水绿山青风日美。此时正惬幽人意。驱使
风光佳句里。□满纸。却将旧日诗词比。

杏 花 天

当年悔我抛生计。趁升斗、蛮乡远地。谁知事向无心起。回首邯
郸梦里。　　风雪满□□□□。最好处、吴头楚尾。青山本是强
人意。更时见、梅花助美。以上武进陶氏景汲古阁抄本渭川居士词

唐致政

唐致政,不知其名,与王柏同乡,盖金华人。疑与唐仲友同族。

感皇恩 原无调名

君欲问予年,八十有七。百岁十分尚留一。世间滋味,尝尽酸咸苦涩。时今倒食蔗、无甜汁。下缺　　鲁斋王文宪公文集卷十一

楼　锷

锷字巨山,一字景山,鄞县(今浙江省宁波市)人。绍兴三十年(1160)登进士第。乾道五年(1169),太学正。七年(1171),湖北路安抚司准备差遣。淳熙元年(1174),枢密院编修官、出知江阴军、移知武昌府。

浣溪沙 双桧堂

夏半阳乌景最长。小池不断藕花香。电影雷声催急雨,十分凉。　　茭剥明珠随意嚼,瓜分琼玉趁时尝。双桧堂深新酿好,且传筋。词综卷十四

林　外

外字岂尘,晋江人。绍兴三十年(1160)进士,官兴化令。有懒窟类稿,不传。

洞　仙　歌

飞梁压水,虹影澄清晓。橘里渔村半烟草。今来古往,物是人非,
天地里,唯有江山不老。　　　雨巾风帽。四海谁知我。一剑横空
几番过。按玉龙、嘶未断,月冷波寒,归去也、林屋洞天无锁。认云
屏烟障是吾庐,任满地苍苔,年年不扫。四朝闻见录丙集

　　按此首别误作苏轼词,见翰墨大全后乙集卷十三。别又误作李山民词,见烬馀录
乙编。或又云吕洞宾作,见苕溪渔隐丛话前集卷五十八。

梁安世

　　安世字次张,括苍人。绍兴六年(1136)生,绍兴二十四年(1154)进
士。淳熙中,官广南西路转运判官。

西江月　淳熙庚子重九,梁次张拉韩廷玉、但能之、陈
　　　　　　颖叔同游临桂栖霞洞,赋西江月词

南国秋光过二,宾鸿未带初寒。洞中驼褐已嫌单。洞口犹须挥扇。
　　夕照千峰互见,晴空万象都还。羡他渔艇系澄湾。欹枕玻璃
一片。粤西金石略卷九

黄岩叟

　　岩叟,四明人。绍兴三十年(1160)进士。
　　按岩叟似非名,葛天民无怀小集中有上巳呈黄岩叟诗,绍兴三十年进士之黄岩
叟,疑或是另一人。

望　海　潮

梅天雨歇,柳堤风定,江浮画鹢纵横。瀛女弄箫,冯夷伐鼓,云间凤

咽鼍鸣。波面走长鲸。卷怒涛来往,搅碎沧溟。两岸游人笑语,罗绮间簪缨。　　灵均逝魄无凭。但湘沅一水,到底澄清。菰黍万家,丝桐五彩,年年吊古深情。锦帜片霞明。使操舟妙手,翻动心旌。向晚鱼龙戏罢,千里浪花平。阳春白雪卷二

富　掿

掿字修仲,雒阳人,绍兴七年(1137)生。富弼四世孙,以荫入仕。曾官知县,贰乌程,守一军垒。淳熙十三年(1186)卒,年五十。有富修仲家集,不传。

多丽　寿刘帅

淡云收、晓来春满湘中。柳如烟、花枝如糁,万红千翠纤浓。照帘旌、微穿丽日,动罗幕、轻转香风。天上良辰,人间淑景,生贤和气显殊钟。映时表、南山北斗,相并两穹崇。须知道、英明罕比,文武谁同。　　奉慈亲、承颜戏彩,更闻吉梦占熊。扫蛮氛、遂清三楚,定徐方、行策元功。趣召遄归,康时佐主,指挥谈笑虏巢空。寿觞举、器舟斟海,不用水精钟。休辞醉,千龄会遇,美事重重。翰墨大全丙集卷十三

邵怀英

怀英,字里不详。其词乃寿刘珙者,盖孝宗时人,官于湖南者。张孝祥于湖居士文集卷五有送邵怀英分鲁直诗韵人间风日不到处天上玉堂森宝书得书字诗,又有元宵同张钦夫邵怀英分韵得红旗字诗。

水调歌头　寿刘帅

香衬紫荷陌,和气满长沙。黄堂庶寝春晓,风软碧幢遮。天遣武夷

仙客，来掌元戎金印，千骑拥高牙。收了绿林啸，喜动紫薇花。

青藜杖，鸿宝略，属公家。长城应与借一，天语屡褒嘉。且伴彩衣行乐，指日丝纶飞诏，归去凤池夸。千岁祝眉寿，福海浩无涯。

翰墨大全丙集卷十三

赵长卿

长卿自号仙源居士，南丰宗室。有仙源居士惜香乐府九卷。
长卿疑名师有，俟考。

春景

水龙吟　酴醾

韶华迤逦三春暮。飞尽繁红无数。多情为与，牡丹长约，年年为主。晓露凝香，柔条千缕，轻盈清素。最堪怜，玉质冰肌婀娜，江梅谩休争妒。　　翠蔓扶疏隐映，似碧纱笼罩，越溪游女。从前爱惜娇姿，终日愁风怕雨。夜月一帘，小楼魂断，有思量处。恐因循易嫁，东风烂熳，暗随春去。

念奴娇　梅

小春时候，见早梅吐玉，裁琼妆白。点点枝头光照眼，恼损柔肠情客。暗里芳心，出群标致，经岁成疏隔。如今风韵，何人依旧冰雪。　　冷艳潇洒天然，香姿肯易许，游蜂狂蝶。夜半黄昏担带了，多少清风明月。宋玉虽悲，元超虽恨，见了千愁歇。东君还许，有情取次攀折。

满庭芳　元日

爆竹声飞，屠苏香细，华堂歌舞催春。百年消息，经半已凌人。念我功名冷落,又重是、一岁还新。惊心事,安仁华鬓,年少已逡巡。

明知生似寄,何须苦苦,役慕蹄轮。最难忘、通经好学沉沦。况是读书万卷,辜负他、此志难伸。从今去,灯窗勉进,云路岂无因。

花心动　客中见梅寄暖香书院

风软寒轻,暗香飘、扑面无限清楚。乍淡乍浓,应想前村,定是早梅初吐。马儿行过坡儿下,危桥外、竹梢疏处。半斜露。花花蕊蕊,灿然满树。　　一饷看花凝伫。因念我西园,玉英真素。最是系心,婉娩精神,伴得水云仙侣。断肠没奈人千里,无计向、钗头频觑。泪如雨。那堪又还日暮。

踏莎行　春暮

柳暗披风,桑柔宿雨。一番绿遍江头树。莺花已过苦无多,看看又是春归去。　　病酒情怀,光阴如许。闲愁俏没安排处。新来著意与兜笼,身心苦役伊知否。

南歌子　早春

春色烘衣暖,宫梅破鼻香。尽驱和气入兰堂。又是轻云微雨、下巫阳。　　酒带欢情重,醺醺气味长。晚来拂拭略梳妆。笑指一钩新月、上回廊。

蝶恋花　春深

宿雨新晴天色好。秾李夭桃,一霎都开了。燕子归来深院悄。柳绵铺径无人扫。　　咫尺莺花还又老。绿入闲阶,只有青青草。参揣前期谁可表。此情不语知多少。

鹧鸪天 荼䕷

镂玉裁琼莫比香。娉婷枝上殢春光。风流别有千般韵,割舍昏沉
入醉乡。　　蜂共蝶,尽干忙。檀心知未肯寻常。从来诗苦人消
瘦,乞与幽窗富锦囊。

又 春暮

蜂蜜酿成花已飞。海棠次第雨胭脂。园林检点春归也,只有萦风
柳带垂。　　情默默,恨依依。可人天气日长时。东风恰好寻芳
去,何事驱驰作别离。

江神子 梅

年年长见傲寒林。压群英。有馀清。曾被芳心,红日恼诗情。玉
质暗香无限意,偏婉娩,尽轻盈。　　今年潇洒照岐亭。更芳馨。
也峥嵘。无奈多情,终是惜飘零。谁与东君收拾取,怕风雨,挫瑶
琼。

南歌子 荆溪寄南徐故人

春思浓如酒,离心乱似绵。一川芳草绿生烟。客里因循重过、艳阳
天。　　屈指归期近,愁眉泪洒然。无端还被此情牵。为问桃源、
还有再逢缘。

临江仙 赏花

忆昔去年花下饮,团栾争看酴醿。酒浓花艳两相宜。醉中尝记得,
裙带写新诗。　　还是春光惊已暮,此身犹在天涯。断肠无奈苦
相思。忧心徒耿耿,分付与他谁。

一丛花 杏花

柳莺啼晓梦初惊。香雾入帘清。胭脂淡注宫妆雅,似文君、犹带春
醒。芳心婉娩,媚容绰约,桃李总消声。　　相如春思正萦萦。无
奈惜花情。曲栏小槛幽深处,与殷勤、遮护娉婷。姚黄魏紫,十分
颜色,终不似轻盈。

青玉案 春暮

天涯目断江南路。见芳草、迷风絮。绿暗花梢春几许。小桃寂寞,
海棠零乱,飞尽胭脂雨。　　子规声里山城暮。月挂西南梦回处。
满抱离愁推不去。双眉百皱,寸肠千缕,若事凭鳞羽。

醉蓬莱 赏郡圃芍药

是三春已暮,浪蕊凋残,牡丹零落。独殿清和,有佳名芍药。浅浅
芳丛,绣幢鼎鼎,更艳香绰约。浑似扬州,画楼卷起,翠帘红幕。
　　倚槛轻盈,万娇千媚,故整霞裙,笑花寂寞。太守风流,拥笙歌围
著。坐上诗人,二千里外,念此身飘泊。客眼看花,归心对酒,番成
萧索。

雨中花慢 春雨

宿霭凝阴,天气未晴,峭寒勒住群葩。倚栏无语,羞辜负年华。柳
媚梢头翠眼,桃蒸原上红霞。可堪那、尽日狂风荡荡,细雨斜斜。
　　东君底事,无赖薄幸,著意残害莺花。惟是我,惜春情重,说奈
咨嗟。故与殷勤索酒,更将油幕高遮。对花欢笑,从教风雨,著醉
酬他。

蓦山溪　早春

晓来雨霁。弱柳摇新翠。丽日媚东风,正不暖不寒天气。幽禽弄舌,花上诉春光,高一饷,低一饷,清喨圆还碎。　　那知时势。春亦元无意。草木自敷荣,似人生、功名富贵。我咱谙分,随有亦随无,不妒富,不憎贫,歌酒闲游戏。

蝶恋花　暮春

芍药开残春已尽。红浅香干,蝶子迷花阵。阵是清和人正困。行云散后空留恨。　　小字金书频与问。意曲心诚,未必他能信。千结柔肠愁寸寸。钿钗几日重相近。

虞美人　清婉亭赏酴醾

江梅虽是孤芳早。争似酴醾好。凡红飞尽草萋迷。婀娜枝头才见、细腰肢。　　玉容消得仙源惜。满架香堆白。檀心应共酒相宜。割舍花前猛饮、倒金卮。

又　深春

冰塘浅绿生芳草。枝上青梅小。柳眉愁黛为谁开。似向东君、喜见故人来。　　碧桃销恨犹堪爱。妃子今何在。风光小院酒尊同。向晚一钩新月、落花风。

江神子　忆梅花

小溪清浅照孤芳。蕊珠娘。暗传香。春染粉容,清丽傅宫妆。金缕翠蝉曾记得,花密密、过彤墙。　　而今冷落水云乡。念平康。转情伤。梦断巫云,空恨楚襄王。冰雪肌肤消瘦损,愁满地、对斜阳。

醉蓬莱　春半

是平分春色,梦草池塘,暖风帘幕。昨夜三台,灿天边芝角。自是
君家,庆流泽远,降生申崧岳。厚德温良,高才粹雅,渊源学博。
　　何事丹墀,尚淹阔步,未许中原,少勤方略。且对笙歌,醉黄金错
落。蕊洞珠宫,媚人桃李,趁青春绰约。绿意红情,成阴结子,五云
楼阁。

临江仙　暮春

春事犹馀十日,吴蚕早已三眠。多情忍对落花前。酴醾飘暖雪,荷
叶媚晴天。　　香淡无心浸酒,绿浮可意邀船。时光堪恨也堪怜。
单衣三月暮,歌扇一番圆。

青玉案　社日客居

去年社日东风里。向三径、开桃李。脆管危弦随意起。绿阴红影,
暖香繁蕊,伴我醺醺醉。　　今年社日空垂泪。客舍看花甚情意。
江上危楼愁独倚。欲将心事,巧凭来燕,说与人憔悴。

南歌子　春暮送别

枝上红飞尽,梢头绿已匀。游丝柳絮媚青春。向晚暖风帘幕、练光
新。　　春已匆匆去,那堪话别情。刘郎几日便登程。告你觅些
欢笑、送行人。

醉落魄　春深

麦畦匀绿。枝头屑屑飞梅玉。伤心何事人南北。断尽回肠,忍听

阳关曲。　　倚窗青荫亭亭竹。好风敲动声相续。夜阑怕见银台烛。会得离情，他也泪速速。

点绛唇　春寒

密雨随风，昨来一夜檐声溜。奈何僝僽。官路梅花瘦。　　赋得多情，怕到春时候。如今一^{按"一"疑"又"字之误。陆校："一"字宜作韵。}病非因酒。试问君知否。

又　早春

春到垂杨，嫩黄染就金丝软。丽晴新暖。涌翠千山远。　　为甚年年，眉向东风展。闲消遣。欲归犹懒。渔笛天将晚。

又　春半

轻暖轻寒，赏花天气春将半。柳摇金线。求友莺相唤。　　玉腕蛾眉，意眼频频盹。歌喉软。玉卮受劝。一醉应相拚。

又　春雨

夜雨如倾，满溪添涨桃花水。落红铺地。枝上堆浓翠。　　去年如今，常伴酴醾醉。今年里。离家千里。独猛东风泪。

又　春暮

啼鸟喃喃，恨春归去春谁管。日和风暖。绿暗闲庭院。　　还忆当年，绮席新相见。人已远。水流云散。空结多情怨。

鹧鸪天　咏荼蘼五首

弱质纤姿俪素妆。水沉山麝郁幽香。直疑姑^{按"姑"原作"始"，陆校云：}

疑"姑"射来天上,要恼人间傅粉郎。　　简酿酒,枕为囊。更馀风
味胜糖霜。肯如红紫空姚冶,谩惹游蜂戏蝶忙。

又

玉容应不羡梅妆。檀心特地赛炉香。半藏密叶墙头女,勾引酡颜
马上郎。　　樽乏酒,且倾囊。蟹螯糟熟似黏霜。一年光景浑如
梦,可惜人生忙处忙。

又

洗尽铅华不著妆。一般真色自生香。飘飘何处凌波女,故故相迎
马上郎。　　寻谱谍,发诗囊。绝胜梅萼嫁冰霜。故山寒食依然
在,勾引东坡旅兴忙。

又

镂玉裁琼学靓妆。不须沉水自然香。好随梅蕊妆宫额,肯似桃花
误阮郎。　　羞傅粉,贱香囊。何劳傲雪与凌霜。新来勾引无情
眼,拚为东风一饷忙。

又

绰约肌肤巧样妆。风流元自有清香。未应傅粉疑平叔,欲笑荷花
似六郎。　　浮蚁瓮,入诗囊。学人消瘦怯风霜。午窗一枕庄周
梦,甘作花心粉蝶忙。

探春令 元夕

去年元夜,正钱塘,看天街灯烛。闹蛾儿转处,熙熙语笑,百万红妆
女。　　今年肯把轻辜负。列荧煌千炬。趁闲身未老,良辰美景,

款醉新歌舞。

小重山　残春

清晚窗前杜宇啼。游仙惊梦醉,断魂迷。起来窗下看盆池。伤春去,消瘦不胜衣。　　柳陌记年时。行云音信杳、与心违。空教攒恨入双眉。人已远,红叶莫题诗。

又　残春

绿树阴阴春已休。群花飘尽也,不胜愁。游丝飞絮两悠悠。迷芳草,日暖雨初收。　　深院小迟留。好香烧一炷,细烟浮。更听羯鼓打梁州。恼人处,宿酒尚扶头。

菩萨蛮　赏梅

梅花有意舒香粉。舒香已得先春信。香与露华清。露浓愁杀人。　　酒多愁愈重。此意谁能共。泪湿染衣斑。夜霜金缕寒。

又　梅

梅花枝上东风软。朝来吹散真香远。雅淡有馀清。客心和泪倾。　　美人临别夜。月晃灯初焰。玉枕小屏山。眉尖曾细看。以上惜香乐府卷一

水龙吟　梅词

烟姿玉骨尘埃外,看自有神仙格。花中越样风流,曾是名标清客。月夜香魂,雪天孤艳,可堪怜惜。向枝间且作,东风第一,和羹事、期他日。　　闻道春归未识。问伊家、却知消息。当时恼杀林逋,空绕团栾千百。横管轻吹处,馀香散、阿谁偏得。寿阳宫、应有佳

人,待与点、新妆额。

又 李词

苇绡开得仙花,就中最有佳人似。香肌胜雪,千般揉缚,禁他风雨。缟夜精神,繁春标致,忍教孤负。怅潘郎去后,河阳满县,知他是、谁为主。　　多谢文章吏部。遇衔杯、不曾轻许。应知这底,无言情绪,难为分付。吹遍春风,耀残明月,总伤心处。待闲亭夜永,游人散后,作飞仙去。

又 莺词

天教占得如簧,巧声乍啭千娇媚。金衣衬著,风流模样,于中可是。红杏香中,绿杨阴处,多应饶你。向黄昏、苦苦娇啼怨别,那堪更、东风起。　　别有诗肠鼓吹。未关他、等闲俗耳。双柑斗酒,当时曾是,高人留意。南国春归,上阳花落,止添憔悴。念啼声欲碎,何人解作留春计。陆校:结句疑脱一字,下首同。

又 雨词

淡烟轻霭濛濛,望中乍歇凝晴昼。才惊一霎催花,还又随风过了。清带梨梢,晕含桃脸,添春多少。向海棠点点,香红染遍,分明是、胭脂透。　　无奈芳心滴碎,阻游人、踏青携手。檐头线断,空中丝乱,才晴却又。帘幕闲垂处,轻风送、一番寒峭。正留君不住,潇潇更下黄昏后。

胜胜慢 草词

浓芳满地,秀色连天,和烟带雨萋萋。几许芳心,还解报得春晖。当时谢郎梦里,似殷勤、传与新诗。却为甚、动长门怨感,南浦伤离。　　　追想天涯行客,应解拥车轮,步步相随。惆怅如丝,正是欲断肠时。凭高望中不见,路悠悠、南北东西。春去也,怨王孙、犹自未归。

又 柳词

金垂烟重,雪飏风轻,东风惯得多娇。秀色依依,偏应绿水朱楼。腰肢先来太瘦,更眉尖、惹得闲愁。牵情处,是张郎年少,一种风流。　　　别后长堤目断,空记得当时,马上墙头。细雨轻烟,何处夕系扁舟。叮咛再须折赠,劝狂风、休挽长条。春未老,到成阴、终待共游。

南歌子　暮春值雨

黯霭阴云覆,滂沱急雨飞。洗残枝上乱红稀。恰是褪花天气、困人时。　　　向晓春醒重,㑂人起较迟。薄罗初见试轻衣。笑拭新妆、须要剪酴醾。

浣溪沙　春深

寒食风霜最可人。梨花榆火一时新。心头眼底总宜春。　　　薄暮归吟芳草路,落红深处鹧鸪声。东风疏雨唤愁生。

又 春暮

柳老抛绵春已深。夹衣初试晓寒轻。别离无奈此时情。　　　先自愁怀容易感,不堪闻底子规声。西楼料得数回程。

又 早春

不愤江梅喷暗香。春前腊后正凄凉。霜风雪月忍思量。　　　斜倚幽林如有恨,玉鳞飞后转堪伤。时人那解惜孤芳。

朝中措 梅

别来无事不思量。霜日最凄凉。凝想倚栏干处,攒眉应为萧郎。　　梅花岂管人消瘦,只恁自芬芳。寄语行人知否,梅花得似人香。

昭君怨 春日寓意

隔叶乳鸦声软。啼按"啼"原作"号",从汲古阁本淮海词断日斜影转。杨柳小腰肢。画楼西。　　役损风流心眼。眉上新愁无限。极目送云行。此时情。

按此首误入汲古阁本淮海词。

桃源忆故人 初春

夜来一夜东风暖。春到桃腮柳眼。对景可堪肠断。强把愁眉展。　　花期惹起归期念。前事从头忖遍。凝想水遥山远。空结相思怨。

长相思 春浓

花飞飞。柳依依。帘卷东风日正迟。社前双燕归。　　药栏东,药栏西。记得当时素手携。弯弯月似眉。

感皇恩 柳

景物一番新,熙熙时候。小院融和渐长昼。东君有意,为怜纤腰消瘦。软风吹破眉间皱。　　袅袅枝头,轻黄微透。舞到春深转清秀。锦囊多感,又更新来伤酒。断肠无语凭栏久。

探春令　早春

笙歌间错华筵启。喜新春新岁。菜传纤手青丝细。和气入、东风里。　　幡儿胜儿都姑嫜。戴得更忔戏。愿新春已后,吉吉利利。百事都如意。

菩萨蛮　春深

赤栏干外桃花雨。飞花已觉春归去。柳色碧依依。浓阴春昼迟。　　海棠红未破。匀糁胭脂颗。风雨也相饶。应怜粉面娇。

丑奴儿　春残

牡丹已过酴醾谢,飞尽繁花。浓翠〔嗁〕(号)鸦。绿水桥边卖酒家。　　年时携手寻春去,满引流霞。往事堪嗟。犹喜潘郎鬓未华。

浣溪沙　宠姬小春

帘卷轻风怜小春。荷枯菊悴正愁人。江梅喜见一枝新。　　料得主人偏爱惜,也应冰雪好精神。故园桃李莫生嗔。

清平乐　问讯梅花

楚梅娇小。好是霜天晓。宿酒恼人香暗绕。浸影碧波池沼。　　生成素淡芳容。不须抹黛匀红。准拟成阴结子,莫教枉费春工。

又　早起闻莺

绮疏新晓。学语雏莺巧。烟暖瑶阶梧叶老。满地东风芳草。　　少年不合风流。偿他酒债花愁。望断绿芜春去,销魂懒上层楼。

更漏子 暮春

日彤彤,风荡荡。帘外柳花飞飏。红有限,绿无穷。雨晴芳径中。
　　肠寸结。萦离别。还是去年时节。春暮也,子规啼。伤春三
月时。

诉衷情 重台梅

檀心刻玉几千重。开处对房栊。黄昏淡月笼艳,香与酒争浓。
　　宜轻素,鄙轻红。思无穷。化工著意,南南北北,一种东风。

小重山 杨花

枝上杨花糁玉尘。晚风扶起处,雪轻盈。扑人点点细无声。谁能
惜,撩乱满江城。　　忍泪未须倾。十年追往事,叹流莺。晓来雨
过转伤情。铺池绿,遗恨寄浮萍。

蝶恋花 春残

绿尽烧痕芳草遍。不暖不寒,切莫辜良宴。罨画屏风开羽扇。薄
罗衫子仙衣练。　　晚雨小池添水面。戏跃赪鳞,又向波心见。
持酒伊听声宛转。樽前唱彻昭阳怨。

鹧鸪天 咏燕

梁上双双海燕归。故人应不寄新诗。柳梧阴里高还下,帘幕中间
去复回。　　追盛事,忆乌衣。王家巷陌日沉西。兴亡无限惊心
语,说向时人总不知。

又　春残

谡谡东风作雨寒。无言独自凭栏干。绿肥红瘦春归去,恨逼愁侵酒怎宽。　　追往事,惜花残。残花往事总相关。风光台上伤心处,此意人休作〔等〕(算)闲。

探春令　寻春

新元才过,渐融和气,先到帘帏。谩闲绕、柳径花蹊里。探看试、春来未。　　年时曾把春抛弃。与春光陪泪。待今春、日日花前沉醉。款细偎红翠。

又　立春

数声回雁。几番疏雨,东风回暖。甚今年、立得春来晚。过人日、方相见。　　缕金幡胜教先办。著工夫裁剪。到那时睹当,须教滴惜,称得梅妆面。

又　赏梅十首

冰檐垂箸,雪花飞絮,时方严肃。向寻常摇曳,凡花野草,怎生敢夸红绿。　　江梅孤洁无拘束。只温然如玉。自一般天赋,风流清秀,总不同粗俗。

又

而今风韵,旧时标致,总皆奇绝。再相逢还是,春前腊后,粉面凝香雪。　　芳心自与群花别。尽孤高清洁。那情怀最是,与人好处,冷淡黄昏月。

又

彤墙风定,绮窗烛炧,沉吟独坐。料雪霜深处,司花神女,暗里焚百和。　　恼人一阵香初。把清愁薰破。更那堪得,冰姿玉貌,痛与惜则个。

又

龟纱隔雾,绣帘钩月,那时曾见。照影儿、觑了千回百转。素艳明于练。　　柔肠堆满相思更。更重看几遍。是天然不用,施朱栊翠,羞损桃花面。

又

疏篱横出,绿枝斜露,笑盈盈地。悄一似、初睹东邻女,有无限、风流意。　　半开折得琼瑰蕊。惹新香沾袂。放曲屏珠幌_{按"幌"原作"晃",陆校:"晃"应"幌"},胆瓶儿里,伴我醺醺睡。

又

冰澌池面。柳摇金线,春光无限。问梅花底事,收香藏蕊,到此方舒展。　　百花头上俱休管。且惊开俗眼。看绿阴结子,成功调鼎,有甚迟和晚。

又

溪桥山路。竹篱茅舍,凄凉风雨。被摧残沮挫,精神依旧,无奈相思苦。　　东君故与收拾取。忍教他尘土。向绿窗绣户,朱栏小槛,做个名花主。

又

雨屏风瘦,雪欺霜妒,时光牢落。怎奈向、天与孤高出众,一任傍人恶。　　凡花且莫相嘲谑。尽强伊寂寞。便饶他、百计千方做就,酝藉如何学。

又

楼头月满。栏干风度,有人肠断。为多情、役得神魂撩乱。又被梅萦绊。　　对花沉醉应须拚。且尊前相伴。恨无端玉笛,穿帘透幕,好梦还惊散。

又

清江平淡,暗香潇洒,满林风露。渐枝上、也学杨花柳絮。轻逐春归去。　　东君著意勤遮护。总留他不住。幸西园别有,能言花貌,委曲关心愫。以上惜香乐府卷二

宝鼎现 上元

嚣尘尽扫,碧落辉腾,元宵三五。更漏永、迟迟停鼓。天上人间当此遇。正年少、尽香车宝马,次第追随士女。看往来、巷陌连甍,簇起星球无数。　　政简物阜清闲处。听笙歌、鼎沸频举。灯焰暖、庭帏高下,红影相交知几户。恣欢笑、道今宵景色,胜前时几度。细算来、皇都此夕,消得喧传今古。　　排备绮席成行,炉喷袅、沉檀轻缕。睹遨游彩仗,疑是神仙伴侣。欲飞去、恨难留住。渐到蓬瀛步。愿永逢、恁时恁节,且与风光为主。

青玉案 残春

梅黄又见纤纤雨。客里情怀两眉聚。何处烟村啼杜宇。劝人归去,早思家转,听得声声苦。　　利名萦绊何时住。恼乱愁肠成万缕。满眼兴亡知几许。不如寻个,老松石畔,作个柴门户。

烛影摇红 深春

梅雪飘香,杏花开艳燃春昼。铜驼烟淡晓风轻,摇曳青青柳。海燕归来未久。向雕梁、初成对偶。日长人困,绿水池塘,清明时候。　　帘幕低垂,麝煤烟喷黄金兽。天涯人去杳无凭,不念东阳瘦。眉上新愁压旧。要消遣、除非殢酒。酒醒人静,月满南楼,相思还又。

念奴娇 梅影

银蟾光满,弄馀辉、冷浸江梅无力。缓引柔条浮素蕊,横在闲窗虚壁。染纸挥毫,粉涂墨晕,不似今端的。天然造化,别是一般,清瘦踪迹。　　今夜翠葆堂深,梦回风定,因月才相识。先自离愁,那更被、晓角残更催逼。曙色将分,轻阴移尽,过眼难寻觅。江南图上,画工应为描得。

又 落梅

玉龙声杳,正瑶台曲舞,香山初彻。褪粉掐酥千万颗,满地平铺银雪。草褥香茵,苔钱买住,留待黄昏月。有人妆罢,对花凝伫愁绝。　　休更恨落羞开,东君情分,自古多离别。好把芳心收拾取,与个和羹人说。摆脱风尘,消停酸苦,终有成时节。浮花浪蕊,到头不是生活。

阮郎归 咏春

和风暖日小层楼。人闲春事幽。杏花深处一声鸠。花飞水自流。　　寻旧梦,续扬州。眉山相对愁。忆曾和泪送行舟。清江古渡头。

虞美人 春寒

东风卷尽辛夷雪。逆旅清明节。黄昏烟雨失前山。陟遍朱栏、酒噤不禁寒。　　归来谁护衣篝火。倒拥文鸳卧。可堪连夜子规啼。唤得春归、人却未成归。

按此下原有渔家傲"蕙死兰枯金菊槁"一首,乃无名氏作,见梅苑卷九,今存目。

念奴娇 梅

兰枯菊槁。是返魂香入,江南春早。谷静林幽人不见,梦与梨花颠倒。雪刻檀心,玉匀丰颊,妆趁严钟晓。海山按"山"原作"仙"。陆校:"仙"疑"山"么凤,绿衣何处飞绕。　　竹外孤衾一枝,古今解道,只有东坡老。莫倚广平心似铁,闲把珠玑挥扫。桃李舆台,冰霜宾客,月地还凄悄。暗香消尽,和羹心事谁表。

玉楼春 春半

江村百六春强半。拍拍池塘春水满。风团柳絮舞如狂,雨压橘花香不散。　　阴阴巷陌闲庭院。小立危栏羞燕燕。不知何事未还乡,除却青春谁作伴。

谒金门 暮春

风又雨。满地残红无数。花不能言莺解语。晓来啼更苦。　　　把酒东皋日暮。抵死留春春去。拟倩杨花寻去处。杨花无定据。

> 按此下原有眼儿媚"楼上黄昏杏花寒"一首,乃阮阅作,见苕溪渔隐丛话前集卷十
> 一,今存目。

菩萨蛮 残春

杨花飞尽莺声涩。杜鹃唤得春归急。病酒起来迟。娇慵懒画眉。
宝奁金鸭冷。重唤烧香饼。著意炼龙涎。纤纤手逗烟。

画堂春 长新亭小饮

小亭烟柳水溶溶。野花白白红红。恼人池上晚来风。吹损春容。
又是清明天气,记当年、小院相逢。凭栏幽思几千重。残杏香
中。

又 赏海棠

夜来暖趁海棠时。脸边匀透胭脂。乱红娇影困垂垂。睡损杨妃。
多少肉温香润,朱唇绿鬓相偎。晚风何苦过台西。断送春归。

卜算子 春景

春水满江南,三月多芳草。幽鸟衔将远恨来,一一都啼了。　　不
学鸳鸯老。回首临平道。人道长眉似远山,山不似长眉好。

> 按此下原有念奴娇"见梅惊笑"一首,乃朱敦儒作,见樵歌卷上,今存目。

念奴娇 梅

水边篱落独横枝,冉冉风烟岑寂。踏雪寻芳村路永,竹屋西头遥
识。蕙草香销,小桃红未,醉眼惊春色。离愁何处,断肠无限陈迹。
憔悴素脸朱唇,天寒日暮,倚阑干无力。岁晚天涯驿使远,难

寄江南消息。自笑平生,怜清惜淡,故园曾亲植。百花虽好,问还
有恁标格。

菩萨蛮 梅

肩舆晓踏江头月。月华冷浸消残雪。雪月照疏篱。梅花三两枝。
　　人怜花淡薄。花恨人牢落。不似那回时。醺醺醉玉肌。

点绛唇 梅

开尽梅花,雪残庭户春来早。岁华偏好。只恐催人老。　　惟有
诗情,犹被花枝恼。金樽倒。共成欢笑。终是清狂少。

鹧鸪天 梅

手种梅花三四株。要看冰霜照清臞。朝来几朵茅檐下,竹外江头
恐不如。　　凝玉面,吐香须。莫嫌孤瘦渐丰馀。化工不肯辜人
意,做底欢娱报答渠。

又 送春

只惯娇痴不惯愁。离情浑不挂眉头。可怜恼尽尊前客,却趁东风
上小舟。　　真个去,不饮留。落花流水一春休。自怜不及春江
水,随到滕王阁下流。

瑞鹤仙 暮春有感

海棠花半落。正蕙圃风生,兰亭香扑。青英暝池阁。任翻红飞絮,
游丝穿幕。情怀易著。奈宿酲、情绪正恶。叹韶光渐改,年华荏
苒,旧欢如昨。　　追念凭肩盟誓,枕臂私言,尽成离索。记得忘
却。当时事,那时约。怕灯前月下,得见则个,厌厌只待觑著。问

新来、为谁萦牵,又还瘦削。

临江仙 暮春

过尽征鸿来尽燕,故园消息茫然。一春憔悴有谁怜。怀家寒食夜,中酒落花天。　　见说江头春浪渺,殷勤欲送归船。别来此处最萦牵。短篷南浦雨,疏柳断桥烟。

一丛花 暮春送别

阶前春草乱愁芽。尘暗绿窗纱。钗盟镜约知何限,最断肠、溢浦琵琶。南渚送船,西城折柳,遗恨在天涯。　　夜来魂梦到侬家。一笑脸如霞。莺啼燕恨西窗下,问何事、潘鬓先华。钟动五更,魂归千里,残角怨梅花。

> 按此下原有清平乐春景"雾光摇目"一首,又有朝中措咏春"乱山叠叠水泠泠"一首,并附二跋,云是张孝祥降乩之作。此二首俱石孝友词,见金谷遗音,今存目。

柳梢青 春词

桃杏舒红。迟迟暖日,媚景芳浓。紫燕穿帘,香泥著地,未乳巢空。　　千山万水重重。烟雨里、王维画中。芳草斜阳,无人江渡,蓑笠渔翁。以上惜香乐府卷三

夏景

花心动 荷花

绿水平湖,浸芙渠烂锦,艳胜倾国。半敛半开,斜立斜欹,好似困娇无力。水仙应赴瑶池宴,醉归去、美人扶策。驻香驾、拥波心媚容,倩妆颜色。　　曾见苕川澄碧。匀粉面、溪头旧时相识。翠被绣茵,彩扇香篝,度岁杳无消息。露痕滴尽风前泪,追往恨、悠悠踪

迹。动怨忆。多情自家赋得。

鼓笛慢 甲申五月，仙源试新水。雨过丝生，荷香袭人，因感而赋此词。 时病眼

暑风吹雨仙源过，深院静，凉于水。莲花郎面，翠幢红粉，烘人香细。别院新番，曲成初按，词清声脆按"脆"原作"婉"，陆校云："婉"应"婉"，应用韵，疑"脆"。奈难堪羞涩，朦松病眼，无心听、笙簧美。　　还记当年此际。叹飘零、萍踪千里。楚云寂寞，吴歌凄切，成何情意。因念而今，水乡潇洒，风亭高致。对花前可是，十分蒙斗，肯辜欢醉。

念奴娇 碧含笑

晚妆才罢，见桅丝匀玉，一团娇秀。趁得年光，长是向、金谷无花时候。不比莺莺，不关燕燕，不似章台柳。清凉无汗，雪肌潇洒难偶。

　　好是斜月黄昏，瑶阶钿砌，百媚初含酒。恼杀多情香喷喷，双靥盈盈回首。倾国倾城，千金莫惜，兰蕙应难友。沈郎拚了，为花一味销瘦。

满庭芳 荷花

竹飑斜梢，荷倾馀沥，晚风初到南池。雨收池上，高柳乱蝉嘶。冉冉莲香满院，夕阳映、红浸庭闱。凉生到，碧瓜破玉，白酒酌玻璃。

　　思量，浮世事，枯荣辱宠，欢喜忧悲。算劳心劳力，得甚便宜。粗有田园笑傲，拣些个、朋友追随。好时景，莫教挫过，撞著醉如泥。

又 对景

红藕洲塘，黄葵庭院，渚风时动清飔。素纨轻飑，凉色爽征衣。一

一光阴日月,关情处、前事难期。空凝想,临鸾有恨,谁与画新眉。

刀头,心寸折,江南厚约,惟是侬知。念默歌停舞,冷落屏帏。何日朱笼鹦鹉,迎门报、金勒东归。罗弦管,合欢声里,烂醉玉东西。

好事近 雨过对景

山路乱蝉吟,声隐茂林修竹。恰值快风收雨,递荷香芬馥。　　破除愁虑酒宜多,把酒再三嘱。遥想溪亭潇洒,称晚凉新浴。

虞美人 双莲

二乔姊妹新妆了。照水盈盈笑。多情相约五湖游。似向群花丛里、骋风流。　　丁香枝上千千结。怨惹相思切。争如特地嫁薰风。吐尽芳心点点、绛唇红。

醉蓬莱 新荔枝

正火山槐夏,黛叶缃枝,荔子新摘。千里驰驱,荐仙源佳席。浪比龙睛,未输崖蜜,灿烂然红摘陆校:"摘"重押,疑"滴"。满贮雕盘,纤纤素手,丹苞新擘。　　梨栗粗疏,带酸橘柚,凡品多般,总羞标格。何似浓香,洗烦襟仙液。为爱真妃,再三珍重,价倾城倾国。玉骨冰肌,风流酝藉,直宜消得。

又 端午

见浴兰才罢,拂掠新妆,巧梳云髻。初试生衣,恰三裁贴体。艾虎宜男,朱符辟恶,好储祥纳吉。金凤钗头,应时戴了,千般忔戏。

那更殷勤,再三祝愿,鬥巧合欢,彩丝缠臂。刻玉香蒲,泛金觥迎醉。午日熏风,楚词高咏,度遏云声脆。赤口白舌,从今消灭,诸馀可意。

按此下原有贺新郎"篆缕销金鼎"一首,据唐宋诸贤绝妙词选卷八或阳春白雪卷一,乃李玉或潘汾作,今存目。

踏莎行 夜凉

树影将圆,林梢不动。汗珠挹透纱衣重。荷风忽送雨飞来,晚凉习习生幽梦。　珠箔高钩,瑶琴闲弄。移樽邀取婵娟共。今宵拚著醉眠呵,夜香闻早添金凤。

醉落魄 重午

淡妆浓抹。西湖人面两奇绝。菖蒲角黍家家节。水戏鱼龙,十里画帘揭。　凌波无限生尘袜。冰肌莹彻香罗雪。游船且莫催归楫。遮莫黄昏,天外有新月。

按此下原有卜算子"新月挂林梢"一首,乃叶梦得作,见石林词,今存目。

阮郎归 送别有感,因咏莺作

东城沙软马蹄轻。清和雨乍晴。柳阴曲径泣流莺。凄凉不忍听。休苦怨,莫悲鸣。何须雨泪倾。但将巧语写心诚。东君肯薄情。

蝶恋花 初夏

乱叠青钱荷叶小。浓绿阴阴,学语雏莺巧。小树飞花芳径草。堆红衬碧于中好。　梅子弄黄枝上早。春已归时,戏蝶游蜂少。细把新词才和了。鸡声已唤纱窗晓。

鹧鸪天 夜钓月桥赏荷花

新晴水暖藕花红。烘人暑意晚来浓。共携纤手桥东路,杨柳青青一径风。　　深翠里,艳香中。双鸾初下蕊珠宫。月笼粉面三更露,凉透萧萧一梦中。

江神子 夜凉对景

彩云飞尽楚天空。碧溶溶。一帘风。吹起荷花,香雾喷人浓。明月凄凉多少恨,恨难许,我情钟。　　　　相思魂梦几时穷。洞房中。忆从容。须信别来,应也敛眉峰。好景良宵添怅望,无计与,一樽同。

新荷叶 咏荷

冷彻蓬壶,翠幢鼎鼎生香。十顷琉璃,望中无限清凉。遮风掩日,高低衬、密护红妆。阴阴湖里,羡他双浴鸳鸯。　　　　猛忆西湖,当年一梦难忘。折得曾将盖雨,归思如狂。水云千里,不堪更、回首思量。而今把酒,为伊沉醉何妨。

临江仙 初夏

帘幕清风洒洒,园林绿荫垂垂。楝按"楝"原作"练",陆校:"练"应"楝"花开遍麦秋时。雨深芳草渡,蝴蝶正慵飞。　　　　憔悴三春心事,风流一弄金衣。韶光老尽起深思。日长庭院里,徙倚听催归。

朝中措 首夏

荷钱浮翠点前溪。梅雨日长时。恰是清和天气,雕鞍又作分携。　　　　别来几日愁心折,针线小蛮衣。羞对绿阴庭院,衔泥燕燕于飞。

减字木兰花　咏柳

柳丝摇翠。翠幄笼阴无限意。不绊行舟。只向江边绊客愁。
月明风细。分付一江流去水。娇眼伤春。谁是章台欲折人。

卜算子　夏日送吴主簿

执手送行人,水满荷花浦。旧恨新愁不忍论,泪压潇潇雨。　　行
计已匆匆,无计留伊住。一点相思万里心,谁怕关山阻。

临江仙　赏兴

柳上斜阳红万缕,烘人满院荷香。晚凉初浴略梳妆。冠儿轻替枕,
衫子染莺黄。　　蓄意新词轻缓唱,殷勤满捧瑶觞。醉乡日月得
能长。仙源正闲散,伴我老高唐。

雨中花令　初夏远思

绿锁窗纱梧叶底。麦秋时、晓寒慵起。宿酒厌厌,残香冉冉,浑似
那时天气。　　别日不堪频屈指。回头早、一年不啻。搔首无言,
栏干十二,倚了又还重倚。

画堂春　輦下游西湖有感

湖光乘雨碧连天。绕堤映、草色芊芊。舞风杨柳欲撕绵。依依起
翠烟_{陆校:"依依"句止应四字。}　　还是春风客路,对花时、空负婵娟。
暮寒楼阁碧云间。罗袖成斑。

浣溪沙　夜凉小饮

露挹新荷扑鼻香。恼人更漏响浪浪。柳梳斜月上纱窗。　　小醉

耳边私语好，五云楼阁羡刘郎。酒阑烛暗断回肠。

西江月　邀蔡坚老忠孝堂观书

水满平塘过雨，洗妆红褪芙蕖。绿荷美影荫龟鱼。无限闲中景趣。　　潇洒高堂邃馆，那堪左右图书。凌云赋得似相如。多少风流态度。

卜算子　四明别周德远

闲路踏花来，闲逐清和去。来去虽然总是闲，有多少伤心处。　　红碧好池塘，朱绿深庭户。随分山歌社舞中，且乐陶陶趣。

清平乐　忠孝堂雨过，荷花烂然，晚晴可人，因呈李宜山同舍

水乡清楚。襟袖销袢暑。绰约藕花初过雨。出浴杨妃无语。　　葡萄满酌玻璃。已拚一醉酬伊。浪卷夕阳红碎，池光飞上帘帏。

又　初夏舞宴

清和时候。底事休交瘦。满酌流霞看舞袖。步步锦茵红皱。　　六么舞到虚催。几多深意徘徊。拚了明朝中酒，为伊更饮琼杯。

浣溪沙　初夏

雾透龟纱月映栏。麦秋天气怯衣单。楝按"楝"原作"练"，陆校："练"疑"楝"花风软晓来寒。　　懒起麝煤重换火，暖香浓处敛眉山。眼波横浸绿云鬟。

又　初夏有感

薄雾轻阴酿晓寒。起来宿酒尚酡颜。柳莺何事苦关关。　　　新恨

旧愁俱唤起,当年紫袖看弓弯。泪和梅雨两潜潜。

鹧鸪天　初夏试生衣,而婉卿持素扇索词,因作此书于扇上

牙领番腾一线红。花儿新样喜相逢。薄纱衫子轻笼玉,削玉身材瘦怯风。　　人易老,恨难穷。翠屏罗幌两心同。既无闲事萦怀抱,莫把双蛾皱碧峰。

菩萨蛮　初夏

方池新涨蒲萄绿。晓来雨过花如浴。测测杏园风。梢头一捻红。　　危楼愁独倚。一寸心千里。宿酒尚微醺。懒装堆鬓云。

西江月　夏日有感

稳唱巧翻新曲,灵犀密意潜通。荷花香染晚来风。相对恍然如梦。　　有恨眉尖皱碧,多情酒晕生红。此愁不是等闲浓。应为仙源倾动。

浣溪沙　初夏

睡起风帘一派垂。失巢燕子傍人飞。日长深院委香泥。　　绿笋出林翻锦箨,红葵著雨褪胭脂。微风度竹入轻衣。

蝶恋花　和任路分荷花

忆昔临平山下过。无数荷花,照水无纤翳。短艇直疑天上坐。醉眠花里香无那。　　雨浥红妆娇娜娜。脉脉含情,欲向风前破。莫道晚来风景可。青房著子千千颗。

浣溪沙　为王参议寿

密叶阴阴翠幄深。梅黄弄雨正频频。榴花照眼一枝新。　　缦岭

有人今毓粹，飞凫不日箧严宸。一樽敬寿太夫人。

又　呈赵状元

雨过西湖绿涨平。环湖密柳暗藏莺。麦秋天气似清明。　　对策有人新切直，逢春不日尽施行。扁舟未用速归程。

青玉案　压波舫客

结堂雄占云烟表。万象争呈巧。老木参天溪四按"四"原作"西"，陆校："西"疑"四"绕。乱山横秀，一湖澄照。天付阴晴好。　　夜空唤客清樽倒。明月飞来上林秒。凉满九霄风露浩。酒慵起舞，一声清啸。平压波声小。

又　和

恍如辽鹤归华表。阅尽人间巧。天乞一堂山对绕。微波不动，岸巾时照。照见星星好。　　舞风荷盖从欹倒。碧树生凉自天秒。谁识元龙胸次浩。骑鲸欲去，引杯独啸。醉眼青天小。

谒金门　一雨扫烦暑，自漉玉友，醉馀因次韵

今夜雨。扫尽一番裑暑。宛似潇潇鸣远浦。短蓬何日去。　　自漉床头玉醑。清兴有谁知否。反笑功名能几许。槐宫非浪语。以上惜香乐府卷四

秋景

念奴娇　客豫章秋雨怀归

江城向晓，被西风揉碎，一天丝雨。乱织离愁千万缕，多少关心情绪。促织鸣时，木犀开后，秋色还如许。那堪飘泊，异乡千里孤旅。

应想帘幕闲垂，西楼东院，齐把归期数。记得临岐收泪眼，执手叮咛言语。白酒红萸，黄花绿橘，莫等闲辜负。朱笼归骑，甚时先报鹦鹉。

又　秋日牡丹

花王有意，念三秋寂寞，凄凉天气。木落烟深山雾冷，不比寻常风味。勒驾闲来，柳蒲憔悴，无限惊心事。仙容香艳，俨然春盛标致。

雅态出格天姿，风流酝藉，羞杀岩前桂。寄语芙蓉临水际，莫骋芳颜妖丽。一朵凭栏，千花退避，恼得骚人醉。等闲风雨，更休僝僽容易。

声声慢　府判生辰

金风玉露，绿橘黄橙，商秋爽气飘逸。南斗腾光，应是间生贤出。照人紫芝眉宇，更仙风、谁能俦匹。细屈指，到小春时候，恰则三日。　　莫论早年富贵，也休问文章，有如椽笔。尧舜逢君，启沃定知多术。而今且张锦幄，麝煤泛、暖香郁郁。华堂里，听瑶琴轻弄，水仙新律。

瑞鹤仙　张宰生辰

西风蘋末起。动院落清秋，新凉如水。纤歌遏云际。正美人翻曲，阳春轻丽。兰衣玉佩。拥南斗、光中一醉。有邦人、万口同声，赞叹我公恺悌。　　百里。年丰谷稔，事简刑清，颂声盈耳。鹏程九万，摩空展、垂天翼。定丹书飞下，彤墀归去，秘略家传小试。看封留、亘古功名，未容退避。

满庭芳 七夕

雨洗长空，风清云路，又还准备佳期。夜凉如水，一似去秋时。渺渺银河浪静，星桥外、香霭霏霏。霞轺举，鸾骖鹊驭，稳稳过飞梯。

经年，成间阻，相逢无语，应喜应悲。怕玉绳低处，依旧暌离。和我愁肠万缕，嫦娥怨、底事来迟。广寒殿，春风桂魄，首与慰相思。

水调歌头 中秋

今夕知何夕，秋色正平分。嫦娥此际、底事越样好精神。已是天高气肃，那更清风洒洒，万里没纤云。把酒临风饮，酒面起红鳞。

歌一曲，舞一曲，捧金樽。从他妄想，老兔憔悴正纷纷。我与桂花拚醉，明日扶头不起，颠倒白纶巾。天若知人意，夜雨莫倾盆。

蓦山溪 忆古人诗云"满城风雨近重阳"，因成此词

满城风雨，又是重阳近。黄菊媚清秋，倚东篱、商量开尽。红萸白酒，景物一年年，人渐远，梦还稀，赢得无穷恨。　　钗分镜破，一一关按"关"原作"开"，陆校："开"疑"关"方寸。强醉欲消除，醉魂醒、凄凉越闷。鸳鸯宿债，偿了恶因缘，当时事，只今愁，斑尽安仁鬓。

洞仙歌 木犀

芰荷已老，菊与芙蓉未。一夜秋容上岩桂。间繁芜、嫩黄染就琼瑰，开未足，已早香传十里。　　从前分付处，明月清风，不用斜晖照佳丽。叹浮花，徒解咤，浅白深红，争似我、潇洒堆金积翠。看天阔、秋高露华清，见标致风流，更无尘意。

虞美人 中秋无月

西风明月临台榭。准拟中秋夜。一年等待到而今。为甚今宵陡
顿、却无情。　　姮娥应怨孤眠苦。取次为云雨。素蟾特地暗中
圆。未放清光容易、到仙源。

醉蓬莱 七月命赴漕试,兰台主人饯于法回寺,侍儿才卿乞词,因此赋之,题于壁

正金风无露。玉宇生凉,楚郊无暑。催起行人,恰槐黄时序。万里
晴霄,几人争睹,快鹏抟一举。明月圆时,素秋中夜,凌云新赋。

那更渊源,词锋轻锐,笔阵纵横,学通今古。誉望飞腾,是麟宗文
虎。魁荐归来,华堂香里,与管弦为主。待看明年,彤墀射策,鳌头
独步。

洞仙歌 残秋

黄花满地,庭院重阳后。天气凄清透襟袖。动离情、最苦旅馆萧
条,那堪更、风剪凋零飞柳。　　临岐曾执手。祝付叮咛,知会别
来念人否。为多情、生怕分离,袄知道、准拟别来消瘦。甚苦苦、促
装赴归期,要趁他、橘绿橙黄时候。

夏云峰 初秋有作

露华清。天气爽、新秋已觉凉生。朱户小窗,坐来低按秦筝。几多
妖艳,都总是、白雪馀声。那更、玉肌肤韵胜,体段轻盈。　　照人
双眼偏明,况周郎、自来多病多情。把酒为伊,再三著意须听。销
魂无语,一任侧耳与心倾。是我不卿卿,更有谁可卿卿。

感皇恩　送林县尉

碧水浸芙容,秋风楚岸。三岁光阴转头换。且留都骑,未许匆匆分散。更持杯酒殷勤劝。　　休作等闲,别离人看。且对笙歌醉须拚。如君才调,掌得玉堂词翰。定应不久劳州县。

瑞鹤仙　残秋有感

败荷擎沼面,红叶舞林梢,光阴何速。碧天静如水,金风透帘幕,露清蝉伏。追思往事,念当年、悲伤宋玉。渐危楼向晚,魂销处、倚遍阑干曲。　　凝目。一霎微雨,塞鸿声断,酒病相续。无情赏处,金井梧,东篱菊。渐兰桡归去,银蟾满夜,水村烟渡怎宿。负伊家、万愁千恨,甚时是足。

临江仙　送宜春令

万里西风吹去旆,满城无奈离情。甘棠也似戴公深。晓来风露里,叶叶做秋声。　　十载两番遗爱在,须知愁满宜春。楚天低处是归程。夕阳疏雨外,莫遣乱蝉鸣。

又　秋日有感

枫叶白蘋秋未老,晚风吹泛轻艎。青山沥沥水茫茫。情随流水远,恨逐暮山长。　　一点相思千点泪,眼前无限情伤。佳人犹自捧离觞。阳关休唱彻,唱彻断人肠。

鹧鸪天　深秋悲感

亭树萧萧生暮凉。安排清梦到胡床。楚山楚水秋江外,江北江南客恨长。　　蘋渚冷,橘汀黄。断魂残梦更斜阳。欲将此日悲秋泪,洒向江天哭楚狂。

蓦山溪 秋日贺张公生辰

木犀开了。还是生辰到。一笑对西风,喜人与、花容俱好。寿筵开处,香雾扑帘帏,笙〔簧〕〔簋〕奏,星河晓,拚取金罍倒。　　当年仙子,容易抛蓬岛。月窟与花期,要同向、人间不老。拈枝弄蕊,此乐几时穷,一岁里,一番新,莫与蟠桃道。

按此下原有水调歌头“江水浸云影”一首,乃朱熹作,见晦庵词;又有踏莎行“弄影阑干”一首,乃辛弃疾作,见稼轩长短句卷七;又有临江仙“猎猎风蒲初暑过”一首,乃苏庠词,见乐府雅词卷下。今俱存目。

醉落魄 初夜感怀

伤离恨别。愁肠又似丁香结。不应斗顿音书绝。烟水连天,何处认红叶。　　残更数尽银缸灭。边城画角声呜咽。罗衾泪滴相思血。花影移来,摇碎半窗月。

好事近 秋残

初过菊花天,饯送月宫仙客。丹桂拒霜浓淡,映眉间黄色。　　红裙歌夜饮离觞,努力赴劲敌。惟愿捷书来到,道一声都得。

菩萨蛮 七夕

绮楼小小穿针女。秋光点点蛛丝雨。今夕是何宵。龙车乌鹊桥。　　经年谋一笑。岂解令人巧。不用问如何。人间巧更多。

按此首别见后山词,乃陈师道作,今存目。

卜算子 秋深

凉夜竹堂空,小睡匆匆醒。庭院无人月上阶,满地栏干影。　　何处最知秋,风在梧桐井。夜半骖鸾弄玉笙,露湿衣裳冷。

点　绛　唇

蓼岸西风,小舟江上渔歌唱。倚栏凝想。冪冪云垂帐。　　好事
因循,寂寞闲惆怅。如何向。又来心上。空向高亭望。

好事近　秋晚

淅淅蓼花风,怪道晓来凄恻。翻见密云抛雨,动一山秋色。
　　从前多感为伤时,无处顿然寂。个事已寒前约,只晚阴凝
碧。

品令　秋日感怀

情难托。离愁重、悄愁没处安著。那堪更、一叶知秋后,天色儿、渐
冷落。　　马上征衫频揾泪,一半斑斑污却。别来为、思忆叮咛
话,空赢得、瘦如削。

小重山　秋雨

一夜西风响翠条。碧纱窗外雨,长凉飙。朝按 "朝"原作"潮",陆校:
"潮"疑"朝"来绿涨水平桥。添清景,疏按"疏"下原有"雨"字。陆校:"雨"字重
上,且按调宜去韵入芭蕉。　　坐久篆烟销。多情人去后,信音遥。
即今消瘦沈郎腰。悲秋切,虚度可人宵。

采桑子　岩桂

去年岩桂花香里,著意非常。月在东厢。酒与繁华一色黄。
今年杯酒流连处,银烛交光。往事难忘。待把真诚问阿郎。

朝中措 曾端行,予与之往还。一日作楼于南山,仙源
醉赏,酒中作词,书于壁。坐前数妓乞词而歌,以
劝大白。因有所感,再和前韵。　　秋景

柳林幂幂暮烟斜。秋水浅平沙。楼外碧天无际,紫山断处横霞。
　　星稀渐觉,东檐隐月,凉到窗纱。多少伤怀往事,隔溪灯火人
家。

又 和

征帆一缕转弯斜。惊鹭起汀沙。点点随风逆上,满江飞破残霞。
　　楼前光景,楼心红粉,蝉翼轻纱。却忆钱塘江上,曲栏横槛他
家。

洞仙歌 东园朱去年三兄弟,同处十年,俱取乡荐,故
余与之为莫逆交。园有岩桂数亩,至秋日花开月
满,携壶来赏,如到广寒宫殿,因赋此

广寒宫殿,不在人间世。分付天香与岩桂。向西风、摇曳处,数十
里知闻,金翠里、别有出群标致。　　东园盛事。五亩浓阴苊。必
以诗书取荣贵。况一门,三秀才,未足钦崇,那更是、异姓同居兄
弟。更细把、繁英祝姮娥,看禹浪飞腾,定应来岁。

似娘儿 残秋

橘绿与橙黄。近小春、已过重阳。晚来一霎霏微雨,单衣渐觉,西
风冷也,无限情伤。　　孤馆最凄凉。天色儿、苦恁凄惶。离愁一
枕灯残后,睡来不是,行行坐坐,月在迴廊。

蝶恋花 深秋

一梦十年劳忆记。社燕宾鸿,来去何容易。宿酒半醒便午睡。芭

蕉叶映纱窗翠。　　衬粉泥书双合字。鸾凰鸳鸯,总是双双意。
已作吹箫长久计。鸳衾空有中宵泪。

夜行船　送胡彦直归槐溪

泪眼江头看锦树。别离又还秋暮。细水浮浮,轻风冉冉,稳送扁舟
去。　　归去江山应得助。新诗定须多赋。有雁南来,槐溪千万,
寄我惊人句。

清平乐　秋暮

鸿来燕去。又是秋光暮。冉冉流年嗟暗度。这心事还无据。
寒窗露冷风清。旅魂幽梦频惊。何日利名俱赛,为予笑下愁城。

又

秋容眼界。随寓浑堪爱。远岫连天横淡霭。望断孤鸿飞外。
夕阳红树林坰。重重锦障横陈。一段江南景色,倩谁为下丹青。

一剪梅　秋雨感悲

霁霭迷空晓未收。羁馆残灯,永夜悲秋。梧桐叶上三更雨,别是人
间一段愁。　　睡又不成梦又休。多愁多病,当甚风流。真情一
点苦萦人,才下眉尖,恰上心头。

南歌子　道中直重九

此日知何日,他乡忆故乡。乱山深处过重阳。走马吹花、无复少年
狂。　　黄菊擎枝重,红茱湿露香。扁舟随雁过潇湘。遥想莱庭、
应恨不同觞。

醉花阴　建康重九

老去悲秋人转瘦。更异乡重九。人意自凄凉,只有茱萸,岁岁香依旧。　　登高无奈空搔首。落照归鸦后。六代旧江山,满眼兴亡,一洗黄花酒。

菩萨蛮　秋雨船中

西风转柂兼葭浦。客愁生怕秋闸雨。衾冷梦魂惊。声声滴到明。　　不眠欹枕听。故故添新恨。新恨有谁知。天寒雁正稀。

又　秋老江行

炊烟一点孤村迥。娇云敛尽天容净。雁字忽横秋。秋江泻客愁。　　银钩空寄恨。恨满凭谁问。袖手立西风。舟行秋色中。

浣溪沙　早秋

雨滴梧桐点点愁。冷催秋色上帘钩。蛩声何事早知秋。　　一夜凉风惊去燕,满川晴涨漾轻鸥。怀人千里思悠悠。以上惜香乐府卷五

冬景

满庭芳　十月念六日大雪,作此呈社人

晚色沉沉,雨声寂寞,夜寒初冻云头。晓来阶砌,一捻冷光浮。目断江天霭霭,低迷映、绿竹修修。多才客,高吟柳絮,还更上层楼。　　烹茶,新试水,人间清楚,物外遨游。胜似他、销金暖帐情柔。细看流风回舞,终日价、浅酌轻讴。醺醺地,美人翻曲,消尽古今愁。

御街行 夜雨

晚来无奈伤心处。见红叶、随风舞。解鞍还向乱山深,黄昏后、不成情绪。先来离恨,打叠不下,天气还凄楚。　　风儿住后云来去。装撰些儿雨。无眠托首对孤灯,好语向谁分付。从来烦恼,吓得胆碎,此度难担负。

有有令 岁残

前山减翠。疏竹度轻风,日移金影碎。还又年华暮,看看是、新春至。那更堪、有个人人,似花似玉,温柔伶俐。　　准拟。恩情忔戏。拚弄上、则陆校:"则"疑"别"人难比。我也埋根竖柱,你也争些气。大家一捺头地。美中更美。厮守定、共伊百岁。

摊破丑奴儿 梅词

树头红叶飞都尽,景物凄凉。秀出群芳。又见江梅浅淡妆。也啰,真个是、可人香。　　兰魂蕙魄应羞死,独占风光。梦断高堂。月送疏枝过女墙。也啰,真个是、可人香。

临江仙 日暮舟中,月明,寒甚,忆暖春围炉

日欲低时江景好,暮山紫翠重重。钓筒收尽碧潭空。一船霜夜月,两岸荻花风。　　遥忆暖春新向火,黄昏下了帘栊。水村渔浦舣孤篷。单衾愁梦断,无梦转愁浓。

南歌子 夜坐

霜结凝寒夜,星辉识晓晴。兰膏重剔且教明。为照梢头香缕、一丝轻。　　坐久看看困,新词缀未成。梅花熏得酒初醒。更向耳边

低道、月三更。

永遇乐 霜词

宵露珠零, 溅冰花薄, 凝瑞偏早。月练轻翻, 风刀碎剪, 青女呈纤巧。微丹枫缬, 低摧蕉尾, 不觉半池莲倒。最好是、千林橘柚, 轻黄一村封了。　　佳人指冷, 暗惊罗幕, 一夜斜飞多少。怕倚银屏, 愁看玉砌, 金菊鲜鲜晓。伤嗟傅纷, 佳期还未, 何处冷沾衣透。争知人、临鸾试罢, 与梅共瘦。

玉蝴蝶 雪词

片片空中剪水, 巧妆春色, 照耀江湖。渐觉花球转柳, 荚阵飞榆。散银杯、时时逐马按"马"原作"鸟", 陆校:"鸟"疑"马"、陆缟带、一一随车。遍帘隅。寒生冰箸, 光剖明珠。　　应须。浅斟低唱, 毡垂红帐, 兽蓺金炉。更向高楼, 纵观吟醉谢娘扶。静时闻、竹声岩谷, 漫不见、禽影江湖。尽踌躇。歌阑宝玉, 赋就相如。

潇湘夜雨 灯词

斜点银缸, 高擎莲炬, 夜寒不奈微风。重重帘幕掩堂中。香渐远、长烟袅毵, 光不定、寒影摇红。偏奇处, 当庭月暗, 吐焰如虹。红裳呈艳丽, □娥陆校:"娥"字上疑脱一字一见, 无奈狂踪。试烦他纤手, 卷上纱笼。开正好、银花照夜, 堆不尽、金粟凝空。叮咛语, 频将好事, 来报主人公。

念奴娇 夜寒有感

据炉肃坐, 听瓶笙、别有天然宫徵。纸帐屏山浑不俗, 写出江南烟水。檠短灯青, 灰闲香软, 所欠惟梅矣。风飞无定, 数声时颤窗纸。

试问夜已何其,呼童起看,月上东墙未。天外忽闻征雁过,还把音书来寄。短笠埋烟,轻蓑鸣雨,已办征船计。放教归去,故乡江上鱼美。

摊破丑奴儿　冬日有感

又是两分携。憔悴损、看怎医治。烟村一带寒红^{"红"字疑"江"字之讹}绕,悲风红叶,残阳暮草,还似年时。　　愁绪暗犹夷。谩屈指、数遍归期。短檠灯烬无人问,此时只有,窗前素月,刚伴相思。

柳梢青　过何郎石见早梅

云暗天低。枫林凋翠,寒雁声悲。茅店儿前,竹篱巴后,初见横枝。　　盈盈粉面香肌。记月榭、当年见伊。有恨难传,无肠可断,立马多时。

祝英台近　武陵寄暖红诸院

记临岐,销黯处。离恨惨歌舞。恰是江梅,开遍小春暮。断肠一曲金衣,两行玉箸,酒阑后、欲行难去。　　恶情绪。因念锦幄香奁,别来负情素。冷落深闺,知解怨人否。料应宝瑟慵弹,露华懒傅,对鸾镜、终朝凝伫。

点绛唇　夜饮青云楼,闻更漏近,如在脚底,因思向事,追念故作

瓦湿鸳鸯,夜深霜重江风冷。月华明映。清浸梅梢粉。　　漏断寒浓,惹起当年恨。君休问。雁飞欲尽。没个南来信。

又

当日相逢,枕衾清夜纱窗冷。翠梅低映。汗湿香腮粉。　　美满

风情,结下无穷恨。凭谁问。此心难尽。说与他争信。

又　对景有感

雪霁山横,翠涛拥起千重恨。砌成愁闷。那更梅花褪。　　风管云笙,无不萦方寸。叮咛问。泪痕羞揾。界破香腮粉。

柳梢青　东园醉作梅词

千林落叶声声悲。听凄惨、江皋雁飞。难似玉肌,总惊花貌,压倒芳菲。　　香心吐尽因谁。料调鼎、工夫易期。休唱阳关,莫歌白雪,雨泪沾衣。

西江月　雪江见红梅对酒

背日犹馀残雪,向阳初绽红梅。腊寒那事更相宜。醉了还醒又醉。　　堪笑多愁早老,管他闲是闲非。对花酌酒两忘机。唱个哩啰啰哩。

眼儿媚　霜夜对月

一钩新月照西楼。清夜思悠悠。那堪更被,征鸿嘹唳,绊惹离愁。　　倚栏不语情如醉,都总寄眉头。从前只为,惜他伶俐,举措风流。

别怨　霜寒

娇马频嘶。晓霜浓、寒色侵衣。风帷私语处,翻成离怨不胜悲。更与叮咛祝后期。　　素约谐心事,重来了、比看相思。如何见得,明年春事浓时。稳乘金腰　,来烂醉、玉东西。

减字木兰花　冬日饮别赵德远

小春天气。未唱阳关心已醉。红蓼秋容。后会何时得再逢。
归朝好事。仰看皇州扬雨露。百里恩波。拟欲留公无奈何。

好事近　饯赵知丞席上作

去路马蹄轻,正是小春时节。爱日暖烘江树,缀梅梢新雪。　　　范
滂揽辔正澄清,知我公明洁。分此仁风恺悌,济邻邦欢悦。

霜天晓角　霜夜小酌

阁儿幽静处,围炉面小窗。好是鬥头儿坐,梅烟炷、返魂香。
对火怯夜冷,猛饮消漏长。饮罢且收拾睡,斜月照、满帘霜。

鹧鸪天　腊夜

宝篆龙煤烧欲残。细听铜漏已更阑。纱窗斜月移梅影,特地笼灯
仔细看。　　　幽梦断,旧盟寒。那时屈曲小屏山。风光得似而今
不,肯把花枝作等闲。

蓦山溪　和曹元宠赋梅韵

玉妃整佩,绛节参差御。一笑唤春回,正江南、天寒岁暮。孤标独
立,占断世间香,云屋冷,雪篱深,长记西湖路。　　　人间尘土,不
是留花处。羌管一声催,碎琼瑶、纷纷似雨。枝头著子,聊与世调
羹,功就后,盍归休,还记来时不。

浣溪沙　赋梅

雪压前村曲径迷。万山寒立玉参差。孤舟独钓一蓑归。　　　别坞

时听风折竹,断桥闲看水流澌。一枝冻蕊出疏篱。

又 初冬

风卷霜林叶叶飞。雁横寒影一行低。淡烟衰草不胜诗。　白酒已筥浮蚁熟,黄鸡未老蘘头肥。问侬不醉待何时。

又 腊梅

忆为梅花醉不醒。断桥流水去无声。鹭翘沙嘴亦多情。　疏影卧波波不动,暗香浮月月微明。高楼羌管未须横。

点绛唇 月夜

离绪千重,角声偏著羁人枕。那堪酒醒。句引愁难整。　门锁黄昏,月浸梅花冷。人初静。斗垂天迥。雁落清江影。

鹧鸪天 霜夜

门外寒江泊小船。月明留客小窗前。夜香烧尽更声远,斗帐低垂暖意生。　醺著酒,炙些灯。伴他针线懒成眠。情知今夜鸳鸯梦,不似孤篷宿雁边。

望江南 霜天有感

山又水,云岫插峰峦。断雁飞时霜月冷,乱鸦啼处日衔山。疑在画图间。　金乌转,游子损朱颜。别泪盈襟双袖湿,春心不放两眉闲。此去几时还。

　　按此下原有玉楼春"寻真误入桃源洞"一首,乃石孝友作,见金谷遗音;又有鹊桥仙"溪清水浅"一首,乃朱敦儒作,见樵歌卷上,今存目。

菩萨蛮 初冬旅思

枫林飒飒凋寒叶。汀蘋败蓼遥相接。景物已非秋。凄凉动客愁。
　　还家贫亦好。肯厌杯中草。香饭滑流匙。三登快乐时。

又 霜天旅思

霜风飒飒溪山碧。寒波一望伤行色。落日淡荒村。人家半掩门。
　　孤舟移野渡。古木栖鸦聚。著雨晚风酸。貂裘不奈寒。

又 初冬

败荷倒尽芙蓉老。寒光黯淡迷衰草。行客易销魂。笛飞何处村。
　　云寒天借碧。树瘦烟笼直。若个是乡关。夕阳西去山。

阮郎归 客中见梅

年年为客遍天涯。梦迟归路赊。无端星月浸窗纱。一枝寒影斜。
　　肠未断,鬓先华。新来瘦转加。角声吹彻小梅花。夜长人忆
家。

霜天晓角 咏梅

香来不歇。谁把南枝折。的砾疏花初破,都因是、夜来雪。　　清
绝。十分绝。孤标难细说。独立野塘清浅,谁作伴按"伴"原作"半",陆
校:"半"疑"伴"、空夜月。

又 和梅

雪花飞歇。好向前村折。行至断桥斜处,寒蕊瘦、不禁雪。　　韵
绝。香更绝。归来人共说。最爱夜堂深迥,疏影占、半窗月。

菩萨蛮 初冬旅中

客帆卸尽风初定。夜空霜落吴江冷。幸自不思归。无端乌夜啼。
鸡鸣残月落。到枕秋声恶。有酒不须斟。酒深愁转深。

忆秦娥 初冬

寒萧索。征鸿过尽离怀恶。离怀恶。江空天迥,夜寒枫落。
有人应误刀头约。情深翻恨郎情薄。郎情薄。梦回长是,半床闲
却。

如梦令 汉上晚步

何处一声鸣橹。惊起满川寒鹭。一著画难成,雪霁乱山无数。且
住。且住。数遍溪南烟树。以上惜香乐府卷六

总词

水龙吟 仙源居士有武林之行,因与一二友携酒赏
月,饮于县桥之中,乃即事为之词

危楼横枕清江上,两岸碧山如画。夕烟幂幂,晚灯点点,楼台新夜。
明月当天,白沙流水,冷光连野。浸栏干万顷,琉璃软皱,打渔艇、
相高下。　　　何处一声羌管,是谁家、倚楼人也。多情对景,无言
有恨,欲歌还罢。把酒临筵,阿谁知我,此怀难写。忍思量后夜,芳
容不似,暗尘随马。

水调歌头 元日客宁都

离愁晚如织,托酒与消磨。奈何酒薄愁重,越醉越愁多。忍对碧天

好夜，皓月流光无际，光影转庭柯。有恨空垂泪，无语但悲歌。

　　因凝想，从别后，〔蹙〕(促)双〔蛾〕(娥)。春来底事，孤负紫袖与红按"红"原作"江"，陆校："江"疑"红"靴。速整雕鞍归去，著意浅斟低唱，细看小婆娑。万蕊千花里，一任玉颜酡按"酡"原作"驼"，陆校："驼"疑"酡"。

水龙吟　江楼席上，歌姬盼盼翠鬟侑樽，酒行，弹琵琶
　　　　　　　曲，舞梁州，醉语赠之

酒潮匀颊双眸溜。美映远山横秀。风流俊雅，娇痴体态，眼前稀有。莲步弯弯，移归拍里，凌波难偶。对仙源醉眼，玉纤笼巧，拨新声、鱼纹皱。　　我自多情多病，对人前、只推伤酒。瞒他不得，诗情懒倦，沈腰销瘦。多谢东君，殷勤知我，曲翻红袖。拚来朝又是，扶头不起，江楼知不。

念奴娇　小饮江亭有作

夕阳低尽，望楚天空阔，稀星帘幕。暮霭横江烟万缕，照水参差楼阁。两两三三，楼前归鹭，飞过栏干角。霜风何事，绕檐吹动寂寞。

　　消散我已忘机，而今百念，灰了心头火。对酒当歌浑冷淡，一任他懑嗔恶。松竹园林，柳梧庭院，自有人间乐。闲云休问，去来本是无著。

水调歌头　遣怀

贪痴无了日，人事没休期。白驹过隙，百岁能得几多时。自古腰金结绶，著意经营辛苦，回首不胜悲。名未能安稳，身已致倾危。

　　空剜刻，休巧诈，莫心欺。须知天定，只见高冢与新碑。我已从头识破，赢得当歌临酒，欢笑且随宜。较甚荣和辱，争甚是和非。

水龙吟 自遣

瞰曾著意斟量过,天下事、无穷尽。贪荣贪富,朝思夕计,空劳方
寸。蹑足封王,功名盖世,谁如韩信。更堆金积玉,石崇豪侈,当时
望、倾西晋。　　　长乐宫中一叹,又何须累累按"累累"原作"累",陆校:
"累"疑"累累"悬印。〔坠〕(吹)楼效死,轻车东市,头膏血刃。尤物虚
名,于身何补,一齐休问。遇当歌临酒,舒眉展眼,且随缘分。

蓦山溪 午坐壶天冰雪,风传琵琶,有感而作

壶天冰雪,消尽虚堂暑。多谢故人风,送花陆校:有脱字,应在"花"字上下
香传小树。香风初过,一曲断肠声,如怨诉。诉闲愁,落落琵琶语。
　　江边马上,弹指成千古。泪眼与啼妆,叹风流、只今何处。芳
心役损,触事起悲酸,招玉素。拨檀槽,整理金衣缕。

念奴娇 席上即事

精神俊雅,更那堪、天与风流标格。罗绮丛中偏艳冶,偷处教人怜
惜。目剪秋波,指纤春笋,新样冠儿直。高唐云雨,甚人有分消得。
　　忔戏笑里含羞,回眸低盼,此意谁能识。密约幽欢空怅望,何
日能谐端的。玳席歌馀,兰堂香散,此际愁如织。人归空对,晚阴
庭树横碧。

瑞鹤仙 归宁都,因成,寄暖香诸院

无言屈指也。算年年底事,长为旅也。凄惶受尽也。把良辰美景,
总成虚也。自嗟叹也。这情怀、如何诉也。谩愁明怕暗,单栖独
宿,怎生禁也。　　闲也。有时临镜,渐觉形容,日销减也。光阴
换也。空辜负、少年也。念仙源深处,暖香小院,赢得群花怨也。

是亏他见了,多教骂几句也。

蓦山溪 遣怀

无非无是。好个闲居士。衣食不求人,又识得、三文两字。不贪不伪,一味乐天真,三径里。四时花,随分堪游戏。　　学些沓拖,也似没意志。诗酒度流年,熟谙得、无争三昧。风波岐路,成败霎时间,你富贵。你荣华,我自关门睡。

青玉案 德远归越因作此饯行

东门杨柳空盈路。系得征鞍能驻不。暗绿枝头新过雨。柔丝千尺,乳莺百啭,似怨行人去。　　行人去后知何处。去向天边篷鹔鹭。瑶管琼台多雅趣。花砖稳上,玉阶阔步,肯念人尘土。

虞美人 江乡对景

雨声破晓催行桨。拍拍溪流长。绿杨绕岸水痕斜。恰似画桥西畔、那人家。　　人家楼阁临江渚。应是停歌舞。珠帘整日不闲钩。目断征帆、犹未识归舟。

又 送别

灯前忍见啼红面。别酒频挃劝。愁〔蛾〕(娥)敛翠不胜情。报道看看天色、待平明。　　殷勤重把阳关唱。休要教人望。出门犹自尚叮咛。厮养频催恰好、趁凉行。

临江仙 杨柳

十里春风杨柳路,年年带雨披云。柔条万缕不胜情。还将无意眼,识遍有心人。　　饿损宫腰终不似,效颦总是难成。只愁秋色入高林。残蝉和落叶,此际不堪论。

渔家傲　旅中远思

客里情怀谁可表。凄凉举目知多少。强饮强歌还强笑。心悄悄。从头彻底思量了。　　当日相逢非草草。果然恩爱成烦恼。稳整征鞍归去好。重厮守。相期待与同偕老。

江神子　述情

当时得意两心齐。绮窗西。共于飞。拂掠宫妆,长与画新眉。一自别来烟水阔,愁易积,梦还稀。　　相逢恰似旧家时。恨依依。语低低。多少关情,冷暖有谁知。只此定应谐素愿,但指日,约鸾栖。

御街行　柯山故人别后改图,因作此

香熏斗帐相逢乍。正宫漏、沉沉夜。月飞梅影上帘栊,标致风流娇雅。眼波横浸,照人百媚,无限叮咛话。　　玉鞍门上嘶归马。趱行色、难留也。别来花艳不禁春,浪向东风轻嫁。空馀小院,博山修竹,依旧窗儿下。

一丛花　和张子野

当歌临酒恨难穷。酒不似愁浓。风帆正起归与兴"兴"字陆校所增,自注:臆增,岸东西、芳草茸茸。楚梦乍回,吴音初听,谁念我孤踪。
　　藏春小院暖融融。眼色与心通。乌云有意重梳掠,便安排、金屋房栊。云雨厚因,鸳鸯宿债,作个好家风。

天仙子 寓意

眼色媚人娇欲度。行尽巫阳云又雨。花时还复见芳姿,情几许。
愁何许。莫向耳边传好语。　　往事悠悠曾记否。忍听黄鹂啼锦
树。啼声惊碎百花心,分付与。谁为主。落蕊飞红知甚处。

瑞鹧鸪 遣情

宝奁常见晓妆时。面药香融傅口脂。扰扰亲曾撩绿鬓,纤纤巧与
画新眉。　　浓欢已散西风远,忆泪无多为你垂。各自从今好消
遣,莫将红叶浪题诗。

又 寓意

结丝千绪不胜愁。莫怪安仁鬓早秋。檀口未歌先揾泪,柳眉将敛
半凝羞。　　杯倾潋滟送行酒,岸舣飘飖欲去舟。待得名登天府
后,归来茱菊映钗头。

行香子 马上有感

骄马花骢。柳陌经从。小春天、十里和风。个人家住,曲巷墙东。
好轩窗,好体面,好仪容。　　烛炧歌慵。斜月朦胧。夜新寒、斗
帐香浓。梦回画角,云雨匆匆。恨相逢,恨分散,恨情钟。

夜行船 咏美人

龟甲炉烟轻袅。帘栊静、乳莺啼晓。拂掠新妆,时宜头面,绣草冠
儿小。　　衫子揉蓝初著了。身材称、就中恰好。手捻双纨,菱花
重照,带朵宜男草。

采桑子 寓意

疏帘乍卷孜孜看,冰玉精神。体白停匀。端的于人不薄情。
更无背约和燋燥,各表真诚。才得相亲。切莫分张向别人。

蝶恋花 登楼晚望,闻歌声清婉而作此

闲上西楼供远望。一曲新声,巧媚谁家唱。独倚危栏听半饷。长
江快泻澄无浪。　　清泪恰同春水涨。拭尽重流,触事如何向。
不觉黄昏灯已上。旧愁还是新愁样。

又

天净姮娥初整驾。桂魄蟾辉,来趁清和夜。费尽丹青无计画。纤
纤侧向疏桐挂。　　人在扶疏桐影下。耳畔轻轻,细说家常话。
年少难留应不借。未歌先咽歌还罢。

又 宁都半岁归家,欲别去而意终不决也

叶底蜂衙催日晚。向晚匀妆,巧画宫眉浅。翠幕无风香自远。金
船酌酒须教满。　　未说别离魂已断。雨幌云屏,只恐良宵短。
心事不随飞絮乱。宦情肯把恩情换。

鹧鸪天 晨起,忽见大镜,睹物思人,有感而作

睡觉扶头听晓钟。隔帘花雾湿香红。翠摇钿砌梧桐影,暖透罗襦
芍药风。　　闲对影,记曾逢。画眉临镜霎时同。相思已有无穷
恨,忍见孤鸾宿镜中。

又　月夜诸院饮酒行令

宝篆烟消香已残。婵娟月色浸栏干。歌喉不作寻常唱,酒令从他
各自还。　　传杯手,莫教闲。醉红潮脸媚酡颜。相携共学骖鸾
侣,却笑卢郎旧约寒。

又　暇日泛舟,游客有叹居士髪白者。未竟,忽见临江倚楼人,因思向来有感作此

绿水澄江得胜游。浪平风软称轻舟。樽前我易伤前事,柳外人谁
独倚楼。　　空感慨,惜风流。风流赢得谩多愁。愁多著甚销磨
得,莫怪安仁鬓早秋。

又　偶有鳞翼之便,书以寄文卿

一曲清歌金缕衣。巧佼心事有谁知。自从别后难相见,空解题红
寄好诗。　　忆携手,过阶墀。月笼花影半明时。玉钗头上轻轻
颤,摇落钗头豆蔻枝。

眼儿媚　东院适人乞词,醉中书于裙带三首

人随社节去匆匆。此恨几时穷。阳台寂寞,巫山凄惨,云雨成空。
　　芭蕉密处窗儿下,冷落旧香中。黄昏静也,蛩声满院,明月清
风。

又

槐阴密处啭黄鹂。午日正长时。一番过雨,绿荷池面,冷浸琉璃。
　　红尘不到华堂里,纤楚对蛾眉。笑偎人道,新词觅个,美底腔
儿。

又

当年策马过钱塘。曲径小平康。繁红酽白,娇莺〔姹〕(吒)燕,争唤何郎。　　而今又客东风里,浑不似寻常。只愁别后,月房云洞,啼损红妆。

临江仙 笙妓梦云,对居士忽有剪髪齐眉修道之语

蕊嫩花房无限好,东风一样春工。百年欢笑酒樽同。笙吹雏凤语,裙染石榴红。　　且向五云深处住,锦衾绣幌从容。如何即是出樊笼。蓬莱人少到,云雨事难穷。

又 予买一妾,稍慧,教之写东坡字。半年,又工唱东坡词。命名文卿。元约三年。文卿不忍舍主,厥母不容与议,坚索之去。今失于一农夫,常常寄声,或片纸数字问讯。仙源有感,遂和其韵

破靥盈盈巧笑,举杯滟滟迎逢。慧心端有谢娘风。烛花香雾,娇困面微红。　　别恨彩笺虽寄,清歌浅酌难同。梦回楚馆雨云空。相思春暮,愁满绿芜中。

又 夜坐更深,烛尽月明,饮兴未阑,再酌,命诸姬唱一词

夜久笙箫吹彻,更深星斗还稀。醉拈裙带写新诗。锁窗风露,烛炧月明时。　　水调悠扬声美,幽情彼此心知。古香烟断彩云归。满倾蕉叶,齐唱传花枝。

惜奴娇 赋水仙花

洛浦娇魂,恐按"恐"原作"怨",陆校:"怨"应"恐"得到、人间少。把风流、分

付花貌。六出精神，腊寒射、香试到。清秀。与江梅、争相先后。

　　簷蔔粗疏，怎似妖娆体调。比山樊、也应错道。最是殷勤，捧出金盏银台笑_{陆校："捧出"句有误}。拚了。仙源与、奇葩醉倒。_{以上惜香乐府卷七}

水　龙　吟

无情风掠芭蕉响，还是重门已闭。银缸独对，相思方切，教人怎睡。解叹从前事，解叹了、依前鳌气。想他家那里，知人憔悴，相应是、睡也未。　　且恁和衣强寝，奈无寐、依前重起。起来思想，当初与你，忒煞容易。及至而今也_{陆校：多一字}，半头天眼，不存不济。最消魂苦是，黄昏前后，冷清清地。

水调歌头　赏月

把酒相劳苦，月色耀天章。冰轮碾破寒碧，飞入酒樽凉。击节词人妙句，吸此清辉万丈，肺腑亦生光。揽袂欲仙举，逸兴共天长。

　　日边客，幕中俊，坐间狂。浩歌清啸，恍然云海渺茫茫。唤醒谪仙苏二，何事常愁客少，更恐被云妨。月与人长好，广大醉为乡。

水龙吟　云词

先来天与精神，更因丽景添殊态。拖轻苒苒，才凝一段，还分五彩。毕竟非烟，有时为雨，惹情无奈。道无心，怎被歌声遏断，迟迟向、青天外。　　宜伴先生醉卧，得饶到、和山须买。也曾恼杀襄王，谁道依前不会。我欲乘风归去，翻怅恨、帝乡何在。念佳期未展，天长莫合，尽空相对。

诉 衷 情

花前月下会鸳鸯。分散两情伤。临行祝付真意,臂间皓齿留香。

还更毒,又何妨。尽成疮。疮儿可后,痕儿见在,见后思量。

满 江 红

懊恼平生,奈天赋、恩情太薄。二三岁、看伊受尽,眼尖眉角。记得当初低耳畔,是谁先有于飞约。惟到今、划地误盟言,还先恶。

天眼见,人难度。天易感,人难托。人心险,天又怎生捉摸。莫问傍人非与是,手儿但把心儿托。便不成、厮守许多时,干休却。

贺 新 郎

负你千行泪。大都来、一寸心儿,万般萦系。似恁愁烦那里泊。故自三年二岁。为你后、甘心憔悴。终待说、山盟海_{按原无"海"字,从汲古阁刊本}誓。这恩情、到此非容易。拚做个,久长计。 紧要事须评议。怕人人、蓦地知时,怎生处置。毒害心肠袄知是。怕你生烦到底。便莫待、将人轻弃。不是我多疑你。被傍人、赚后失圈圆。经一事,长一智。

按此下原有好事近"喜气拥门阑"一首,乃王昂作,见陶朱新录,今存目。

眼 儿 媚

连沧危观暮江前。几醉使君筵。少年俊气,曾将吟笔,买断江天。

重来细把朋游数,回首一辛酸。兰成_{按"成"原作"城",陆校:"城"疑"成"}已老,文园多病,负此江山。

簇　　水

长忆当初,是他见我心先有。一钩才下,便引得鱼儿开口。好是重门深院,寂寞黄昏后。斯觑著、一面儿酒。　　试捆就。便把我、得人意处,闪子里、施纤手。云情雨意,似十二巫山旧。更向枕前言约,许我长相守。忟人也,犹自眉头皱。

摊破丑奴儿

最苦是离愁。行坐里、只在心头。待要作个巫山梦,孤衾展转,无眠到晓,和梦都休。　　梦里也无由。谁敢望、真个绸缪。暂时不见浑闲事,只愁柳絮杨花,自来摆荡难留。

更　漏　子

烛消红,窗送白。冷落一衾寒色。鸦唤起,马跐行。月来衣上明。　　酒香唇,妆印臂。忆共人人睡陆校:应于"人人"下脱一字。魂蝶乱,梦鸾孤。知他睡也无。

按此首别见金谷遗音,乃石孝友作,今存目。

浣　溪　沙

一味风流一味香。十分浓艳十分妆。自然娇态自然芳。　　楼上好风楼下水,雪前栏槛竹前窗。也宜单著也宜双。

又

恻恻笙竽万籁风。阳关叠遍酒尊空。相逢草草别匆匆。　　满眼泪珠和雨洒,一襟愁绪抵秋浓。相思今夜五云东。

汉 宫 春

讲柳谈花，我从来口快，忺说他家。眼前见了，无限楚女吴娃_{按“娃”}原作“姬”，陆校：“姬”应用韵，疑“娃”。千停万稳，较量来、终不如他。便做得，宫仪院体，歌谈不带烟花。　　从前万事堪夸。爱拈笺弄管，锦字欹斜。新来与人臑著，不许胡巴。嚎瀡谩惹，料福缘、浅似他_{按“他”原作“地”，陆校：“地”疑“他”}些。谁为我，传诗递曲，殷勤题上窗纱。

雨 中 花 慢

钯子分香，罗巾拭泪，别来时、未觅凄惶。上得船儿来了，划地凄凉。可惜花前月里，却成水远山长。做成恩爱，如今赢得，万里千乡。　　情知这场寂寞，不干你事，伤我穷忙。不道是、久长活路，终要称量。我则匆匆归去，知你且、种种随娘。下梢睚彻，有时共你风光。

柳 梢 青

小窗闲适。云髻鬖肩，香肌偎膝。玉〔局〕(扃)无尘，明琼欲碎，春纤同掷。　　不争百万呼卢，赌今夜、鸳帷痛惜。好忍马儿，若还输了，当甚则剧。

按此下原有玉团儿“铅华淡伫新妆束”一首，乃周邦彦作，见片玉集抄补，今存目。

南 歌 子

梅萼和霜晓，梨花带雪春。玉肌琼艳本无尘。肯把铅华容易、污天真。　　汤饼尝初罢，罗巾拭转新。几回贪耍失黄昏。月里归来无处、觅精神。

临 江 仙

人在梦云楼上别,残灯影里迟留。依稀绿惨更红羞。露痕双脸湿,
山样两眉愁。　　　几幅片帆天际去,云涛烟浪悠悠。今宵独立古
江头。水腥鱼菜市,风碎荻花舟。

　　按此下原有鹧鸪天"只有梅花似玉容"、"小院深明别有天"二首,乃向子諲作,见
　　酒边集,今存目。

浣 溪 沙

画角声沉卷暮霞。寒生促索锦屏遮。沉檀半爇髻堆鸦。　　　蝴蝶
梦回馀烛影,子规啼处隔窗纱。夜深明月浸梨花。

浪 淘 沙

帘卷露花容。几度相逢。他知我意欲相通。偏奈天教多阻间,积
恨何穷。　　　云雨杳无踪。愁怕东风。时闻语笑恣欢浓。惟有俺
咱真分浅,往事成空。

　　按此下原有眼儿媚"云间一点飞鸦"一首,乃某教授或陈诜作,见贵耳集卷上或山
　　房随笔,今存目。

如 梦 令

竹外半窥娇面。真个出尘体段。没处可偷怜,空恁眼穿肠断。休
恋。休恋。只是与伊分浅。

浣 溪 沙

闲理丝簧听好音。西楼剪烛夜深深。半嗔半喜此时心。　　　暖语
温存无恙语,韵开香靥笑吟吟。别来烦恼到如今。

减字木兰花

阳关唱彻。断尽离肠声哽咽。酒已三巡。今夜王孙是路人。
此情难说。莫负等闲风与月。欲问归期。来戴钗头艾虎儿。

又

半窗斜月。茅店萧条灯已灭。床下蛩声。声动凄凉不忍听。
终宵无寐。覆去翻来真个是。屈指归期。应是梅花烂熳时。

夜行船　送胡彦直归郡醉中作

短棹轻舟排办了。歌声断、晚霞残照。红蓼坡头,绿杨堤外,离恨
知多少。　　别后莫教音信杳。叹光阴、初自来堪笑。画角谯门,
槐溪归路,正是楚天清晓。

眼　儿　媚

玉楼初见念奴娇。无处不妖饶。眼传密意,樽前烛外,怎不魂消。
　　西风明月相逢夜,枕簟正凉宵。殢人记得,叮咛残漏,且慢明
朝。

品　　令

黄昏时候,诮不语、心如醉。无眠凝想,别来绣阁,多应憔悴。上了
灯儿,知是睡哩坐哩。　　蓦思归计。又还是重屈指。从今已后,
暌离千万,且休容易。这底凄惶,你看是谁不是。

柳　梢　青

甜言软语。长记那时,萧娘叮嘱。清管危弦,前欢难断,鳞鸿无据。

纷纷眼底浮花,拈弄动、几多思虑。千结丁香,且须珍重,休胡分付。

浣　溪　沙

金兽喷香瑞霭氛。夜凉如水酒醺醺。照人娇眼媚生春。　　我自愁多魂已断,不禁楚雨带巫云。人情又是一番新。

又

坐看销金暖帐中。羔儿酒美兽煤红。浅斟低唱好家风。　　爱客东君多解事,晚妆新与画眉峰。便须催唤出房栊。

又

堆枕冠儿翡翠钗。蒙金领子满绯鞋。于中沉净好情怀。　　新浴晚凉梳洗罢,半娇微笑下堂来。莲花因甚未曾开。

临　江　仙

天外浓云云外雨,雨声初上檐牙。红蕖应褪洗妆花。晚凉如有意,霄雷到山家。　　为唤山童多索酒,金钟细酌流霞。晕生玉颊酒潮斜。闲中无宠辱,醉里是生涯。

夜行船　送张希舜归南城

绿盖红幢笼碧水。鱼跳处、浪痕匀碎。惜别殷勤,留连无计,歌声与、泪和柔脆。　　一叶扁舟烟浪里。曲滩头、此情无际。窈窕眉山,暮霞红处,雨云想、翠峰十二。

浪 淘 沙

窈窕绣帏深。窈窕陆校:重"窈窕",有误娉婷。梅花初试晚妆新。那更
娇痴年纪小,冰雪精神。　　举措忒轻盈。歌彻新声。柔肠魂断
不堪听。但恐巫山留不住,飞作行云。

如 梦 令

居士年来懒散。凡事只从宽简。身外更无求,只要夏凉冬暖。美
满。美满。得过何须积趱。

卜 算 子

十载仰高明,一见心相许。来日孤舟西水门,风饱征帆腹。　　后
夜起相思,明月清江曲。若见秋风寒雁来,能寄音书否。

眼 儿 媚

先来客路足伤悲。那更话别离。玉骢也解,知人欲去,骧首频嘶。
　　马蹄动是三千里,后会莫相违。切须更把,丁香珍重,待我重
期。以上惜香乐府卷八

南 乡 子

楚楚窄衣裳。腰身占却,多少风光。共说春来春去事,凄凉。懒对
菱花晕晓妆。　　闲立近红芳。游蜂戏蝶,误采真香。何事不归
巫峡去,思量。故来尘世断人肠。

又

月转水晶盘。楼上初闻一鼓残。又是去年天气好,栏干。风动梅

梢玉閂寒。　　无奈壮情阑。对酒如何欲强欢。谁道破愁须仗
酒,君看。酒到愁多破亦难。

谒金门 和德远

灯乍灭。忽见一天明月。恰舞霓裳歌未歇。露寒回绛阙。

　羽服明晖玉雪。笑语轻参环玦。香泽恼人情不彻。夜长窗自
白。

> 按此下原有谒金门和宗人"伤离索"一首,乃毛幵作,见樵隐诗馀;又有一剪梅"红
> 藕香残碧树秋"一首,乃李清照作,见乐府雅词卷下,今存目。

点　绛　唇

云鬖宫鬓,淡黄衫子轻香透。晚凉时候。睡起新妆就。　　冰枕
生寒,玉浸纤纤手。沉吟久。眉山敛秀。爱道奴家瘦。

> 按此下原有点绛唇"烟洗风梳"一首,乃孙愤(肖之)作,见乐府雅词拾遗卷
> 上;又有浣溪沙"月样婵娟雪样清"、"水北烟寒雪似梅"二首,乃毛滂作,见
> 东堂词;又有菩萨蛮"江城烽火连三月"一首,乃无名氏作,见乐府雅词拾遗
> 卷上,今并存目。

菩　萨　蛮

春山已蹙眉峰绿。春心骀荡难拘束。惆怅为春伤。惜花心
更狂。　　对花深有意。且向花前醉。花作有情香。与人相久
长。

画　堂　春

当时巧笑记相逢。玉梅枝上玲珑。酒杯流处已愁浓。寒雁横空。

　去程无记更从容。到归来好事匆匆。一时分付不言中。此恨
难穷。

如梦令 寄蔡坚老

居士年来病酒。肉食百不宜口。蒲合与波稜，更着同蒿葱韭。亲手。亲手。分送卧龙诗友。

又

别恨眉尖无数。后夜王孙何处。歌馆与妆楼，目断行云凝伫。凝伫。凝伫。忆泪千行红雨。

菩　萨　蛮

隔江一带春山好。平林新绿春光老。休去倚阑干。飞红不<small>按"不"原作"一"，陆校："一"疑"不"</small>忍看。　　东流何处去。便是归舟路。芳草外斜阳。行人更断肠。

长　相　思

敛愁眉。恨依依。肠断关情怨别离。云中过雁悲。　　瘦因谁。病因谁。屈指无言忖后期。此时人怎知。

柳　梢　青

潇洒仙源。夭桃秾李，曾对华筵。歌媚惊尘，舞弯低月，满劝金船。　　鉴湖烟水连天。政归棹、红妆鬬妍。花雾香中，人询居士，切莫多传。

贺生辰

好事近 贺德远

不羡八千椿，不羡三偷桃客。也不羡他龟鹤，一<small>按原本无"一"字，此从汲</small>

古阁刊本总为凡物。　羡君恰似老人星，长明无休息。好与中兴贤主，立维城勋绩。

朝中措　上钱知郡、（按"郡"原作"群"，陆校："群"疑"郡"。）符主管、朱知录三首

南楼风物一番新。春暮畀斯民。岂但仁人恺弟，更兼政事如神。　人生最贵，荣登五马，千里蒙恩。只恐促归廊庙，去思有脚阳春。

又

文章学业继家声。名誉压群英。早岁掀腾膴仕，如公富贵难并。　定膺丹诏，朱轮迅召，陶冶苍生。自是盐梅姿质，伫看大手调羹。

又

先生德行冠南丰。锦绣作心胸。暂屈徒劳州县，文章后进宗工。　督邮纲纪，才高幕府，雅望尤崇。此去定膺光宠，且须满醉西东。

念奴娇　上张南丰生日

桂华蟾魄，到中秋、只有人间一六。浩渺清风因唤起，千里吹飞鸿鹄。碧落翻花，瑶空隐瑞，声节琅玕筑。板怀玉燕，此时嘉梦重育。　始信名按"名"原作"石"，陆校："石"应"名"在丹台，瞳方八百，子已三千熟。麟脯灵瓜那更有，琼斝神仙醽醁。秋水春山，柳腰花面，一醉霓裳曲。长生清净，自然何用辟谷。

好　事　近

江上一按原本无"一"字,此从汲古阁刊本江楼,楼上远山横翠。还更腰金
骑鹤,引竹西歌吹。　　寿君春酒遣双壶,满引见深意。肯向龟荷
香里,唤侬来同醉。

又

剑水霭欢声,喜庆间生人杰。一段葱葱佳气,扇熏风时节。　　今
朝银艾佐琴堂,争把寿香爇。去去凤皇池上,见龟巢连叶。

柳长春　上董倅

梅喜先春,雁惊未腊。于门瑞气浮周匝。正当月应上弦时,长庚梦
与良辰合。　　螺水恩浓,盱江德洽。寿杯劝处燃红蜡。明年此
际祝遐龄,贺宾一一趋东阁。

武陵春　上马宰

又是新逢三五夜,瑞气霭氤氲。万点灯和月色新。桃李倍添春。
　　花县主人情思好,行乐逐良辰。满引千钟酒又醇。歌韵动梁
尘。

临江仙　上祝丞

天祐炎图生国瑞,蓝田暂屈英僚。始知文宿降璇霄。中元前五日,
七夕后三朝。　　江敩风流临此政,少年潇洒奇标。行看峻擢相
熙朝。功名前稷契,寿算等松乔。

喜迁莺　上魏安抚

商飙轻透。动帘幕飞梧，乱飘庭甃。瑞气氤氲，沉檀初爇，烟喷宝台金兽。黄花美酒。天教占得，先他时候。诞元老，庆有声，此夕降生华胄。　　欢笑。宜称寿。弦管鼎沸，宫商方频奏。满捧瑶卮，华堂歌舞，拍转金钗斜溜。朱颜绿鬓，殷勤深愿，镇长如旧。叹滨海，道难留，指日荣迁飞骤。

鹊桥仙　上张宣机

云峰初敛，秋容如洗，庭院金风初扇。葱葱佳气霭侯门，信天上、麒麟乍见。　　祝君此去，飞黄腾踏，日侍凝旒邃冕按"冕"原作"晃"。陆校："晃"疑"冕"。和羹调味早归来，坐看取、蓬莱清浅。

拾遗

柳梢青

晴雪楼台，试灯帘幕，适是元宵。罗绮娇春，帝城风景，今夜应饶。　　争知我系如匏，便偎月良天任教。早闭柴门，从他箫鼓，细打轻敲。

贺新郎

世谛人多错。阿谁将、虚名微利，放教轻著。万事莫非前定了，选甚微如饮酌。算徒诧、龙韬豹略。纵使龙头安尺木，更从教、豹变生三角。浑是梦，恍如昨。　　吾庐自笑常虚廓。对残编、磨穿枯砚，生涯微薄。负郭田园能有几，随分安贫守约。要不改、箪瓢颜乐。西掖北扉终须到，且嘲风咏月常相谑。更要甚，万金药。

东 坡 引

茅斋无客至。冰砚冻寒泚。南枝喜入新诗里。恼人频嚼蕊。恼人频嚼蕊。　　因思去腊江头醉。倚动客兴伤春意。经年自叹人如寄。光阴如捻指。光阴如捻指。

满 庭 芳

风力驱寒,云容呈瑞,晓来到处花飞。遍装琼树,春意到南枝。便是渔蓑旧画,纶竿重、横玉低垂。今宵里,香闺邃馆,幽赏事偏宜。　　风流金马客,歌鬟醉拥,乌帽斜欹。问人间何处,鹏运天池。且共周郎按曲,音微误、首已先回。同心事,丹山路稳,长伴彩鸾归。

> 按此首又见汲古阁刻宋六十名家词本山谷词,而他本山谷词集未见有此首,未必为黄庭坚作。

杏 花 天

乍凉淅淅风生幕。人独在、朱栏翠阁。吹箫信杳炉香薄。眉上新愁又觉。　　从前事、拟将拚却。梦不断、花梢柳萼。一杯睡起谁同酌。斜日阴阴转角。

临 江 仙

远岫螺头湿翠,流霞赪尾疏明。断虹斜界雨新晴。烟村灯火晚,江浦画难成。　　我向其间泛叶,终朝露渚风汀。老来心事最关情。不堪三弄笛,吹作断肠声。

辊绣球　和康伯可韵

流水奏鸣琴,风月净、天无星斗。翠岚堆里,苍岩深处,满林霜腻,暗香冻了,那禁频嗅。　　　马上再三回首。因记省、去年时候。十分全似,那人风韵,柔腰弄影,冰腮退粉按原无"粉"字,据词谱卷十四补,做成清瘦。

眼 儿 媚

南枝消息杳然间。寂寞倚雕栏。紫腰艳艳,青腰袅袅,风月俱闲。　　　佳人环 玉膡珊。作恶探花还。玉纤捻粟,樱唇呵粉,愁点眉弯。

菩 萨 蛮

日高犹恋珊瑚枕。羞红不忿花如锦。双燕运芹泥。燕归人未归。　　　纵饶梳洗罢。朱户何曾跨。寂寞小房栊。回文和泪封。

鹧 鸪 天

落魄东吴二十春。风流诗句得清新。今年却恨花星照,再见温卿与远真。京口妓魁赵柔陈玉。　　　分楚佩,染巫云。赤绳结得短花茵。若非京口初相识,安得毗陵作故人。

浪 淘 沙

绿树转鸣禽。已是春深。杨花庭院日阴阴。帘外飞来双语燕,不寄归音。　　　旧事懒追寻。空惹芳心。天涯消息远沉沉。记得年时中酒后,直至而今。

谒 金 门

春睡足。帘卷翠屏山曲。芳草沿阶横地轴。垂杨相映绿。　　　暗忆旧欢难续,又是禁烟传烛。陌上踏青新结束。秋千谁共促。

侍　香　金　童

一种春光,占断东君惜。算秾李、昭华争并得。粉腻酥融娇欲滴。端的尊前,旧曾相识。　　向夜阑、酒醒霜浓寒又力。但只与、冰姿添夜色。绣幕银屏人寂寂。只许刘郎,暗传消息。

菩　萨　蛮

新晴庭户春阴薄。东风不度重帘幕。第几小兰房。雏莺初弄黄。　　悄寒春未透。不解寻花柳。只恐渐春深。愁生求友心。

清　平　乐

紫箫声断。窗底春愁乱。试著春衫羞自看。窄似年时一半。　　一春长病厌厌。新来愁病重添。香冷倦熏金鸭,日高不卷珠帘。

好　事　近

齿颊带馀香,〔謦〕（謦）咳总成珠玉。剪碎袖罗花片,点金觥春绿。　　玉鱼花露自清凉,涓涓在郎腹。犹胜望梅消渴,对文君眉蹙。

品　　令

好事客。宫商内、吟得风清月白。主人幸有豪家意,后堂煞有春色。　　花压金翘俏相映,酒满玉纤无力。你若待我些儿酒,尽吃得、尽吃得。陆校云:按“得”字下原作“＝＝”,盖重上“尽吃得”三字句耳。今作“得得”(指汲古阁本)理既难通,调亦不叶。

武　陵　春

落了丹枫残了菊,秋色苦无多。谁唤西风泣泪罗,吹恨入星河。

碧陆校:应"碧"字上下脱一字枝头金粟闹,曾揿翠云窝。重揉檀英忆两娥。无奈冷香何。以上惜香乐府卷九,从陆敕先校汲古阁本录出

存 目 词

调　名	首　　句	出　　处	附　　　　注
渔 家 傲	蕙死兰枯金菊槁	惜香乐府卷三	无名氏词,见梅苑卷九
眼 儿 媚	楼上黄昏杏花寒	又	阮阅词,见苕溪渔隐丛话前集卷十一
念 奴 娇	见梅惊笑	又	朱敦儒词,见樵歌卷上
清 平 乐	霁光摇目	又	石孝友词,见金谷遗音
朝 中 措	乱山叠叠水冷冷	又	又
贺 新 郎	篆缕销金鼎	惜香乐府卷四	李玉词,见唐宋诸贤绝妙词选卷八或潘汾词,见阳春白雪卷一
卜 算 子	新月挂林梢	又	叶梦得词,见石林词
水 调 歌 头	江水浸云影	惜香乐府卷五	朱熹词,见晦庵词
踏 莎 行	弄影阑干	又	辛弃疾词,见稼轩长短句卷七
临 江 仙	猎猎风蒲初暑过	又	苏庠词,见乐府雅词卷下
玉 楼 春	寻真误入桃源洞	惜香乐府卷六	石孝友词,见金谷遗音
鹊 桥 仙	溪清水浅	又	朱敦儒词,见樵歌卷上
好 事 近	喜气拥门阑	惜香乐府卷八	王昂词,见陶朱新录
玉 团 儿	铅华淡伫新妆束	又	周邦彦词,见片玉集抄补
鹧 鸪 天	只有梅花似玉容	又	向子諲词,见酒边集
又	小院深明别有天	又	又

调　名	首　句	出　处	附　注
眼儿媚	云间一点飞鸦	惜香乐府卷八	某教授词,见贵耳集卷上;或陈诜词,见山房随笔
谒金门	伤离索	惜香乐府卷九	毛幵词,见樵隐诗馀
一剪梅	红藕香残碧树秋	又	李清照词,见乐府雅词卷下
点绛唇	烟洗风梳	又	孙惔词,见乐府雅词拾遗卷上
浣溪沙	月样婵娟雪样清	又	毛滂词,见东堂词
又	水北烟寒雪似梅	又	又
菩萨蛮	江城烽火连三月	又	无名氏词,见乐府雅词拾遗卷上

罗　愿

愿字端良,号存斋,歙县人。生于绍兴六年(1136)。以荫补承务郎监临安新城税。乾道二年(1166),登进士第。任赣州通判。秩满,差知南剑州,改知鄂州。淳熙十一年(1184)卒,年四十九。所著有尔雅翼及鄂州小集。

水调歌头 中秋和施司谏

秋宇净如水,月镜不安台。郁孤高处张乐,语笑脱氛埃。檐外白毫千丈,坐上银河万斛,心境两佳哉。俯仰共清绝,底处著风雷。

问天公,邀月姊,愧凡才。婆娑人世,羞见蓬鬓漾金罍。来岁公归何处,照耀彩衣簪橐,禁直且休催。一曲庾江上,千古继韶陔。

鄂州小集卷一

失　调　名

九月江南秋色,黄雀雨,鲤鱼风。岁时广记卷三

楼　钥

　　钥字大防,鄞县人,锷从弟。生于绍兴七年(1137)。隆兴元年
(1163)进士,累官太府宗正寺丞,出知温州。光宗立,除考功郎,改国子
司业,擢起居郎,迁给事中。与韩侂胄不合,以显谟阁学士提举江州太
平兴国宫,寻知婺州,移宁国府罢,夺职。侂胄诛,起为翰林学士,迁吏
部尚书,除端明殿学士、签书枢密院事。升同知,进参知政事。累疏求
去,除资政殿学士,进大学士,提举万寿观。嘉定六年(1213)卒,年七十
七,赠少师、谥宣献。有攻媿集,词附。

醉翁操　七月上浣游裴园

茫茫。苍苍。青山绕、千顷波光。新秋露风荷吹香。悠飏心地翛
然,生清凉。古岸摇垂杨。时有白鹭飞来双。　　　隐君如在,鹤与
翱翔。老仙何处,尚有流风未忘。琴与君兮宫商。酒与君兮杯觞。
清欢殊未央。西山忽斜阳。欲去且徜徉。更将霜鬓临沧浪。

又　和东坡韵咏风琴

泠然。清圆。谁弹。向屋山。何言。清风至阴德之天。悠飏馀响
婵娟。方昼眠。迥立八风前。八音相宣知孰贤。　　　有时悲壮,
铿若龙泉。有时幽杳,仿佛猿吟鹤怨。忽若巍巍山巅。荡荡几如
流川。聊将娱暮年。听之身欲仙。弦索满人间。未有逸韵如此
弦。以上二首见攻媿集卷六

孝宗皇帝虞主自浙江还重华宫鼓吹导引曲

孝宗纯孝,前圣更何加。高蹈处重华。丹成仙去龙辒远,越岸暮山遐。　　波臣先为卷寒沙。来往护灵槎。九虞礼举神祇乐,万世佑皇家。

孝宗皇帝神主自重华宫至太庙祔庙鼓吹导引曲

吾皇尽孝,宗庙务崇尊。钜典备弥文。巍巍东向开基主,七世祔神孙。　　追思九围整乾坤。环宇慕洪恩。从今密迩高宗室,千载事如存。以上二首见攻媿集卷四十八

　　按以上二首原见宋史卷一百四十一乐志十七,无撰人姓名,绍熙五年作。

张良臣

　　良臣字武子,一字汉卿,号雪窗,大梁(今河南省开封)人,家拱州,避地家鄞。隆兴元年(1163)进士。淳熙末卒,官止监左藏库。有雪窗集,今不传。

失　调　名

昨日豆花篱下过,忽然迎面好风吹。独自立多时。攻媿集卷七十

西　江　月

四壁空围恨玉,十香浅捻啼绡。殷云度雨井桐凋。雁雁无书又到。　　别后钗分燕股,病馀镜减鸾腰。蛮江豆蔻影连梢。不道参横易晓。阳春白雪卷二

采　桑　子

佳人满劝金蕉叶,夜玉春温。别后黄昏。燕子楼高月一痕。
年年依旧梨花雨,粉泪空存。流水孤村。不著寒鸦也断魂。阳春白
雪卷四

舒邦佐

> 邦佐字辅国,后更字平叔,隆兴府靖安县人。绍兴七年(1137)生。
> 淳熙八年(1181)进士,授鄂州蒲圻簿,改潭州善化簿,迁衡州录事参军。
> 嘉定七年(1214)卒,享年七十有八。有双峰猥稿。

水调歌头　寿衡守季国正

问讯金华伯,自是地行仙。只为朱轮画戟,句引到湘川。用个狎鸥
心地,做就烹鲜时政,民化我何言。但贵衡阳纸,纸落尽云烟。

　　对湖天,梅索笑,月还圆。旧时岳生申甫,重到是前缘。快洗瑶
觥一醉,唤个鹤仙起舞,骑取上花砖。春秋更多少,庄木八千年。
双峰猥稿卷八

张孝忠

> 孝忠字正臣,历阳(今安徽省和县)人。隆兴元年(1163)进士。曾
> 知郴州。开禧初,守荆门。三年(1207),京西运判。嘉定元年(1208),
> 直显谟阁,落职放罢。八年(1215),新知金州,放罢。

杏花天　刘司法喜咏北湖次其韵

爱寻水竹添情况。任云卧、溪边石上。衔杯乐圣成游荡。不为弓

弯舞样。　　　北湖迥、风飘彩舫。□按原无空格,据律补笑击、冯夷薄
相。致身福地何萧爽。莫道居夷太枉。

又

看花随柳湖边去。似邂逅按"逅"原误作"垢",改从赵万里校、水晶宫住。
刘郎笔落惊风雨。酒社按"社"原误作"杜",从赵万里校诗盟心许。
玉关外、不辞马武。便好展、云霄稳步。郴江自绕郴山路。欲问功
名何处。

破阵子　北湖次唐教授韵

占气中涵清淑,征诗古富篇章。杖屦闲随鱼□按原无空格,据律补乐,
怀抱清如湖水凉。何殊吴越乡。　　　风柳春容袅袅,水花月影汪
汪。且把清尊浇磊魄,莫为浮名愁肺肠。星星白髪长。

玉楼春　泛北湖次唐教授韵

绿波春早青烟暮。翠幕船如天上去。深杯浊酒醉贤人,隔岸幽花
怜静女。　　　浮云散乱流萍聚。恨满韩张离合处。欲招骑龙帝乡
人,来咏叉鱼春岸句。以上四首见永乐大典卷二千二百六十五湖字韵引张孝忠
野逸堂集

鹧　鸪　天

豆蔻梢头春意浓。薄罗衫子柳腰风。人间乍识瑶池似,天上浑疑
月殿空。　　　眉黛小,髻云松。背人欲整又还慵。多应没个藏娇
处,满镜桃花带雨红。永乐大典卷六千五百二十三妆字韵引张孝忠野逸堂长短
句

菩萨蛮 即席次王华容韵

娇红隐映花稍雾。金莲容与歌声度。得句写香笺。江山此意传。
醉当春好处。不道因风絮。去并锦闱眠。青绫被底仙。

西江月 即席次王华容韵

堂上簪缨交错，花间帘幕高张。与君一咏一飞觞。莫笑诗狂饮畅。
满路光风转蕙，吟边宫柳斜行。新词妙绝动宫墙。紫诰黄麻
天上。

霜天晓角 汉阳王守席上

楚山浮碧。江汉无终极。鄂渚几行云树，天何意、限南北。　　使
君觞醉客。健倒曾何惜。三国英雄谁在，斜阳外、尽陈迹。以上三首
见永乐大典卷二万零三百五十三席字韵引张孝忠词

方有开

　　　　有开字躬明，号堂溪，歙州(今安徽省歙县)人。登隆兴元年(1163)
　　　　进士，授南丰尉。屡迁司农丞、转运判官，兼庐州帅。有堂溪集，不传。

点绛唇 钓台

七里滩边，江光漠漠山如戟。渔舟一叶。径入寒烟碧。　　笑我
尘劳，羞对双台石。身如织。年年行役。鱼鸟浑相识。

满江红 钓台

跳出红尘，都不顾、是非荣辱。垂钓处、月明风细，水清山绿。七里

滩头帆落尽,长山泷口潮回速。问有谁、特为上钩来,刘文叔。

貂蝉贵,无人续。金带重,难拘束。这白麻黄纸,岂曾经目。昨夜客星侵帝座,且容伸脚加君腹。问高风、今古有谁同,先生独。

以上二首新安文献志甲卷六十

存　目　词

本书初版卷一百七十五载方有开点绛唇"燕子依依"一首,乃能改斋漫录卷十六无名氏词。

许及之

　　及之字深甫,永嘉人。隆兴元年(1163)进士。淳熙十四年(1187),宗正寺簿。十五年(1188),右拾遗。庆元元年(1195),权礼部侍郎。三年(1197),给事中。四年(1198),自吏部尚书除同知枢密院事。嘉泰二年(1202),参知政事。三年(1203),除知枢密院事兼参知政事。四年(1204)罢。开禧三年(1207),泉州居住。嘉定二年(1209)卒。有涉斋集。

贺　新　郎

旧俗传荆楚。正江城、梅炎藻夏,做成重午。门艾钗符关何事,付与痴儿騃女。耳不听、湖边鼍鼓。独炷炉香薰衣润,对潇潇、翠竹都忘暑。时展卷,诵骚语。　　新愁不障西山雨。问楼头、登临倦客,有谁怀古。回首独醒人何在,空把清尊酹与。漾不到、潇湘江渚。我又相将湖南去,已安排、吊屈嘲渔父。君有语,但分付。阳春白雪外集

傅大询

　　大询字公谋,号铃冈,宜春人。

水 调 歌 头

草草三间屋，爱竹旋添栽。碧纱窗户，眼前都是翠云堆。一月山翁高卧，踏雪水村清冷，木落远山开。唯有平安竹，留得伴寒梅。

唤按"唤"字原脱，据词品卷二补家童，开门看，有谁来。客来一笑，清话煮茗更传杯。有酒只愁无客，有客又愁无酒，酒熟且徘徊。明日人间事，天自有安排。鹤林玉露卷十七

锦堂春　寿许宰

梅要疏开，雪教迟下，怕他寒入江天。有月桥仙客，相伴婵娟。巷陌升平气象，一时都在鸣弦。望东家锦里，雁到云边。书到云边。

尊前翠眉环唱，道新腔字稳，花折声圆。此去凤池游戏，碧波添插金莲。看长生叶上，龟寿千年。人寿千年。

柳梢青　庆叶丞

春到江南，今年寒少，早有疏梅。相伴双松，吟哦风月，着意花开。

天香甚处安排。便何似、调羹去来。劲节仙姿，玉堂难老，身在蓬莱。以上二首见截江网卷五

念 奴 娇

江梅破腊，把一枝来报，□按原无空格，据律补春消息。锦帐银瓶龙麝暖，画烛光摇金碧。两径桃花，一溪流水，路入神仙宅。云裳羽佩，洞天相会今夕。　　堂下乐问灵鼍，玉人清唱，舞袖低回雪。富贵风流须道是，天上人间难得。玉镜台边，琼浆盏畔，共说春心切。百年偕老，凤凰楼上风月。翰墨大全乙集卷十七

行香子　寿邓宰母　二月初五

玉佩簪缨。罗袜生尘。问何时、来到湘滨。尧羹五叶,二月阳春。一霎时风,一霎时雨,一霎时晴。　　有子鸣琴。有路登瀛。戏斑衣、温酒重斟。蟠桃难老,相伴长生。一千年花,一千年果,一千年人。翰墨大全丁集卷一

　　按以上二首原题作铃岗作。

存　目　词

本书初版卷一百零五另载有傅大询沁园春"天下知名"一首,原注出截江网卷五,而据截江网原书,实无撰人姓名。

刘德秀

　　德秀字仲洪,丰城人。隆兴元年(1163)进士。淳熙八年(1181),户部犒赏酒库所干办公事。庆元元年(1195),右正言。二年(1196),谏议大夫。开禧元年(1205),签书枢密院事。嘉定元年(1208)卒。有默轩词,不传。

贺新郎　西湖

雨沐秋容薄。莹湖光、琉璃千顷,浪平如削。步绕湖边佳绝处,时涌琼楼珠阁。记一一、经行皆昨。十万人家空翠里,借姮娥、玉鉴相依约。卷雾箔,飞烟幕。　　天机云锦才收却。放芙蓉、岸花十里,翠红成幄。向晚买舟撑月去,笑引银汉共酌。醉欲起、骑鲸碧落。试唤坡仙哦妙句,问淡妆、此夕如何著。只云月,是梳掠。永乐大典卷二千二百六十五湖字韵引刘德秀词

吴　镒

　　镒字仲权,自号敬斋,崇仁人。隆兴元年(1163)进士。淳熙中,知宜章。十六年(1189),秘书省正字。知武冈军,司封郎中,广西运判,湖南转运判官。庆元三年(1197)卒。有云岩集、敬斋词,俱不传。

水调歌头　柳州北湖

澄彻北湖水,圆镜莹青铜。客槎星汉天上,隐隐暗朝通。六月浮云落日,十顷增冰积雪,胜绝与谁同。罗袜步新月,翠袖倚凉风。

　　子韩子,叫虞帝,傲祝融。御风凌雾来去,邂逅此从容。欲问骑骖何处,试举叉鱼故事,惊起碧潭龙。乞我飞霞佩,从子广寒宫。

又

三楚上游地,五岭翠眉横。杜诗韩笔难尽,身到眼增明_{按原误倒作“增明眼”,今正。}最好流泉百道,　绕城萦市,唯见洛阳城。化鹤三千岁,橘井尚凄清。　阆风客,紫贝阙,白玉京。不堪天上官府,时此驻霓旌。岁晚朔云边雪,压尽蛮烟瘴雨,过雁落寒汀_{目所观前人,盖以词寓其意。}况有如泉酒,细与故人倾。_{以上二首见永乐大典卷二千二百六十五湖字韵}

林　淳

　　淳字太冲,三山(即今福州)人。乾道八年(1172),以奉议郎为泾县令,修复古塘,民多称之。(淳熙三山志有长溪林淳,隆兴元年进士,潮阳尉,或即一人。)

水调歌头　温陵东湖次陈休斋体仁韵

潇洒东湖上,夜雨洗清秋。朝来尘霁,凝望千里兴悠悠。山色揉蓝深染，波影青铜新铸，□冷翠光浮。蓑笠真吾事，聊整钓鱼钩。

坐中客，凌王谢，更风流。一觞一咏，豪俊谈笑气吞牛。花月连环长好，到处名园池□，遇景且遨游。试问陶元亮，底事赋归休。

永乐大典卷二千二百六十二湖字韵

鹧鸪天　西湖

天近祆知雨露浓。湖山无日不春风。闲花野草皆掀舞，曾在君王顾盼中。　　时易得，会难逢。朝为逆旅暮三公。蛟龙得雨飞无便，鸡犬腾云凤有功。

柳　梢　青

富贵园林。清虚清馆，随意登临。物外风光，云明花媚，鸟语烟深。

徐徐缓辔微吟。迤逦度、松间柳阴。览遍幽奇，小舟归晚，月映波心。

浣溪沙　忆西湖

却忆西湖烂漫游。水涵山影翠光浮。轻舟短棹不惊鸥。　　带露精神花妩媚，依风情态柳温柔。莺歌燕语巧相留。

水调歌头　次赵帅开西湖韵

湖波涨新绿，环绕越王山。棠斋清昼馀暇，赢得静中观。四面屏围碧玉，十里障开云锦，冰鉴倒晴澜。目送孤鸿远，心与白鸥闲。

隘游人，喧鼓吹，杂歌谰。晓天澄霁，花羞柳妒怯春寒。好在风光满眼，只恐阳春有脚，催诏下天关。剩写鹅豁幅，归去凤池看。

又

疏水绕城郭，农利遍三山。使君重本，雅志初不在游观。化出玉壶境界,挥洒锦囊词翰,笔下涌波澜。天巧无馀蕴,意匠自舒闲。

拥鳌头,民同乐,颂声谨。养花天气,云柔烟腻护朝寒。桃李满城阴合,杨柳绕堤绿暗,幽鸟语间关。似诉风光好,留与后人看。

又

螺水亘千古,鳌顶冠三山。年丰帅阃尘静,栏槛纵遐观。四望潮登浦溆,万顷绿浮原野,堤岸溢波澜。畎浍皆沾足,日永桔槔闲。

肆华筵,鱼鸟乐,众宾谨。良辰好景,年年莫放此盟寒。且念新湖遗爱,莫作故园遐想,到处是乡关。勋业知非晚,聊把镜频看。

以上七首见永乐大典卷二千二百六十五湖字韵引定斋集

菩 萨 蛮

鹅谿净称烟笼月。澄心白称光浮雪。净白两俱宜。天然浓淡枝。

花光神意远。吮墨含毫浅。依约有香来。春风随手开。永乐大典卷二千八百十三梅字韵

减字木兰花 郑尚书席上借前韵

嫣然笑粲。醉靥融滋春意烂。侍宴终宵。欢动帘帏酒易消。

尊前狂客。惊见蕊仙新谪籍。珠阁深关。丹就同归海上山。

又

烛花呈璨。瑞气满筵春欲烂。月色中宵。疑是阶前雪未消。

骚人词客。魂断蜡梅香已籍。谁更情关。一点新愁入远山。

浣溪沙 郑尚书席上再作

冒雪休寻访戴船。红炉剩爇宝香然。阁儿煨暖两三椽。 更有玉杯传素手,梅花相对两争妍。停杯听唱月娟娟。以上三首见永乐大

典卷二万零三百五十三席字韵引林定斋集

以上林淳词十一首,用周泳先辑定斋诗馀增补。

存　目　词

永乐大典卷二千二百六十五湖字韵载林淳柳梢青"水月光中"一
首,乃赵汝愚作,见阳春白雪卷二。

廖行之

行之字天民,其先延平人,徙衡州。绍兴七年(1137)生。淳熙十一
年(1184)进士。岳州巴陵尉,改宁乡主簿。淳熙十六年(1198)卒,年五
十三。有省斋集。

洞仙歌 　寿老人

虞弦挥按,甫奏薰风曲。两两尧羹长新绿。揖鳌峰、连雁峤,缪辂
圆融,总里许、北郭门围全属。　　年年才见夏,喜溢枌榆,龙穴霏
烟霭晴谷。向氤氲和气里,岁奉瑶觞,试屈指、几阅梅林初熟。待
一品官高见玄孙,算八十彩衣,更饶遐福。

念奴娇 　寿四十叔

薰风庭院,报槐阴拥翠,池波凝绿。瑞气葱葱浮燕寝,羽仗霓旌相
属。鹭鸶开祥,长庚入梦,诧列仙图箓。林泉高迈,肯应轩冕尘俗。
　　好是妙舞清歌,浮瓜沉李,荐杯中醽醁。鹊尾炉生香篆细,又
作如何祈祝。试问蓬莱,丹崖胜处,几摘蟠桃熟。东方何在,凛然
能继高躅。

贺新郎 　和狄志父秋日述怀

玉宇□蓬户。渺凉声、箭样梧井,乱零枫浦。得得西山朝来爽,碧

瘦千崖万树。清兴在、烟霞深处。拄笏风流今谁是,但闻鸡、夜半
犹狂舞。试举看,渠多许。　　　青云万里君夷路。肯区区、鞲张兔
穴,沉迷金坞。流水高山真难料,休把朱弦浪抚。任展转、翻云覆
雨。且对佳时随意乐,更从今、莫问惊人句。算万事,总天赋。

又　赋木犀

修月三千户。拥冰轮、同游碧落,问津牛浦。上界真仙多才思,乞
与瑶阶玉树。渺万里、人间何处。云叶依依分清荫,忆当时、掩映
霓裳舞。算万木,宁如许。　　　年年萧爽幽岩路。倚西风、吹香金
粟,超然云坞。一洗纷纷凡花尽,堪写清商对抚。为豁散、蛮烟瘴
雨。脱俗高标谁能领,向骚人、正欠题新句。须大手,与君赋。

水调歌头　寿外舅

林梢挂弦月,江路粲寒梅。一年清绝,好是造物巧安排。今日不知
何日,佳气更随喜气,满室已春回。欢事一时足,黄色两眉开。
　　　紫髯公,平日事,亦高哉。都将功业,分付兰玉满庭阶。慈爱浑
嗤张傅,信义更高吴季,别是一襟怀。岁岁长生酒,剩□紫霞杯。

又　寿长兄

天下伟人物,荆楚号名流。幅员千里,英气磅礴岳南州。雁峤高参
翼轸,石鼓下盘朱府,衮衮应公侯。常记生申旦,明日是中秋。
　　　挈明月,翳翔凤,驷飞虬。东南一尉,何事三载漫淹留。谈笑洞
庭青草,从此阆风闾阖,高处看鳌头。更种阶庭玉,慈母念方稠。

又　寿汪监

祥起玉龙甲,庆衍紫枢垣。奎文得岁,佳气磅礴斗牛间。天意方扶

兴运,贤业更看奕世,衮衮照英躔。四海具瞻久,膏泽满湘川。

岁六月,苏大旱,作丰年。喁喁百万生齿,何处不沾恩。此是鸿钧事业,那更青毡步武,早晚即调元。混一车书了,还领赤松仙。

又　寿□守

黄色起犀表,紫绶照金章。两朝耆德,应是南国旧龚黄。曾上方壶蓬岛,万里鲸波不作,炎海赖清凉。缓造鹓鸿地,高卧水云乡。

近新来,春色好,遍潇湘。不知今日何日,佳气拥高堂。竞把芳尊为寿,细祝遐龄难老,福禄未渠央。国栋欠元老,仙桂看诸郎。

又　寿邓彦鳞

凉吹起空阔,疏雨敛轻阴。潇湘江上秋色,佳处不胜清。挂笏西山一望,气与千崖高爽,天意属奇英。威凤下瑶阙,丹桂蠹云根。

汉元侯,流德厚,在云孙。金昆玉季,曾共接武上青云。堂上瑶池仙姥,庭下芝兰玉树,好事萃于门。剩讲经纶事,早晚自公卿。

又　寿欧阳景明

苍立箬龙秀,青压雨梅肥。清和天气,无限佳景属斯时。试听虞弦初理,便有薰兮入奏,风物正熙熙。此日定何日,香篆袅金猊。

记当年,冀两荚,应熊罴。男儿壮志,端在伊傅与皋夔。况是从容书史,养就经纶功业,早晚帝王师。但了公家事,方与赤松期。

又　寿武公望

韩国武中令,公望乃云孙。平生壮志,凛凛长剑倚天门。郁积胸中谋虑,慷慨尊前谈笑,袖手看风云。唾手功名事,诗句自朝昏。

况高怀,吾所敬,果难能。千金生产,一笑推尽与诸昆。所至才成辄去,不为区区芥蒂,此意有谁论。且举杯中酒,今日是生辰。

沁园春 和苏宣教韵

直下承当,本来能解,莫遣干休。算如今蹉过,峥嵘岁月,分阴可惜,一日三秋。闹里偷声,日中逃影,用尽机关无少留。争知道,是沤生即水,水外无沤。　　世人等是悠悠。谁著个工夫向里求。但掩耳窃钟,将泥洗块,觅花空里,舐蜜刀头。何以忙中,尻舆浸假,邀取三彭同载游。真如界,向毗卢顶上,荐取无忧。

千秋岁 寿外姑

腊馀时候,天意收寒早。梅信动,春先到。晓来湘水上,有底风光好。春有意,惯随仙仗来蓬岛。　　一念到人间,依约瑶池道。心好在,慈为宝。蟠桃多岁月,不数如瓜枣。千岁也,朱颜绿鬓人难老。

青玉案 书七里桥店

片帆稳送扁舟去。又还踏、江湖路。回首京城旧游处。断魂南浦,满怀装恨,别后凭谁诉。　　长歌击剑论心素。有志功名未应暮。自诵百僚端复许。归来犹记,东坡诗语,但草凌云赋。

又 重九忆罗舜举

家山此去无多路。久没个、音书去。一别而今佳节度。黄花开未,白衣到否,篱落荒凉处。　　峥嵘岁月还秋暮。空腹便便无好句。菊意愆期浑未许。那堪惹恨,年来此日,长是潇潇雨。

满庭芳 <small>丁未生朝和韵酬表弟武公望</small>

五甲科名,半生蹭蹬,胸中可谓忘奇。荣华外物,算岂是人为。自有吾身事业,最难得、□养亲时。萱堂好,紫鸾重诰,寿与岳山齐。

世间,欢乐事,争名蜗角,伐性蛾眉。谩须臾变化,苍狗云衣。那似千秋寿母,功名事、分付吾儿。从今去,捧觞戏彩,双绶更相宜。

凤栖梧 <small>寿长嫂</small>

吾母慈祥膺上寿。福庇吾家,近世真希有。丘嫂今年逾六九。康宁可嗣吾慈母。　　我愿慈闱多福厚。更祝遐龄,与母齐长久。鸾诰联翩双命妇。华堂千岁长生酒。

又 <small>寿外舅</small>

破腊先春梅有意。管领年华,总在清香蕊。不逐浮花红与紫。岁寒来寿仙翁醉。　　衮衮诸公名又利。谁似高标,摆却人间事。长对南枝添兴致。尊前好在三千岁。

临江仙 <small>元宵作</small>

春意茫茫春色里,又还几度花期。淡晴时候尽融怡。梅腮翻白后,柳眼弄青<small>按"青"原作"晴",从省斋集卷四时</small>。　　正是江城天气好,楼台灯火星移。相逢无处不相宜。轻狂行乐处,明月夜深归。

西江月 <small>舟中作</small>

绀滑一篙春水,云横几里江山。一番烟雨洗晴岚。向晓碧天如鉴。　　客枕谩劳魂梦,心旌长系乡关。封姨悭与送归帆。愁对绿波肠断。

又 寿友人

试数阶蓂有几，昨朝看到今朝。南薰早动舜琴谣。端为熊罴梦兆。　　学粹昔人经制，文高古乐箫韶。天风从此上扶摇。回首不劳耕钓。

鹧鸪天 寿四十舅

飞尽林花绿叶丝。十分春色在荼蘼。多情几日风朝雨，留恋东风未许归。　　天意好，与君期。如今且醉□蛾眉。明年上国春风里，赏遍名花得意时。

又 寿外舅

腊月今朝恰一旬。梅花开遍陇头春。篆烟起处人称寿，从昔家和福自生。　　新喜事，得佳姻。贤郎顺妇正充庭。从今更祝千千岁，要与邦人作典型。

又 寿外姑

细数元正隔两朝。眼看杨柳又新条。岁寒独有江梅耐，曾伴瑶池下绛霄。　　香篆袅，烛花烧。团栾喜气沸欢谣。慈祥自是长生乐，不用春醪馂与椒。

又 代人寿欧阳景明

送了春归雨未收。雨肥梅子满枝头。心知办此和羹品，正为和羹国手谋。　　冀两荚，岁千秋。崧高神气禀公侯。好将一卷周公礼，起佐皇家定九州。

又 寿叔祖母

曾宴瑶池万玉宫。鸾骖此日自从容。杓携鹑首坤维外，岁在降娄
虎坎中。　　生指李，寿方瞳。云仍今有鹊巢风。传家自得长年
诀，安用人祈鹤与松。

又 寿外舅

兰谷清香入岭梅。多根应尔暖先回。腊前似得真消息，争逐尧蓂
十叶开。　　春满室，酒盈杯。百花宁许到尊罍。仙姿要是仙家
伴，长为遐龄岁一来。

又 寿邓孺人

畴昔君王庆诞辰。欢传金母下瑶城。只应仙子陪仙仗，却向人间
作寿星。　　萧史伴，更和鸣。殷勤好嗣太夫人。直须同饮长生
酒，剩看芝兰照谢庭。

卜算子 元夜观灯

云破露新晴，月上输清气。最是江城有底佳，灯火人烟沸。　　行
乐尽欢娱，眼界尤妍媚。多少江滨解佩人，邂逅无穷意。

点绛唇 和梁从善

屈指家山，匆匆又数今朝过。客情那可。愁似天来大。　　烟雨
濛濛，细浥轻尘堕。君知么。却成甚个。春暮犹江左。

又 赠别李唐卿

秋兴连天，又还不分秋光老。莼鲈犹好。莫落秋归后。　　有底

从人,上马皆东首。君知否。阳关三奏。消黯情多少。

又 送人归新城

音信西来,匆匆思作东归计。别怀萦系。为个人留滞。　　尊酒
团栾,莫惜通宵醉。还来未。满期君至。只在初三四。

又 贺四十五舅授室四阕

年少清新,襟裾那受红尘污。还他礼数。莫遣衣冠粗。　　拟倩
东风,西逐轮蹄去。泠然御。飘飘仙趣。直到骖鸾处。

又

此去何之,骈阗车马朝来起。扬鞭西指。意气眉间是。　　闾里
儿童,竞瞩秦萧史。归时几。快瞻行李。还看如云喜。

又

玳席华筵,嘉宾环集三千履。兰膏芬芷。一簇红莲里。　　花覆
玉郎,苒苒青衫嫩。咸倾企。小登科第。有底新桃李。

又

玉树芝兰,冰清况有闺房秀。画堂如昼。相对倾醇酎。　　合卺
同牢,二姓欢佳耦。凭谁手。鬒丝同纽。共祝齐眉寿。

丑奴儿 庆邓彦鳞生子

一春底事多佳气,非雾非云。郁郁氤氲。端为君家诞阿兴。
庆源衮衮由高密,福有多根。百子千孙。此是元侯嫡耳孙。

如梦令　记梦

雨歇凉生枕簟。不梦大槐宫殿。惟对谪仙人，一笑高情眷眷。离恨。离恨。无奈晓窗鸡噤。

又　咏梅

应是南枝向暖。那更青春未晚。竹外见红腮，芳意与香撩乱。肠断。肠断。无奈东风独占。

鹧鸪天　咏梅菊呈抚州葛守

九日东篱已泛觞。陇头犹待返魂香。那知此日花神约，得得同登君子堂。　　迎腊雪，傲晴霜。西湖风韵接柴桑。寿潭更酌长生水，岁岁和羹入帝乡。

减字木兰花　送别

相从归去。行尽江吴到湘楚。欲话离怀。万事须凭酒一杯。临歧握手。赠子一言君听否。舌在何忧。莫作人间儿女愁。以上彊村丛书本省斋诗馀

京　镗

　　镗字仲远，豫章(今江西南昌县)人。生于绍兴八年(1138)。登绍兴二十七年(1157)进士第。乾道三年(1167)，星子令。淳熙五年(1178)，监察御史。十三年(1186)，右司员外郎中。出为四川安抚使，进刑部尚书。庆元初，拜左丞相。庆元六年(1200)卒，年六十三。谥文穆，改谥文忠，复改庄定。有松坡居士乐府一卷。

醉落魄　观碧鸡坊王园海棠次范石湖韵

芳尘休扑。名花唤我相追逐。浅妆不比梅欹竹。深注_{按"注"字原缺,}
_{从全芳备祖前集卷七海棠门补}朱颜,娇面称红烛。　　　阿娇合贮黄金屋。
是谁却遣来空谷。酡颜遍倚阑干曲。一段风流,不枉到西蜀。

好事近　次卢漕国华七夕韵

急雨逐骄阳,洗出长空新月。更对银河风露,觉今宵都别。　　　不
须乞巧拜中庭,枉共天孙说。且信平生拙极,耐岁寒霜雪。

又　同茶漕二使者登大慈寺楼,次前韵

杰阁耸层霄,几度晓风残月。同是鹓行旧侣,慰十年离别。　　　一
杯相属莫留残,试倚阑干说。趁取簪花绿鬓,未骎骎如雪。

定风波　次杨茶使七夕韵

何必穿针上彩楼。剖瓜插竹诉穷愁。闻道天孙相会处,银汉无津,
不待泛兰舟。　　　动是隔年寻素约,何似,每逢清梦且嬉游。但得
举杯开笑口,对月临风,总胜鹊桥秋。

又　次韵

休卧元龙百尺楼。眼高照破古今愁。若不擎天为八柱,且学鸱夷,
归泛五湖舟。　　　万里西南天一角,骑气乘风,也作等闲游。莫道
玉关人老矣,壮志凌云,依旧不惊秋。

水调歌头　次卢漕韵呈茶漕二使

杨卢万人杰,见我眼俱青。锦官城里胜概,在在款经行。笔底烟云

飞走,胸次乾坤吐纳,议论总纵横。觉我形秽处,相并玉壶清。

二使者,弦样直,水般平。岷峨洗净凄怆,威与惠相并。闻道东来有诏,却恐西留无计,顿使雪山轻。滚滚蜀江水,不尽是声名。

满江红　中秋前同二使者赏月

乘兴西来,问谁是、平生相识。算惟有、瑶台明月,照人如昔。万里清凉银世界,放教千丈冰轮出。便招邀、我辈上层楼,横孤笛。

阴晴事,人难必。欢乐处,天常惜。幸星稀河澹,云收风息。更著两贤陪胜赏,此身如与尘寰隔。笑谪仙、对影足成三,空孤寂。

又　中秋邀茶漕二使者,不见月

喜见中秋,急载酒、登楼邀月。谁料得、狂风作祟,浮云为孽。孤负阑干凝望眼,不教宝鉴悬银阙。但筵前、依旧舞腰斜,歌喉咽。

阴与霁,圆并缺。难指准,休分别。况赏心乐事,从来磨折。常把一尊陪笑语,也胜虚度佳时节。怪坡仙、底事太愁生,惊华髮。

又　次卢漕高秋长短句,并呈都大

才近重阳,喜风露、酝成爽气。应料有、悲秋情绪,澹妆慵试。黄菊篱边开遍否,紫鸿塞外归来未。但倚阑、高处望长空,无穷意。

名利鼎,从渠沸。穷达路,非人致。又何须咄咄,向空书字。西风正好狂吹帽,庾尘那解关吾事。纵嬉游、也不学山翁,如泥醉。

木兰花慢　重九

算秋来景物,皆胜赏、况重阳。正露冷欲霜,烟轻不雨,玉宇开张。蜀人从来好事,遇良辰、不肯负时光。药市家家帘幕,酒楼处处丝簧。　　婆娑老子兴难忘。聊复与平章。也随分登高,茱萸缀席,

菊蕊浮觞。明年未知谁健,笑杜陵、底事独凄凉。不道频开笑口,
年年落帽何妨。

绛都春 元宵

升平似旧。正锦里元夕,轻寒时候。十里轮蹄,万户帘帷香风透。
火城灯市争辉照。谁撒□、满空星斗。玉箫声里,金莲影下,月明
如昼。　　知否。良辰美景,□丰岁乐国,从来希有。坐上两贤,
白玉为山联翩秀。笙歌一片围红袖。切莫遣、铜壶催漏。杯行且
与邦人,共开笑口。

满江红 浣花因赋

锦里先生,草堂筑、浣花溪上。料饱看、阶前雀食,篱边渔网。跨鹄
骑鲸归去后,桥西潭北留佳赏。况依然、一曲抱村流,江痕涨。

　　鱼龙戏,相浩荡。禽鸟乐,增舒畅。更绮罗十里,棹歌来往。上
坐英贤今李郭,邦人应作仙舟想。但□呼、落日未西时,船休放。

念奴娇 七夕,是年七月九日方立秋

扪参历井,恰匆匆三见,西州七夕。怪得骄阳回避晚,犹去新秋两
日。天上良宵,人间佳节,初不分今昔。夜来急雨,洗成风露清绝。

　　因念万里飘零,君平何在,谁识乘槎客。插竹剖瓜休妄想,巧
处那容人乞。院宇初凉,楼台不夜,漫说经年隔。引杯长啸,醉看
天地空阔。

水调歌头 中秋

明月四时好,何事喜中秋。瑶台宝鉴,宜挂玉宇最高头。放出白毫
千丈,散作太虚一色,万象入吾眸。星斗避光彩,风露助清幽。

等闲来，天一角，岁三周。东奔西走，在处依旧若从游。照我尊前隻影，催我镜中华发，蟾兔漫悠悠。连璧有佳客，乘兴且登楼。

洞仙歌　重九药市

三年锦里，见重阳药市。车马喧阗管弦沸。笑篱边孤寂，台上疏狂，争得似，此日西南都会。　　痴儿官事了，乐与民同，况值高秋好天气。□不羞华发，不照衰颜，聊满插、黄花一醉。道物外、高人有时来，问混杂龙蛇，个中谁是。唐司空图重阳山居诗："满日秋光还似镜，殷勤为我照衰颜。"

水龙吟　寿王漕，是日冬至

夜来井络参躔，使星一点明如昼。谁将天上麒麟，钟作人间英秀。从橐仪刑，御屏名姓，暂烦衣绣。问西川父老，新来喜跃，缘何事、曾知否。　　今代澄清妙手。为公家、忧心如疚。几年繁赋，一朝输按："输"原作"轮"，从彊村丛书本松坡居士乐府代，恩民特厚。初度佳辰，恰逢长至，从来希有。但只将一部，欢声百万，与公为寿。

汉宫春　寿李都大

看透尘寰。更禅心似水，道力如山。前身青冥跨鹄，紫府乘鸾。世缘一念，便等闲、游戏人间。须信道，云霄步武，不应权牧西南。

此日重临初度，正绣衣辉映，彩服斓斑。人生显途易到，荣养难攀。一时庆事，问谁家、得似门阑。知未艾，百千寿算，慈闱长奉亲欢。

又　元宵十四夜作，是日立春

暖律初回。又烧灯市井，卖酒楼台。谁将星移万点，月满千街。轻车细马,隘通衢、蹴起香埃。今岁好,土牛作伴,挽留春色同来。

　不是天公省事,要一时壮观,特地安排。何妨彩楼鼓吹,绮席尊罍。良宵胜景,语邦人、莫惜徘徊。休笑我,痴顽不去,年年烂醉金钗。

洞仙歌　次王漕邀赏海棠韵

东皇著意,妙出妆春手。点缀名花胜于绣。向鱼凫国里,琴鹤堂前,仍共赏,蜀锦堆红炫昼。　　妖娆真绝艳,尽是天然,莫恨无香欠檀口。幸今年风雨,不苦摧残,还肯为、游人再三留否。算魏紫姚黄号花王,若定价收名,未应居右。

念奴娇　上巳日游北湖

锦城城北,有平湖、仿佛西湖西畔。载酒郊坰修禊事,雅称兰舟同泛。麦垅黄轻,桤林绿重,莫厌春光晚。棹歌声发,飞来鸥鹭惊散。

　好是水涨瀰漫,山围周匝,不尽青青岸。除却钱塘门外见,只说此间奇观。句引游人,追陪佳客,三载成留恋。古今陈迹,从教分付弦管。

满江红　次宇文总领上巳日游湖韵

雨后晴初,觉春在、桤村柳陌。修禊事、郊坰寻胜,特邀君出。缭绕群山疑虎踞,瀰漫一水容鲸吸。怪西湖、底事却移来,龟城北。

　酬令节,逢佳日。风递暖,烟凝碧。趁兰舟游玩,尽杯中物。十里轮蹄尘不断,几多粉黛花无色。笑杜陵、昔赋丽人行,空遗迹。

念奴娇　次宇文总领游北湖韵,并引

　伏蒙宫使总领郎中再宠赓鄙句为贶,愈出愈奇。辄复赋一首以谢

万分,并述所怀。

郎闱夙按"凤"各本俱作"凤",从永乐大典卷二千二百六十五湖字韵改望,问何因袖手,双流溪畔。忆昔班行曾接武,今喜一尊同泛。骥枥难淹,鹏程方远,大器成须晚。等闲访我,又惊云雨分散。　　最是游子悲乡,小人怀土,梦绕江南岸。楚尾吴头家住处,满目山川遐观。归兴虽浓,俞音尚闳,此地非贪恋。东西惟命,去留迟速休管。

水调歌头 并序

> 伏蒙都运都大判院以某新建驷马楼落成有日,宠赐佳词,为郡邑之光。辄勉继严韵,以谢万分。

百堞龟城北,江势远连空。杠梁济涉,浑似溪涧饮长虹。覆以翚飞华宇,载以鱼浮叠石,守护有神龙。好看发源水,滚滚尽流东。

司马氏,凌云气,盖群公。当年题柱,从此奏赋动天容。果驾轺车使蜀,能致诸蛮臣汉,邛笮道仍通。寄语登桥者,努力继前功。

念奴娇 并引

> 某丐归得请,有旨候代者入境方许其去。适修浣花故事,因成长短句,呈都运都大判院,伏冀一噱。

绣天锦地,浣花溪风物,尤为奇绝。无限兰舟相荡漾,缯彩重重装结。冀国遗踪,杜陵陈迹,疑信俱休说。笙歌丛里,旌旗光映林樾。

自笑与蜀缘多,沧浪亭下,饱看烟波阔。屡疏求归才请得,知我家山心切。已是行人,犹陪佳客,莫放回船发。来年今日,相思惟共明月。

洞庭春色 次宇文总领韵

命驾访嵇,泛舟思戴,此兴甚浓。料情侔杨恽,乌乌拊缶,意轻殷浩,咄咄书空。莫讶群芳淹速异,到时序推排元自同。休怅望,任春来桃李,秋后芙蓉。　　　因嗟锦城四载,漫赢得、齿豁头童。叹里门密迩,易成间阔,诗筒频寄,难续新工。我已怀归今得请,念此地迟回谁似公。经济手,看鸾台凤阁,晚节收功。

满江红　壬子年成都七夕

雨洗新秋,遣凉意、驱除残暑。还又是、天孙河鼓,一番相遇。银汉桥成乌鹊喜,金梭丝巧蜘蛛吐。见几多、结彩拜楼前,穿针女。

舟楫具,将归去。尊俎胜,休匆遽。被西川七夕,四回留住。此地关心能几辈,他年会面知何处。更倚阑、豪饮莫辞频,歌金缕。

贺新郎　中秋

试与姮娥语。问因何、年年此夜,月明如许。万顷镕成银世界,是处玉壶风露。又岂比、寻常三五。变化乾坤同一色,觉星躔、斗柄皆回互。须要我,共分付。　　　平生脚踏红尘处。漫纷纷、鸡虫厚薄,燕鸿来去。只有婵娟多情在,依旧当时雅素。空自叹、归心难住。留取清光岷江畔,照扁舟、送我章江路。频引满,莫匆遽。

雨中花　重阳

玉局祠前,铜壶阁畔,锦城药市争奇。正紫萸缀席,黄菊浮卮。巷陌联镳并辔,楼台吹竹弹丝。登高望远,一年好景,九日佳期。

自怜行客,犹对佳宾,留连岂是贪痴。谁会得、心驰北阙,兴寄东篱。惜别未催鹢首,追欢且醉蛾眉。明年此会,他乡今日,总是相思。

又　次阁侍郎韵

跨鹤仙姿,掣鲸老手,从来眼赤腰黄。更词源峡水,才刃干将。处处欢谣载路,时时秀句盈囊。牛头山畔,烦公敛惠,许我分光。

　逢迎锦里,话旧从容,谁知各整行装。况正好、登高怀古,择胜寻芳。少缓红莲开幕,何妨黄菊浮觞。等闲分首,征尘去后,目断斜阳。

瑞鹤仙　次宇文总领韵

鸳行旧俦侣。问底事、迟回西州西处。闲居久如许。想邻翁对饮,诗人联句。夤缘会遇。过高轩、相逢喜舞。正菊天、景物澄鲜,切莫趣归言去。　　看取。星扉月户,雾阁云窗,非公孰住。从容笑语。人生易别难聚。恨分违有日,留连无计,满目离愁忍觑。若他时、鱼雁南来,把书寄与。

水调歌头　次王运使韵

身去日华远,举首望长安。四年留蜀,那复有梦到金銮。遥想将芜三径,自笑已穷五技,无语倚阑干。欲作天涯别,犹对俎尊闲。

　秋意晚,风色厉,叶声乾。阳关三叠缓唱,一醉且酡颜。聚散燕鸿南北,得失触蛮左右,莫较去仍还。后日相思处,烟水与云山。

水龙吟　次利漕范右司韵

四年留蜀惭无补,好是求归得去。风帆百尺,烟波万里,宁辞掀舞。楚尾吴头,我家何在,西山南浦。想珠帘画栋,倚阑凝望,依然卷云飞雨。　　最好九霞光处。见当时、结知明主。冰霜节操,斗星词采,羽仪朝路。邂逅开怀,等闲分手,满斟绿醑。道日边好语,相将飞下,有人知否。

满江红　次潼川漕刘殿院韵

外省抢才,诏书下、芝泥犹湿。应料得、出奇锦绣,争辉金碧。三级
浪高鱼已化,九霄路远鹏方息。有宗工、此地独持衡,将专席。

　　岁月晚,霜风急。嗟老子,为行客。念昔陪班缀,今亲辞色。握
手方成同社款,消魂又作歧亭别。也不须、因赋大刀头,归心折。

念奴娇　次洋州王郎中韵

文章太守,问何事、犹带天庭黄色。上界一时官府足,聊下神仙宫
阙。剖竹新游,握兰旧梦,此意谁人识。千军笔阵,争先曾夺矛槊。

　　好是万里相逢,一尊同醉,倾吐平边策。聚散人生浑惯见,莫
为分襟呜咽。借箸机筹,著鞭功业,只合从君说。明朝回首,天涯
何处风月。

水调歌头　次果州冯宗丞韵

衮衮长江水,策策晓霜风。求归得请,特地送我布帆东。出处何关
轻重,去住不拘淹速,社燕与秋鸿。父老休相恋,四载愧无功。

　　谁知有,楼百尺,卧元龙。来从天上,一麾游戏斗牛中。闻道君
王前席,见说从臣虚位,变化待鲲鸿。一笑同锦里,万事付金钟。

水龙吟　次邛州赵守韵

推移随牒红尘里,试问几时肩息。家乡何在,烟迷波渺,云横山屹。
分阃无功,临民有愧,袴今襦昔。想征帆万里,阳关三叠,肠空断、
人谁忆。　　　多谢殷勤绮席。苦留连、不容浮鹢。九霞光外,五云
深畔,君宜鹄立。自笑衰迟,未能轩轾,漫劳原注:别本作"荣"字嘘吸。
愿锋车趣召,吴天楚地,相逢他日。

酹江月　次眉州李大著韵

蟆颐江畔,问收拾多少,山光水色。此是朝宗东去路,准拟鸣鼍浮鹢。儒馆英游,侯藩贤望,便合还丹极。九重渴想,甘泉闻道虚席。

因念北阙同朝,西州联事,久矣心相得。邂逅天涯拚一笑,洗我尘胸俗臆。报国无功,归田有兴,窟寐松坡侧。他时音问,且凭来信鳞翼。

水调歌头　次永康白使君韵

与蜀有缘法,见我眼俱青。征车到处,弦管无限作离声。自笑四年留滞,漫说三边安静,分阃愧长城。一念天地阔,万事羽毛轻。

欲归去,诗入社,酒寻盟。骎骎双鬓,老矣只觉壮心惊。虽是东西惟命,已断行藏在己,何必问君平。举似铜梁守,怀抱好同倾。

又　奉陪永康白使君游青城再次韵

雪岭倚空白,霜柏傲寒青。千岩万壑奇秀,禽鸟寂无声。好是群贤四集,同访宝仙九室,中有玉京城。眼底尘嚣远,胸次利名轻。

云山旁,烟水畔,肯渝盟。传呼休要喝道,方外恐猜惊。雅羡林泉胜概,倘遂田园归计,志愿足平生。此意只自解,聊复为君倾。

又　留别茶漕二使者

数月已办去,今日始成行。天公怜我,特地趁晓作霜晴。万里奔驰为米,四载淹留为豆,自笑太劳生。父老漫遮道,抚字愧阳城。

君有命,难俟驾,合兼程。故山心切,猿鹤应是怨仍惊。多谢使华追路,不忍客亭分袂,已醉酒犹倾。莫久西南住,汉代急公卿。

满江红 次杨提刑韵

道骨仙风,合笞凤、鞭鸾归去。底事为、三峨九顶,等闲留住。揽辔
聊施经济手,凝旒屡出褒嘉语。算只今、人物更谁归,心如许。

嗟我拙,才不武。惭我陋,文非古。纵策迟鞭钝,也难追步。虽
喜故人逢异县,却嫌游子贪行路。但著公、西掖北门中,相期处。

水 调 歌 头

四载分蜀阃,万里下吴樯。老怀易感,厌听催别笛横羌。自愧谋非
经远,更笑才非任剧,安得召公棠。有志但碌碌,无绩可章章。

汉嘉守,明似月,洁如霜。邦人鼓舞,爱戴惟恐趣归忙。况是水
曹宗派,仍得苏州句法,燕寝昼凝香。且趁东风去,步武近明光。

又 次前黄州李使君见赠韵

挺挺祖风烈,再岁滞偏州。元龙豪气,宜卧百尺最高楼。万丈文章
光焰,一段襟怀洒落,风露玉壶秋。乱石惊涛处,也作等闲游。

适相逢,君去骑,我归舟。清都绛阙密迩,切莫小迟留。趁取亲
庭强健,好向圣朝倾吐,事业肯悠悠。回首藩宣地,恩与大江流。

以上吴讷唐宋名贤百家词本松坡居士词,讹字据彊村丛书本松坡词改正

张　震

　　震字东父,自号无隐居士,龙湖人。庆元三年(1197),守湖州。五
年(1199),福建提刑。开禧元年(1205),江西提刑。与祠。嘉定元年
(1208),右司郎中。(同时张震不仅一人,其仕履仍俟考。)

蝶恋花　惜春

梅子初青春已暮。芳草连云,绿遍西池路。小院绣垂帘半举。衔泥紫燕双飞去。　　人在赤阑桥畔住。不解伤春,还解相思否。清梦欲寻犹间阻。纱窗一夜萧萧雨。

鹧鸪天　怨别

宽尽香罗金缕衣。心情不似旧家时。万丝柳暗才飞絮,一点梅酸已着枝。　　金底背,玉东西。前欢赢得两相思。伤心不及风前燕,犹解穿帘度幕飞。

又　春暮

横素桥边景最佳。绿波清浅见琼沙。衔泥燕子迎风絮,得食鱼儿趁浪花。　　春已暮,日初斜。画船箫鼓是谁家。阑桡欲去空留恋,醉倚阑干看晚霞。

蓦山溪　春半

青梅如豆,断送春归去。小绿间长红,看几处、云歌柳舞。偎花识面,对月共论心,携素手,采香游,踏遍西池路。　　水边朱户。曾记销魂处。小立背秋千,空怅望、娉婷韵度。杨花扑面,香糁一帘风,情脉脉,酒厌厌,回首斜阳暮。

又　初春

春光如许。春到江南路。柳眼弄晴晖,笑梅老、落英无数。峭寒庭院,罗幕护窗纱,金鸭暖,锦屏深,曾记看承处。　　云边尺素。何计传心缕。无处说相思,空惆怅、朝云暮雨。曲阑干外,小立近黄

昏,心下事,眼边愁,借问春知否。以上五首见中兴以来绝妙词选卷三

张　颃

颃,槜李人。曾守高邮。其姓氏屡见陈造江湖长翁集中。

水调歌头　徐高士游洞霄

雨后烟景绿,春水涨桃花。系舟溪上,笋舆十里达平沙。路转峰回胜处,无数青荧玉树,缥缈羽人家。楼观倚空碧,水竹湛清华。

纵幽寻,携蜡屐,上苍霞。古仙何在,空馀药灶委岩洼。他日倘然归老,乞取一庵云卧,随分了生涯。底用更辛苦,九转炼黄芽。

洞霄诗集卷三

王　炎

炎字晦叔,婺源人。生于绍兴八年(1138)。登乾道五年(1169)进士,调崇阳主簿。张栻帅江陵,闻其贤,檄入幕府。秩满授潭州教授,改知临湘县。积官至军器监,中奉大夫,赐金紫,封婺源县男。所居在武水之阳,双溪合流,因以自号。著有双溪集。嘉定十一年(1218)卒,年八十一。

蝶恋花　崇阳县圃夜饮

纤手行杯红玉润。满眼花枝,雨过胭脂嫩。新月一眉生浅晕。酒阑无奈添春困。　　唤起醉魂君不问。憔悴颜容,羞与花相近。人自无情花有韵。风光易老何须恨。

又

柳暗西湖春欲暮。无数青丝,不系行人住。一点心情千万绪。落

花寂寂风吹雨。　　唤起声中人独睡。千里明驼，不踏山间路。谩道遣愁除是醉。醉还易醒愁难去。

点绛唇 崇阳野次

雨湿东风，谁家燕子穿庭户。孤村薄暮。花落春归去。　　浪走天涯，归思萦心绪。家何处。乱山无数。不记来时路。

水调歌头 夜泛湘江

江月冷如水，江水碧于空。晚来一霎过雨，为我洗秋容。悄悄四山人静，凛凛三更露下，天阔叫孤鸿。唤醒蓬窗梦，身在水晶宫。

揖湘妃，招月娣，御清风。素琴韵远，不觉醉眼杏花红。禹穴骑鲸仙去，东海钓鳌人远，此意与谁同。倚柁一长啸，出蛰舞鱼龙。

又 登石鼓合江亭

千里倦游客，老眼厌尘烟。蒸湘平远，他处无此好江山。把酒一听欸乃，过了黄花时节，水国倍生寒。输与沧浪叟，长伴白鸥闲。

傍江亭，穷杳霭，踞巉岩。水深石冷，闻道别有洞中天。待倩灵妃调曲，唤起冯夷短舞，从此问群仙。云海渺无际，波涌缓移船。

念奴娇 菊

小妆朱槛，护秋英千点，金钿如簇。黄叶白蘋朝露冷，只有孤芳幽馥。华髮苍头，宦情羁思，来伴花幽独。巡檐无语，清愁何啻千斛。

因念爱酒渊明，东篱雅意，千载无人续。身在花边须一醉，小覆杯中醽醁。过了重阳，捻枝嗅蕊，休叹年华速。明年春到，陈根更有新绿。

按此首别误作杜旟词，见历代诗馀卷六十八。

鹧鸪天 梅

淡淡疏疏不惹尘。暗香一点静中闻。人间怪有晴时雪,天上偷回腊里春。　　疑浅笑,又轻颦。虽然无语意相亲。老来尚可花边饮,惆怅相携失玉人。

阮　郎　归

落花时节近清明。南园芳草青。东风料峭雨难晴。那堪中宿酲。　　回首处,自销凝。谁知人瘦生。倚阑无语不禁情。杜鹃啼数声。

青　玉　案

深红数点吹花絮。又燕子、飞来语。远水平芜春欲暮。年年长是,清明时候,故遣人憔悴。　　竹鸡啼罢山村雨。正寥落、无情绪。猛省从前多少事。绿杨堤上,楼台如画,此景今何处。

浪淘沙令 开禧丙寅在大坂作

流水绕孤村。杨柳当门。昔年此地往来频。认得绿杨携手处,笑语如存。　　往事不堪论。强对清尊。梅花香里月黄昏。白首重来谁是伴,独自销魂。

木 兰 花 慢

细桃花树下,记罗袜、昔经行。至今日重来,人惟独自,花亦凋零。青鸟杳无信息,遍人间、何处觅云轺。红锦织残旧字,玉箫吹断馀声。　　销凝。衣故几时更。又谁复卿卿。念镜里琴中,离鸾有恨,别鹄无情。齐眉处同笑语,但有时、梦见似平生。愁对婵娟三五,素光暂缺还盈。

清平乐　越上作

呢喃燕语。共诉春归去。春去从他留不住。落尽枝头红雨。
老翁袖手优游。闲愁不到眉头。过了麦黄椹紫,归期只在新秋。

又

儿曹耳语。借问何处去,家在翠微深处住。生计一犁春雨。
客中且恁浮游。莫将事挂心头。纵使人生满百,算来更几春秋。

浪淘沙　辛未中秋与文尉达可饮

月色十分圆。风露娟娟。木犀香里凭阑干。河汉横斜天似水,玉
鉴光寒。　　草草具杯盘。相对苍颜。素娥莫惜少留连。秋气平
分蟾兔满,动是经年。

卜算子　嘉定癸酉二月雨后到双溪

渡口唤扁舟,雨后青绡皱。轻暖相重护病躯,料峭还寒透。　　老
大自伤春,非为花枝瘦。那得心情似少年,双燕归时候。

又

散策问芳菲,春半花犹未。蓓蕾枝头怯苦寒,恰似人憔悴。　　人
莫恨花迟,天自催寒去。雨意才收日气浓,玉靥红如醉。

江城子　癸酉春社

清波渺渺日晖晖。柳依依。草离离。老大逢春,情绪有谁知。帘
箔四垂庭院静,人独处,燕双飞。　　怯寒未敢试春衣。踏青时。

懒追随。野蔌山殽,村酿可从宜。不向花边拚一醉,花不语,笑人
痴。

虞美人 甲戌正月望后燕来

镜中失画双青鬓。懒更占花信。小梅半谢雨垂垂。未许轻红破
蕾、缀桃枝。　　社前归燕穿帘语。似说人憔悴。自缘老去少欢
惊。不是春寒料峭、怯东风。

南乡子 甲戌正月

云淡日眬明。久雨潺潺乍得晴。社近东皋农务急,催耕。又见菖
蒲出水清。　　池面縠纹平。掠水迎风燕羽轻。试出访寻春色
看,相迎。巧笑花枝似有情。

忆秦娥 甲戌赏春

胭脂点。海棠落尽青春晚。青春晚。少年游乐,而今慵懒。
春光不可无人管。花边酌酒随深浅。随深浅。牡丹红透,荼蘼香
远。

临江仙 吴宰生日

欲近上元人意好,月如人意团圆。暖风催趣养花天。三山来鹤驾,
万户识凫仙。　　手种河阳桃李树,暂时来看春妍。彩衣一笑棹
觥船。明年当此日,人到凤池边。

好事近 同前

时节近元宵,天意人情都好。烟柳露桃枝上,觉今年春早。　　遏
云一曲凤将雏,疑是在蓬岛。玉笋扶杯潋滟,愿黑头难老。

水调歌头 留宰生日

爱日护轻暖,酝造小春时。桃溪云敛,一点郎星吐青辉。炼玉颜容难老,点漆精神如旧,不用摘霜髭。厌薄蓬莱景,戏踏两凫飞。

　潘花底,陶柳外,细民肥。万家喜色,融按"融"字上下缺一字瑞气拥牙绯。凭仗春葱洗玉,领略朱樱度曲,引满又何辞。只待琴歌毕,安步上丹墀。

念奴娇 海棠时过江潭

晓来雨过,正海棠枝上,胭脂如滴。桃杏不堪来比似,信是倾城倾国。藏韵收香,谁能描貌,阁尽诗人笔。从教睡去,为留银烛终夕。

　不待过了清明,绿阴结子,无处寻春色。簌簌轻红飞一片,便觉临风凄恻。莫道无情,嫣然一笑,也似曾相识。惜花无主,自怜身是行客。

浪淘沙令 菊

秋色满东篱。露滴风吹。凭谁折取泛芳卮。长是年年重九日,苦恨开迟。　　因记得当时。共捻纤枝。而今寂寞凤孤飞。不似旧来心绪好,惟有花知。

采桑子 秋日丁香

一番飞次春风巧,细看工夫。点缀红酥。此际多应别处无。玉人不与花为主,辜负芳菲。香透帘帏。谁向钗头插一枝。

好事近 早梅

玉颊映红绡,搀案"搀"原作"才",从永乐大典卷二千八百零八梅字韵报东风消

息。虽则清臞如许,有生香真色。　　　相看动是隔年期,忍不饮涓
滴。莫待轻飞一片,却说花堪惜。

临江仙　落梅

雪片幻成肌骨,月华借与精神。一声羌笛怨黄昏。吹香飘缟袂,脱
迹委红裙。　　　枝上青青结子,子中白白藏仁。那时别是一家春。
劈泥尝煮酒,拂席卧清阴。

卜　算　子

腻玉染深红,艳丽难常好。已是人间被禊时,花亦随春老。　　　唤
起曲生来,醉赏惟宜早。此去阴晴十日间,点点黏芳草。

木兰花慢　暮春时在分宁

博山香雾冷,新雨过、怯单衣。正飞絮濛濛,平芜杳杳,家在天涯。
春难住、人易老,又等闲过了踏青时。枝上红稀绿暗,杜鹃刚向人
啼。　　　依依。谩叹歌生弹铗,尘满弦徽。想北山猿鹤,南溪鸥
鹭,怪我归迟。青云事、今已晚,倚小窗、谁与话襟期。对酒有愁可
解,〔擘〕(劈)笺无怨休题。

小重山　至后一日,长兴赵宰到郡,并招归安、乌程二
宰及项广文同饭

日脚才添一线长。葭灰吹玉管,转新阳。老来添得鬓边霜。年华
换,归思满沧浪。　　　唤客对凝香。公庭凫鹜散,缓行觞。何须红
袖立成行。清淡好,胜似听丝簧。

阮郎归　雪川作

几回幽梦绕家山。怯闻梅弄残。潇潇黄落客毡寒。不禁衣带宽。

身外事,意阑珊。人间行路难。寻思百计不如闲。休贪朱两
辐。

临江仙 莫子章郎中买妾佐酒,魏倅以词戏之,次韵

试问休官林下去,何人得似高年。壶中不记岁时迁。吹箫新有伴,
餐玉共求仙。　　有客尊前曾得见,月眉云鬓娟娟。断肠刺史独
无眠。谁能闻一曲,偷向笛中传。

又

思忆故园花又发,等闲过了流年。休论升擢与平迁。拂衣归去好,
无事即神仙。　　况是老人头雪白,羞看红粉婵娟。鸾孤凤隻且
随缘。莫将桃叶曲,留与世人传。

水调歌头 送魏倅

新涨鸭头绿,春满白蘋洲。小停画鹢,莫便折柳话离愁。缥缈觚棱
在望,不用东风借便,一瞬到皇州。别酒十分酌,何惜覆瑶舟。
　　从此去,上华顶,入清流。人门如许,自合唾手复公侯。老我而
今衰谢,梦绕故园松菊,底事更迟留。早晚挂冠去,江上狎浮鸥。

南　柯　子

天末家何许,津头客未归。柳梢绿暗早莺啼。蝴蝶不知春去、绕园
飞。　　选胜多游冶,当垆有丽姝。青翰载酒泛晴晖。不忍十分
寥落、负花时。

好　事　近

闲日似年长,又在他乡春暮。柳外一声鹧鸪,怨落花飞絮。　　兰

罗只似旧时村,佳人在何处。试问鸱夷因甚,载轻鞶同去。

朝　中　措

杜鹃声断日瞳昽。过雨湿残红。老色菱花影里,客愁蕉叶香中。

　　柳梢飞絮,桃梢结子,断送春风。莫恨春无觅处,明年还在芳丛。

南柯子　秀叔娶妇不令人知,以小词为贺,因戏之

对镜鸾休舞,求凰凤自飞。珠钿翠珥密封题。中有鸳笺细字、没人知。　　环佩灯前结,辒辌月下归。笑他织女夜鸣机。空与牛郎相望、不相随。

朝中措　九月末水仙开

蔷薇露染玉肌肤。欲试缕金衣。一种出尘态度,偏宜月伴风随。

　　初疑邂逅,湘妃洛女,似是还非。只恐乘云轻举,翩然飞度瑶池。

西江月　用荼蘼酿酒饮尽,因成此,谩呈继韩

蕲蕲落红都尽,依然见此清姝。水沉为骨玉为肤。留得春光少住。

　　鸳帐巧藏翠幔,燕钗斜鼙纤枝。休将往事更寻思。且为浓香一醉。

柳梢青　郑宰母生日

葭管风微。莱衣香软,歌凤将雏。笑酌流霞,问人何处,别有瑶池。

　　相将月佩霞裾。领凫舄、归朝玉墀。管取长年,进封大国,稳住清都。

踏 莎 行

木落天寒,年华又暮。老来多病须调护。诗编酒榼总无缘,闲中赢得鼾腾睡。 尘暗犀梳,香消翠被。悄无音信来青羽。新愁正上自眉峰,黄昏庭院潇潇雨。

清平乐 嘉定壬申除夜

一杯椒醑。惜饮难成醉。爆竹声中人未睡。共道今宵守岁。 不如且就衾裯。谁能细数更筹。三百六旬过了,明朝却是年头。

南 柯 子

山冥云阴重,天寒雨意浓。数枝幽艳湿啼红。莫为惜花惆怅、对东风。 蓑笠朝朝出,沟塍处处通。人间辛苦是三农。要得一犁水足、望年丰。

夜行船 贺将使叔成宝相寮

淡饭粗衣随分过。新成就、庵寮一个。静处藏身,十分自在,只恁么、有何不可。 过眼空花都看破。红尘外、独行独坐。也没筹量,也没系绊,更觅甚、三乘四果。

临江仙 和将使许过双溪

鹧鸪一声春事了,不知苦劝谁归。花梢香露染蔷薇。小梅酸著齿,酒榼正堪携。 鸭绿一篙新雨过,远山半出修眉。仙翁理棹欲来时。绕檐乌鹊喜,报与主人知。

蓦山溪 巢安寮毕工

莺啼花谢,断送春归去。雨后听鹃声,恰似诉、留春不住。韶光易迈,暗被老相催,无个事,没些愁,方是安身处。　　栽松种菊,相对为宾主。终日掩柴扉,但只有、清风时度。不忺把酒,又不喜观书,饥时饭,饱时茶,困即齁齁睡。

忆　秦　娥

头如雪。尘缘滚滚无休歇。无休歇。买田筑屋,是何时节。
从今事事都休说。巢安寮里藏疏拙。藏疏拙。许谁为伴,溪山风月。

满江红 至日和黄伯威

宦海浮沉,名与字、不能彰彻。青云上、诸公衮衮,难登狭劣。结绶弹冠成底事,解颐折角皆虚说。待黄粱、梦觉始归来,非明哲。　　易消释,空中雪。多亏缺,天边月。算人生必有,衰羸时节。恁是一阳来复后,梅花柳眼先春发。料明年、又老似今年,当休歇。

玉楼春 丙子十月生

往年饤口谋升斗。朱墨尘埃黏两袖。黄粱梦断始归来,依旧琴书当左右。　　而今藏取持螯手。林下独居闲散又。问之何以得长年,寡欲少思安老朽。

又

大都四绪阴晴半。天上油云舒又卷。若还心也似云闲,老色何由来上面。　　生平辛苦今潇散。得丧荣枯皆历遍。人言不死是神

仙,我但耳闻非眼见。以上劳巽卿校旧抄本双溪诗馀五十二首

杨冠卿

冠卿字梦锡,江陵人。生于绍兴八年(1138)。尝举进士,知广州。
有客亭类稿。

如　梦　令

满院落花春寂。风絮一帘斜日。翠钿晓寒轻,独倚辘轳无力。无
力。无力。蹙破远山愁碧。

生查子　闻莺用竹坡韵

娇莺恰恰啼,过水翻回去。欲共诉芳心,故绕池边树。　　人去绮
窗闲,弦断秦筝柱。百啭听新声,总是伤心处。

前调　忠甫持梅水仙砑笺索词

消瘦不胜寒,独立江南路。罗袜暗生尘,不见凌波步。　　兰佩解
鸣珰,往事凭谁诉。一纸彩云笺,好寄青鸾去。

前调　赋湘妃鼓瑟笺,湘妃泛莲叶,上有片云擎月

潇湘日暮时,倚棹兼葭浦。不见独醒人,愁对湘妃语。　　璧月送
归云,一叶莲舟举。宝瑟奏清商,波底鱼龙舞。

浣　溪　沙

洞口春深长薜萝。幽栖地僻少经过。一溪新绿涨晴波。　　惊梦
觉来啼鸟近,惜春归去落花多。东风独倚奈愁何。

前调 次韩户侍

银叶香销暑簟清。枕鸳醉倚玉钗横。起来红日半窗明。　　多病
情怀无可奈,惜花天气恼馀酲。瑶琴谁弄晓莺声。

霜天晓角 次韵李次山提举渔社词

渔舟簇簇。西塞山前宿。流水落红香远,春江涨、葡萄绿。　　蕲
竹。奏新曲。惊回幽梦独。却把渔竿远去,骑鲸背、钓璜玉。

卜算子 秋晚集杜句吊贾傅

苍生喘未苏,贾笔论孤愤。文采风流今尚存,毫髪无遗恨。　　凄
恻近长沙,地僻秋将尽。长使英雄泪满襟,天意高难问。

垂 丝 钓

翠帘昼卷。庭花日影初转。酒力未醒,眉黛还敛。停歌扇。背画
阑倚遍。情无限。怅韶华又晚。　　锦鞯去后,愁宽珠袖金钏。
碧云信远。难托西楼雁。空写银筝怨。肠欲断。更落红万点。

菩萨蛮 春日呈安国舍人

飞云障碧江天暮。杏花帘幕黄昏雨。翠袖怯春寒。有人愁倚阑。
　　天涯芳草路。目送征鸿去。人远玉关长。尺书难寄将。

前调 春日西湖用吴监簿韵

春山愁对修眉绿。春衫谁为裁冰縠。日暮倚阑干。不禁烟雾寒。
　　湖边归去路。犹记传觞处。往事等空花。客心惊岁华。

前　　调

冰肌玉衬香绡薄。无言独倚阑干角。相见又还休。可堪归去愁。
碧波溪上路。几阵黄昏雨。归去断人肠。纱厨枕簟凉。

前调　雪中呈李常门

玉妃夜宴瑶池冷。翩然飞下霓旌影。天阔水云长。风飘舞袖香。
姑山人似旧。清压红梅瘦。同凭玉阑干。光摇银海寒。

好事近　代人书扇

晚起倦梳妆,斜压翠鬟云鬓。手捻花枝辄笑,问青鸾音信。　　绣
帘慵卷玉钩垂,风篁奏馀韵。灯火黄昏院落,报雕鞍人近。

前　　调

细雨落檐花,帘卷金泥红湿。楼外远山横翠,染修眉愁碧。　　旧
游春梦了无痕,香尘暗瑶瑟。凭仗青鸾飞去,问新来消息。

谒金门　春暮有感

伤漂泊。负了花前期约。寒食清明都过却。愁怀无处著。　　晴
日柳阴池阁。风絮斜穿帘幕。帘外秋千闲彩索。断肠人寂寞。

忆秦娥　雪中拥琴对梅花寓言

东风恶。雪花乱舞穿帘幕。穿帘幕。寒侵绿绮,音断弦索。
宫梅已破香红萼。梅妆想称伊梳掠。伊梳掠按此三字原无,按律应叠。
下首同。十分全似,旧时京洛。

前　　调

云垂幕。江天雪似杨花落。杨花落。翠衾不暖,晓寒偏觉。

起来独倚西楼角。客怀无耐伤离索。伤离索。蛮笺欲寄,塞鸿难
托。

清　平　乐

翠团嘉树。杜宇呼春去。帘卷金泥凝望处。几点红薇香雨。

等闲过了花时。殷勤来问酴醾。恰有一枝春在,画楼红日林西。

柳　梢　青

红药翻阶。天香国艳,辉映楼台。解语浑如,三千粉黛,十二金钗。

　青鞋踏破苍苔。趁舞蝶、游蜂去来。宿粉偷香,也应难似,年
少情怀。

前调 咏鸳鸯菊,双心而白,秋晚始开

金蕊飘残。江城秋晚,月冷霜寒。一种幽芳,雕冰镂玉,舞凤翔鸾。

　悠然静对南山。笑琼沼、鸳飞翠澜。小玉惊呼,太真娇困,俯
槛慵看。

前调 为丁明仲纪梦

归梦迢迢。分明曾见,舞遍云韶。解道相思,愁宽金钏,瘦损宫腰。

　觉来情绪无聊。正戍角、声翻丽谯。楚塞山长,巫阳人远,斗
帐香消。

西江月　秋晚白菊丛开，有傲视冰霜之兴。李渔社赋
长短句云："若将花卉论行藏，盍在凌烟阁上。"
因次其韵

妙墨龙蛇飞动，新词雪月交光。论文齿颊带冰霜。凤阁从来宫样。
寿菊丛开三径，清姿高压群芳。折花聊尔问行藏。会见横飞直上。

前　调

罗袜浪传仙子，宫梅休写华光。人言寿客饱经霜。不趁凡花入样。
万玉森罗素节，一枝剩有馀芳。孤高肯使蝶蜂藏。特立甘泉顶上。

前调　咏黄菊

昨梦钧天帝所，曾陪奏赋明光。玉除金蕊映秋霜。尽道宫花别样。
娇额涂黄牢就，金莲衬步齐芳。舞鸾仪凤巧难藏。羞杀繁红陌上。

东坡引　岁癸丑季秋二十六日，夜梦至一亭子，榜曰朝
云。见二少年公子云："久诵公乐章，愿得从容笑
语。"因举似离筵旧作，称赞久之。余谢不能。公
子咈然不乐，命小吏呼姝丽十数辈至，围一方台
而立，相与群唱，声甚凄楚。俄顷，歌者取金花青
笺所书词展于台上。熟视字画，乃余作也。读未
竟，一歌者从旁攫取词置袖中，举酒相劳苦云：
"钗分金半股之句，朝夕诵之，胡为念不及此耶。"
公子云："左验如此，奚事多逊。"抵掌一笑而寤，
恍然不晓所谓。戏用其语，缀东坡引歌之

绿波芳草路。别离记南浦。香云䰀赠青丝缕。钗分金半股。钗分

金半股。 阳关一曲声凄楚。惹起离筵愁绪。梦魂拟逐征鸿去。行云无定据。行云无定据。

鹧鸪天 次韵宝溪探梅未放

岁月如驰乌兔飞。情怀著酒强支持。经年不见宫妆面,秾碧谁斟翡翠卮。 江路晚,夕阳低。奚奴空负锦囊归。欲凭驿使传芳信,未放东风第一枝。

小 重 山

一笑回眸百媚生。娇羞佯不语,艳波横。缓移莲步绕阶行。凝情久,幽怨托银筝。 些事那回曾。水晶双枕冷,簟纹平。窥人燕子苦无情。惊梦断,何处觅云行。

蝶恋花 次张俊臣韵

舞处曾看花满面。独倚东风,往事思量遍。绿怨红愁春不管。天涯芳草人肠断。 一纸云笺鱼雁远。归凤求凰,谁识琴心怨。臂枕香消眉黛敛。也应为我宽金钏。

前 调

月冷花寒宫漏促。人在虚檐,玉体温无粟。弦断鸾胶还再续。娇云时霎情难足。 解道双鸳愁独宿。宿翠偎红,蛱蝶元相逐。蓬海路遥天六六。终须伴我骑黄鹄。

水调歌头 春日舟行

春涨一篙绿,江阔暮涛寒。龙骧万斛飞举,鲸饮酒杯宽。醉倚柁楼清啸,目送孤鸿杳霭,景意与俱闲。恍若驭风去,蓬岛旧家山。

记吾庐,环翠竹,拱苍官。碧云信杳,谁为日日报平安。桂棹桃溪归后,流水落红香寂,春事想阑珊。赖有锦囊句,写向此中看。

前调 赠维扬夏中玉

形胜访淮楚,骑鹤到扬州。春风十里帘幕,香霭小红楼。楼外长江今古,谁是济川舟楫,烟浪拍天浮。喜见紫芝宇,儒雅更风流。

气吞虹,才倚马,烂银钩。功名年少馀事,雕鹗几横秋。行演丝纶天上,环倚玉皇香案,仙袂揖浮丘。落笔惊风雨,润色焕皇猷。

前调 次吴斗南登云海亭

年少青云客,怀抱百忧宽。北窗醉卧春晓,归梦趁吴帆。来访鸥夷仙迹,极目平湖烟浪,万象一毫端。云海渺空阔,咫尺是蓬山。

佩飞霞,囊古锦,几凭阑。赤城应有居士,风举更龙蟠。待向玉霄东望,相与神游八极,身未似云闲。长剑倚天外,功业镜频看。

前调 归自罗浮,舟过于湖,哭张安国。至采石,吊李谪仙,悼今昔二贤豪之不复见也。月夜酹酒江渍,慨然而去,作长短句

曳杖罗浮去,辽鹤正南翔。青鸾为报消息,岩壑久相望。无奈渔溪欸乃,唤起蘋洲昨梦,风雨趁归航。万里家何许,天阔水云长。

历五湖,转湘楚,下三江。兴亡千古馀恨,收拾付诗囊。重到然犀矶渚,不见骑鲸仙子,客意转凄凉。举酒酹江月,襟袖泪淋浪。

水龙吟 金陵作

渡江天马龙飞,翠华小驻兴王地。石城钟阜,雄依天堑,鼎安神器。

鸿鹄楼高,建章宫阔,玉绳低坠。望郁葱佳气,非烟非雾,方呈瑞、
璇霄际。　　　貔虎云屯羽卫。壮金汤、更隆国势。天骄胆落,狼烽
昼熄,玉门晏闭。祗谒陵园,长安□远,中兴可冀。笑六朝旧事,空
随流水,千古恨、无人记。

贺新郎 秋日乘风过垂虹时,与一羽士俱,因泛言弱水
蓬莱之胜。旁有溪童,具能歌张仲宗目尽青天等
句,音韵洪畅,听之慨然。戏用仲宗韵呈张君量
府判

薄暮垂虹去。正江天、残霞冠日,乱鸿遵渚。万顷云涛风浩荡,笑
整羽轮飞渡。问弱水、神仙何处。翳凤骑麟思往事,记朝元、金殿
闻钟鼓。环佩响,翠鸾舞。　　　梦中失却江南路。待西风、长城饮
马,朔庭张弩。目尽青天何时到,赢得儿童好语。怅未复、长陵抔
土。西子五湖归去后,泛仙舟、尚许寻盟否。风袂逐,片帆举。以上
客亭类稿卷十四

崔敦诗

敦诗字大雅。生绍兴九年(1139)。与兄敦礼同登绍兴三十年
(1160)进士。乾道八年(1172),召试馆职,授秘书省正字,除翰林权直。
又历中书舍人,加侍讲,直学士院。淳熙九年(1182)卒,年四十四。特
赠中大夫,有玉堂类稿。

六　　州

商秋吉,嘉会协中辛。涓路寝,修禋祀,圣德昭清。端志虑,馨竭斋
精。锦绣排天仗,羽卫缤纷。朝太室、返中宸。被衮接神明。时平
天时俱清晏,兼丰年和气,品物达芳馨。　　　瞻焕座,春容姹燕三

灵。奠瑶爵，荐量币，清思呦冥冥。望昆仑。嘉祥塞絪缊。诚殚礼
洽庆休成。润泽被生民。端门肆眚，昕庭称贺，俱将景福万寿、祝
双亲。

十　二　时

勋华并、天祚昌期。圣德茂重离。英明经远，浚哲昭微。宝俭更深
慈。观万国、累洽重熙。对明时。报礼秩神祇。玉帛奏华夷。雍
肃显相，百辟各钦祗。奄嘉虞英璧奠华滋。　　　神安坐、景气澄
虚。极光焰、烛长丽。展诗应律，万舞透迟。三献洽皇仪。垂露寝
庆祜来宜。礼无违。鸣鸾临帝阙，飞凤下天倪。清和寰宇，需泽一
朝驰。醇化无为。万祀巩洪基。以上二首见玉堂类稿卷十八

刘清之

清之字子澄，临江人。绍兴九年(1139)生。绍兴二十七年(1157)
进士。通判鄂州，权发遣衡州。庆元元年(1195)卒。学者称静春先生。

鹧鸪天　子寿母

柳色青青罩翠烟。花光灼灼映临川。欲知窈窕呈祥日，恰近清明
淑景天。　　　浮瑞霭，庆真仙。不须男女祝椿年。异时早约西王
母，剩折蟠桃荐寿筵。截江网卷六

青玉案　子寿父

江南十月春风早。见枝上、梅英小。爱日初升清雾晓。绣筵中启，
星图高挂，膝下斑衣绕。　　　今年献寿多欢笑。弄玉新将二雏好。
此曲尊前何所祷。十分康乐，十分强健，一树庄椿老。新编事文类要
启劄青钱别集卷六

存　目　词

赵汝愚

　　汝愚字子直,太宗子汉王元佐七世孙。居饶州之馀干县(在今江西省)。生绍兴十年(1140)。乾道二年(1166)进士第一。四年(1168),召试馆职。光宗朝,累除同知枢密院事。宁宗朝,权参知政事,拜右丞相。为韩侂胄所忌,责授宁远军节度副使,永州安置。至衡州,暴薨。理宗朝,赠太师,追封沂国公,谥忠定,配享宁宗庙庭。

柳梢青　西湖

水月光中,烟霞影里,涌出楼台。空外笙箫,云间笑语,人在蓬莱。

　　天香暗逐风回。正十里、荷花盛开。买个扁舟,山南游遍,山北归来。阳春白雪卷二

　　按此首永乐大典卷二千二百六十五湖字韵误引作林淳词。

辛弃疾

　　弃疾字幼安,号稼轩,历城人。生于绍兴十年(1140)。耿京聚兵山东,节制忠义军马,为掌书记,奉表来归。高宗召见,授承务郎,差签判江阴。累官浙东安抚,加龙图阁待制,枢密院都承旨。开禧三年(1207)卒,年六十八。德祐初,以谢枋得请,赠少师,谥忠敏。有词集传世。

摸鱼儿 淳熙己亥,自湖北漕移湖南,同官王正之置酒
小山亭,为赋

更能消、几番风雨。匆匆春又归去。惜春长恨花开早,何况落红无数。春且住。见说道、天涯芳草迷归路。怨春不语。算只有殷勤,画檐蛛网,尽日惹飞絮。　　长门事,准拟佳期又误。蛾眉曾有人妒。千金纵买相如赋,脉脉此情谁诉。君莫舞。君不见、玉环飞燕皆尘土。闲愁最苦。休去倚危楼,斜阳正在,烟柳断肠处。

又 观潮上叶丞相

望飞来、半空鸥鹭。须臾动地鼙鼓。截江组练驱山去,鏖战未收貔虎。朝又暮。诮惯得、吴儿不怕蛟龙怒。风波平步。看红旆惊飞,跳鱼直上,蹴踏浪花舞。　　凭谁问,万里长鲸吞吐。人间儿戏千弩。滔天力倦知何事,白马素车东去。堪恨处。人道是、子胥冤愤终千古。功名自误。谩教得陶朱,五湖西子,一舸弄烟雨。

沁园春 带湖新居将成

三径初成,鹤怨猿惊,稼轩未来。甚云山自许,平生意气,衣冠人笑,抵死尘埃。意倦须还,身闲贵早,岂为莼羹鲈鲙哉。秋江上,看惊弦雁避,骇浪船回。　　东冈更葺茅斋。好都把轩窗临水开。要小舟行钓,先应种柳,疏篱护竹,莫碍观梅。秋菊堪餐,春兰可佩,留待先生手自栽。沉吟久,怕君恩未许,此意徘徊。

又 送赵江陵东归,再用前韵

伫立潇湘,黄鹄高飞,望君不来。被东风吹堕,西江对语,急呼斗酒,旋拂征埃。却怪英姿,有如君者,犹欠封侯万里哉。空赢得,道江南佳句,只有方回。　　锦帆画舫行斋。怅雪浪黏天江影开。

记我行南浦，送君折柳，君逢驿使，为我攀梅。落帽山前，呼鹰台下，人道花须满县栽。都休问，看云霄高处，鹏翼徘徊。

水龙吟　为韩南涧尚书寿甲辰岁

渡江天马南来，几人真是经纶手。长安父老，新亭风景，可怜依旧。夷甫诸人，神州沉陆，几曾回首。算平戎万里，功名本是，真儒事、君知否。　　况有文章山斗。对桐阴、满庭清昼。当年堕地，而今试看，风云奔走。绿野风烟，平泉草木，东山歌酒。待他年，整顿乾坤事了，为先生寿。

又　次年南涧用前韵为仆寿。仆与公生日相去一日，再和以寿南涧

玉皇殿阁微凉，看公重试薰风手。高门画戟，桐阴阁道，青青如旧。兰佩空芳，蛾眉谁妒，无言搔首。甚年年却有，呼韩塞上，人争问、公安否。　　金印明年如斗。向中州、锦衣行昼。依然盛事，貂蝉前后，凤麟飞走。富贵浮云，我评轩冕，不如杯酒。待从公，痛饮八千馀岁，伴庄椿寿。

又　登建康赏心亭

楚天千里清秋，水随天去秋无际。遥岑远目，献愁供恨，玉簪螺髻。落日楼头，断鸿声里，江南游子。把吴钩看了，栏干拍遍，无人会、登临意。　　休说鲈鱼堪脍。尽西风、季鹰归未。求田问舍，怕应羞见，刘郎才气。可惜流年，忧愁风雨，树犹如此。倩何人，唤取盈盈翠袖，揾英雄泪。

满江红　贺王宣子平湖南寇

笳鼓归来，举鞭问、何如诸葛。人道是、匆匆五月，渡泸深入。白羽

风生貔虎噪,青溪路断猩鼯泣。早红尘、一骑落平冈,捷书急。

　三万卷,龙韬客。浑未得,文章力。把诗书马上,笑驱锋镝。金
印明年如斗大,貂蝉却自兜鍪出。待刻公、勋业到□云_{按"□云"元刊}
本稼轩长短句作"云霄",浯溪石。

又　送汤朝美自便归

瘴雨蛮烟,十年梦、尊前休说。春正好、故园桃李,待君花发。儿女
灯前和泪拜,鸡豚社里归时节。看依然、舌在齿牙牢,心如铁。

　治国手,封侯骨。腾汗漫,排阊阖。待十分做了,诗书勋业。常
日念君归去好,而今却恨中年别。笑江头、明月更多情,今宵缺。

又　送李正之提刑

蜀道登天,一杯送、绣衣行客。还自叹、中年多病,不堪离别。东北
看惊诸葛表,西南更草相如檄。把功名、收拾付君侯,如椽笔。

　儿女泪,君休滴。荆楚路,吾能说。要新诗准备,庐江山色。赤
壁矶头千古浪,铜鞮陌上三更月。正梅花、万里雪深时,须相忆。

又　中秋寄远

快上西楼,怕天放、浮云遮月。但_(平声)唤取、玉纤横笛,一声吹裂。
谁做冰壶浮世界,最怜玉斧修时节。问常娥、孤冷有愁无,应华发。

　云液满,琼杯滑。长袖起,清歌咽。叹十常八九,欲磨还缺。
若得长圆如此夜,人情未必看承别。把从前、离恨总成欢,归时说。

又　建康史致道留守席上赋

鹏翼垂空,笑人世、苍然无物。还又向、九重深处,玉阶山立。袖里
珍奇光五色,他年要补天西北。且归来、谈笑护长江,波澄碧。

佳丽地,文章伯。金缕唱,红牙拍。看尊前飞下,日边消息。料想宝香黄阁梦,依然画舫青溪笛。待如今、端的约钟山,长相识。

又　赣州席上呈陈季陵太守

落日苍茫,风才定、片帆无力。还记得、眉来眼去,水光山色。倦客不知身近远,佳人已卜归消息。便归来、只是赋行云,襄王客。

些个事,如何得。知有恨,休重忆。但楚天特地,暮云凝碧。过眼不如人意事,十常八九今头白。笑江州、司马太多情,青衫湿。

又　江行和杨济翁韵

过眼溪山,怪都似、旧时曾识。是梦里、寻常行遍,江南江北。佳处径须携杖去,能消几两平生屐。笑尘埃、三十九年非,长为客。

吴楚地,东南拆。英雄事,曹刘敌。被西风吹尽,了无陈迹。楼观才成人已去,旌旗未卷头先白。叹人间、哀乐转相寻,今犹昔。

又　送郑舜举郎中赴召

湖海平生,算不负、苍髯如戟。闻道是、君王著意,太平长策。此老自当兵十万,长安正在天西北。便凤凰、飞诏下天来,催归急。

车马路,儿童泣。风雨暗,旌旗湿。看野梅官柳,东风消息。莫向蔗庵追语笑,只今松竹无颜色。问人间、谁管别离愁,杯中物。

又　游南岩和范廓之韵

笑拍洪崖,问千丈、翠岩谁削。依旧是、西风白马,北村南郭。似整复斜僧屋乱,欲吞还吐林烟薄。觉人间、万事到秋来,都摇落。

呼斗酒,同君酌。□元本作"更"小隐,寻幽约。且丁宁休负,北山猿鹤。有鹿从渠求鹿梦,非鱼定未知鱼乐。正仰看、飞鸟却膺人,回头错。

又　病中俞山甫教授访别,病起寄之

曲几蒲团,方丈里、君来问疾。更夜雨、匆匆别去,一杯南北。万事莫侵闲鬓髮,百年正要佳眠食。最难忘、此语重殷勤,千金直。

西崦路,东岩石。携手处,今陈迹。望重来犹有,旧盟如日。莫信蓬莱风浪隔,垂天自有扶摇力。对梅花、一夜苦相思,无消息。

水调歌头　盟鸥

带湖吾甚爱,千丈翠奁开。先生杖屦无事,一日走千回。凡我同盟鸥鸟,今日既盟之后,来往莫相猜。白鹤在何处,尝试与偕来。

破青萍,排翠藻,立苍苔。窥鱼笑汝痴计,不解举吾杯。废沼荒丘畴昔,明月清风此夜,人世几欢哀。东岸绿阴少,杨柳更须栽。

又　汤坡见和,用韵为谢

白日射金阙,虎豹九关开。见君谏疏频上,高论挽天回。千古忠肝义胆,万里蛮烟瘴雨,往事莫惊猜。政恐不免耳,消息日边来。

笑吾庐,门掩草,径封苔。未应两手无用,要把蟹螯杯。说剑论诗馀事,醉舞狂歌欲倒,老子颇堪哀。白髪宁有种,一一醒时栽。

又　淳熙己亥,自湖北漕移湖南,周总领、王漕、赵守置酒南楼,席上留别

折尽武昌柳,挂席上潇湘。二年鱼鸟江上,笑我往来忙。富贵何时休问,离别中年堪恨,憔悴鬓成霜。丝竹陶写耳,急羽且飞觞。

序兰亭,歌赤壁,绣衣香。使君千骑鼓吹,风采汉侯王。莫把骊驹频唱,可惜南楼佳处,风月已凄凉。在家贫亦好,此语试平章。

又　九日游云洞和韩南涧韵

今日复何日，黄菊为谁开。渊明漫爱重九，胸次正崔嵬。酒亦关人何事，正自不能不尔，谁遣白衣来。醉把西风扇，随处障尘埃。

　　为公饮，须一日，三百杯。此山高处东望，云气见蓬莱。翳凤骖鸾公去，落佩倒冠吾事，抱病且登台。归路有明月，人影共徘徊。

又　再用韵答李子永

君莫赋幽愤，一语试相开。长安车马道上，平地起崔嵬。我愧渊明久矣，独借此翁湔洗，素壁写归来。斜日透虚隙，一线万飞埃。

　　断吾生，左持蟹，右持杯。买山自种云树，山下刜烟莱。百炼都成绕指，万事直须称好，人世几舆台。刘郎更堪笑，刚赋看花回。

又　和王正之右司吴江观雪见寄

造物故豪纵，千里玉鸾飞。等闲更把，万斛琼粉盖颇黎。好卷垂虹千丈，只放冰壶一色，云海路应迷。老子旧游处，回首梦耶非。

　　谪仙人，鸥鸟伴，两忘机。掀髯把酒一笑，诗在片帆西。寄语烟波旧侣，闻道莼鲈正美，休制芰荷衣。上界足官府，汗漫与君期。

又　舟次扬州和人韵

落日塞尘起，胡骑猎清秋。汉家组练十万，列舰耸高楼。谁道投鞭飞渡，忆昔鸣髇血污，风雨佛狸愁。季子正年少，匹马黑貂裘。

　　今老矣，搔白首，过扬州。倦游欲去江上，手种橘千头。二客东南名胜，万卷诗书事业，尝试与君谋。莫射南山虎，直觅富民侯。

又　和郑舜举蔗庵韵

万事到白髪，日月几西东。羊肠九折歧路，老我惯经从。竹树前溪
风月，鸡酒东家父老，一笑偶相逢。此乐竟谁觉，天外有冥鸿。

　　味平生，公与我，定无同。玉堂金马，自有佳处著诗翁。好锁云
烟窗户，怕入丹青图画，飞去了无踪。此语更痴绝，真有虎头风。

又　寿韩南涧七十

上古八千岁，才是一春秋。不应此日，刚把七十寿君侯。看取垂天
云翼，九万里风在下，与造物同游。君欲计岁月，当试问庄周。

　　醉淋浪，歌窈窕，舞温柔。从今杖屦南涧，白日为君留。闻道钧
天帝所，频上玉卮春酒，冠珮拥龙楼。快上星辰去，名姓动金瓯。

贺新郎　赋水仙

云卧衣裳冷。看萧然、风前月下，水边幽影。罗袜尘生凌波去，汤
沐烟江万顷。爱一点、娇黄成晕。不记相逢曾解佩，甚多情、为我
香成阵。待和泪，收残粉。　　灵均千古怀沙恨。□按吴讷本稼轩词
作"恨"，元刊本稼轩长短句作"记"当时、匆匆忘把，此仙题品。烟雨凄迷僝
僽损，翠袂摇摇谁整。谩写入、瑶琴幽愤。弦断招魂无人赋，但金
杯的皪银台润。愁殢酒，又独醒。

念奴娇　和南涧载酒见过雪楼观雪

兔园旧赏，怅遗踪、飞鸟千山都绝。缟带银杯江上路，惟有南枝香
别。万事新奇，青山一夜，对我头先白。倚岩千树，玉龙飞上琼阙。

　　莫惜雾鬟风鬓，试教骑鹤，去约尊前月。自与诗翁磨冻砚，看
扫幽兰新阕。便拟□□按元刊本作"明年"，人间挥汗，留取层冰洁。

此君何事,晚来还易腰折。

又　赋白牡丹和范廓之韵

对花何似,似吴宫初教,翠围红阵。欲笑还愁羞不语,惟有倾城娇韵。翠盖风流,牙签名字,旧赏那堪省。天香染露,晓来衣润谁整。

　　最爱弄玉团酥,就中一朵,曾入扬州咏。华屋金盘人未醒,燕子飞来春尽。最忆当年,沉香亭北,无限春风恨。醉中休问,夜深花睡香冷。

又　登建康赏心亭呈史致道留守

我来吊古,上危楼、赢得闲愁千斛。虎踞龙蟠何处是,只有兴亡满目。柳外斜阳,水边归鸟,陇上吹乔木。片帆西去,一声谁喷霜竹。

　　却忆安石风流,东山岁晚,泪落哀筝曲。儿辈功名都付与,长日惟消棋局。宝镜难寻,碧云将暮,谁劝杯中绿。江头风怒,朝来波浪翻屋。

又　书东流村壁

野棠花落,又匆匆、过了清明时节。划地东风欺客梦,一夜云屏寒怯。曲岸持觞,垂杨系马,此地曾轻别。楼空人去,旧游飞燕能说。

　　闻道绮陌东头,行人长见,帘底纤纤月。旧恨春江流未断,新恨云山千叠。料得明朝,尊前重见,镜里花难折。也应惊问,近来多少华发。

又　西湖和人韵

晚风吹雨,战新荷、声乱明珠苍璧。谁把香奁收宝镜,云锦红涵湖碧。飞鸟翻空,游鱼吹浪,惯趁笙歌席。坐中豪气,看公一饮千石。

遥想处士风流，鹤随人去，老作飞仙伯。茅舍疏篱今在否，松竹已非畴昔。欲说当年，望湖楼下，水与云宽窄。醉中休问，断肠桃叶消息。

<small>按此首别误作辛次膺词，见古今图书集成山川典卷二百九十一西湖部艺文四。</small>

又　<small>赋雨岩</small>

近来何处有吾愁，何处还知吾乐。一点凄凉千古意，独倚西风寥廓。并竹寻泉，和云种树，唤做真闲客。此心闲处，不应长藉丘壑。

休说往事皆非，而今云是，且把清尊酌。醉里不知谁是我，非月非云非鹤。露冷风高，松梢桂子，醉了还醒却。北窗高卧，莫教啼鸟惊著。

新荷叶　<small>和赵德庄韵</small>

人已归来，杜鹃欲劝谁归。绿树如云，等闲借与莺飞。兔葵燕麦，问刘郎、几度沾衣。翠屏幽梦，觉来水绕山围。　　有酒重携。小园随意芳菲。往日繁华，而今物是人非。春风半面，记当年、初识崔徽。南云雁少，锦书无个因依。

又　<small>再和</small>

春色如愁，行云带雨才归。春意长闲，游丝尽日低飞。闲愁几许，更晚风、特地吹衣。小窗人静，棋声似解重围。　　光景难携。任他鹃鹕芳菲。细数从前，不应诗酒皆非。知音弦断，笑渊明、空抚馀徽。停杯对影，待邀明月相依。

最高楼　<small>醉中有索四时歌者，为赋</small>

长安道，投老倦游归。七十古来稀。藕花雨湿前湖夜，桂枝风澹小

山时。怎消除，须殢酒，更吟诗。　　也莫向、竹边孤负雪。也莫
向、柳边孤负月。闲过了，总成痴。种花事业无人问，对花情味只
天知。笑山中，云出早，鸟归迟。

又　杨民瞻席上用前韵赋牡丹

西园买，谁载万金归。多病胜游稀。风斜画烛天香夜，凉生翠盖酒
酣时。待重寻，居士谱，谪仙诗。　　看黄底、御袍元自贵。看红
底、状元新得意。如斗大，只花痴。汉妃翠被娇无奈，吴娃粉阵恨
谁知。但纷纷，蜂蝶乱，送春迟。

洞仙歌　为叶丞相作

江头父老，说新来朝野。都道今年太平也。见朱颜绿鬓，玉带金
鱼，相公是，旧日中朝司马。　　遥知宣劝处，东阁华灯，别赐仙韶
接元夜。问天上、几多春，只似人间，但长见、精神如画。好都取、
山河献君王，看父子貂蝉，玉京迎驾。

又　访泉于奇师村，得周氏泉，为赋

飞流万壑，共千岩争秀。孤负平生弄泉手。叹轻衫短帽，几许红
尘，还自喜，濯发沧浪依旧。　　人生行乐耳，身后虚名，何似生前
一杯酒。便此地、结吾庐，待学渊明，更手种、门前五柳。且归去、
父老约重来，问如此青山，定重来否。

八声甘州　为建康胡长文留守寿。时方阅拆红梅之舞，且有锡带之宠

把江山好处付公来，金陵帝王州。想今年燕子，依然认得，王谢风
流。只用平时尊俎，弹压万貔貅。依旧钧天梦，玉殿东头。　　看

取黄金横带，是明年准拟，丞相封侯。有红梅新唱，香阵卷温柔。且华堂、通宵一醉，待从今、更数八千秋。公知否，邦人香火，夜半才收。

声声慢 赋红木犀。余儿时尝入京师禁中凝碧池，因书当时所见

开元盛日，天上栽花，月殿桂影重重。十里芬芳，一枝金粟玲珑。管弦凝碧池上，记当时、风月愁侬。翠华远，但江南草木，烟锁深宫。　　只为天姿冷澹，被西风酝酿，彻骨香浓。枉学丹蕉，叶展偷染妖红。道人取次装束，是自家、香底家风。又怕是，为凄凉、长在醉中。

江神子 和人韵

梅梅柳柳鬥纤秾。乱山中。为谁容。试著春衫，依旧怯东风。何处踏青人未去，呼女伴，认骄骢。　　儿家门户几重重。记相逢。画桥东。明日重来，风雨暗残红。可惜行云春不管，裙带褪，鬓云松。

又 和陈仁和韵

玉箫声远忆骖鸾。几悲欢。带罗宽。且对花前，痛饮莫留残。归去小窗明月在，云一缕，玉千竿。　　吴霜应点鬓云斑。绮窗闲。梦连环。说与东风，归意有无间。芳草姑苏台下路，和泪看，小屏山。

又 博山道中书王氏壁

一川松竹任横斜。有人家。被云遮。雪后疏梅，时见两三花。比□吴讷本、元刊本并作"著"桃源溪上路，风景好，不争多。　　旗亭有酒径须赊。晚寒些。怎禁他。醉里匆匆，归骑自随车。白发苍颜吾

老矣,只此地,是生涯。

又　和人韵

剩云残日弄阴晴。晚山明。小溪横。枝上绵蛮,休作断肠声。但是青山山下路,春到处,总堪行。　　　当年彩笔赋芜城。忆平生。若为情。试取灵槎,归路问君平。花底夜深寒色重,须拚却,玉山倾。

六么令　用陆氏事,送玉山令陆德隆

酒群花队,攀得短辕折。谁怜故山归梦,千里莼羹滑。便整松江一棹,点检能言鸭。故人欢接。醉怀双橘,堕地金圆醒时觉。　　　长喜刘郎马上,肯听诗书说。谁对叔子风流,直把曹刘压。更看君侯事业,不负平生学。离觞愁怯。送君归后,细写茶经煮香雪。

又　再用前韵

倒冠一笑,华发玉簪折。阳关自来凄断,却怪歌声滑。放浪儿童归舍,莫恼比邻鸭。水连山接。看君归兴,如醉中醒、梦中觉。　　　江上吴侬问我,一一烦君说。坐客尊酒频空,剩欠真珠压。手把渔竿未稳,长向沧浪学。问愁谁怯。可堪杨柳,先作东风满城雪。

满庭芳　和洪丞相景伯韵呈景卢舍人

急管哀弦,长歌慢舞,连娟十样宫眉。不堪红紫,风雨晓来稀。惟有杨花飞絮,依旧是、萍满芳池。酴醾在,青虬快剪,插遍古铜彝。　　　谁将春色去,鸾胶难觅,弦断朱丝。恨牡丹多病,也费医治。梦里寻春不见,空肠断、怎得春知。休惆怅,一觞一咏,须刻右军碑。

又

柳外寻春,花边得句,怪公喜气轩眉。阳春白雪,清唱古今稀。曾是金銮旧客,记凤凰、独绕天池。挥毫罢,天颜有喜,催赐上方彝。公在词掖,尝拜尚方宝鼎之赐。 只今江海上,钧天梦觉,清泪如丝。算除非,痛把酒疗花治。明日五湖佳兴,扁舟去、一笑谁知。溪堂好,且拚一醉,倚杖读韩碑。堂记,公所制。

鹧鸪天 鹅湖寺道中

一榻清风殿影凉。涓涓流水响按"响"原作"向",从吴讷本回廊。千章云木钩辀叫,十里溪风稑稑香。 冲急雨,趁斜阳。山园细路转微茫。倦途却被行人笑,只为林泉有底忙。

又 代人赋

晚日寒鸦一片愁。柳塘新绿却温柔。若教眼底无离恨,不信人间有白头。 肠已断,泪难收。相思重上小红楼。情知已被山遮断,频倚阑干不自由。

又 鹅湖归病起作

翠竹千寻上薜萝。东湖经雨又增波。只因买得青山好,却恨归来白髮多。 明画烛,洗金荷。主人起舞客齐歌。醉中只恨欢娱少,明日醒时奈病何。

又 送人

唱彻阳关泪未干。功名馀事且加餐。浮天水送无穷树,带雨云埋一半山。 今古恨,几千般。只应离合是悲欢。江头未是风波恶,别有人间行路难。

又　代人赋

扑面征尘去路遥。香篝渐觉水沉销。山无重数周遭碧,花不知名
分外娇。　　人历历,马萧萧。旌旗又过小红桥。愁边剩有相思
句,摇断吟鞭碧玉梢。

又　鹅湖归病起作

枕簟溪堂冷欲秋。断云依水晚来收。红莲相倚浑如醉,白鸟无言
定自愁。　　书咄咄,且休休。一丘一壑也风流。不知筋力衰多
少,但觉新来懒上楼。

丑奴儿　博山道中效李易安体

千峰云起,骤雨一霎时价。更远树斜阳,风景怎生图画。青旗卖
酒,山那畔、别有人间,只消山水光中,无事过这一夏。　　午醉醒
时,松窗竹户,万千潇洒。野鸟飞来,又是一般闲暇。却怪白鸥,觑
着人、欲下未下。旧盟都在,新来莫是,别有说话。

蝶恋花　送祐之弟

衰草残阳三万顷。不算飘零,天外孤鸿影。几许凄凉须痛饮。行
人自向江头醒。　　会少离多看两鬓。万缕千丝,何况新来病。
不是离愁难整顿。被他引惹其他恨。

又　和杨济翁韵

点检笙歌多酿酒。蝴蝶西园,暖日明花柳。醉倒东风眠永昼。觉
来小院重携手。　　可惜春残风雨又。收拾情怀,长把诗僝僽。

杨柳见人离别后。腰肢近日和他瘦。

又　月下醉书两岩石浪

九畹芳菲兰佩好。空谷无人，自怨蛾眉巧。宝瑟泠泠千古调。朱丝弦断知音少。　　冉冉年华吾自老。水满汀洲，何处寻芳草。唤起湘累歌未了。石龙舞罢松风晓。

又　席上赠杨济翁侍儿

小小华年才月半。罗幕春风，幸自无人见。刚道羞郎低粉面。傍人瞥见回娇盼。　　昨夜西池陪女伴。柳困花慵，见说归来晚。劝客持觞浑未惯。未歌先觉花枝颤。

定风波　暮春漫兴

少日春怀似酒浓。插花走马醉千钟。老去逢春如病酒。唯有。茶瓯香篆小帘栊。　　卷尽残花风未定。休恨。花开元自要春风。试问春归谁得见。飞燕。来时相遇夕阳中。

临江仙　探梅

老去惜花心已懒，爱梅犹绕江村。一枝先破玉溪春。更无花态度，全有雪精神。　　剩向空山餐秀色，为渠著句清新。竹根流水带溪云。醉中浑不记，归路月黄昏。

又　醉宿崇福寺，寄祐之以仆醉先归

莫向空山吹玉笛，壮怀酒醒心惊。四更霜月太寒生。被翻红锦浪，酒满玉壶冰。　　小陆未须临水笑，山林我辈钟情。今宵依旧醉中行。试寻残菊处，中路候渊明。

又　和前韵

钟鼎山林都是梦,人间宠辱休惊。只消闲处过平生。酒杯秋吸露,诗句夜裁冰。　　记取小窗风雨夜,对床灯火多情。问谁千里伴君行。晚山眉样翠,秋水镜般明。

菩　萨　蛮

稼轩日向儿童说。带湖买得新风月。头白早归来。种花花已开。　　功名浑是错。更莫思量着。见说小楼东。好山千万重。

又　书江西造口壁

郁孤台下清江水。中间多少行人泪。西北是长安。可怜无数山。　　青山遮不住。毕竟江流去。江晚正愁予。山深闻鹧鸪。

又　送祐之弟归浮梁

无情最是江头柳。长条折尽还依旧。木叶下平湖。雁来书有无。　　雁无书尚可。妙语凭谁和。风雨断肠时。小山生桂枝。

又　赏心亭为叶丞相赋

青山欲共高人语。联翩万马来无数。烟雨却低回。望来终不来。　　人言头上髪。总向愁中白。拍手笑沙鸥。一身都是愁。

又　坐中赋樱桃

香浮乳酪玻璃碗。年年醉里尝新惯。何物比春风。歌唇一点红。　　江湖清梦断。翠笼明光殿。万颗写轻匀。低头愧野人。

西河　送钱仲耕自江西漕赴婺州

西江水。道是西风人泪。无情却解送行人，月明千里。从今日日
倚高楼，伤心烟树如荠。　　会君难，别君易。草草不如人意。十
年著破绣衣茸，种成桃李。问君可是厌承明，东方鼓吹千骑。
对梅花、更消一醉。有明年、调鼎风味。老病自怜憔悴。过吾庐、
定有幽人相问，岁晚渊明归来未。

木兰花慢　席上呈张仲固帅兴元

汉中开汉业，问此地、是耶非。想剑指三秦，君王得意，一战东归。
追亡事、今不见，但山川满目泪沾衣。落日胡尘未断，西风塞马空
肥。　　一编书是帝王师。小试去征西。更草草离筵，匆匆去路，
愁满旌旗。君思我、回首处，正江涵秋影雁初飞。安得车轮四角，
不堪带减腰围。

又　滁州送范倅

老来情味减，对别酒、怯流年。况屈指中秋，十分好月，不照人圆。
无情水、都不管，共西风、只等送归船。秋晚莼鲈江上，夜深儿女灯
前。　　征衫。便好去朝天。玉殿正思贤。想夜半承明，留教视
草，却遣筹边。长安故人问我，道寻常、泥酒只依然。目断秋霄落
雁，醉来时响按"响"原作"向"，从元刊本空弦。

朝　中　措

绿萍池沼絮飞忙。花入蜜脾香。长怪春归何处，谁知个里迷藏。
　　残云剩雨，些儿意思，直恁思量。不是莺声惊觉，梦中啼损红
妆。

又　崇福寺道中归寄祐之弟

篮舆袅袅破重冈。玉笛两红妆。这里都愁酒尽,那边正和诗忙。
　　为谁醉倒,为谁归去,都莫思量。白水东边篱落,斜阳欲下牛
羊。

祝英台令　晚春

宝钗分,桃叶渡。烟柳暗南浦。怕上层楼,十日九风雨。断肠片片
飞红,都无人管,倩谁唤、流莺声住。　　鬓边觑。试把花卜心期,
才簪又重数。罗帐灯昏,呜咽梦中语。是他春带愁来,春归何处。
却不解、将愁归去。

乌夜啼　山行约范廓之不至

江头醉倒山公。月明中。记得昨宵归路、笑儿童。　　溪欲转。
山已断。两三松。一段可怜风月、欠诗翁。

又　廓之见和,复用前韵

人言我不如公。酒频中。更把平生湖海、问儿童。　　千尺蔓。
云叶乱。击长松。却笑一身缠绕、似衰翁。

鹊桥仙　为人庆八十席间戏作

朱颜晕酒,方瞳点漆,闲傍松边倚杖。不须更展画图看,自是个、寿
星模样。　　今朝盛事,一杯深劝,更把新词齐唱。人间八十最风
流,长帖在、儿儿额上。

太常引　寿南涧

君王著意履声间。便令押、紫宸班。今代又尊韩。道吏部、文章泰山。　　一杯千岁,问公何事,早伴赤松闲。功业后来看。似江左、风流谢安。

昭君怨　豫章寄张定叟

长记潇湘秋晚。歌舞橘洲人散。走马月明中。折芙蓉。　　今日西山南浦。画栋珠帘云雨。风景不争多。奈愁何。

采桑子　书博山道中壁

烟迷露麦荒池柳,洗雨烘晴。洗雨烘晴。一样春风几样青。提壶脱袴催归去,万恨千情。万恨千情。各自无聊各自鸣。

杏花天　无题

病来自是于春懒。但别院、笙歌一片。蛛丝网遍玻璃盏。更问舞裙歌扇。　　有多少、莺愁蝶怨。甚梦里、春归不管。杨花也笑人情浅。故故沾衣扑面。

按此首别误作陆游词,见花草粹编卷五。

踏　　歌

撷厥。看精神、压一庞儿劣。更言语、一似春莺滑。一团儿、美满香和雪。　　去也。把春衫、换却同心结。向人道、不怕轻离别。问昨宵、因甚歌声咽。　　秋被梦,春闺月。旧家事、却对何人说。告弟弟莫趁蜂和蝶。有春归花落时节。

一络索　闺思

羞见鉴鸾孤却。倩人梳掠。一春长是为花愁，甚夜夜、东风恶。
　行绕翠帘珠箔。锦笺谁托。玉觞泪满却停觞，怕酒似、郎情薄。

千秋岁　为金陵史致道留守寿

塞垣秋草。又报平安好。尊俎上，英雄表。金汤生气象，珠玉霏谭
笑。春近也，梅花得似人难老。　　莫惜金尊倒。凤诏看看到。
留不住，江东小。从容帷幄去，整顿乾坤了。千百岁，从今尽是中
书考。

　　按此首别误入金元好问遗山新乐府卷五。

感皇恩　为范倅寿

春事到清明，十分花柳。唤得笙歌劝君酒。酒如春好，春色年年如
旧。青春元不老，君知否。　　席上看君，竹清松瘦。待与青春鬥
长久。三山归路，明日天香襟袖。更持银盏起，为君寿。

青玉案　元夕

东风夜放花千树。更吹落、星如雨。宝马雕车香满路。凤箫声动，
玉壶光转，一夜鱼龙舞。　　蛾儿雪柳黄金缕。笑语盈盈暗香去。
众里寻他千百度。蓦然回首，那人却在，□□按元刊本作“灯火”阑珊
处。

　　按此首别误作姚进道词，见历代诗馀卷四十四。

霜天晓角　旅兴

吴头楚尾。一棹人千里。休说旧愁新恨，长亭树、今如此。　　宦

游吾倦矣。玉人留我醉。明日万花寒食,得且住、为佳耳。

南乡子 舟中记梦

欹枕舻声边。贪听咿哑聒醉眠。变作笙歌花底去,依然。翠袖盈盈在眼前。　　别后两眉尖。欲说还休梦已阑。只记埋冤前夜月,相看。不管人愁独自圆。

阮郎归 耒阳道中

山前风雨欲黄昏。山头来去云。鹧鸪声里数家村。潇湘逢故人。　　挥羽扇,整纶巾。少年鞍马尘。如今憔悴赋招魂。儒冠多误身。

南 歌 子

万万千千恨,前前后后山。傍人道我轿儿宽。不道被他遮得、望伊难。　　今夜江头树,船儿系那边。知他热后甚时眠。万万不成眠后、有谁扇。

小重山 茉莉

倩得薰风染绿衣。国香收不起,透冰肌。略开些子未多时。窗儿外,却早被人知。　　越惜越娇痴。一枝云鬓上,那人宜。莫将他去比荼蘼。分明是,他更的些儿。

又 席上和人韵送李子永

旋制离歌唱未成。阳关先画出,柳边亭。中年怀抱管弦声。难忘处,风月此时情。　　夜雨共谁听。尽教清梦去,两三程。商量诗价重连城。相如老,汉殿旧知名。

西江月 渔父词

千丈悬崖削翠，一川落日熔金。白鸥来往本无心。选甚风波一任。
　　别浦鱼肥堪脍，前村酒美重斟。千年往事已沉沉。闲管兴亡则甚。

减字木兰花 纪壁间题

盈盈泪眼。往日青楼天样远。秋月春花。输与寻常姊妹家。
水村山驿。日暮行云无气力。锦字偷裁。立尽西风雁不来。

清平乐 博山道中即事

柳边飞鞚。露湿征衣重。宿鹭惊窥沙影动。应有鱼虾入梦。
一川淡月疏星。浣沙人影娉婷。笑背行人归去，门前稚子啼声。

又

茅檐低小。溪上青青草。醉里蛮音相媚好。白髪谁家翁媪。
大儿锄豆溪东。中儿正织鸡笼。最喜小儿亡赖，溪头卧剥莲蓬。

又 检校山园书所见

断崖修竹。竹里藏冰玉。路绕清溪三百曲。香满黄昏雪屋。
行人系马疏篱。折残犹有高枝。留得东风数点，只缘娇懒春迟。

又 独宿博山王氏庵

绕床饥鼠。蝙蝠翻灯舞。屋上松风吹急雨。破纸窗间自语。
平生塞北江南。归来华髪苍颜。布被秋宵梦觉，眼前万里江山。

又 检校山园书所见

连云松竹。万事从今足。拄杖东家分社肉。白酒床头初熟。
西风梨枣山园。儿童偷把长竿。莫遣旁人惊去，老夫静处闲看。

生查子 山行寄杨民瞻

昨宵醉里行，山吐三更月。不见可怜人，一夜头如雪。　　今宵醉
里归，明月关山笛。收拾锦囊诗，要寄扬雄宅。

又 民瞻见和，复用前韵

谁倾沧海珠，簸弄千明月。唤取酒边来，软语裁春雪。　　人间无
凤凰，空费穿云笛。醉倒却归来，松菊陶潜宅。

山鬼谣 两岩有石状怪甚，取离骚九歌名曰山鬼，因赋摸鱼儿，改今名

问何年、此山来此，西风落日无语。看君似是羲皇上，直作太初名
汝。溪上路。算只有、红尘不到今犹古。一杯谁举。笑我醉呼君，
崔嵬未起，山鸟覆杯去。　　须记取。昨夜龙湫风雨。门前石浪
掀舞。四更山鬼吹灯啸，惊倒世间儿女。依约处。还问我、清游杖
屦公良苦。神交心许。待万里携君，鞭笞鸾凤，诵我远游赋。

声声慢 旅次登楼作

征埃成阵，行客相逢，都道幻出层楼。指点檐牙高处，浪拥云浮。
今年太平万里，罢长淮、千骑临秋。凭栏望，有东南佳气，西北神
州。　　千古怀嵩人去，应笑我、身在楚尾吴头。看取弓刀，陌上
车马如流。从今赏心乐事，剩安排、酒令诗筹。华胥梦，愿年年、人

似旧游。

满江红　题冷泉亭

直节堂堂,看夹道、冠缨拱立。渐翠谷、群仙东下,珮环声急。闻道
天峰飞堕地,傍湖千丈开青壁。是当年、玉斧削方壶,无人识。

山木润,琅玕湿。秋露下,琼珠滴。向危亭横跨,玉渊澄碧。醉
舞且摇鸾凤影,浩歌莫遣鱼龙泣。恨此中、风月本吾家,今为客。

又　再用前韵

照影溪梅,怅绝代、幽人独立。更小驻、雍容千骑,羽觞飞急。琴里
新声风响珮,笔端醉墨鸦栖壁。是使君、文度旧知名,方相识。

清可漱,泉长滴。高欲卧,云还湿。快晚风吹赠,满怀空碧。宝
马嘶归红旆动,团龙试碾铜瓶泣。怕他年、重到路应迷,桃源客。

又　暮春

可恨东君,把春去春来无迹,便过眼、等闲输了,三分之一。昼永暖
翻红杏雨,风晴扶起垂杨力。更天涯、芳草最关情,烘残日。

湘浦岸,南塘驿。恨不尽,愁如积。算年年孤负,对他寒食。便恁
归来能几许,风流已自非畴昔。凭画栏、一线数飞鸿,沉空碧。

又　和民瞻送祐之弟还侍浮梁

尘土西风,便无限、凄凉行色。还记取、明朝应恨,今宵轻别。珠泪
争垂华烛暗,雁行中断哀筝切。看扁舟、幸自涩清溪,休催发。

白首路,长亭仄。千树柳,千丝结。怕行人西去,棹歌声阕。黄
卷莫教诗酒污,玉阶不信仙凡隔。但从今、伴我又随君,佳哉月。

又　和廓之雪

天上飞琼，毕竟向、人间情薄。还又跨、玉龙归去，万花摇落。云破林梢添远岫，月临屋角分层阁。记少年、骏马走韩卢，掀东郭。

　　吟冻雁，嘲饥鹊。人已老，欢犹昨。对琼瑶满地，与君酬酢。最爱霏霏迷远近，却收扰扰还寥廓。待羔儿、酒罢又烹茶，扬州鹤。

又　稼轩居士花下与郑使君惜别醉赋，侍者飞卿奉命书

折尽荼蘼，尚留得、一分春色。还记取、青梅如弹，共伊同摘。少日对花昏醉梦，而今醒眼看风月。恨牡丹、笑我倚东风，形如雪。

　　人渐远，君休说。榆荚阵，菖蒲叶。算不因风雨，只因鶗鴂。老冉冉兮花共柳，是栖栖者蜂和蝶。也不因、春去有闲愁，因离别。

又　席间和洪舍人兼简司马汉章

天与文章，看万斛、龙文笔力。闻道是、一诗曾赐，千金颜色。欲说又休新意思，强啼偷笑真消息。算人人、合与共乘鸾，銮坡客。

　　倾国艳，难再得。还可恨，还堪忆。看书寻旧锦，衫裁新碧。莺蝶一春花里活，可堪风雨飘红白。问谁家、却有燕归梁，香泥湿。

以上稼轩词甲集

又　送徐抚干衡仲之官三山，时马叔会侍郎帅闽

绝代佳人，曾一笑、倾城倾国。休更叹、旧时清镜，而今华发。明日伏波堂上客，老当益壮翁应说。恨苦遭、邓禹笑人来，长寂寂。

　　诗酒社，江山笔。松菊径，云烟屐。怕一觞一咏，风流弦绝。我梦横江孤鹤去，觉来却与君相别。记功名、万里要吾身，佳眠食。

又

敲碎离愁,纱窗外、风摇翠竹。人去后、吹箫声断,倚楼人独。满眼不堪三月暮,举头已觉千山绿。但试将、一纸寄来书,从头读。

相思字,空盈幅。相思意,何时足。滴罗襟点点,泪珠盈掬。芳草不迷行客路,垂杨只碍离人目。最苦是、立尽月黄昏,栏干曲。

又

倦客新丰,貂裘敝、征尘满目。弹短铗、青蛇三尺,浩歌谁续。不念英雄江左老,用之可以尊中国。叹诗书、万卷致君人,番沈陆。

休感叹,年华促。人易老,欢难足。有玉人怜我,为簪黄菊。且置请缨封万户,竟须卖剑酬黄犊。叹当年、寂寞贾长沙,伤时哭。

按程史卷三云,此首亦见康与之顺庵乐府。

又 暮春

家住江南,又过了、清明寒食。花径里、一番风雨,一番狼藉。流水暗随红粉去,园林渐觉清阴密。算年年、落尽刺桐花,寒无力。

庭院静,空相忆。无说处,闲愁极。怕流莺乳燕,得知消息。尺素如今何处也,彩云依旧无踪迹。谩教人、羞去上层楼,平芜碧。

贺新郎 陈同父自东阳来过余,留十日,与之同游鹅湖,且会朱晦庵于紫溪,不至,飘然东归。既别之明日,余意中殊恋恋,复欲追路。至鹭鸶林,则雪深泥滑,不得前矣。独饮方村,怅然久之,颇恨挽留之不遂也。夜半,投宿泉湖吴氏四望楼,闻邻笛悲甚,为赋贺新郎以见意。又五日,同父书来索词。心所同然者如此,可发千里一笑

把酒长亭说。看渊明、风流酷似,卧龙诸葛。何处飞来林间鹊,蹙

踏松梢微雪。要破帽、多添华发。剩水残山无态度,被疏梅、料理成风月。两三雁,也萧瑟。　　　佳人重约还轻别。怅清江、天寒不渡,水深冰合。路断车轮生四角,此地行人销骨。问谁使、君来愁绝。铸就而今相思错,料当初、费尽人间铁。长夜笛,莫吹裂。

又 同父见和,再用前韵

老大犹堪说。似而今、元龙臭味,孟公瓜葛。我病君来高歌饮,惊散楼头飞雪。笑富贵、千钧如发。硬语盘空谁来听,记当时、只有西窗月。重进酒,唤鸣瑟。　　　事无两样人心别。问渠侬、神州毕竟,几番离合。汗血盐车无人顾,千里空收骏骨。正目断、关河路绝。我最怜君中宵舞,道男儿、到死心如铁。看试手,补天裂。

又 用前韵送杜叔高

细把君诗说。怅馀音、钧天浩荡,洞庭胶葛。千尺阴崖尘不到,惟有层冰积雪。乍一见、寒生毛发。自昔佳人多薄命,对古来、一片伤心月。金屋冷,夜调瑟。　　　去天尺五君家别。看乘空、鱼龙惨淡,风云开合。起望衣冠神州路,白日销残战骨。叹夷甫、诸人清绝。夜半狂歌悲风起,听铮铮、陈马檐间铁。南共北,正分裂。

又 听琵琶

凤尾龙香拨。自开元、霓裳曲罢,几番风月。最苦浔阳江头客,画舸亭亭待发。记出塞、黄云堆雪。马上离愁三万里,望昭阳、宫殿孤鸿没。弦解语,恨难说。　　　辽阳驿使音尘绝。琐窗寒、轻拢慢捻,泪珠盈睫。推手含情还却手,一抹梁州哀彻。千古事、云飞烟灭。贺老定场无消息,想沉香亭北繁华歇。弹到此,为呜咽。

又

柳暗清波路。送春归、猛风暴雨，一番新绿。千里潇湘葡萄涨，人
解扁舟欲去。又樯燕、留人相语。艇子飞来生尘步，唾花寒、唱我
新番句。波似箭，催鸣橹。　　黄陵祠下山无数。听湘娥、泠泠曲
罢，为谁情苦。行到东吴春已暮，正江阔、潮平稳渡。望金雀、觚棱
翔舞。前度刘郎今重到，问玄都、千树花存否。愁为倩，么弦诉。

水调歌头 严子文同傅安道和盟鸥韵，和以谢之

寄我五云字，恰向酒边来。东风过尽归雁，不见客星回。闻道琐窗
风月，更著诗翁杖屦，合作雪堂猜。岁旱莫留客，霖雨要渠来。
　　短檠灯，长剑铗，欲生苔。雕弓挂壁无用，照影落清杯。多病关
心药裹，小摘亲钼菜甲，老子正须哀。夜雨北窗竹，更倩野人栽。

又 送太守王秉

酒罢且勿起，重挽史君须。一身都是和气，别去意何如。我辈情钟
休问，父老田头说尹，泪落独怜渠。秋水见毛髪，千尺定无鱼。
　　望清阙，左黄阁，右紫枢。东风桃李陌上，下马拜除书。屈指吾
生馀几，多病故人痛饮，此事正愁余。江湖有归雁，能寄草堂无。

又 淳熙丁酉，自江陵移帅隆兴，到官之二月被召。司
马监、赵卿、王漕饯别。司马赋水调歌头，席间次
韵。时王公明枢密薨，坐客终夕为兴门户之叹，故
前章及之

我饮不须劝，正怕酒尊空。别离亦复可恨，此别恨匆匆。头上貂蝉
贵客，花外麒麟高冢，人世竟谁雄。一笑出门去，千里落花风。
　　孙刘辈，能使我，不为公。余髪种种如是，此事付渠侬。但觉平

生湖海，除了醉吟风月，此外百无功。毫髪皆帝力，更乞鉴湖东。

又　送郑厚卿赴衡州

寒食不小住，千骑拥春衫。衡阳石鼓城下，记我旧停骖。襟似潇湘桂岭，带似洞庭春草，紫盖屹东南。文字起骚雅，刀剑化耕蚕。

看使君，于此事，定不凡。奋髯抵几堂上，尊俎自高谈。莫信君门万里，但使民歌五袴，归诏凤凰衔。君去我谁饮，明月影成三。

又　元日投宿博山寺，见者惊叹其老

头白齿牙缺，君勿笑衰翁。无穷天地今古，人在四之中。臭腐神奇俱尽，贵贱贤愚等耳，造物也儿童。老佛更堪笑，谈妙说虚空。

坐堆豗，行苔飒，立龙钟。有时三盏两盏，淡酒醉蒙鸿。四十九年前事，一百八盘狭路，挂杖倚墙东。老境何所似，只与少年同。

又　和德和上南涧韵

上界足官府，公是地行仙。青毡剑履旧物，玉立侍天颜。莫怪新来白髪，恐是当年柱下，道德五千言。南涧旧活计，猿鹤且相安。

歌秦缶，宝康瓠，世皆然。不知清庙钟磬，零落有谁编。堪笑行藏用舍，试问山林钟鼎，底事有亏全。再拜荷公赐，双鹤一千年。

念奴娇　双陆和坐客韵

少年握槊，气凭陵、酒圣诗豪馀事。缩手旁观初未识，两两三三而已。变化须臾，鸥飞石镜，鹊抵星桥□按原本此字残，似是"水"字。元刊本作"外"。搦残秋练，玉砧犹想纤指。　　　堪笑千古争心，等闲一胜，拚了光阴费。老子忘机浑嫚与，鸿鹄飞来天际。武媚宫中，韦娘局上，休把兴亡记。布衣百万，看君一笑沉醉。

又　用东坡赤壁韵

倘来轩冕,问还是、今古人间何物。旧日重城愁万里,风月而今坚
壁。药笼功名,酒垆身世,可惜蒙头雪。浩歌一曲,坐中人物之杰。

　　堪叹黄菊凋零,孤标应也有,梅花争发。醉里重揩西望眼,惟
有孤鸿明灭。世事从教,浮云来去,枉了冲冠髪。故人何在,长歌
应伴残月。

又　用前韵和丹桂

道人元是,道家风、来作烟霞中物。翠幰裁犀遮不定,红透玲珑油
壁。借得春工,惹将秋露,薰做江梅雪。我评花谱,便应推此为杰。

　　憔悴何处芳枝,十郎手种,看明年花发。坐对虚空香色界,不
怕西风起灭。别驾风流,多情更要,簪满姮娥髪。等闲折尽,玉斧
重倩修月。

又　赠妓(原字残,只剩女旁,从吴讷本)善作墨梅

江南尽处,堕玉京仙子,绝尘英秀。彩笔风流,偏解写、姑射冰姿清
瘦。笑杀春工,细窥天巧,妙绝应难有。丹青图画,一时都愧凡陋。

　　还似篱落孤山,嫩寒清晓,只欠香沾袖。淡伫轻盈,谁付与、弄
粉调朱纤手。疑是花神,谒来人世,占得佳名久。松篁佳韵,倩君
添做三友。

又　梅

疏疏淡淡,问阿谁、堪比天真颜色。笑杀东君虚占断,多少朱朱白
白。雪里温柔,水边明秀,不借春工力。骨清香嫩,迥然天与奇绝。

　　尝记宝籢原字残,从吴讷本、元刊本寒轻,琐窗人睡起,玉纤轻摘。

漂泊天涯空瘦损，犹有当年标格。万里风烟，一溪霜月，未怕欺他
得。不如归去，阆苑有个人忆。

水龙吟　盘园任帅子严安抚挂冠得请，取执政书中语，
以高风名其堂，来索词，为赋水龙吟。芗林，侍郎
向公告老所居，高宗皇帝御书所赐名也，与盘园
相并云

断崖千丈孤松，挂冠更在松高处。平生袖手，故应休矣，功名良苦。
笑指儿曹，人间醉梦，莫嗔惊汝。问黄金馀几，旁人欲说，田园计、
君推去。　　叹息芗林旧隐，对先生、竹窗松户。一花一草，一觞
一咏，风流杖屦。野马尘埃，扶摇下视，苍然如许。恨当年、九老图
中，忘却画、盘园路。

又　寄题京口范南伯家文官花。花先白次绿、次绯、次
紫，唐会要载学士院有之

倚栏看碧成朱，等闲褪了香袍粉。上林高选，匆匆又换，紫云衣润。
几许春风，朝薰暮染，为花忙损。笑旧家桃李，东涂西抹，有多少、
凄凉恨。　　拟倩流莺说与，记荣华、易消难整。人间得意，千红
百紫，转头春尽。白发怜君，儒冠曾误，平生官冷。算风流未减，年
年醉里，把花枝问。

又　题雨岩。岩类今所画观音补陀，岩中有泉飞出，如
风雨声

补陀大士虚空，翠岩谁记飞来处。蜂房万点，似穿如碍，玲珑窗户。
石髓千年，已垂未落，嶙峋冰柱。有怒涛声远，落花香在，人疑是、
桃源路。　　又说春雷鼻息，是卧龙、弯环如许。不然应是，洞庭
张乐，湘灵来去。我意长松，倒生阴壑，细吟风雨。竟茫茫未晓，只

应白髪,是开山祖。

又　题瓢泉

稼轩何必长贫,放泉檐外琼珠泻。乐天知命,古来谁会,行藏用舍。
人不堪忧,一瓢自乐,贤哉回也。料当年曾问,饭蔬饮水,何为是、
栖栖者。　　且对浮云山上,莫匆匆、去流山下。苍颜照影,故应
流落,轻裘肥马。绕齿冰霜,满怀芳乳,先生饮罢。笑挂瓢风树,一
鸣渠碎,问何如哑。

又　用些语再题瓢泉,歌以饮客,声韵甚谐,客为之釂

听兮清珮琼瑶些。明兮镜秋毫些。君无去此,流昏涨腻,生蓬蒿
些。虎豹甘人,渴而饮汝,宁猿猱些。大而^{原字残,从吴讷本、元刊本}流
江海,覆舟如芥,君无助、狂涛些。　　路险兮、山高些。愧余独处
无聊些。冬槽春盎,归来为我,制松醪些。其外芳芬,团龙片凤,煮
云膏些。古人兮既往,嗟余之乐,乐箪瓢些。

最高楼　送丁怀忠

相思苦,君与我同心。鱼没雁沉沉。是梦他松后追轩冕,是化为鹤
后去山林。对西风,直怅望,到如今。　　待不饮、奈何君有恨。
待痛饮、奈何吾有病。君起舞,试重斟。苍梧云外湘妃泪,鼻亭山
下鹧鸪吟。早归来,流水外,有知音。

又　吾拟乞归,犬子以田产未置止我,赋此骂之

吾衰矣,须富贵何时。富贵是危机。暂忘设醴抽身去,未曾得米弃
官归。穆先生,陶县令,是吾师。　　待葺个、园儿名佚老。更作
个、亭儿名亦好。闲饮酒,醉吟诗。千年田换八百主,一人口插几

张匙。休休休,更说甚,是和非。

又 答晋臣

花好处,不趁绿衣郎。缟袂立斜阳。面皮儿上因谁白,骨头儿里几多香。尽饶他,心似铁,也须忙。　　甚唤得、雪来白倒雪。更按"更"原空格,从吴讷本唤得、月来香杀月。谁立马,更窥墙。将军止渴山南畔,相公调鼎殿东厢。忒高才,经济地,战争场。

又 为洪内翰庆七十

金闺老,眉寿正如川。七十且华筵。乐天诗句香山里,杜陵酒债曲江边。问何如,歌窈窕,舞婵娟。　　更十岁、太公方出将。又十岁、武公才入相。留盛事,看明年。直须腰下添金印,莫教头上欠貂蝉。向人间,长富贵,地行仙。

瑞鹤仙 上洪倅寿

黄金堆到斗。怎得似、长年画堂劝酒。蛾眉最明秀。向水沉烟里,两行红袖。笙歌搁就。争说道、明年时候。被姮娥、做了殷勤,仙桂一枝入手。　　知否。风流别驾,近日人呼,文章太守。天长地久。岁岁上、乃翁寿。记从来人道,相门出相,金印累累尽有。但直须,周公拜前,鲁公拜后。

汉宫春 即事

行李溪头,有钓车茶具,曲几团蒲。儿童认得,前度过者篮舆。时时照影,甚此身、遍满江湖。怅野老,行歌不住,定堪与语难呼。

　　一自东篱摇落,问渊明岁晚,心赏何如。梅花正自不恶,曾有诗无。知翁止酒,待重教、莲社人沽。空怅望,风流已矣,江山特地愁予。

沁园春　弄溪赋

有酒忘杯,有笔忘诗,弄溪奈何。看纵横斗转,龙蛇起陆,崩腾决去,雪练倾河。袅袅东风,悠悠倒景,摇动云山水又波。还知否,欠菖蒲攒港,绿竹缘坡。　　　长松谁剪嵯峨。笑野老来耘山上禾。算只因鱼鸟,天然自乐,非关风月,闲处偏多。芳草春深,佳人日暮,濯髪沧浪独浩歌。徘徊久,问人间谁似,老子婆娑。

又　再到期思卜筑

一水西来,千丈晴虹,十里翠屏。喜草堂经岁,重来杜老,斜川好景,不负渊明。老鹤高飞,一枝投宿,长笑蜗牛戴屋行。平章了,待十分佳处,著个茅亭。　　　青山意气峥嵘。似为我归来妩媚生。解频教花鸟,前歌后舞,更催云水,暮送朝迎。酒圣诗豪,可能无势,我乃而今驾驭卿。清溪上,被山灵却笑,白髪归耕。

归朝欢　题晋臣积翠岩

我笑共工缘底怒。触断峨峨天一柱。补天又笑女娲忙,却将此石投闲处。野烟荒草路。先生拄杖来看汝。倚苍苔,摩挲试问,千古几风雨。　　　长被儿童敲火苦。时有牛羊磨角去。霍然千丈翠岩屏,锵然一滴甘泉乳。结亭三四五。会相暖热携歌舞。细思量,古来寒士,不遇有时遇。

水龙吟　过南剑双溪楼

举头西北浮云,倚天万里须长剑。人言此地,夜深长见,斗牛光焰。我觉山高,潭空水冷,月明星淡。待燃犀下看,凭栏却怕,风雷怒,鱼龙惨。　　峡束□_{吴讷本作"沧"}江对起,过危楼、欲飞还敛。元龙老矣,不妨高卧,冰壶凉簟。千古兴亡,百年悲笑,一时登览。问何人又卸,片帆沙岸,系斜阳缆。

又 别傅倅先之,时傅有召命

只愁风雨重阳,思君不见令人老。行期定否,征车几两,去程多少。有客书来,长安却早,传闻追诏。问归来何日,君家旧事,直须待、为霖了。　　从此兰生蕙长,吾谁与、玩兹芳草。自怜拙者,功名相避,去如飞鸟。只有良朋,东阡西陌,安排似巧。到如今巧处,依前又拙,把平生笑。

卜算子 答晋臣,渠有方是闲、真得归二堂

百郡怯登车,千里输流马。乞得胶胶扰扰身,却笑区区者。　　野水玉鸣渠,急雨珠跳瓦。一榻清风方是闲,真得归来也。

江神子 和人韵

梨花著雨晚来晴。月胧明。泪纵横。绣阁香浓,深锁凤箫声。未必人知春意思,还独自,绕花行。　　酒兵昨夜压愁城。太狂生。转关情。写尽胸中,磈磊未全平。却与平章珠玉价,看醉里,锦囊倾。

又 和陈仁和韵

宝钗飞凤鬓惊鸾。望重欢。水云宽。肠断新来,翠被□_{吴讷本作"粉"}香残。待得来时春尽也,梅著子,笋成竿。　　湘筼帘卷泪痕斑。珮声闲。玉垂环。个里温柔,容我老其间。却笑将军三羽箭,何日去,定天山。

鹧鸪天　鹅湖归病起作

著意寻春懒便回。何如信步两三杯。山才好处行还倦,诗未成时
雨早催。　　携竹杖,更芒鞋。朱朱粉粉野蒿开。谁家寒食归宁
女,笑语柔桑陌上来。

又　席上再用韵

水底明霞十顷光。天教铺锦衬鸳鸯。最怜杨柳如张绪,却笑莲花
似六郎。　　方竹簟,小胡床。晚风消得许多凉。背人白鸟都飞
去,落日残□按吴讷本作"霞"更断肠。

又　败棋赋梅雨

漠漠轻□按吴讷本作"云"拨不开。江南细雨熟黄梅。有情无意东边
日,已怒重惊忽地雷。　　云柱础,水楼台。罗衣费尽博山灰。当
时一识和羹味,便道为霖消息来。

又　重九席上再赋

有甚闲愁可皱眉。老怀无绪自伤悲。百年旋逐花阴转,万事长看
鬓发知。　　溪上枕,竹间棋。怕寻酒伴懒吟诗。十分筋力夸强
健,只比年时病起时。

又　石门道中

山上飞泉万斛珠。悬崖千丈落鼪鼯。已通樵径行还碍,似有人声
听却无。　　闲略彴,远浮屠。溪南修竹有茅庐。莫嫌杖屦频来
往,此地偏宜著老夫。

又 送欧阳国瑞入吴中

莫避春阴上马迟。春来未有不阴时。人情展转闲中看,客路崎岖
倦后知。　　梅似雪,柳如丝。试听别语慰相思。短篷炊饭鲈鱼
熟,除却松江枉费诗。

又 送廓之秋试

白苎新袍入嫩凉。春蚕食叶响回廊。禹门已准桃花浪,月殿先收
桂子香。　　鹏北海,凤朝阳。又携书剑路茫茫。明年此日青云
去,却笑人间举子忙。

又 和赵文鼎雪

莫上扁舟向剡溪。浅斟低唱正相宜。从□吴讷本作"教"犬吠千家
白,且与梅成一段奇。　　香暖处,酒醒时。画檐玉箸已偷垂。笑
君解释春风恨,倩拂蛮笺只费诗。

又 徐衡仲惠琴不受

千丈阴崖百丈溪。孤桐枝上凤偏宜。玉音落落虽难合,横理庚庚
定自奇。　　人散后,月明时。试弹幽愤泪空垂。不如却付骚人
手,留和南风解愠诗。

又 代人赋

陌上柔条初破芽。东邻蚕种已生些。平冈细草鸣黄犊,斜日寒林
点暮鸦。　　山远近,路横斜。青旗沽酒有人家。城中桃李愁风
雨,春在溪头野荠花。

又 游鹅湖醉书酒家壁

春日平原荠菜花。新耕雨后落群鸦。多情白髪春无奈,晚日青□
吴讷本作"帘"酒易赊。　　闲意态,细生涯。牛□吴讷本作"栏"西畔有
桑麻。青裙缟袂谁家女,去趁蚕生看外家。

又 元辗不见梅

千丈清溪百步雷。柴门都向水边开。乱云剩带炊烟去,野水闲将
日影来。　　穿窈窕,历崔嵬。东林试问几时栽。动摇意态虽多
竹,点缀风流却少梅。

又 送元省干

欹枕婆娑两鬓霜。起听檐溜碎喧江。那边玉箸销啼粉,这里车轮
转别肠。　　诗酒社,水云乡。可堪醉墨几淋浪。画图恰似归家
梦,千里河山寸许长。

西江月 夜行黄沙道中

明月别枝惊鹊,清风半夜鸣蝉。稻花香里说丰年。听取蛙声一片。
　　七八个星天外,两三点雨山前。旧时茅店社林边。路转溪桥
忽见。

菩 萨 蛮

淡黄弓样鞋儿小。腰肢只怕风吹倒。蓦地管弦催。一团红雪飞。
　　曲终娇欲诉。定忆梨园谱。指日按新声。主人朝玉京。

又　乙巳冬前间举似前作,因和之

锦书谁寄相思语。天边数遍飞鸿数。一夜梦千回。梅花入梦来。
　　涨痕纷树髮。霜落沙洲白。心事莫惊鸥。人间千万愁。

又　双韵赋摘阮

阮琴斜挂香罗绶。玉纤初试琵琶手。桐叶雨声乾。真珠落玉盘。
　　朱弦调未惯。笑倩春风伴。莫作别离声。且听双凤鸣。

朝中措　为人寿

年年金蕊艳西风。人与菊花同。霜鬓经春重绿,仙姿不饮长红。
　　焚香度日尽从容。笑语调儿童。一岁一杯为寿,从今更数千
钟。

按此首别误入遗山新乐府卷五。

鹊桥仙　送祐之归浮梁

小窗风雨,从今便忆,中夜笑谈清软。啼鸦衰柳自无聊,更管得、离
人肠断。　　　诗书事业,青毡犹在,头上貂蝉会见。莫贪风月卧江
湖,道日近、长安路远。

又　山行书所见

松冈避暑。茅檐避雨。闲去闲来几度。醉扶孤石看飞泉,又却是、
前回醒处。　　　东家娶妇。西家归女。灯火门前笑语。酿成千顷
稻花香,夜夜费、一天风露。

临江仙 和南涧韵

风雨催春寒食近,平原一片丹青。溪边唤渡柳边行。花飞蝴蝶乱,桑嫩野蚕生。　　绿野先生闲袖手,却寻诗酒功名。未知明日定阴晴。今宵成独醉,却笑众人醒。

又 为岳母寿

住世都无菩萨行,仙家风骨精神。寿如山岳福如云。金花汤沐诰,竹马绮罗群。　　更愿升平添喜事,大家祷祝殷勤。明年此地庆佳辰。一杯千岁酒,重拜太夫人。

定风波 用药名招马荀仲游雨岩。马善医

山路风来草木香。雨馀凉意到胡床。泉石膏肓吾已甚。多病。堤防风月费篇章。　　孤负寻常山简醉。独自。故应知子草玄忙。湖海早知身汗漫。谁伴。只甘松竹共凄凉。

又 席上送范廓之游建康

听我尊前醉后歌。人生亡奈别离何。但使情亲千里近。须信。无情对面是山河。　　寄语石头城下水。居士。而今浑不怕风波。借使未如鸥鸟惯。相伴。也应学得老渔蓑。

又 再和前韵药名

仄月高寒水石乡。倚空青碧对禅床。白髮自怜心似铁。风月。使君子细与平章。　　已判生涯筇竹杖。来往。却惭沙鸟笑人忙。便好剩留黄绢句。谁赋。银钩小草晚天凉。

又 大醉自诸葛溪亭归,窗间有题字令戒饮者,醉中戏作

昨夜山公倒载归。儿童应笑醉如泥。试与扶头浑未醒。休问。梦
魂犹在葛家溪。　　　千古醉乡来往路。知处。温柔东畔白云西。
起向绿窗高处看。题遍。刘伶元自有贤妻。

又 施枢密席上赋

春到蓬壶特地晴。神仙队里相公行。翠玉相挨呼小字。须记。笑
簪花底是飞琼。　　　总是倾城来一处。谁妒。谁携歌舞到园亭。
柳妒腰肢花妒艳。听看。流莺直是妒歌声。

又 杜鹃花

百紫千红过了春。杜鹃声苦不堪闻。却解啼教春小住。风雨。空
山招得海棠魂。　　　一似蜀宫当日女。无数。猩猩血染赭罗巾。
毕竟花开谁作主。记取。大都花属惜花人。

浣溪沙 赠子文侍人名笑笑

侬是嵚崎可笑人。不妨开口笑时频。有人一笑坐生春。　　　歌欲
颦时还浅笑,醉逢笑处却轻颦。宜颦宜笑越精神。

又 别成上人并送性禅师

梅子熟时到几回。桃花开后不须猜。重来松竹意徘徊。　　　惯听
禽声浑可谱,饱观鱼阵已能排。晚云挟雨唤归来。

又 种梅菊

百世孤芳肯自媒。直须诗句与推排。不然唤近酒边来。　　　自有

渊明方有菊,若无和靖即无梅。只今何处向人开。

又 漫兴作

未到山前骑马回。风吹雨打已无梅。共谁消遣两三杯。　　一似旧时春意思,百无是处老形骸。也曾头上带花来。

杏花天 嘲牡丹

牡丹比得谁颜色。似宫中、太真第一。渔阳鼙鼓边风急。人在沈香亭北。　　买栽池馆多何益。莫虚把、千金抛掷。若教解语倾人国。一个西施也得。

鹊桥仙 赠人

风流标格,惺松言语,真个十分奇绝。三分兰菊十分梅,鬥合就、一枝风月。　　笙簧未语,星河易转,凉夜厌厌留客。只愁酒尽各西东,更把酒、推辞一霎。

又 为岳母庆八十

八旬庆会,人间盛事,齐劝一杯春酿。胭脂小字点眉间,犹记得、旧时宫样。　　彩衣更著,功名富贵,直过太公以上。大家著意记新词,遇著个、十字便唱。

又 贺余察院生日

豸冠风采,绣衣声价,曾把经纶少试。看看有诏日边来,便入侍、明光殿里。　　东君未老,花明柳媚,且引玉尘沉醉。好将三万六千场,自今日、从头数起。

又　送粉卿行

轿儿排了,担儿装了,杜宇一声催起。从今一步一回头,怎睚得、一千馀里。　　旧时行处,旧时歌处,空有燕泥香坠。莫嫌白髮不思量,也须有、思量去里。

虞美人　送赵达夫

一杯莫落吾人后。富贵功名寿。胸中书传有馀香。看写兰亭小字、记流觞。　　问谁分我渔樵席。江海消闲日。看君天上拜恩浓。却恐画楼无处、著东风。

又　赵文鼎生日

翠屏罗幕遮前后。舞袖翻长寿。紫髯冠佩御炉香。看取明年归奉、万年觞。　　今宵池上蟠桃席。咫尺长安日。宝烟飞焰万花浓。试看中间白鹤、驾仙风。

又

夜深困倚屏风后。试请毛延寿。宝钗小立白翻香。旋唱新词犹误、笑持觞。　　四更山月寒侵席。歌舞催时日。问他何处最情浓。却道小梅摇落、不禁风。

又　赋荼蘼

群花泣尽朝来露。争奈春归去。不知庭下有荼蘼。偷得十分春色、怕春知。　　淡中有味清中贵。飞絮残英避。露华微渗玉肌香。恰似杨妃初试、出兰汤。

蝶恋花 送人行

意态憨生元自好。学画鸦儿,旧日偏他巧。蜂蝶不禁花引调。西园人去春风少。　　春已无情秋又老。谁管闲愁,千里青青草。今夜倩簪黄菊了。断肠明月霜天晓。

又 戊申元日立春席间作

谁向椒盘簪彩胜。整整韶华,争上春风鬓。往日不堪重记省。为花长把新春恨。　　春未来时先借问。晚恨开迟,早又飘零近。今岁花期消息定。只愁风雨无凭准。

又 和江陵赵宰

老去怕寻年少伴。画栋珠帘,风月无人管。公子看花朱碧乱。新词搅断相思怨。　　凉夜愁肠千百转。一雁西风,锦字何时遣。毕竟啼乌才思短。唤回晓梦天涯远。

又 送郑元英

莫向城头听漏点。说与行人,默默情千万。总是离愁无近远。人间儿女空恩怨。　　锦绣心胸冰雪面。旧日诗名,曾道空梁燕。倾盖未偿平日愿。一杯早唱阳关劝。

感皇恩 寿范倅

七十古来稀,人人都道。不是阴功怎生到。松姿虽瘦,偏耐云寒霜晓按"晓"原作"冷",改从元刊本。看君双鬓底,青青好。　　楼雪初晴,庭闱嬉笑。一醉何妨玉壶倒。从今康健,不用灵丹仙草。更看一百岁,人难老。

一枝花 醉中戏作

千丈擎天手。万卷悬河口。黄金腰下印,大如斗。更千骑弓刀,挥霍遮前后。百计千方久。似鬥草儿童,赢个他家偏有。　　算枉了、双眉长恁皱。白髮空回首。那时闲说向,山中友。看丘陇牛羊,更辨贤愚否。且自栽花柳。怕有人来,但只道、今朝中酒。

永遇乐 送陈光宗知县

紫陌长安,看花年少,无限歌舞。白髮怜君,寻芳较晚,卷地惊风雨。问君知否,鸱夷载酒,不似井瓶身误。细思量,悲欢梦里,觉来总无寻处。　　芒鞋竹杖,天教还了,千古玉溪佳句。落魄东归,风流赢得,掌上明珠去。起看清镜,南冠好在,拂了旧时尘土。向君道,云霄万里,这回稳步。

御街行 山中问盛复之提干行期

山城甲子冥冥雨。门外青泥路。杜鹃只是等闲啼,莫被他催归去。垂杨不语,行人去后,也会风前絮。　　情知梦里寻鹓鹭。玉殿追班处。怕君不饮太愁生,不是苦留君住。白头自笑,年年送客,自唤春江渡。

又 无题

阑干四面山无数。供望眼、朝与暮。好风催雨过山来,吹尽一帘烦暑。纱厨如雾,簟纹如水,别有生凉处。　　冰肌不受铅华污。更旎旎、真香聚。临风一曲最妖娇,唱得行人且住。藕花都放,木犀开后,待与乘鸾去。

生查子 游雨岩

溪边照影行,天在清溪底。天上有行云,人在行云里。　　高歌谁
和余,空谷清音起。非鬼亦非仙,一曲桃花水。

渔家傲 为金伯熙寿。信之谶云:"水打乌龟石,三台
出此时。"伯熙旧居城西,直龟山之北。溪水挈山
足矣,意伯熙当之耶。伯熙学道有新功,一日语
余云:溪上尝得异石,有文隐然,如记姓名,且有
"长生"等字。余未之见也。因其生朝,姑摭二事
为词以寿之

道德文章传几世。到君合上三台位。自是君家门户事。当此际。
龟山正抱西江水。　　三万六千排日醉。鬓毛只恁青青地。江里
石头争献瑞。分明是。中间有个长生字。

好事近 元夕立春

彩胜斗华灯,平地东风吹却。唤取雪中明月,伴使君行乐。　　红
旗铁马响春冰,老去此情薄。惟有前村梅在,倩一枝随著。

又

和泪唱阳关,依旧字娇声稳。回首长安何处,怕行人归晚。　　垂
杨折尽只啼鸦,把离愁勾引。却笑远山无数,被行云低损。

行　香　子

归去来兮。行乐休迟。命由天、富贵何时。百年光景,七十者稀。
奈一番愁,一番病,一番衰。　　名利奔驰。宠辱惊疑。旧家时、
都有些儿。而今老矣,识破关机。算不如闲,不如醉,不如痴。

南歌子　独坐蔗庵

玄入参同契,禅依不二门。静看斜日隙中尘。始觉人间、何处不纷
纷。　　病笑春先老,闲怜懒是真。百般啼鸟苦撩人。除却提壶、
此外不堪闻。

又

世事从头减,秋怀彻底清。夜深犹道枕边声。试问清溪底事、不能
平。　　月到愁边白,鸡先远处鸣。是中无有利和名。因甚山前
未晓、有人行。

清平乐　寿道夫

此身长健。还却功名愿。枉读平生三万卷。满酌金杯听劝。
男儿玉带金鱼。能消几许诗书。料得今宵醉也,两行红袖争扶。

又　寿赵民则提刑,时新除,且素不喜饮

诗书万卷。合上明光殿。案上文书看未遍。眉里阴功早见。
十分竹瘦松坚。看君自是长年。若解尊前痛饮,精神便是神仙。

又　题上卢桥

清溪奔快。不管青山碍。千里盘盘平世界。更著溪山襟带。
古今陵谷茫茫。市朝往往耕桑。此地居然形胜,似曾小小兴亡。

浪淘沙　送子似

金玉旧情怀。风月追陪。扁舟千里兴佳哉。不似子猷行半路,却
棹船回。　　来岁菊花开。记我清杯。西风雁过填山台。把似情

2460 全 宋 词

他书不到,好与同来。

又 赋虞美人草

不肯过江东。玉帐匆匆。至今草木忆英雄。唱著虞兮当日曲,便舞春风。　　儿女此情同。往事朦胧。湘娥竹上泪痕浓。舜盖重瞳堪痛恨,羽又重瞳。

虞美人 赋虞美人草

当年得意如芳草。日日春风好。拔山力尽忽悲歌。饮罢虞兮从此、奈君何。　　人间不识精诚苦。贪看青青舞。蓦然敛袂却亭亭。怕是曲中犹带、楚歌声。

新荷叶 初秋访悠然

物盛还衰,眼看春叶秋萁。贵贱交情,翟公门外人稀。酒酣耳热,又何须、幽愤裁诗。茂林脩竹,小园曲迳疏篱。　　秋以为期。西风黄菊开时。拄杖敲门,从他颠倒裳衣。去年堪笑,醉题诗、醒后方知。而今东望,心随去鸟先飞。

生查子 独游西岩

青山非不佳,未解留侬住。赤脚踏沧浪,为爱清溪故。　　朝来山鸟啼,劝上山高处。我意不关渠,自要寻兰去。

西江月 赋丹桂

宫粉厌涂娇额,浓妆要压秋花。西真人醉忆仙家。飞珮丹霞羽化。　　十里芬芳未足,一亭风露先加。杏腮桃脸费铅华。终惯秋蟾影下。

糖 多 令

淑景閒清明。和风拂面轻。小杯盘、同集郊坰。著个篅儿不肯上，须索要、大家行。　　行步渐轻盈。行行笑语频。风鞋儿、微褪些根。忽地倚人陪笑道，真个是、脚儿疼。

王孙信 调陈萃叟

有得许多泪。又闲却、许多鸳被。枕头儿、放处都不是。旧家时、怎生睡。　　更也没书来，那堪被、雁儿调戏。道无书、却有书中意。排几个、人人字。

一 剪 梅

记得同烧此夜香。人在回廊。月在回廊。而今独自睡昏黄。行也思量。坐也思量。　　锦字都来三两行。千断人肠。万断人肠。雁儿何处是仙乡。来也恓惶。去也恓惶。

又

独立苍茫醉不归。日暮天寒，归去来兮。探梅踏雪几何时。今我来思。杨柳依依。　　白石江头曲岸□元刊本作"西"。一片闲愁，芳草萋萋。多情山鸟不须啼。桃李无言，下自成蹊。

玉楼春 席上为黄倅赋。尨氽，雨岩堂名。通判雨，当时民谣。吏垂头，亦渠摄郡时事

往年尨氽堂前路。路上人夸通判雨。去年挂杖过瓢泉，县吏垂头民笑语。　　学窥圣处文章古。清到穷时风味苦。尊前老泪不成行，明日送君天上去。

又 客有游山者,忘携具,以词来索酒,用韵以答。时余
　　有事不往

山行日日妒风雨。风雨晴时君不去。墙头尘满短辕车,门外人行
芳草路。　　南城东野应联句。好记琅玕题字处。也应竹里著行
厨,已向瓮头防吏部。

又 再和

人间反覆成云雨。凫雁江湖来又去。十千一斗饮中仙,一百八盘
天上路。　　旧时枫叶吴江句。今日锦囊无著处。看封关外水云
侯,剩按山中诗酒部。

南 乡 子

好个主人家。不问因由便去嗏。病得那人妆晃了,巴巴。系上裙
儿稳也哪。　　别泪没些些。海誓山盟总是赊。今日新欢须记
取,孩儿,更过十年也似他。

又

隔户语春莺。才挂帘儿敛袂行。渐见凌波罗袜步,盈盈。随笑随
颦百媚生。　　著意听新声。尽是司空自教成。今夜酒肠还道
窄,多情。莫放笼纱蜡炬明。

忆王孙 集句

登山临水送将归。悲莫悲兮生别离。不用登临怨落晖。昔人非。
惟有年年秋雁飞。

柳梢青　赋牡丹

姚魏名流。年年揽断,雨恨风愁。解释春光,剩须破费,酒令诗筹。

玉肌红粉温柔。更染尽、天香未休。今夜簪花,他年第一,玉殿东头。

惜分飞　春思

翡翠楼前芳草路。宝马坠鞭曾驻。最是周郎顾。尊前几度歌声误。　　　望断碧云空日暮。流水桃源何处。闻道春归去。更无人管飘红雨。以上稼轩词乙集

六　州　歌　头

西湖万顷,楼观矗千门。春风路,红堆锦,翠连云。俯层轩。风月都无际,荡空蔼,开绝境,云梦泽,饶八九,不须吞。翡翠明珰,争上金堤去,勃窣媻姗。看贤王高会,飞盖入云烟。白鹭振振,鼓咽咽。

记风流远,更休作,嬉游地,等闲看。君不见,韩献子,晋将军。赵孤存。千载传忠献,两定策,纪元勋。孙又子,方谈笑,整乾坤。直使长江如带,依前是、□赵须韩。伴皇家快乐,长在玉津边。只在南园。

又　属得疾,暴甚,医者莫晓其状。小愈,困卧无聊,戏作以自释

晨来问疾,有鹤止庭隅。吾语汝,只三事,太愁予。病难扶。手种青松树,碍梅坞,妨花径,才数尺,如人立,却须锄。其一秋水堂前,曲沼明于镜,可烛眉须。被山头急雨,耕垄灌泥涂。谁使吾庐,映污渠。其二　　叹青山好,檐外竹,遮欲尽,有还无。删竹去,吾乍

可,食无鱼。爱扶疏。又欲为山计,千百虑,累吾躯。其三凡病此,
吾过矣,子奚如。口不能言臆对,虽扁鹊、药石难除。有要言妙道,
往问北山愚。庶有瘳乎。事见七发。

满江红 卢宪移漕建宁,陈端仁给事同诸公饯别。余
为酒困,卧青涂堂上,三鼓方醒。卢赋词留别,席
上和韵。青涂,端仁堂名也

宿酒醒时,算只有、清愁而已。人正在、青涂堂上,月华如洗。纸帐
梅花归梦觉,莼羹鲈鲙秋风起。问人生、得意几何时,吾归矣。

君若问,相思事。料长在,歌声里。这情怀只是,中年如此。明
月何妨千里隔,顾君与我何如耳。向尊前、重约几时来,江山美。

又 山居即事

几个轻鸥,来点破、一泓澄绿。更何处、一双鹭鶒,故来争浴。细读
离骚还痛饮,饱看脩竹何妨肉。有飞泉、日日供明珠,三千斛。

春雨满,秧新谷。闲日永,眠黄犊。看云连麦垄,雪堆蚕簇。若
要足时今足矣,以为未足何时足。被野老、相扶入东园,枇杷熟。

永遇乐 检校停云新种杉松戏作。时欲作亲旧报书,
纸笔偶为大风吹去,末章及之

投老空山,万松手种,政尔堪叹。何日成阴,吾年有几,似见儿孙
晚。古来池馆,云烟草棘,长使后人凄断。想当年、良辰已恨,夜阑
酒空人散。　　停云高处,谁知老子,万事不关心眼。梦觉东窗,
聊复尔耳,起欲题书简。霎时风怒,倒翻笔砚,天也只教吾懒。又
何事,催诗雨急,片云斗暗。

兰陵王 赋一丘一壑

一丘壑。老子风流占却。茅檐上、松月桂云,脉脉石泉逗山脚。寻
思前事错。恼杀晨猿夜鹤。终须是、邓禹辈人,锦绣麻霞坐黄阁。

　　长歌自深酌。看天阔鸢飞,渊静鱼跃。西风黄菊芗喷薄。怅
日暮云合,佳人何处,纫兰结佩带杜若。入江海曾约。　　遇合。
事难托。莫击磬门前,荷蒉人过,仰天大笑冠簪落。待说与穷达,
不须疑著。古来贤者,进亦乐,退亦乐。

蓦山溪 昌父赋一丘一壑,格律高古,因效其体

饭蔬饮水,客莫嘲吾拙。高处看浮云,一丘壑、中间甚乐。功名妙
手,壮也不如人,今老矣,尚何堪,堪钓前溪月。　　病来止酒,幸
负鸱鷅杓。岁晚念平生,待都与、邻翁细说。人间万事,先觉者贤
乎,深雪里,一枝开,春事梅先觉。

又 停云竹径初成

小桥流水,欲下前溪去。唤取故人来,伴先生、风烟杖屦。行穿窈
窕,时历小崎岖,斜带水,半遮山,翠竹栽成路。　　一尊遐想,剩
有渊明趣。山上有停云,看山下、濛濛细雨。野花啼鸟,不肯入诗
来,还一似,笑翁诗,句没安排处。

满庭芳 和洪丞相景伯韵

倾国无媒,入宫见妒,古来颦损蛾眉。看公如月,光彩众星稀。袖
手高山流水,听群蛙、鼓吹荒池。文章手,直须补衮,藻火粲宗彝。

　　痴儿。公事了,吴蚕缠绕,自吐馀丝。幸一枝粗稳,三径新治。
且约湖边风月,功名事、欲使谁知。都休问,英雄千古,荒草没残

碑。

又 和昌父

西崦斜阳,东江流水,物华不为人留。铮然一叶,天下已知秋。屈指人间得意,问谁是、骑鹤扬州。君知我,从来雅意,未老已沧州。

无穷身外事,百年能几,一醉都休。恨儿曹抵死,谓我心忧。况有溪山杖屦,阮籍辈、须我来游。还堪笑,机心早觉,海上有惊鸥。

最高楼 客有败棋者,代赋梅

花知否,花一似何郎。又似沈东阳。瘦棱棱地天然白,冷清清地许多香。笑东君,还又向,北枝忙。　　著一阵、霎时间底雪。更一个、缺些儿底月。山下路,水边墙。风流怕有人知处,影儿守定竹旁厢。且饶他,桃李趁,少年场。

又 闻周氏旌表有期

君听取,尺布尚堪缝。斗粟也堪春。人间朋友犹能合,古来兄弟不相容。棣华诗,悲二叔,吊周公。　　长叹息、脊令原上急。重叹息、豆其煎正泣。形则异,气应同。周家五世将军后,前江千载义居风。看明朝,丹凤诏,紫泥封。

江神子 送元济之归豫章

乱云扰扰水潺潺。笑溪山。几时闲。更觉桃源,人去隔仙凡。万壑千岩楼外雪,琼作树,玉为栏。　　倦游回首且加餐。短篷寒。画图间。见说娇颦,拥髻待君看。二月东湖湖上路,官柳嫩,野梅残。

木兰花慢 题广文克明菊隐

路傍人怪问,此隐者、姓陶不。甚黄菊如云,朝吟暮醉,唤不回头。
纵无酒成怅望,只东篱、搔首亦风流。与客朝餐一笑,落英饱便归
休。　　　古来尧舜有巢由。江海去悠悠。待说与佳人,种成香草,
莫怨灵脩。我无可无不可,意先生、出处有如丘。闻道问津人过,
杀鸡为黍相留。

又 题上饶郡圃翠微楼

旧时楼上客,爱把酒、向南山。笑白髪如今,天教放浪,来往其间。
登楼更谁念我,却回头、西北望层栏。云雨珠帘画栋,笙歌雾鬓云
_{原空格,从吴讷本鬟}鬟。　　　近来堪入画图看。父老愿公欢。甚挂笏悠
然,朝来爽气,正尔相关。难忘使君后日,便一花一草报平安。与
客携壶且醉,雁飞秋影江寒。

又 中秋饮酒,将旦,客谓前人诗词有赋待月无送月者,
因用天问体赋

可怜今夕月,向何处、去悠悠。是别有人间,那边才见,光影东头。
是天外空汗漫,但长风、浩浩送中秋。飞镜无根谁系,嫦娥不嫁谁
留。　　　谓洋海底问无由。恍惚使人愁。怕万里长鲸,纵横触破,
玉殿琼楼。虾蟆故堪浴水,问云何、玉兔解沉浮。若道都齐无恙,
云何渐渐如钩。

声声慢 隐括渊明停云诗

停云霭霭,八表同昏,尽日时雨濛濛。搔首良朋,门前平陆成江。
春醪湛湛独抚,限弥襟、闲饮东窗。空延伫,恨舟车南北,欲往何

从。　　　叹息东园佳树,列初荣枝叶,再竞春风。日月于征,安得促席从容。翩翩何处飞鸟,息庭树、好语和同。当年事,问几人、亲友似翁。

八声甘州 夜读李广传,不能寐。因念晁楚老、杨民瞻约同居山间,戏用李广事赋以寄之

故将军、饮罢夜归来,长亭解雕鞍。恨灞陵醉尉,匆匆未识,桃李无言。射虎山横一骑,裂石响惊弦。落托封侯事,岁晚田间。　　　谁向桑麻杜曲,要短衣匹马,移住南山。看风流慷慨,谈笑过残年。汉开边、功名万里,甚当时、健者也曾闲。纱窗外、斜风细雨,一障轻寒。

水调歌头 送施圣与枢密帅隆兴。信之谶云:"水打乌龟石,方人也大奇。"方人也实施字

相公倦台鼎,要伴赤松游。高牙千里东下,笳鼓万貔貅。试问东山风月,更著中年丝竹,留得谢公不。孺子宅边水,云影自悠悠。　　　占古语,方人也,正黑头。穿龟突兀千丈,石打玉溪流。金印沙堤时节,画栋珠帘云雨,一醉早归休。贱子亲再拜,西北有神州。

又 壬子被召,端仁相饯席上作

长恨复长恨,裁作短歌行。何人为我楚舞,听我楚狂声。余既滋兰九畹,又树蕙之百亩,秋菊更餐英。门外沧浪水,可以濯吾缨。

　　一杯酒,问何似,身后名。人间万事,□□按元刊本作"毫髪"常重泰山轻。悲莫悲生离别,乐莫乐新相识,儿女古今情。富贵非吾事,归与白鸥盟。

又 将迁新居不成,有感戏作。时以病止酒,且遣去歌
者。末□(吴讷本作"章")及之

我亦卜居者,岁晚望三闾。昂昂千里,泛泛不作水中凫。好在书携
一束,莫问家徒四壁,往日置锥无。借车载家具,家具少于车。

舞乌有,歌亡是,饮子虚。二三子者爱我,此外故人疏。幽事欲
论谁共,白鹤飞来似可,忽去复何如。众鸟欣有托,吾亦爱吾庐。

又 醉吟

四坐且勿语,听我醉中吟。池塘春草未歇,高树变鸣禽。鸿雁初飞
江上,蟋蟀还来床下,时序百年心。谁要卿料理,山水有清音。

欢多少,歌长短,酒浅深。而今已不如昔,后定不如今。闲处直
须行乐,良夜更教秉烛,高会惜分阴。白髪短如许,黄菊倩谁簪。

水龙吟 爱李延年歌、淳于髡语,合为词,庶几高唐、神
女、洛神赋之意云

昔时曾有佳人,翩然绝世而独立。未论一顾倾城,再顾又倾人国。
宁不知其,倾城倾国,佳人难得。看行云行雨,朝朝暮暮,阳台下、
襄王侧。　　堂上更阑烛灭。记主人、留髡送客。合尊促坐,罗襦
襟解,微闻芗泽。当此之时,止乎礼义,不淫其色。但□□□□吴讷
本作"唉其泣矣",唉其泣矣,又何嗟及。

贺新郎 福州游西湖

翠浪吞平野。挽天河、谁来照影,卧龙山下。烟雨偏宜晴更好,约
略西施未嫁。待细把、江山图画。千顷光中堆滟滪,似扁舟、欲下
瞿塘马。中有句,浩难写。　　诗人例入西湖社。记风流、重来手
种,绿阴成也。陌上游人夸故国,十里水晶台榭。更复道、横空清

夜。粉黛中□_{吴讷本作"洲"}歌妙曲，问当年、鱼鸟无存者。堂上燕，
又长夏。

<small>按此首别误作辛次膺词，见古今图书集成山川典卷二百九十一西湖部艺文四。</small>

又

觅句如东野。想钱塘、风流处士，水仙祠下。更隐小孤烟浪里，望
断彭郎欲嫁。是一色、空濛难画。谁解胸中吞云梦，试呼来、草赋
看司马。须更把，上林写。　　　鸡豚旧日渔樵社。问先生、带湖春
涨，几时归也。为爱琉璃三万顷，正卧水亭烟树。对玉塔、微澜深
夜。雁骛如云休报事，被诗逢故手皆勍者。春草梦，也宜夏。

又　<small>别茂嘉十二弟。鹈鴂、杜鹃实两种，见离骚补注</small>

绿树听鹈鴂。更那堪、鹧鸪声住，杜鹃声切。啼到春归无寻处，苦
恨芳菲都歇。算未抵、人间离别。马上琵琶关塞黑，更长门、翠辇
辞金阙。看燕燕，送归妾。　　　将军百战身名裂<small>按"裂"原作"列"，从元
刊本。</small>向河梁、回头万里，故人长绝。易水萧萧西风冷，满座衣冠似
雪。正壮士、悲歌未彻。啼鸟还知如许恨，料不啼清泪长啼血。谁
共我，醉明月。

又　<small>邑中园亭，仆皆为赋此词。一日，独坐停云，水声山
色，竞来相娱，意溪山欲援例者，遂作数语，庶几仿
佛渊明思亲友之意云</small>

甚矣吾衰矣。怅平生、交游零落，只今馀几。白发空垂三千丈，一
笑人间万事。问何物、能令公喜。我见青山多妩媚，料青山、见我
应如是。情与貌，略相似。　　　一尊搔首东窗里。想渊明、停云诗
就，此时风味。江左沉酣求名者，岂识浊醪妙理。回首叫、云飞风
起。不恨古人吾不见，恨古人、不见吾狂耳。知我者，二三子。

沁园春　和吴尉子似

我见君来,顿觉吾庐,溪山美哉。怅平生肝胆,都成楚越,只今胶漆,谁是陈雷。搔首踟蹰,爱而不见,要得诗来渴望梅。还知否,快清风入手,日看千回。　　　直须抖擞尘埃。人怪我柴门今始开。向松间乍可,从他喝道,庭中且莫,踏破苍苔。岂有文章,谩劳车马,待唤青刍白饭来。君非我,任功名意气,莫恁徘徊。

又　将止酒,戒酒杯使勿近

杯汝来前,老子今朝,点检形骸。甚长年抱渴,咽如焦釜,于今喜睡,气似奔雷。汝原字残,从元刊本说刘伶,古今达者,醉后何妨死便埋。浑如此,叹汝於知己,真少恩哉。　　　更凭歌舞为媒。算合作平居鸩毒猜。况怨无大小,生于所爱,物无美恶,过则为灾。与汝成言,勿留亟退,吾力犹能肆汝杯。杯再拜,道麾之即去,招则须来。

又　城中诸公载酒入山,余不得以止酒为解,遂破戒一　　醉,再用韵

杯汝知乎,酒泉罢侯,鸱夷乞骸。更高阳入谒,都称齑臼,杜康初筮,正得云雷。细数从前,不堪余恨,岁月都将麹糵埋。君诗好,似提壶却劝,沽酒何哉。　　　君言病岂无媒。似壁上雕弓蛇暗猜。记醉眠陶令,终全至乐,独醒屈子,未免沉灾。欲听公言,惭非勇者,司马家儿解覆杯。还堪笑,借今宵一醉,为故人来。

哨遍　秋水观

蜗角鬥争,左触右蛮,一战连千里。君试思、方寸此心微。总虚空、

并包无际。喻此理。何言泰山毫末，从来天地一稊米。嗟大少相形，鸠鹏自乐，之二虫又何知。记跖行仁义孔丘非。更殇乐长年老彭悲。火鼠论寒，冰蚕语热，定谁同异。　　噫。贵贱随时。连城才换一羊皮。谁与齐万物，庄周吾梦见之。正商略遗篇，翩然顾笑，空堂梦觉题秋水。有客问洪河，百川灌雨，泾流不辨涯涘。於是焉河伯欣然喜。以天下之美尽在己。渺沧溟望洋东视。逡巡向若惊叹，谓我非逢子。大方达观之家，未免长见，犹然笑耳。北堂之水几何其。但清溪一曲而已。

又 用前韵

一壑自专，五柳笑人，晚乃归田里。问谁知、几者动之微。望飞鸿、冥冥天际。论妙理。浊醪正堪长醉。从今自酿躬耕米。嗟美恶难齐，盈虚如代，天耶何必人知。试回头五十九年非。似梦里欢娱觉来悲。夔乃怜蚿，谷亦亡羊，算来何异。　　嘻。物讳穷时。丰狐文豹罪因皮。富贵非吾愿，皇皇乎欲何之。正万籁都沉，月明中夜，心弥万里清如水。却自觉神游，归来坐对，依稀淮岸江涘。看一时鱼鸟忘情喜。会我已忘机更忘己。又何曾物我相视。非会濠梁遗意，要是吾非子。但教河伯、休惭海若，大小均为水耳。世间喜愠更何其。笑先生三仕三已。

念奴娇 赋梅花

未须草草，赋梅花，多少骚人词客。总被西湖林处士，不肯分留风月。疏影横斜，暗香浮动，□□吴讷本作"把动"春消息。尚馀花品，未忝今古人物。　　看取香月堂前，岁寒相对，楚两龚之洁。自与诗家成一种，不系南昌仙籍。怕是当年，香山老子，姓白来江国。谪仙人，字太白、还又名白。

又　和赵录国兴韵

为沽美酒，过溪来、谁道幽人难致。更觉元龙楼百尺，湖海平生豪
气。自叹年来，看花索句，老不如人意。东风归路，一川松竹如醉。

怎得身似庄周，梦中蝴蝶，花底人间世。记取江头三月暮，风
雨不为春计。万斛愁来，金貂头上，不抵银瓶贵。无多笑我，此篇
聊当宾戏。

感皇恩　寿陈丞及之

富贵不须论，公应自有。且把新词祝公寿。当年仙桂，父子同攀希
有。人言金殿上，他年又。　　　冠冕在前，周公拜手。同日催班鲁
公后。此时人羡，绿鬓朱颜依旧。亲朋来贺喜，休辞酒。

又　读庄子有所思

案上数编书，非庄即老。会说忘言始知道。万言千句，自不能忘堪
笑。朝来梅雨霁，青青好。　　　一壑一丘，轻衫短帽。白髪多时故
人少。子云何在，应有玄经□元刊本作"遗"草。江河流日夜，何时
了。

又　为婶母王氏庆七十

七十古来稀，未为稀有。须是荣华更长久。满床靴笏，罗列儿孙新
妇。精神浑是个，西王母。　　　遥想画堂，两行红袖。妙舞清歌拥
前后。大男小女，逐个出来为寿。一个一百岁，一杯酒。

南乡子　庆周氏旌表

无处著春光。天上飞来诏十行。父老欢呼童稚舞，前江。千载周

家孝义乡。　　草木尽芬芳。更觉溪头水也香。我道乌头门侧畔，诸郎。准备他年昼锦堂。

小重山　<small>与客游西湖</small>

绿涨连云翠拂空。十分风月处，著衰翁。垂杨影断岸西东。君恩重，教且种芙蓉。　　十里水晶宫。有时骑马去，笑儿童。殷勤却谢打头风。船儿住，且醉浪花中。

婆罗门引　<small>别叔高。叔高长于楚词</small>

落花时节，杜鹃声里送君归。未消文字湘累。只怕蛟龙云雨，后会渺难期。更何人念我，老大伤悲。　　已而已而。算此意、只君知。记取岐亭买酒，云洞题诗。争如不见，才相见、便有别离时。千里月、两地相思。

又　<small>用韵别郭逢道</small>

绿阴啼鸟，阳关未彻早催归。歌珠凄断累累。回首海山何处，千里共襟期。叹高山流水，弦断堪悲。　　中心怅而。似风雨、落花知。更拟停云君去，细□<small>吴讷本作"和"</small>陶诗。见君何日，待琼林、宴罢醉归时。人争看、宝马来思。

又　<small>晋臣张灯甚盛，索赋。偶忆旧游，末章因及之</small>

落星万点，一天宝焰下层霄。人间叠作仙鳌。最爱金莲侧畔，红粉袅花梢。更鸣鼍击鼓，喷玉吹箫。　　曲江画桥。记花月、可怜宵。想见闲愁未了，宿酒才消。东风摇荡，似杨柳、十五女儿腰。人共柳、那个无聊。

行香子　福州作

好雨当春。要趁归耕。况而今、已是清明。小窗坐地,侧听檐声。
恨夜来风,夜来月,夜来云。　　花絮飘零。莺燕丁宁。怕妨侬、
湖上闲行。天心肯后,费甚心情。放霎时阴,霎时雨,霎时晴。

又　山居客至

白露园蔬。碧水溪鱼。笑先生、网钓还锄。小窗高卧,风展残书。
看北山移,盘谷序,辋川图。　　白饭青刍。赤脚长须。客来时、
酒尽重沽。听风听雨,吾爱吾庐。笑本无心,刚自瘦,此君疏。

又　云岩道中

云岫如簪。野涨挼蓝。向春阑、绿醒红酣。青裙缟袂,两两三三。
把麹生禅,玉版句,一时参。　　拄杖弯环。过眼嵌岩。岸轻乌、
白髮鬖鬖。他年来种,万桂千杉。听小绵蛮,新格磔,旧呢喃。

粉蝶儿　和晋臣赋落花

昨日春如,十三女儿学绣。一枝枝、不教花瘦。甚无情,便下得,雨
僝风㑩。向园林、铺作地衣红绉。　　而今春似,轻薄荡子难久。
记前时、送春归后。把春波,都酿作,一江春酎。约清愁、杨柳岸边
相候。

锦帐春　席上和叔高韵

春色难留,酒杯常浅。把旧恨、新愁相间。五更风,千里梦,看飞红
几片。这般庭院。　　几许风流,几般娇懒。问相见、何如不见。
燕飞忙,莺语乱。恨重帘不卷。翠屏平远。

夜游宫 苦俗客

几个相知可喜。才厮见、说山说水。颠倒烂熟只这是。怎奈向,一回说,一回美。　有个尖新底。说底话、非名即利。说得口干罪过你。且不罪,俺略起,去洗耳。

浪淘沙 山寺夜半闻钟

身世酒杯中。万事皆空。古来三五个英雄。雨打风吹何处是,汉殿秦宫。　梦入少年丛。歌舞匆匆。老僧夜半误鸣钟。惊起西窗眠不得,卷地西风。

唐河传 效花间集

春水。千里。孤舟浪起。梦携西子。觉来村巷夕阳斜。几家。短墙红杏花。　晚云做造些儿雨。折花去。岸上谁家女。太狂颠。那岸边。柳绵。被风吹上天。

西江月 题可卿影像

人道偏宜歌舞,天教只入丹青。喧天画鼓要他听。把著花枝不應。　何处娇魂瘦影,向来软语柔情。有时醉里唤卿卿。却被傍人笑问。

又 以家事付儿曹,示之

万事云烟忽过,一身蒲柳先衰。而今何事最相宜。宜醉宜游宜睡。　早趁催科了纳,更量出入收支。乃翁依旧管些儿。管竹管山管水。

丑奴儿 书博山道中壁

少年不识愁滋味,爱上层楼。爱上层楼。为赋新词强说愁。
而今识尽愁滋味,欲说还休。欲说还休。却道天凉好个秋。

破阵子 赠行

少日春风满眼,而今秋叶辞柯。便好消磨心下事,莫忆寻常醉后
歌。可怜白髪多。　　明日扶头颠倒,倩谁伴舞婆娑。我定思君
拚瘦损,君不思兮可奈何。天寒将息呵。

又 碛石道中有怀子似

宿麦畦中雉鷕,柔桑陌上蚕生。骑火须防花月暗,玉唾长携彩笔
行。隔墙人笑声。　　莫说弓刀事业,依然诗酒功名。千载图中
今古事,万石溪头长短亭。小塘风浪平。

定风波 送卢提刑,约上元重来

少日犹堪话别离。老来怕作送行诗。极目南云无过雁。君看。梅
花也解寄相思。　　无限江山行未了。父老。不须和泪看旌旗。
后会丁宁何日□吴讷本作"是"。须记。春风十日放灯时。

又 再用韵,卢置歌舞甚盛

莫望中州叹黍离。元和圣德要君诗。老去不堪谁似我。归卧。青
山活计费寻思。　　谁筑诗墙高十丈。直上。看君斩将更搴旗。
歌舞正浓还有语。记取。须鬓不似少年时。

踏莎行 赋稼轩,集经句

进退存亡,行藏用舍。小人请学樊须稼。衡门之下可栖迟,日之夕矣□□吴讷本作"牛羊"下。　　去卫灵公,遭桓司马。东西南北之人也。长沮桀溺耦而耕,丘何为是栖栖者。

汉宫春 立春日

春已归来,看美人头上,袅袅春幡。无端风雨,未肯收尽馀寒。年时燕子,料今宵、梦到西园。浑未办、黄柑荐酒,更传青韭堆盘。

　　却笑东风从此,便薰梅染柳,更没些闲。闲时又来镜里,转变朱颜。清愁不断,问何人、会解连环。生怕见、花开花落,朝来塞雁先还。

归朝欢 齐庵菖蒲港,皆长松茂林,独野梅花一株,山上盛开,照映可爱。不数日,风雨摧败殆尽。意有感,因效介庵体为赋,且以菖蒲绿名之。丙辰岁三月三日也

山下千林花太俗。山上一枝看不足。春风正在此花边,菖蒲自蘸清溪绿。与花同草木。问谁风雨飘零速。莫怨歌,夜深岩下,惊动白云宿。　　病怯残年频自卜。老爱遗编难细读。苦无妙手画於菟,人间雕刻真成鹄。梦中人似玉。觉来更忆腰如束。许多愁,问君有酒,何不日丝竹。

玉蝴蝶 追别杜叔高

古道行人来去,香红满树,风雨残花。望断青山,高处都被云遮。客重来、风流觞咏,春已去、光景桑麻。苦无多。一条垂柳,两个啼鸦。　　人家。疏疏翠竹,阴阴绿树,浅浅寒沙。醉兀篮舆,夜来

豪饮太狂些。到如今、都齐醒却,只依旧、无奈愁何。试听呵。寒
食近也,且住为佳。

雨中花慢 登新楼有怀昌甫、斯远、仲止、子似、民瞻

旧雨常来,今□吴讷本作"日"不来,佳人偃蹇谁留。幸山中芋栗,今
岁全收。贫贱交情落落,古今吾道悠悠。怪新来却见,文反离骚,
诗□吴讷本作"发"秦州。　　功名只道,无之不乐,那知有更堪忧。
怎奈向、儿曹抵死,唤不回头。石卧山前认虎,蚁喧床下闻牛。为
谁西望,凭栏一饷,却下层楼。

临江仙 侍者阿钱将行,赋钱字以赠之

一自酒情诗兴懒,舞裙歌扇阑珊。好天良夜月团团。杜陵真好事,
留得一钱看。　　岁晚人欺程不识,怎教阿堵留连。杨花榆荚雪
漫天。从今花影下,只看绿苔圆。

又 簪花屡堕戏作

鼓子花开春烂漫,荒园无限思量。今朝拄杖过西乡。急呼桃叶渡,
为看牡丹忙。　　不管昨宵风雨横,依然红紫成行。白头陪奉少
年场。一枝簪不住,推道帽檐长。

玉 楼 春

三三两两谁家女。听取鸣禽枝上语。提壶沽酒已多时,婆饼焦时
须早去。　　醉中忘却来时路。借问行人家住处。只寻古庙那边
行,更过溪南乌柏树。

南歌子 新开池,戏作

散髪披襟处,浮瓜沉李杯。涓涓流水细侵阶。凿个池儿,唤个月儿来。　　画栋频摇动,红葵尽倒开。鬥匀红粉照香腮。有个人人,把做镜儿猜。

按此首别误作辛次膺词,见古今图书集成考工典卷一百二十七池沼部艺文二。

品令 族姑庆八十,来索俳语

更休说。便是个、住世观音菩萨。甚今年、容貌八十岁,见底道、才十八。　　莫献寿星香烛。莫祝灵按"灵"原作"重",从吴讷本龟椿鹤。只消得、把笔轻轻去,十字上、添一撇。

武　陵　春

桃李风前多妩媚,杨柳更温柔。唤取笙歌烂熳游。且莫管闲愁。　　好趁春晴连夜赏,雨便一春休。草草杯盘不要收。才晓便扶头。

鹧鸪天 离豫章别司马汉章大监

聚散匆匆不偶然。二年遍历楚山川。但将痛饮酬风月,莫放离歌入管弦。　　萦绿带,点青钱。东湖春水碧连天。明朝放我东归去,后夜相思月满船。

又 席上子似诸公和韵

翰墨诸君久擅场。胸中书传许多香。苦无丝竹衔杯乐,却看龙蛇落笔忙。　　闲意思,老风光。酒徒今有几高阳。黄花不怯秋风冷,只怕诗人两鬓霜。

又 和昌父

万事纷纷一笑中。渊明把菊对秋风。细看爽气今犹在,惟有南山一似翁。　　情味好,语言工。三贤高会古来同。谁知止酒停云老,独立斜阳数过鸿。

又

点尽苍苔色欲空。竹篱茅舍要诗翁。花馀歌舞欢娱外,诗在经营惨澹中。　　听软语,笑衰容。一枝斜坠翠鬟松。浅斝轻笑谁堪醉,看取萧然林下风。

又 用韵赋梅。三山梅开时,犹有青叶甚盛,予时病齿

病绕梅花酒不空。齿牙牢在莫欺翁。恨无飞雪青松畔,却放疏花翠叶中。　　冰作骨,玉为容。当年宫额鬓云松。直须烂醉烧银烛,横笛难堪一再风。

又 黄沙道中

句里春风正剪裁。溪山一片画图开。轻鸥自趁虚船去,荒犬还迎野妇回。　　松菊竹,翠成堆。要擎残雪鬥疏梅。乱鸦毕竟无才思,时把琼瑶蹴下来。

又

石壁虚云积渐高。溪声绕屋几周遭。自从一雨花零乱,却爱微风草动摇。　　呼玉友,荐溪毛。殷勤野老苦相邀。杖藜忽避行人去,认是翁来却过桥。

又

自古高人最可嗟。只因疏懒取名多。居山一似庚桑楚，种树真成郭橐驼。　　云子饭，水晶瓜。林间携客更烹茶。君归休矣吾忙甚，要看蜂儿趁晚衙。

又　寻菊花无有，戏作

掩鼻人间臭腐场。古来惟有酒偏香。自从归住云烟畔，直到而今歌舞忙。　　呼老伴，共秋光。黄花何事避重阳。要知烂熳开时节，直待西风一夜霜。

又　和子似山行韵

谁共春光管日华。朱朱纷纷野蒿花。闲愁投老无多子，酒病而今较减些。　　山远近，路横斜。正无聊处管弦哗。去年醉处犹能记，细数溪边第几家。

又　祝良显家牡丹一本百朵

占断雕栏只一株。春风费尽几工夫。天香夜染衣犹湿，国色朝酣酒未苏。　　娇欲语，巧相扶。不妨老干自扶疏。恰如翠幕高堂上，来看红衫百子图。

又　赋牡丹，主人以谤花索赋解嘲

翠盖牙签几百株。杨家姊妹夜游初。五花结队香如雾，一朵倾城醉未苏。　　闲小立，困相扶。夜来风雨有情无。愁红惨绿今宵看，却似吴宫教阵图。

又 再赋

浓紫深红一画图。中间更著玉盘盂。先裁翡翠装成盖,更点胭脂染透酥。 香潋滟,锦模糊。主人长得醉工夫。莫携弄玉栏边去,羞得花枝一朵无。

又 不寐

老病那堪岁月侵。霎时光景值千金。一生不负溪山债,百药难治书史淫。 随巧拙,任浮沉。人无同处面如心。不妨旧事从头记,要写行藏入笑林。

又 戏题村舍

鸡鸭成群晚不收。桑麻长过屋山头。有何不可吾方羡,要底都无饱便休。 新柳树,旧沙洲。去年溪打那边流。自言此地生儿女,不嫁金家即聘周。

又 博山寺作

不向长安路上行。却教山寺厌逢迎。味无味处求吾乐,材不材间过此生。 宁作我,岂其卿。人间走遍却归耕。一松一竹真朋友,山鸟山花好弟兄。

又 寄叶仲洽

是处移花是处开。古今兴废几池台。背人翠羽偷鱼去,抱蕊黄须趁蝶来。 掀老瓮,拨新醅。客来且尽两三杯。日高盘馔供何晚,市远鱼鲑买未回。

浣溪沙 黄沙岭

寸步人间百尺楼。孤城春水一沙鸥。天风吹树几时休。　　突兀趁人山石狠,朦胧避路野花羞。人家平水庙东头。

又 泉湖道中赴闽宪,别诸君

细听春山杜宇啼。一声声是送行诗。朝来白鸟背人飞。　　对郑子真岩石卧,趁陶元亮菊花期。而今堪诵北山移。

又 种松竹未成

草木于人也作疏。秋来咫尺共荣枯。空山晚翠孰华余。　　孤竹君穷犹抱节,赤松子嫩已生须。主人相爱肯留无。

又 偶作

艳杏夭桃两行排。莫携歌舞去相催。次第未堪供醉眼,去年栽。　　春意才从梅里过,人情都向柳边来。咫尺东家还又有,海棠开。

又 与客赏山茶,一朵忽堕地,戏作

酒面低迷翠被重。黄昏院落月朦胧。堕髻啼妆孙寿醉,泥秦宫。　　试问花留春几日,略无人管雨和风。瞥向绿珠楼下见,坠残红。

又 赋清虚

强欲加餐竟未佳。只宜长伴病僧斋。心似风吹香篆过,也无灰。　　山上朝来云出岫,随风一去未曾回。次第前村行雨了,合归

来。

按以上三首调为摊破浣溪沙。

又

新葺茅檐次第成。青山恰对小窗横。去年曾共燕经营。　　病怯
杯盘甘止酒,老依香火苦翻经。夜来依旧管弦声。

又　偕叔高、子似宿山寺戏作

花向今朝粉面匀。柳因何事翠眉颦。东风吹雨细于尘。　　自笑
好山如好色,只今怀树更怀人。闲愁闲恨一番新。

又　赵景山席上用偶赋溪台和韵

台倚崩崖玉灭瘢。青山却作捧心颦。远林烟火几家村。　　引入
沧浪鱼得计,展成寥阔鹤能言。几时高处见层轩。

又

总把平生入醉乡。大都三万六千场。今古悠悠多少事,莫思量。
　　微有寒些春雨好,更无寻处野花香。年去年来还又笑,燕飞
忙。

按此首调为摊破浣溪沙。

又　常山道中

北陇田高踏水频。西溪禾早已尝新。隔墙沽酒□吴讷本作"醉"纤
鳞。　　忽有微凉何处雨,更无留影霎时云。卖瓜声过竹边村。

新荷叶　上巳日,子似谓古今无此词,索赋

曲水流觞,赏心乐事良辰。兰蕙光风,转头天气还新。明眸皓齿,

看江头、有女如云。折花归去,绮罗陌上芳尘。　　能几多春。试听啼鸟殷勤。览物兴怀,向来哀乐纷纷。且题醉墨,似兰亭、列序时人。后之览者,又将有感斯文。

生 查 子

漫天春雪来,才抵梅花半。最爱雪边人,楚些裁成乱。　　雪儿偏解歌,只要金杯满。谁道雪天寒,翠袖阑干暖。

又

去年燕子来,帘幕深深处。香径得泥归,都把琴书污。　　今年燕子来,谁听呢喃语。不见卷帘人,一阵黄昏雨。

昭 君 怨

人面不如花面。花到开时重见。独倚小阑干。许多山。　　落叶西风时候。人共青山都瘦。说道梦阳台。几曾来。

乌 夜 啼

晚花露叶风条。燕飞高。行过长廊西畔、小红桥。　　歌再起,人再舞,酒才消。更把一杯重劝、摘樱桃。

朝中措 九日小集,世长将赴省

年年团扇怨秋风。愁绝宝杯空。山下卧龙丰度,台前戏马英雄。　　而今休矣,花残人似,人老花同。莫怪东篱韵减,只今丹桂香浓。

又

夜深残月过山房。睡觉北窗凉。起绕中庭独步,一天星斗文章。

　　朝来客话,山林钟鼎,那处难忘。君向沙头细问,白鸥知我行藏。

河渎神　女誡(此字为字不成,吴讷本作"诚")词效花间体

芳草绿萋萋。断肠绝浦相思。山头人望翠云旗。蕙香佳酒君归。

　　惆怅画檐双燕舞。东风吹散灵雨。香火冷残箫鼓。斜阳门外今古。

太常引　建康中秋为吕叔潜赋

一轮秋影转金波。飞镜又重磨。把酒问姮娥。被白发、欺人奈何。

　　乘风好去,长空万里,直下看山河。斫去桂婆娑。人道是、清光更多。

清平乐　谢叔良惠木犀

少年痛饮。忆向吴江醒。明月团圆高树影。十里蔷薇水冷。
大都一点宫黄。人间直恁芳芬。怕是九天风露,染教世界都香。

又

东园向晓。阵阵西风好。唤起仙人金小小。翠羽玲珑装了。
一枝枕畔开时。罗帏翠幕低垂。恁地十分遮护,打窗早有蜂儿。

又

春宵睡重。梦里还相送。枕畔起寻双玉凤。半日才知是梦。

一从卖翠人还。又无音信经年。却把泪来做水，流也流到伊边。

菩　萨　蛮

旌旗依旧长亭路。尊前试点莺花数。何处捧心颦。人间别样春。
　　功名君自许。少日闻鸡舞。诗句到梅花。春风十万家。_{时籍}
中有放自便者。

又　赠周国辅侍人

画楼影蘸清溪水。歌声响彻行云里。帘幕燕双双。绿杨低映窗。
　　曲中特地误。要试周郎顾。醉里客魂消。春风大小乔。

又　赠张医道服为别，且令馈河豚

万金不换囊中术。上医元自能医国。软语到更阑。绨袍范叔寒。
　　江头杨柳路。马踏春风去。快趁两三杯。河豚欲上来。

又　晋臣张菩提叶灯，席上赋

看灯元是菩提叶。依然会说菩提法。法似一灯明。须臾千万灯。
　　灯边花更满。谁把空花散。说与病维摩。而今天女歌。_{赵茂}
中扶病携歌者来。

又　题云岩

游人占却岩中屋。白云只向檐头宿。谁解探玲珑。青山十里空。
　　松篁通一径。噪嗲山花冷。今古几千年。西乡小有天。

又　昼眠秋水

葛巾自向沧浪濯。朝来漉酒那堪著。高树莫鸣蝉。晚凉秋水眠。

竹床能几尺。上有华胥国。山上咽飞泉。梦中琴断弦。

柳梢青 辛酉生日前两日，梦一道士话长年之术，梦中
痛以理折之，觉而赋八难之辞

莫炼丹难。黄河可塞，金可成难。休辟榖难。吸风饮露，长忍饥
难。 劝君莫远游难。何处有、西王母难。休采药难。人沉下
土，我上天难。以上稼轩词丙集

贺新郎 严和之好古博雅，以严本庄姓，取蒙庄、子陵
四事：曰濮上、曰濠梁、曰齐泽、曰严濑，为四图，
属予赋词。予谓蜀君平之高，扬子云所谓虽隋和
何以加诸者，班孟坚独取子云所称述为王贡诸传
序引，不敢以其姓名列诸传，尊之也。故予谓和
之当并图君平像，置之四图之间。庶几严氏之高
节者备焉。作乳燕飞词使歌之

濮上看垂钓。更风流、羊裘泽畔，精神孤矫。楚汉黄金公卿印，比
著渔竿谁小。但过眼、才堪一笑。惠子焉知濠梁乐，望桐江、千丈
高台好。烟雨外，几鱼鸟。 古来如许高人少。细平章、两翁似
与，巢由同调。已被尧知方洗耳，毕竟尘污人了。要名字、人间如
扫。我爱蜀庄沉冥者，解门前、不使微书到。君为我，画三老。

又 题赵兼善东山园小鲁亭

下马东山路。怳临风、周情孔思，悠然千古。寂寞东家丘何在，缥
缈危亭小鲁。试重上、岩岩高处。更忆公归西悲日，正濛濛、陌上
多零雨。嗟费却，几章句。 谢安雅志还成趣。记风流、中年怀
抱，长携歌舞。政尔良难君臣事，晚听秦筝声苦。快满眼、松篁千
亩。把似渠垂功名泪，算何如、且作溪山主。双白鸟，又飞去。

又　和徐斯远下第谢诸公载酒相访韵

逸气轩眉宇。似王良、轻车熟路，骅骝欲舞。我觉君非池中物，咫
尺蛟龙云雨。时与命、犹须天付。兰佩芳菲无人问，叹灵均、欲向
重华诉。空壹郁，共谁语。　　儿曹不料扬雄赋。怪当年、甘泉误
说，青葱玉树。风引船回沧溟阔，目断三山伊阻。但笑指、吾庐何
许。门外苍官千百辈，尽堂堂、八尺须髯古。谁载酒，带湖去。

又　题傅岩叟悠然阁

路入门前柳。到君家、悠然细说，渊明重九。岁晚凄其无诸葛，惟
有黄花入手。更风雨、东篱依旧。斗顿南山高如许，是先生、拄杖
归来后。山不记，何年有。　　是中不减康庐秀。倩西风、为君唤
起，翁能来否。鸟倦飞还平林去，云肯无心出岫。剩准备、新诗几
首。欲辨忘言当年意，慨遥遥、我去羲农久。天下事，可无酒。

又　题君用山园

曾与东山约。为鲦鱼、从容分得，清泉一勺。堪笑高人读书处，多
少松窗竹阁。甚长被、游人占却。万卷何言达时用，士方穷、早去声
与人同乐。新种得，几花药。　　山头怪石蹲秋鹗。俯人间、尘埃
野马，孤撑高攫。拄杖危亭扶未到，已觉云生两脚。更换却、朝来
毛髪。此地千年曾物化，莫呼猿、且自多招鹤。吾亦有，一丘壑。

又　用韵题赵晋臣敷文积翠岩，余欲令筑陂于其前

拄杖重来约。对东风、洞庭张乐，满空箫勺。巨海拔犀头角出，来
向此山高阁。尚两两、三三前却。老我伤怀登临际，问何方、可以
平哀乐。唯酒是，万金药。　　劝君且作横空鹗。便休论、人间腥

腐，纷纷乌攫。九万里风斯在下，翻覆云头雨脚。更直上、昆仑濯
髪。好卧长虹陂十里，是谁言、听取双黄鹤。推翠影，浸云壑。

又 韩仲止判院山中见访，席上用前韵

听我三章约用世说语。有谈功、谈名者舞，谈经深酌。作赋相如亲
涤器，识字子云投阁。算枉把、精神费却。此会不如公荣者，莫呼
来、政尔妨人乐。医俗士，苦无药。　　当年众鸟看孤鹗。意飘
然、横空直把，曹吞刘攫。老我山中谁来伴，须信穷愁有脚。似剪
尽、还生僧发。自断此生天休问，倩何人、说与乘轩鹤。吾有志，在
沟壑。

又

高阁临江渚。访层城、空馀旧迹，黯然怀古。画栋珠帘当日事，不
见朝云暮雨。但遗意、西山南浦。天宇修眉浮新绿，映悠悠、潭影
长如故。空有恨，奈何许。　　王郎健笔夸翘楚。到如今、落霞孤
鹜，竞传佳句。物换星移知几度，梦想珠歌翠舞。为徙倚、阑干凝
伫。目断平芜苍波晚，快江风、一瞬澄襟暑。谁共饮，有诗侣。

水 龙 吟

老来曾识渊明，梦中一见参差是。觉来幽恨，停觞不御，欲歌还止。
白髪西风，折腰五斗，不应堪此。问北窗高卧，东篱自醉，应别有、
归来意。　　须信此翁未死。到如今、凛然生气。吾侪心事，古今
长在，高山流水。富贵他年，直饶未免，也应无味。甚东山何事，当
时也道，为苍生起。

又 用瓢泉韵戏陈仁和兼简诸葛元亮,且督和词

被公惊倒瓢泉,倒流三峡词源泻。长安纸贵,流传一字,千金争舍。割肉怀归,先生自笑,又何廉也渠坐事失官。但衔杯莫问,人间岂有,如孺子、长贫者。　　谁识稼轩心事,似风乎、舞雩之下。回头落日,苍茫万里,尘埃野马。更想隆中,卧龙千尺,高吟才罢。倩何人与问,雷鸣瓦釜,甚黄钟哑。

水调歌头 题张晋英提举玉峰楼

木末翠楼出,诗眼巧安排。天公一夜,削出四面玉崔嵬。畴昔此山安在,应为先生见挽,万马一时来。白鸟飞不尽,却带夕阳回。　　劝公饮,左手蟹,右手杯。人间万事变灭,今古几池台。君看庄生达者,犹对山林皋壤,哀乐未忘怀。我老尚能赋,风月试追陪。

又 题永丰杨少游提点一枝堂

万事几时足,日月自西东。无穷宇宙,人是一粟太仓中。一葛一裘经岁,一钵一瓶终日,老子旧家风。更著一杯酒,梦觉大槐宫。　　记当年,吓腐鼠,叹冥鸿。衣冠神武门外,惊倒几儿童。休说须弥芥子,看取鹍鹏斥鷃,小大若为同。君欲论齐物,须访一枝翁。

又 题子似琪山经德堂,堂,陆象山所名也

唤起子陆子,经德问何如。万钟于我何有,不负古人书。闻道千章松桂,剩有四时柯叶,霜雪岁寒馀。此是琪山境,还似象山无。　　耕也馁,学也禄,孔之徒。青衫毕竟升斗,此意正关渠。天地清宁高下,日月东西寒暑,何用著工夫。两字君勿惜,借我榜吾庐。

又　题晋臣真得归、方是闲二堂

十里深窈窕,万瓦碧参差。青山屋上,流水屋下绿横溪。真得归来笑语,方是闲中风月,剩费酒边诗。点检歌舞了,琴罢更围棋。

王家竹,陶家柳,谢家池。知君勋业未了,不是枕流时。莫向痴儿说梦,且作山人索价,颇怪鹤书迟。一事定嗔我,已办北山移。

又　席上为叶仲洽赋

高马勿捶面,千里事难量。长鱼变化云雨,无使寸鳞伤。一壑一丘吾事,一斗一石皆醉,风月几千场。须作猬毛磔,笔作剑锋长。

我怜君,痴绝似,顾长康。纶巾羽扇颠倒,又似竹林狂。解道澄江如练,准备停云堂上,千首买秋光。怨调为谁赋,一斛贮槟榔。

又　赵昌父七月望日用东坡韵,叙太白东坡事见寄,过相褒借,且有秋水之约。八月十四日,余卧病博山寺中,因用韵为谢,兼简子似

我志在寥阔,畴昔梦登天。摩挲素月,人世俯仰已千年。有客骖鸞并凤,云遇青山赤壁,相约上高寒。酌酒援北斗,我亦虱其间。

少歌曰,神甚放,形则眠。鸿鹄一再高举,天地睹方圆。欲重歌兮梦觉,推枕惘然独念,人事底亏全。有美人可语,秋水隔娟娟。

念奴娇　晋臣十月望生日,自赋词,属余和韵

看公风骨,似长松磊落,多生奇节。世上儿曹都蓄缩,冻芋旁堆秋飚。结屋溪头,境随人胜,不是江山别。紫云如阵,妙歌争唱新阕。

尊酒一笑相逢,与公臭味,菊茂兰须悦。天上四时调玉烛,万事宜询黄髮。看取东归,周家叔父,手把元龟说。祝公长似,十分

今夜明月。

又　重九席上

龙山何处,记当年高会,重阳佳节。谁与老兵供一笑,落帽参军华
发。莫倚忘怀,西风也会,点检尊前客。凄凉今古,眼中三两飞蝶。

　　须信采菊东篱,高情千载,只有陶彭泽。爱说琴中如得趣,弦
上何劳声切。试把空杯,翁还肯道,何必杯中物。临风一笑,请翁
同醉今夕。

又　用韵答傅先之

君诗好处,似邹鲁儒家,还有奇节。下笔如神强压韵,遗恨都无毫
发。炙手炎来,掉头冷去,无限长安客。丁宁黄菊,未消勾引蜂蝶。

　　天上绛阙清都,听君归去,我自瘫山泽。人道君才刚百炼,美
玉都成泥切。我爱风流,醉中颠倒,丘壑胸中物。一杯相属,莫孤
风月今夕。

新荷叶　徐思乃子似生朝,因为改定

曲水流觞,赏心乐事良辰。今几千年,风流禊事如新。明眸皓齿,
看江头、有女如云。折花归去,绮罗陌上芳尘。　　丝竹纷纷。杨
花飞鸟衔巾。争似群贤,茂林脩竹兰亭。一觞一咏,亦足以畅叙幽
情。清欢未了,不如留住青春。

又　再题悠然阁

种豆南山,零落一顷为其。岁晚渊明,也吟草盛苗稀。风流划地,
向尊前、采菊题诗。悠然忽见,此山正绕东篱。　　千载襟期。高
情想像当时。小阁横空,朝来翠扑人衣。是中真趣,问骋怀、游目

谁知。无心出岫,白云一片孤飞。

婆罗门引 用韵答先之

龙泉佳处,种花满县却东归。腰间玉若金累。须信功名富贵,长与少年期,怅高山流水,古调今悲。　　卧龙暂而。算天上、有人知。最好五十学易,三百篇诗。男儿事业,看一日、须有致君时。端的了、休更寻思。

行香子 博山戏简昌父、仲止

少日尝闻。富不如贫。贵不如、贱者长存。由来至乐,总属闲人。且饮瓢泉,弄秋水,看停云。　　岁晚情亲。老语弥真。记前时、劝我殷勤。都休殢酒,也莫论文。把相牛经,种鱼法,教儿孙。

江神子 闻蝉蛙戏作

簟铺湘竹帐垂纱。醉眠些。梦天涯。一枕惊回,水底沸鸣蛙。借问喧天成鼓吹,良自苦,为官哪。　　心空喧静不争多。病维摩。意云何。扫地烧香,且看散天花。斜日绿阴枝上噪,还又问,是蝉麽。

又 侍者请先生赋词自寿

两轮屋角走如梭。太忙些。怎禁他。拟倩何人,天上劝羲娥。何似从容来小住,倾美酒,听高歌。　　人生今古不须磨。积教多。似尘沙。未必坚牢,划地事堪嗟。漫道长生学不得,学得后,待如何。

沁园春 灵山齐庵赋,时筑偃湖未成

叠嶂西驰,万马回旋,众山欲东。正惊湍直下,跳珠倒溅,小桥横
截,缺月初弓。老合投闲,天教多事,检校长身十万松。吾庐小,在
龙蛇影外,风雨声中。　　争先见面重重。看爽气朝来三数峰。
似谢家子弟,衣冠磊落,相如庭户,车骑雍容。我觉其间,雄深雅
健,如对文章太史公。新堤路,问偃湖何日,烟水濛濛。

又 寿赵茂嘉郎中,时以制置兼济仓振济里中,除直秘阁

甲子相高,亥首曾疑,绛县老人。看长身玉立,鹤般风度,方颐须
磔,虎样精神。文烂卿云,诗凌鲍谢,笔势骎骎更右军。浑馀事,羡
仙都梦觉,金阙名存。　　门前父老忻忻。焕奎阁新褒诏语温。
记他年帷幄,须依日月,只今剑履,快上星辰。人道阴功,天教多
寿,看到貂蝉七叶孙。君家里,是几枝丹桂,几树灵椿。

喜迁莺 晋臣赋芙蓉词见寿,用韵为谢

暑风凉月。爱亭亭无数,绿衣持节。掩冉如羞,参差似妒,拥出芙
渠花发。步衬潘娘堪恨,貌比六郎谁洁。添白鹭,晚晴时,公子佳
人并列。　　休说。搴木末。当日灵均,恨与君王别。心阻媒劳,
交疏怨极,恩不甚兮轻绝。千古离骚文字,芳至今犹未歇。都休
问,但千杯快饮,露荷翻叶。

永遇乐 赋梅雪

怪底寒梅,一枝雪里,直恁愁绝。问讯无言,依稀似妒,天上飞英
白。江山一夜,琼瑶万顷,此段如何妒得。细看来,风流添得,自家
越样标格。　　晓来楼上,对花临镜,学作半妆宫额。著意争妍,

那知却有，人妒花颜色。无情休问，许多般事，且自访梅踏雪。待行过溪桥，夜半更邀素月。

又　戏赋辛字送十二弟赴都

烈日秋霜，忠肝义胆，千载家谱。得姓何年，细参辛字，一笑君听取。艰辛做就，悲辛滋味，总是辛酸辛苦。更十分，向人辛辣，椒桂捣残堪吐。　　世间应有，芳甘浓美，不到吾家门户。比著儿曹，累累却有，金印光垂组。付君此事，从今直上，休忆对床风雨。但赢得，靴纹绉面，记余戏语。

归朝欢　寄题郑元英文山巢经楼。楼之侧有尚友斋，
欲借书者，就斋中取读，书不借出

万里康成西走蜀。药市船归书满屋。有时光彩射星躔，何人汗简雠天禄。好之宁有足。请看良贾藏金玉。记斯文，千年未丧，四壁闻丝竹。　　试问辛勤携一束。何似牙签三万轴。古来不作借人痴，有朋只就云窗读。忆君清梦熟。觉来笑我便便腹。倚危楼，人间何处，扫地八风曲。

瑞鹤仙　南剑双溪楼

片帆何太急。望一点须臾，去天咫尺。舟人好看客。似三峡风涛，嵯峨剑戟。溪南溪北。正遐想、幽人泉石。看渔樵、指点危楼，却羡舞筵歌席。　　叹息。山林钟鼎，意倦情迁，本无欣戚。转头陈迹。飞鸟外，晚烟碧。问谁怜旧日，南楼老子，最爱月明吹笛。到而今、扑面黄尘，欲归未得。

玉蝴蝶　叔高书来戒酒用韵

贵贱偶然，浑似随风帘幌，篱落飞花。空使儿曹，马上羞面频遮。

向空江、谁捐玉珮,寄离恨、应折疏麻。暮云多。佳人何处,数尽归鸦。　　侬家。生涯蜡屐,功名破甑,交友抟沙。往日曾论,渊明似胜卧龙些。记从来、人生行乐,休更问、日饮亡何。快斟呵。裁诗未稳,得酒良佳。

满江红　呈茂中,前章记广济仓事

我对君侯,长怪见、两眉阴德。更长梦、玉皇金阙,姓名仙籍。旧岁炊烟浑欲断,被公扶起千人活。算胸中、除却五车书,都无物。

溪左右,山南北。花远近,云朝夕。看风流杖屦,苍髯如戟。种柳已成陶令宅,散花更满维摩室。劝人间、且住五千年,如金石。

雨中花慢　子似见和,再用韵为别

马上三年,醉帽吟鞭,锦囊诗卷长留。怅溪山旧管,风月新收。明便关河杳杳,去应日月悠悠。笑千篇索价,未抵蒲萄,五斗凉州。

停云老子,有酒盈尊,琴书端可消忧。浑未办、倾身一饱,渐米矛头。心似伤弓塞雁,身如喘月吴牛。晚天凉也,月明谁伴,吹笛南楼。

洞仙歌　所居彼山为仙人舞袖形

婆娑欲舞,怪青山欢喜。分得清溪半篙水。记平沙鸥鹭,落日渔樵,湘江上,风景依然如此。　　东篱多种菊,待学渊明,酒兴诗情不相似。十里涨春波,一棹归来,只做个、五湖范蠡。是则是、一般弄扁舟,争知道,他家有个西子。

又　晋臣和李能伯韵,属余同和。赵以弟兄皆有职名为宠,词中颇叙其盛,故末章有裂土分茅之句

旧交贫贱,太半成新贵。冠盖门前几行李。看匆匆西笑,争出山

来,凭谁问,小草何如远志。　　　悠悠今古事。得丧乘除,暮四朝
三又何异。任掀天勋业,冠古文章,有几个、笙歌晚岁。况满屋貂
蝉未为荣,记裂土分茅,是公家世。

> **又**　浮石庄,余友月湖道人何同叔之别墅也。山类罗
> 浮,故以名。同叔尝作游山次序榜示余,且索词,为
> 赋洞仙歌以遗之,同叔顷游罗浮,遇一老人,庞眉幅
> 巾,语同叔云:"当有晚年之契。"盖仙云

松关桂岭,望青葱无路。费尽银钩榜佳处。怅空山岁晚,窈窕谁
来,须著我,醉卧石楼风雨。　　　仙人琼海上,握手当年,笑许君携
半山去。剗叠嶂,卷飞泉,洞府凄凉,又却怪、先生多取。怕夜半、
罗浮有时还,好长把云烟,再三遮住。

鹧 鸪 天

欲上高楼去避愁。愁还随我上高楼。经行几处江山改,多少亲朋
尽白头。　　　归休去,去归休。不成人总要封侯。浮云出处元无
定,得似浮云也自由。

又

一片归心拟乱云。春来谙尽恶按"恶"原作"要",从吴讷本黄昏。不堪向
晚檐前雨,又待今宵滴梦魂。　　　炉烬冷,鼎香氛。酒寒谁遣为重
温。何人柳外横双笛,客耳那堪不忍闻。

卜 算 子

修竹翠罗寒,迟日江山暮。幽径无人独自芳,此恨知无数。　　　只
共梅花语。懒逐游丝去。著意寻春不肯香,香在无寻处。

按此首阳春白雪卷四作曹组词。

又

欲行且起行，欲坐重来坐。坐坐行行有倦时，更枕闲书卧。　病是近来身，懒是从前我。静扫瓢泉竹树阴，且恁随缘过。

又　荷花

红粉靓梳妆，翠盖低风雨。占断人间六月凉，期月鸳鸯浦。　根底藕丝长，花里莲心苦。只为风流有许愁，更衬佳人步。

点　绛　唇

身后功名，古来不换生前醉。青鞋自喜。不踏长安市。　竹外僧归，路指霜钟寺。孤鸿起。丹青手里。剪破松江水。

谒金门　和廓之五月雪楼小集韵

遮素月。云外金蛇明灭。翻树啼鸦声未彻。雨声惊落叶。　宝蜡成行嫌热。　玉腕藕花谁雪。流水高山弦断绝。怒蛙声自咽。

又

山吐月。画烛从教风灭。一曲瑶琴才听彻。金蕉三两叶。　骤雨微凉还热。似欠舞琼歌雪。近日醉乡音问绝。有时清泪咽。

东　坡　引

玉纤弹旧怨。还敲绣屏面。清歌目送西风雁。雁行吹字断。雁行吹字断。　夜深拜月，琐窗西畔。但桂影、空阶满。翠帏自掩无人见。罗衣宽一半。罗衣宽一半。

醉　花　阴

黄花谩说年年好。也趁秋光老。绿鬓不惊秋,若鬥尊前,人好花堪
笑。　　蟠桃结子知多少。家住三山岛。何日跨归鸾,沧海飞尘,
人世因缘了。

清　平　乐

清词索笑。莫厌银杯小。应是天孙新与巧。剪恨裁愁句好。
有人梦断关河。小窗日饮亡何。想见重帘不卷,泪痕滴尽湘娥。

又　为儿铁柱作

灵皇醮罢。福禄都来也。试引鹓雏花树下。断了惊惊怕怕。
从今日日聪明。更宜潭妹嵩兄。看取辛家铁柱,无灾无难公卿。

又　赋木犀词

月明秋晓。翠盖团团好。碎剪黄金教恁小。都著叶儿遮了。
折来休似年时。小窗能有高低。无顿许多香处,只消三两枝儿。

醉翁操　顷余从廓之求观家谱,见其冠冕蝉联,世载勋
德。廓之甚文而好修,意其昌未艾也。今天子即
位,覃庆中外,命国朝勋臣子孙之无见仕者官之。
先是,朝廷屡语甄录元祐党籍家。合是二者,廓
之应仕矣。将告诸朝,行有日,请予作歌以赠。
属予避谤,持此戒其力,不得如廓之请。又念廓
之与予游八年,日从事诗酒间,意相得欢甚,于其
别也,何独能恝然。顾廓之长于楚词,而妙于琴,
辄拟醉翁操,为之词以叙别。异时廓之绾组东
归,仆当买羊沽酒,廓之为鼓一再行,以为山中盛
事云

长松。之风。如公。肯余从。山中。人心与吾兮谁同。湛湛千里

之江。上有枫。噫,送子东。望君之门兮九重。女无悦己,谁适为容。　　不龟手药,或一朝兮取封。昔与游兮皆童。我独穷兮今翁。一鱼兮一龙。劳心兮忡忡。噫,命与时逢。子取之食兮万钟。

西江月 为范南伯寿

秀骨青松不老,新词玉佩相磨。灵槎准拟泛银河。剩摘天星几个。　　莫枕楼东风月,驻春亭上笙歌。留君一醉意如何。金印明年斗大。

丑奴儿 和陈簿

鹅湖山下长亭路,明月临关。明月临关。几阵西风落叶干。新词谁解裁冰雪,笔墨生寒。笔墨生寒。会说离愁千万般。

破阵子 为范南伯寿。时南伯为张南轩辟宰泸溪,南伯迟迟未行,因赋此词勉之

掷地刘郎玉斗,挂帆西子扁舟。千古风流今在此,万里功名莫放休。君王三百州。　　燕雀岂知鸿鹄,貂蝉元出兜鍪。却笑泸溪如斗大,肯把牛刀试手不。寿君双玉瓯。

又 为陈同甫赋壮语以寄

醉里挑灯看剑,梦回吹角连营。八百里分麾下炙,五十弦翻塞外声。沙场秋点兵。　　马作的卢飞快,弓如霹雳弦惊。了却君王天下事,赢得生前身后名。可怜白髮生。

千年调 开山径得石壁,事出望外,意天之所赐邪,喜而赋之

左手把青霓,右手挟明月。吾使丰隆前导,叫开阊阖。周游上下,

径入寥天一。览县平声圃，万斛泉，千丈石。　　钧天广乐，燕我瑶之席。帝饮予觞甚乐，赐汝苍璧。嶙峋突兀，正在一丘壑。余马怀，仆夫悲，下恍惚。

祝英台近　与客饮瓢泉，客以泉声喧静为问，余未及答。或以"蝉噪林逾静"代对，意甚美矣。翌日，为赋此词褒之也

水纵横，山远近。拄杖占千顷。老眼羞将，水底看山影。试教水动山摇，吾生堪笑，似此个、青山无定。　　一瓢饮。人问翁爱飞泉，来寻个中静。绕屋声喧，怎做静中境。我眠君且归休，维摩方丈，待天女、散花时问。

又

绿杨堤，青草渡。花片水流去。百舌声中，唤起海棠睡。断肠几点愁红，啼痕犹在，多应怨、夜来风雨。　　别情苦。马蹄踏遍长亭，归期又成误。帘卷青楼，回首在何处。画梁燕子双双，能言能语，不解说、相思一句。

江神子　别子似，末章寄潘德久

看君人物汉西都。过吾庐。笑谈初。便说公卿，元自要通儒。一自梅花开了后，长怕说，赋归欤。　　而今别恨满江湖。怎消除。算何如。杖屦当时，闻早放教疏。今代故交新贵后，浑不寄，数行书。

清平乐　呈昌父，时仆以病止酒，昌父日作诗数篇，末章及之

云烟草树。山北山南雨。溪上行人相背去。惟有啼鸦一处。

门前万斛春寒。梅花可瞰摧残。使我长忘酒易,要君不作诗难。

临江仙 苍壁初开,传闻过实。客有来观者,意其如积翠清风岩石玲珑之胜。既见之,乃独为是突兀而止也,大笑而去。主人戏下一转语,为苍壁解嘲

莫笑吾家苍壁小,棱层势欲摩空。相知惟有主人翁。有心雄泰华,无意巧玲珑。　　天作高山谁得料,解嘲试倩扬雄。君看当日仲尼穷。从人贤子贡,自欲学周公。

又 和王道夫信守韵,谢其为寿,时作闽宪

记取年年为寿客,只今明月相随。莫教弦管便生衣。引壶觞自酌,须富贵何时。　　入手清风词更好,细书白茧乌丝。海山问我几时归。枣瓜如可啖,直欲觅安期。

又 和叶仲洽赋羊桃

忆醉三山芳树下,几曾风韵忘怀。黄金颜金五花开。味如卢橘熟。贵似荔枝来。　　闻道商山馀四老,橘中自酿秋醅。试呼名品细推排。重重香腑脏,偏殢圣贤杯。

又 元亮席上见和,再用韵

夜语南堂新瓦响,三更急雨珊珊。交情莫作细沙团。死生贫富际,试向此中看。　　记取他年耆旧传,与君名字牵连。清风一枕晚凉天。觉来还自笑,此梦倩谁圆。

南乡子 送筠州赵司户,茂中之子。茂中尝为筠州幕官,题诗甚多

日日老莱衣。更解风流蜡凤嬉。膝上放教文度去,须知。要使人

看玉树枝。 剩记乃翁诗。绿水红莲觅旧题。归骑春衫花满
路,相期。来岁流觞曲水时。

玉楼春 乐令谓卫玠:人未尝梦捣齑、餐铁杵、乘车入
鼠穴,以谓世无是事故也。余谓世无是事而有是
理,乐所谓无,犹之有也。戏作数语以明之

有无一理谁差别。乐令区区浑未达。事言无处未尝无,试把所无
凭理说。 伯夷饥采西山蕨。何异捣齑餐杵铁。仲尼去卫又之
陈,此是乘车入鼠穴。

又 隐湖戏作

客来底事逢迎晚。竹里鸣禽寻未见。日高犹苦圣贤中,门外谁酣
蛮触战。 多方为渴寻泉遍。何日成阴松种满。不辞长向水云
来,只怕频烦鱼鸟倦。

又 戏赋云山

何人半夜推山去。四面浮云猜是汝。常时相对两三峰,走遍溪头
无觅处。 西风瞥起云横度。忽见东南天一柱。老僧拍手笑相
夸,且喜青山依旧住。

又 用韵答国兴、仲洽、岩叟

青山不会乘云去。怕有愚公惊著汝。人间踏地出租钱,借使移将
无著处。 三星昨夜光移度。妙语来题桥上柱。黄花不插满头
归,定倩白云遮且住。

又 效白乐天体

少年才把笙歌盏。夏日非长秋夜短。因他老病不相饶,把好心情

都做懒。　　故人别后书来劝。乍可停杯强吃饭。云何相遇酒边
时,却道达人须饮满。

又 用韵答子似

君如九酝台黏盏。我似茅柴风味短。几时秋水美人来,长恐扁舟
乘兴懒。　　高怀自饮无人劝。马有青刍奴白饭。向来珠履玉簪
人,颇觉斗量车载满。

又 用韵呈仲洽

狂歌击碎村醪盏。欲舞还怜衫袖短。身如溪上钓矶闲,心似道旁
官堠懒。　　山中有酒提壶劝。好语多君堪鲊饭。至今有句落人
间,渭水西风黄叶满。

鹧鸪天 和人韵有所赠

趁得东风汗漫游。见他歌后怎生愁。事如芳草春长在,人似浮云
影不留。　　眉黛敛,眼波流。十年薄幸谩扬州。明朝短棹轻衫
梦,只在溪南罨画楼。

又 峡石用前韵答子似

叹息频年廪未高。新词空贺此丘遭。遥知醉帽时时落,见说吟鞭
步步摇。　　乾玉唾,秃锥毛。只今明月费招邀。最怜乌鹊南飞
句,不解风流见二乔。

又 重九席上作

戏马台前秋雁飞。管弦歌舞更旌旗。要知黄菊清高处,不入当年
二谢诗。　　倾白酒,绕东篱。只于陶令有心期。明朝重九浑潇

洒,莫使尊前欠一枝。

又 睡起即事

水荇参差动绿波。一池蛇影噤群蛙。因风野鹤饥犹舞,积雨山栀病不花。　　名利处,战争多。门前蛮触日干戈。不知更有槐安国,梦觉南柯日未斜。

又 有感

出处从来自不齐。后车方载太公归。谁知孤竹夷齐子,正向空山赋采薇。　　黄菊嫩,晚香枝。一般同是采花时。蜂儿辛苦多官府,蝴蝶花间自在飞。

又 子似过秋水

秋水长廊水石间。有谁来共听潺湲。羡君人物东西晋,分我诗名大小山。　　穷自乐,懒方闲。人间路窄酒杯宽。看君不了痴儿事,又似风流靖长官。

又 有客慨然谈功名,因追念少年时事戏作

壮岁旌旗拥万夫。锦襜突骑渡江初。燕兵夜娖银胡䩮,汉箭朝飞金仆姑。　　追往事,叹今吾。春风不染白髭须。都将万字平戎策,换得东家种树书。

又 寿子似,时摄事城中

上巳风光好放怀。忆君犹未看花回。茂林映带谁家竹,曲水流传第几杯。　　摛锦绣,写琼瑰。长年富贵属多才。要知此日生男好,曾有周公被襫来。

又　再赋牡丹

去岁君家把酒杯。雪中曾见牡丹开。而今纨扇薰风里，又见疏枝月下梅。　　欢几许，醉方回。明朝归路有人催。低声待向他家道，带得歌声满耳来。

鹊桥仙　赠鹭鸶

溪边白鹭。来吾告汝。溪里鱼儿堪数。主人怜汝汝怜鱼，要物我、欣然一处。　　白沙远浦。青泥别渚。剩有鰕跳鳅舞。任君飞去饱时来，看头上、风吹一缕。

西江月　寿钱塘弟正月十六日，时新居成

画栋新垂帘幕，华灯未放笙歌。一杯潋滟泛金波。先向太夫人贺。　　富贵吾应自有，功名不用渠多。只将绿鬓抵羲娥。金印须教斗大。

又　正月四日和建宁陈安行舍人，时被召

风月亭危致爽，管弦声脆休催。主人只是旧时怀。锦瑟旁边须醉。　　玉殿何须侬去，沙堤只要公来。看看红药又翻阶。趁取西湖春会。

又　三山作

贪数明朝重九。不知过了中秋。人生有得许多愁。惟有黄花如旧。　　万象亭中瀽酒。九江阁上扶头。城鸦唤我醉归休。细雨斜风时候。

又　遣兴

醉里且贪欢笑，要愁那得工夫。近来始觉古人书。信著全无是处。
　　昨夜松边醉倒，问松我醉何如。只疑松动要来扶。以手推松曰去。

又　和晋臣登悠然阁

一柱中擎远碧，两峰旁倚高寒。横陈削就短长山。莫把一分增减。
　　我望云烟目断，人言风景天悭。被公诗笔尽追还。更上层楼一览。

又

堂上谋臣帷幄，边头猛将干戈。天时地利与人和。燕可伐与曰可。
　　此日楼台鼎鼐，他时剑履山河。都人齐和大风歌。管领群臣来贺。

按此首见刘过龙洲词。吴礼部诗话亦言为刘作。

生查子　独游西岩

青山招不来，偃蹇谁怜汝。岁晚太寒生，唤我溪边住。　　山头明月来，本在高高处。夜夜入清溪，听读离骚去。

又　简子似

高人千丈崖，千古储冰雪。六月火云时，一见森毛髪。　　俗人如盗泉，照眼都昏浊。高处挂吾瓢，不饮吾宁渴。

卜算子　饮酒败德

盗跖倘名丘,孔子还名跖。跖圣丘愚直至今,美恶无真实。　　　　简
册写虚名,蝼蚁侵枯骨。千古光阴一霎时,且进杯中物。

又　饮酒成病

一个去学仙,一个去学佛。仙饮千杯醉似泥,皮骨如金石。　　　　不
饮便康强,佛寿须千百。八十馀年入涅槃,且进杯中物。

又　饮酒不写书

一饮动连宵,一醉长三日。废尽寒暄不写书,富贵何由得。　　　　请
看冢中人,冢似当时笔。万札千书只恁休,且进杯中物。

又　齿落

刚者不坚牢,柔者难摧挫。不信张开口了看,舌在牙先堕。　　　　已
阙两边厢,又豁中间个。说与儿曹莫笑翁,狗窦从君过。

又　用庄语

一以我为牛,一以吾为马。人与之名受不辞,善学庄周者。　　　　江
海任虚舟,风雨从飘瓦。醉者乘车坠不伤,全得于天也。

又

夜雨醉瓜庐,春水行秧马。点检田间快活人,未有如翁者。　　　　秃
尽兔毫锥,磨透铜台瓦。谁伴扬雄作解嘲,乌有先生也。

又

珠玉作泥沙，山谷量牛马。试上累累丘垄看，谁是强梁者。　　水浸浅深檐，山压高低瓦。山水朝来笑问人，翁早_{去声}归来也。

又

千古李将军，夺得胡儿马。李蔡为人在下中，却是封侯者。　　芸草去陈根，笕竹添新瓦。万一朝家举力田，舍我其谁也。_{以上稼轩词丁集}

哨遍 _{赵昌父之祖季思学士，退居郑圃，有亭名鱼计，宇文叔通为作古赋。今昌父之弟成父，于所居凿池筑亭，榜以旧名。昌父为成父作诗，属余赋词，余为赋哨遍。庄周论于蚁弃知，于鱼得计，于羊弃意，其义美矣。然上文论虱托于豕而得焚，羊肉为蚁所慕而致残，下文将并结二义，乃独置豕虱不言而遽论鱼，其义无所从起。又间于羊蚁两句之间，使羊蚁之义离不相属，何耶！其必有深意存焉，顾后人未之晓耳。或言蚁得水而死，羊得水而病，鱼得水而活，此最穿凿，不成义趣。余尝反复寻绎，终未能得。意世必有能读此书而了其义者。他日倘见之而问焉，姑先识余疑于此词云尔}

池上主人，人适忘鱼，鱼适还忘水。洋洋乎，翠藻青萍里。想鱼兮、无便于此。尝试思，庄周正谈两事。一明豕虱一羊蚁。说蚁慕于膻，于蚁弃知，又说于羊弃意。甚虱焚于豕独忘之。却骤说于鱼为得计。千古遗文，我不知言，以我非子。　　子固非鱼，噫。鱼之为计子焉知。河水深且广，风涛万顷堪依。有网罟如云，鹈鹕成阵，过而留泣计应非。其外海茫茫，下有龙伯，饥时一啖千里。更

任公五十犗为饵。使海上人人厌腥味。似鹍鹏、变化能几。东游
入海,此计直以命为嬉。古来谬算狂图,五鼎烹死,指为平地。嗟
鱼欲事远游时。请三思而行可矣。

兰陵王 己未八月二十日夜,梦有人以石研屏见馈者,
其色如玉,光润可爱。中有一牛,磨角作斗状,
云:湘潭里中有张其姓者,多力善斗,号张难敌。
一日,与人搏,偶败,忿赴河而死。居三日,其家
人来视之,浮水上,则牛耳。自后,并水之山,往
往有此石。或得之,里中辄不利。梦中异之,为
作诗数百言,大抵皆取古之怨愤变化异物等事,
觉而忘其言。后三日,赋词以识其异

恨之极。恨极销磨不得。苌弘事,人道后来,其血三年化为碧。郑
人缓也泣。吾父攻儒助墨。十年梦,沉痛化余,秋柏之间既为实。
　　相思重相忆。被怨结中肠,潜动精魄。望夫江上岩岩立。嗟
一念中变,后期长绝。君看启母愤所激。又俄顷为石。　　难敌。
最多力。甚一忿沉渊,精气为物。依然困斗牛磨角。便影入山骨,
至今雕琢。寻思人世,只合化,梦中蝶。

贺新郎 赋海棠

著厌霓裳素。染胭脂、苎罗山下,浣沙溪渡。谁与流霞千古酝,引
得东风相误。从臾入、吴宫深处。鬓乱钗横浑不醒,转越江、划地
迷归路。烟艇小,五湖去。　　当时倩得春留住。就锦屏一曲,种
种断肠风度。才是清明三月近,须要诗人妙句。笑援笔、殷勤为
赋。十样蛮笺纹错绮,粲珠玑、渊掷惊风雨。重唤酒,共花语。

又 又和

碧海成桑野。笑人间、江翻平陆,水云高下。自是三山颜色好,更

著雨婚烟嫁。料未必、龙眼能画。拟向诗人求幼妇,倩诸君、妙手皆谈马。须进酒,为陶写。　　　回头鸥鹭瓢泉社。莫吟诗、莫抛尊酒,是吾盟也。千骑而今遮白发,忘却沧浪亭榭。但记得、灞陵呵夜。我辈从来文字饮,怕壮怀、激烈须歌者。蝉噪也,绿阴夏。

又　再用前韵

鸟倦飞还矣。笑渊明、瓶中储粟,有无能几。莲社高人留翁语,我醉宁论许事。试沽酒、重斟翁喜。一见萧然音韵古,想东篱、醉卧参差是。千载下,竟谁似。　　　元龙百尺高楼里。把新诗、殷勤问我,停云情味。北夏门高从拉攞,何事须人料理。翁曾道、繁华朝起。尘土人言宁可用,顾青山、与我何如耳。歌且和,楚狂子。

又　用前韵再赋

肘后俄生柳。叹人生、不如意事,十常八九。右手淋浪才有用,闲却持螯左手。谩赢得、伤今感旧。投阁先生惟寂寞,笑是非、不了身前后。持此语,问乌有。　　　青山幸自重重秀。问新来、萧萧木落,颇堪秋否。总被西风都瘦损,依旧千岩万岫。把万事、无言搔首。翁比渠侬人谁好,是我常、与我周旋久。宁作我,一杯酒。以上稼轩长短句卷一

念奴娇　和信守王道夫席上韵

风狂雨横,是邀勒园林,几多桃李。待上层楼无气力,尘满栏干谁倚。就火添衣,移香傍枕,莫卷朱帘起。元宵过也,春寒犹自如此。　　　为问几日新晴,鸠鸣屋上,鹊报檐前喜。揩拭老来诗句眼,要看拍堤春水。月下凭肩,花边系马,此兴今休矣。溪南酒贱,光阴只在弹指。

又

洞庭春晚，旧传恐是，人间尤物。收拾瑶池倾国艳，来向朱栏一壁。
透户龙香，隔帘莺语，料得肌如雪。月妖真态，是谁教避人杰。

酒罢归对寒窗，相留昨夜，应是梅花发。赋了高唐犹想像，不管孤灯
明灭。半面难期，多情易感，愁点星星髮。绕梁声在，为伊忘味三月。

又　余既为傅岩叟两梅赋词，傅君用席上有请云：家有
四古梅，今百年矣，未有以品题，乞援香月堂例。欣
然许之，且用前篇体制戏赋

是谁调护，岁寒枝、都把苍苔封了。茅舍疏篱江上路，清夜月高山
小。摸索应知，曹刘沈谢，何况霜天晓。芬芳一世，料君长被花恼。

　惆怅立马行人，一枝最爱，竹外横斜好。我向东邻曾醉里，唤
起诗家二老。拄杖而今，婆娑雪里，又识商山皓。请君置酒，看渠
与我倾倒。

沁园春　戊申岁，奏邸忽腾报，谓余以病挂冠，因赋此

老子平生，笑尽人间，儿女怨恩。况白头能几，定应独往，青云得
意，见说长存。抖擞衣冠，怜渠无恙，合挂当年神武门。都如梦，算
能争几许，鸡晓钟昏。　　　此心无有新冤。况抱瓮年来自灌园。
但凄凉顾影，频悲往事，殷勤对佛，欲问前因。却怕青山，也妨贤
路，休閟尊前见在身。山中友，试高吟楚些，重与招魂。

又　期思旧呼奇狮，或云棋师，皆非也。余考之荀卿书
云：孙叔敖，期思之鄙人也。期思属弋阳郡，此地旧
属弋阳县。虽古之弋阳、期思，见之图记者不同，然
有弋阳则有期思也。桥坏复成，父老请余赋，作沁
园春以证之

有美人兮，玉佩琼琚，吾梦见之。问斜阳犹照，渔樵故里，长桥谁

记,今古期思。物化苍茫,神游仿佛,春与猿吟秋鹤飞。还惊笑,向晴波忽见,千丈虹霓。　　　觉来西望崔嵬。更上有青枫下有溪。待空山自荐,寒泉秋菊,中流却送,桂棹兰旗。万事长嗟,百年双鬓,吾非斯人谁与归。凭阑久,正清愁未了,醉墨休题。

又 答余叔良

我试评君,君定何如,玉川似之。记李花初发,乘云共语,梅花开后,对月相思。白髪重来,画桥一望,秋水长天孤鹜飞。同吟处,看瑚摇明月,衣卷青霓。　　　相君高节崔嵬。是此处耕岩与钓溪。被西风吹尽,村箫社鼓,青山留得,松盖云旗。吊古愁浓,怀人日暮,一片心从天外归。新词好,似凄凉楚些,字字堪题。

又 答杨世长

我醉狂吟,君作新声,倚歌和之。算芬芳定向,梅间得意,轻清多是,雪里寻思。朱雀桥边,何人会道,野草斜阳春燕飞。都休问,甚元无雾雨,却有晴霓。　　　诗坛千丈崔嵬。更有笔如山墨作溪。看君才未数,曹刘敌手,风骚合受,屈宋降旗。谁识相如,平生自许,慷慨须乘驷马归。长安路,问垂虹千柱,何处曾题。以上稼轩长短句卷二

水　调　歌　头

落日古城角,把酒劝君留。长安路远,何事风雪敝貂裘。散尽黄金身世,不管秦楼人怨,归计狎沙鸥。明夜扁舟去,和月载离愁。

　　功名事,身未老,几时休。诗书万卷,致身须到古伊周。莫学班超投笔,纵得封侯万里,憔悴老边州。何处依刘客,寂寞赋登楼。

又　和赵景明知县韵

官事未易了，且向酒边来。君如无我，问君怀抱向谁开。但放平生丘壑，莫管旁人嘲骂，深蛰要惊雷。白髪还自笑，何地置衰颓。

五车书，千石饮，百篇才。新词未到，琼瑰先梦满吾怀。已过西风重九，且要黄花入手，诗兴未关梅。君要花满县，桃李趁时栽。

又　寿赵漕介庵

千里渥洼种，名动帝王家。金銮当日奏草，落笔万龙蛇。带得无边春下，等待江山都老，教看鬓方鸦。莫管钱流地，且拟醉黄花。

唤双成，歌弄玉，舞绿华。一觞为饮千岁，江海吸流霞。闻道清都帝所，要挽银河仙浪，西北洗胡沙。回首日边去，云里认飞车。

又　再用韵呈南涧

千古老蟾口，云洞插天开。涨痕当日何事，汹涌到崔嵬。攫土抟沙儿戏，翠谷苍崖几变，风雨化人来。万里须臾耳，野马骤空埃。

笑年来，蕉鹿梦，画蛇杯。黄花憔悴风露，野碧涨荒莱。此会明年谁健，后日犹今视昔，歌舞只空台。爱酒陶元亮，无酒正徘徊。

又　提干李君索余赋野秀、绿绕二诗。余诗寻医久矣，姑合二榜之意，赋水调歌头以遗之。然君才气不减流辈，岂求田问舍而独乐其身耶

文字觑天巧，亭榭定风流。平生丘壑，岁晚也作稻粱谋。五亩园中秀野，一水田将绿绕，千穉不胜秋。饭饱对花竹，可是便忘忧。

吾老矣，探禹穴，欠东游。君家风月几许，白鸟去悠悠。插架牙签万轴，射虎南山一骑，容我揽须不。更欲劝君酒，百尺卧高楼。

又　送杨民瞻

日月如磨蚁，万事且浮休。君看檐外江水，滚滚自东流。风雨瓢泉夜半，花草雪楼春到，老子已菟裘。岁晚问无恙，归计橘千头。

梦连环，歌弹铗，赋登楼。黄鸡白酒，君去村社一番秋。长剑倚天谁问，夷甫诸人堪笑，西北有神州。此事君自了，千古一扁舟。

又　三山用赵丞相韵答帅幕王君，且有感于中秋近事，并见之末章

说与西湖客，观水更观山。淡妆浓抹西子，唤起一时观。种柳人今天上，对酒歌翻水调，醉墨卷秋澜。老子兴不浅，歌舞莫教闲。

看尊前，轻聚散，少悲欢。城头无限今古，落日晓霜寒。谁唱黄鸡白酒，犹记红旗清夜，千骑月临关。莫说西州路，且尽一杯看。

又　即席和金华杜仲高韵，并寿诸友，惟醽乃佳耳

万事一杯酒，长叹复长歌。杜陵有客，刚赋云外筑婆娑。须信功名儿辈，谁识年来心事，古井不生波。种种看余发，积雪就中多。

二三子，问丹桂，倩素娥。平生萤雪，男儿无奈五车何。看取长安得意，莫恨春风看尽，花柳自蹉跎。今夕且欢笑，明月镜新磨。

又　赋傅岩叟悠然阁

岁岁有黄菊，千载一东篱。悠然政须两字，长笑退之诗。自古此山元有，何事当时才见，此意有谁知。君起更斟酒，我醉不须辞。

回首处，云正出，鸟倦飞。重来楼上，一句端的与君期。都把轩窗写遍，更使儿童诵得，归去来兮辞。万卷有时用，植杖且耘籽。

又 赋松菊堂

渊明最爱菊，三径也栽松。何人收拾，千载风味此山中。手把离骚读遍，自扫落英餐罢，杖屦晓霜浓。皎皎太独立，更插万芙蓉。

　水潺潺，云溶洞，石嵳岌。素琴浊酒唤客，端有古人风。却怪青山能巧，政尔横看成岭，转面已成峰。诗句得活法，日月有新工。

以上稼轩长短句卷三

满江红 中秋

美景良辰，算只是、可人风月。况素节扬辉，长是十分清彻。著意登楼瞻玉兔，何人张幕遮银阙。倩飞廉、得得为吹开，凭谁说。

　弦与望，从圆缺。今与昨，何区别。羡夜来手把，桂花堪折。安得便登天柱上，从容陪伴酬佳节。更如今，不听麈谈清，愁如髮。

又

点火樱桃，照一架、荼蘼如雪。春正好，见龙孙穿破，紫苔苍壁。乳燕引雏飞力弱，流莺唤友娇声怯。问春归、不肯带愁归，肠千结。

　层楼望，春山叠。家何在，烟波隔。把古今遗恨，向他谁说。蝴蝶不传千里梦，子规叫断三更月。听声声、枕上劝人归，归难得。

又

汉水东流，都洗尽、髭胡膏血。人尽说、君家飞将，旧时英烈。破敌金城雷过耳，谈兵玉帐冰生颊。想王郎、结髮赋从戎，传遗业。

　腰间剑，聊弹铗。尊中酒，堪为别。况故人新拥，汉坛旌节。马革裹尸当自誓，蛾眉伐性休重说。但从今、记取楚楼风，裴台月。

又

风卷庭梧、黄叶坠、新凉如洗。一笑折、秋英同赏,弄香捋蕊。天远
难穷休久望,楼高欲下还重倚。拚一襟、寂寞泪弹秋,无人会。

今古恨、沉荒垒。悲欢事,随流水。想登楼青鬓,未堪憔悴。极
目烟横山数点,孤舟月淡人千里。对婵娟、从此话离愁,金尊里。

又

紫陌飞尘,望十里、雕鞍绣毂。春未老、已惊台榭,瘦红肥绿。睡雨
海棠犹倚醉,舞风杨柳难成曲。问流莺、能说故园无,曾相熟。

岩泉上,飞凫浴。巢林下,栖禽宿。恨荼蘼开晚,谩翻船玉。莲
社岂堪谈昨梦,兰亭何处寻遗墨。但羁怀、空自倚秋千,无心蹴。

又 和卢国华

汉节东南,看驷马、光华周道。须信是、七闽还有,福星来到。庭草
自生心意足,榕阴不动秋光好。问不知、何处著君侯,蓬莱岛。

还自笑,人今老。空有恨,萦怀抱。记江湖十载,厌持旌纛。濩
落我材无所用,易除殆类无根潦。但欲搜、好语谢新词,羞琼报。

又 和傅岩叟香月韵

半山佳句,最好是、吹香隔屋。又还怪、冰霜侧畔,蜂儿成簇。更把
香来薰了月,却教影去斜侵竹。似神清、骨冷住西湖,何由俗。

根老大,穿坤轴。枝夭袅,蟠龙斛。快酒兵长俊,诗坛高筑。一
再人来风味恶,两三杯后花缘熟。记五更、联句失弥明,龙衔烛。

又　呈赵晋臣敷文

老子平生,原自有、金盘华屋。还又要、万间寒士,眼前突兀。一舸归来轻似叶,两翁相对清如鹄。道如今、吾亦爱吾庐,多松菊。

人道是,荒年谷。还又似,丰年玉。甚等闲却为,鲈鱼归速。野鹤溪边留杖屦,行人墙外听丝竹。问近来、风月几篇诗,三千轴。

又　游清风峡和赵晋臣敷文韵

两峡崭岩,问谁占、清风旧筑。更满眼、云来鸟去,涧红山绿。世上无人供笑傲,门前有客休迎肃。怕凄凉、无物伴君时,多栽竹。

风采妙,凝冰玉。诗句好,馀膏馥。叹只今人物,一夔应足。人似秋鸿无定住,事如飞弹须圆熟。笑君侯、陪酒又陪歌,阳春曲。

以上稼轩长短句卷四

永遇乐　京口北固亭怀古

千古江山,英雄无觅,孙仲谋处。舞榭歌台,风流总被,雨打风吹去。斜阳草树,寻常巷陌,人道寄奴曾住。想当年,金戈铁马,气吞万里如虎。　　元嘉草草,封狼居胥,赢得仓皇北顾。四十三年,望中犹记,烽火扬州路。可堪回首,佛狸祠下,一片神鸦社鼓。凭谁问,廉颇老矣,尚能饭否。

归朝欢　丁卯岁寄题眉山李参政石林

见说岷峨千古雪。都作岷峨山上石。君家右史老泉公,千金费尽勤收拾。一堂真石室。空庭更与添突兀。记当时,长编笔砚,日日云烟湿。　　野老时逢山鬼泣。谁夜持山去难觅。有人依样入明光,玉阶之下岩岩立。琅玕无数碧。风流不数平原物。欲重吟,青葱玉树，须倩子云笔。

瑞鹤仙 赋梅

雁霜寒透幕。正护月云轻，嫩冰犹薄。溪奁照梳掠。想含香弄粉，艳妆难学。玉肌瘦弱。更重重、龙绡衬著。倚东风，一笑嫣然，转盼万花羞落。　　寂寞。家山何在，雪后园林，水边楼阁。瑶池旧约。鳞鸿更仗谁托。粉蝶儿只解，寻桃觅柳，开遍南枝未觉。但伤心，冷落黄昏，数声画角。

声声慢 送上饶黄倅职满赴调

东南形胜，人物风流，白头见君恨晚。便觉君家叔度，去人未远。长怜士元骥足，道直须、别驾方贤。问个里，待怎生销杀，胸中万卷。　　况有星辰剑履，是传家合在，玉皇香案。零落新诗，我欠可人消遣。留君再三不住，便直饶、万家泪眼。怎抵得，这眉间、黄色一点。以上稼轩长短句卷五

汉宫春 会稽蓬莱阁观雨

秦望山头，看乱云急雨，倒立江湖。不知云者为雨，雨者云乎。长空万里，被西风、变灭须臾。回首听，月明天籁，人间万窍号呼。

谁向若耶溪上，倩美人西去，麋鹿姑苏。至今故国人望，一舸归欤。岁云暮矣，问何不、鼓瑟吹竽。君不见，王亭谢馆，冷烟寒树啼乌。

又 会稽秋风亭怀古

亭上秋风，记去年袅袅，曾到吾庐。山河举目虽异，风景非殊。功成者去，觉团扇、便与人疏。吹不断，斜阳依旧，茫茫禹迹都无。

千古茂陵词在,甚风流章句,解拟相如。只今木落江冷,眇眇愁余。故人书报,莫因循、忘却莼鲈。谁念我,新凉灯火,一编太史公书。

又　答李兼善提举和章

心似孤僧,更茂林脩竹,山上精庐。维摩定自非病,谁遣文殊。白头自昔,叹相逢、语密情疏。倾盖处,论心一语,只今还有公无。

最喜阳春妙句,被西风吹堕,金玉铿如。夜来归梦江上,父老欢予。荻花深处,唤儿童、吹火烹鲈。归去也,绝交何必,更修山巨源书。

又　答吴子似总干和章

达则青云,便玉堂金马,穷则茅庐。逍遥小大自适,鹏鷃何殊。君如星斗,灿中天、密密疏疏。荒草外,自怜萤火,清光暂有还无。

千古季鹰犹在,向松江道我,问讯何如。白头爱山下去,翁定嗔予。人生谩尔,岂食鱼、必鲙之鲈。还自笑,君诗顿觉,胸中万卷藏书。

洞仙歌　红梅

冰姿玉骨,自是清凉□。此度浓妆为谁改。向竹篱茅舍,几误佳期,招伊怪,满脸颜红微带。　　寿阳妆鉴里,应是承恩,纤手重匀异香在。怕等闲、春未到,雪里先开,风流瞰、说与群芳不解。更总做、北人未识伊,据品调,难作杏花看待。

又　丁卯八月病中作

贤愚相去,算其间能几。差以毫厘缪千里。细思量义利,舜跖之分,孳孳者,等是鸡鸣而起。　　味甘终易坏,岁晚还知,君子之交淡如水。一饷聚飞蚊,其响如雷,深自觉、昨非今是。羡安乐窝中泰和汤,更剧饮,无过半醺而已。

上西平　会稽秋风亭观雪

九衢中,杯逐马,带随车。问谁解、爱惜琼华。何如竹外,静听窣窣蟹行沙。自怜是,海山头,种玉人家。　　纷如鬥,娇如舞,才整整,又斜斜。要图画,还我渔蓑。冻吟应笑,羔儿无分谩煎茶。起来极目,向弥茫、数尽归鸦。

又　送杜叔高

恨如新,新恨了,又重新。看天上、多少浮云。江南好景,落花时节又逢君。夜来风雨,春归似欲留人。　　尊如海,人如玉,诗如锦,笔如神。能几字、尽殷勤。江天日暮,何时重与细论文。绿杨阴里,听阳关、门掩黄昏。以上稼轩长短句卷六

婆罗门引　用韵答赵晋臣敷文

不堪鶗鴂,早教百草放春归。江头愁杀吾累。却觉君侯雅句,千载共心期。便留春甚乐,乐了须悲。　　琼而素而。被花恼、只莺知。正要千钟角酒,五字裁诗。江东日暮,道绣斧、人去未多时。还又要、玉殿论思。

千年调　庶庵小阁名曰卮言,作此词以嘲之

卮酒向人时,和气先倾倒。最要然然可可,万事称好。滑稽坐上,更对鸱夷笑。寒与热,总随人,甘国老。　　少年使酒,出口人嫌拗。此个和合道理,近日方晓。学人言语,未会十分巧。看他门,

得人怜,秦吉了。

江神子　赋梅寄余叔良

暗香横路雪垂垂。晚风吹。晓风吹。花意争春,先出岁寒枝。毕
竟一年春事了,缘太早,却成迟。　　未应全是雪霜姿。欲开时。
未开时。粉面朱唇,一半点胭脂。醉里谤花花莫恨,浑冷澹,有谁
知。

又　和李能伯韵呈赵晋臣

五云高处望西清。玉阶升。棣华荣。筑屋溪头,楼观画难成。长
夜笙歌还起问,谁放月,又西沉。　　家传鸿宝旧知名。看长生。
奉严宸。且把风流,水北画耆英。咫尺西风诗酒社,石鼎句,要弥
明。

一剪梅　中秋无月

忆对中秋丹桂丛。花在杯中。月在杯中。今宵楼上一尊同。云湿
纱窗。雨湿纱窗。　　浑欲乘风问化工。路也难通。信也难通。
满堂惟有烛花红。杯且从容。歌且从容。

踏莎行　庚戌中秋后二〔夕〕带湖篆冈小酌

夜月楼台,秋香院宇。笑吟吟地人来去。是谁秋到便凄凉,当年宋
玉悲如许。　　随分杯盘,等闲歌舞。问他有甚堪悲处。思量却
也有悲时,重阳节近多风雨。

又　赋木犀

弄影阑干,吹香岩谷。枝枝点点黄金粟。未堪收拾付薰炉,窗前且

把离骚读。　　奴仆葵花,儿曹金菊。一秋风露清凉足。傍边只欠个姮娥,分明身在蟾宫宿。

按此首别误入赵长卿惜香乐府卷五。

又　和赵国兴知录韵

吾道悠悠,忧心悄悄。最无聊处秋光到。西风林外有啼鸦,斜阳山下多衰草。　　长忆商山,当年四老。尘埃也走咸阳道。为谁书到便幡然,至今此意无人晓。以上稼轩长短句卷七

定风波　自和

金印累累佩陆离。河梁更赋断肠诗。莫拥旌旗真个去。何处。玉堂元自要论思。　　且约风流三学士。同醉。春风看试几枪旗。从此酒酣明月夜。耳热。那边应是说侬时。

又　再用韵和赵晋臣敷文

野草闲花不当春。杜鹃却是旧知闻。谩道不如归去住。梅雨。石榴花又是离魂。　　前殿群臣深殿女。赭袍一点万红巾。莫问兴亡今几主。听取。花前毛羽已羞人。

破阵子　赵晋臣敷文幼女县主觅词

菩萨丛中惠眼,硕人诗里娥眉。天上人间真福相,画就描成好属儿。行时娇更迟。　　劝酒偏他最劣,笑时犹有些痴。更著十年君看取,两国夫人更是谁。殷勤秋水词。

临 江 仙

小属人怜都恶瘦,曲眉天与长颦。沉思欢事惜腰身。枕添离别泪,

粉落却深匀。　　翠袖盈盈浑力薄,玉笙袅袅愁新。夕阳依旧倚窗尘。叶红苔郁碧,深院断无人。

又

逗晓莺啼声昵昵,掩关高树冥冥。小渠春浪细无声。井床听夜雨,出藓辘轳青。　　碧草旋荒金谷路,乌丝重记兰亭。强扶残醉绕云屏。一枝风露湿,花重入疏棂。

又

春色饶君白髮了,不妨倚绿偎红。翠鬟催唤出房栊。垂肩金缕窄,醺甲宝杯浓。　　睡起鸳鸯飞燕子,门前沙暖泥融。画楼人把玉西东。舞低花外月,唱澈柳边风。

又

金谷无烟宫树绿,嫩寒生怕春风。博山微透暖薰笼。小楼春色里,幽梦雨声中。　　别浦鲤鱼何日到,锦书封恨重重。海棠花下去年逢。也应随分瘦,忍泪觅残红。

又　戏为期思詹老寿

手种门前乌桕树,而今千尺苍苍。田园只是旧耕桑。杯盘风月夜,箫鼓子孙忙。　　七十五年无事客,不妨两鬓如霜。绿窗划地调红妆。更从今日醉,三万六千场。

又

手捻黄花无意绪,等闲行尽回廊。卷帘芳桂散馀香。枯荷难睡鸭,疏雨暗池塘。　　忆得旧时携手处,如今水远山长。罗巾浥泪别残妆。旧欢新梦里,闲处却思量。

又

冷雁寒云渠有恨,春风自满余怀。更教无日不花开。未须愁菊尽,
相次有梅来。　　多病近来浑止酒,小槽空压新醅。青山却自要
安排。不须连日醉,且进两三杯。

又　壬戌岁生日书怀

六十三年无限事,从头悔恨难追。已知六十二年非。只应今日是,
后日又寻思。　　少是多非惟有酒,何须过后方知。从今休似去
年时。病中留客饮,醉里和人诗。

又

窄样金杯教换了,房栊试听珊珊。莫教秋扇雪团团。古今悲笑事,
长付后人看。　　记取桔槔春雨后,短畦菊艾相连。拙于人处巧
于天。君看流水地,难得正方圆。右再用圆字韵
　　　按此首原与上首相衔接。

又

醉帽吟鞭花不住,却招花共商量。人生何必醉为乡。从教斟酒浅,
休更和诗忙。　　一斗百篇风月地,饶他老子当行。从今三万六
千场。青青头上髪,还作柳丝长。

又　昨日得家报,牡丹渐开。连日少雨多晴,常年未有。
仆留龙安萧寺,诸君亦不果来,岂牡丹留不住为可
恨耶。因取来韵,为牡丹下一转语

只恐牡丹留不住,与春约束分明。未开微雨半开晴。要花开定准,

又更与花盟。　　魏紫朝来将进酒,玉盘盂样先呈。鞓红似向舞
腰横。风流人不见,锦绣夜间行。

又

老去浑身无著处,天教只住山林。百年光景百年心。更欢须叹息,
无病也呻吟。　　试向浮瓜沈李处,清风散髪披襟。莫嫌浅后更
频斟。要他诗句好,须是酒杯深。

又　停云偶作

偶向停云堂上坐,晓猿夜鹤惊猜。主人何事太尘埃。低头还说向,
被召又重来。　　多谢北山山下老,殷勤一语佳哉。借君竹杖与
芒鞋。径须从此去,深入白云堆。

蝶恋花　继杨济翁韵饯范南伯知县归京口

泪眼送君倾似雨。不折垂杨,只倩愁随去。有底风光留不住。烟
波万顷春江橹。　　老马临流痴不渡。应惜障泥,忘了寻春路。
身在稼轩安稳处。书来不用多行数。

又　客有燕语莺啼人乍远之句,用为首句

燕语莺啼人乍远。却恨西园,依旧莺和燕。笑语十分愁一半。翠
围特地春光暖。　　只道书来无过雁。不道柔肠,近日无肠断。
柄玉莫摇湘泪点。怕君唤作秋风扇。

又

洗尽机心随法喜。看取尊前,秋思如春意。谁与先生宽髪齿。醉
时惟有歌而已。　　岁月何须溪上记。千古黄花,自有渊明比。

高卧石龙呼不起。微风不动天如醉。

又

何物能令公怒喜。山要人来，人要山无意。恰似哀筝弦下齿。千情万意无时已。　　自要溪堂韩作记。今代机云，好语花难比。老眼狂花空处起。银钩未见心先醉。

南乡子　登京口北固亭有怀

何处望神州。满眼风光北固楼。千古兴亡多少事，悠悠。不尽长江衮衮流。　　年少万兜鍪。坐断东南战未休。天下英雄谁敌手。曹刘。生子当如孙仲谋。以上稼轩长短句卷八

鹧鸪天　和张子志提举

别恨妆成白髪新。空教儿女笑陈人。醉寻夜雨旗亭酒，梦断东风辇路尘。　　骑骥騕，笑青云。看公冠佩玉阶春。忠言句句唐虞际，便是人间要路津。

又

樽俎风流有几人。当年未遇已心亲。金陵种柳欢娱地，庾岭逢梅寂寞滨。　　樽似海，笔如神。故人南北一般春。玉人好把新妆样，淡画眉儿浅注唇。

又

指点斋尊特地开。风帆莫引酒船回。方惊共折津头柳，却喜重寻岭上梅。　　催月上，唤风来。莫愁瓶罄耻金罍。只愁画角楼头起，急管哀弦次第催。

又

困不成眠奈夜何。情知归未转愁多。暗将往事思量遍，谁把多情恼乱他。　　些底事，误人哪。不成真个不思家。娇痴却妒香香睡，唤起醒松说梦些。

又　郑守厚卿席上谢余伯山，用其韵

梦断京华故倦游。只今芳草替人愁。阳关莫作三叠唱，越女应须为我留。　　看逸韵，自名流。青衫司马且江州。君家兄弟真堪笑，个个能修五凤楼。

又

一夜清霜变鬓丝。怕愁刚把酒禁持。玉人今夜相思不，想见频将翠枕移。　　真个恨，未多时。也应香雪减些儿。菱花照面须频记，曾道偏宜浅画眉。

又

木落山高一夜霜。北风驱雁又离行。无言每觉情怀好，不饮能令兴味长。　　频聚散，试思量。为谁春草梦池塘。中年长作东山恨，莫遣离歌苦断肠。

又　三山道中

抛却山中诗酒窠。却来官府听笙歌。闲愁做弄天来大，白髪栽埋日许多。　　新剑戟，旧风波。天生予懒奈予何。此身已觉浑无事，却教儿童莫恁么。

又

桃李漫山过眼空。也宜恼损杜陵翁。若将玉骨冰姿比,李蔡为人
在下中。　　寻驿使,寄芳容。垄头休放马蹄松。吾家篱落黄昏
后,剩有西湖处士风。

又　读渊明诗不能去手,戏作小词以送之

晚岁躬耕不怨贫。隻鸡斗酒聚比邻。都无晋宋之间事,自是羲皇
以上人。　　千载后,百篇存。更无一字不清真。若教王谢诸郎
在,未抵柴桑陌上尘。

又

鬓底青青无限春。落红飞雪谩纷纷。黄花也伴秋光老,何似尊前
见在身。　　书万卷,笔如神。眼看同辈上青云。个中不许儿童
会,只恐功名更逼人。

又　戊午拜复职奉祠之命

老退何曾说著官。今朝放罪上恩宽。便支香火真祠俸,更缀文书
旧殿班。　　扶病脚,洗衰颜。快从老病借衣冠。此身忘世浑容
易,使世相忘却自难。

又　和赵晋臣敷文韵

绿鬓都无白发侵。醉时拈笔越精神。爱将芜语追前事,更把梅花
比那人。　　回急雪,遏行云。近时歌舞旧时情。君侯要识谁轻
重,看取金杯几许深。

又　和傅先之提举赋雪

泉上长吟我独清。喜君来共雪争明。已惊并水鸥无色,更怪行沙
蟹有声。　　添爽气,动雄情。奇因六出忆陈平。却嫌鸟雀投林
去,触破当楼云母屏。

又　登一丘一壑偶成

莫孅春光花下游。便须准备落花愁。百年雨打风吹却,万事三平
二满休。　　将扰扰,付悠悠。此生于世百无忧。新愁次第相抛
舍,要伴春归天尽头。

瑞鹧鸪　京口有怀山中故人

暮年不赋短长词。和得渊明数首诗。君自不归归甚易,今犹未足
足何时。　　偷闲定向山中老,此意须教鹤辈知。闻道只今秋水
上,故人曾榜北山移。

又　京口病中起登连沧观偶成

声名少日畏人知。老去行藏与愿违。山草旧曾呼远志,故人今又
寄当归。　　何人可觅安心法,有客来观杜德机。却笑使君那得
似,清江万顷白鸥飞。

又

胶胶扰扰几时休。一出山来不自由。秋水观中山月夜,停云堂下
菊花秋。　　随缘道理应须会,过分功名莫强求。先去声自一身愁
不了,那堪愁上更添愁。

又　乙丑奉祠归舟次徐干赋

江头日日打头风。憔悴归来邴曼容。郑贾正应求死鼠,叶公岂是好真龙。　　孰居无事陪犀首,未办求封遇万松。却笑千年曹孟德,梦中相对也龙钟。

又

期思溪上日千回。樟木桥边酒数杯。人影不随流水去,醉颜重带少年来。　　疏蝉响涩林逾静,冷蝶飞轻菊半开。不是长卿终慢世,只缘多病又非才。以上稼轩长短句卷九

玉　楼　春

无心云自来还去。元共青山相尔汝。霎时迎雨障崔嵬,雨过却寻归路处。　　侵天翠竹何曾度。遥见屹然星砥柱。今朝不管乱云深,来伴仙翁山下住。

又

瘦筇倦作登高去。却怕黄花相尔汝。岭头拭目望龙安,更在云烟遮断处。　　思量落帽人风度。休说当年功纪柱。谢公直是爱东山,毕竟东山留不住。

又

风前欲劝春光住。春在城南芳草路。未随流落水边花,且作飘零泥上絮。　　镜中已觉星星误。人不负春春自负。梦回人远许多愁,只在梨花风雨处。

又 寄题文山郑元英巢经楼

悠悠莫向文山去。要把襟裾牛马汝。遥知书带草边行,正在雀罗门里住。　　平生插架昌黎句。不似拾柴东野苦。侵天且拟凤凰巢,扫地从他鹦鹆舞。

又 有自九江以石中作观音像持送者,因以词赋之

琵琶亭畔多芳草。时对香炉峰一笑。偶然重傍玉溪东,不是白头谁觉老。　　普陀大士神通妙。影入石头光了了。看来持献可无言,长似慈悲颜色好。

又 乙丑京口奉祠西归,将至仙人矶

江头一带斜阳树。总是六朝人住处。悠悠兴废不关心,惟有沙洲双白鹭。　　仙人矶下多风雨。好卸征帆留不住。直须抖擞尽尘埃,却趁新凉秋水去。

鹊桥仙 席上和赵晋臣敷文

少年风月,少年歌舞,老去方知堪羡。叹折腰、五斗赋归来,问走了、羊肠几遍。　　高车驷马,金章紫绶,传语渠侬稳便。问东湖、带得几多春,且看凌云笔健。

西江月 用韵和李兼济提举

且对东君痛饮,莫教华髪空催。琼瑰千字已盈怀。消得津头一醉。　　休唱阳关别去,只今凤诏归来。五云两两望三台。已觉精神聚会。

又　春晚

剩欲读书已懒，只因多病长闲。听风听雨小窗眠。过了春光太半。

　　往事如寻去鸟，清愁难解连环。流莺不肯入西园。唤起画梁飞燕。

又　木犀

金粟如来出世，蕊宫仙子乘风。清香一袖意无穷。洗尽尘缘千种。

　　长为西风作主，更居明月光中。十分秋意与玲珑。拚却今宵无梦。

又　和赵晋臣敷文赋秋水瀑泉

八万四千偈后，更谁妙语披襟。纫兰结佩有同心。唤取诗翁来饮。

　　镂玉裁冰著句，高山流水知音。胸中不受一尘侵。却怕灵均独醒。

又

粉面都成醉梦，霜髯能几春秋。来时诵我伴牢愁。一见尊前似旧。

　　诗在阴何侧畔，字居罗赵前头。锦囊来往几时休。已遣蛾眉等候。

朝中措　为人寿

年年黄菊滟秋风。更有拒霜红。黄似旧时宫额，红如此日芳容。

　　青青未老，尊前要看，儿辈平戎。试酿西江为寿，西江绿水无穷。

清平乐 书王德由主簿扇

溪回沙浅。红杏都开遍。鸂鶒不知春水暖。犹傍垂杨春岸。
片帆千里轻船。行人想见敧眠。谁似先生高举,一行白鹭青天。

好事近 中秋席上和王路钤

明月到今宵,长是不如人约。想见广寒宫殿,正云梳风掠。　　夜深休更唤笙歌,檐头雨声恶。不是小山词就,这一场寥索。

又 和城中诸友韵

云气上林梢,毕竟非空非色。风景不随人去,到而今留得。　　老无情味到篇章,诗债怕人索。却笑近来林下,有许多词客。以上稼轩长短句卷十

菩 萨 蛮

江摇病眼昏如雾。送愁直到津头路。归念乐天诗。人生足别离。　　云屏深夜语。梦到君知否。玉箸莫偷垂。断肠天不知。

又

西风都是行人恨。马头渐喜归期近。试上小红楼。飞鸿字字愁。　　阑干闲倚处。一带山无数。不似远山横。秋波相共明。

又

功名饱听儿童说。看公两眼明如月。万里勒燕然。老人书一编。　　玉阶方寸地。好趁风云会。他日赤松游。依然万户侯。

又　送郑守厚卿赴阙

送君直上金銮殿。情知不久须相见。一日甚三秋。愁来不自由。
九重天一笑。定是留中了。白髪少经过。此时愁奈何。

又　送曹君之庄所

人间岁月堂堂去。劝君快上青云路。圣处一灯传。工夫萤雪边。
麹生风味恶。辜负西窗约。沙岸片帆开。寄书无雁来。

又　雪楼赏牡丹,席上用杨民瞻韵

红牙签上群仙格。翠罗盖底倾城色。和雨泪阑干。沉香亭北看。
东风休放去。怕有流莺诉。试问赏花人。晓妆匀未匀。

又　重到云岩,戏徐斯远

君家玉雪花如屋。未应山下成三宿。啼鸟几曾催。西风犹未来。
山房连石径。云卧衣裳冷。倩得李延年。清歌送上天。

卜　算　子

万里笊浮云,一喷空凡马。叹息曹瞒老骥诗,伏枥如公者。　　山
鸟喺窥檐,野鼠饥翻瓦。老我痴顽合住山,此地菟裘也。

丑奴儿　醉中有歌此诗以劝酒者,聊檃括之

晚来云淡秋光薄,落日晴天。落日晴天。堂上风斜画烛烟。
从渠去买人间恨,字字都圆。字字都圆。肠断西风十四弦。

又

寻常中酒扶头后，歌舞支持。歌舞支持。谁把新词唤住伊。
临岐也有旁人笑，笑己争知。笑己争知。明月楼空燕子飞。

又

此生自断天休问，独倚危楼。独倚危楼。不信人间别有愁。
君来正是眠时节，君且归休。君且归休。说与西风一任秋。

又

近来愁似天来大，谁解相怜。谁解相怜。又把愁来做个天。
都将今古无穷事，放在愁边。放在愁边。却自移家向酒泉。

又

年年索尽梅花笑，疏影黄昏。疏影黄昏。香满东风月一痕。
清诗冷落无人寄，雪艳冰魂。雪艳冰魂。浮玉溪头烟树村。

浣溪沙 寿内子

寿酒同斟喜有馀。朱颜却对白髭须。两人百岁恰乘除。　　　婚嫁
剩添儿女拜，平安频拆外家书。年年堂上寿星图。

又

歌串如珠个个匀。被花勾引笑和颦。向来惊动画梁尘。　　　莫倚
笙歌多乐事，相看红紫又抛人。旧巢还有燕泥新。

又

父老争言雨水匀。眉头不似去年鞏。殷勤谢却甑中尘。　　啼鸟
有时能劝客,小桃无赖已撩人。梨花也作白头新。

又　别杜叔高

这里裁诗话别离。那边应是望归期。人言心急马行迟。　　去雁
无凭传锦字,春泥抵死污人衣。海棠过了有荼蘼。

又

妙手都无斧凿瘢。饱参佳处却成鞏。恰如春入浣花村。　　笔墨
今宵光有艳,管弦从此悄无言。主人席次两眉轩。

添字浣溪沙　用前韵谢傅岩叟瑞香之惠

句里明珠字字排。多情应也被春催。怪得名花和泪送,雨中栽。
　　赤脚未安芳斛稳,娥眉早把橘枝来。报道锦薰笼底下,麝脐
开。

又　三山戏作

记得瓢泉快活时。长年耽酒更吟诗。蓦地捉将来断送,老头皮。
　　绕屋人扶行不得,闲窗学得鹧鸪啼。却有杜鹃能劝道,不如
归。

又

日日闲看燕子飞。旧巢新垒画帘低。玉历今朝推戊己,住衔泥。
　　先自春光留不住,那堪更著子规啼。一阵晚香吹不断,落花

溪。

又 用前韵谢傅岩叟馈名花鲜蕈

杨柳温柔是故乡。纷纷蜂蝶去年场。大率一春风雨事,最难量。
满把携来红粉面,堆盘更觉紫芝香。幸自麹生闲去了,又教
忙。才止酒。

减字木兰花 宿僧房有作

僧窗夜雨。茶鼎熏炉宜小住。却恨春风。勾引诗来恼杀翁。
狂歌未可。且把一尊料理我。我到亡何。却听侬家陌上歌。

又

昨朝官告。一百五年村父老。更莫惊疑。刚道人生七十稀。
使君喜见。恰限华堂开寿宴。问寿如何。百代儿孙拥太婆。以上
稼轩长短句卷十一

醉　太　平

态浓意远。眉颦笑浅。薄罗衣窄絮风软。鬓云欺翠卷。　　南园
花树春光暖。红香径里榆钱满。欲上秋千又惊懒。且归休怕晚。

太常引 赋十四弦

仙机似欲织纤罗。仿佛度金梭。无奈玉纤何。却弹作、清商恨多。
珠帘影里,如花半面,绝胜隔帘歌。世路苦风波。且痛饮、公
无渡河。

又 寿赵晋臣敷文。彭溪,晋臣所居

论公耆德旧宗英。吴季子、百馀龄。奉使老于行。更看舞、听歌最精。　　须同卫武,九十入相,菉竹自青青。富贵出长生。记门外、清溪姓彭。

东　坡　引

君如梁上燕。妾如手中扇。团团青影双双伴。秋来肠欲断。秋来肠欲断。　　黄昏泪眼。青山隔岸。但咫尺、如天远。病来只谢傍人劝。龙华三会愿。龙华三会愿。

又

花梢红未足。条破惊新绿。重帘下遍阑干曲。有人春睡熟。有人春睡熟。　　鸣禽破梦,云偏目蹙。起来香腮褪红玉。花时爱与愁相续。罗裙过半幅。罗裙过半幅两"半幅"原俱作"一半",改从汲古阁本稼轩词。

恋绣衾 无题

长夜偏冷添被儿。枕头儿、移了又移。我自是笑别人底,却元来、当局者迷。　　如今只恨因缘浅,也不曾、抵死恨伊。合手下、安排了,那筵席、须有散时。

按此首别又误作陆游词,见花草粹编卷五。

杏　花　天

牡丹昨夜方开遍。毕竟是、今年春晚。荼䕷付与薰风管。燕子忙时莺懒。　　多病起、日长人倦。不待得、酒阑歌散。副能得见荼

瓯面。却早安排肠断。

柳梢青　三山归途代白鸥见嘲

白鸟相迎,相怜相笑,满面尘埃。华髪苍颜,去时曾劝,闻早归来。
　　而今岂是高怀。为千里、莼羹计哉。好把移文,从今日日,读
取千回。

武　陵　春

走去走来三百里,五日以为期。六日归时已是疑。应是望多时。
　　鞭个马儿归去也,心急马行迟。不免相烦喜鹊儿。先报那人
知。

按此首又见石孝友金谷遗音。

谒　金　门

归去未。风雨送春行李。一枕离愁头澈尾。如何消遣是。　　遥
想归舟天际。绿鬓珑璁慵理。好梦未成莺唤起。粉香犹有㰝。

酒泉子　无题

流水无情,潮到空城头尽白,离歌一曲怨残阳。断人肠。　　东风
官柳舞雕墙。三十六宫花溅泪,春声何处说兴亡。燕双双。

霜　天　晓　角

暮山层碧。掠岸西风急。一叶软红深处,应不是、利名客。　　玉
人还伫立。绿窗生怨泣。万里衡阳归恨,先倩雁、寄消息。

点绛唇 留博山寺,闻光风主人微恙而归,时春涨断桥

隐隐轻雷,雨声不受春回护。落梅如许。吹尽墙边去。　　春水
无情,碍断溪南路。凭谁诉。寄声传语。没个人知处。

生 查 子

梅子褪花时,直与黄梅接。烟雨几曾开,一春江里活。富贵使人
忙,也有闲时节。莫作路旁花,长教人看杀。

又 题京口郡治尘表亭

悠悠万世功,矻矻当年苦。鱼自入深渊,人自居平土。　　红日又
西沉,白浪长东去。不是望金山,我自思量禹。

昭君怨 送晁楚老游荆门

夜雨剪残春韭。明日重斟别酒。君去问曹瞒。好公安。　　试看
如今白髪。却为中年离别。风雨正崔嵬。早归来。

一落索 信守王道夫席上用赵达夫赋金林檎韵

锦帐如云处。高不知重数。夜深银烛泪成行,算都把、心期付。
　莫待燕飞泥污。问花花诉。不知花定有情无,似却怕、新词妒。

如梦令 赋梁燕

燕子几曾归去。只在翠岩深处。重到画梁间,谁与旧巢为主。深
许。深许。闻道凤凰来住。以上稼轩长短句卷十二。十二卷本同于四卷本者
不录。

生查子 和夏中玉

一天霜月明，几处砧声起。客梦已难成，秋色无边际。　　旦夕是
重阳，菊有黄花蕊。只怕又登高，未饮心先醉。

满 江 红

老子当年，饱经惯、花期酒约。行乐处，轻裘缓带，绣鞍金络。明月
楼台箫鼓夜，梨花院落秋千索。共何人、对饮五三钟，颜如玉。

嗟往事，空萧索。怀新恨，又飘泊。但年来何待，许多幽独。海
水连天凝望远，山风吹雨征衫薄。向此际、羸马独骎骎，情怀恶。

菩萨蛮 和夏中玉

与君欲赴西楼约。西楼风急征衫薄。且莫上兰舟。怕人清泪流。
临风横玉管。声散江天满。一夜旅中愁。蛩吟不忍休。

一 剪 梅

尘洒衣裾客路长。霜林已晚，秋蕊犹香。别离触处是悲凉。梦里
青楼，不忍思量。　　天宇沉沉落日黄。云遮望眼，山割愁肠。满
怀珠玉泪浪浪。欲倩西风，吹到兰房。

又

歌罢尊空月坠西。百花门外，烟翠霏微。绛纱笼烛照于飞。归去
来兮。归去来兮。　　酒入香腮分外宜。行行问道，还肯相随。
娇羞无力应人迟。何幸如之。何幸如之。

念奴娇 谢王广文双姬词

西真姊妹,料凡心忽起,共辞瑶阙。燕燕莺莺相并比,的当两团儿
雪。合韵歌喉,同茵舞袖,举措□□别。江梅影里,迥然双蕊奇绝。

　　还听别院笙歌,仓皇走报,笑语浑重叠。拾翠洲边携手处,疑
是桃根桃叶。并蒂芳莲,双头红药,不意俱攀折。今宵鸳帐,有同
对影明月。

又　三友同饮,借赤壁韵

论心论相,便择术满眼,纷纷何物。踏碎铁鞋三百纳,不在危峰绝
壁。龙友相逢,洼樽缓举,议论敲冰雪。何妨人道,圣时同见三杰。

　　自是不日同舟,平戎破虏,岂由言轻发。任使穷通相鼓弄,恐
是真□难灭。寄食王孙,丧家公子,谁握周公髮。冰□皎蛟,照人
不下霜月。

又　赠夏成玉

妙龄秀发,湛灵台一点,天然奇绝。万壑千岩归健笔,扫尽平山风
月。雪里疏梅,霜头寒菊,迥与馀花别。识人青眼,慨然怜我疏拙。

　　遐想后日蛾眉,两山横黛,谈笑风生颊。握手论文情极处,冰
玉一时清洁。扫断尘劳,招呼萧散,满酌金蕉叶。醉乡深处,不知
天地空阔。

江城子 戏同官

留仙初试䌹罗裙。小腰身。可怜人。江国幽香,曾向雪中闻。过
尽东园桃与李,还见此,一枝春。　　庾郎襟度最清真。挹芳尘。
便情亲。南馆花深,清夜驻行云。拚却日高呼不起,灯半灭,酒微

醮。

惜奴娇 戏同官

风骨萧然,称独立、群仙首。春江雪、一枝梅秀。小样香檀,映朗玉、纤纤手。未久。转新声、泠泠山溜。 曲里传情,更浓似、尊中酒。信倾盖、相逢如旧。别后相思,记敏政堂前柳。知否。又拚了、一场消瘦。

眼儿媚 妓

烟花丛里不宜他。绝似好人家。淡妆娇面,轻注朱唇,一朵梅花。 相逢比著年时节,顾意又争些。来朝去也,莫因别个,忘了人咱。

如梦令 赠歌者

韵胜仙风缥缈。的皪娇波宜笑。串玉一声歌,占断多情风调。清妙。清妙。留住飞云多少。

鹧鸪天 和陈提干

剪烛西窗夜未阑。酒豪诗兴两联绵。香喷瑞兽金三尺,人插云梳玉一弯。 倾笑语,捷飞泉。觥筹到手莫留连。明朝再作东阳约,肯把鸾胶续断弦。

踏莎行 春日有感

萱草齐阶,芭蕉弄叶。乱红点点团香蝶。过墙一阵海棠风,隔帘几处梨花雪。 愁满芳心,酒潮红颊。年年此际伤离别。不妨横管小楼中,夜阑吹断千山月。

□□□ 春寒有感

莺未老。花谢东风扫。秋千人倦彩绳闲，又被清明过了。　　日长减破夜长眠，别听笙箫吹晓。锦笺封与怨春诗，寄与归云缥缈。

谒金门 和陈提干

山共水。美满一千馀里。不避晓行并早起。此情都为你。　　不怕与人尤殢。只怕被人调戏。因甚无个阿鹊地。没工夫说里。

好事近 春日郊游

春动酒旗风，野店芳醪留客。系马水边幽寺，有梨花如雪。　　山僧欲看醉魂醒，茗碗泛香白。微记碧苔归路，袅一鞭春色。

又

花月赏心天，抬举多情诗客。取次锦袍须贳，爱春醅浮雪。　　黄鹂何处故飞来，点破野云白。一点暗红犹在，正不禁风色。

又

春意满西湖，湖上柳黄时节。滧水雾窗云户，贮楚宫人物。　　一年管领好花枝，东风共披拂。已约醉骑双凤，玩三山风月。

水调歌头 和马叔度游月波楼

客子久不到，好景为君留。西楼著意吟赏，何必问更筹。唤起一天明月，照我满怀冰雪，浩荡百川流。鲸饮未吞海，剑气已横秋。

野光浮。天宇迥，物华幽。中州遗恨，不知今夜几人愁。谁念英雄老矣，不道功名蕞尔，决策尚悠悠。此事费分说，来日且扶头。

又 巩采若寿

泰岳倚空碧,汶□卷云寒。萃兹山水奇秀,列宿下人寰。八世家传素业,一举手攀丹桂,依约笑谈间。宾幕佐储副,和气满长安。

分虎符,来近甸,自金銮。政平讼简无事,酒社与诗坛。会看沙堤归去,应使神京再复,款曲问家山。玉佩揖空阔,碧雾翳苍鸾。

贺新郎 和吴明可给事安抚

世路风波恶。喜清时、边夫袖手,□将帷幄。正值春光二三月,两两燕穿帘幕。又怕个、江南花落。与客携壶连夜饮,任韶光、飞上阑干角。何时唱,从军乐。　　归软已赋居岩壑。悟人世、正类春蚕,自相缠缚。眼畔昏鸦千万点,□欠归来野鹤。都不恋、黑头黄阁。一咏一觞成底事,庆康宁、天赋何须药。金琖大,为君酌。

渔家傲 湖州幕官作舫室

风月小斋模画舫。绿窗朱户江湖样。酒是短桡歌是桨。和情放。醉乡稳到无风浪。　　自有拍浮千斛酿。从教日日蒲桃涨。门外独醒人也访。同俯仰。赏心却在鸥夷上。

霜天晓角 赤壁

雪堂迁客。不得文章力。赋写曹刘兴废,千古事、泯陈迹。　　望中矶岸赤。直下江涛白。半夜一声长啸,悲天地、为予窄。

苏武慢 雪

帐暖金丝,杯干云液,战退夜□飋飋。障泥系马,扫路迎宾,先借落花春色。歌竹传觞,探梅得句,人在玉楼琼室。唤吴姬学舞,风流轻转,弄娇无力。　　　　尘世换、老尽青山,铺成明月,瑞物已深三尺。丰登意绪,婉娩光阴,都作暮寒堆积。回首驱羊旧节,入蔡奇兵,等闲陈迹。总无如现在,尊前一笑,坐中赢得。

绿头鸭　七夕

叹飘零。离多会少堪惊。又争如、天人有信,不同浮世难怎。占秋初、桂花散采,向夜久、银汉无声。凤驾催云,红帷卷月,泠泠一水会双星。素杼冷,临风休织,深诉隔年诚。飞光浅,青童语款,丹鹊桥平。　　　　看人间、争求新巧,纷纷女伴欢迎。避灯时、彩丝未整,拜月处、蛛网先成。谁念监州,萧条官舍,烛摇秋扇坐中庭。笑此夕、金钗无据,遗恨满蓬瀛。欹高枕,梧桐听雨,如是天明。

乌夜啼　戏赠籍中人

江头三月清明。柳风轻。巴峡谁知还是、洛阳城。　　　　春寂寂。娇滴滴。笑盈盈。一段乌丝阑上、记多情。

品　　　令

迢迢征路。又小舸、金陵去。西风黄叶,淡烟衰草,平沙将暮。回首高城,一步远如一步。　　　　江边朱户。忍追忆、分携处。今宵山馆,怎生禁得,许多愁绪。辛苦罗巾,揾取几行泪雨。以上稼轩词补遗,补遗词中,同于四卷本及十二卷本者均不录。

好　事　近

医者索酬劳,那得许多钱物。只有一个整整,也盒盘盛得。　　　下官歌舞转凄惶,剩得几枝笛。觑著这般火色,告妈妈将息。清波别志卷下

金菊对芙蓉　重阳

远水生光，遥山耸翠，霁烟深锁梧桐。正零瀼玉露，淡荡金风。东篱菊有黄花吐，对映水、几簇芙蓉。重阳佳致，可堪此景，酒酽花浓。　　追念景物无穷。叹少年胸襟，忒煞英雄。把黄英红萼，甚物堪同。除非腰佩黄金印，座中拥、红粉娇容。此时方称情怀，尽拚一饮千钟。草堂诗馀后集卷上

贺新郎　吉席

瑞气笼清晓。卷珠帘、次第笙歌，一时齐奏。无限神仙离蓬岛。凤驾鸾车初到。见拥个、仙娥窈窕。玉珮玎珰风缥缈。望娇姿、一似垂杨袅。天上有，世间少。　　刘郎正是当年少。更那堪、天教付与，最多才貌。玉树琼枝相映耀。谁与安排忒好。有多少、风流欢笑。直待来春成名了。马如龙、绿绶欺芳草。同富贵，又偕老。类编草堂诗馀卷四

按此首不似辛弃疾作。惟"刘郎正是当年少"三句，宋人已歌之，见刘壎水云村诗馀，末句作"许多才调"，稍有不同。此首必宋人作，姑附于此。

好事近　西湖

日日过西湖，冷浸一天寒玉。山色虽言如画，想画时难邈。　　前弦后管夹歌钟，才断又重续。相次藕花开也，几兰舟飞逐。永乐大典卷二千二百六十五湖字韵

生查子　重叶梅

百花头上开，冰雪寒中见。霜月定相知，先识春风面。　　主人情意深，不管江妃怨。折我最繁枝，还许冰壶荐。永乐大典卷二千八百十梅字韵引辛幼安稼轩集

存 目 词

调　名	首　句	出　处	附　　注
鹧 鸪 天	天上人间酒最尊	稼轩词补遗	朱敦儒词,见樵歌卷上
又	有个仙人捧玉卮	又	又
水 龙 吟	夜来风雨匆匆	草堂诗馀续集卷下	程垓词,见书舟词
菩 萨 蛮	东风约略吹罗幕	历代诗馀卷十	张孝祥词,见于湖居士文集卷三十四
断　句	染柳烟轻吹梅角怨	词品卷二	刘过柳梢青词,见龙川词
满 江 红	浪蕊浮花	续选草堂诗馀卷下	无名氏作,见新编事文类聚翰墨大全后甲集卷十

赵善扛

善扛字文鼎,别号解林居士。商王元份六世孙。绍兴十一年(1141)生。曾守蕲州及处州。淳熙年间卒。

传言玉女　上元

璧月珠星,辉映小桃秾李。化工容易,与人间富贵。东风巷陌,春在暖红温翠。人来人去,笑歌声里。　　油壁青骢,第一番共燕喜。举头天上,有如人意。歌传乐府,犹是升平风味。明朝须判,醉眠花底。

好　事　近

风动一川花,摇漾影迷红碧。人立杏花阴下,泛光风袭袭。　　琼枝碧月互相辉,春容泫将夕。罗盖暗承花雾,渍鲛绡香湿。

重叠金　春游

楚宫杨柳依依碧。遥山翠隐横波溢。绝艳照秾春。春光欲醉人。　纤纤芳草嫩。微步轻罗衬。花戴满头归。游蜂花上飞。

又　春思

玉关芳草黏天碧。春风万里思行客。骄马向风嘶。道归犹未归。　南云新有雁。望眼愁边断。膏沐为谁容。倚楼烟雨中。

又　春宵

一川花月青春夜。玉容依约花阴下。月照曲阑干。红绡挹露寒。　袖香温素手。意铄金卮酒。香远绣帘开。画楼吹落梅。

十拍子　上巳

柳絮飞时绿暗,荼䕷开后春酣。花外青帘迷酒思,陌上晴光收翠岚。佳辰三月三。　　解珮人逢游女,踏青草鬥宜男。醉倚画阑阑槛北,梦绕清江江水南。飞鸾与共骖。

青玉案　春暮

一年陌上寻芳意。想人在、东风里。褪粉销红春有几。青翰飞去,紫云凝仵,往事如流水。　　烟横极浦山无际。暗解明珰问谁寄。乡在温柔何处是。轮困香雾,静深庭院,帘影参差翠。

烛影摇红　盱江有怀

桃李墙头,向人都似他年意。舞丝千丈飏晴光,骀青春无际。花气薰然自醉。傍垂杨、行行缓辔。倦游无奈,回首云山,归期犹未。

玉锁楼空,鸟啼花外东风起。少年恩怨付波流,吟望朱阑倚。冉冉尘生客袂。对尊前、高情暂寄。洞天一笑,仙驭乘空,姑峰凝翠。

谒金门　春情

新雨霁。开遍满园桃李。波暖池塘风细细。一双花鸭戏。　唤起春融睡美。扶醉宿妆慵理。移步避人花影里。绣裙低窣地。

宴清都　饯明远兄县丞荣满赴调

疏柳无情绪。都不管、渡头行客欲去。犹依赖得,玉光万顷,为人留住。相从岁月如骛,叹回首、离歌又赋。更举目、斜照沉沉,西风剪剪秋墅。　君行定忆南池,歌筵舞地,花晨月午。八砖步日,三雍奏乐,送君云路。别情未抵遗爱,试听取、湖山共语。便可能、无意同倾,一尊露醑。

小重山　别情

汲水添瓶恰换花。蜂儿争要采,打窗纱。青春谁与度年华。弦索暗,无绪几曾拿。　春思正交加。马蹄声错认,客还家。花笺欲写寄天涯。羞人见,罗袖急忙遮。

感 皇 恩

七十古来稀,吾生已半。莫把身心自萦绊。据他缘分,且恁随时消遣。但知逢酒饮,逢花看。　　　林泉有约,风光无限。日上花梢起来晚。芒鞋竹杖,信步水村山馆。更寻三两个,清闲伴。乙未生朝作

贺新郎 夏

昼永重帘卷。乍池塘、一番过雨,芰荷初展。竹引新梢半含粉,绿荫扶疏满院。过花絮、蝶稀蜂懒。窗户沉沉人不到,伴清幽、时有流莺啭。凝思久,意何限。　　　玉钗坠枕风鬟颤。湛虚堂、壶冰莹彻,簟波零乱。自是仙姿清无暑,月影空垂素扇。破午睡、香销馀篆。一枕湖山千里梦,正白蘋烟棹归来晚。云弄碧,楚天远。

喜迁莺 春宴

韶华骀荡。看化工尽力,安排春仗。薄雾霏烟,软风轻日,物态与人交畅。鸟声弄巧千调,楼影垂空十丈。乱花柳,粲宝钿缨络、彩丝帷帐。　　　佳赏。辉艳冶,笑语盈盈,花面交相向。歌运长缣,酒凝深碧,和气盎然席上。好春易苦风雨,人意难逢舒放。但拍掌。醉陶然一笑,忘形天壤。以上十四首见中兴以来绝妙词选卷四

赵善括

善括字无咎,太宗第四子商王元份六世孙,江西隆兴人。孝宗朝,登进士第。乾道七年(1171),知常熟县。八年(1172),通判平江府。又为润州通判。淳熙六年(1179),知鄂州,放罢。十年(1183),差知廉州,又放罢。十六年(1189),差知常州,被论凶暴,主管建宁府武夷山冲佑观。著有应斋杂著。

菩萨蛮 西亭

烟波江上西亭小。晓来雨过惊秋早。飞栋倚晴空。凉生面面风。

痴儿官事了。独自凭栏笑。何处有尘埃。扁舟归去来。

柳梢青 用万元亨送冠之韵

愁别欣逢。人间离合，自古难同。写就茶经，注成花谱，何事西东。
一尊良夜匆匆。怎忍见、轻帆短篷。汉水无情，楚云有意，目断飞鸿。

鹧鸪天 和冠之韵

忆昔南楼旧使君。与君携手蹑浮云。如今更到经行处，妙墨新诗得屡闻。　　淮南路，楚江分。离尊相属更论文。明朝一棹人千里，多少红愁与翠颦。

又

我是行人更送行。潇潇风雨倍伤情。征帆西去何须急，飞诏东来分外荣。　　红袖湿，玉尊倾。不堪回首暮云平。小舟准拟随君去，要听霜天晓角声。

又

雨沐芙蓉秋意清。可人风月满江城。怜风爱月方留恋，对月临风又送行。　　人渐远，酒须倾。只凭一醉遣多情。重来休厌刘郎老，明月清风有素盟。

沁园春 和辛帅

虎啸风生，龙跃云飞，时不再来。试凭高望远，长淮清浅，伤今怀古，故国氛埃。壮志求伸，匈奴未灭，早以家为何谓哉。多应是，待著鞭事了，税驾方回。　　稼轩聊尔名斋。笑学请樊迟心未开。

似南阳高卧, 莘郊自乐, 磻溪韬略, 傅野盐梅。植杖亭前, 集山楼下, 五桂三槐次第栽。功名遂, 向急流勇退, 肯恁徘徊。

又

问舍东湖, 招隐西山, 惠然肯来。有闼香兰桂, 无穷幽趣, 隔溪车马, 何处轻埃。微利虚名, 朝荣暮辱, 笑尔焉能浼我哉。闲欹枕, 被幽禽唤觉, 午梦惊回。　　无言独坐南斋。好唤取芳尊相对开。待醒时重醉, 疏帘透月, 醉时还醒, 画角吹梅。无用千金, 休悬六印, 荆棘谁能满地栽。人间世, 任游鹍独运, 斥鷃低徊。

又

千里风湍, 万叠云峰, 自相送迎。叹扁舟如叶, 漂流如梗, 片帆如箭, 聚散如萍。家在东湖, 身来西浙, 非为区区利与名。堪怜处, 为雏饥犊暮, 狗苟蝇营。　　平生。何辱何荣。且一任三才和五行。有鹍飞鹏奋, 鹤长凫短, 朱颜富贵, 白髮公卿。印漫累累, 绶何若若, 休羡行歌朱买臣。归来好, 向严滩垂钓, 谷口躬耕。

满江红　和坡公韵

一雨连春, 东湖涨、蒲萄新绿。湖上路, 柳浓花艳, 绿围红簇。尘世难逢开口笑, 人生待足何时足。况南州高士是西邻, 人如玉。　行路唱, 谁家曲。愁易感, 欢难续。问轩裳于我, 有何荣辱。众醉岂容君独醒, 出林休恨风摧木。叹惊弦、飞鸟尚知还, 安巢宿。

又　舣舟南康作

三十年前, 曾向此、舞风歌月。今依旧、江山如画, 鬓须如雪。故友冥鸿随净社, 旧时秋蚓横尘壁。赖庐峰、对我眼偏青, 曾相识。

开岫幌,携山屐。泉泻布,星飞石。为收帆舣棹,小留终日。休
问重湖吹碧浪,且同五老浮琼液。待明朝、鹢首向东飞,清风力。

又 坐间用韵赠朱守

腾茂飞英,分忧愿、自然风力。千里静,江山改观,羽旌增色。林下
风清公事少,笔端雷动奸豪息。听宴香、深处笑声长,文章客。

丹诏自,天边得。宣室对,君心忆。趁良辰高会,履珠簪碧。和
气回春徵酝酿,政声报最惟清白。看挥毫、万字扫云烟,吴笺湿。

鹧鸪天 和朱伯阳

画鹢翩翩去似飞。季鹰何事忽思归。风湍自送征帆稳,云巘须将
彩笔挥。　　江作酒,海为卮。为君满酌不须辞。酒酣渴思回春
梦,自笑何时是足时。

念奴娇 重阳前二日,风雨中,携儿曹访菊,赋酹江月。
后再携妻子,待月于岚光亭。思恭蒋丈宠和寄
示,醉中操笔,对月再用前韵

扬辉璧月,照层台缥缈,蓬莱云气。玉宇清明仙语近,多少怨红愁
翠。问我殷勤,几年尘土,依旧高标致。广寒别后,与谁曾共幽会。

一日失脚人间,十常八九,底事如人意。狗苟蝇营真可笑,何
乃比余于是。风月佳时,江山好处,无复怀愁悴。倚栏舒啸,六经
时自心醉。

醉落魄 赵监惠酒五斗以应重九之节,至晚小饮,赋之

重阳时节。可怜又是天涯客。扁舟小泊花溪侧。细雨斜风,不见
秦楼月。　　白衣望断无消息。举觞一笑真难得。归兮学取陶彭

泽。采菊东篱,悠然见山色。

摸鱼儿 和辛幼安韵

喜连宵、四郊春雨。纷纷一阵红去。东君不爱闲桃李,春色尚馀分数。云影住。任绣勒香轮,且阻寻芳路。农家相语。渐南亩浮青,西江涨绿,芳沼点萍絮。　　西成事,端的今年不误。从他蝶恨蜂妒。莺啼也怨春多雨,不解与春分诉。新燕舞。犹记得、雕梁旧日空巢土。天涯劳苦。望故国江山,东风吹泪,渺渺在何处。

又

被杨花、带将春去,飘扬一路无定。满庭绿荫丝千尺,枝上旧香吹尽。幽梦醒。对晚色、秋千院落人初静。柔条弄影。奈颭颭轻风,冥冥细雨,惹起万千恨。　　云山路,休蹙高楼独凭。楚天一抹烟暝。娇莺百啭飞鸠去,何处可寻芳信。心自省。念咫尺、青楼应怪人薄幸。归期将近。料喜鹊先知,飞来报了,日日倚门等。

虞美人 无题

长空一夜霜风吼。寒色消残酒。问伊今夜在谁行。遗恨落花流水、误刘郎。　　尤云殢雨多情话。分付阿谁也。侬家有分受凄惶。只怕娇痴不睡、也思量。

好事近 怀归

月色透窗寒,一夜素衾霜湿。无寐起来搔首,正参横人寂。　　此心重省已回肠,何况是行役。欲弃利名归去,奈楚天云隔。

鹧鸪天　翁广文席上

枉道黉堂是冷官。深深青琐锁青鸾。新诗自得清歌举,和气都消永夜寒。　　花态净,酒杯宽。燕娇莺巧有馀欢。不因客里东阳瘦,好把西江一吸干。

满江红　和李颖士

传语风光,须少驻、共君流转。谁忍见、绿肥红瘦,鲜欢多感。泽国千丝烟雨暗,江城一带云山远。看新荷、泛水学人愁,心常卷。　　羞鬓雪,凭花染。携酒阵,嫌杯浅。叹人生岂为,青衫槐板。记舞可怜宫柳细,写情但觉香笺短。上层楼、独倚有谁知,栏干暖。

水调歌头　渡江

山险号北固,景胜冠南州。洪涛江上乱云,山里簇红楼。堪笑萍踪无定,拟泊叶舟何许,无计可依刘。金阙自帷幄,玉垒老貔貅。　　问兴亡,成底事,几春秋。六朝人物,五胡妖雾不胜愁。休学楚囚垂泪,须把祖鞭先著,一鼓版图收。惟有金焦石,不逐水漂流。

好事近　春暮

风雨做春愁,桃杏一时零落。是处绿肥红瘦,怨东君情薄。　　行藏独倚望江楼。双燕度帘幕。回首故园应在,误秋千人约。

鹧鸪天　庆金判王状元

玉殿分荣两桂华。灵根移植在长沙。风姨先绽无双蕊,月姊重开第一花。　　金榜烂,玉音加。从今稳步上天霞。休夸水击三千里,且歌笙歌十万家。

醉落魄　江阁

梯横画阁。碧栏干外江风恶。笑声欢意浮杯酌。秋水春山，相对
称行乐。　　谁家青鸟穿帘幕。暗传空有阳台约。天公著意称停
著。寒色人情，都恁两清薄。

又

横梯画阁。月明江净烟光薄。碧山回绕栏干角。一缕行云，忽向
杯中落。　　樱歌柳舞俱柔弱。罗衣不耐江风恶。凭谁唤取双黄
鹤。骑上瑶台，同赴金桃约。

朝中措　惜春

东君著意在枝头。红紫自风流。贪引游蜂舞蝶，几多春事都休。
　　三分好处，不随流水，即是闲愁。惟我惜花心在，更看红叶沉
浮。

菩萨蛮　上嗣王生日

鹊桥巧雾随风远。蟾宫皓影凝空满。一点寿星明。祥光彻太清。
　　周公天子傅。礼乐新封鲁。功业焕旂常。钧天侍玉皇。

水调歌头　赵帅生日

形胜视京兆，警跸驻钱塘。光前诏后弹压,谁数汉张王。几百万家
和气,五十馀年创见,天下一循良。有口皆歌颂,无地不耕桑。
　　春过半,花锦烂,柳丝长。潭潭门卫森戟,宴寝正凝香。笑把湖
山佳色,醉挹西湖晴滟,童艾祝霞觞。四海瞻华衮,千载侍吾皇。

满江红 辛帅生日二首

海岳储祥,符昌运、挺生前哲。天赋与、飘然才气,凛然忠节。颖脱难藏冲斗剑,誓清行击中流楫。二十年、麾节遍江湖,恩威浃。

香穗直,云峰列。觞羽急,鲸川竭。共介公眉寿,赞公贤业。出处已能齐二老,功名岂止超三杰。侍吾皇、千载带金重,头方黑。

醉蓬莱 前题

正彩铃坠盖,玉燕投怀,梦符佳月。五百年间,诞中兴人杰。杖策归来,入关徒步,万里朝金阙。贯日精忠,凌云壮气,妙龄英发。

名镇重湖,屡凭熊轼,恩满西江,载分龙节。有志澄清,誓击中流楫。谈笑封侯,雍容谋国,看掀天功业。待与斯民,庆公华衮,祝公黄髮。

又 寿司马大监生日

正百花堂下,山雨楼前,粲然梅柳。和气回春,滟一尊芳酒。桂子兰孙,凤歌鸾舞,介我公眉寿。天上遐龄,人间独乐,古来稀有。

壮日题桥,儿时击瓮,名遂功成,自然长久。琳馆偷闲,约赤城为友。紫诏重颁,黄扉稳步,好试调羹手。九世鸡窠,千秋麟阁,玉颜依旧。

又 魏相国生日

正槐堂日永,梅雨消尘,麦风摇翠。天祐昌辰,诞中兴嘉瑞。秀伟标姿,从容谋断,笑吐平戎计。汉节归来,边尘扫净,鼎司荣贵。

间世良臣,威严辅政,妩媚承君,道襟冲粹。玉券金丹,称功名成遂。茂苑烟霞,太湖风月,聊伴凝香醉。补衮工夫,调羹手段,如今重试。

瑞鹤仙 母氏生朝二首

月华凝露掌。正极目弯霄,望风鲸壤。深宫注遐想。听点点花漏,
盈盈仙仗。笙箫迎响。降琼轮、玄云步障。洞□扉、笑别蓬瀛,下
应太平无象。　　俱仰。姆仪春煦,妇节冰清,道风夷旷。三迁教
养。金阙里,玉音赏。况传家清白,满堂朱紫,相对兰荪竞长。待
齐秦、汤沐疏封,赐灵寿杖。

鹊桥仙 前题

星桥未就,月钩初挂,翠叶暗惊秋早。蕊珠宫里厌清闲,试回首、尘
寰一笑。　　仙风道骨,姆仪家范,须信人间最少。一枝丹桂四兰
荪,况千岁、灵椿未老。

贺新郎 瑞香

绛雪堆云绿。倚朱栏、鸾飞凤舞,乱红如簇。宫锦海沉肌理秀,极
目明霞孤鹜。对翠袖、天寒修竹。轻露有情添泪眼,爇精神、娇醉
薰华屋。然宝篆,散清馥。　　江南到处多兰菊。更海棠、贪睡未
醒,漫山粗俗。欲品此花为第一,真色生香俱足。又只怕、惊人凡
目。把酒对花频管领,怕狂风骤雨难拘束。拾碎玉,泛醽醁。

霜天晓角 送林兴国之任

楚天风色。一夜波翻雪。舣岸锦帆不度,天有意、且留客。　　鼓
声吹取急。离觞须举白。看去芳菲时候,日边听、好消息。

水调歌头 席上作

碧云初返岫,潦水正鸣滩。兰舟容与,歌舞偏称笑中看。烛影烘寒成暖,花色照人如昼,一坐有馀欢。酒滟浮金琖,香缕霭雕盘。

碧簪横,银漏永,玉樽乾。喧春鼓吹,翠袖起舞佩珊珊。记得山明水秀,何处朝云暮雨,常在梦魂间。多少难言事,都付两眉弯。

念奴娇 吕汉卿席上

晓来膏雨,报一犁丰信,几枝娇色。岸草河沙明似镜,不到尘埃花陌。急管繁弦,香车宝勒,正阻寻春客。东风特起,半空微露晴碧。

何况主意深勤,冰清才藻,玉润真珪璧。翠麓华堂横枕水,波底斜阳红湿。莲社风流,桃溪标致,便觉凡心息。玉尊倾尽,笑中归步钩月。

又

江南到处,被波光云影,留人行色。昔我来时春正好,舞絮□飞南陌。今日登临,读书斋上,重作凭栏客。清溪縠细,夜来微涨新碧。

两岸蘸水浓阴,断虹横障,一带连环璧。林外青山千万叠,雨歇半空犹湿。已倩双鳞,更须灵鹊,先报归消息。归来征袖,尽携千里风月。

鹊桥仙 留题安福刘氏园

花腮百媚,柳丝千尺,密影金铺碎日。过云微雨报清明,半天外、烟娇雾湿。　　当歌有恨,问春无语,笑我如何久客。小园归去又残红,便□地、飞舫尚得。

又

东风唤我,西园闲坐,大醉高歌竟日。行藏独倚画栏干,便忘了、征衫泪湿。　　亭高烟远,天低云近,相对逃名隐客。掀髯无语看青山,断不信、尘埃到得。

清平乐　和石次〔仲〕(仁)

断云漏雨。依约西山暮。风定樯高须小住。不忍带将春去。
此行抑有求欤。青衣拟问平都。万里一钩新月,相忘常在江湖。

水调歌头　和黄舜举吴门二咏

危台枕城堞,今昔几人游。绕城碧水一带,茂苑与长洲。寂寂弹琴风外,苒苒采香径畔,横截古溪头。极目暮云合,宋玉正悲秋。

岘山碑,帝子阁,庾公楼。当时风物,如今烟水只供愁。处处山明水秀,岁岁春花秋月,何必美南州。故国未归去,萍梗叹漂流。

又

雨霁彩虹卧,半夜水明楼。太湖极目,四面水尽是天流。几点鲈乡荻浦,万里鲸波雪浪,掀舞小渔舟。金饼挂蟾魄,时景正中秋。

钓纶轻,兰棹稳,笑王侯。一蓑一笠,得意何必美封留。纵使金章鼎贵,何似玉樽倾倒,一醉可消愁。玉女在何许,唤起与同游。

又　奉饯冠之之行

佳客志淮海,贱子设樽罍。楚江昨夜清涨,短棹已安排。休问南楼风月,且念阳台云雨,几日却重来。银烛正凝泪,画鼓且休催。

彩云飞,黄鹤举,两徘徊。林泉归去高卧,回首笑尘埃。我唱更凭君和，君起谁同我舞，莫惜玉山颓。他日扬州路，散策愿相陪。

又　饯吴漕

浩叹对青史，循吏久无闻。二年江右，赖公华节布阳春。才自搴帷
问俗，无复埋轮当道，一路尽澄清。多少攀辕意，不待及瓜人。

驻膏车，迟祖帐，倒离尊。满庭桃李绿阴，何处不深恩。此去玉
音应问，底事金围微减，忧国更忧民。造膝一言语，四海入洪钧。

满江红　饯京仲远赴湖北漕

雨沐风梳，正梅柳、弄香逞色。谁忍听、送君南浦，阳关三叠。玉节
前驱光照路，金杯争劝愁生席。泛锦樯、西去若登仙，乘槎客。

春有意，寒无力。和风满，洪波息。笑庐峰溢浦，旧游陈迹。昔
日蜚声台柏劲，他年坐对堂槐密。想轺车、不待政成时，追锋急。

满庭芳　用洪景卢韵

蝶粉蜂黄，桃红李白，春风屡展愁眉。晓来雨过，应渐觉红稀。满
径柔茵似染，新晴后、皱绿盈池。休孤负，幕天席地，逸饮酹金彝。

东君，真好事，绛唇歌雪，玉指鸣丝。念长卿多病，非药能治。
试假瑶琴一弄，清音转、便许心知。从今去，园林好在，休学岘山
碑。以上彊村丛书本应斋词

好事近　月岩

新月巧穿山，桂树影高群木。任使云遮烟锁，自春辉秋绿。我来折
得最高枝，踏破一轮玉。宝斧修教圆样，放十分光足。永乐大典卷九
千七百六十三岩字韵引应斋杂著

程　垓

垓字正伯,眉山人,有书舟词。

满江红 忆别

门掩垂杨,宝香度、翠帘重叠。春寒在,罗衣初试,素肌犹怯。薄霭笼花天欲暮,小风送角声初咽。但独赛、幽幌悄无言,伤初别。

衣上雨,眉间月。滴不尽,鞾空切。羡栖梁归燕,入帘双蝶。愁绪多于花絮乱,柔肠过似丁香结。问甚时、重理锦囊书,从头说。

又

水远山明,秋容淡、不禁摇落。况正是按"正是",吴讷唐宋名贤百家词本书舟词作"层叠"、楼台高处,晚凉犹薄。月在衣裳风在袖,冰生枕簟香生幕。算四时、佳处是清秋,须行乐。　　东篱下,西窗角。寻旧菊,催新酌。笑广平何事,对秋萧索。摇叶声声深院宇,折荷寸寸闲池阁。待归来、闲把木犀花,重熏却。

最　高　楼

旧时心事,说著两眉羞。长记得、凭肩游。缃裙罗袜桃花岸,薄衫轻扇杏花楼。几番行,几番醉,几番留。　　也谁料、春风吹已断。又谁料、朝云飞亦散。天易老,恨难酬。蜂儿不解知人苦,燕儿不解说人愁。旧情怀,消不尽,几时休。

南　浦

金鸭懒熏香,向晚来春醒,一枕无绪。浓绿涨瑶窗,东风外、吹尽乱红飞絮。无言伫立,断肠惟有流莺语。碧云欲暮。空惆怅,韶华一时虚度。　　追思旧日心情,记题叶西楼,吹花南浦。老去觉欢疏,伤春恨,都付断云残雨。黄昏院落,问谁犹在凭阑处。可堪杜宇。空只解声声,催他春去。

摊破江城子

娟娟霜月又侵门。对黄昏。怯黄昏。愁把梅花,独自泛清尊。酒又难禁花又恼,漏声远、一更更、总断魂。　　断魂。断魂。不堪闻。被半温。香半熏。睡也睡也,睡不稳、谁与温存。只有床前,红烛伴啼痕。一夜无眠连晓角,人瘦也,比梅花、瘦几分。

按类编草堂诗馀卷二此首误作康与之词。

木 兰 花 慢

倩娇莺姹燕,说不尽、此时情。正小院春阑,芳园昼锁,人去花零。凭高试回望眼,奈遥山远水隔重云。谁遣风狂雨横,便教无计留春。　　谁知雁杳与鸿冥。自难寄丁宁。纵柳院鼃深,桃门笑在,知属何人。衣篝几回忘了,奈残香、犹有旧时熏。空使风头卷絮,为他飘荡花城。

八 声 甘 州

问东君、既解遣花开,不合放花飞。念春风枝上,一分花减,一半春归。忍见千红万翠,容易涨桃溪。花自随流水,无计追随。　　不忍凭高南望,记旧时行处,芳意菲菲。叹年来春减,花与故人非。总使陆敕先校:"总使"上下脱一字、梁园赋在,奈长卿、老去亦何为。空原无此字,陆校:无"空"字,疑脱搔首,乱云堆里,立尽斜晖。

洞 庭 春 色

锦字亲裁，泪巾偷裛，细说旧时。记笑桃门巷，妆窥宝靥，弄花庭前，香湿罗衣。几度相随游冶去，任月细风尖犹未归。多少事，有垂杨眼见，红烛心知。　　如今事都过也，但赢得、双鬓成丝。叹半妆红豆，相思有分，两分青镜，重合难期。惆怅一春飞絮，梦悠飏教人分付谁。销魂处，又梨花雨暗，半掩重扉。

四 代 好

翠幕东风早。兰窗梦，又被莺声惊觉。起来空对，平阶弱絮，满庭芳草。厌厌未忺怀抱。记柳外、人家曾到。凭画阑、那更春好花好，上二字原无，陆校：无"花好"二字，疑脱，酒好人好。　　春好尚恐阑珊，花好又怕，飘零难保。直饶酒好□渑陆校："渑"字上疑有"如"字，脱一字，未抵意中人好。相逢尽拚醉倒。况人与、才情未老。又岂关、春去春来，花愁花恼。

水 龙 吟

夜来风雨匆匆，故园定是花无几。愁多愁极，等闲孤负，一年芳意。柳困花慵，杏青梅小，对人容易。算好春长在，好花长见，元只是、人憔悴。　　回首池南旧事。恨星星、不堪重记。如今但有，看花老眼，伤时清泪。不怕逢花瘦，只愁怕、老来风味。待繁红乱处，留云借月，也须拚醉。

　　　按草堂诗馀续集卷下此首误作辛弃疾词。

玉 漏 迟

一春浑不见，那堪又是，花飞时节。忍对危栏数曲，暮云千叠。门外星星柳眼，看还似、当时风月。愁万结。凭谁为我，殷勤低说。

不是惯却春心，奈新燕传情，旧莺饶舌。冷篆馀香，莫放等闲消歇。纵使繁红褪尽，犹有陆校："犹"字下应空一字。汲古阁本书舟词作"犹自有"、酴釄堪折。魂梦切。如今不奈，飞来蝴蝶。

折　红　英

桃花暖。杨花乱。可怜朱户春强半。长记忆。探芳日。笑凭郎肩，殢红偎碧。惜惜惜。　　春宵短。离肠断。泪痕长向东风满。凭青翼。问消息。花谢春归，几时来得。忆忆忆。

上　平　西　惜春

爱春归，忧春去，为春忙。旋点检、雨障云妨。遮红护绿，翠帏罗幕任高张。海棠明月杏花天，更惜浓芳。　　唤莺吟，招蝶拍，迎柳舞，倩桃妆。尽唤起、万籁笙簧。一觞一咏，尽教陶写绣心肠。笑他人世漫嬉游，拥翠偎香。

瑶　阶　草

空山子规叫，月破黄昏冷。帘幕风轻，绿暗红又尽。自从别后，粉销香腻，一春成病。那堪昼闲日永。　　恨难整。起来无语，绿萍破处池光净。闷理残妆，照花独自怜瘦影。睡来又怕，饮来越醉，醒来却闷。看谁似我孤令。

碧　牡　丹

睡起情无著。晓雨尽，春寒弱。酒盏飘零，几日顿疏行乐。试数花枝，问此情何若。为谁开，为谁落。　　正愁却。不是花情薄。花元笑人萧索。旧观千红，至今冷梦难托。燕麦春风，更几人惊觉。

对花羞,为花恶。

满庭芳 时在临安晚秋登临

南月惊乌,西风破雁,又是秋满平湖。采莲人尽,寒色战孤蒲。旧信江南好景,一万里、轻觅莼鲈。谁知道,吴侬未识,蜀客已情孤。

　　凭高,增怅望,湘云尽处,都是平芜。问故乡何日,重见吾庐。纵有荷纫芰制,终不似、菊短篱疏。归情远,三更雨梦,依旧绕庭梧。

念 奴 娇

秋风秋雨,正黄昏、供断一窗愁绝。带减衣宽谁念我,难忍重城离别。转枕褰帷,挑灯整被,总是相思切。知他别后,负人多少风月。

　　不是怨极愁浓,只愁重见了,相思难说。料得新来魂梦里,不管飞来蝴蝶。排闷人间,寄愁天上,终有归时节。如今无奈,乱云依旧千叠。

雪 狮 儿

断云低晚,轻烟带暝,风惊罗幕。数点梅花,香倚雪窗摇落。红炉对谑。正酒面、琼酥初削。云屏暖,不知门外,月寒风恶。　　迤逦慵云半掠。笑盈盈、闲弄宝筝弦索。暖极生春,已向横波先觉。花娇柳弱。渐倚醉、要人搂著。低告托。早把被香熏却。

摸 鱼 儿

掩凄凉、黄昏庭院,角声何处呜咽。矮窗曲屋风灯冷,还是苦寒时节。凝伫切。念翠被熏笼,夜夜成虚设。倚阑愁绝。听风竹声中,犀影帐外,簌簌酿陆校:“酿”字下多一字寒轻雪。　　伤心处,却忆当年轻别。梅花满院初发。吹香弄蕊无人见,惟有暮云千叠。情未彻。又谁料而今,好梦分胡越。不堪重说。但记得当初,重门锁处,犹有夜深月。

闺怨无闷

天与多才,不合更与,嫩柳怜花情分。甚总为才情,恼人方寸。早是春残花褪。也不料、一春都成病。自失笑,因甚腰围半减,珠泪频揾。　难省。也怨天、也自恨。怎免千般思忖。倩^{陆校:"倩人"}上脱一字人说与,又却不忍。拚了一生愁闷。又只恐、愁多无人问。到这里,天也怜人,看他稳也不稳。

孤　雁　儿

在家不觉穷冬好。向客里、方知道。故园梅花正开时,记得清尊频倒。高烧红蜡,暖熏罗幌,一任花枝恼。　如今客里伤怀抱。忍双鬓、随花老。小窗独自对黄昏,只有月华飞到。假饶真个,雁书频寄,何似归来早。

又　有尼从人而复出者,戏用张子野事赋此

双鬟乍绾横波溜。记当日、香心透。谁教容易逐鸡飞,输却春风先手。天公元也,管人憔悴,放出花枝瘦。　几宵和月来相就。问何事、春山鬥。祇应深院锁婵娟,枉却娇花时候。何时为我,小梯横阁,试约黄昏后。

意　难　忘

花拥鸳房。记驰肩髻小,约鬓眉长。轻身翻燕舞,低语转莺簧。相见处,便难忘。肯亲度瑶觞。向夜阑,歌翻郢曲,带换韩香。

别来音信难将。似云收楚峡，雨散巫阳。相逢情有在，不语意难量。些个事，断人肠。怎禁得恓惶。待与伊、移根换叶，试又何妨。

按续选草堂诗馀卷下此首误作苏轼词。

一　丛　花

伤春时候一凭阑。何况别离难。东风只解催人去，也不道、莺老花残。青笺未约，红绡忍泪，无计锁征鞍。　　宝钗瑶钿一时闲。此恨苦天悭。如今直恁抛人去，也不念、人瘦衣宽。归来忍见，重楼淡月，依旧五更寒。

蓦　山　溪

老来风味，是事都无可。只爱小书舟，剩围着、琅玕几个。呼风约月，随分乐生涯，不羡富，不忧贫，不怕乌蟾堕。　　三杯径醉，转觉乾坤大。醉后百篇诗，尽从他、龙吟鹤和。升沉万事，还与本来天，青云上，白云间，一任安排我。

满　江　红

葺屋为舟，身便是、烟波钓客。况人间元似，泛家浮宅。秋晚雨声篷背稳，夜深月影窗棂白。□满船 陆校："满船"上疑脱一字。据补一空格诗酒满船书，随意索。　　也不怕，云涛隔。也不怕，风帆侧。但独醒还睡，自歌还拍。卧后从教鳅鳝舞，醉来一任乾坤窄。恐有时、撑向大江头，占风色。

小　桃　红

不恨残花妥。不恨残春破。只恨流光，一年一度，又催新火。纵青天白日系长绳，也留春得么。　　花院重教锁。春事从教过。烧笋园林,尝梅台榭,有何不可。已安排、珍簟小胡床,待日长闲坐。

芭　蕉　雨

雨过凉生藕叶。晚庭消尽暑,浑无热。枕簟不胜香滑。争奈宝帐情生,金尊意惬。　　玉人何处梦蝶。思一见冰雪。须写个帖儿、丁宁说。试问道、肯来么,今夜小院无人,重楼有月。

红　娘　子

小小闲窗底。曲曲深屏里。一枕新凉,半床明月,留人欢意。奈梅花引里唤人行,苦随他无计。　　几点清觞泪。数曲乌丝纸。见少离多,心长分短,如何得是。到如今、留下许多愁,枉教人憔悴。

醉落魄　赋石榴花

夏围初结。绿深深处红千叠。杜鹃过尽芳菲歇。只道无春,满意春犹惬。　　折来一点如猩血。透明冠子轻盈帖。芳心蹙破情尤切。不管花残,犹自拣双叶。

一　剪　梅

旧日心期不易招。重来孤负,几个良宵。寻常不见尽相邀。见了知他,许大无聊。　　昨夜梅花插翠翘。影落清溪,应也魂消。假饶真个住山腰。那个金章,换得渔樵。

又

小会幽欢整及时。花也相宜。人也相宜。宝香未断烛光低。莫厌杯迟。莫恨欢迟。　　夜渐深深漏渐稀。风已侵衣。露已沾衣。一杯重劝莫相违。何似休归。何自同归。

眼儿媚 陆校:按此调亦系朝中措,作眼儿媚误

一枝烟雨瘦东墙。真个断人肠。不为天寒日暮,谁怜水远山长。
相思月底,相思竹外,犹自禁当。只恐玉楼贪梦,输他一夜清香。

浪 淘 沙

山尽两溪头。水合天浮。行人莫赋大江愁。且是芙蓉城下水,还送归舟。 鱼雁两悠悠。烟断云收。谁教此水却西流。载我相思千点泪,还与青楼。

雨 中 花 令

闻说海棠开尽了。怎生得、夜来一笑。翠绿枝头,落红点里,问有愁多少。 小园闭门春悄悄。禁不得、瘦腰如袅。豆蔻浓时,酝酿香处,试把菱花照。

又

旧日爱花心未了。紧消得、花时一笑。几日春寒,连宵雨闷,不道幽欢少。 记得去年深院悄。□梁畔,一枝香袅陆校:抄本只一"袅"字,疑脱。按调应"梁畔"上脱一字而止一"袅"字。说与西楼,后来明月,莫把菱花照。

又

卷地芳春都过了。花不语、对人含笑。花与人期,人怜花病,瘦似人多少。 闻道重门深悄悄。愁不尽、露啼烟袅。断得相思,除非明月,不把花枝照。

凤栖梧 客临安,连日愁霖,旅枕无寐,起作

九月江南烟雨里。客枕凄凉,到晓浑无寐。起上小楼观海气。昏昏半约渔樵市。　剑在床头书在几。未甘分付黄花泪。断雁西边家万里。料得秋来,笑我归无计。

又

有客钱塘江上住。十日斋居,九日愁风雨。断送一春弹指去。荷花又绕南山渡。　芳草梦魂应记取。不成忘却池塘句。湖上幽寻君已许。消息不来,望得行云暮。

又

门外飞花风约住。消息江南,已酿黄梅雨。蜀客望乡归不去。当时不合催南渡。　莫道春光难揽取。少陵辨得寻花句。忧国丹心曾独许。纵吐长虹,不奈斜阳暮。

又 南窗偶题

薄薄窗油清似镜。两面疏帘,四壁文书静。小篆焚香消日永。新来识得闲中性。　只有诗狂消不尽。夜来题破窗花影。人爱人嫌都莫问。絮自沾泥,不怕东风紧。

又 送子廉侄南下

九月重湖寒意早。目断黄云,冉冉连衰草。惨别临江愁满抱。酒尊时事都相恼。　若见故人相问劳。为言未分书舟老。闻道吴天消息好。鸳鸯西池,咫尺君应到。

愁倚阑 三荣道上赋

山无数,雨萧萧。路迢迢。不似芙蓉城下去,柳如腰。　　梦随春絮飘飘。知他在、第几朱桥。说与杜鹃休唤陆校:"唤"字上下脱一字,怕魂销。

渔家傲 彭门道中早起

野店无人霜似水。清灯照影寒侵被。门外行人催客起。因个事。老来方有思家泪。　　寄问梅花开也未。爱花只有归来是。想见小乔歌舞地。浑含喜。天涯不念人憔悴。

又

独木小舟烟雨湿。燕儿乱点春江碧。江上青山随意觅。人寂寂。落花芳草催寒食。　　昨夜青楼今日客。吹愁不得东风力。细拾残红书怨泣。流水急。不知那个传消息。

临江仙 合江放舟

送我南来舟一叶,谁教催动鸣榔。高城不见水茫茫。云湾才几曲,折尽九回肠。　　买酒浇愁愁不尽,江烟也共凄凉。和天瘦了也何妨。只愁今夜雨,更做泪千行。

又

浓绿锁窗闲院静,照人明月团团。夜长幽梦见伊难。瘦从香脸薄,愁到翠眉残。　　只道花时容易见,如今花尽春阑。画楼依旧五更寒。可怜红绣被,空记合时欢。

朝 中 措

矮窗西畔翠荷香。人在小池塘。何事未拈棋局，却来闲倚胡床。　金盆弄水，玉钗斝鬓，妆懒何妨。莫道困来不饮，今宵却恨天凉。

又 茶词

华筵饮散撤芳尊。人影乱纷纷。且约玉骢留住，细将团凤平分。　一瓯看取，招回酒兴，爽彻诗魂。歌罢清风两腋，归来明月千门。

又 汤词

龙团分罢觉芳滋。歌彻碧云词。翠袖且留纤玉，沉香载捧冰埙。　一声清唱，半瓯轻啜，愁绪如丝。记取临分馀味，图教归后相思。

又 咏三十九数

真游六六洞中仙。骑鹤下三天。休道日斜岁暮，行年方是韶华乐天诗有“行年三十九，岁暮日斜时”之句。陆校：“华”字非韵，误。　　相逢一笑，此心不动，须待明年。要得安排稳当，除非四十相连。

又

片花飞后水东流。无计挽春留。香小谁栽杜若，梦回依旧扬州。　破瓜年在，娇花艳冶，舞柳纤柔。莫道刘郎霜鬓，才情未放春休。

醉落魄 别少城,舟宿黄龙

风催雨促。今番不似前欢足。早来最苦离情毒。唱我新词,掩著面儿哭。　　临行只怕人行远陆校:"远"疑"速"。殷勤更写多情曲。相逢已是腰如束。从此知他,还减几分玉。

酷　相　思

月挂霜林寒欲坠。正门外、催人起。奈离别、如今真个是。欲住也、留无计。欲去也、来无计。　　马上离魂衣上泪。各自个、供憔悴。问江路梅花开也未。春到也、须频寄。人到也、须频寄。

生　查　子

溪光曲曲村,花影重重树。风物小桃源,春事还如许。　　情知送客来,又作寻芳去。可惜一春诗,总为闲愁赋。

又

长记别郎时,月淡梅花影。梅影又横窗,不见江南信。　　无心换夕香,有分怜朝镜。不怕瘦棱棱,只怕梅开尽。

忆　王　孙

萧萧梅雨断人行。门掩残春绿荫生。翠被寒灯枕自横。梦初惊。窗外啼鹃催五更。

卜　算　子

枕簟暑风消,帘幕秋风动。月到夜来愁处明,只照团衾凤。　　去意杳无凭,别语愁难送。一纸鱼笺枕底香,且做新来梦。

又

独自上层楼,楼外青山远。望到斜阳欲尽时,不见西飞雁。　独
自下层楼,楼下蛩声怨。待到黄昏月上时,依旧柔肠断。

又

几日赏花天,月淡荼蘼小。写尽相思唤不来,又是花飞了。　春
在怕愁多,春去怜欢少。一夜安排梦不成,月堕西窗晓。

霜 天 晓 角

几夜锁窗揭。素蟾光似雪。恰恨照人欹枕,纱幅爽、簟纹滑。
迤逦篆香褭。好坏谁共说。若是知人风味,来分取、半床月。

又

玉清冰样洁。几夜相思切。谁料浓云遮拥,同心带、甚时结。
匆匆休惜别。还有来时节。记取江阴归路,须共踏、夜深月。

乌 夜 啼

杨柳拖烟漠漠,梨花浸月溶溶。吹香院落春还尽,憔悴立东风。
　　只道芳时易见,谁知密约难通。芳园绕遍无人问,独自拾残红。

又　醉枕不能寐

白酒欺人易醉,黄花笑我多愁。一年只有秋光好,独自却悲秋。
　　风急常吹梦去,月迟多为人留。半黄橙子和诗卷,空自伴床头。

又

绿外深深柳巷按"巷""原作"港",据吴讷本书舟词,红间曲曲花楼。一春想
见贪游冶,不道有人愁。　　三月东风易老,几宵明月难留。酴醾
白尽窗前也,还肯醉来否。

瑞鹧鸪 瑞香

东风冷落旧梅台。犹喜山花拂面开。绀色染衣春意静,水沉熏骨
晚风来。　　柔条不学丁香结,矮树仍参茉莉栽。安得方盆载幽
植,道人随处作香材。

又 春日南园

门前杨柳绿成阴。翠坞笼香径自深。迟日暖熏芳草眼,好风轻撼
落花心。　　无多春恨莺难语,最晚朝眠蝶易寻。惟有狂醒不相
贷,酿成憔悴到如今。

青玉案 用贺方回韵

宝林岩畔凌云路。记藉草、寻梅去。咏绿书红知几度。行云归后,
碧云遮断,寂寞人何处。　　一声长笛江天暮。别后谁吟倚楼句。
匀面照溪心已许。欲凭锦字,写人愁去,生怕梨花雨。

好事近 资中道上无双堠感怀作

别梦记春前,春尽苦无归日。想见鹊声庭院,误几回消息。　　万
重离恨万重山,无处说思忆。只有路傍双堠,也随人孤隻。

又　待月不至

天淡一帘秋，明月几时来得。何事桂底香近，把清光邀勒。　人
间明晦总由天，何必问通塞。且为人如月好，醉莫分南北。

又

烟尽戍楼空，又是一帘佳月。何事山城留滞，负好花时节。　烧
灯剪彩没心情，应有翠娥说。欲借好风吹恨，奈乱云愁叠。

又

急雨闹冰荷，销尽一襟烦暑。趁取晚凉幽会，近翠阴浓处。　风
梢危滴撼珠玑，洒面得新句。莫怪玉壶倾尽，待月明归去。

点　绛　唇

梅雨收黄，暑风依旧闲庭院。露荷轻颤。只有香浮面。　挂起
西窗，月澹无人见。幽情远。随钗低扇。好个凉方便。

如　梦　令

风入藕花翻动。夜气与香俱纵。月又带风来，凉意一襟谁共。情
重。情重。可惜短宵无梦。

清　平　乐

山城桃李。催促春无几。日日为花须早起。犹□陵校："犹"字下疑脱
一字惜花无计。　阿谁留得春风。长教绕绿围红。莫遣十分芳
意，输他万点愁容。

又 酬王静父红木犀词

秋香谁买。散入琉璃界。点缀小红全不碍。还却铅华馀债。
夜来月底相期。一枝未觉香迟。恰似青绫帐底,绛罗初试裙儿。

又 咏雪

疏疏整整。风急花无定。红烛照筵寒欲凝。时见筛帘玉影。
夜深明月笼纱。醉归凉面香斜。犹有惜梅心在,满庭误作吹花。

又

绿深红少。柳外横桥小。双燕不知幽梦好。惊起碧窗春晓。
起来鬓鬒多时。玉台金镜慵移。多少春愁未说,却来闲数花枝。

望秦川 早春感怀

柳弱眠初醒,梅残舞尚痴。春阴将冷傍帘帏。又是东风和恨、向人
归。　　乐事灯前记,愁肠酒后知。老来无计遣芳时。只有闲情
随分、品花枝。

又

竹粉翻新箨,荷花拭靓妆。断云侵晚度横塘。小扇斜钗依约、傍牙
床。　　蘸蜜分红荔,倾筒泻碧香。醉时风雨醒时凉。明月多情
依旧、过西厢。

又

翠黛随妆浅,铢衣称体香。好风偏与十分凉。却扇含情独自、绕池
塘。　　碧藕丝丝嫩,红榴叶叶双。牵丝摘叶为谁忙。情到厌厌

挣醉、又何妨。

天　仙　子

惨惨霜林冬欲尽。又是溪梅寒弄影。矮窗曲屋夜烧香,人已静。
灯垂烬。点滴芭蕉和雨听。　　约个归期犹未定。一夜梦魂终不
稳。知他勾得许多情,真个闷。无人问。说与画楼应不信。

望江南　夜泊龙桥滩前遇雨作

篷上雨,篷底有人愁。身在汉江东畔去,不知家在锦江头。烟水两
悠悠。　　吾老矣,心事几时休。沉水爇香年似日,薄云垂帐夏如
秋。安得小书舟家有拟舫名书舟。

南　歌　子

雨燕翻新幕,风鹃绕旧枝。画堂春尽日迟迟。又是一番平绿、涨西
池。　　病起尊难尽,腰宽带易垂。不堪村落子规啼。问道行人
一去、几时归。

又　杨光辅又寄示寻春

淡霭笼青琐,轻寒薄翠绡。有人憔悴带宽腰。又见东风、不忍见柔
条。　　闷酒尊难寻,闲香篆易销。夜来溪雪已平桥。溪上梅魂
凭仗、一相招。

又　早春

梅坞飞香定,兰窗翠色齐。水边沙际又春归。领略东风、能有几人
知。　　爱月眠须晚,寻花去未迟。谁家庭院更芳菲。费尽才情、
休负一春诗。

又

荷盖倾新绿，榴巾蹙旧红。水亭烟榭晚凉中。又是一钩新月、静房栊。　　丝藕清如雪，幮纱薄似空。好维今夜与谁同。唤取玉人来共、一帘风。

又

野水寻溪路，青山踏晚春。偶来相值却钟情。一树琼瑶洗尽、客衣襟。　　曲沼通诗梦，幽窗净俗尘。何时散髪伴襜裙。后夜相思生怕、月愁人。

南 乡 子

几日诉离尊。歌尽阳关不忍分。此度天涯真个去，销魂。相送黄花落叶村。　　斜日又黄昏。萧寺无人半掩门。今夜粉香明月泪，休论。只要罗巾记旧痕。

浪 淘 沙

才合又轻离。心事多违。小窗灯影记亲移。可奈酒酣花困处，不省人归。　　山翠又如眉。肠断幽期。相思有梦阿谁知。莫遣重来风絮乱，不似当时。

又

老去懒寻花。独自生涯。几枝疏影浸窗纱。昨夜月来人不睡，看尽横斜。　　门外欲啼鸦。香意凌霞。从渠千树绕人家。世上一枝元也足，不要随他。

摊破南乡子

休赋惜春诗。留春住、说与人知。一年已负东风瘦,说愁说恨,数
期数刻,只望归时。　　莫怪杜鹃啼。真个也、唤得人归。归来休
恨花开了,梁间燕子,且教知道,人也双飞。

祝英台 晚春

坠红轻,浓绿润,深院又春晚。睡起厌厌,无语小妆懒。可堪三月
风光,五更魂梦,又都被、杜鹃催攒。　　怎消遣。人道愁与春归,
春归愁未断。闲倚银屏,羞怕泪痕满。断肠沉水重熏,瑶琴闲理,
奈依旧、夜寒人远。

虞　美　人

轻红短白东城路。忆得分襟处。柳丝无赖舞春柔。不系离人、只
解系离愁。　　如今花谢春将老。柳下无人到。月明门外子规
啼。唤得人愁、争似唤人归。

长　相　思

对重阳。感重阳。身在西风天一方。年年人断肠。　　景凄凉。
客凄凉。纵有黄花祗异乡。晚云连梦长。

又

酒孤斟。客孤吟。戏马台荒露草深。英雄何处寻。　　爱登临。
莫登临。定是愁来关客心。暮天烟水沉。

又

风敲窗。雨敲窗。窗外芭蕉云作幢。声声愁对床。　　　剔银缸。点银缸。梦采芙蓉隔一江。几时蝴蝶双。

鹊桥仙　秋日寄怀

角声吹月,风声落枕,梦与柔肠俱断。谁教当日太情浓,飏不下、新愁一段。　　　黄花开了,梅花开未,曾约那时相见。莫教容易负幽期,怕真个、孤他泪眼。

醉　落　魄

晚凉时节。翠梧风定蝉声歇。有人睡起香浮颊。倚著阑干,笑拣青荷叶。　　　如今往事愁难说。曲池依旧闲风月。田田翠盖香罗叠。留得露痕,都是泪珠结。

减字木兰花

双双相并。一点红边偏照映。玉翦云裁。不比浮花共蒂开。　　　几回心曲。选胜摘来情自足。插向云鬟。要与仙郎比并看。

谒金门　杏花

春悄悄。红到一枝先巧。酒入半腮微带卯。粉寒香未饱。　　　芳意枝头偏闹。困尽蜂须莺爪。拟倩玉纤和露拗。情多愁易搅。

又　荼蘼

花簇簇。触眼万条垂玉。小院春深窗锁绿。水沉风断续。　　　明月又侵楼曲。羞向枕囊拘束。只待夜深清影足。醉来花底宿。

又　陪苏子重诸友饮东山

乌帽侧。行遍杏花春色。野意青青分陇麦。人家烟水隔。　　春事莫催行客。弹指青梅堪摘。醉倚暮天江拍拍。雨晴沙路白。

又　病起

花半湿。一霎晚云笼密。天气未佳风又急。小庭愁独立。　　酒病起来无力。懊恼篆烟锁碧。一饷春情无处觅。小屏山数尺。

又

春夜雨。催润柳塘花坞。小院深深门几许。画帘香一缕。　　独立晚庭凝伫。细把花枝闲数。燕子不来天欲暮。说愁无处所。

又

风阵阵。吹落杨花无定。酒病厌厌三月尽。花檀红自隐。　　新绿轩窗清润。月影又移墙影。手捻青梅无处问。一春长闷损。

又

浓睡醒。惊对一帘秋影。桐叶乍零风不定。半窗疏雨影。　　愁与年光不尽。老入星星双鬓。只拟上楼寻远信。雁遥烟水暝。

蝶　恋　花

日下船篷人未起。一个燕儿,说尽伤春意。江上残花能有几。风催雨促成容易。　　湖海客心千万里。著力东风,推得人行未。相次桃花三月水。菱歌谁伴西湖醉。

又

满路梅英飞雪粉。临水人家,先得春光嫩。楼底杏花楼外影。墙东柳线墙西恨。　　擷翠揉红何处问。暖入眉峰,已作伤春困。归路月痕弯一寸。芳心只为东风损。

又　春风一夕浩荡,晓来柳色一新

寒意勒花春未足。只有东风,不管春拘束。杨柳满城吹又绿。可人青眼还相属。　　小叶星星眠未熟。看尽行人,唱彻阳关曲。心事一春何计续。芳条未展眉先蹙。

又　自东江乘晴过蟆颐渚园小饮

晴带溪光春自媚。绕翠萦青,来约东风醉。云补断山疏复缀。雨回绿野清还丽。　　拄杖不妨舒客意。临水人家,问有花开未。江左风流今有几。逢春不要人憔悴。

又

翠幕成阴帘拂地。池馆无人,四面生凉意。荷气竹香俱细细。分明著莫清风袂。　　玉枕如冰笙似水。才髻横钗,早被莺呼起。今夜月明人未睡。只消三四分来醉。

又

画阁红炉屏四向。梅拥寒香,次第侵帷帐。烛影半低花影幌。修眉正在花枝傍。　　殢粉偎香羞一饷。未识春风,已觉春情荡。醉里不知霜月上。归来已踏梅花浪。

又

楼角吹花烟月堕。的皪韶妍,又向梅心破。钗上彩旛看一个。赏心已觉春生坐。　　莫恨年华风雨过。人日嬉游,次第连灯火。翠幄高张金盏大。已拚醉袖随香鞞。

又

小院菊残烟雨细。天气凄凉,恼得人憔悴。被暖橙香羞早起。玉钗一任慵云坠。　　楼上珠帘钩也未。数尺遥山,供尽伤高意。伫立不禁残酒味。绣罗依旧和香睡。

又 月下有感

小院秋光浓欲滴。独自钩帘,细数归鸿翼。鸿断天高无处觅。矮窗催暝蛩催织。　　凉月去人才数尺。短发萧骚,醉傍西风立。愁眼望天收不得。露华衣上三更湿。

按此首别误作王安石词,见草堂诗馀续集卷下。

又

晴日溪山春可数。水绕池塘,知有人家住。寻日寻花花不语。旧时春恨还如许。　　苦恨东风无意绪。只解催花,不解催人去。日晚荒烟迷古戍。断魂正在梅花浦。

菩　萨　蛮

和风暖日西郊路。游人又踏青山去。何处碧云衫。映溪才两三。　　疏松分翠黛。故作羞春态。回首杏烟消。月明归渡桥。

又

春回绿野烟光薄。低花矮柳田家乐。陇麦又青青。喧蜂闲趁人。
野翁忘近远。怪识刘郎面。断却小桥溪。怕人溪外知。

又 访江东外家作

画桥拍拍春江绿。行人正在春江曲。花润接平川。有人花底眠。
东风元自好。只怕催花老。安得万垂杨。系教春日长。

又

平芜冉冉连云绿。斜阳衬雨明溪足。小鸭睡晴沙。翠烘三两花。
春光闲婉娩。尽日无人见。试著小屏山。图归云际看。

又 正月三日西山即事

山头翠树调莺舌。山腰野菜飞黄蝶。来为等闲休。去成多少愁。
小庭花木改。犹有啼痕在。别后不曾看。怕花和泪残。

又

罗衫乍试寒犹怯。妒花风雨连三月。灯冷闭门时。有愁谁得知。
此情真个苦。只为当时语。莫道絮沾泥。絮飞魂亦飞。

又

夜来花底莺饶舌。把人心事分明说。许大好因缘。只成容易传。
春阑无好计。唯有归来是。从此玉台前。晓妆休太妍。

又

小窗荫绿清无暑。篆香终日紫兰炷。冰簟涨寒涛。清风一枕高。
有人团扇却。门掩庭花落。少待月侵床。教他魂梦凉。

又　回文

暑庭消尽风鸣树。树鸣风尽消庭暑。横枕一声莺。莺声一枕横。
扇纨低粉面。面粉低纨扇。凉月淡侵床。床侵淡月凉。

又

东风有意留人住。熏风无意催人去。去住两茫然。相逢成短缘。
平生花柳笑。过后关心少。今日奈情何。为伊饶恨多。

按以上五首别见中兴以来绝妙词选卷五

又

去年恰好双星节。鹊桥未渡人离别。不恨障云生。恨他真个行。
天涯消息近。不见乘鸾影。楼外鹧鸪声。几回和梦惊。

又

浅寒带暝和烟下。轻阴挟雨随风洒。翠幕护重帘。篆香销半奁。
平生风雨夜。怕近芭蕉下。今夕定愁多。萧萧声奈何。

又

客窗曾剪灯花弄。谁教来去如春梦。冷落旧梅台。小桃相次开。
人间春易老。只有山中好。闲却槿花篱。莫教溪外知。

又

晓烟笼日浮山翠。春风著水回川媚。远近碧重重。人家山色中。
　　野花香自度。似识幽人处。安得著三间。与山终日闲。

又

扶犁野老田东睡。插花山女田西醉。醉眼眩东西。看看桃满溪。
　　耕桑山下足。纨绮人间俗。莫管旧东风。从教吹软红。

木　兰　花

疏枝半作窥窗老。又是一年春意早。风低小院得香迟,月傍女墙
和影好。　　去年苦被离情恼。今日逢花休草草。后时花紫尽从
他,且趁先春拚醉倒。

鹧　鸪　天

昨夜思量直到明。拂明心绪更愁人。风披露叶高低怨,冷雨寒烟
各自轻。　　休赖酒,莫求神。为谁教尔许多情。如今早被思量
损,好更当时做弄成。

入　塞

好思量。正秋风、半夜长。奈银缸一点,耿耿背西窗。衾又凉。枕
又凉。　　露华凄凄月半床。照得人、真个断肠。窗前谁浸木犀
黄。花也香。梦也香。

桃源忆故人

粉霜拂拂凝香砌。酝酿梅花天气。月上小窗如水。冷浸人无寐。

平生可惯闲憔悴。担负新愁不起。消遣夜长无计。只倚熏香
睡。

愁倚阑

春犹浅,柳初芽。杏初花。　杨柳杏花交影处,有人家。　　玉窗
明暖烘霞。小屏上、水远山斜。昨夜酒多春睡重,莫惊他。

乌夜啼

静院槐风绿涨,小窗梅雨黄垂。欲看春事留连处,惟有夜寒知。
　魂梦长闲消午醉,扫花共坐风凉。归来窗北有胡床。兴在羲皇
以上。

> 陆校:前半乌夜啼,后半是西江月。又校:按此阕后半调既不合,意亦不贯,宜改
> 入二十九叶末脱字处(即下西江月上半阕),恰补足西江月一阕。又改三十叶前
> 脱字后半(即下汲井漫随兰炷后半)补入此处,则此阕亦全矣。

忆秦娥

青门深。海棠开尽春阴阴。春阴阴。万重云水,一寸归心。
玉楼深销烟消沉。知他何日同登临。同登临。待收红泪,细说如
今。

又

情脉脉。半黄橙子和香擘。和香擘。分明记得,袖香熏窄。
别来人远关山隔。见梅不忍和花摘。和花摘。有书无雁,寄谁归
得。

又

愁无语。黄昏庭院黄梅雨。黄梅雨。新愁一寸,旧愁千缕。

杜鹃叫断空山苦。相思欲计人何许。人何许。一重云断,一重山
阻。

西　江　月

众绿初围夏荫,老红犹驻春妆。画帘燕子日偏长。静看新雏来往。
　　□□□□□□,□□□□□□。□□□□□□□□。□□□□□
□。

陆校:后半阕误在三十二叶(即此首前第四阕乌夜啼)。

又

□□□□□□,□□□□□□。□□□□□□□□。□□□□□□□。
　　汲井漫随兰炷,心情半怯罗衣。粉香消尽无人觑,只门外、子
规啼。

陆校:按此半阕亦系乌夜啼,后半阕误在第三十二叶(即此首前第五阕)。

乌　夜　啼

墙外雨肥梅子,阶前水绕荷花。阴阴庭户熏风满,水纹簟、怯菱芽。
　　春尽难凭燕语,日长惟有蜂衙。沉香火冷珠帘暮,个人在、碧
窗纱。

按调名原作西江月,陵校:按此调是乌夜啼。

浣溪沙　病中有以兰花相供者,戏书

天女殷勤著意多。散花犹记病维摩。肯来丈室问云何。　　　腰佩
摘来烦玉笋,鬓香分处想秋波。不知真个有情麽。

又

遥想当年出凤雏。　　王□风有未全疏。祇今朱绂为谁纡。　　　芳

草池塘春梦后，粉香帘幕晓晴初。一簪华髪要人梳。

又

翠葆扶疏傍药阑。乱红飘洒满书单。清明时节又看看。　　小雨
勒成春尾恨，东风偏作夜来寒。琴心老尽不须弹。

又

薄日移影午暑空。一杯何事便潮红。扇纨挥尽却疏慵。　　早睡
情怀冰枕外，夜来消息雨荷中。不须留烛眩房栊。

又

闲倚前荣小扇车。晚妆无力髻云鸦。凝情香落一庭花。　　笑挽
清风归玉枕，懒随缺月傍窗纱。羞红两脸上娇霞。

鹧　鸪　天

木落江空又一秋。天寒几日不登楼。红绡帐里橙犹在，青琐窗深
菊未收。　　新画阁，小书舟。篆烟熏得晚香留。只因贪伴开炉
酒，恼得红儿一夜讴。

又 寄少城

泪湿芙蓉城上花。片飞何事苦参差。锁深不奈莺无语，巢稳争如
燕有家。　　情未老，鬓先华。可怜各自淡生涯。桃花不解知人
意，犹自沾泥也学他。

一　落　索

门外莺寒杨柳。正减欢疏酒。春阴早是做人愁，更何况、花飞后。

莫倚东风消瘦。有酴醾入手。尽倩香玉醉何妨,任花落、愁依
旧。

又 <small>歌者索词,名之一东</small>

小小腰身相称。更著人心性。一声歌起绣帘阴,都遏住、行云影。
　　闻道玉郎家近。被春风勾引。从今莫怪一东看,自压尽、人间
韵。

破　阵　子

小小红泥院宇,深深翠色屏帏。簇定熏炉酥酒软,门外东风寒不
知。恰疑三月时。　　钗影半敧绿子,歌声轻度红儿。醉里不愁
更漏断,更要梅花看几枝。起来霜月低。

一剪梅 <small>冬至</small>

斗转参横一夜霜。玉律声中,又报新阳。起来无绪赋行藏。只喜
人间,一线添长。　　帘幕垂垂月半廊。节物心情,都付椒觞。年
华渐晚鬓毛苍。身外功名,休苦思量。

木兰花 <small>二江得书作</small>

别时已有重来愿。谁料情多天不管。分明咫尺是青楼,抵死浓云
遮得遍。　　寄声只倚西飞雁。雁落书回空是怨。领愁归去有谁
知,水又茫茫山又断。

生查子 <small>春日闺情</small>

兰帷夜色高,绣被春寒拥。何事玉楼人,屡踏杨花梦。　　分明相
见陈,不道幽情重。乞个好因缘,莫待来生种。<small>以上校汲古阁本书舟词</small>

存 目 词

花草粹编卷三载有程垓谒金门"春漠漠"一首,乃王千秋词,见审
斋词。

虞　俦

俦字寿老,宁国人。隆兴初,入太学。举进士。绍熙元年(1190),
国子监丞,直秘阁。绍熙五年(1194),知湖州。庆元二年(1196),知婺
州。六年(1200),以太常少卿使金。嘉泰间,累官兵部侍郎,奉祠卒。
有尊白堂集。

满庭芳　蜡梅

色染莺黄,枝横鹤瘦,玉奴蝉蜕花间。铅华不御,慵态尽敧鬟。冷
淡琐窗烟雾,来清供、莞尔怡颜。狂蜂蝶,还须敛衽,何得傍高闲。
　　西山。招隐处,寒云缭绕,流水回环。念风前绰约,雪后清孱。
别是仙韵道标,应羞对、舞袖弓弯。怀真赏,今宵归梦,一饷许跻
攀。永乐大典卷二千八百十一梅字韵引卢俦尊白堂集

临江仙　苏倅席上赋

万壑千岩秋色里,歌眉醉眼争妍。一枝娇柳趁么弦。疑非香案吏,
诏到小蓬天。　　乐事便成陈迹也,依人小月娟娟。尊前空唱短
因缘。引船风又起,吹过浙江边。永乐大典卷二万零三百五十三席字韵引
虞俦尊白堂集

徐似道

似道字渊子,号竹隐,黄岩人。乾道二年(1166)进士。八年

(1172),吴县尉。庆元五年(1199),主管官告院。开禧元年(1205),礼
部员外郎,秘书少监、起居舍人。嘉定二年(1209),江西提刑。曾权直
学士院。有竹隐集,不传。

阮　郎　归

茶寮山上一头陀。新来学者么。蜻蜓螃蟹与乌螺。知他放几多。
　　有一物,是蜂窝。姓牙名老婆。虽然无奈得它何。如何放得
它。谈薮

浪淘沙　夜泊庐山

风紧浪淘生。蛟吼鼍鸣。家人睡著怕人惊。只有一翁扪虱坐,依
约三更。　　　雪又打残灯。欲暗还明。有谁知我此时情。独对梅
花倾一盏,还又诗成。鹤林玉露卷四

瑞　鹤　仙　令

西子湖边春正好,输他公子王孙。落花香趁马蹄温。暖烟桃叶渡,
晴日柳枝门。　　　中有能诗狂处士,闲将一鹤随轩。百钱买只下
湖船。就他弦管里,醉过杏花天。阳春白雪卷三

一　剪　梅

道学从来不则声。行也东铭。坐也西铭。爷娘死后更伶仃。也不
看经。也不斋僧。　　　却言渊子太狂生。行也轻轻。坐也轻轻。
他年青史总无名。你也能亨。我也能亨。癸辛杂识续集卷下

失　调　名

问竹平安,点花番次。词旨属对

按此二句原题徐渊,疑即徐渊子而误夺"子"字。

徐安国

　　安国字衡仲,号春渚,上饶人。乾道二年(1166)进士。六年(1170),知华亭县。绍熙中,知横州。庆元中,提举广东茶盐。嘉泰二年(1202),授湖南提举,放罢。有西窗集,不传。

蓦山溪 早梅

青梅骨瘦,已有生春意。椒萼露微花,便觉_{按此二字上下缺一字}香魂旖旎。惜花公子,可是赋情深,携瘦竹,绕疏篱,终日成孤倚。　　赏心乐事,又也何曾废。烟露湿铅华,误啼妆、三年客里。江南芳信,政自不愆期,吴山远,越山长,梦寐添憔悴。_{永乐大典卷二千八百零八梅字韵引徐安国西窗集}

鹧鸪天 席上赋

翠幕围香夜正迟。红麟生焰烛交辉。纤腰趁拍轻于柳,娇面添妆韵似梅_{按原作"海"。}　　凝远恨,惜芳期。十年幽梦彩云飞。多情不管霜髯满,犹欲杯翻似旧时。

满江红 约斋同席用马庄父韵

挥手华堂,重整顿、选花场屋。撩鼻观、飞浮杂沓,异香芬馥。金缕尚馀闲态度,冰姿早作新妆束。恨尊前、缺典费思量,无松竹。　　蜂蝶恨,何时足。桃李怨,成粗俗。为情深、拚了一生愁独。菊信谩劳频探问,兰心未许相随逐。想从今、无暇厮蔷薇,钮罂粟。

又 晦庵席上作

争献交酬,消受取、真山真水。供不尽、杯螺浮碧,髻鬟拥翠。莫便
等闲嗟去国,固因特地经仙里。奉周旋、惟有老先生,门堪倚。

追往驾,烟霄按"霄"疑应作"霄"里。终旧学,今无计。叹白头犹记,
壮年标致。一乐堂深文益著,风雩亭在词难继。问有谁、熟识晦庵
心,南轩意。以上三首见永乐大典卷二万零三百五十三席字韵引徐衡仲西窗集

黄人杰

人杰,南城人。乾道二年(1166)进士。有可轩曲林,今不传。

祝英台 自寿

异乡中,行色里,随分庆初度。老子今年,五十又还五。任他坎止
流行,吴头楚尾,本来是、乾坤逆旅。　　贵和富。此事都付浮云,
无必也无固。用即为龙,不用即为鼠。便教老却英雄,草庐烟舍,
也须有、著闲人处。截江网卷六

酹江月 寿二月初二

年时今日,御双凫曾到、蓬壶方丈。元是王孙生此夕,红紫娇春成
行。数曲栏干,一双寰荚,正傍瑶阶长。风帘斜处,有时新燕来往。

犹记不住称觞,挥毫著语,更与书扁榜。转首还逢汤饼客,景
物依然和畅。待赋新词,说些消息,教倩飞琼唱。南班虚席,看随
丹诏东上。翰墨大全丁集卷二

感皇恩 西湖

秋色满西湖,雨添新绿。一派烟光望中足。清香十里,画舸去来相逐。酒酣时听得,渔家曲。　　人道似郎,郎还第六。云水相逢未谙熟。晚来风静,闲浸几枝红玉。水神应不禁,江妃浴。

念奴娇 游西湖

西湖胜绝,有栖云楼观,蟠空丘壑。玉鉴光中天不老,人在蓬壶行乐。画舫藏春,垂杨系马,幽处笙箫作。京华狂客,也忘身世飘泊。

行待载酒寻芳,湖湾堤曲,放浪红尘脚。借景留欢排日醉,不负莺花盟约。忍缓东风,耐烦迟日,休恁匆匆著。温存桃李,莫教一顿开却。以上二首见永乐大典卷二千二百六十五湖字韵引黄人杰可轩词

浣溪沙 江陵二车席次为江梅腊梅赋

的皪江梅共腊梅。剪金裁玉一时开。黄姑相伴雪儿来。　　别驾公馀无个事,得将诗酒与栽培。为春留客小徘徊。永乐大典卷二千八百零八梅字韵引黄人杰词

生 查 子

烟雨不多时,肥得梅如许。早有点儿酸,诮没星儿苦。　　飞燕恶禁持,又待衔春去。容著水精盐,觅个调羹处。永乐大典卷二千八百十梅字韵引黄人杰可轩集

柳梢青 黄梅

恰则年时。风前雪底,初见南枝。可瞵匆匆,花才清瘦,子已红肥。　　安排酒盏相随。看金弹、累累四垂。渴后情怀,鼎中风味,惟

有心知。永乐大典卷二千八百十梅字韵引黄人杰可轩集

蓦　山　溪

翠环惊报,叶底梅如弹。小摘试尝看,齿微酸、生香不断。烟丸露颗,肥得颊儿红,还欲近,浅黄时,风雨摧残半。　　何如珍重,剩著冰盘荐。持酒劝飞仙,似江梅、累累子满。饶将风味,成就与东君,随鼎鼐,著形盐,早趁调羹便。永乐大典卷二千八百十梅字韵引黄人杰可轩集

满江红　连帅阁学侍郎章公燕客奕濠,漾舟荷香中,景
物满前,索词,因赋。时帅已拜兴元命

小队旌旗,又催送、元戎领客。政十顷、荷香微度,草烟横碧。杨柳参差新合翠,水天上下俱行色。傍野桥、容与绕重湖,严城侧。

花作阵,舟为宅。敲羯鼓,鸣羌笛。渐夜凉风进,酒杯无力。遥想汉中鸡肋地,未应万里回金勒。看便随、飞诏下南州,朝京国。

永乐大典卷一万五千一百三十九帅字韵引黄人杰可轩集

蔡　戡

戡字定夫,莆田人。蔡襄四世孙。绍兴十一年(1141)生。乾道二年(1166)进士。七年(1171),召试馆职,授秘书省正字。八年(1172),知江阴军。淳熙十年(1183),淮东总领。十一年(1184),湖广总领。绍熙元年(1190),命知明州,被论罢。五年(1194),司农卿兼知临安府。又曾权户部侍郎。庆元元年(1195),帅豫章。有定斋集,自永乐大典辑出。

点绛唇　百索

纤手工夫,采丝五色交相映。同心端正。上有双鸳并。　　皓腕

轻缠,结就相思病。凭谁信。玉肌宽尽。却系心儿紧。

水调歌头　南徐秋阅宴诸将,代老人作

肃霜靡衰草,骤雨洗寒空。刀弓斗力增劲,万马骤西风。细看外围
合阵,忽变横斜曲直,妙在指麾中。号令肃诸将,谈笑听元戎。

坐中客,休笑我,已衰翁。十年重到,今日此会与谁同。差把龙
钟鹤发,来对虎头燕颔,年少总英雄。飞镞落金碗,酣醉吸长虹。

前调　送赵帅镇成都

拥节出闽峤,易镇上岷山。东西崱屴,分陕初不在荣观。痛念两河
未复,独作中流砥柱,屹若障狂澜。极目神京远,百万虎貔闲。

趁良时,摅豹略,勇声欢。风飞雷厉,威行逆虏胆生寒。汉寝周
原如旧,一扫腥膻丑类,谈笑定三关。识取投机会,莫作等闲看。

以上三首见定斋集卷二十

按"威行逆虏"定斋集作"威令敌国","腥膻丑类"作"边城烽火",盖清四库馆臣所
改。今据永乐大典卷一万五千一百三十九帅字韵引蔡定斋集校正。

何　澹

澹字自然,括苍人。绍兴十六年(1146)生。乾道二年(1166)进士。
淳熙二年(1175),授秘书省正字。三年(1176),武学谕。四年(1177),
校书郎。九年(1182),秘书丞。十二年(1185),将作少监。十五年
(1188),国子祭酒。绍熙元年(1190),右谏议大夫。庆元元年(1195),
御史中丞。二年(1196),除同知枢密院事,四月,除参知政事。嘉泰元
年(1201),罢。嘉定元年(1208),以观文殿学士知建康府兼江淮制置大
使。有小山集。

鹧鸪天　绕花台

庾岭移来傍桂丛。绕花安敢望凌风。癯儒合作孤芳伴,四面相看

一笑同。　　　冰照座，玉横空。雪花零落暗香中。有人醉倚阑干畔，付与江南老画工。永乐大典卷二千六百零四台字韵引小山杂著

桃源忆故人

拍堤芳草随人去。洞口山无重数。蓢朝露成树。争晚渔翁住。

　　今人忍听秦人语。只有花无今古。欲饮仙家寿醑。记取桥边路。永乐大典卷三千零五人字韵引何澹小山杂著

满江红　和陈郎中元夕

灯夕筵开，人物共、英词三绝。环坐处、袖中珠玉，郢中春雪。红烛星繁销夜漏，紫霞香满催歌拍。算新年、何处不风光，三山别。

　　云表殿，千层结。花藉锦，添明月。更浮屠七塔，万枝争发。多谢一天驱宿霭，故教三日成佳节。更何须、海上觅蓬莱，真仙阙。

又　再和诸人元夕新赋

乐禁初开，平地耸、海山清绝。千里内、欢声和气，可融霜雪。盛事总将椽笔记，新歌翻入梨园拍。道古来、南国做元宵，今宵别。

　　灯万碗，花千结。星斗上，天浮月。向玉绳低处，笙箫高发。人物尽夸长乐郡，儿童争庆烧灯节。疑此身、清梦到华胥，朝金阙。

鹧鸪天　灯夕雨雪

好景良辰造物悭。一年灯火遽摧残。雨淋夹道星千点，雪阻游人路九盘。　　停社舞，撤宾筵。谩烧银烛照金莲。不如我入香山社，一琖青灯说夜禅。以上三首见永乐大典卷二万零三百五十四夕字韵引何澹小山杂著

陈三聘

三聘字梦弼,吴郡(今江苏苏州)人。尝和范成大词。

满江红 冬至

薄日轻云,天气好、相将祈谷。民情喜、颂声洋溢,清风斯穆。饮酒不多元有量,吟诗无数添新轴。对古人、一笑我真愚,君无俗。

斜川路,经行熟。黄花在,归心足。问渊明去后,有谁能属。神武衣冠惊梦里,江湖渔钓论心曲。但从今、散髮更披襟,谁能束。

又

天岂无情,天若道、有情亦老。功名事、问天因甚,蒙人不了。好伴云烟耕谷口,休将翰墨传江表。算鬓边、能得几春风,惊秋早。

陶令尹,张京兆。怀舒啸,贪荣耀。尽南柯一梦,漏残钟晓。滕阁暮霞孤鹜举,庾楼明月乌飞绕。念老来、于此兴无穷,知音少。

又 雨后携家游西湖,荷花盛开

绀縠浮空,山拥髻、晚来风急。吹骤雨、藕花千柄,艳妆新浥。窥鉴粉光犹有泪,凌波罗袜何曾湿。讶汉宫、朝罢玉皇归,凝情立。

尊前恨,歌三叠。身外事,轻飞叶。怅当年空击,誓江孤楫。云色远连平野尽,夕阳偏傍疏林入。看月明、冷浸碧琉璃,君须吸。

又

斜日熔金,三万顷、棹歌齐举。风不动、采蘋双桨,翠鬟相语。月殿欲浮蟾兔魄,海神不放鱼龙舞。到今宵、秋气十分清,无今古。

君试唤,扁舟侣。来伴我,潇湘渚。共夷犹春浪,笑歌秋浦。霸越独高身退后,尘缨未濯人谁许。叹酒杯、不到子陵台,刘伶土。

千秋岁 重到桃花坞

当年渔隐,路转桃溪汇。流水下,青山外。客行花径曲,月上松门对。撑艇子,雪中蓑笠亲曾载。　　老去谁倾盖。腰瘦频移带。人健否,花仍在。明年春更好,来向花前醉。青鬓改,恁时难拚千金买。

浣溪沙 烛下海棠

酒力先从脸晕生。粉妆新丽笑相迎。晓寒高护彩云轻。　　不语似愁春力浅,有情应恨烛花明。更于何处觅倾城。

又

翠幕遮笼锦一丛。尊前初见浅深红。淡云和月影葱茏。　　醉态只疑春睡里,啼妆愁听雨声中。更烧银烛醉东风。

又 新安驿席上留别

不怕春寒更出游。兰桡飞动却惊鸥。烟光佳处辄迟留。　　屏曲未曾歌醉梦,眉尖空只按"只"原误作"尺",从彊村丛书本和石湖词锁闲愁。从教丝柳绊行舟。

又

越浦潮来信息通。吴山不见暮云重。人生何事各西东。　　烟外好花红浅淡,雨馀芳草绿葱茏。苦无欢意敌春浓。

又　<small>元夕后三日王文明席上</small>

点检尊前花柳丛。于中偏占牡丹风。等闲言语惯迎逢。　　扇影
不摇珠的皪, 钗梁斜嚲玉玲珑。梦魂长向楚江东。

又

不跃银鞍与绣鞯。曲笻芒蹻见衰年。寻幽来立渡头船。　　碧涧
芹羹珍下箸, 红莲香饭乐归田。不妨尊酒兴悠然。

又

帘押低垂月影疏。梅枝和雪玉相扶。儿家春信入来无。　　半坠
宝钗慵览镜, 任偏罗髻却抛书。琴心谁与问相如。

朝中措　<small>丙午立春大雪, 是岁十二月九日丑时立春</small>

朝来和气满西山。挂颊小阑干。柳色野塘幽兴, 梅花纸帐轻寒。
　　三杯淡酒, 玉腴蔬嫩, 青缕堆盘。细写池塘诗梦, 玉人翦做春
幡。

又

求田何处是生涯。双鬓已先华。随分夏凉冬暖, 赏心秋月春花。
　　吾年如此, 愁来问酒, 困后呼茶。结社竹林诗老, 卜邻江上渔
家。

又

去年曾醉杏花坊。柳色间轻黄。重觅旧时行迹, 春风满路梅香。
　　平沙岸草, 夫差故国, 知是吾乡。梦断数声柔橹, 只应已过横

塘。

又

草堂春过一分馀。幽事酒醒初。琴调细鸣焦木,矢声不断铜壶。
　　关心药里,忘年蓑笠,自著潜夫。雨后长镵东麓,月明短艇西
湖。

<small>按此首别误作范成大词,见历代诗馀卷十七。</small>

又

秋山横截半湖光。湖渚橘枝黄。纨扇罢摇蟾影,练衣已怯风凉。
　　插红裂蟹,银丝鲙鲫,莫负传觞。醉里乾坤广大,人间宠辱兼
忘。

蝶 恋 花

阛阓城西山四面。鸭绿鳞鳞,轻拍横塘岸。一阵东风羊角转。望
中已觉孤帆远。　　独恨寻芳来较晚。柘老桑稠,农务村村遍。
山鸟劝酤官酒贱。炊烟深巷听缫茧。

南 柯 子

别后惊人远,归心怯橹柔。晚天凉思冷于秋。冷浸一溪明月、水瀄
流。　　醉里狂仍在,吟馀趣极幽。夜深何用数更筹。别有好风
吹酒、不须求。

又

烟树观前浦,风蘋听远洲。等闲来上水边楼。怅望天涯、何处有归
舟。　　香断灯花夜,歌停扇影秋。欲缄尺素说离愁。不见双鱼、

空有大江流。

又　七夕

月傍云头吐,风将雨脚吹。夜深乌鹊向南飞。应是星娥釐恨、入双眉。　　旧怨垂千古,新欢只片时。一年屈指数佳期。到得佳期别了、又相思。

水 调 歌 头

玉鉴十分满,清露一年秋。漂流踪迹,谁念楚尾与吴头。此夜刮明尘眼。望极好张诗胆。何处有高楼。浩荡银潢冷,缥缈白云浮。　　笑劳生,难坎止,亦乘流。阑干拍碎,清夜起舞不胜愁。万里关河依旧。一寸功名乌有。清泪滴衣裳。老去心空在,归梦绕蘋洲。

又　燕山九日作

有客念行役,劲气凛于秋。男儿未老,衔命如虏亦风流。决定平戎方略,恢复旧燕封壤,安用割鸿沟。莫献肃霜马,好衣白狐裘。　　我何人,怀壮节,但凝愁。平生未逢知己,哙伍实堪羞。金马文章何在,玉鼎勋庸何有,一笑等云浮。拚断好风月,羯鼓打梁州。

西 江 月

诗眼曾逢花面,画图还识春娇。当年风格太妖饶。粉腻酥柔更好。　　酒晕不温香脸,玉慵犹怯轻绡。春风别后又秋高。再见只应人老。

又

春事已浓多日,游人偏盛今年。梨花寒食雨馀天。鸭绿含风浪浅。

　　翠袖半黏飞粉,罗衣尚怯轻寒。不辞归路委香钿。门外东风如箭。

鹊桥仙 七夕

银潢仙仗,离多会少,朝暮世情休妒。夜深风露洒然秋,又莫是、轻分泪雨。　　云收雾散,漏残更尽,遥想双星情绪。凭谁批敕诉天公,待留住、今宵休去。

宜 男 草

摇落丹枫素秋后。舞长亭、尚馀衰柳。别梦回、忆得霜柑分我,应自按原无"自"字,据彊村丛书本和石湖词补有、浓香噀手。　　宿酲谁解三杯酒。晓山横、望中衔斗。人去也、纵得相逢似旧,问当日、红颜在否。

又

绿水黏天净无浪。转东风、縠纹微涨。个中趣、莫遣人知,容我日日、扁舟独往。　　平生书癖已无恙。解名缰、更逃羁网。春近也、梅柳频看,枝上玉蕊、金丝暗长。

秦 楼 月

云衣薄。春晴自有东风掠。东风掠。试听枝上,几声乾鹊。

曲屏心事新题却。离愁何用堆眉角。堆眉角。今朝莫是,打头风恶。

又

花前狭。翠茵围坐花阴合。花阴合。闲情不似,一双狂蝶。
春沟何处寻红叶。春寒料想罗衣怯。罗衣怯。午醺醒未,翠衾重
叠。

又

光风薄。杨花欲谢春应觉。春应觉。一庭红杏,粉花吹落。
冶游无复飞红索。凭高独上湖边阁。湖边阁。黄昏独倚,画阑西
角。

又

青楼缺。楼心人待黄昏月。黄昏月。入帘无奈,柳绵吹雪。
谁人弄笛声呜咽。伤春未解丁香结。丁香结。鳞鸿何处,路遥江
阔。

又

春膏集。新雷忽起龙蛇蛰。龙蛇蛰。柳塘风快,水流声急。
伤心有泪凭谁浥。尊前容易青衫湿。青衫湿。渡头人去,野船鸥
立。

念 奴 娇

浮云吹尽,卷长空、千顷都凝寒碧。兔杵无声风露冷,天也应怜人
寂。故遣姮娥,驾蟾飞上,玉宇元同色。天津何事,此时偏界南北。

　　不但对影三人,我歌君和,我舞君须拍。涤洗胸中愁万斛,莫
问今宵何夕。老矣休论,著鞭安用,一笑真狂客。夜深归去,烂然

溪上阡陌。

又

晴风丽日，算东君、圻遍梅心桃萼。独有名花开殿后，一笑嫣然如
昨。黄袂层肤，霞冠高拥，多态春才觉。雨巾风帽，故人来趁花约。

　　好是罗绮添春，香风环坐，半醉金钗落。老去心情难似旧，手
捻花枝为乐。麝馥萦愁，妆花凝恨，莫惜金荷酌。酒阑花睡，梦魂
重到京洛。

又

水空高下，望沉沉一色，浑然苍碧。天籁不鸣凉有露，金气横秋寂
寂。玉宇琼楼，望中何处，月到天中极。御风归去，不愁衣袂无力。

　　此夜飘泊孤篷，短歌谁和，自笑狂踪迹。咫尺蓝桥仙路远，窅
窅云英消息。疏影婆娑，恍然身世，我是尊前客。一声凄怨，倚楼
谁弄长笛。

又

馀霞飞绮，望长天、顷刻云容凝碧。今夕江皋风力软，明日波心头
白。客舸东流，语离深夜，遣我新愁积。春融花丽，定知天相行色。

　　别后一纸乡书，故人相问，好趁秋鸿翼。空有佳人千点泪，锦
字机中曾织。利锁名缰，古今同是，谁失知谁得。来朝愁望，旧楼
何处西北。

又　和徐尉游石湖

扁舟此计，问当年、谁与寻盟鸥鸟。许国勋名彝鼎在，风月不妨吟
笑。碧草台边，红云溪上，寿杖扶诗老。水浮天处，未应俗驾曾到。

盛事埒美知章,鉴湖君赐,宸翰今题号。指点飞烟轻霭外,有路直通仙岛。蓑笠渔船,琴书客坐,清夜尊罍倒。未须归去,片蟾初上林表。

惜 分 飞

莫唱骊驹容首聚。花径重来微步。从此朝天去。故山怨鹤栖猿侣。　　试卜西园春在否。无奈濛濛细雨。明日长亭路。断魂芳草人何处。

梦 玉 人 引

别来何处,酒醒后,梦难觅。晚日溪亭,清晓便挂帆席。满载离愁,指去程、还作江南行客。目断层城,数迢迢山驿。　　素巾空染,泪痕斑、应是暗中滴。记得轻分,玉箫犹自凄咽。昨夜东风,梅柳惊春色。料伊也、没心情,过却好天良夕。

又

倚阑干久,人不见,暮云碧。芳草池塘,春梦暗惊诗客。昨夜溪梅,向空山_{按原无"空山"二字,据彊村丛书本补}、雪里轻匀颜色。好赠行人,折枝南枝北。　　雨巾风帽,昔追游、谁念旧踪迹。料得疏篱,暗香时度风息。淡月微云,有何人消得。便归去、踏溪桥,慰我经年思忆。

如 梦 令

红紫不将春住。风定更飘无数。溪涨绿含风,短艇晚横沙渡。归去。归去。肯念西池鸳鹭。

又

珍重故人相许。来向水亭幽处。文字间金钗,消尽晚天微暑。无
雨。无雨。不比寻常端午。

菩　萨　蛮

笻枝探得梅开了。青鞋渐踏江头草。日日作东风。海棠相次红。
离多良会少。此计应须早。莫待作行人。却将愁送春。

又　元夕立春

春城办得红蕖了。红蕖未点春先到。新月入新年。方才今夜圆。
云屏谁为隔。肠断金钗客。好语写春幡。都教席上看。

按此首别误作范成大作,见历代诗馀卷九。

又

杨花满院飞红索。春光不似人情薄。楼阁断霞明。梨花开晚晴。
玉虬香散后。扶困三杯酒。不是听思归。归心思此时。

临　江　仙

夜饮只愁更漏促,留连笑胃蔷薇。歌声缭绕彻帘帏。坐中清泪落,
梁上暗尘飞。　　重睹舞腰惊束素,不应更褪罗衣。别来容易见
来稀。次公狂已甚,不醉亦忘归。

又

白首故人重会面,论交尔汝忘形。从今心迹喜双清。飞鸿追往事,
为蝶笑馀生。　　琥珀杯浓春正好,此怀端为君倾。旧时猿鹤敢

寒盟。鸠居从拙计,鹏翼任高程。

减字木兰花

凝云不动。玉海无声千丈冻。来倚阑干。襟袖凭虚彻骨寒。归心
易折。后夜月明应恨别。笔画图边。著我披蓑上钓船。

又

东篱黄菊。细捻香枝人事熟。少缓芳尊。且醉侬家郁米春。
老人斋戒。底事新来移角带。归梦相关。明月松江万顷宽。

又

盈盈袅袅。欲问卿卿还好好。无奈娇何。折折湘裙薄薄罗。
尊前顾曲。舞作回风花拍促。压尽时流。棋里输伊一百筹。

又

先生困熟。万卷书中聊托宿。似怯清寒。更爇都梁向博山。
游仙梦杳。啼鸟声中春又晓。未著乌纱。独坐溪亭数落花。

又

殷勤举白。昨夜东风犹有雪。莫恨春迟。曾见梅花第一枝。
阴晴未决。早晚清明新火活。梦绕秦楼。欲趁归潮上客舟。

鹧 鸪 天

酒晕从教上脸丹。春愁何事点眉山。都将别后深深意,且向尊前
细细看。　　　多少恨,说应难。粉巾空染泪斓斑。炉猊筝雁长闲
却,明月楼心夜正寒。

又

指剥春葱去采蘋。衣丝秋藕不沾尘。眼波明处偏宜笑,眉黛愁来也解颦。　　巫峡路,忆行云。几番曾梦曲江春。相逢细把银釭照,犹恐今宵梦似真。

又

昨夜东风怒不成。晓来犹自扫残英。半酸梅子连枝重,无力杨花到地轻。　　情易感,涕先零。玉虬香冷更凄清。事如芳草绵绵远,恨比浮云冉冉生。

又 雪梅

剪碎霜绡巧作团。玉纤特地破朝寒。疏花好向钗横见,瘦影难敲月堕看。　　将旧恨,入眉弯。不须多样缕金幡。当时千点东风泪,怪见妆成粉未干。

好 事 近

我欲御天风,飞上广寒宫阙。撼动一轮秋桂,照人间愁绝。　　归来须著酒消磨,玉面点红缬。起舞为君狂醉,更何须邀月。

又

枝上几多春,数点不融香雪。纵有笔头千字,也难夸清绝。　　艳桃秾李敢争妍,清怨笛中咽。试策短笻溪上,看影浮波月。

卜 算 子

雪后竹枝风,醉梦风吹醒。瘦立寒阶满地春,淡月梅花影。　　门外辘轳寒,晓汲喧金井。长笛何人更倚楼,玉指风前冷。

又

涧下水声寒,壑底松风静。时有清香度竹来,步月寻疏影。　　往事属东风,试问花应省。曾是花前把酒人,别梦溪堂冷。

三　登　乐

南北相逢,重借问、古今齐楚。烛花红、夜阑共语。怅六朝兴废,但倚空高树。目断帝乡,梦迷雁浦。　　故人疏、梅驿断,音书有数。塞鸿归、过来又去。正春浓,依旧作、天涯行旅。伤心望极,淡烟细雨。

又

注望晓山,晴色丽、晨餐应饱。縠纹平、涨天渺渺。倚藤枝、撑艇子,昔游曾到。江山自古,水云转好。　　怅年来、心纵在,盟寒鸥鸟。故人中、黑头渐少。问几时、寻旧约,石矶重扫。一竿钓月,鬓霜任老。

又

久蛰群虬,犹未肆、新雷初启。鼓东风、雨膏为洗。望横塘、越溪路,石湖烟水。西接洞庭,下连甫里。　　忆当年、归计早,扁舟从此。祖清风、相门有几。圃堂高、应解笑,纷纷蜗蚁。锦囊雪月,更看醉里。

又

一品归来,强健日、小园幽圃。扁舟兴、恐天未许。想当年、持汉节,众齐咻楚。丹忠此日,盛名千古。　　　　掞词章、师海内,纬文经武。莫寒盟、故山旧侣。到鲈乡、还又是,秋风斜雨。鸣刀鲙雪,未应便去。

浪 淘 沙

风雨晚春天。芳兴慵惬。浅红稠绿满园间。独有梨花三四朵,留住春寒。　　　　年少跃金鞍。咫尺关山。倦飞如我已知还。洒向东风千点泪,衣上重看。

虞美人　寄人觅梅

融融睡觉东风息。行到溪亭侧。一枝梅玉似人人。索笑依然消瘦、不禁春。　　　　相逢试问情多少。应怪山翁老。翠罗高护结花邻。一任馀芳争学、捧心颦。

又

天公意向人情满。灯月教同看。中秋虽是十分明。不比今宵处处、有华灯。　　　　艳桃秾李歌阑后。更醉青楼酒。不妨饮尽玉东西。横笛声中春色、要君知。

又

飞琼晓压梅枝重。酒面羊羔冻。谁将缟带逐车翻。明月秦楼昨夜、不胜寒。　　　　何须卷起重帘幕。愁怕春罗薄。玉杯持劝醉厌厌。无奈有人笼袖、出香尖。

又　红木犀

乾红蔫碎烦纤玉。相并黄金粟。汉宫素面说明妃。马上秋风应

解、著燕支。　　黄昏小树堪愁绝。不比梅花月。满天风露透肌
凉。插取双枝归去、是谁香。

醉落魄 元夕

东风寒绝。江城待得花枝发。欲知此夜碧天阔。下缺

眼 儿 媚

上缺酸。何人为我,丁宁驿使,来到江干。以上武进陶氏景印汲古阁本抄本
和石湖词

石孝友

　　　　孝友字次仲,南昌人。乾道二年(1166)进士。以词名。有金谷遗
　　　音。

水调歌头 送张左司

君恩九鼎重,臣命一毫轻。出身事主,刚甚须作不平鸣。老却西山
薇蕨,闲损南窗松菊,羞死汉公卿。豺狼敢横道,草木要知名。
　　秋已素,人又去,若为情。长沙何在,风送呜咽暮潮声。举棹却
寻归路,挥尘莫谈时事,得酒且频倾。一片古时月,千里伴君行。

宝鼎现 上元上江西刘枢密

雪梅清瘦,月桂圆冷,天街新霁。想帝辇、三朝薄暮,催促烛龙开扇
雉。正拜舞、捧玉卮为寿,花满香铺凤髓。罄禹穴、胥涛万顷,春入
南山声里。　　鼎轴元老诗书帅。体宸衷、双奉亲意。勤色养、行
春惜花,夜欢宴、瑶池衣彩戏。鼓淑气、遍湖山千里。惊破悭红涩

翠。笑那个痴儿无赖。　　打得金鱼坠地。休念太守当年,曾手把青藜照字。对珠帘云栋,收拾太平歌舞辍。庆母爱、小宽王事。馀沥□肠,看不日、归步沙堤,又赞重华孝治。

眼　儿　媚

何须著粉更施朱。元不在妆梳。寻常结束,珊珊环佩,短短裙襦。　　花羞柳妒空撩乱,冰雪做肌肤。而今便好,小名弄玉,小字琼奴。

又

愁云淡淡雨潇潇。暮暮复朝朝。别来应是,眉峰翠减,腕玉香销。　　小轩独坐相思处,情绪好无聊。一丛萱草,几竿脩竹,数叶芭蕉。

临　江　仙

一霎狂云惊雨过,月华恰到帘帷。槛前叠石翠参差。洞房相见处,灯火乍凉时。　　睡玉眠花愁夜短,匆匆共惜佳期。风梧不动酒醒迟。好同蝴蝶梦,飞上凤皇枝。

又

醉袖吟鞭行色里,帽檐低处风斜。晚山一半被云遮。残阳明远水,古木集栖鸦。　　暮去朝来缘底事,不如早早还家。曲屏深幌小窗纱。翠沾眉上柳,红揾脸边花。

又

买笑当歌何处好,小楼四面江山。玉梅枝上卸馀寒。雨随春到急,

风向晚来颠。　　任自腰围都瘦损,肯教欢意阑珊。引杯相属莫
留残。花如人竞好,人与月争圆。

又

枕上莺声初破睡,峭寒轻透帘帏。起来惆怅有谁知。雨狂风转急,
揉损好花枝。　　薄幸别来春又老,等闲误却佳期。斜阳影里立
多时。远山何事□,相对蹙修眉。

又

常记梦云楼上住,残灯影里迟留。依稀绿惨更红羞。露痕双脸泪,
山样两眉愁。　　数片轻帆天际去,云涛烟浪悠悠。今宵独宿古
江头。水腥鱼菜市,风碎荻花洲。

鹧　鸪　天

收拾眉尖眼尾情。当筵相见便相亲。偷传翡翠歌中意,暗合鸳鸯
梦里身。　　云态度,月精神。月流云散两无情。觉来一枕凄凉
恨,不敢分明说向人。

又

收拾眉尖眼尾情。夜来真个梦倾城。鸳鸯有底情难尽,蝴蝶无端
梦易惊。　　愁一搦,月三更。绣帏应好睡轻盈。知他莫有相怜
分,展转寻思直到明。

又

别后应怜信息疏。西风几度到庭梧。夜来纵有鸳鸯梦,春去空馀
蛱蝶图。　　烟树远,塞鸿孤。垂垂天影带平芜。凭谁写此相思

曲,寄与冯川郑小奴一云"金陵小道姑"。

　　按以上二首词林万选卷三误作毛幵词。

<h1 style="text-align:center">又</h1>

家在东湖湖上头。别来风月为谁留。落霞孤鹜齐飞处,南浦西山相对愁。　　真了了,好休休。莫教辜负菊花秋。浮云富贵何须羡,画饼声名肯浪求。

<h1 style="text-align:center">又</h1>

花漏声乾月隐墙。琯灰迎晓透新阳。物情渐逐云容好,欢意偏随日脚长。　　山作鼎,玉为浆。寿杯丛处艳梅妆。醉乡路接华胥国,应梦朝天侍赭黄。

<h1 style="text-align:center">又</h1>

玉烛调元黍律均。迎长嘉节属芳辰。云如惜雨钩牵雪,梅不禁风漏泄春。　　天意好,物华新。偷闲赢取酒边身。太平朝野都无事,且与莺花作主人。

<h1 style="text-align:center">又</h1>

一夜冰澌满玉壶。五更喜气动洪炉。门前桃李知麟集,庭下芝兰看鲤趋。　　泉脉动,草心苏。日长添得绣工夫。试询补衮弥缝手,真个曾添一线无。

<h1 style="text-align:center">又</h1>

一别音尘两杳然。不堪虚度菊花天。惊秋远雁横斜字,噪晚哀蝉断续弦。　　好将息,恶姻缘。凉宵如水复如年。梦魂不怕风波

险,飞过江西阿那边。

又

屏幛重重翠幕遮。兰膏烟暖篆香斜。相思树上双栖翼,连理枝头
并蒂花。　　歆凤髻,戴乌纱。云慵雨困兴无涯。个中赢取平生
事,兔走乌飞一任他。

卜 算 子

人自蕊宫来,微步香云拥。小试樽前白雪歌,叶叶秋声动。　　一
剪艳波横,两点愁山重。收拾眉尖眼尾情,作个鸳鸯梦。

又

见也如何暮。别也如何遽。别也应难见也难,后会难凭据。
去也如何去。住也如何住。住也应难去也难,此际难分付。
　　　　按此首词林万选卷三误作毛仟词。

又

折得月中枝,坐惜青春老。及至归来能几时,又踏关山道。　　满
眼秋光好。相见应须早。若趁重阳不到家,只怕黄花笑。

又　孟抚干岁寒三友屏风

冷蕊闷红香,瘦节攒苍玉。更著堂堂十八翁,取友三人足。　　惜
此岁寒姿,移向屏山曲。纸帐熏炉结胜缘,故伴仙郎宿。

鹧鸪天　旅中中秋

露叶披残露颗传。明星著地月流天。不辞独赏穷今夜,应为相逢

忆去年。　　辜窈窕,负婵娟。谁知两处照孤眠。姮娥不怕离人
怨,有甚心情独自圆。

又 冬至上李漕

万里羁孤困一箄。平头四十误儒冠。舜弦广播薰风暖,邹律潜消
黍谷寒。　　楼谩倚,剑休弹。看君行复上金銮。凤池波里求馀
润,蚖肆泥中岂久蟠。

渔家傲 送李惠言、徐元集赴试南宫

射虎将军塞绣帽。西园公子南山豹。共跨龙媒衔凤沼。风色好。
宫花御柳迎人笑。　　剑履醒醒天日表。集英殿下春来早。双鹗
盘空擎百鸟。归来了。蓝袍锦水光相照。

又

夜半潮声来枕上。击残梦破惊魂荡。见说钱塘雄气象。披衣望。
碧波堆里排银浪。　　月影徘徊天溔漾。金戈铁马森相向。洗尽
尘根磨业障。增豪放。从公笔力诗词壮。

洞　仙　歌

芙蓉院宇,露下秋容瘦。龟鹤仙人献长寿。问蓬山别后,几度春
归,归去晚,开得蟠桃斯勾。　　人间游戏好,鲸背风高,那更相将
凤雏九。事蘋蘩,工翰墨,才德兼全,人总道、古今稀有。尽从他、
乌兔促年华,看绿鬓朱颜,镇长依旧。

念奴娇 上洪帅王予道生辰正月十六日,用东坡韵

半千宝运,瑞清朝、诞育人间英物。暖律吹灰春到也,迟日光腾东

壁。婺女双溪，沈郎八咏，辉映皆冰雪。储精毓秀，几年一个人杰。

须信和气随人，粉梅欺黛柳，娇春争发。翠幕重重称寿处，莲炬蕙烟明灭。鼎席犹虚，九重频念此，衮衣华髪。明年今夜，凤池应醉花月。

又

闷红颦翠，惜流年、忍对艳阳时节。白玉楼成人去后，两地音尘都绝。鸾鉴分飞，梦云零乱，欢意今衰飒。墨痕红淡，忆曾题遍红叶。

须信后约难凭，臂啮鬟剪，也只成虚说。满眼凄凉无限事，付与丁香愁结。欲语情酸，临岐步懒，怅望兰舟发。出门谁伴，泪昏一片孤月。

又

平湖阁上，正残虹挂雨，微云擎月。万顷琉璃秋向冷，忍便翠销红歇。北海樽罍，西园游宴，兴逸湖山发。飞尘不到，坐移蓬岛珠阙。

莫厌笑口频开，少年行乐事，转头胡越。公子多情真爱客，敢惮深杯百罚。太一舟轻，芙蓉城锁，醉指神仙窟。乘风归去，尽教吹乱华髪。

又

平湖阁上，正雌霓将卷，雄风初发。醉倚危栏吟眺处，月在蓬莱溟渤。蓬叶香浮，桂华光放，翻动蛟鼍窟。踏轮谁信，宓妃曾借尘袜。

人世景物堪悲，等闲都换了，朱颜云髪。遥想广寒秋到早，闲著几多空阔。太白诗魂，玉川风腋，自有飞仙骨。嫦娥为伴，夜深同驾霜月。

又 上德安王文甫生辰

麦秋天气,正玉杓斡暑,熏弦鸣律。浴佛生朝初过也,还数佳辰三日。筮水呈祥,梦熊叶庆,宝运符千一。太平朝野,异人端为时出。

须信家世蝉联,乃翁遗范在,子孙逢吉。雾隐巢云聊寄傲,行矣飞英腾实。瀑布泉清,炉峰气秀,光映霞觞溢。萱堂争看,彩衣红堕双橘。

醉 落 魄

友莺梦蝶。寻花问柳深相结。教春去后群芳歇。零落朋游,辜负好时节。 眼边愁绪多于髪。迢迢一水通吴越。旧欢新恨都休说。坐暖残红,沉醉碧天阔。

又

鸾孤凤只。而今怎忍轻抛掷。知他别后谁怜惜。一味恓惶,辜负我思忆。 云山万叠烟波急。短书频寄征鸿翼。相逢后会知何日。去也奴哥,千万好将息。

又

空庭草积。吹花风去春无迹。锁鸾深处应相忆。红染罗巾,鞊损眉山碧。 曲屏尘暗双鸂鶒。醉衾不暖炉烟湿。一帘暝色人孤寂。梦里灯残,心上雨声滴。

又

红娇翠弱。怨人珠泪频偷落。归期莫负青笺约。雨断云销,总是初情薄。 夜深秋气生帘幕。半衾依旧空闲却。故人何处孤舟泊。两岸秋声，一夜风涛恶。

丑奴儿　次韵何文成灯下镜中桃花

菱花镜里桃花笑，清影团团。月淡风寒。深夜移灯许细观。
武陵溪上当时事，何处飞鸾。泪纸惊澜。飘尽红英不忍看。

西　江　月

歌彻秋娘金缕，醉扳织女云车。而今谁复荐相如。拔剑茫然四顾。
　　好景凭诗断送，闲愁著酒消除。镜中丝髪莫惊呼。春满珠帘
绣户。

又

脉脉无端心事，厌厌不奈春醒。越罗衫薄峭寒轻。试问几番花信。
　　万点风头柳絮，数声柳外啼莺。斜阳还傍小窗明。门掩黄昏
人静。

鹧鸪天　庆徐元寿生子

六十仙翁抱桂栽。果符吉梦诞英才。上天与降麒麟种。明月还生
蚌蛤胎。　　华阁启，玳筵开。快呼玉手捧金罍。要知远地无功
客，曾到高门作贺来。

踏　莎　行

沉水销红，屏山掩素。锁窗醉枕惊眠处。芰荷香里散秋风，芭蕉叶
上鸣秋雨。　　飞阁愁登，倚阑凝伫。孤鸿影没江天暮。行云懒
寄好音来，断云暗逐斜阳去。

望　海　潮

离情冰泮，归心云扰，黯然凝伫江皋。柳色摇金，梅香弄粉，依稀满眼春娇。常记极游遨。更与持玉斝，因解金貂。郎去瞿塘，妾家巫峡水迢迢。　　别来暗减风标。奈碧云暗断，翠被香消。春草生池，芳尘凝榭，凄凉月夕花朝。千里梦魂劳。但鸟啼渡口，猿响山椒。拟把无穷幽恨，万叠写霜绡。

虞　美　人

醉寻芳草城头路。底事频凝伫。丽谯直下小层楼。鸳瓦重重匀砌、几重愁。　　睡红𩓐翠春风面。咫尺无由见。从教笑语落檐楹。图得香闺依约、认郎声。

又

月娥弄影当窗照。疑是巫山晓。芙蓉帐里睡魂惊。浅指轻匀犹恐、已天明。　　高楼未放梅花弄。却就鸳衾拥。舞腰纤瘦不禁春。恣意任郎撩乱、一梳云。

水　龙　吟

旧游曾记当年，凤城雨露开晴昼。端门发钥，御炉烟暗，宫花影覆。帝念民劳，俾乘轺传，暂临牛斗。散阳和四照，春光万井，来小试、调元手。　　职业才华竞秀。汉廷臣、无出其右。九重眷倚，频虚槐鼎，争迎衮绣。爽气西山，绿波南浦，酿成芳酒。趁锋车未到，霞觞共祝，百千长寿。

长 相 思

你又痴。我又迷。到此痴迷两为谁。问按"问"原作"天",从朱居易校改
天天怎知。　　长相思。极相思。愿得因缘未尽时。今生重共
伊。

又

红依稀。绿依稀。寒勒花梢开较迟。蝶魂空自迷。　　怕人疑。
使人疑。人道闲愁想未知。歌眉因甚低。

又

蝶团飞。莺乱啼。陌上花开人未归。碧台歌舞稀。　　月入扉。
风满帷。坐到黄昏人静时。清愁君不知。

又

树槎牙。冰交加。冷艳疏疏瘦影斜。几枝梅放花。　　天一涯。
语三叉。已是情多怨物华。那堪更忆家。

品 令

困无力。几度偎人,翠鬘红湿。低低问、几时么,道不远、三五日。
　　你也自家宁耐,我也自家将息。蓦然地、烦恼一个病,教一个、
怎知得。

点 绛 唇

霁景澄秋,晚风吹尽朝来雨。夕阳烟树。万里山光暮。　　一带
长川,自在流今古。人何处。月波横素。冷浸兼葭浦。

又

缓解罗裳，十分鸳履低腰素。冰香微度。一罅殷红露。　　　风折
芳莲，影落盆池去。多羞处。怕人偷觑。粉面频回顾。

又

著意栽银，砌成叶叶莲花舫。醉霞摇荡。恰似凌波样。　　　自笑
平生，鲸吸洪波按"洪波"原作"供陂"，原校：疑"洪波"量。孤心赏。不如深
幄。一搦酬千想。

又

杨柳腰肢，春来尚怯铢衣重。眼波偷送。笑把花枝弄。　　　雨帐
云屏，一枕高唐梦。春情动。殢人娇纵。困髻钗横凤。

又

醉倚危樯，望中归思生天际。山腰渚尾。几簇渔樵市。　　　帆落
西风，一段芦花水。八千里。锦书欲寄。新雁曾来未。

又

日薄风迟，柳眠无力花枝妥。燕楼空锁。好梦谁惊破。　　　寒食
清明，又等闲都过。愁无那。泪珠频堕。洒尽相思颗。

玉　楼　春

小桃破尽风前萼。草草年华闲过却。十分清瘦有谁知，一点相思
无处著。　　　书凭雁字应难托。花与泪珠相对落。万红千翠尽春
光，若比此情犹自薄。

又

春生泽国芳菲早。楼外墙阴闻语笑。东君著意到西园，点破施朱浑未了。　　楚云暮合吴天杳。天色沉沉云扰扰。洞门深闭月轮孤，不见当时张好好。

又

风光澹沲云容粹。点染园林添况味。花间照夜簇红纱，柳外踏青摇彩旆。　　芳时不分空憔悴。抖擞愁怀赊乐事。罗衫一任涴尘泥，拚了通宵排日醉。

又

扁舟破浪鸣双橹。岁晚客心分万绪。香红漠漠落梅村，愁碧萋萋芳草渡。　　汉皋珮失诚相误。楚峡云归无觅处。一天明月缺还圆，千里伴人来又去。

又

井花暖处新阳动。节物撩人添倥偬。寒薤冰齿晕轻澌，败絮粟肌悭短梦。　　文章彻了成何用。闷拨炉灰窥饭瓮。寻思已得到春时，预把五穷连夜送。

又　冬日上江西漕鲁大卿

汉皇受禅新尧统。沼跃潜鱼仪舞凤。五云色备观台书，万世功成贤相用。　　江湖襟带蛮荆控。摩抚民劳输土贡。愿倾石尉望尘心，来献鲁侯难老颂。

又

一阳不受群阴壅。残历行间冬破仲。云低吹白腊寒浓,梅小绽红春意重。　　湖山千里勤飞控。淑气冲融披水冻。笑携雨露洒民心,暗聚精神交帝梦。

又

黄钟应律扶炎统。舜日迎长佳节用。娟娟芳意著花梢,盎盎暖香浮酒瓮。　　寿觞唤取纤纤捧。雨歇珠帘云绕栋。兴来且伴橘中仙,归去却联池上凤。

又

台门瑞霭光阳动。人语鼓声沉汹汹。观风堂迥暗香飘,卷雨楼前寒翠拥。　　锋车促入承天宠。丹诏衔来须彩凤。五丝宫线日边长,看补岩廊龙衮缝。

西 地 锦

回望玉楼金阙。正水遮山隔。风儿又起,雨儿又煞,好愁人天色。　　两岸荻花枫叶。争舞红吹白。中秋过也,重阳近也,作天涯行客。

朝 中 措

乱山叠叠水泠泠。南北短长亭。客路如天杳杳,归心能地宁宁。　　春光荏苒花期,冷落酒伴飘零。鬓影黄边半白,烧痕黑处重青。

　　按此首又见赵长卿惜香乐府卷三,有附注云是张孝祥降乩之词,必非。

阮 郎 归

烛花吹尽篆烟青。长波拍枕鸣。西风吹断雁鸿声。离人梦暗惊。
　　乡思动，旅愁生。谁知此夜情。乱山重叠拥孤城。空江月自
明。

满 江 红

雁阵惊寒，故唤起、离愁万斛。因追念、镜鸾易破，凤弦难续。诗句
已凭红叶去，梦魂未断黄粱按"粱"原误作"梁"，从朱居易校熟。叹浪萍、
风梗又天涯，成幽独。　　归来引，相思曲。尘满把，泪盈掬。对
长天远水，落霞孤鹜。立尽西风无好意，遥山也学双眉蹙。恨草
根、不逐鬓根摧，秋更绿。

浪 淘 沙

好恨这风儿。催俺分离。船儿吹得去如飞。因甚眉儿吹不展，叵
耐风儿。　　不是这船儿。载起相思。船儿若念我孤恓。载取人
人篷底睡，感谢风儿。

胜 胜 慢

花前月下，好景良辰，厮守日许多时。正美之间，何事便有轻离。
无端珠泪暗簌，染征衫、点点红滋。最苦是、□按原无空格，原校："殷勤"
上缺一字殷勤密约，做造相思。　　咿哑橹声离岸，魂断处，高城隐
隐天涯。万水千山，一去定失花期。东君閈来无赖，散春红、点破
梅枝。病成也，到而今、著个甚医。

忆　秦　娥

秦楼月。秦娥本是秦宫客。秦宫客。梦云风韵,借仙标格。
相从无计不如休,如今去也空相忆。空相忆。尊前欢笑,梦中寻
觅。

菩　萨　蛮

酒浓花艳秋波滑。舞馀腰素花枝活。相见又还休。不禁归去愁。
　　醉衾成独拥。月冷知霜重。早是梦难成。梅花肠断声。

又

雪香白尽江南陇。暖风绿到池塘梦。叠影上檐明。夜潮_{按"潮"原作}
_{"湖",原校:疑"潮"}春水生。　　　　踏青何处去。杨柳桥边路。不见浣
花人。汀洲空白蘋。

又

花销玉瘦斜平薄。舞衣宽尽腰如削。困_{按"困"原作"因",从朱居易校}甚
不胜娇。乌云横鬓翘。　　　　双蛾_{按"蛾"原作"娥",从朱居易校}颦浅黛。
鸾镜愁空对。罗袖晚香寒。泪珠和粉弹。

惜　奴　娇

我已多情,更撞著、多情底你。把一心、十分向你。尽_{原校:"尽"字上}
_{下少一字}他们,劣心肠、偏有你。共你。风了人、只为个你。　　宿
世冤家,百忙里、方知你。没前程、阿谁似你。坏却才名,到如今、
都因你。是你。我也没、星儿恨你。

又

合下相逢,算鬼病、须沾惹。闲深里、做场话霸。负我看承,枉驰我、许多时价。冤家。你教我、如何割舍。　苦苦孜孜,独自个、空嗟呀。使心肠、捉他不下。你试思量,亮从前、说风话。冤家。休直待,教人咒骂。

江 城 子

青青杨柳水边桥。水迢迢。柳摇摇。缓引离觞,频驻木兰桡。我是行人君是客,俱有恨,总无聊。　冰澌波暖数琼瑶。舞晴飚。拂春潮。一片别魂,销尽遣谁招。不似严阳山上雪,魂易尽,雪难销。

又

相逢执手也踟蹰。立斯须。话区区。借问来时,曾见那人无。忍泪啼痕香不减,虽少别,忍轻辜。　霜风摇落岁将徂。景凋疏。恨紫纡。过尽行云,我在与谁居。一掬归心飞不去,层浪叠,片蟾孤。

如 梦 令

照水粉梅开尽。春残峭寒犹甚。秋气著人衣,斗帐玉儿生晕。那更。那更。帘外月斜风横。

又

风猎乱香如扫。又是粉梅开了。庭户锁残寒,梦断池塘春草。情悄。情悄。帘外数声啼鸟。

又

折寄陇头春信。香浅绿柔红嫩。插向鬓云边,添得几多风韵。但问。但问。管与玉容相称。

亭　前　柳

有件伴遮,算好事、大家都知。被新冤家矍索后,没别底,似别底也难为。　　识尽千千并万万,那得恁、海底猴儿。这百十钱,一个泼性命,不分付、待分付与谁。

好　事　近

幸自得人情,只是有些脾鳖。引杀俺时直甚,损我儿阴德。　　情知守定没乾休,乾休冤俺急。今夜这回除是,有翅儿飞得。

夜　行　船

昨日特承传诲。欲相见、奈何无计。这场烦恼捻著嚎,晓夜价、求天祝地。　　教俺两下不存济。你莫却、信人调戏。若还真个肯收心,厮守著、快活一世。

又

漏永迢迢清夜。露华浓、洞房寒乍。愁人早是不成眠,奈无端、月窥窗罅。　　心心念念都缘那。被相思、闷损人也。冤家你若不知人,这欢娱、自今权罢。

茶　瓶　儿

相对盈盈一水。多声价、开名得字。刚能见也还抛弃。负了万红千翠。　　留无计。来无计。□□□原校:脱三字。据补空格、成何况味。而今若没些儿事。却枉了、做人一世。

西 江 月

拽尽风流露布,筑成烦恼根基。早知恁地浅情时。枉了教人恁地。
　　惜你十分捆就,把人一味禁持。这回断了更相思。比似人间没你。

望海潮　元日上都运鲁大卿

云龙双辅,匣龙双起,当年楚尾吴头。借月命卿,占星分使,来宽俗瘵君忧。绣指屈儒流。□暂辍北阙,小试南州。协奏熏风,需为霖雨岁登秋。　　春工点缀芳柔。正梅凝笑脸,柳弄青眸。柏叶荐觞,椒花载颂,休辞秉烛嬉游。乃眷在宸旒。更德标银管,名覆金瓯。共看朝天路稳,归拜富民侯。

清平乐　送同舍周智隆

恼花风雨。断送春将暮。底死留春春不住。那更送春归去。
今朝且赋归与。明年春满皇都。共泛桃花锦浪,与君同醉西湖。

又

天涯重九。独对黄花酒。醉捻黄花和泪嗅。忆得去年携手。
去年同醉流霞。醉中折尽黄花。还是黄花时候,去年人在天涯。

又

见时怜惜。不见时思忆。花柳光阴都瞬息。□把光阴虚掷。
才郎妾貌相当。有些似欠商量。看你忔憎模样,更须著我心肠。

又

醉红宿翠。髻鬒乌云坠。管是夜来不得睡。那更今朝早起。
春风满搦腰肢。阶前小立多时。恰恨一番雨过,想应湿透鞋儿。

按此首别误作毛幵词,见词林万选卷三。别又误作童瓮天词,见草堂诗馀别集卷
一。又误作元人詹正词,见词综卷二十七。

又

山明水嫩。潇洒桐庐郡。极目风烟无限景。说也如何得尽。
自怜俗状尘容。几年断梗飘蓬。借使严陵知道,只应笑问东风。

又

霁光摇目。春入郊原绿。残雪压枝堆烂玉。时闻枝间蔌蔌。
瘦藤细履平沙。醉中一任欹斜。落日数声啼鸟,香风满路梅花。

按此首别又误入赵长卿惜香乐府卷三。

一剪梅 送晁驹父

萍水相逢无定居。同在他乡,又问征途。离歌声里客心孤。花尽
园林,水满江湖。　　烟树微茫带岸蒲。何处长沙,何处洪都。要
知安稳到家无。千里征鸿,一纸来书。

浣 溪 沙

宿醉离愁慢髻鬟。韩偓。绿残红豆忆前欢。叔原。锦江春水寄书
难。叔原。　　红袖时笼金鸭暖,少游。小楼吹彻玉笙寒。李璟。为
谁和泪倚阑干。中行。

又

柳岸梅溪春又生。风枝斜里雪枝横。空牵归兴惹离情。　　灰尽
寸心犹自热,泪承双睫不能晴。梦云楼隔豫章城。

又

迎客西来送客行。堆堆历历短长亭。殢人残酒不能醒。　　烟染
暮山浮紫翠,霜凋秋叶复丹青。凭谁图写入银屏。

又

几曲屏山数幅波。雁声斜带夕阳过。卸帆聊醉菊花坡。　　旅枕
梦魂归路远,秋江风紧夜寒多。薄情还解忆人么。

谒 金 门

归不去。归去又还春暮。洞里小桃音信阻。几番风更雨。　　相
伴竹筇芒屦。穿尽松溪花坞。早是行人贪道路。声声闻杜宇。

又

云树直。雨歇半空犹湿。山影插尖高几尺。依依衔落日。　　远
岸双飞鸂鶒。一水无情自碧。飒飒白蘋风正急。断肠人独立。

又

春睡重。睡起烟销鸾凤。著雨柳绵吹易动。风帘花影弄。　　过
雁空劳目送。纵有音书何用。有意相思无意共。不如休做梦。

又

风又雨。断送残春归去。人面桃花在何处。绿阴空满路。　　立马垂杨官渡。一寸柔肠万缕。回首碧云迷洞府。杜鹃啼日暮。

又

山雨绝。山重冷如冰雪。窗外芭蕉三两叶。影排窗上月。　　醉枕惊回蝴蝶。好梦无人共说。心事悠悠芳草歇。不眠听鼠啮。

水调歌头　上清江李中生辰

清霜洗空阔，黍管吹秋灰。七薆馀翠，半月流素影徘徊。天遣蟠根仙李，世折一枝丹桂，积庆到云来。风骨峭冰玉，谈辩屑琼瑰。

黄阁老，金闺彦，谪仙才。小分铜竹，遍洒雨露楚江隈。好把萧滩玉笋，变作嘉肴芳酒，为寿莫停杯。飞诏下霄汉，调鼎待盐梅。

又　赵倅生辰

萧滩韵环佩，玉笋灿玲珑。仙源积庆，当日占梦兆维熊。学业肯先歆向，文焰已高白贺，飞步更蟾宫。秀色溢眉宇，雄辩倒心胸。

作儿戏，为亲寿，捧霞钟。彩衣摇曳，光映怀橘堕双红。正好平分风月，且伴能言桃李，鲸吸海涛洪。行赴紫泥诏，归拜黑头公。

又

男儿四方志，岂久困泥沙。束书匣剑，依旧旅食在京华。蹭蹬青云未遂，奔走红尘何计，敛袂按"袂"原作"衽"，从朱居易校且还家。草木渐黄落，风月正清嘉。　　友猿鹤，宅丘壑，乐生涯。几时雷雨，轰磕平地起龙蛇。尺箠可鞭夷狄，寸舌可盂社稷，无路踏云车。今古万千事,洒泪向黄花。

又

美人在何许,相望正悠悠。云窗雾阁,遥想宛在海中洲。空对残云冷雨,何限重山叠水,一梦到无由。遗怨写红叶,薄幸记青楼。

金乌掷,玉蟾缺,物华休。风梧智井,一夜风露各惊秋。唯有远山无赖,淡扫一眉晴绿,特地向人愁。敛袂且归去,回首谩迟留。

又

高情邈云汉,长揖谢君侯。脱遗轩冕,簸弄泉石下清幽。心契匡庐猿鹤,泪染固陵松柏,一衲且蒙头。风月感平髮,魂梦绕神州。

漾一叶,横孤管,去来休。琵琶亭畔,正是枫叶荻花秋。点检诗囊酒碗,抬帖舞茵歌扇,收尽两眉愁。回望碧云合,相伴赤松游。

杏花天　借朱希真韵送司马德远

把杯莫唱阳关曲。行客去、居人恨蹙。屏山似展江如簇。不见尊前醉玉。　　鹃啼处、怨声裂竹。问后夜、兰舟那宿。帛书早系征鸿足。肠断弦孤怎续。

南 歌 子

蚁酒浮明月,鲸波泛落星。春花秋叶几飘零。只有庐山君眼、向人青。　　明日非今日,长亭更短亭。不辞一饮尽双瓶。争奈秋风江口、酒初醒。

又

草色裙腰展,冰容水镜开。又还春事破寒来。一夜东风吹绽、后园

梅。　　糯瓮笃香酿，熏炉续麝煤。休惊节物暗相催。赢取大家
沉醉、探春杯。

又

凤鬟斜分翠，鸳鞋小砑红。东君著意绮罗丛。最好一枝特地、怨春
风。　　懊恨无情语，娇羞忍笑容。相看疑是梦魂中。怕逐飞云
归去、断行踪。

又

畴昔飞鸾侣，而今断雁行。西风岭外下斜阳。无赖一钩新月、挂人
肠。　　双泪沾襟袖，孤灯对客床。枕馀衾剩只残香。别得娇痴
不睡、也思量。

又

春浅梅红小，山寒岚翠薄。斜风吹雨入帘幕。梦觉南楼呜咽、数声
角。　　歌酒工夫懒，别离情绪恶。舞衫宽尽不堪著。若比那回
相见、更消削。

又

乱絮飘晴雪，残花绣地衣。西园歌舞骤然稀。只有多情蝴蝶、作团
飞。　　旧事深琴怨，新愁减带围。倚楼凝望更依依。怕见一天
风雨、卷春归。

武　陵　春

走去走来三百里，五日以为期。六日归时已是疑。应是望归时。
　　鞭个马儿归去也，心急马行迟。不免相烦喜鹊儿。先报那人

知。

按此首别作辛弃疾词，见稼轩长短句卷十二。

好　事　近

微雨洒芳尘，酝造可人春色。闻道梦云楼外，正小桃花发。　　殷
勤留取最繁枝，樽前待闲折。准拟乱红深处，化一双蝴蝶。

减字木兰花　赠何藻

新荷小小。比目鱼儿翻翠藻。小小新荷。点破清光景趣多。
青青半卷。一寸芳心浑未展。待得圆时。罩定鸳鸯一对儿。

又

空阶雨过。细草摇摇光入座。斜日多情。恋恋幽窗故故明。
沉吟无语。立遍梧桐庭下树。病叶先秋。零乱风前片段愁。

又

角声催晓。斗帐美人初梦觉。黛浅妆残。清瘦花枝不奈寒。
匆匆睡起。冷落馀香栖翠被。何处阳台。雨散云收犹未来。

柳　梢　青

云髻盘鸦。眉山远翠，脸晕微霞。燕子泥香，鹅儿酒暖，曾见来那。
　　秋光已著黄花。又恰恨、尊前见他。越样风流，恼人情意，真
个冤家。

按词林万选卷三此首误作毛幵词。

乌　夜　啼

潇湘雨打船篷。别离中。愁见拍天沧水、搅天风。　　留不住。

终须去。莫匆匆。后夜一尊何处、与谁同。

愁倚阑 又名春光好

人好远,路能长。奈思量。更放晚来些小雨,做新凉。　　衰草低衬斜阳。斜阳外、水冷云黄。借使有肠须断尽,况无肠。

又

淮水阔,楚山长。恨难量。不道愁离人独夜,更天凉。　　佳节虚过重阳。更篱下、拆尽疏黄。看取清溪三百曲,是回肠。

满庭芳 上张紫微

笔走龙蛇,词倾河汉,妙年德艺双成。帝庭敷奏,亲擢冠群英。龙首其谁不取,便直饶、勋业峥嵘。偏他甚,泼天来大,一个好声名。　　忆曾。瞻拜处,当年汝水,今日溢城。叹白首青衫,又造宾闳。谨赘诗文一卷,仗仙风、吹到蓬瀛。依归地,熏香摘艳,作个老门生。

又 次范倅忆洛阳梅

兰畹霜浓,柳溪冰咽,春光先到江梅。瘦枝疏萼,特地破寒开。钩引天涯旧恨,双眉锁、九曲肠回。空销黯,故园何在,风月浸长淮。　　当年,吟赏处,醉山颓倒,飞屑成堆。怎奈向而今,雨误云乖。万里难凭驿使,那堪对、别馆离杯。谁知道,洛阳诗老,还有梦魂来。

又

瘦颊凝酥,残妆弄酒,相逢一笑东风。并肩携手,羞落可怜红。疑是回心院里，埋醉首、吐作芳丛。无端处，雄蜂雌蝶，相美两情通。

一从。攀折后，汉皋珮失，铜雀春空。想桃叶桃根，此恨能同。多谢金銮旧客，收拾在、芸阁签中。还知否，窃香传粉，输与蠹书虫。

又 寄别

修竹挼蓝，梅山耸翠，小小佳处西安。从来闻说，今日远来看。便好求田问舍，耳溪涧、目饱林峦。争知道，尘缘未了，无计与盘桓。

小蛮。应念处，弦孤么凤，镜掩孤鸾。愁再见多情，素日闲闲。早晚扁舟两桨，惊翠枕、云巘风湍。从前去，殷勤细数，细数万重滩。

更 漏 子

鞿吟鞭，欹醉帽。行尽关山古道。霜满地，水平田。雁儿声在天。

北沙门，南浦岸。望得眼穿肠断。桐树巷，梦云楼。玉儿应也愁。

又

烛销红，窗送白。冷落一衾寒色。鸡唤起，马骊行。月昏衣上明。

酒香唇，妆印臂。竟夜人人共睡。魂蝶乱，梦鸾孤。知他睡稳无。

按此首别见惜香乐府卷八，误题赵长卿作。

木兰花 送赵判官

阳关声里催行色。马惜离群人惜别。入怀风月记衔杯，迎步溪山供散策。　　　阴飚断渡江吹白。晴壑吞云天放碧。悬知诗兴满归途,三四野梅开的砾。

又

寻春误入桃源洞。草草幽欢聊与共。牢笼风月此时情,做造溪山
今夜梦。　　　柳蹊未放金丝弄。梅径已经香雪冻。春愁离恨重于
山,不信马儿驰得动。

　　　　　　按此首别又误入赵长卿惜香乐府卷六。

踏 莎 行

钗凤摇金,髻螺分翠。铢衣稳束宫腰细。绿柔红小不禁风,海棠无
力贪春睡。　　　剪水精神,怯春情意。霓裳一曲当时事。五陵年
少本多情,为何特地添憔悴。

行 香 子

你也娇痴。我也狂迷。望今生、永不分离。如何别后,三换梅枝。
是好相知,不相见,只相思。　　　良辰美景,赏心乐事,□□□原校:
"负我"上脱三字。据补空格,负我辜伊。凤弦再续,鸾鉴重窥。且等些
时,说些子,做些儿。

画 堂 春

寒蛩切切响空帷。断肠风叶霜枝。凤楼何处雁书迟。空数归期。
　　　□□沈腰春瘦,却成宋玉秋悲。又还辜负菊花时。没个人知。

摊破浣溪沙

落日秋风岭上村。全稀过雁少行人。正是悲伤愁绝处,更黄昏。
　　　漠漠野烟生碧树、漫漫衰草际黄云。借使昔人行到此,也销

魂。

燕 归 梁

楼外春风桃李阴。记一笑千金。翠眉山敛眼波侵。情滴滴、怨深深。　　当初见了,而今别后,算此恨难禁。与其向后两关心。又何似、□原校:"而今"上脱一字。据补空格而今。

望 江 南

山又水,云巘带风湾。断雁飞时天拍水,乱鸦啼处日衔山。疑在画图间。　　人渐远,游子损朱颜。别泪空沾双袖湿,春心不放两眉闲。此去几时还。

青 玉 案

征鸿过尽秋容谢。卷离恨、还东下。剪剪霜风落平野。溪山掩映,水烟摇曳,几簇渔樵舍。　　芙蓉城里人如画。春伴春游夜转夜。别后知他如何也。心随云乱,眼随天断,泪逐长江泻。

蝶 恋 花

别后相思无限忆按"忆"原作"期",从花草粹编卷七。欲说相思,要见终无计。拟写相思持送似。如何尽得相思意。　　眼底相思心里事。纵把相思,写尽凭谁寄。多少相思都做泪。一齐泪损相思字。

又

寒卸园林春已透。红著溪梅,绿染前堤柳。见个人人今感旧。引杯相属蒲塘酒。　　金缕歌中眉黛皱。多少闲愁,借与伤春瘦。明日马蹄浮野秀。柳鬟梅惨空回首。

又

薄幸人人留不住。杨柳花时,还是成虚度。一枕梦回春又去。海
棠吹落胭脂雨。　　金鸭未销香篆吐。断尽柔肠,看取沉烟缕。
独上危楼凝望处。西山暝色连南浦。

蓦 山 溪

莺莺燕燕。摇荡春光懒。时节近清明,雨初晴、娇云弄暖。醉红湿
翠,春意酿成愁,花似染。草如剪。已是春强半。　　小鬟微盼。
分付多情管。痴騃不知愁,想怕晚、贪春未惯。主人好事,应许玳
筵开,歌眉敛。舞腰软。怎向轻分散。

又

小花静院。有个人人现。缥缈更娉婷,算不数、歌朋舞伴。鸣珂曲
里,常记偶相逢,无语恨,有情愁,绿嫩红妆浅。　　别来谁念。人
面关山远。凝睇倚危楼,眼波长、眉峰不展。一年心事,到此向谁
论,书雁杳,梦云深,寂寞江天晚。

又

醉魂初醒。强起寻芳径。一似楚云归,悄没个、鳞书羽信。疏狂踪
迹,虚度可怜春,阴还闷。晴还困。赢得无端病。　　菱花宝镜。
拆破双鸾影。别袖忍频看,生怕见、啼红醉粉。而今憔悴,瘦立对
东风,红成阵,绿成阴,况是春将尽。

千 秋 岁

春工领略。点破群花萼。对流景,伤沦落。踏青心缕懒,病酒情怀

恶。无奈处,东风故故吹帘幕。　　腕玉宽金约。一去音容邈。
鱼与雁,应难托。从前多少事,不忍思量著。心撩乱,斜阳影在栏
干角。

传 言 玉 女

雪压梅梢,金袅柳丝轻敛。锦宫春早,午风和日暖。华国翠路,九
陌绮罗香满。连空灯火,满城弦管。　　月射西楼,更交光照夜
宴。万人拥路,指鳌山共看。花旗翠帽,到处朱帘高卷。归时常
是,漏残银箭。以上一百四十九首据校本金谷遗音

存 目 词

调　名	首　句	出　处	附　注
千秋岁	金风玉宇	词谱卷十六	王之道词,见相山居士词
多　丽	晚山青	词品卷二	张翥词,见蜕岩词卷上。附录于后
朝中措	清夜莲壶宫漏长	金绳武本花草粹编卷八	明人汪心壶作,见汇选历代名贤词府全集卷二

多 丽

晚山青。一川云树冥冥。正参差、烟凝紫翠,斜阳画出南屏。馆娃
归、吴台游鹿,铜仙去、汉苑飞萤。怀古情多,凭高望极,且将尊酒
慰飘零。自湖上、爱梅仙远,鹤梦几时醒。空留得、六桥疏柳,孤屿
危亭。　　待苏堤、歌声散尽,更须携妓西泠。藕花深、雨凉翡翠,
菰蒲软、风送蜻蜓。澄碧生秋,闹红驻景,采菱新唱最堪听。一片
水天无际,渔火两三星。多情月、为人留照,未过前汀。

韩　玉

玉字温甫。隆兴初,自金投宋。乾道二年(1166),添差通判隆兴
府。勒停,送柳州羁管。五年(1169),添差袁州通判。六年(1170),右
承务郎、军器少监,兼权兵部郎官。七年(1171),兼提点御前军器所。

水调歌头　张魏公生日

间世真贤出,吉梦兆维熊。玉麟天上谪见,帏薄贯长虹。追念当年
筹算,封魏封留勋业,千古事攸同。语云仁者寿,何必喻乔松。

嗣天子,乘九五,驭飞龙。分麾契符阃外,凭倚定寰中。由是天
才英纵,散入枢庭闲暇,谈笑抚兵戎。伫看骄虏静,金鼎篆元功。

又　自广中出,过庐陵,赠歌姬段云聊

有美如花客,容饰尚中州。玉京杳渺天际,与别几经秋。家在金河
堤畔,身寄白蘋洲末,南北两悠悠。休苦话萍梗,清泪已难收。

玉壶酒,倾潋滟,听君讴。伫云却月,新弄一曲洗人忧。同是天
涯沦落,何必平生相识,相见且迟留。明日征帆发,风月为君愁。

又

月里一枝桂,不付等闲人。昔年霄汉,闻道争者尽输君。衣袖天香
犹在,风度仙清难老,冰雪莹无尘。赋才三十倍,论寿八千春。

夏庭芝,周室凤,舜郊麟。岂如今日称瑞,皇国再生申。聊借济
时霖雨,来种重湖桃李,和气一番新。尚闻虚黄阁,行看秉洪钧。

念　奴　娇

吴东清胜,是吴山苍翠,吴江澄渌。灵秀钟人文物盛,历历皆非凡

俗。而况君家,风流遗世,犹寄山阴曲。继承才业,算来真是名族。

聊恁驻节重湖,惠歌仁咏,蔼丰年图录。行看登庸归去后,谁展高才相续。寿日称觞,一杯千岁,应见蟠桃熟。祝君难老,为君还更再祝。

感皇恩　广东与康伯可

远柳绿含烟,土膏才透。云海微茫露晴岫。故乡何在,梦寐草堂溪友。旧时游赏处,谁携手。　　尘世利名,于身何有。老去生涯殢樽酒。小桥流水,一树雪香毛扆校:"香"字上下疑脱一字瘦。故人今夜月,相思否。

满江红　重九与张舍人

正欲登临,何处好、登临眺望。君约我、今朝携酒,古台同上。风静秋郊浑似洗,碧空淡覆玻璃盏。夕照外、渺渺万遥山,开青嶂。

龙山事,空追想。风流会,今安往。我劝君一杯,为君高唱。今日谋欢真雅胜,休辞痛饮葡萄浪。纵黄花、明日未凋零,非佳赏。

曲江秋　正宫

明轩快目。正雨过湘溪,秋来泽国。波面鉴开,山光淀拂,竹声摇寒玉。鸥鹭戏晚日,芰荷动,香红蔌。千古兴亡意,凄凉飏□舟,望迷南北。　　仿佛烟笼雾簇。认何处、当年绣毂。沉香花萼事,潇然伤□原无空格,宫殿三十六。忍听向晚菱歌,依稀犹似新番曲。试与问,如今新蒲细柳,为谁摇绿。

一　剪　梅

镜里新妆镜外情。小眉幽恨,浅绿低横。只怨闲纵绣鞍尘。不道天涯,萦绊归程。　　梦里兰闺相见惊。玉香花瘦,春艳盈盈。觉来欹枕转愁人。门外潇潇,风雨三更。

上平西　甲申岁西度道中作　原作上西平,从毛扆校本东浦词

折腰劳,弹冠望,纵飞蓬。笑造化、相戏穷通。风帆浪桨,暮城寒角晓楼钟。暗借汲古阁刊本东浦词作"惜"霜雪鬓边来,惊对青铜。　　萧闲好,何时遂,门横水,径穿松。有无限、杯月襟风。区区个甚,帝尧堂下足夔龙。不如闻早问溪山,高养吾慵。

西 江 月

捍拨声传酒绿,蔷薇面衬宫黄。娇波斜入鬓云长。眉与春山一样。　　潇洒不禁疏瘦,低回犹似思量。换花梨叶晚阴凉。说与三年梦想。

临 江 仙

月是银钉溪是镜,云霓与作衣裳。夜寒独立竹篱傍。妆成那待粉,笑罢自生香。　　自古佳人多薄命,枉教傲雪凌霜。从来林下异闺房。何须三弄笛,方断九回肠。

番 枪 子

莫把团扇双鸾隔。要看玉溪头、春风客。妙处风骨潇闲,翠罗金缕瘦宜窄。转面两眉攒、青山色。　　到此月想精神,花似秀质。待与不清狂、如何得。奈向难驻朝云,易成春梦恨又积。送上七香车春草碧。

清平乐　赠棋者

梅花照雪。浑似人清绝。香叠绀螺双背结。曾侍霓旌绛节。
如今却向尘寰。棋中寄个清闲。纵使阿郎多病，也须偷画春山。

减字木兰花　赠歌者

香檀素手。缓理新词来伴酒。音调凄凉。便是无情也断肠。
莫歌杨柳。记得渭城朝雨后。客路茫茫。几度东风春草长。

行　香　子

一剪梅花，一见销魂。况溪桥、雪里前村。香传细蕊，春透灵根。
更水清泠，云黯淡，月黄昏。　　幽过溪兰，清胜山矾。对东风、独
立无言。霜寒塞垒，风净谯门。听角声悲，笛声怨，恨难论。

太　常　引

荒山连水水连天。忆曾上、桂江船。风雨过吴川。又却在、潇湘岸
边。　　不堪追念，浪萍踪迹，虚度夜如年。风外晓钟传。尚独
对、残灯未眠。

又

东城归路水云间。几曾放、梦魂闲。何日整归鞍。又人对、西风凭
栏。　　温柔情性，系怀伤感，欲诉诉应难。愁聚两眉端。又叠
起、千山万山。

贺　新　郎

柳外莺声碎。晚晴天、东风力软，嫩寒初退。花底觅春春已去，时

见乱红飞坠。又闲傍、阑干十二。阑外青山烟缥缈,远连空、愁与
眉峰对。凝望处,两叠翠。　　　鸳鸯结带灵犀佩。绮屏深、香罗帐
小,宝檠灯背。谁谓彩云和梦断,青翼阻寻后会。待都把、相思情
缀。便做锦书难写恨,奈菱花、都见人憔悴。那更有,枕痕泪。

又　咏水仙

绰约人如玉。试新妆、娇黄半绿,汉宫匀注。倚傍小阑闲伫立,翠
带风前似舞。记洛浦、当年俦侣。罗袜尘生香冉冉,料征鸿、微步
凌波女。惊梦断,楚江曲。　　　春工若见应为主。忍教都、闲亭邃
馆,冷风凄雨。待把此花都折取。和泪连香寄与。须信道、离情如
许。烟水茫茫斜照里,是骚人、九辨招魂处。千古恨,与谁语。

又

睡起帘栊静。□金铺、春帏半卷,宝香烟冷。门外落花风不定。糁
糁乱红堆径。谁唤做、春愁如病。零乱云鬟慵梳掠,傍菱花、羞对
孤鸾影。情易感,恨难醒。　　　沙边柳外当时景。记分携、离筵乍
阕,去帆初整。尽举棹歌和泪听。云淡水寒烟暝。空怆望、楼高天
迥。犹未归来何处也,日长时、不念人孤另。书谩写,雁谁倩。

水调歌头　上辛幼安生日

重午日过六,灵岳再生申。丰神英毅,端是天上谪仙人。凤蕴机权
才略,早岁来归明圣,惊耸汉庭臣。言语妙天下,名德冠朝绅。

　绣衣节,移方面,政如神。九重隆眷倚注,伟业富经纶。闻道山
东出相,行拜紫泥飞诏,归去秉洪钧。寿嘏自天锡,安用拟庄椿。

且 坐 令

闲院落。误了清明约。杏花雨过胭脂绰。紧了秋千索。鬥草人归，朱门悄掩，梨花寂寞。　　书万纸、恨凭谁托。才封了、又揉却。冤家何处贪欢乐。引得我心儿恶。怎生全不思量著。那人人情薄。

风 入 松

柳阴亭院杏梢长。依约巫阳。凤箫已远秦楼在，水沉烟暖馀香。临镜舞鸾窥沼，倚筝飞雁辞行。　　醉边人去自凄凉。泪眼愁肠。断云残雨当年事，到而今、好处难忘。雨袖晓风花陌，一帘夜雨兰堂。

　　　按此首别见晏几道小山词。

鹧 鸪 天

披拂芝兰便断金。顿成南北岂胜任。三年尊酒半生话，千里云山一寸心。　　休怅望，莫登临。梦魂何处不相寻。柔肠欲问愁多少，未比湘江烟水深。

又

爱日烘晴按"晴"原误"寻"，据吴讷本东浦词改旬日间。谩邀朋辈为跻攀。无穷望眼无穷恨，不尽长江不尽山。　　星点点，月团团。倒流河汉入杯盘。饱吟风月三千首，寄与吴姬忍泪看。

生 查 子

裙拖簇石榴，髻绾偏荷叶。头上短金钗，轻重还相压。　　　轻轙月入眉,浅笑花生颊。夫婿不风流,取次看承别。

按此首别误作牛希济词,见词林万选卷四。又误作赵彦端词,见杨金本草堂诗馀前集卷下。首二句别作温庭筠词,见观林诗话引泉南老人杂记。

卜　算　子

杨柳绿成阴,初过寒食节。门掩金铺独自眠,那更逢寒夜。　　　强起立东风,惨惨梨花谢。何事王孙不早归,寂寞秋千月。

霜　天　晓　月

竹篱茅屋。一树扶疏玉。客里十分清绝,有人在、江南北。　　　伫目。诗思促。翠袖倚脩竹。不是月媒风聘,谁人与、伴幽独。以上武进陶氏景汲古阁抄本东浦词

熊良翰

良翰,上舍生。

蓦山溪　寿熊尚友

四时美景,最好惟春昼。仙诞弥辰,况还当、中春时候。日迟风软,是处霭晴烟,桃散锦,柳摇金,交映门庭秀。　　　此时称寿。兰玉相先后。喜色上眉峰,且休辞、频倾芳酒。虚空看透,摆脱利名缰,云鬓绿,醉颜酡,笑〔挹〕(揖)浮丘袖。翰墨大全丙集卷十四

熊可量

可量,建安崇泰里人。乾道五年(1169)进士。江山尉,历官两浙运干。

鹧鸪天　寿熊尚友

清晓南窗笑语喧。今朝生日胜从前。鹤吞沆瀣神逾爽,松饱风霜
节更坚。　　调气马,殖心田。几曾佞佛与夸仙。戏衫脱了浑无
累,快活人间百十年。翰墨大全丙集卷十四

熊上达

上达字通甫。

万年欢　寿熊尚友

春笕方中,正良辰馀五,韶光明媚。晓见非烟佳气,满堂融溢。学
语儿童喜色。庆间世、悬弧此日。休言未、结组弹冠,不劳戏傲泉
石。　　生平服膺道德。看名高谷口,年齐箕翼。况有宁馨,已报
月宫消息。只这谁人似得。且莫惜、高张华席。应须拚、明日扶
头,尽教金盏频侧。翰墨大全丙集卷十四

苏十能

十能字千之,兴化人。乾道五年(1169)进士。开禧元年(1205),太
常博士、太常丞,兼考功郎中。嘉定三年(1209),知江阴军,被论放罢。

南　柯　子

江水粼粼碧,云山叠叠奇。平生心事一钩丝。便是壶中日月、更何
疑。　　文叔今方贵,君房素自痴。洛阳尘土涴人衣。争似归来
双足、踏涟漪。钓台集卷六

朱景文

景文字元成,清江人。乾道五年(1169)进士。调筠州司户,后调分
宜簿,未赴而卒。异闻总录云:新建尉。

玉　楼　春

玉阶琼室冰壶帐。恁地水晶帘不上。儿家住处隔红尘,云气悠扬
风淡荡。　　有时闲把兰舟放。雾鬓风鬟乘翠浪。夜深满载月明
归,画破琉璃千万丈。异闻总录卷三

欧阳光祖

光祖字庆嗣,崇安人。九岁能文,从刘子翚、朱熹学。乾道八年
(1172)登第。后为江西转运判官致仕。

满江红　寿吴漕　正月十五

恰则元宵,灿万灯、星球如昼。春乍暖、化工未放,十分花柳。和气
并随灯夕至,一时钟作人间秀。问烟霄、直上舌含香,文摛绣。

命世杰,调元手。荆楚地,淹留久。看日边追诏,印垂金斗。翠
竹苍松身逾健,蛾儿雪竹按"竹"疑"柳"字讹人如旧。愿湘江、卷入玉
壶中,为公寿。

按此首原题欧庆嗣作。

瑞鹤仙　寿虞守　三月初十

得毛韩经学。振祖风,挺挺凌烟勋业。文章世为甲。果妙龄秀发,
荐膺衡鹗。名登雁塔。访梅仙,种河阳桃李,从兹两绾铜符,多少

吏民欢洽。按此段有讹夺字。　　　　庆悭。归来整顿,松竹笑傲,武夷
溪壑。韶光恰匝。清明过了旬浃。喜当初度日。称觞春酒,一饮
红生双颊。愿儿孙,世袭簪缨,代常不乏。以上二首翰墨大全丁集卷二
　　按此首原题欧阳嗣作。

存　目　词

花草粹编卷九载有欧庆嗣庆千秋“点检尧蓂”一首,乃翰墨大全丁
集卷二无名氏词。

罗　椿

　　椿字永年,自号就斋,庐陵(今江西省吉安)人。杨诚斋高弟。淳熙
四年(1177)解试,屡试不第。

酹江月　贺杨诚斋

郎星锦帐,忽翩然归访,南溪孤鹜。前日登高谁信道,寿酒重浮茱
萸。风露杯寒,芙蓉帐冷,笑受长生箓。广寒宫殿,桂华应已新续。
　　不用翠倚红围,舞裙歌袖,共理称觞曲。只把文章千古事,留
伴平生幽独。但使明年,鬓青长在,萱草春风绿。诸郎如许,转头
百事都足。翰墨大全丁集卷四

游九言

　　九言初名九思,字诚之,建阳人。绍兴十二年(1142)生。学者称默
斋先生。干办诸军料粮院,改知光化军。薛叔似辟充荆鄂宣抚参谋官,
未行卒,年六十五。端平中,赠直龙图阁,谥文靖。有默斋遗稿二卷。

沁园春　五十五自述

五十五年,满簪华髪,俨然遂良。又何曾戚戚,荜门圭窦,何曾汲
汲,玉带金章。困后高眠,饥来饱□,老矣狂夫老更狂。空回首,叹
世间名利,傀儡开场。　　　　幸临晚节安康。又两日、三秋催肃霜。
叹生朝亦是,贺宾踵至,龙钟矍铄,何足称觞。喜对诸贤,笑谈世
事,相会亲朋醉玉觞。谁如我,素乐天知命,不事侯王。

赤枣子　华阳洞

河汉澈,碧霄晴。九华仙子到凡尘。凉夜山头吹玉笛,纤云卷尽月
分明。

又

香露湿,草晶荧。起看大地粲瑶琼。下界千门人寂寂,空山夜静海
波声。赤枣子三首,默斋遗稿辑自元刘大彬茅山志,按实见于景定建康志卷十九。此
首文字据以校改。

又

仙子去,眇云程。天香杳杳佩环清。回望九州烟雾日,千山月落影
纵横。以上彊村丛书本默斋词

刘光祖

　　　　光祖字德修,简州(今四川省简阳)人。生于绍兴十二年(1142)。
登乾道五年(1169)进士第。庆元初,官侍御史。宁宗立,改司农少卿,
迁起居郎。韩侂胄严道学之禁,光祖坐谤讪夺职。累起至显谟阁直学
士,提举茅山崇福宫。嘉定十五年(1222)卒,年八十一,谥文节。有鹤

林词一卷,已佚,今有赵万里辑本。

洞仙歌 荷花

晚风收暑,小池塘荷净。独倚胡床酒初醒。起徘徊、时有香气吹来,云藻乱,叶底游鱼动影。　　空擎承露盖,不见冰容,惆怅明妆晓鸾镜。后夜月凉时,月淡花低,幽梦觉、欲凭谁省。且应记、临流凭阑干,便遥想,江南红酣千顷。全芳备祖前集卷十一荷花门

鹊桥仙 留别

相逢一笑,又成相避,南雁归时霜透。明朝人在短亭西,看舞袖、双双行酒。　　歌声此处,秋声何处,几度乱愁搔首。如何不寄一行书,有万绪、千端别后。

昭君怨 别恨

人在醉乡居住。记得旧曾来去。疏雨听芭蕉。梦魂遥。　　惆怅柳烟何处。目送落霞江浦。明夜月当楼。照人愁。

江城子 梅花

十分雪意却成霜。暮云黄。月微茫。只有梅花,依旧吐幽芳。还喜无边春信漏,疏影下,觅浮香。　　才清端是紫薇郎。别鸳行。忆宫墙。夜半胡为,人与月交相。君合召归吾老矣,月随去,照西厢。

长相思 别意

玉尊凉。玉人凉。若听离歌须断肠。休教成鬓霜。　　画桥西,画桥东。有泪分明清涨同。如何留醉翁。

水调歌头 旅思

客梦一回醒,三度碧梧秋。仰看今夕天上,河汉又西流。早晚凉风过雁,惊落空阶一叶,急雨闹清沟。归计休令暮,宵露浥征裘。

古来今,生老病,许多愁。那堪更说、无限功业镜中羞。只有青山高致,对此还论世事,举白与君浮。送我一杯酒,谁起舞凉州。

临江仙 春思

小院回廊春寂寂,晚来独自闲行。画帘东畔碧云生。也知无雨,空滴枕边声。　　一簇小桃开又落,低头拾取红英。东风相送忘相迎。梨花寒食,到得锦宫_{按"宫"疑"官"字之误}城。

又 自咏

我似万山千里外,悠然一片归云。宫衔犹自带云云。谁知前进士,已是故将军。　　闲坐闲行闲饮酒,闲拈闲字闲文。诸公留我笑纷纷。一枝簪宝髻,六幅舞罗裙。

踏莎行 春暮

扫径花零,闭门春晚。恨长无奈东风短。起来消息探荼蘼,雪条玉蕊都开遍。　　晚月魂清,夕阳香远。故山别后谁拘管。多情于此更情多,一枝嗅罢还重捻。

醉落魄 春日怀故山

春风开者。一时还共春风谢。柳条送我今槐夏。不饮香醪,孤负人生也。　　曲塘泉细幽琴写。胡床滑簟应无价。日迟睡起帘钩挂。何不归欤,花竹秀而野。以上九首见中兴以来绝妙词选卷五

沁园春　寿晁帅七十

画戟如霜，绮疏如水，篆香渐微。向莺花多处，青山衮衮，鹭凫散后，落屑霏霏。曾是鸾台金马客，一场梦觉来人事非。多少话，付无心云叶，自在闲飞。　　想看燕鸿易感，□几度春往秋又归。见黄馀露点，东坡菊赋，清传雪片，处士梅诗。向此年年开寿斝，算今古人生七十稀。歌啸外，作皇朝遗老，名字辉辉。翰墨大全丁集卷一

存　目　词

本书初版卷一百六十二载刘光祖沁园春"浅碧芙蓉"一首，原引全芳备祖前集卷十一荷花门，原书题刘玉溪作，据中兴以来绝妙词选卷八，此首乃刘清夫作。

何师心

师心，资中人。孝宗淳熙间知叙州。

满江红　按郡志，涪溪侧十里有瀑布，泻出两峰间，垂数十丈，号水帘洞。其侧有亭，山谷榜曰奇观

一水飞空，揭起珠帘全幅。不须人卷，不须人轴。一点不容飞燕入，些儿未许游鱼宿。向山头、款步听疏音，清如玉。　　三峡水，堪人掬。三汲浪，堪龙浴。更两边潇洒，数竿修竹。晓倩碧烟为绳束"晓"原作"晚"，"绳束"原作"纯绿"，并据叙州府志改，夜凭新月为钩曲。问当年、题品是何人，黄山谷。宋涪溪胜览集(起首四句疑有脱文)

赵　蕃

蕃字昌甫，号章泉，郑州人。生于绍兴十三年(1143)，寓信州之玉山，以荫补仕。尝受学于刘清之。清之守衡州，乃求监衡州酒库以卒业

焉。旋乞祠归。理宗朝,与刘宰同召,不赴。绍定二年(1229)卒,年八十七。景定中,追谥文节。

小重山　寄刘叔通　先生序云:小重山一阕,传闻叔通
吾兄间留建城,衔杯之际,可令歌以酹我否。

何地无溪祇欠人。有翁年八十,住其滨。直钩元不事丝缗。优游尔,聊以遂吾身。　　陶令赋归辰。未尝轻出入,犯风尘。江洲太守独情亲。庐山醉,谁主复谁宾。

菩萨蛮　送游季仙归东阳

鸡声茅店炊残月。板桥人迹霜如雪。此是古人诗。身经老忘之。　　君行当此境。令我昏成醒。乘月犯霜来。诗真误尔哉。以上二首见中兴以来绝妙词选卷四

失　调　名

春浦雪,涧泉梅。韩淲太常引"呈昌甫"词注

何令修

令修,淳熙间仁寿人。

望　江　南

登龙脊,抚剑一长歌。巫峡峰高腾凤鹤,夔门波阔失蛟鼍。东望意如何。丁酉岁不尽六日,武阳何令修奉宪檄东下,道出云安,独游龙脊石,荒江互寒,水落石出,赋此刻之崖壁,并记岁月,子埙侍行。　　历代词人考略引石刻拓本

马子严

子严字庄父,建安人。自号古洲居士。淳熙二年(1175)进士。尝

为岳阳守。撰岳阳志二卷,不传。

水龙吟　为陈坂种玉庄作(题据花庵词选补)

买庄为贮梅花,玉妃一万森庭户。古来词客,比方不类,可怜毫楮。谁扫尘凡,独超物表,神仙中取。是崑丘标致,射山风骨,除此外、吾谁与。　　九酝醍醐雪乳。和金盘、月边清露。寿阳骄騃,单于疏贱,不堪充数。弄玉排箫,许琼挥拍 全芳备祖原作"许飞琼拍",兹从中兴以来绝妙词选卷六改,胎禽飞舞。待先生,披著羊裘鹤氅,作园林主。

玉　楼　春

南枝又觉芳心动。慰我相思情味重。陇头何处寄将书,香发有时疑是梦。　　谁家横笛成三弄。吹到幽香和梦送。觉来知不是梅花,落寞岁寒谁与共。

桃源忆故人

几年闲作园林主。未向梅花著语。雪后又开半树。风递幽香去。　　断魂不为花间女。枝上青禽□诉。我是西湖处士。长恨芳时误。以上三首见全芳备祖前集卷一梅花门

十　拍　子

点缀莫窥天巧,名称却道人为。香酝蜜脾分几点,色映乌云倚一枝。遥看步赏迟。　　映水不嫌疏影,娇春也自同时。红树落残风自暖,塞管声长晓更催。此时知不知。全芳备祖前集卷四蜡梅门

花　心　动

雨洗胭脂,被年时、桃花杏花占了。独惜野梅,风骨非凡,品格胜如

多少。探春常恨无颜色，试浓抹、当场微笑。趁时节，千般冶艳，是谁偏好。　　直与岁寒共保。问单于、如今几分娇小。莫怪山人，不识南枝，横玉自来同调。岂须摘叶分明认，又何必、枯枝比较。恐桃李、开时妒他太早。全芳备祖前集卷四红梅门

贺　新　郎

客里伤春浅。问今年梅蕊，因甚化工不管。陌上芳尘行处满。可计天涯近远。见说道、迷楼左畔。一似江南先得暖。向何郎、庭下都寻遍。辜负了，看花眼。　　古来好物难为伴。只琼花一种，传来仙苑。独许扬州作珍产。便胜了、千千万万。又却待、东风吹绽。自昔闻名今见面。数归期、屈指家山晚。归去说，也稀罕。

满　庭　芳

共庆春时，满庭芳思，一枝心蕊非常。少年游冶，何但折垂杨。曾向瑶台月下，逢解佩、玉女翻香。风光好，真珠帘卷，都胜早梅芳。　　人间，无比并，玉蝴蝶树，争敢相方。既□春归后，此意难忘。夜梦扬州万玉，飞魂共、紫燕归梁。须行乐，马家花圃，不肯醉红妆。以上二首见全芳备祖前集卷五琼花门

水　龙　吟

东君直是多情，好花一夜都开尽。杏梢零落，药栏迟暮，不教宁静。风度秋千，日移帘幕，翠红交映。正太真浴罢，西施浓抹，都沉醉、娇相称。　　磨遍绿窗铜镜。挽春衫、不堪比并。暮云空谷，佳人何处，碧苔侵径。睡里相看，酒边凝想，许多风韵。问因何，却欠一些香味，惹傍人恨。全芳备祖前集卷七海棠门

二 郎 神

日高睡起，又恰见、柳梢飞絮。倩说与、年年相挽，却又因他相误。
南北东西何时定，看碧沼、青萍无数。念蜀郡风流，金陵年少，那寻
张绪。　　应许。雪花比并，扑帘堆户。更羽缀游丝，毡铺小径，
肠断鹁鸠唤雨。舞态颠狂，腰肢轻怯，散了几回重聚。空暗想，昔
日长亭别酒，杜鹃催去。全芳备祖前集卷十八杨花门

天 仙 子

白玉为台金作盏。香是江梅名闻苑。年时把酒对君歌，歌不断。
杯无算。花月当楼人意满。　　翘戴一枝蝉影乱。乐事且随人意
换。西楼回首月明中，花已绽。人何远。可惜国香天不管。全芳备
祖前集卷二十一水仙门

最 高 楼

花解笑，冷淡不求知。长是殿、众芳时。鲜鲜秀颈磋圆玉，洛阳翠
佩剪琉璃。向人前，迎茉莉，送荼蘼。　　几欲把、清香换春色。
费多少、黄金酬不得。梅雨妒，麦风欺。细腰空恋当心蕊，同时犹
结旧年枝。谢家娘，将远寄，待凭谁。全芳备祖前集卷二十二詹葡门

青 门 引

手种团团玉。香趁日晴初熟。金刀错落晓霜寒，十分风味，独向暑
天足。　　唐君去后云空谷。异事传流俗。刀圭倘是神仙药，地
皮卷尽犹飞肉。全芳备祖后集卷八瓜门

朝　中　措

龙荪晚颖破苔纹。英气欲凌云。深处未须留客,春风自掩柴门。

　　蒲团宴坐,轻敲茶臼,细扑炉熏。弹到琴心三叠,鹧鸪啼傍黄昏。全芳备祖后集卷十六竹门

临江仙　上元

人意舒闲春事到,徐徐弄日微云。翠鬟飞绕闹蛾群。烟横沽酒市,风转落梅村。　　岁事一新人半旧,相逢际晚醺醺。花间亭馆柳间门。克除风雨外,排日醉红裙。

月华清　忆别

瑟瑟秋声,萧萧天籁,满庭摇落空翠。数遍丹枫,不见叶间题字。人何处、千里婵娟,愁不断、一江流水。遥睇。见征鸿几点,碧天无际。　　怅望月中仙桂。问窃药佳人,谁与同岁。把镜当空,照尽别离情意。心里恨、莫结丁香,琴上曲、休弹秋思。怕里。又悲来老却,兰台公子。

贺圣朝　春游

游人拾翠不知远。被子规呼转。红楼倒影背斜阳,坠几声弦管。　　荼䕷香透,海棠红浅。恰平分春半。花前一笑不须悭,待花飞休怨。

鱼游春水　怨别

池塘生春草。数尽归鸿人未到。天涯目断,青鸟尚赊音耗。晓月频窥白玉堂,暮雨还湿青门道。巢燕引雏,乳莺空老。　　庭际香

红倦扫。乾鹊休来枝上噪。前回准拟同他,翻成病了。欲题红叶凭谁寄,独抱孤桐无心挑。眉间翠攒,鬓边霜早。

海棠春 春景

柳腰暗怯花风弱。红映秋千院落。归逐燕儿飞,斜撼真珠箔。　　满林翠叶胭脂萼。不忍频频觑著。护取一庭春,莫弹花间鹊。

鹧鸪天 闺思

睡鸭徘徊烟缕长。日高春困不成妆。步歆草色金莲润,捻断花须玉笋香。　　轻洛浦,笑巫阳。锦纹亲织寄檀郎。儿家闭户藏春色,戏蝶游蜂不敢狂。

归朝欢 春游

听得提壶沽美酒。人道杏花深处有。杏花狼藉鸟啼风,十分春色今无九。麝煤销永昼。青烟飞上庭前柳。画堂深,不寒不暖,正是好时候。　　团团宝月凭纤手。暂借歌喉招舞袖。真珠滴破小槽红,香肌缩尽纤罗瘦。投分须白首。黄金散与亲和旧。且衔杯,壮心未落,风月长相守。

孤鸾 早春

沙堤香软。正宿雨初收,落梅飘满。可奈东风,暗逐马蹄轻卷。湖波又还涨绿,粉墙阴、日融烟暖。蓦地刺桐枝上,有一声春唤。　　任酒帘、飞动画楼晚。便指数烧灯,时节非远。陌上叫声,好是卖花行院。玉梅对妆雪柳,闹蛾儿、象生娇颤。归去争先戴取,倚宝钗双燕。

阮郎归　西湖春暮

清明寒食不多时。香红渐渐稀。番腾妆束闹苏堤。留春春怎知。

花褪雨,絮沾泥。凌波寸不移。三三两两叫船儿。人归春也归。以上九首见中兴以来绝妙词选卷六

浣　溪　沙　慢

璧月上极浦。帆落人挝鼓。石城倒影,深夜鱼龙舞。佳气郁郁,紫阙腾云雨。回首分今古。千载是和非,夕阳中、双燕语。　　向人诉。记玉井辘轳,胭脂涨腻,几许蛾眉妒。感叹息、花好随风去。流景如羽。且共乐升平,不须后庭玉树。景定建康志卷三十七

锦缠道　桑

雨过园林,触处落红凝绿。正桑叶、齐如沃。娇羞只恐人偷目。背立墙阴,慢展纤纤玉。　　听鸠啼几声,耳边相促。念蚕饥、四眠初熟。劝路旁、立马莫踟蹰,是那里唱道秋胡曲。古今合璧事类备要别集卷五十一

　　按全芳备祖后集卷二十二桑门,此首无撰人姓名。古今图书集成草木典卷二百四十七桑部误作贺铸词。

满江红　寿傅尚书

瑞霭秋空,银河里、非烟非雾。应想是、岳钟神秀,再生伊傅。昨夜五云随梦入,今朝万象朝元去。正六星、炳炳耀文昌,循初度。

五马贵,多文富。人品异,心期古。似冰清瑶水,玉森元圃。天子方将循异政,灵孙又合为霖雨。问汾阳、几考在中书,从今数。截江网卷四

水调歌头 寿赵提刑

万仞鹅湖顶,千岁矫苍龙。楼台一簇,仙家遥寄五云中。天上朝元佳节,人世生贤华旦,瑞气郁葱葱。六辔耀闽海,列郡喜趋风。

记昔年,当此际,早梅红。插花饮酒,狂歌醉舞寿昌宫。零落青袍如旧,敛板绣衣庭下,欣见黑头公。王室要师保,叔父忽居东。截江网卷五

感皇恩 自寿

深约海棠开,一庭儿女。共插满头笑相语。入春准备了,到今朝团聚。近来都不怕,风和雨。　　一个一杯,君山绿醑。何必贪多似彭祖。但须看遍,子生孙孙生子。便年年拚一醉,花前舞。截江网卷六

浪淘沙 蜡梅

娇额尚涂黄。不入时妆。十分轻脆奈风霜。几度细腰寻得蜜,错认蜂房。　　东阁久凄凉。江路悠长。休将颜色较芬芳。无奈世间真若伪,赖有幽香。永乐大典卷二千八百十一梅字韵

苏 幕 遮

地偏灵,天应瑞。簇簇银花,团绕真珠蕊。金阙玉楼分十二。要伴姮娥,与月循环睡。　　月如花,花表岁。人道闰年,添个真奇异。不许扬州夸间气。昨夜春风,吹送柴门里。曹璿琼花集卷三

以上马子严词二十九首,用赵万里辑古洲词。

赵师侠

师侠一名师使,字介之,燕王德昭七世孙,新淦人。淳熙二年(1175)进士。淳熙十五年,为江华郡丞。有坦庵长短句。

万 年 欢

电绕神枢,华渚流虹,诞弥良用佳辰。万宇讴歌归舞,宝历增新。四七年间盛事,皇威畅、边鄙无尘。仁恩被,华夏咸安,太平极治欢声。　　重华道隆德茂,亘古今希有,揖逊重闻。圣子三宫欢聚,两世慈亲。幸际千秋圣旦,沾镐宴、普率惟均。封人祝,亿万斯年,寿皇尊并高真。

水调歌头 龙帅宴王公明

金鼎调元手,玉殿涣恩华。宣威蜀道,曾见千骑拥高牙。凭仗元枢筹略,宽我宸旒西顾,惠泽被幽遐。为忆江城好,南浦舣仙槎。

格天心,膺帝眷,极褒嘉。琳宫香火缘在,还近玉皇家。霖雨久思贤佐,看即声传丹禁,唤仗听宣麻。衮绣公归去,宰路筑堤沙。

又 春野亭送别

江亭送行客,肠断木兰舟。水高风快,满目烟树织成愁。咿轧数声柔橹,拍塞一怀离恨,指顾隔汀洲。独立苍茫外,欲去强迟留。

海山长,云水阔,思难收。小亭深院歌笑,不忍记同游。唯有当时明月,千里有情还共,后会尚悠悠。此恨无重数,和泪付东流。

又 癸卯信丰送春

韶华能几许,节物叹推移。群花竞芳争艳,无奈隙驹驰。红紫随风何处,唯有抟按"抟"原作"搏",从紫芝漫抄本坦庵长短句枝新绿,暗逐雨催肥。乔木莺初啭,深院燕交飞。　　　渐清和,微扇暑,日迟迟。新荷泛水摇漾,萍藻弄晴漪。百岁光阴难挽,一笑欢娱易失,莫惜酒盈卮。无计留连住,还是送春归。

又　万载烟雨观

江流清浅外,山色有无中。平田坡岸回曲,一目望难穷。波面轻鸥容与,沙际野航横渡,不信画图工。路入神仙宅,翠锁梵王宫。

俯晴郊,增胜概,气横空。云林城市层列,知有几重重。更上危亭高几,徙按"徙"原作"徙",陆校:"徙"疑"徙"倚栏干虚敞,象纬逼璇穹。要尽无边景,烟雨看空濛。

又　戊申春陵用旧韵赋二词呈族守德远

人生如寄耳,世态逐时移。浮名薄利能几,方寸谩交驰。粗足生涯随分,到眼风光可乐,终不羡轻肥。有志但长叹,无路且卑飞。

恨年华,何去速,又来迟。绿阴浓映池沼,縠浪皱风漪。唪午莺声睍睆,滚地杨花飘荡,爱景惜芳卮。此意谁能解,一笑任春归。

又

心景两无著,情物岂能移。超然远览失笑,名利苦纷驰。一品官资荣显,百万金珠豪富,空自喜家肥。会得个中理,川泳与云飞。

静中乐,闲中趣,自舒迟。心如止水,无风无自更生漪。已是都忘人我,一任吾身醒醉,有酒引连卮。万法无差别,融解即同归。

又　和石林韵

世态万纷变,人事一何忙。胸中素韬奇蕴,匣剑岂能藏。不向燕然纪绩,便与渔樵争席,摆脱是非乡。要地时难得,闲处日偏长。

志横秋,谋夺众,谩轩昂。蝇头蜗角微利,争较一毫芒。幸有乔林脩竹,随分粗衣粝食,何必计冠裳。我已乐萧散,谁与共平章。

又 丁巳长沙寿王枢使

台星明翼轸,和气满潇湘。长淮胜处地灵,应产股肱良。共仰三朝元老,要识一时英杰,人物自堂堂。直气薄霄汉,德望耸岩廊。

拥貔貅,森棨戟,镇藩方。折冲樽俎,春融花柳侑壶觞。两世麟符玉节,九郡恩风惠雨,仁者寿宜长。风诏来丹阙,绣衮觐明光。

满江红 甲午豫章和李思永

渺渺春江,迷望眼、蒲萄涨绿。春过也、萧疏庭户,寂寥心目。念远不禁啼鸩闹,愁多易遣脩蛾蹙。向小窗、时把彩笺看,翻新曲。

晴昼永,便新浴。相思泪,不成哭。空无言憔悴,暗销肌玉。目断碧云无信息,试凭青翼飞南北。听掀帘、疑是故人来,风敲竹。

又 辛丑赴信丰,舟行赣石中

烟浪连天,寒尚峭、空濛细雨。春去也、红销芳径,绿肥江树。山色云笼迷远近,滩声水满忘艰阻。挂片帆、掠岸晚风轻,停烟渚。

浮世事,皆如许按"许"原作"计",陆校:"计"疑"许"。名利役,惊时序。叹清明寒食,小舟为旅。露宿风餐安所赋,石泉榴火知何处。动归心、犹赖翠烟中,无杜宇。

又 壬子秋社莆中赋桃花

露冷天高,秋气爽、千林叶落。惊初见、小桃枝上,盛开红萼。浅淡胭脂经雨洗,剪裁码磝如云薄。问素商、何事鬥春工,施丹艧。

芙蓉苑,颜如灼。曾暗与、花王约。要乘秋名字,并传京雒。回首瑶池高宴处,桂花香里骖高鹤。但莫教、容易逐西风,轻飘却。

又　丙辰中秋定王台即席饯富次律

凉入三湘,秋气爽、江澄沙白。人欲去、离愁黯黯,莫留行色。盍在中朝陪鹓鹭,暂来南楚分风月。与元枢、鹗荐共扶摇,朝天阙。

皇华使,和戎策。西府赞,中兴业。有缁衣同美,武公勋烈。樯燕已知添别意,骊驹谁为歌新阕。恨此情、如月过中秋,圆还缺。

又　丁巳和济时几宜送春

去去春光,留不住、情怀索莫。那堪是、日长人困,雨馀寒薄。叶底青青梅胜豆,枝头颗颗花留萼。叹流年、空有惜春心,凭春酌。

歌共酒,谁酬酢。非与是,忘今昨。且随时随分,强欢寻乐。世事燕鸿南北去,人生乌兔东西落。问故园、不负送春期,明年约。

沁园春　和伍子严避暑二首

雨接梅霖,风祛槐暑,麦天已秋。正榴燃红炬,枝头色艳,荷翻绿盖,池面香浮。心景俱清,身名何有,且向忙中早转头。尘劳事,枉朝思夕计,细虑深谋。　　悠悠。不复徽求。但安分、随缘休便休。纵官居极品,徒为美玩,家称钜富,未免闲愁。遇酒开颜,逢欢乐意,有似木人骑土牛。从他笑,看一朝解悟,八极遨游。

又

羊角飘尘,金乌烁石,雨凉念秋。有虚堂临水,披襟散髪,纱帽雾卷,湘簟波浮。远列云峰,近参荷气,卧看文书琴枕头。蝉声寂,向庄周梦里,栩栩无谋。　　茶瓯。醒困堪求。粗饱饭安居可以休。

算翛闲静胜，吾能自乐，荣华纷扰，人谩多愁。习懒非痴，觉迷是病，一力那能胜九牛。俱按“俱”原作“但”，陆校："但"疑"俱"休问，且追寻觞咏，知友从游。

酹江月　题赵文炳枕屏

枕山平远。记当年小阁，牙床曾展。围幅高深春昼永，寂寂重帘不卷。棹舣西湖，人归南陌，酒晕红生脸。困来无那，玉肌小倚娇软。

堪恨身在天涯，曲屏环枕，此意何由见。想像高唐无梦到，独拥闲衾展转。物是人非，山长水阔，触处思量遍。愁遮不断，夜阑依旧斜掩。

又　丙午螺川

飘流踪迹，趁春来、还趁春光归去。九十韶华能几许，著意留他不住。趱柳催花，摧红长翠，多少风和雨。蜂闲蝶怨，尽凭枝上莺语。

归棹去去难留，桃花浪暖，绿涨迷津浦。回首重城天样远，人在重城深处。惜别愁分，凝暗陆校："暗"疑"脂"、"睛"有泪，总寄阳关句。不堪肠断，恨随江水东注。

又　乙未白莲待廷对

斜风疏雨，正无聊情绪，天涯寒食。烟重云娇春烂熳，却得轻寒邀勒。柳褪鹅黄，池添鸭绿，桃杏浑狼藉。乱山深处，尚留些子春色。

海燕未便归来，踏青鬥草，谁与同寻觅。杜宇多情芳树里，只管声声历历。似劝行人，不如闻早，作个归消息。休教肠断，梦魂空费思忆。

又　乙未中元自柳州过白莲

晓风清暑,映湖光如练,山光如染。十里荷花香满路,飞盖斜欹妆面。一叶扁舟,数声柔橹,陡觉红尘远。六桥三塔,恍然图画中见。

　　因念当日三贤,两山佳处,应也经行遍。琢月吟风无限句,景物随人俱显。贺监风流,玄真清致,我亦情非浅。渔蓑投老,利名何用深羡。

又　信丰赋茉莉

化工何意,向天涯海峤,有花清绝。缟袂绿裳无俗韵,不畏炎荒烦热。玉骨无尘,冰姿有艳,雅淡天然别。真香冶态,未饶红紫春色。

　　底事□落江南,水仙兄弟,端自难优劣。瘴雨蛮烟魂梦远,宁识溪桥霜雪。薝蔔同芳,素馨为伴,百和清芬爇。凄然风露,夜凉香泛明月。

又　万载龙江眼界

平生奇观,爱登高临远,寻幽选胜。欲上层巅穷望眼,一半崎岖危径。万瓦鳞鳞,四山簇簇,咫尺疏林映。山川城郭,恍然多少清兴。

　　残照斜敛馀红,横陈平远,一抹轻烟暝。何处飞来双白鹭,点破遥空澄莹。鹤岭云平,龙江波渺,不羡潇湘咏。襟怀舒旷,曲栏倚了还凭。

又　足乐园牡丹

韶华婉娩,正和风迟日,暄妍清昼。紫燕黄鹂争巧语,催老芬芳花柳。灼灼花王,盈盈娇艳,独殿春光后。鹤翎初拆,露沾香沁珠溜。

　　遥想京洛风流,姚黄魏紫,间绿如铺绣。小盖低回雕槛曲,车

马纷驰园囿。天雨曼珠,玉槃金束,占得声名久。留连朝暮,赏心
不厌芳酒。

促拍满路花 信丰黄师尹跳珠亭

栽花春烂熳,叠石翠嶙峋。小亭相对倚,数峰寒。主人寻胜,接竹
引清泉。凿破苍苔地,一掬泓澄,六花疑是深渊。山前六花小池。

　　向闲中、百虑脩然。情事寄鸣弦。炉香陪茗碗,可忘言。喷珠溅
雪,历历听潺湲。尘世知何计,不老朱颜,静看日月跳丸。

又 瑞荫亭赠锦屏苗道人

连枝蟠古木,瑞荫映晴空。桃江江上景,古今同。忙中取静,心地
尽从容。扫尽荆榛蔽,结屋诛茅,道人一段家风。　　任乌飞兔走
匆匆。世事亦何穷。官闲民不扰,更年丰。箪瓢云水,时与话西
东。真乐谁能识,兀坐忘言,浩然天地之中。按"之中"二字原缺,据汲古
阁刊本坦庵词。

永遇乐 重明节

金昊行秋,季商回律,天气佳处。瑞应皇家,祥开圣旦,宝历绵基
祚。瑶池人祝,钧天乐奏,湛露宴均寰宇。万花覆、千官尽醉,盛事
顿超今古。　　中兴天统,四三传序,揖逊自归明主。黄屋非心,
萝图有永,还付当今主。希夷高蹈,寿康长保,五世祖孙欢聚。尊
之至,千秋令节,万年圣父。

又 甲午走笔和岳大用梅词韵

秋满衡皋,淡云笼月,晚来风劲。一抹残霞,数声过雁,还是黄昏
近。凭高临远,倚楼凝睇,多少断愁幽兴。听渔村、鸣榔隐隐按原缺

"隐"字,从汲古阁刊本,别浦暮烟收暝。　　湘妃起舞,芳兰纫佩,约略乱峰云鬟。景物悲凉,楚天澄淡,过尽归帆影。斜阳低处,远山重叠,萧树乱鸦成阵。空无言,栏干凭暖,闷怀似困。

又　为卢显文家金林檎赋

日丽风暄,暗催春去,春尚留恋。香褪花梢,苔侵柳径,密幄清阴展。海棠零乱,梨花淡伫,初听闹空莺燕。有轻盈、妍姿靓态,缓步阆风仙苑。　　绿丛红萼,芳鲜柔媚,约略试妆深浅。细叶来禽,长梢戏蝶,簇簇枝头见。酡颜鬖髿,春愁无力,困倚画屏娇软。只应怕、风欺雨横,落红万点。

风入松　戊申沿檄衡永,舟泛潇湘

溪山佳处是湘中。今古言同。平林远岫浑如画,更渔村、返照斜红。两岸荻风策策,一江秋水溶溶。　　苍崖石壁景尤雄。人自西东。利名汩没黄尘里,又那知、清胜无穷。何日轻舠蓑笠,持竿独钓西风。

凤凰阁　己酉归舟衡阳作

正薰风初扇,雨细梅黄暑溽。并摇双桨去程速。那更黄流浩淼,白浪如屋。动归思、离愁万斛。　　平生奇观,颇快江山寓目。日斜云定晚风熟。白鹭飞来,点破一川明绿。展十幅、潇湘画轴。

蝶恋花　戊戌和邓南秀

柳眼窥春春渐吐。又是东风,摇曳黄金树。宜入新春闻好语。一犁处处催耕雨。　　未有花须金缕缕。醉梦悠飏,似蝶翩跹舞。一枕仙游何处去。觉来依旧江南住。

又　己亥同常监游洪阳洞题肯堂壁

春到园林能几许。昨夜疏疏,过却催花雨。暖日晴岚原上路。雕鞍暂系芳菲树。　仙洞同游皆胜侣。翻忆年时,醉里曾寻句。要与龙江春作主。翩然又趁东风去。

又　癸卯信丰赋芙蓉

剪剪西风催碧树。乱菊残荷,节物惊秋暮。绿叶红苞迎晓露。锦屏绣幄围芳圃。　尘世鸾骖那肯驻。尚忆层城,仙苑飞琼侣。能共牡丹争几许。惜花对景聊为主。

又　道中有簪二色菊花

百叠霜罗香蕊细。袅袅垂铃,缀簇黄金碎。独占九秋风露里。芳心不与群英比。　采采东篱今古意。秀色堪餐,更惹兰膏腻。不用南山横紫翠。悠然消得因花醉。

又　临安道中赋梅

剪水凌虚飞雪片。认得清香,雪树深深见。傅粉凝酥明玉艳。含章檐下春风面。　照影溪桥情不浅。羌管声中,叠恨传幽怨。陇首人归芳信断。万重云水江南远。

又　戊申秋夜

夜雨鸣檐声录蔌。薄酒浇愁,不那更筹促。感旧伤今难举目。无聊独剪西窗烛。　弹指光阴如电速。富贵功名,本自无心逐。粝食粗衣随分足。此身安健他何欲。

又　丙辰嫣然赏海棠

春入园林新雨过。次第芳菲,惹起情无那。蜀锦青红初剪破。枝
头点点胭脂颗。　　柳带随风金袅娜。隐映馀霞,灿灿红云堕。
高烛夜寒光照坐。只□_{紫芝漫抄本作"拚",汲古阁刊本作"愁"}沉醉谁扶我。

又　用宜笑之语作

解语花枝娇朵朵。不为伤春,爱把眉峰锁。宜笑精神偏一个。微
涡媚靥樱桃破。　　先自腰肢常袅娜。更被新来,酒饮频过火。
茶饭不忺犹自可。脸儿瘦得些娘大。

鹧鸪天　壬辰豫章惠月佛阁

烟霭空濛江上春。夕阳芳草渡头情。飞红已逐东风远,嫩绿还因
夜雨深。　　情脉脉,思沉沉。卷帘愁与暮云平。阑干倚遍东西
曲,杜宇一声肠断人。

又　豫章大阅

玉带红花供奉班。裹头新样总宜男。闹装鞍镫青骢马,帖体衣裳
紫窄衫。　　云鬓重,黛眉弯。内家妆束冠江南。轻裘缓带风流
帅,锦绣丛花拥骑还。

又　揖翠晚望

榕叶阴阴未著霜。浅寒犹试夹衣裳。雾浓烟重遥山暗,云淡天低
去水长。　　风淅沥,景凄凉。乱鸦声里又斜阳。孤帆落处惊鸥
鹭,飞映书空雁字行。

又　七夕

一叶惊秋风露清。砧蛩初听傍窗声。人逢役鹊飞乌夜,桥渡牵牛织女星。　　银汉淡,暮云轻。新蟾斜挂一钩明。人间天上佳期处,凉意还从过雨生。

又　湘江舟中应叔索赋

风定江流似镜平。斜阳天外挂微明。云归远岫千山暝,雾映疏林一抹横。　　渔火细,钓丝轻。黄尘扑扑谩争荣。何时了却人间事,泛宅浮家过此生。

又　赠妙惠

妙曲清声压楚城。蕙心兰态见柔情。凌波稳称金莲步,蘸甲从教玉笋斟。　　歌缓缓,笑吟吟。向人真处可怜生。仙源幸有藏春处,何事乘风逐世尘。

又　丁巳除夕

爆竹声中岁又除。顿回和气满寰区。春风解绿江南树,不与人间染白须。　　残蜡烛,旧桃符。宁辞末后饮屠苏。归欤幸有园林胜,次第花开可自娱。

　　　　按以上七首别又误入赵彦端介庵琴趣外篇卷五。

柳梢青　祭户立春

节物推移。青阳景变,玉琯灰飞。彩仗泥牛,星球雪柳,争报春回。　　丝金缕玉幡按"幡"原作"蟠",陆校:"蟠"疑"幡"儿。更斜袅、东风应时。宜入新春,人随春好,春与人宜。

又　荼蘼屏

红紫凋零。化工特地,剪玉裁琼。碧叶丛芳,檀心点素,香雪团英。

　　柔风唤起娉婷。似无力、斜敧翠屏。细细吹香,盈盈泡露,花里倾城。

又　和赵显祖

漠漠轻阴。养花天气,乍暗还明。曲径风微,蜂迷红片,蝶趁游人。

　　平芜极目青青。谩怅望、谁招断魂。柳外愁闻,莺雏唤友,鸠妇呼晴。

又　黄栀林送李粹伯

料峭馀寒。元宵欲过,灯火阑珊。宿酒难醒,新愁未解,摇兀吟鞍。

　　深林百舌关关。更雨洗、桃红未干。野烧痕青,荒陂水满,春事何堪。

又　富阳江亭

烟敛云收。夕阳斜照,暮色迟留。天接波光,水涵山影,都在扁舟。

　　虚名白尽人头。问来往、何时是休。潮落潮生,吴山越岭,依旧临流。

又　聚八仙花

人间春足。一番红紫,水流风逐。戏蝶初闲,轻摇粉翅,高低飞扑。

　　雨昏烟暝增明,似积雪、枝间映绿。后土琼芳,蓬莱仙伴,蕊粉香粟。

又　邵武熙春台席上呈修可叔

矫首遐观。崇台徙倚,心目俱宽。一水萦蓝,群峰耸翠,天接高寒。
　　平生江北江南。总未识、闽按"闽"原作"栏",从紫芝漫抄本坦庵长短句中好山。雨暗前汀,云生衣袂,身倦跻攀。

又　壬子莆阳壶山阁

暑怀烦郁。危栏徙倚,凝情独立。榕叶连阴,横冈接秀,壶峰凝碧。
　　海山云树微茫,更无数、归帆暮集。却忆潇湘,孤村烟渚,晚风斜日。

又　鉴止月下赏莲

水满方按"方"原作"芳",从汲古阁刊本塘。菰蒲深处,戏浴鸳鸯。灿锦舒霞,红幢绿盖,时递幽香。　　天弓摇挂孤光。映烟树、云间渺茫。散髪披襟,都忘身世,真在仙乡。

又　和张伯寿紫笑词

浓碧〔抟〕(搏)枝,柔黄衬紫,独殿春风。菡萏轻盈,甘瓜馥郁,叶萼相重。　　人生一笑难同。更馀韵、都藏笑中。日助清芬,酒添风味,须与从容。

浣溪沙　癸巳豫章

日丽风和春昼长。杏花枝上正芬芳。无情社雨亦何狂。　　一洗娇红啼嫩脸,半开新绿映残妆。画梁空有燕泥香。

又　滕王阁席上赠段云轻

落日沉沉堕翠微。断云轻逐晚风归。西山南浦画屏围。　一目
波光明欲溜,两眉山色翠常低。须知人与景相宜。

又　鸣山驿道中

松雪纷纷落冻泥。栖禽犹困傍枝低。茅檐冰柱玉鞭垂。　流水
溅溅春意动,群山灿灿晓光迷。朔风寒日度云迟。

又　螺川从善席上叙别

不比阳关去路赊。使君行即返京华。清江江上是吾家。　聚散
有时思夜雨,留连无计劝流霞。红愁绿惨一川花。

又　鉴止宴坐

雪絮飘池点绿漪。舞风游漾燕交飞。阴阴庭院日迟迟。　一缕
水沉香散后,半瓯新茗味回时。條闲万事总忘机。

又　鸳鸯红梅

本是孤根傲雪霜。肌肤不肯涴铅黄。要随尘世浅匀妆。　似杏
著花尤灿灿,比梅成实自双双。青枝巧缀碧鸳鸯。

菩萨蛮　癸巳自豫章橄归

扁舟又向萧滩去。危樯却系江头树。风送雨声来。凉生真快哉。
电光云际掣。白浪天相接。不用怯风波。风波平地多。

又

娇花媚柳新妆靓。裙边微露双鸳并。笑靥最多情。春从两脸生。
香罗萦皓腕。翠袖笼歌扇。馀韵遏云低。梁尘簌簌飞。

又

晚风断送归帆急。重城回首天连碧。犹有小楼情。西山如旧青。
故园今渐近。应卜灯花信。一喜一牵萦。平分两处心。

又　用三谢诗"故人心尚远，故心人不见"之句

故人心尚如天远。故心人更何由见。肠断楚江头。泪和江水流。
江流空滚滚。泪尽情无尽。不怨薄情人。人情逐处新。

又　瑞荫秋望

小春爱日融融暖。危亭望处晴岚满。江静绿回环。横陈无际山。
清霜欺远树。黄叶风扶去。试探岭头梅。点红开未开。

又　可人梅轴

琼英为惜轻飞去。可人妙笔移缣素。潇洒向南枝。永无开谢时。
闺房难并秀。自是春风手。何必问逃禅。人间水墨仙。

又　韵胜竹屏

多情可是怜高节。濡毫幻出真清绝。雨叶共风枝。天寒人倚时。
萧萧襟韵胜。堪与梅兄并。不用翠成林。坡仙曾赏音。

又　玉山道中

霜风落木千山远。护霜云散晴曦暖。潇洒小旗亭。山花照眼明。
粉妆匀未了。一捻春风小。把酒恨匆匆。深情妩媚中。

又　梅林渡寄兴伯

行舟荡漾鸣双桨。江流为我添新涨。指顾隔汀洲。人归心尚留。
阳关三叠举。怨柳离情苦。何似莫来休。不来无许愁。

又　永州故人亭和圣徒季行韵

故人话别情难已。故人此别何时会。江上驻危亭。离怀牵故情。
悠悠东去水。簇簇渔村市。应记合江滨。潇湘别故人。

又　春陵迎阳亭

西风又老潇湘树。翩翩黄叶辞枝去。斜日淡云笼。溪山烟霭中。
危阑闲独倚。縠浪连天际。残角起江城。书空征雁横。

又　辛亥二月雪

东皇不受人间俗。为嫌花柳纷红绿。特地闷春和。连延雨雪多。
梅梢封玉蕊。春半开犹未。还恐怨韶华。吹绵作柳花。

又　鉴止莲花穿阑干开

水风叶底波光浅。亭亭翠盖红妆面。六月下塘春。平铺云锦屏。
露凉轻点缀。绿映珍珠袂。浑似太真妃。倚阑娇困时。

按以上十三首别又误入赵彦端介庵琴趣外篇卷三。

好事近 垂丝海棠

红杏已香残,唯有海棠堪惜。天气著花如酒,醉娇红无力。 　娉
娉袅袅倚东风,柔媚忍轻摘。凭仗暮寒要住,赛锦川春色。

又 癸巳催妆

云度鹊成桥,青翼已传消息。彩仗蕊宫初下,应人间佳夕。 　龙
烟缥缈散妆楼,香雾拥瑶席。准拟洞房披扇,看仙家春色。

醉蓬莱 重明节丙辰长汝

正金风零露,玉宇生凉,晚秋天气。华渚流虹,应生商佳瑞。电绕
神枢,庆绵宗社,御宝图宸极。脱屣尘凡,游心澹泊,逍遥物外。

圣子神孙,祖皇文母,上接三宫,下通五世。至盛难名,亘古今无
比。诞节重明,燕乐和气,动普天均被。寿祝南山,尊倾北海,臣邻
欢醉。

汉宫春 壬子莆中鹿鸣宴

丹诏天飞,见皇家愿治,侧席英才。鸿儒抱负素蕴,壮志兴怀。文
场战胜,便从此、脱迹蒿莱。人共羡,鹿鸣劝驾,还因计吏偕来。

先春占早争开。是人间第一,唯有江梅。莆中旧传盛事,六亚三
魁。桃花浪暖,更平地、听一声雷。蓝绶袅,芦鞭骏马,长安走遍天
街。

厅 前 柳

晚秋天。过暮雨,云容敛,月澄鲜。正风露凄清处,砌蛩喧。更黄
蝶。舞翩翩。 　念故里、千山云水隔,被名缰利锁萦牵。莫作悲

秋意,对尊前。且同乐。太平年。

又 丹桂

景清佳。正倦客,凝秋思。浩无涯。递十里香芬馥,桂初华。向碧
叶。露芳葩。 为粟粒、鹅儿情淡薄,倩西风染就丹砂。不比黄
金雨,灿馀霞。送幽梦,到仙家。

诉衷情 鉴止初夏

清和时候雨初晴。密树翠阴成。新篁嫩摇碧玉,芳径绿苔深。
雏燕语,乳莺声。暑风轻。帘旌微动,沉篆烟消,午枕馀按"馀"原
作"除",陆校:"除"疑"馀"清。

又 莆中酌献白湖灵惠妃三首

神功圣德妙难量。灵应著莆阳。湄洲自昔仙境,宛在水中央。
孚惠爱,备祈禳。降嘉祥。云车风马,胈蚃来歆,桂酒椒浆。

又

茫茫云海浩无边。天与水相连。舳舻万里来往,有祷必安全。
专掌握,雨旸权。属丰年。琼卮玉醴,飨此精诚,福庆绵绵。

又

威灵千里护封圻。十万户归依。白湖宫殿云耸,香火尽虔祈。
倾寿酒,诵声诗。谅遥知。民康俗阜,雨润风滋,功与天齐。

按以上四首别又误入赵彦端介庵琴趣外篇卷五。

一剪梅 莆中赏梅

雪里盈盈玉破花。遐想风流,压尽京华。点酥团粉任欹斜。独露春妍谁似他。　　有酒何须稚子赊。访戴归来,倚棹溪涯。人生得意定谈夸。除却西湖,不记谁家。

又 丙辰冬长沙作

暖日烘梅冷未苏。脱叶随风,独见枯株。先春占早又何如。玉点枝头,犹自萧疏。　　江北江南景不殊。雪里花清,月下香浮。他年调鼎费工夫。且与藏春,处士西湖。

朝中措 莆中共乐台

斜阳留照有馀红。烟霭淡冥濛。麦陇青摇一望,前山翠失双峰。　　高台徙倚,松飘逸韵,梅减冰容。俯视尘寰如掌,翩然我欲乘风。

又

疏疏帘幕映娉婷。初试晓妆新。玉腕云边缓转,修蛾波上微颦。　　铅华淡薄,轻匀桃脸,深注樱唇。还似舞鸾窥沼,无情空恼行人。

又 乙未中秋麦湖舟中

西风著意送归船。家近总欣然。去日梅开烂熳,归时秋满山川。　　京华倦客,难堪羁思,历尽愁边。寄语姮娥休笑,月圆人亦团圆。

又 山樊

乱山春过雪成堆。七里递香回。蕊簇玲珑金粟,花装碎屑玫瑰。　　兰衰梅谢,桃粗李俗,谁与追随。清绝殿春仙侣,清风吹破荼蘼。

又 月季

开随律琯度芳辰。鲜艳见天真。不比浮花浪蕊,天教月月常新。　　蔷薇颜色,玫瑰态度,宝相精神。休数岁时月季,仙家栏槛长春。

又 丁亥益阳贺王宜之

眉间黄色喜何如。花县拜恩初。五品荣颁命服,十行祗奉天书。　　萱堂绣阁,均封大邑,盛事同居。此日银章朱绂,行看玉带金鱼。

点绛唇 和翁子西

日暖风暄,殿春琼蕊依台榭。雪堆花架。不用丹青写。　　莹彻精神,映月唯宜夜。幪香帕。倩风扶下。碎玉残妆卸。

又

漠漠春阴,褪花时候馀寒峭。数声啼鸟。唤起帘栊晓。　　云鬟慵梳,淡拂春山小。情多少。乱萦愁抱。风里垂杨袅。

又 同曾无玷观沈赛娘棋

袅袅娉娉,可人尤赛娘风韵。花娇玉润。一捻春期近。　　占路

藏机,已向棋中进。俱原作"但",据叶遐庵藏抄本改休问。酒旗花阵。早
晚争先胜。

按以上三首别又误入赵彦端介庵琴趣外篇卷二。

扑　蝴　蝶

清和时候,薰风来小院。琅玕脱箨,方塘荷翠飐。柳丝轻度流莺,
画栋低飞乳燕。园林绿阴初遍。景何限。　　轻纱细葛,纶巾和
羽扇。披襟散髪,心清尘不染。一杯洗涤无馀,万事消磨去远。浮
名薄利休羡。

醉桃源　桐江舟中

微云扫尽碧虚宽。月华光影寒。山河表里鉴中看。沉沉清夜阑。
　　风细细,露汍汍。神游八极间。九霄回首望尘寰。悠然醉梦
还。

又　单叶荼蘼

纤枝延蔓走青虬。风清体更柔。故饶檀蕊著花稠。疏疏如缀旒。
　　琼作脶,玉成裘。玫瑰应辈流。惜香愁怕冒搔头。宁随□事
休。

又

杜鹃花发映山红。韶光觉正浓。水流红紫各西东。绿肥春已空。
　　闲戏蝶,懒游蜂。破除花影重。问春何事不从容。忧愁风雨
中。

贺圣朝 和宗之梅

千林脱落群芳息。有一枝先白。孤标疏影压花丛,更清香堪惜。

吟情无尽,赏音未已,早纷纷藉藉。想贪结子去调羹,任叫云横笛。

按此首别又误入赵彦端介庵琴趣外篇卷六。

踏 莎 行

白雪开残,红云吹尽。园林新绿迷芳径。榆钱不解买青春,随风乱点苍苔晕。 紫燕飞忙,黄鹂声嫩。日长烟暖游蜂困。凭高念远思无穷,那堪宿酒厌厌病。

又

万事随缘,一身须正。功名富贵皆前定。多图广计要争强,如何人力将天胜。 枉费机谋,徒劳奔竞。到头毕竟由他命。安时处顺得心闲,饥餐困寝亏贤甚。

忆秦娥 和刘希宋

伤离索。不堪凉月穿珠箔。穿珠箔。料应别后,粉销琼削。

无聊倚遍西楼角。枝头几误惊飞鹊。惊飞鹊。先来憔悴,更逢摇落。

武陵春 和王叔度桃花

一阵晓风花信早,先到小桃枝。冉冉红云映翠微。开宴忆瑶池。

零乱分飞贪结子,芳径自成蹊。消得刘郎去路迷。肠断武陵溪。

又 信丰揖翠阁

乍雨笼晴云不定,芳草绿纤柔。燕语莺啼小院幽。春色二分休。
　　试凭危栏凝远目,山与水光浮。滚滚闲愁逐水流。流不尽、许
多愁。

清平乐 萍乡必东馆

无风轻燕。缭绕深深院。昼永人闲帘不卷。时听莺簧巧啭。
清和天气阴阴。南风初奏薰琴。唤起午窗新梦,愁添一掬归心。

又 阳春亭

一宵风雨。春与人俱去。春解再来花作主。只有行人无据。
殷勤满酌离觞。阳关唱起愁肠。苦恨无情杜宇,声声吐断斜阳。

又 迎春花一名金腰带

纤秾娇小。也解争春早。占得中央颜色好。装点枝枝新巧。
东皇初到江城。殷勤先去迎春。乞与黄金腰带,压持红紫纷纷。

鹊桥仙 归舟过六和塔

风波平地,尘埃扑面,总是争名竞利。悟时不必苦贪图,但言任、流
行坎止。　　忽来忽去,何荣何辱,天也知人深意。一帆风送过桐
江,喜跳出、琉璃井里。

又 安仁道中雪

同云幂幂原空格,从紫芝漫抄本,狂风浩浩,激就六花飞下。山川满目
白模糊,更茅舍、溪桥潇洒。　　玉田银界,瑶林琼树,光映乾坤不

夜。行人不为旅人忙,怎解识、天然图画。

又 同敖国华饮,闻啼鹃,即席作

春光已暮,花残叶密,更值无情风雨。斜阳芳树翠烟中,又听得、声声杜宇。　　血流无用,离魂空断,只挠凄凉为旅。在家谁道不如归,你何似、随春归去。

又 丁巳七夕

明河风细,鹊桥云淡,秋入庭梧先坠。摩孩罗荷叶伞儿轻,总排列、双双对对。　　花瓜应节,蛛丝卜巧,望月穿针楼外。不知谁见女牛忙,谩多少、人间欢会。

谒 金 门

风和雨。又送一番春去。春去不知何处住。惜春无觅处。　　柳老空〔抟〕(搏)香絮。莺娇乍迁芳树。回念故园如旧否。不堪闻杜宇。

又 丁酉冬昌山渡

江水绿。江上数峰如簇。唤渡小舟来岸北。笋舆行太速。　　素艳窗纱笼玉。不负看花心目。今夜知他何处宿。断魂沙路曲。

又 耽冈迓陆尉

沙畔路。记得旧时行处。蔼蔼疏烟迷远树。野航横不渡。　　竹里疏花梅吐。照眼一川鸥鹭。家在清江江上住。水流愁不去。

又

风雨急。红紫又还狼藉。嫩绿团枝苔径湿。帘开双燕入。　　院
静昼闲人寂。一缕水沉烟直。心事有谁能会得。阶前芳草碧。

又　常山道中

风策策。山迥暮烟横白。淅沥穿林翻败叶。羁怀愁倦客。　　问
宿荒村山驿。谁识离情脉脉。雁足无书孤夜色。音尘千里隔。

又　和从善二首

花夜雨。渺渺绿波南浦。擘絮晴云山外吐。凝情谁共语。　　十
二玉梯空伫。闲却琐窗朱户。久客念归归未许。寸心愁万缕。

又

风雨半。春锁绿杨深院。幕浪不翻香穗卷。轻寒闲便面。　　归
兴新来不浅。勾引闲愁撩乱。一枕春醒谁与管。晓莺惊梦断。

东坡引　别周诚可

相看情未足。离觞已催促。停歌欲语眉先蹙。何期归太速。
如今去也，无计追逐。怎忍听、阳关曲。扁舟后夜滩头宿。愁随烟
树簇。愁随烟树簇。

又　癸巳豫章

飞花红不聚。都因夜来雨。枝头冷落情如许。东风谁是主。
看看满地，堆却按原无"却"字，从汲古阁刊本香絮。但目断、章台路。残
英剩蕊留春住。春归何处去。春归何处去。

又　龙江赵去非席上

杯行情意密。今宵是何夕。行人此别真堪惜。愁肠空闷郁。
明朝去也,回首相忆。要留恋、如何得。无端骤雨飘何急。人来心
上滴。人来心上滴。

生查子　宜春记宾亭别王希白庚

梅从陇首传,柳向邮亭折。鸳瓦晓霜浓,掠面凝寒色。　　相逢意
便亲,欲去如何说。我亦是行人,更与行人别。

又　萍乡阳春亭

千山拥翠屏,一水萦罗带。雨过水痕添,云散山容在。　　亭高景
最幽,天迥风尤快。啼鸟一声闲,唤起情无奈。

又

迟迟春昼长,冉冉东风软。寒食乍晴天,红紫芳菲遍。　　前峰积
翠横,新涨挼蓝远。向晚淡烟迷,一段屏山展。

又　丙午铁炉冈回

春光不肯留,风雨催将去。红逐故园尘,绿满江南树。　　阴晴寒
食天,寂寞西郊路。芳草织新愁,怅望人何处。

又

庭虚任雀喧,院静无人到。回首十年非,赖得知几早。　　心随香
篆销,意与梅花好。万事转头空,一笑吾身老。

　　　按以上五首俱误入赵彦端介庵琴趣外篇卷六。

少年游 梅

玉壶冰结暮天寒。朔吹绕阑干。雪破梢头，香传花外，春信入江南。　　巡檐索笑情何限，一点已微酸。待得黄垂，冥冥烟雨，绿树袅金丸。

又

冰霜凝冻腊残时。暖律渐推移。彩胜罗幡，土牛春杖，和气与春回。　　花心柳眼知时节，微露向阳枝。喜入新春，称心百事，如意想都宜。

小重山 农人以夜雨昼晴为夜春

乐岁农家喜夜春。朝来收宿雾，快新晴。云移日转午风轻。香罗薄，暄暖困游人。　　积水满春塍。绿波翻郁郁，露秧针。幸无离绪苦牵情。烟林外，时听杜鹃声。

霜天晓角 三衢道中

雨馀风劲。雾重千山暝。茅舍寒林相映。分明是、画图景。去程何日定。天远长安近。唤起新愁无尽。全没个、故园信。

又 舟行清溪

舣舟砂碛。秋净波澄碧。极目青山横远，悬崖断、拥苍壁。　　傍岩渔艇集。渡头人物立。八景潇湘真画，云笼日、晚风急。

江　南　好

天共水，水远与天连。天净水平寒月漾，水光月色两相兼。月映水

中天。　　人与景，人景古难全。景若佳时心自快，心还乐处景应
妍。休与俗人言。

关河令　清远轩晚望

亭皋霜重按"重"字原为空格，从汲古阁刊本飞叶满。听西风断雁。闲凭危
阑，斜阳红欲敛。　　行人归期太晚。误仿佛、征帆几点。水远连
天，愁云遮望眼。

又　己亥宜春舟中

江头伊轧动柔橹。渐楚天欲暮。浩荡轻鸥，波间自容与。　　岸
蓼汀蘋无绪。更满目、潇疏江树。此意何穷，凭谁图画取。

采桑子　三月晦必东馆大雨

连朝雨骤驱春去，瓦注盆倾。不记初春。润柳催花忒有情。
春光解有重来日，宁耐休争。待得秋深。听你无聊点滴声。

又　樱桃花

梅花谢后樱花绽，浅浅匀红。试手天工。百卉千葩一信通。
馀寒未许开舒妥，怨雨愁风。结子筠笼。万颗匀圆讶许同。

浪淘沙　杏花

绛萼衬轻红。缀簇玲珑。夭桃繁李一时同。独向枝头春意闹，娇
倚东风。　　飞片入帘栊。粉淡香浓。凤箫声断月明中。只恐明
朝风雨恶，燕嘴泥融。

又 桃花

桃萼正芳菲。初占春时。蒸霞灿锦望中迷。〔斜〕(料)出繁枝临曲沼,鸾鉴妆迟。　　蜂蝶镇相依。天气融怡。空教追忆武陵溪。片片漫随流水去,风暖烟霏。

又 柳

摇曳万丝风。轻染烟浓。鹅黄初褪绿茸茸。雨洗云娇春向晚,雪絮空濛。　　车马灞桥中。别绪匆匆。只知攀折怨西东。不道晓风残月岸,离恨无穷。

双头莲令 信丰双莲

太平和气兆嘉祥。草木总成双。红苞翠盖出横塘。两两鬪芬芳。　　翰摇碧玉并青房。仙髻拥新妆。连枝不解引鸾皇。留取映鸳鸯。

画堂春 梅

西真仙子宴瑶池。素裳琼艳冰肌。瑞笼香雾扑铢衣。凤翥鸾飞。　　玉骨解凌风露,铅华不浣凝脂。戍楼羌管正孤吹。月淡烟低。

南柯子 送朱辰州千方壶小隐

木落千山瘦,风微一水澄。清霜暖日快归程。唤渡沙头、款款话离情。　　傍岸渔舟集,横空雁字轻。凭阑凝望眼增明。一片潇湘、真个画难成。

西江月　丁巳长沙大阅

箛鼓旌旗改色，弓刀铠甲增明。攒花簇队马蹄轻。禀听元戎号令。

　　羊祜轻裘临阵，亚夫细柳屯营。观瞻已耸定王城。飞虎威名日振。

又　同蔡受之、赵中甫巡城，饮于南楚楼

淼淼澄清波面，依依紫翠山光。危栏徙倚对斜阳。山影波流荡漾。

　　世事一番醒醉，人生几度炎凉。高情收拾付觥觞。何止羲皇人上。

洞仙歌　丁巳元夕大雨

元宵三五。正好嬉游去。梅柳蛾蝉鬥济楚。换鞋儿、添头面，只等黄昏，恰恨按"恨"原作"限"，从紫芝漫抄本坦庵长短句有、些子无情风雨。

　　心忙腹热，没顿浑身处。急把灯台炙艾炷。做匙婆、许葱油，面灰画葫芦，更漏转，越瞡不停不住。待归去、犹自意迟疑，但无语空将，眼儿厮觑。

南乡子　尹先之索净圆子词

元夜景尤殊。万斛金莲照九衢。锤拍按"拍"原作"柏"，从汲古阁刊本豉汤都卖得，争如。甘露杯中万颗珠。　　　应是著工夫。脑麝浓薰费小厨。不比七夕黄蜡做，知无。要底圆儿糖上浮。

　　　按此首别又误入赵彦端介庵琴趣外篇卷四。

行　香　子

春日迟迟。春景熙熙。渐郊原、芳草萋萋。夭桃灼灼，杨柳依依。

见燕喃喃,蜂簇簇,蝶飞飞。　　闲庭寂寂,曲沼漪漪。更秋千、红索垂垂。游人队队,乐意嬉嬉。尽醉醺醺,歌缓缓,语低低。

卜算子　立石道中

晴日敛春泥,陌上东风软。料峭寒禁花柳闲,枉恨春工浅。　　绿涨一江深,黛泼千山远。目断平芜无际愁,数尽征鸿点。

又　丙午春即席和从善

杨柳褪金丝,艳杏摇红影。欲雨还晴二月天,春色浑无定。　　晓梦不堪惊,午昼新来永。一掬归心万叠愁,空惹长亭恨。

按以上二首别又误入赵彦端介庵琴趣外篇卷六。

又　和从善筹安堂赏海棠

娇艳醉杨妃,轻袅怜飞燕。人在昭阳睡足时,初试妆深浅。　　一段锦新裁,万里来何远。高烛休教照夜寒,媚脸融春艳"艳"字原夺,从汲古阁刊本。

按此首别又误入叶刻叶梦得石林词。

又　和徐师川韵赠歌者

绿暗柳藏烟,红淡花经雨。更著如花似玉人,艳态娇波注。　　纤手捧瑶卮,缓遏歌云缕。只恐莺花不解留,还逐东风去。

又　赴舂陵和向伯元送行词

云敛峭寒轻,雨涨春波渺。旅枕无堪梦易惊,啼鸠声催晓。　　尚忆故园花,红紫为容好。世路崎岖长短亭,来往何时了。

伊州三台 丹桂

桂华移自云岩。更被灵砂染丹。清露湿酡颜。醉乘风、下临世间。

素娥襟韵萧闲。不与群芳并看。薮薮绛绡单。觉身轻、梦回
广寒。以上坦庵长短句,从陆敕先校汲古阁本坦庵词录出

存　目　词

词律卷八有赵师侠转调踏莎行"宿雨才收"一首,乃赵彦端作,见
宝文雅词卷四。

陈　亮

亮字同甫,婺州永康人。生于绍兴十三年(1143)。淳熙中,诣阙上
书。光宗绍熙四年(1193),策进士,擢第一,授签书建康府判官厅公事,
未至而卒,年五十二。端平初,谥文毅。有龙川文集三十卷。

水调歌头 送章德茂大卿使虏

不见南师久,谩说北群空。当场只手,毕竟还我万夫雄。自笑堂堂
汉使,得似洋洋河水,依旧只流东。且复穹庐拜,会向藁街逢。

尧之都,舜之壤,禹之封。于中应有,一个半个耻臣戎。万里腥
膻如许,千古英灵安在,磅礴几时通。胡运何须问,赫日自当中。

念奴娇 至金陵

江南春色,算来是、多少胜游清赏。妖冶廉纤,只做得,飞鸟向人偎
傍。地辟天开,精神朗慧,到底还京样。人家小语,一声声近清唱。

因念旧日山城,个人如画,已作中州想。邓禹笑人无限也,冷
落不堪惆怅。秋水双明,高山一弄,著我些悲壮。南徐好住,片帆

有分来往。

贺新郎 同刘元实唐与正陪叶丞相饮

脩竹更深处。映帘栊、清阴障日，坐来无暑。水激泠泠如何许。跳碎危栏玉树。都不系、人间朝暮。东阁少年今老矣，况樽中有酒嫌推去。犹著我，名流语。　　大家绿野陪容与。算等闲、过了薰风，又还商素。手弄柔条人健否，犹忆当时雅趣。恩未报、恐成辜负。举目江河休感涕，念有君如此何愁虏。歌未罢，谁来舞。

满江红 怀韩子师尚书

曾洗乾坤，问何事、雄图顿屈。试著眼、阶除当下，又添英物。北向争衡幽愤在，南来遗恨狂酋失。算凄凉部曲几人存，三之一。　　诸老尽，郎君出。恩未报，家何恤。念横飞直上，有时还戢。笑我只知存饱暖，感君元不论阶级。休更上百尺旧家楼，尘侵帙。

桂枝香 观木樨有感寄吕郎中

天高气肃。正月色分明，秋容新沐。桂子初收，三十六宫都足。不辞散落人间去，怕群花、自嫌凡俗。向他秋晚，唤回春意，几曾幽独。　　是天上、馀香剩馥。怪一树香风，十里相续。坐对花旁，但见色浮金粟。芙蓉只解添秋思，况东篱、凄凉黄菊。入时太浅，背时太远，爱寻高躅。

三部乐 七月送丘宗卿使虏

小屈穹庐，但二满三平，共劳均佚。人中龙虎，本为明时而出。只合是、端坐王朝，看指挥整办，扫荡飘忽。也持汉节，聊过旧家宫室。　　西风又还带暑，把征衫著上，有时披拂。休将看花泪眼，闻弦□骨。对遗民、有如皎日。行万里、依然故物。入奏几策,天下里、终定于一。

水调歌头 癸卯九月十五日寿朱元晦

人物从来少,篱菊为谁黄。去年今日,倚楼还是听行藏。未觉霜风无赖,好在月华如水,心事楚天长。讲论参洙泗,杯酒到虞唐。

人未醉,歌宛转,兴悠扬。太平胸次,笑他磊魄欲成狂。且向武夷深处,坐对云烟开敛,逸思入微茫。我欲为君寿,何许得新腔。

念奴娇 登多景楼

危楼还望,叹此意、今古几人曾会。鬼设神施,浑认作、天限南疆北界。一水横陈,连岗三面,做出争雄势。六朝何事,只成门户私计。

因笑王谢诸人,登高怀远,也学英雄涕。凭却长江按"长江"原作"江山",从藏园群书题记初集卷八引明钞本龙川词改。下引明钞本即此本,不另详注管不到,河洛腥膻无际。正好长驱,不须反顾,寻取中流誓。小儿破贼,势成宁问疆对。

贺新郎 寄辛幼安和见怀韵

老去凭谁说。看几番、神奇臭腐,夏裘冬葛。父老长安今馀几,后死无仇可雪。犹未燥、当时生髮。二十五弦多少恨,算世间、那有平分月。胡妇弄,汉宫瑟。　　树犹如此堪重别。只使君、从来与我,话头多合。行矣置之无足问,谁换妍皮痴骨。但莫使、伯牙弦绝。九转丹砂牢拾取,管精金、只是寻常"寻常"二字原脱,据明钞本补铁。龙共虎,应声裂。

瑞云浓慢　六月十一日寿罗春伯

蔗浆酪粉, 玉壶冰醋, 朝罢更闻宣赐。去天咫尺, 下拜再三, 幸今有母可遗。年年此日, 共道月入怀中最贵。向暑天, 正风云会遇, 有恁嘉瑞。　　鹤冲霄, 鱼得水。一超便、直入神仙地。植根江表, 开拓两河, 做得黑头公未。骑鲸赤手, 问如何、长鞭尺箠。向来王谢风流, 只今管是。

阮郎归　重午寿外舅

波光渺渺浸晴陂。有亭湖岸西。芰荷香拂柳丝垂。升堂献寿卮。　　红约腕, 绿侵衣。愿祝届期颐。花间妙语欲无诗。一年歌一词。

祝英台近　六月十一日送叶正则如江陵

驾扁舟, 冲剧暑。千里江上去。夜宿晨兴, 一一旧时路。百年忘了旬头, 被人馋破, 故纸里、是争雄处。　　怎生诉。欲待细与分疏, 其如有凭据。包裹生鱼, 活底怎遭遇。相逢樽酒何时, 征衫容易, 君去也、自家须住。

蝶恋花　甲辰寿元晦

手捻黄花还自笑。笑比渊明, 莫也归来早。随世功名浑草草。五湖却共繁华老。　　冷淡家生冤得道。旖旎妖娆, 春梦如今觉。管个岁华须到了。此花之后花应少。

水调歌头　和吴允成游灵洞韵

人爱新来景, 龙认旧时湫。不论三伏, 小住便觉凛生秋。我自醉眠其上,任是水流其下,湍激若为收。世事如斯去,不去为谁留。

本无心,随所寓,触虚舟。东山始末,且向灵洞与沉浮。料得神仙窟穴,争似提封万里,大小几琉球。但有君才具,何用问时流。

念奴娇　送戴少望参选

西风带暑,又还是、长途利牵名役。我已无心,君因甚,更把青衫为客。邂逅卑飞,几时高举,不露真消息。大家行处,到头须管行得。

何处寻取狂徒,可能著意,更问渠侬骨。天上人间,最好是、闹里一般岑寂。瀛海无波,玉堂有路,稳著青霄翼。归来何事,眼光依旧生碧。

卜算子　九月十八日寿徐子才

悄静菊花天,洗尽梧桐雨。倍九周遭烂熳开,祝寿当头取。　　　顶戴御袍黄,叠秀金棱吐。仙种花容晚节香,人愿争先睹。

贺新郎　酬辛幼安再用韵见寄

离乱从头说。爱吾民、金缯不爱,蔓藤累葛。壮气尽消人脆好,冠盖阴山观雪。亏杀我、一星星发。涕出女吴成倒转,问鲁为齐弱何年月。丘也幸,由之瑟。　　　斩新换出旗麾别。把当时、一桩大义,拆开收合。据地一呼吾往矣,万里摇肢动骨。这话霸、又成痴绝。天地洪炉谁扇鞴,算于中、安得长坚铁。沘水破,关东裂。

垂丝钓　九月七日自寿

菊花细雨。萧萧红蓼汀渚。景物渐幽,风致如许。秋未暮。又值吾初度。　　　看天宇。正澄清欲往,登高未也,红尘当面飞舞。几人吊古。乌帽牢收取。短发还羞觑。退寿身、近五云深处。

彩凤飞　十月十六日寿钱伯同

人立玉，天如水，特地如何撰。海南沉烧著，欲寒犹暖。算从头，有多少、厚德阴功，人家上，一一旧时香案。瞻经惯。　　小驻吾州才尔，依然欢声满。莫也教、公子王孙眼见。这些儿、颖脱处，高出书卷。经纶自入手，不了判断。

鹧鸪天　怀王道甫

落魄行歌记昔游。头颅如许尚何求。心肝吐尽无馀事，口腹安然岂远谋。　　才怕暑，又伤秋。天涯梦断有书不。大都眼孔新来浅，羡尔微官作计周。

谒金门　送徐子宜如新安

新雨足。洗尽山城祥褥。见说好峰三十六。峰峰如立玉。　　四海英游追逐。事业相时伸缩。入境德星须做福。只愁金诏趣。

天仙子　七月十五日寿内

一夜秋光先著柳。暑力平明羞失守。西风不放入帘帏，饶永昼。沉烟透。半月十朝秋定否。　　指点芙蕖凝伫久。高处成莲深处藕。百年长共月团圆，女进男，酒称寿。一点浮云人似旧。

水调歌头　和赵用锡

事业随人品，今古几麾旌。向来谋国，万事尽出汝书生。安识鲲鹏变化，九万里风在下，如许上南溟。斥鷃旁边笑，河汉一头倾。　　叹世间，多少恨，几时平。霸图消歇，大家创见又成惊。邂逅汉家龙种，正尔乌纱白纻，驰骛觉身轻。樽酒从渠说，双眼为谁明。

洞仙歌　丁未寿朱元晦

秋容一洗，不受凡尘涴。许大乾坤这回大。向上头，些子是雕鹗抟空，篱底下，只有黄花几朵。　　骑鲸汗漫，那得人同坐。赤手丹心扑不破。问唐虞、禹汤文"文"字原脱，据明钞本补武，多少功名，犹自是、一点浮云铲过。且烧却、一瓣海南沉，任拈取、千年陆沉奇货。

祝英台近　九月一日寿俞德载

嫩寒天，金气雨，揽断一秋事。全样霏微，还作小晴意。世间万宝都成，些儿无欠，只待与、黄花为地。　　好招致。对此郁郁葱葱，新笤未成醉。翻手为云，造物等儿戏。也知富贵来时，一班呈露，便做出人中祥瑞。

踏莎行　怀叶八十推官

书册如仇，旧游浑讳。有怀不断人应异。千山上去梦魂轻，片帆似下蛮溪水。　　已共酒杯，长坚海誓。见君忽忘花前醉。从来解事苦无多，不知解到毫芒末。

南乡子　谢永嘉诸友相饯

人物满东瓯。别我江心识俊游。北尽平芜南似画，中流。谁系龙骧万斛舟。　　去去几时休。犹自潮来更上头。醉墨淋漓人感旧，离愁。一夜西风似夏不。

三部乐　七月廿六日寿王道甫

入脚西风，渐去去来来，早三之一。春花无数，毕竟何如秋实。不须待、名品如麻，试为君屈指，是谁层出。十朝半月，争看抟空霜鹘。　　　从来别真共假，任盘根错节，更饶仓卒。还他济时好手，封侯奇骨。没些儿、婴姗勃窣。也不是、峥嵘突兀。百二十岁，管做彻、元分人物。

贺新郎　怀辛幼安用前韵

话杀浑闲说。不成教、齐民也解，为伊为葛。樽酒相逢成二老，却忆去年风雪。新著了、几茎华髪。百世寻人犹接踵，叹只今两地三人月。写旧恨，向谁瑟。　　　男儿何用伤离别。况古来、几番际会，风从云合。千里情亲长晤对，妙体本心次骨。卧百尺、高楼斗绝。天下适安耕且老，看买犁卖剑平家铁。壮士泪，肺肝裂。

点绛唇　咏梅月

一夜相思，水边清浅横枝瘦。小窗如昼。情共香俱透。　　　清入梦魂，千里人长久。君知否。雨僝云僽。格调还依旧。以上龙川集卷十七

又　圣节

电绕璇枢，此时昌运生真主。庆联簪组。喜气生绵宇。　　　宴启需云，湛露恩均布。锵韶濩。凤歌鸾舞。玉斝飞香醑。

又

碧落蟠桃，春风种在琼瑶苑。几回花绽。一子千年见。　　　香染丹霞，摘向流虹旦。深深愿。万年天算。玉颗常来献。

又

烟雨楼台，晓来独上无滋味。落花流水。掩映渔樵市。　　　酒圣

诗狂,只遣愁无计。频凝睇。问人天际。曾见归舟未。

南 歌 子

池草抽新碧,山桃褪小红。寻春闲过小园东。春在乱花深处、鸟声中。　　游鞚归敲月,春衫醉舞风。谁家三弄学元戎。吹起闲愁、容易上眉峰。

好 事 近

篱菊吐寒花,香弄小园秋色。携手画阑西畔,忆去年同摘。　　小亭依旧锁西风,往事已无迹。懒向碧云深处,问征鸿消息。

又

横玉叫清宵,帘外月侵残烛。人在画楼高处,倚阑干几曲。　　穿云裂石韵悠扬,风细断还续。惊落小梅香粉,点一庭苔绿。

又 咏梅

的皪两三枝,点破暮烟苍碧。好在屋檐斜入,傍玉奴横笛。　　月华如水过林塘,花阴弄苔石。欲向梦中飞蝶,恐幽香难觅。

浣 溪 沙

小雨翻花落画檐。兰堂香注酒重添。花枝能语出朱帘。　　缓步金莲移小小,持杯玉笋露纤纤。此时谁不醉厌厌。

采 桑 子

桃花已作东风笑,小蕊嫣然。春色暄妍。缓步烟霞到洞天。　　一杯满泻蒲桃绿,且共留连。醉倒花前。也占红香影里眠。

朝 中 措

蓼花风淡水云纤。倚阁卷重帘。索寞败荷翠减，萧疏晚□红添。

魂销天末，眉横远岫，斜挂新蟾。谁信故人千里，此进却到眉尖。

柳 梢 青

柳丝烟织。掩映小池，鳞鳞波碧。几片飞花，半檐残雨，长亭愁寂。

凭高望断江南，怅千里、疏烟淡日。鬥草风流，弄梅情分，教人思忆。

浪 淘 沙

霞尾卷轻绡。柳外风摇。断虹低系碧山腰。古往今来离别地，烟水迢迢。　　归雁下平桥。目断魂销。夕阳无限满江皋。杨柳杏花相对晚，各自无聊。

又 梅

院落晓风酸。春入西园。芳英吹破玉阑干。墙外红尘飞不到，彻骨清寒。　　清浅小堤湾。瘦竹团栾。水光疏影有无间。仿佛浣沙溪上见，波面云鬟。

小 重 山

碧幕霞绡一缕红。槐枝啼宿鸟，冷烟浓。小楼愁倚画阑东。黄昏月，一笛碧云风。　　往事已成空。梦魂飞不到，楚王宫。翠绡和泪暗偷封。江南阔，无处觅征鸿。

转调踏莎行　上巳道中作

洛浦尘生,巫山梦断。旗亭烟草里,春深浅。梨花落尽,酴醾又绽。天气也似,寻常庭院。　　向晚情怀,十分恼乱。水边佳丽地,近前细看。娉婷笑语,流觞美满。意思不到,夕阳孤馆。

品令　咏雪梅

潇洒林塘暮。正迤逦、香风度。一番天气,又添作琼枝玉树。粉蝶无踪,疑在落花深处。　　深沉庭院,也卷起、重帘否。十分春色,依约见了,水村竹坞。怎向江南,更说杏花烟雨。

最高楼　咏梅

春乍透,香早暗偷传。深院落,斗清妍。紫檀枝似流苏带,黄金鬚胜辟寒钿。更朝朝,琼树好,笑当年。　　花不向沉香亭上看。树不著唐昌宫里玩。衣带水,隔风烟。铅华不御凌波处,蛾眉淡扫至尊前。管如今,浑似了,更堪怜。

青　玉　案

武陵溪上桃花路。见征骑、匆匆去。嘶入斜阳芳草渡。读书窗下,弹琴石上,留得销魂处。　　落花冉冉春将暮。空写池塘梦中句。黄犬书来何日许。辋川轻舸,杜陵尊酒,半夜灯前雨。

诉　衷　情

独凭江槛思悠悠。斜日堕林邱。鸳鸯属玉飞处,急桨荡轻舟。　　红蓼岸,白蘋洲。夜来秋。数声渔父,一曲水仙,歌断还愁。

南　乡　子

风雨满蘋洲。绣阁银屏一夜秋。当日袜尘何处去,溪楼。怎对烟波不泪流。　　　天际目归舟。浪卷涛翻一叶浮。也似我侬魂不定,悠悠。宋玉方悲庾信愁。

一丛花 溪堂玩月作

冰轮斜辗镜天长。江练隐寒光。危阑醉倚人如画,隔烟村、何处鸣桹。乌鹊倦栖,鱼龙惊起,星斗挂垂杨。　　　芦花千顷水微茫。秋色满江乡。楼台恍似游仙梦,又疑是、洛浦潇湘。风露浩然,山河影转,今古照凄凉。

清平乐 秋晚,伯成兄往龙兴山中,意其登山临水,不
无闺房之思,作此词恼之

银屏绣阁。不道鲛绡薄。嘶骑匆匆尘漠漠。还过夕阳村落。乱山千叠无情。今宵遮断愁人。两处香消梦觉,一般晓月秋声。

渔家傲 重阳日作

漠漠平沙初落雁。黄花浊酒情何限。红日渐低秋渐晚。听客劝。金荷莫诉真珠满。　　　坐上少年差气岸。题诗落帽从来惯。戏马龙山当日燕。真奇观。尊前未觉风流远。

丑奴儿 咏梅

黄昏山驿消魂处,枝亚疏篱。枝亚疏篱。酝借香风蜜打围。隔篱鸡犬谁家舍,门掩斜晖。门掩斜晖。花落花开总不知。

滴 滴 金

断桥雪霁闻啼鸟。对林花、弄晴晓。画角吹香客愁醒，见梢头红小。　团酥剪蜡知多少。向风前、压春倒。江蟑人烟画图中，有短篷香绕。

按此首别误作胡铨词，见永乐大典卷二千八百零九梅字韵。

七娘子　三衢道中作

风流家世传张绪。似灵和新种垂杨缕。绮席摛词，银台奏赋。当年梦绕蓬山路。　卖花声断蓝桥暮。记吟鞭醉帽曾经处。蜀郡归来，荆州老去。心情零乱随风絮。

醉花阴　重九，诸公招饮于兹者十有六人，偶掇醉花阴
　　　　腔，折圣书之壁间，聊以志时耳

峻极云端潇洒寺。赋我登高意。好景属清游，玉友黄花，谩续龙山事。　秋风满座芝兰媚。杯酒随宜醉。行乐任天真，一笑和同，休问无携妓。

又　再用前韵

姓名未勒慈恩寺。谁作山林意。杯酒且同欢，不许时人，轻料吾曹事。　可怜风月于人媚。那对花前醉。珍重主人情，闻说当年，宴出红妆妓。以上四印斋所刻词本龙川词补

汉 宫 春

雪月相投。看一枝才爆，惊动香浮。微阳未放线路，说甚来由。先天一着，待辟开、多少句头。却引取，春工入脚，争教消息停留。

官不容针时节,做一般孤瘦,无限清幽。随缘柳绿柳白,费尽雕
锼。疏林野水,任横斜、谁与妆修。猛认得,些儿合处,不堪持献君
侯。全芳备祖前集卷一梅花门

暮　花　天

天意微悭,春工多裕,长须末后殷勤。骨瘦挽先,肌韵恰好,花头径
尺徐陈。红黄粉紫,更牛家、姚魏为真。留几种,蒂殢中州,异时齐
顿浑身。　　承平当日开多少,笙歌何限,是甚人人。气入江南,
心知芍药,仿佛前事犹存。名品应须,认旧家、雨露方新。成一处,
蓓蕾根株,剩看诸谱纷纷。全芳备祖前集卷三芍药花门

新　荷　叶

艳态还幽,谁能洁净争妍。淡抹疑浓,肯将自在求怜。终嫌独好,
任毛嫱、西子差肩。六郎涂浣,似和不似依然。　　赫日如焚,诸
馀只凭光鲜。雨过风生,也应百事随缘。香须道地,对一池、著甚
沉烟。根株好在,淤泥白藕如椽。全芳备祖前集卷十一荷花门

秋　兰　香

未老金茎,些子正气,东篱淡伫齐芳。分头添样白,同局几般黄。
向闲处、须一一排行。浅深饶间新妆。那陶令,漉他谁酒,趁醒消
详。　　况是此花开后,便蝶乱无花,管甚蜂忙。你从今、采却蜜
成房。秋英诚商量。多少为谁,甜得清凉。待说破,长生真诀,要
饱风霜。全芳备祖前集卷十二菊门

汉宫春　见早梅呈吕一郎中郑四六监岳(题从永乐大
　　　典卷二千八百零八梅字韵补)

雪满江头,怪一枝不耐,还漏微阳。诗人越样眼浅,早自成章。群

葩如绣,到那时、争爱春长。须知道,未通春信,是谁饱试风霜。

堪笑红炉画阁,问从来寒气,损甚容光。枝头有花恁好,映带新妆。寒窗愁绝,馥清芬、不料饥肠。都缘是,此君小异,费他万种消详。全芳备祖误入桂花门

桂　枝　香

仙风透骨。向夏叶丛中,春花重出。骏发天香,不是世间尤物。占些空阔闲田地,共霜轮、伴他秋实。浅非冷蕊,深非幽艳,中无倚握。　　任点取、龙涎笃耨。儿女子看承,万屈千屈。做数珠见,刻画毋盐唐突。不知几树栾团着,但口吻、非鸣云室。是耶非也,书生见识,圣贤心术。以上二首全芳备祖前集卷十三桂花门

水　龙　吟

钱王霸图成时,多应是百年遗树。羞将高古,为渠遮映,鱼盐调度。且向空山,趁时多事,四垂盘踞。算兴衰坐阅,权奇磊块,世间□、□斤斧。　　又见当天明圣,便弹丸、也难分土。一番整顿,旧家草木,新来雨露。铁石心肠,虬龙根干,亭亭天柱。纵茯苓下结,茑萝高际,怎堪攀附。

临　江　仙

五百年间非一日,可堪只到今年。云龙欲化艳阳天。从来耆旧传,不博地行仙。　　昨夜风声何处度,典型犹在南山。自怜不结傍时缘。著鞭非我事,避路只渠贤。以上二首全芳备祖后集卷十四松门

水龙吟　春恨

闹花深处层楼,画帘半卷东风软。春归翠陌,平莎茸嫩,垂杨金浅。

迟日催花,淡云阁雨,轻寒轻暖。恨芳菲世界,游人未赏,都付与、莺和燕。　　寂寞凭高念远。向南楼、一声归雁。金钗斗草,青丝勒马,风流云散。罗绶分香,翠绡封泪,几多幽怨。正销魂,又是疏烟淡月,子规声断。

洞仙歌 雨

琐窗秋暮,梦高唐人困。独立西风万千恨。又檐花落处,滴碎空阶,芙蓉院,无限秋容老尽。　　枯荷摧欲折,多少离声,锁断天涯诉幽闷。似蓬山去后,方士来时,挥粉泪、点点梨花香润。断送得、人间夜霖铃,更叶落梧桐,孤灯成晕。

虞美人 春愁

东风荡飐轻云缕。时送萧萧雨。水边台榭燕新归。一口香泥湿带、落花飞。　　海棠糁径铺香绣。依旧成春瘦。黄昏庭院柳啼鸦。记得那人和月、折梨花。

眼儿媚 春愁

试灯天气又春来。难说是情怀。寂寥聊似,扬州何逊,不为江梅。　　扶头酒醒炉香炔,心绪未全灰。愁人最是,黄昏前后,烟雨楼台。

思佳客 春感

花拂阑干柳拂空。花枝绰约柳鬖松。蝶翻淡碧低边影,莺啭浓香杪处风。　　深院落,小帘栊。寻芳犹忆旧相逢。桥边携手归来路,踏皱残花几片红。

浣溪沙　南湖望中

爽气朝来卒未阑。可能着我屋千间。不须挂笏望西山。　　柳外
霎时征马骏，沙头尽日白鸥闲。称心容易足君欢。永乐大典卷二千二
百六十五湖字韵引龙川集

贺新郎　人有见诳以六月六日生者，且言喜唱贺新郎，
因用东坡屋字韵追寄

镂刻黄金屋。向炎天、蔷薇水洒，净瓶儿浴。湿透生绡裙微褪，谁
把琉璃藉玉。更管甚、微凉生熟。磊浪星儿无著处，唤青奴、记度
新翻曲。娇不尽，蕲州竹。　　一泓曲水鳞鳞蹙。粉生红、香脐皓
腕，藕双莲独。拂掠乌云新妆晚，无奈纤腰似束。白笋耨、霞觞浮
绿。三岛十洲身在否，是天花、只怕凡心触。才乱坠，便簌簌。

又　又有实告以九月二十七日者，因和叶少蕴缕字韵并
寄

昵昵骓头语。笑黄花、重阳去也，不成分数。倾国容华随时换，依
旧清歌妙舞。苦未冷、都无星暑。恰好良辰花共酒，鬥尊前、见在
阳台女。朝共暮，定何许。　　蓼红徙倚明汀渚。正萧萧、迎风夹
岸，淡烟微雨。笋耨龙涎烧未也，好向儿家祝取。是有分、分工须
与。以色事人能几好，愿衾裯、无缝休离阻。心一片，丝千缕。以上
二首见永乐大典卷一万四千三百八十一寄字韵引龙川先生集

存　目　词

广群芳谱卷八十五竹门有陈亮谒金门"西风竹"一首，乃陈东甫
作，见全芳备祖后集卷十六竹门。

李　訦

訦字诚之,自号山泽道人,晋江人,邴孙。绍兴十四年(1144)生。
訦以祖荫,补承务郎,历大理正卿、权户部侍郎,坐忤韩侂胄罢。起除宝
文阁待制。嘉定十三年(1220)卒,年七十七。

水调歌头　次琼山韵

足迹半天下,家说在琼川。往来无定,蓬头垢面任憎嫌。挥扫笔头
万字,贯穿胸中千古,不记受生年。海角一相遇,缘契似从前。

钟离歌,吕公篆,醉张颠。恍如赤城龙凤,来过我鲸仙。笑我未
离世网,不染个中尘土,饥食困来眠。拟问君家祖,兜率乐天天。

附白玉蟾集卷六

六州歌头　吊武穆鄂王忠烈庙

高皇神武,善驾驭豪英。攘北狄,驱群盗,命天膺。救苍生。奈梦
绕沙漠,隔温清,屈和好,召大将,归兵柄,列枢庭。公指汴京。威
已振河洛,不顾身烹。失一时机会,嗟左衽吾民。痛岳家军。孰扶
倾。　　久沉冤愤,七十载,还复遇,帝王真。表遗烈,锡王号,日
照临。激士心。始识安刘计,宁祸己,是忠臣。我乘传,访壁垒,想
精明。英气懔然若在,仍题扁、昭揭天恩。笑原头芳草,一死不能
春。交怨人神。附刘过龙州词内

杨炎正

炎正字济翁,庐陵(今江西省吉安)人。生于绍兴十五年(1145)。
登庆元二年(1196)进士第,为宁远簿。嘉定三年(1210),大理司直,七

年(1214),知藤州,被论放罢。又曾知琼州。有西樵语业。

水调歌头　登多景楼

寒眼乱空阔,客意不胜秋。强呼斗酒,发兴特上最高楼。舒卷江山图画,应答龙鱼悲啸,不暇顾诗愁。风露巧欺客,分冷入衣裘。

忽醒然,成感慨,望神州。可怜报国无路,空白一分头。都把平生意气,只做如今憔悴,岁晚若为谋。此意仗江月,分付与沙鸥。

又　呈辛隆兴

杖屦觅春色,行遍大江西。访花问柳,都自无语欲成蹊。不道七州三垒,今岁五风十雨,全是太平时。征辔晚乘月,渔钓夜垂丝。　　诗书帅,坐围玉,麈挥犀。兴方不浅,领袖风月过花期。只恐梅梢青子,已露调羹消息,金鼎待公归。回首滕王阁,空对落霞飞。

又　送张史君

父老一杯酒,争劝史君留。可怜桃李千树,无语送归舟。听得拈笙玉指,都把万家遗爱,吹作许离愁。倚醉袖红湿,生怕夕阳流。

问君侯,今几日,到东州。还家时候,次第梅已暗香浮。只恐道间驿使,先寄调羹消息,归去总无由。鼎铉功名了,徐赴赤松游。

又　呈赵总领

买得一航月,醉卧出长安。平堤千里过尽,杨柳绿阴间。依约晓莺啼处,认得南徐风物,客梦恍惊残。重到旧游所,如把画图看。

英雄事,千古意,一凭阑。惜今老矣,无复健笔写江山。天上人间知己,赖有使星郎宿,照映此尘寰。准拟五湖去,为乞钓鱼按"鱼"

原误作"渔",从傅增湘校竿。

又

把酒对斜日,无语问西风。胭脂何事,都做颜色染芙蓉。放眼暮江千顷,中有离愁万斛,无处落征鸿。天在阑干角,人倚醉醒中。

　　千万里,江南北,涧西东。吾生如寄,尚想三径菊花丛。谁是中州豪杰,借我五湖舟楫,去作钓鱼翁。故国且回首,此意莫匆匆。

又

一笛起城角,吹破小梅愁。东风犹未,谁遣春信到吾州。闻得东来千骑,鼓舞儿童竹马,和气与空浮。桃李未阴处,准拟种千头。

　　今太守,宋人物,晋风流。政成谈笑,不妨高兴在南楼。只恐蓬莱仙伯,合侍玉皇香案,难作寇恂留。约住紫泥诏_{按"诏"原作"認",从}傅校,凭轼且优游。

又

踏碎九街月,乘醉出京华。半生湖海,谁念今日老还家。独把瓦盆盛酒,自与渔樵分席,说尹政声佳。竹马望尘去,倦客亦随车。

　　听熏风,清晓角,韵梅花。人家十万,说尽炎热与咨嗟。只恐棠阴未满,已有枫宸趣召,归路不容遮。回首江边柳,空著旧栖鸦。

满 江 红

春入台门,又见染、柳丝新绿。对此景、一年为寿,一番添福。莫怪凤池颁诏晚,要教淮水恩波足。听边民、千岁颂声中,重重祝。

　　堂萱茂,庭芝馥。歌倚扇,杯持玉。共劝君一醉,满斟醽醁。今夜东风吹酒醒,明朝万里骑黄鹄。向九霞、光里望宸辉,看除目。

又

笔染相思,暗题尽、朱门白壁。动离思、春生远岸,烟销残日。杨柳
结成罗带恨,海棠染就胭脂色。想深情、幽怨绣屏间,双鹡鹩。

春水绿,春山碧。花有恨,酒无力。对一衾愁思,九分孤寂。寸
寸锦肠浑欲断,盈盈玉泪应偷滴。倩东风、吹雁过江南,传消息。

又　寿稼轩

寿酒如渑,拚一醉、劝君休惜。君不记、济河津畔,当年今夕。万丈
文章光焰里,一星飞堕从南极。便御风、乘兴入京华,班卿棘。

君不是,长庚白。又不是,严陵客。只应是,明主梦中良弼。好
把袖间经济手,如今去补天西北。等瑶池、侍宴夜归时,骑箕翼。

又

典尽春衣,也应是、京华倦客。都不记、麹尘香雾,西湖南陌。儿女
别时和泪拜,牵衣曾问归时节。到归来、稚子已成阴,空头白。

功名事,云霄隔。英雄伴,东南拆。对鸡豚社酒,依然乡国。三
径不成陶令隐,一区未有扬雄宅。问渔樵、学作老生涯,从今日。

瑞鹤仙　元夕为王史君赋

风光开旧眼。正梅雪初消,柳丝新染。楼台竞装点。照金荷十里,
珠帘齐卷。湘弦楚管。动香风、旌旗影转。望云间,一点台星飞
下,洞天清晚。　　　争看。袖红围坐,舞翠回春,笑歌生暖。欢声
正远。嬉游意,未容懒。恐丝纶趣召,清都仙伯,归去朝天夜半。
倩邦人、挽取遨头,醉扶玉腕。

贺 新 郎

十日狂风雨。扫园林、红香万点,送春归去。独有荼蘼开未到,留
得一分春住。早杨柳、趁晴飞絮。可奈暖埃欺昼永,试薄罗衫子轻
如雾。惊旧恨,到眉宇。　　东风台榭知何处。问燕莺如今,尚有
春光几许。可叹按"叹"原作"杀",从傅校一年游赏倦,放得无情露醑。
为唤取、扇歌裙舞。乞得风光还两眼,待为君、满把金杯举。扶醉
玉,伴挥麈。

又 寄辛潭州

梦里骖鸾驭。望蓬莱不远,翩然被风吹去。吹到楚楼烟月上,不记
人间何处。但疑是、蓬壶别所。缥缈霓裳天女队,奉一仙、满把流
霞举。如唤我,醉中舞。　　醉醒梦觉知何许。问潇湘今日,谁与
主盟樽俎。无限青春难老意,拟倩管弦寄与。待新筑沙堤稳步。
万里云霄都历遍,却依前、流水桃源路。留此笔,为君赋。

念 奴 娇

汉天云静,望一星飞过,湘南湘北。当是郴山猿鹤梦,唤起日边消
息。羽扇纶巾,浩然乘兴,此意无人识。扁舟千里,但闻清夜横笛。
　　记得天上人间,去年今日,曾作称觥客。明月风烟依旧似,只
觉蓬莱悬隔。更恐明朝,诏按"诏"原作"韶",从永乐大典卷一万四千三百八十
一寄字韵黄飞下,趣驾冲霄翼。衮衣剑履,望公长在南极。

又

杏花杨柳,对东风染尽、一年春色。弹压烟光三万顷,谁识清都仙
伯。夜泛银潢,手移星纬,飞堕从天阙。御风乘兴,偶然身到乡国。

　　二年人乐升平,舞台歌榭,处处红牙拍。寿酒千觞斟不尽,一醉何妨今夕。更约明年,凤皇池上,去作称觞客。梅花折得,赠君调鼎消息。

洞　仙　歌

芙蓉开了,春未江梅透。小小东风弄晴昼。把万家和气,吹入笙歌,炉熏里,都与慈闱做寿。　　黄堂今日贵,自著莱衣,捧劝金船十分酒。愿从今,江海上,日日韶华桃李径,总为人间种就。但看取、天边老人星,有一点台星,共光南斗。

又　寿稼轩

带湖佳处,仿佛真蓬岛。曾对金樽伴芳草。见桃花流水,别是春风,笙歌里,谁信东君会老。　　功名都莫问,总是神仙,买断风光镇长好。但如今,经国手,袖里偷闲,天不管、怎得关河事了。待貌取、精神上凌烟,却旋买扁舟,归来闻早。

鹊　桥　仙

思归时节,乍寒天气,总是离人愁绪。夜来无奈被西风,更吹做、一帘秋雨。　　征衫拂泪,阑干倚醉,羞对黄花无语。寄书除是雁来时,又只恐、书成雁去。

又　寿稼轩

筑成台榭,种成花柳,更又教成歌舞。不知谁为带湖仙,收拾尽、壶天风露。　　闲中得味,酒中得趣,只恐天还也妒。青山纵买万千重,遮不断、诏书来路。

蝶恋花　别范南伯

离恨做成春夜雨。添得春江，划地东流去。弱柳系船都不住。为
君愁绝听橹橹。　　　君到南徐芳草渡。想得寻春，依旧当年路。
后夜独怜回首处。乱山遮隔无重数。

又　稼轩坐间作，首句用丘六书中语

点检笙歌多酿酒。不放东风，独自迷杨柳。院院翠阴停永昼。曲
栏随处堪垂手。　　　昨日解酲今夕又。消得情怀，长被春僝僽。
门外马嘶人去后。乱红不管花消瘦。

又

万点飞花愁似雨。峭杀轻寒，不会留春住。满地乱红风扫聚。只
教燕子衔将去。　　　独倚阑干闲自觑。深院无人，行到无情处。
帘外丝丝杨柳舞。又还装点人情绪。

千秋岁　代人为寿

五云缥缈。朝退金门晓。归未稳，传宣到。龙楼陪夕宴，凤沼吟春
草。人间世，谁知自有蓬莱岛。　　　一杯宜劝了。换得天颜笑。
人不老，春长好。从今千百岁，总是中书考。瑶池会，金盘剩荐安
期枣。

玉　人　歌

风西起。又老尽篱花，寒轻香细。漫题红叶，句里意谁会。长天不
恨江南远，苦恨无书寄。最相思，盘橘千枚，脍鲈十尾。　　　鸿雁
阻归计。算愁满离肠，十分岂止。倦倚阑干，顾影在天际。凌烟图

画青山约,总是浮生事。判从今,买取朝醒夕醉。

点 绛 唇

邂逅开尊,眼中有个人纤软。袖罗轻转。玉腕回春暖。　　韵处
无多,只恼人肠断。词将半。近前相劝。扑扑清香满。

又　送别洪才之

水载离怀,暮帆吹月寒欺酒。楚梅春透。忍放持杯手。　　莫唱
阳关,免湿盈盈袖。君行后。那人消瘦。不恼诗肠否。

秦 楼 月

东风寂。垂杨舞困春无力。春无力。落红不管,杏花狼籍。
断肠芳草萋萋碧。新来怪底相思极。相思极。冷烟池馆,又将寒
食。

浣 溪 沙

杨柳笼烟袅嫩黄。桃花蘸水染红香。薄罗衫子日初长。　　饮尽
东风三百盏,醉来愁断几回肠。教人独自遣风光。

又

三径闲情傲落霞。五湖高兴不浮家。自斟北斗浸丹砂。　　闲把
胸中千涧壑,撰成醉处一生涯。雪楼风月篆岗花。

桃源忆故人

尊前未语眉先皱。只把横波斜溜。此意问春知否。蝶困蜂儿瘦。
　　䁑䁩呷丁些来酒。越会把人僝僽。有个约伊时候。梦里来相

就。

踏　莎　行

宿鹭栖身,飞鸿点泪,不堪更是重阳到。一襟无处著凄凉。倚栏看尽斜阳倒。　　瘦减难丰,悲伤易老,淡觞消得黄花笑。画眉人去玉奁存,浓愁如黛凭谁扫。

减字木兰花

月明如昼。占断小楼供把酒。入眼人人。如月精神更有情。大家休睡。留到天明和月醉。生怕醒来。月到波心忆酒媒。

生　查　子

金莲照夜红,玉腕扶春碧。曲妙遏云行,人好欺花色。　　欢生酒面浓,笑染炉香湿。饮尽十玻璃,月堕东方白。

柳　梢　青

生紫衫儿。影金领子,著得偏宜。步稳金莲,香熏纨扇,舞转花枝。　　捧杯更著腠腰。唱一个、新行耍词。玉骨冰肌,好天良夜,怎不怜伊。

相　见　欢

江湖万里征鸿。再相逢。多少风烟摸在、笑谈中。　　歌裙醉。罗巾泪。别愁浓。瘦减腰围不碍、带金重。

诉　衷　情

露珠点点欲团霜。分冷与纱窗。锦书不到肠断,烟水隔茫茫。

征燕尽,塞鸿翔。睇风樯。阑干曲处,又是一番,倚尽斜阳。以上毛扆校汲古阁本西樵语业三十七首

满江红　寿邹给事

豹尾班中,谁一似、神仙冠玉。认得是、当年唱第,斗间星宿。万卷平生都看了,如今划地无书读。向云霄、去路有行堤,沙新筑。

黄封酒,生朝禄。金缕唱,生朝曲。且通宵一醉,剩裁红烛。待做太平真宰相,黑头坐对三槐绿。问恁时、犹有甚除书,长生箓。

截江网卷四

存　目　词

永乐大典卷一万四千三百八十一寄字韵载杨炎正贺新郎"兰芷湘东国"一首,乃严仁所作,见中兴以来绝妙词选卷五。

俞　灏

灏字商卿,世居杭。绍兴十六年(1146)生。绍熙四年(1194)进士。历知安丰军,提举湖北常平茶盐。宝庆二年(1226)致仕,筑室九里松,自号青松居士。绍定四年(1231)卒,年八十六。有青松居士集,不传。

点　绛　唇

欲问东君,为谁重到江头路。断桥薄暮。香透溪云渡。　　细草平沙,愁入凌波步。今何许。怨春无语。片片随流水。绝妙好词卷一

连久道

久道字可久。为道士。

清平乐 渔父

阵鸿惊处。一网沉江渚。落叶乱风和细雨。拨棹不如归去。
芦花轻泛微澜。蓬窗独自清闲。一觉游仙好梦，任它竹冷松寒。
中兴以来绝妙词选卷十

　　按此首误入洪璵空同词。

存　目　词

调　名	首　　句	出　　处	附　　　　　注
水调歌头	雨后烟景绿	诗渊第五册	张颃作，见洞霄诗集卷三

赵师睪

　　师睪字从善，燕王德昭七世孙。生于绍兴十八年(1148)。淳熙二年(1175)举进士。累迁司农卿，知临安府，进兵部尚书。嘉定十年(1217)卒于家，年七十。谥宣敏。自号无著居士，又号东墙。

减字木兰花

江南春早。春到南枝花更好。不比寻常。深著胭脂学弄妆。
寿阳开宴。拂拂红霞生酒面。从此溪桥。步障翻腾著绛绡。永乐
大典卷二千八百零九梅字韵引维扬志

宋先生

苏　幕　遮

气随神，神随气。神气相随，透入泥丸里。长把金关牢锁闭。捉得

金晶,暗地添欢喜。　　　下辛勤,须发志。十二时中,莫把工夫弃。
阴尽阳全神出体。功行成时,名列神仙位。

丑　奴　儿

真人本是凡人做,悟者何难。名利如山。隔断神仙路往还。
谢师指教生死限,长在心间。长在心间。十二时中不暂闲。

沁　园　春

速速修行,惜取身中,无价□珍。把金乌玉兔,垆中炼用,阴阳造
化,养就阳神。虎啸龙吟丹田里,顶内时时仙乐声。泥丸里,烹煎
水火,铅汞成真。　　　夜来端坐澄心神。见真人颜貌新。用河车
搬载,充开牛斗,星辰洁皎,光射分明。服了刀圭功成后,自知道、
仙班有姓名。诸仙请,待玉皇宣至,朝拜三清。

武　陵　春

七返还丹人怎晓,晓后有何难。夜静存神向内观。神水满泥丸。
　　　搬运金精无夜昼,呼吸不曾闲。功行成时出世寰。名姓列仙
班。

又

虎绕龙蟠功最妙,交会在丹田。垆鼎烹煎火自然。日月炼为先。
　　　认取坎离为造化,真气要还源。向已澄静坐内观。九转炼成
丹。

丑　奴　儿

河车怎敢停留住,搬入泥丸。水火烹煎。一粒丹砂炼汞铅。

金丹大药人人有，只要心坚。休说闲言。不走阳精便是仙。

又

因师传说朝元理，昼夜功勤。炼煅成真。偷得阴阳共半斤。
壶中天地何曾夜，四季长春。洞里光阴。交我如何与世论。

又

夜来子后披衣坐，心定神清。见个真人。脸似胭脂体似银。
炉中火焰炎炎起，紫气腾腾。一粒丹成。管取飞升上帝京。

太 常 引

金丹只在自身中。真水火、炼成功。因遇吕仙公。识返本、还元祖
宗。　　阳全阴尽，神光现处，认得自真容。名姓列仙宫。已跳
出、乾坤世笼。

点 绛 唇

二气工夫，河车搬入崑嵛脑。世人谁晓。此是玄元道。　　存得
阳精，年老身不老。三田饱。行功都了。拂袖游蓬岛。

又

这个工夫，因师传授知元祖。论甚子午。说甚龙和虎。　　只在
目前，明有神仙路。速修取。有朝归去。消了阴司簿。

捣 练 子

真水火，谢师传。黑铅红汞鼎中煎。现神光，满目前。　　丹砂
就，是神仙。金鼎捉住寿同天。待功成，玉帝宣。

临 江 仙

说甚坎离龙共虎,休言火候周天。阳精不走自神全。双关明有路,直上至泥丸。　　牢锁金关并玉户,日魂月魄烹煎。三宫都满体牢坚。阳神朝上帝,永劫作天仙。

丑 奴 儿

金公本是乾家子,住在坤宫。真虎真龙。吃尽三尸及九虫。丹砂锻炼泥丸里,赫赫长红。一日成功。直见三清太上公。

浪 淘 沙

我有一张琴。随坐随行。无弦胜似有弦声。欲对人前弹一曲,不遇知音。　　夜静响琤轰。神鬼俱惊。惊天动地若雷鸣。只候功成归去后,携向蓬瀛。

又

师指炼金丹。牢锁金关。工夫进火莫交闲。向己澄心观内景,闪电眉间。　　妙用在泥丸。神思难看。愚迷不悟隔千山。悟即如同观返掌,出世何难。

又

铅汞要加添。火候频煎。体中气足返阳全。养就婴儿并姹女,同坐同眠。　　髓实自身坚。运满三田。刀圭服了得神仙。只候功成并行满,独步朝元。

糖　多　令

搬载渡黄河。金关牢闭锁。运九还、须是功多。光透帘帏红似火。见金钱、万千朵。　　过水涌银波。充开牛斗过。进工夫、□□蹉跎。见个真人便是我。暗欢喜、笑呵呵。

桃源忆故人

自从师指天机道。万卷仙经都晓。若会运精归脑。颜貌长不老。　　真铅真汞人知少。乌兔烹煎成宝。身外有身方了。玉帝金书召。

惜　黄　花

天机大道。达者稀少。运戊己、龙蟠更虎绕。这一颗丹砂,凡世人难晓。间木金、坎离颠倒。　　阳全阴尽,形容不老。将水火烹煎,自然炉灶。待行功成就,炼无价宝。去朝元、七祖都了。

阮　郎　归

一轮明月照三峰。彩霞飞满空。分明见我主人公。明珠透上宫。　　丹药炼,鼎中红。频频要用功。功成定是出樊笼。闲游仙洞中。

武　陵　春

七返阳全阴去尽,精髓满三田。修道无为必自然。论甚后和先。　　认取五行真水火,须要识根源。自己丹砂著意看。何用外寻丹。以上道藏了明篇二十二首

叶　适

适字正则,永嘉人。生于绍兴二十年(1150)。淳熙五年(1178)进士。宁宗时,累官宝文阁待制,兼江淮制置使。被劾附韩侂胄,夺职。杜门著述,自成一家,学者称水心先生。嘉定十六年(1223)卒,年七十四,谥忠定。有水心文集。

西江月　和李参政

识贯事中枢纽,笔开象外精神。传观弓力异常钧。衣我六铢羞问。

　　周后数茎命粒,鲁儒一点芳心。啄残栖老付谁论。谩要睡馀支枕。水心先生文集卷二十九

王　楙

楙字勉夫,家本福清,其先徙平江,遂为长洲(今江苏省苏州)人。生于绍兴二十一年(1151)。隐居不仕。嘉定六年(1213)卒,年六十三。著有野客丛书三十卷传世。

望江南　寿张仪真

三杰后,福寿两无涯。食乳相君功未既,妩眉京兆眷方兹。富贵莫推辞。　　门两戟,却棹一纶丝。莼菜秋风鲈鲙美,桃花春水鳜鱼肥。笑傲雪谿湄。野客丛书卷二十九

刘　褒

褒字伯宠,一字春卿,武夷(今福建省崇安县)人。登淳熙五年

（1178）进士。除司门郎中，历官朝请郎，知西全州。嘉定六年（1213）时，监尚书六部门，放罢。有集，不传。

水龙吟 桂林元夕呈帅座

东风初縠池波，轻阴未放游丝堕。新春歌管，丰年笑语，六街灯火。绣毂雕鞍，飞尘卷雾，水流云过。恍扬州十里，三生梦觉，卷珠箔、映青琐。　　金猊戏掣星桥锁。博山香、烟浓百和。使君行乐，绛纱万炬，雪梅千朵。羯鼓轰空，鹍弦沸晓，樱梢微破。想明年更好，传柑侍宴，醉扶狻座。

雨中花慢 春日旅况

缥蒂缃枝，玉叶翡英，百梢争赴春忙。正雨后、蜂黏落絮，燕扑晴香。遗策谁家荡子，唾花何处新妆。想流红有恨，拾翠无心，往事凄凉。　　春愁如海，客思翻空，带围只看东阳。更那堪、玉笙度曲，翠羽传觞。红泪不胜闺怨，白云应老他乡。梦回羁枕，风惊庭树，月在西厢。以上二首见诗人玉屑卷二十一

满庭芳 留别

柳袅金丝，梨铺香雪，一年春事方中。烛前一见，花艳觉羞红。枕臂香痕未落，舟横岸、作计匆匆。明朝去，暮天平水，双桨碧云东。　　隔离歌一阕，琵琶声断，燕子楼空。叹阳台梦杳，行雨无踪。后会芙蕖未老，从今去、日望归鸿。愁如织，断肠啼鴂，饶舌诉东风。

六州歌头 上广西张帅

凭深负阻，蜂午肆奔腾。龙江上，妖氛涨，鲸海外，白波惊。羽檄交

飞急,玉帐静,金韬闶,恢远驭,振长缨。密分兵。细草黄沙渺渺,
西关路、风袅高旌。听飞霜令肃,坚壁夜无声。鼓角何神。地中
鸣。　　　看追风骑,攒云槊,雷野毂,激天钲。飞箭集,旄头坠,长
围掩,郭东倾。振旅观旋凯,箭鼓竞,绣旗明。刀换犊,戈藏革,士
休营。黄色赤云交映,论功何止蔡州平。想环城苍玉,深刻入青
冥。永诏来今。

按此首别误作向子谌词,见永乐大典卷一万五千一百三十九帅字韵。

水调歌头 中秋

天淡四垂幕,云细不成衣。西风扫尽纤翳,凉我鬓边丝。破匣菱花
飞动,跨海清光无际,草露滴明玑。杯到莫停手,何用问来期。

坐虚堂,揩病眼,溯流辉。云山应有幽恨,瑶瑟掩金徽。河汉无
声自转,玉兔有情亦老,世事巧相违。一写谪仙怨,双泪满君颐。

以上三首见中兴以来绝妙词选卷七

章良能

　　　　良能字达之,丽水人。淳熙五年(1178)进士。除著作佐郎。庆元
六年(1200),枢密院编修官。嘉泰元年(1201),为起居舍人。开禧元年
(1205),宗正少卿。三年(1207),直舍人院除直学士院。嘉定元年
(1208),试礼部侍郎兼直学士院,又为御史中丞。嘉定二年(1209),同
知枢密院事。六年(1213),参知政事。七年(1214),卒。有嘉林集百
卷,不传。

小 重 山

柳暗花明春事深。小阑红芍药,已抽簪。雨馀风软碎鸣禽。迟迟
日,犹带一分阴。　　　往事莫沉吟。身闲时序好,且登临。旧游无

处不堪寻。无寻处,惟有少年心。绝妙好词卷一

按词综卷十六此首误作章颖词。

熊以宁

以宁号东斋,建安崇泰里人。淳熙五年(1178)进士。官光泽主簿。
截江网卷六鹊桥仙一首重出,一题熊伯诗作,一题熊东斋作,是以宁字
伯诗也。

水调歌头 寿常德府刘守

天地有英气,钟秀在人间。流虹甫近华旦,维岳预生贤。千载明良
会遇,三世勋庸忠烈,谁得似家传。高论排风俗,抗志遏狂澜。

记年时,胡尘外,拥朱幡。洪枢紫府功业,指日复青毡。拭目泥
封飞下,趁取梅花消息,去去簉朝班。骨相元不老,何必颂南山。
截江网卷五

按此首原题熊东斋作。

醉蓬莱 寿察判

某伏以清商肇序,阶蓂方五荚之飞;元精生贤,宝历应千龄之运。
于赫自天之佑,丕昭维岳之祥。弧矢垂门,冠裳争耀。既托蚶蟓之苣,
敢忘颂咏之私。敬制拙词,仰祝台算。以醉蓬莱寄调,缮写拜呈,伏惟
台慈,特赐采览。

渐荷收绿盖,桂吐金英,嫩凉天气。香案仙官,向人间游戏。道貌
孤高,灵扁恬淡,有寿星标致。梦得文章,水心谈论,家声相继。

芙蓉上幕,龙藩胜地。剡荐交飞,宸衷简记。行趣朝班,便鸾坡
螭陛。赞画堂中,垂弧节届,且举觞一醉。试问庄椿,春秋多少,八
千馀岁。截江网卷五

鹊桥仙 寿帅守硕人并引

　　某窃承帅阃太硕人顼自仙班，来瑞人世。诞弥喜届，庆颂骈臻。某仰托门墙，用伸庆贺。辄成小词一，寄声鹊桥仙。僭易尘献，上祝椿鹤之算。伏惟懿慈，特赐采览。门下士姓某惶恐再拜上。

隐君仙裔，帅垣佳配。谁似硕人清贵。几番鸾诰自天来，森截江网同卷重出一首作"看"绿绶、彩衣当砌。　　莲开十丈，萱留十荚，迟十日、瑶池秋至。殷勤祝寿指蟠桃，更重数、三千馀岁重出一首此句作"过结实、开花年岁"。截江网卷六

　　按此首原题熊伯诗作。截江网卷六此首重出，署熊东斋作，题作"寿曹硕人"。

詹克爱

　　克爱字济夫，崇安黄村里人。淳熙五年(1178)进士。

失 调 名

天孙亲织云锦，一笑下河西。

又

空将别泪，洒作人间雨。以上岁时广记卷二十六

又

后会不知谁健，茱萸莫厌重看。岁时广记卷三十四

李寅仲

　　寅仲字君亮，世居什邡。淳熙五年(1178)进士。官至工部侍郎。

齐天乐 寿韩郡王

摩挲阅古堂前柳，尽是世臣乔木。故国风流，中兴事业，都写南山修竹。商颜自绿。甚当日君王，浩歌鸿鹄。谁识宫中，有人先定大横卜。　　簪貂更鸣佩玉。退朝归较晚，留传黄屋。雨露无边，风云在手，宜享长生按此处缺一字福。神京未复。看先取鸿沟，次封函谷。岁岁初寒，小桃花下跨青鹿。截江网卷四

张　镃

张镃字功甫，号约斋，西秦（今陕西省）人，居临安。张俊诸孙。生于绍兴二十三年(1153)。隆兴二年(1164)，大理司直。淳熙五年(1178)，直秘阁通判婺州。庆元元年(1195)，司农寺主簿。三年(1197)，司农寺丞，与宫观。开禧三年(1207)，为司农少卿，坐事追两官送广德军居住。嘉定四年(1211)，坐扇摇国本，除名象州编管卒。有南湖集、玉照堂词。

长 相 思

晴时看。雨时看。红绿云中驾彩鸾。阳台梦未阑。　　咏伊难。画伊难。服透东皇九转丹。光生玉铄颜。

梦游仙 小姬病起，幡然有入道之志，因书赠之

骖鸾侣，娇小怯云期。柳戏花游能几日，顿抛尘幻学希夷。清梦到瑶池。　　霞袂稳，那顾缕金衣。自与长生分姓谱，恰逢长老铸丹时。此意有谁知。

又

晴昼永，闲步小园中。羽帔云轻苍佩响，宝冠星莹绀纱笼。波秀浅

蛾峰。　　琳洞窈,人静理丝桐。泛指馀音摇桂影,过墙高韵入松风。月上翠楼东。

又 记梦

飞梦去,闲到玉京游。尘隔天高那得暑,月明云薄淡于秋。宫殿锁金虬。　　冰佩冷,风飐紫绡裘。五色光中瞻帝所,方知碧落胜炎洲。香雾湿帘钩。

又

归兴动,骑鹤下青冥。几点山河浮色界,一簪风露拂寒星。银汉悄无声。　　鸾啸舞,仙乐送霓旌。摘得琪花飞散了,却将何物赠仙卿。衣上彩云轻。

昭君怨 游池

拂晓拿舟东去。细看荷花垂露。红绿总吹香。一般凉。　　会享人天清福。休把两眉轻蹙。谁道做神仙。戴貂蝉。

又 月夜放船

船过柳湾亭曲。万叶圆荷浮绿。月照水珠明。一池星。　　光透玻璃香蒂。梦入藕丝中戏。却上小金台。罢归来。

又 园池夜泛

月在碧虚中住。人向乱荷中去。花气杂风凉。满船香。　　云被歌声摇动。酒被诗情掇送。醉里卧花心。拥红衾。

霜天晓角 泛池

荷花闲拨。撑破玻璃滑。拂拂香风微度，吹雪乱、数根髪。　　弄泉罗盖匝。万颗真珠撒。唱我莲歌归去，凌波步、水仙袜。

如梦令 雪

人在骖鸾深院。误认落梅疏片。零乱舞东风，云淡水平天远。帘卷。帘卷。飞上绣茵不见。

南乡子 春雪

翠袖怯春寒。对雪偏宜傍彩阑。弱骨丰肌无限韵，凭肩。共看南窗玉数竿。　　羔酒莫留残。更觉娇随饮量宽。小立妖娇何所似，风前。柳絮飞时见牡丹。

乌夜啼 夜坐

月儿犹未全明。乞怜生。几片彩云来去、更风轻。　　应见我。行又坐。苦凝情。卷起帘儿不睡、到三更。

菩萨蛮 芭蕉

风流不把花为主。多情管定烟和雨。潇洒绿衣长。满身无限凉。　　文笺舒卷处。似索题诗句。莫凭小阑干。月明生夜寒。

又 鸳鸯梅

前生曾是风流侣。返魂却向南枝住。疏影卧晴溪。恰如沙暖时。　　绿窗娇插鬓。依约犹交颈。微笑语还羞。愿郎同白头。

又　遣兴

藤床巧织波文小。翻书欲睡莺惊觉。绕舍灿明霞。短长旌节花。
　　此身无系著。南北东西乐。碧宇朗吟归。天风香染衣。碧宇，
余家竹堂名也。

折丹桂　中秋南湖赏月

玉为楼观银为地。秋到中分际。淡金光衬水晶球，上碧虚、千万
里。　　香风浩荡吹蟾桂。影落澄波底。揭天箫鼓要诗成，任惊
觉、鱼龙睡。

清平乐　题黄宁洞天吹笛台

苍崖叠嶂。有路梯云上。忽见地平方数丈。坐石风林相向。
凤膺时作龙声。夜深惊动寒星。几点光芒欲下，傍人头上来听。

又　炮栗

猬房秋熟。紫实包黄玉。吹叶风高销旧绿。疏影半遮茅屋。
山居未觉全贫。园收今岁盈囷。自拨砖炉松火，细煨分饷幽人。

谒金门　秋兴（按永乐大典卷二千二百六十五湖字韵
　　　　题作"南湖偶成"）

秋淡淡。弥望暮天云黯。窗小新糊便老眼。不应疏酒琖。　　菊
净橙香霜晚。何处数声来雁。飞下湖边红蓼岸。　　有诗方许
看。

又　赏梅即席和洪内翰韵

何许住。不属西湖烟雨。雪后偏怜香猛处。全胜开半树。　　试

倩暖云收贮。桃杏尽教羞妒。只把新词林下去。一春休著雨。

柳梢青 适和轩

一望清溪。两堤翠荫,半纸新诗。凉满衣裳,香生笔砚,风动窗扉。

月明撑过船儿。载龙玉、双娥对吹。竹外山亭,花边水槛,不醉休归。

又 秋日感兴

烟淡波平。蓬松岸蓼,红浅红深。满院西风,连宵良月,几处清砧。

区区宦海浮沉。幸隐去、将酬素心。两鬓吴霜,一屏秦梦,谁是知音。

又

雨后天涯。微云送晚,过尽归鸦。何处开尊,海棠亭小,飞燕风斜。

有人粲玉娇花。更翳凤、曾游帝家。长远身心,温柔情态,不枉多他。

好事近 拥绣堂看天花

手种满阑花,瑞露一枝先坼。拄个杖儿来看,两三人门客。　　今朝欢笑且衔杯,休更问明日。此意悠然谁会,有湖边风月。瑞露,紫牡丹新名也。

诉衷情 得二白雁,偶亡其一,感而歌之

筠笼白雁得时双。一自戏回塘。冰魂问归何处,明月影中藏。

蘋蓼岸,镇相将。忍思量。晓昏应是,梦绕江湖,怕见鸳鸯。

浣　溪　沙

无计长留月里花。收英巧付火前茶。绿尘飞处粉芳华。　　午夜露浓天竺径，一秋香满玉川家。扫除残梦入云涯。

虞美人　咏水蒗花

妆浓未试芙蓉脸。却扇凉犹浅。粉轻红裒一生娇。风外细香时伴、湿云飘。　　双飞属玉来还去。谁识幽闲趣。莫教疏雨暗黄昏。已是不禁秋色、怕销魂。

玉团儿　香月堂古桂数十株著花，因赋

晓来一阵金风劣。把阆海、檀霞细屑。依就花儿，深藏叶底，不教人折。　　初开数朵谁知得。却又是、金风漏泄。吹起清芬，露成香露，月成香月。

眼儿媚　初秋

凄风吹露湿银床。凉月到西厢。蛩声未苦，桐阴先瘦，愁与更长。　　起来没个人偢采，枕上越思量。眼儿业重，假饶略睡，又且何妨。

又　女贞木

山矾风味木樨魂。高树绿堆云。水光殿侧，月华楼畔，晴雪纷纷。　　何如且向南湖住，深映竹边门。月儿照著，风儿吹动，香了黄昏。

又　水晶葡萄

玄霜凉夜铸瑶丹。飘落翠藤间。西风万颗，明珠巧缀，零露初沱。
　　诗人那识风流品，马乳漫堆盘。玉纤旋摘，银罂分酿，莫负清欢。

南歌子　山药

种玉能延命，居山易学仙。青青一亩自锄烟。雾孕云蒸、肌骨更凝坚。　　熟染蜂房蜜，清添石鼎泉。雪香酥腻老来便。煨芋炉深、却笑祖师禅。

鹧鸪天　咏二色葡萄

阴阴一架绀云凉。袅袅千丝翠蔓长。紫玉乳圆秋结穗，水晶珠莹露凝浆。　　相并熟，试新尝。累累轻剪粉痕香。小槽压就西凉酒，风月无边是醉乡。

江城子　黄子由少监同内子慧斋奉岳母定斋相过，席间因走笔次韵

试霜池面浅粼粼。鹊飞晴。远峰明。蓬岛群仙，来过瑞云清。龙榜当年人第一，黄叔度，是前生。　　玉堂行见演丝纶。彩毫轻。思难停。醉里长鲸，翻浪吸东溟。谢女风流相称好，金母更，鬓常青。

又　凯旋

春风旗鼓石头城。急麾兵。斩长鲸。缓带轻裘，乘胜讨蛮荆。蚁聚蜂屯三十万，军面缚，赴行营。　　舳舻千里大江横。凯歌声。

犬羊惊。尊俎风流,谈笑酒徐倾。北望旄头今已灭,河汉淡,两台
星。

卜算子　无逸寄示近作梅词,次韵回赠

常记十年前,共醉梅边路。别后频收尺素书,依旧情相与。　　早
愿却来看,玉照花深处。风暖还听柳际莺,休唱闲居赋。

杨　柳　枝

绿蜡芽疏雪一包。绽云梢。清香却暑置堂坳。晚风飘。　　冰雹
无声栖碧叶,笑仍娇。相随茉莉展轻绡。伴凉宵。

感皇恩　驾霄亭观月

诗眼看青天,几多虚旷。雨过凉生气萧爽。白云无定,吹散作、鳞
鳞琼浪。尚馀星数点,浮空上。　　明月飞来,寒光磨荡。仿佛轮
间桂枝长。倚风归去,纵长啸、一声悠飏。响摇山岳影,秋悲壮。

夜游宫　美人

鹊相庞儿谁有。兀底便、笔描不就。小邈如何敢出手。细端相,甚
精神,甚洗漱。　　到老长厮守。不吃饭、也须唧嗻。你待包弹怎
开口。暖底雪,活底花,嫩底柳。

醉高楼　初月

浮云散,天似碧琉璃。月正是、上弦时。姮娥蟾兔俱何在,广寒宫
殿不应亏。这神功,千万世,有谁知。　　甚只解、催人须鬓老。
更不算、将人按原无"人"字,据彊村丛书本南湖词补情绪恼。揎掇酒,撼摇
诗。山头望伴疏星落,庭前看照好花移。夜无眠,应笑我,怎如痴。

蝶 恋 花

杨柳秋千旗鬥舞。漠漠轻烟,罩定黄鹂语。红滴海棠娇半吐。燕脂水似朝来雨。　　行过池边携手路。都把多情,变作无情绪。惟有东风知住处。凭君送取温存去。

又 南湖

门外沧洲山色近。鸥鹭双双,恼乱行云影。翠拥高筠阴满径。帘垂尽日林堂静。　　明月飞来烟欲暝。水面天心,两个黄金镜。慢颭轻摇风不定。渔歌欸乃谁同听。

又 挟翠桥

洒面松风凉似水。下看冰泉,喷薄溪桥底。叠叠层峰相对起。家居却在深山里。　　枝上凌霄红绕翠。飘下红英,翠影争摇曳。今夜岩扉休早闭。月明定有飞仙至。

鹊桥仙 立秋后一夕

暑云犹在,澄空欲变,入夜徘徊庭际。新秋知是昨宵来,爱残月、纤纤西坠。　　芭蕉老大,流萤衰倦,静里细观天意。轻风未有半分凉,奈人道、今宵好睡。

又 采菱

连汀接渚,萦蒲带藻,万镜香浮光满。湿烟吹雾木兰轻,照波底、红娇翠婉。　　玉纤采处,银笼携去,一曲山长水远。采鸳双惯贴人飞,恨南浦、离多梦短。

鹧鸪天　自兴远桥过清夏堂

闲立飞虹远兴长。一方云锦荐疏凉。翻风翠盖无尘土,出水红妆有艳香。　　携靓侣,泛轻航。棹歌惊起野鸳鸯。同过清夏看新月,茉莉花园小象床。

又　咏阮

不似琵琶不似琴。四弦陶写晋人心。指尖历历泉鸣涧,腹上锵锵玉振金。　　天外曲,月边音。为君转轴拟秋砧。又成雅集相依坐,清致高标记竹林。

临江仙　余年三十二,岁在甲辰。尝画七圈于纸,揭之坐右,每圈横界作十眼,岁涂其一。今已过五十有二,怅然增感,戏题此词

七个圈儿为岁数,年年用墨糊涂。一圈又剩半圈馀。看看云蔽月,三际等空虚。　　纵使古稀真个得,后来争免呜呼。肯闲何必更悬车。非关轻利禄,自是没工夫。

御街行　灯夕戏成

良宵无意贪游玩。奈邻友、闲呼唤。六街非是少人行,不似旧时风范。笙歌零落,绮罗销减,枉了心情看。　　思量往事堪肠断。怕频到、帘儿畔。朦胧月下却归来,指望阿谁收管。低头注定,两汪儿泪,百计难销遣。

满庭芳　促织儿

月洗高梧,露溥幽草,宝钗楼外秋深。土花沿翠,萤火坠墙阴。静

听寒声断续,微韵转、凄咽悲沉。争求侣,殷勤劝织,促破晓机心。

　　儿时,曾记得,呼灯灌穴,敛步随音。任满身花影,犹自追寻。携向华堂戏门,亭台小、笼巧妆金。今休说,从渠床下,凉夜伴孤吟。

风　入　松

小樊标韵称香山。压尽花间。便须著个楼儿住,彩鸾看、飞舞妖闲。珠佩时因醉解,云扉常为春关。　　　耳边属付话儿奸。休放蛮檀。绿窗惟怕今宵梦,莺声巧、春满阑干。待把衷肠教与,却愁长远都难。

念奴娇　宜雨亭咏千叶海棠

绿云影里,把明霞织就,千重文绣。紫腻红娇扶不起,好是未开时候。半怯春寒,半便晴色,养得胭脂透。小亭人静,嫩莺啼破清昼。

　　犹记携手芳阴,一枝斜戴,娇艳波双秀。小语轻怜花总见,争得似花长久。醉浅休归,夜深同睡,明日还相守。免教春去,断肠空叹诗瘦。

按此首别作谢逅词,见全芳备祖前集卷七海棠门。

水调歌头　姑苏台

孤棹溯霜月,还过阖闾城。系船杨柳桥畔,吹袖晚寒轻。百尺层台重上,万事红尘一梦,回首几周星。风调信衰减,亲旧总凋零。

　　认群峰,寻四塔,半烟横。平生感慨,况逢佳处辄销凝。休说当时雕辇,不见后来游鹿,斜照水空明。猛把画阑拍,飞雁两三声。

又 项平甫大卿索赋武昌凯歌

忠肝贯日月,浩气拂云霓。诗书名帅,谈笑果胜棘门儿。牛弩旁穿七札,虎将分行十道,先解近城围。一骑夜飞火,捷奏上天墀。

畅皇威,宣使指,领全师。襄阳耆旧,请公直过洛之西。箪食欢呼迎处,已脱毡裘左衽,还著旧藏衣。箫鼓返京阙,风采震华夷。

木兰花慢 七夕

喜秋回霁宇,倩凉露、洗炎飙。被鹊误仙盟,经年恨阻,银汉迢迢。牛闲更停弄杼,趁佳期、华幄傍星桥。授玉鸾骞雾霭,赠绡龙戏花娇。　　欢娱回首是明朝。未别已魂销。想翠辀珠轮,归途望断,斗转斜杓。人间易离易遇,尽胜如、天上各云霄。携去一梳水月,巧楼犹醉笙箫。

又 癸丑年生日

年年三月二,是居士、始生朝。念绿鬓功名,初心已负,难报劬劳。天留帝城胜处,汇平湖、远岫碧岧峣。竹色诗书燕几,柳阴桃杏横桥。　　西邻东舍不难招。大半是渔樵。任翁媪欢呼,儿孙歌笑,野具村醪。醉来便随鹤舞,看清风、送月过松梢。百岁因何快乐,尽从心地逍遥。

又 纪梦

驾飙车直上,绛衣惹、彩云轻。过宝树千峰,东逾绿海,宫殿峥嵘。檐楹万花灿倚,映阶层、十二总雕琼。剑佩簪裳卫肃,序班真辅仙卿。　　瑶京。谁解有神升。为秘授玄经。拜九光霞里,轮金日耀,丹篆符明。龙鸾再催羽仗,报帝皇、新御紫阳城。归路梅花弄玉, 数声月冷风清。

水龙吟 夜梦行修竹林中, 有道士颀然而长, 风神秀异, 自称见独居士。谓余曰: 人间虚幻, 子能毕辞荣宠, 清净寡欲, 当享万寿。惊觉, 因赋此词, 乙丑冬十二月也

这番真个休休, 梦中深谢仙翁教。浮生幻境, 向来识破, 那堪又老。苦我身心, 顺他眼耳, 思量颠倒。许多时打哄, 鲇鱼上竹, 被人弄、知多少。　　解放微官系缚, 似笼槛、猿归林草。云山有约, 儿孙无债, 为谁烦恼。自古高贤, 急流勇退, 直须闻早。把忧煎换取, 长伸脚睡, 大开口笑。

祝英台近 邀李季章直院赏玉照堂梅

暖风回, 芳意动, 吹破冻云凝。春到南湖, 检校旧花径。手栽一色红梅, 香笼十亩, 忍轻负、酒肠诗兴。　　小亭凭。几多月魄□□_{彊村丛书本南湖词此处补二空格}, 重重乱林影。却忆年时, 同醉正同咏。问公白玉堂前, 何如来听, 玉龙喷、碧溪烟冷。

满江红 小圃玉照堂赏梅, 呈洪景卢内翰

玉照梅开, 三百树、香云同色。光摇动、一川银浪, 九霄珂月。幸遇勋华时世好, 欢娱况是张灯夕。更不邀、名胜赏东风, 真堪惜。　　盘诰手, 春秋笔。今内相, 斯文伯。肯闲纤轩盖, 远过泉石。奇事人生能几见, 清尊花畔须教侧。到凤池、却欲醉鸥边, 应难得。

又 贺项平甫起复知鄂渚

公为时生, 才真是、禁中颇牧。擎天手、十年犹在, 未应藏缩。说项无人堪叹息, 瞻韩有意因恢复。用真儒、同建太平功, 心相属。

忠与孝,荣和辱。武昌柳,南湖竹。一箪瓢非欠,万钟非足。知命何曾怀喜愠,轻身岂为干名禄。看可汗生缚洗烟尘,机神速。

汉宫春 稼轩帅浙东,作秋风亭成,以长短句寄余,欲和久之。偶霜晴小楼登眺,因次来韵,代书奉酬

城畔芙蓉,爱吹晴映水,光照园庐。清霜乍凋岸柳,风景偏殊。登楼念远,望越山、青补林疏。人正在,秋风亭上,高情远解知无。

江南久无豪气,看规恢意概,当代谁如。乾坤尽归妙用,何处非予。骑鲸浪海,更那须、采菊思鲈。应会得,文章事业,从来不在诗书。

烛影摇红 灯夕玉照堂梅花正开

宿雨初干,舞梢烟瘦金丝袅。嫩云扶日破新晴,旧碧寻芳草。幽径兰芽尚小。怪今年、春归太早。柳塘花院,万朵红莲,一宵开了。

梅雪翻空,忍教轻趁东风老。粉围香阵拥诗仙,战退春寒峭。现乐歌弹闹晓。宴亲宾、团圞同笑。醉归时候,月过珠楼,参横蓬岛。柳塘、花院、现乐,皆家中堂名也。

贺新郎 李颐正路分见访,留饮,即席书赠

看了梅花去。要东风、攀翻飞雪,与君同赋。海内从来天际眼,一笑平窥千古。待爇尽、烛花红吐。久矣南湖无此客,似乔松、万丈凌霄举。飞欬唾,扫尘土。　　　承平气象森眉宇。想天家、骖鸾洞里,细烟冰雾。我亦秦关归未得,谁念干将醉扶。拚良夜、欹横冠屦。莫叹潇湘居尚远,拥戎韬万骑鸣笳鼓。云正锁,汴京路。

又 次辛稼轩韵寄呈

邂逅非专约。记当年、林堂对竹,艳歌春酌。一笑乘鸾明月影,馀

事丹青麟阁。待宇宙、长绳穿却。念我中原空有梦,渺风尘、万里迷长乐。愁易老,欠灵药。　　　别来几度霜天鹗。厌纷纷、吞腥啄腐,狗偷乌攫。东晋风流兼慷慨,公自阳春有脚。妙悟处、不存毫髪。何日相从云水去,看精神峭紧芝田鹤。书壮语,遍岩壑。

瑞鹤仙　壬子年灯夕

喜浓寒乍退。风共日、已作深春天气。轻车载歌吹。选名坊闲玩,落梅秾李。无端雨细。动清愁、聊成浅醉。怅年时、携手同来,笑里绣帘斜倚。　　　佳节匆匆又至。抚事惊心,忍堪重记。阑情倦意。行不是,坐不是。闷归来,已早游人回尽,灯暗重门欲闭。念欢娱、最是今宵,怎知恁地。

八声甘州　秋夜奉怀浙东辛帅

领千岩万壑岂无人,惟欠稼轩来。正松梧秋到,旌旗风动,楼观雄开。府槛何劳一笑,瀚海荡纤埃。馀事了凫鹥,闲按“闲”下原衍一“咏”字,据永乐大典卷一万五千一百三十九帅字韵删命尊罍。　　　江左风流旧话,想登临浩叹,白骨苍苔。把龙韬藏去,游戏且蓬莱。念乡关、偏怜霜鬓,爱盛名、何似展真才。怀公处,夜深凝望,云汉星回。

又　九月末南湖对菊

对黄花犹自满庭开,那恨过重阳。凭阑干醉袖,依依晚日,飘动寒香。自叹平生豪纵,歌笑几千场。白髮欺人早,多似清霜。　　　谁信心情都懒,但禅龛道室,黄卷僧床。把偎红调粉,抛掷向他方。□据彊村丛书本南湖集补一空格唤汝、东山归去,正灯明、松户竹篱旁。关门睡,尽教人道,痴钝何妨。

江城子　夏夜观月

飞来冰雪冷无声。可中庭。骨毛清。卧看东南,和露两三星。蓦
地神游天上去,呼彩凤,驾云軿。　　望舒宫殿玉峥嵘。桂千层。
宝香凝。捣药仙童,邀我论长生。一笑归来人未睡,花送影,上窗
棂。

渔家傲　渔翁

拂拂春风生草际。新晴万景供游戏。鸥鹭飞来斜照里。金和翠。
分明画出真山水。　　遮个渔翁无愠喜。乾坤都在孤篷底。一曲
高歌千古意。闲来睡。从教月到花汀外。

八声甘州　中秋夜作

叹流光迅景,百年间、能醉几中秋。正凄蛩响砌,惊乌翻树,烟淡蘋
洲。谁唤金轮出海,不带一云浮。才上青林顶,俄转朱楼。　　人
老欢情已减,料素娥信我,不为闲愁。念几番清梦,常是故乡留。
倩风前、数声横管,叫玉鸾、骑向碧空游。谁能顾,黍炊荣利,蚁战
仇雠。

木兰花慢　甲寅三月中澣,邀楼大防、陈君举中书两舍
人,黄文叔待制、彭子寿右史、黄子由匠监、沈应
先大著过桂隐即席作

清明初过后,正空翠、霭晴鲜。念水际楼台,城隅花柳,春意无边。
清时自多暇日,看连镳、飞盖拥群贤。朱邸横经满坐,紫微渊思如
泉。　　高情那更属云天。语笑杂歌弦。向啼鴂声中,落红影里,
忍负芳年。浮生转头是梦,恐他时、高会却难全。快意淋浪醉墨,

要令海内喧传。

念奴娇　登平江齐云楼,夜饮双瑞堂,呈雷吏部

东吴名胜,有高楼直在,浮云齐处。十二阑干邀远望,历历斜阳烟树。香径人稀,屦廊山绕,往事今何许。一天和气,为谁吹散疏雨。　　知是兰省星郎,朱轮森戟,与风光为主。暇日登携多雅致,容我追随临赋。小宴重开,晚寒初劲,还下危梯去。烛花红坠,瑞堂犹按歌舞。以上知不足斋丛书本南湖集卷十

兰　陵　王

蓼汀侧。朝霭依依弄色。知何许、湘女淡妆,羽节飞来带秋碧。轻裙素绡织。谁与明珰竞饰。无言处、相与溯洄,应有柔情正堆积。　　当年驻香鹢。记草媚罗裙,波映文席。□□□□□□摘原空格,据梅溪词补。□□□□□,□□□□,斜阳返照暮雨湿。爱天际凉入。　　愁寂。念畴昔。谩太华峰头,幽梦寻觅。而今两鬓如花白。但一线才思,半星心力。新词奇句,便做有,怎道得。

乌　夜　啼

晓来闲立回塘。一襟香。玉靦云鬆风外、数枝凉。　　相并浑如私语,恼人肠。飞去方知白鹭、在花旁。以上二首见全芳备祖前集卷十荷花门

如　梦　令

野菊亭亭争秀。闲伴露荷风柳。浅碧小开花,谁摘谁看谁嗅。知否。知否。不入东篱杯酒。全芳备祖前集卷十二菊门

失 调 名

翠鬟佩明珂。度纹波。亲到曾入梦，听云和。洞底香、随月影来过。无尘土、敢浣弓罗。正似梦时风韵、更娇多。全芳备祖前集卷二十一水仙门

风 入 松

芳丛簇簇水滨生。勾引午风清。六花大似天边雪，又几时、雪有三层。明艳射回蜂翅，净香薰透蝉声。　　晚檐人共月同行。疏影动银屏。指尖轻捻都如玉，听画栏、高啭流莺。道是花枝比得，不成花也多情。全芳备祖前集卷二十二詹葡门

蓦 山 溪

抚莲吟就，檐葡还曾赋。相伴更无花，倦炉熏、日长难度。柔桑叶里，玉碾小芙蕖，生竺国，长闽山，移向玉城住。　　池亭竹院，宴坐冰围处。绿绕百千丛，夜将阑、争开迎露。煞曾评论，娇媚胜江梅，香称月，韵宜风，消尽人间暑。全芳备祖前集卷二十五茉莉门

菩 萨 蛮

层层细剪冰花小。新随荔子云帆到。一露一番开。玉人催卖栽。　　爱花心未已。摘放冠儿里。轻浸水晶凉。一窝云影香。全芳备祖前集卷二十五素馨门

贺新郎　陈退翁分教衡湘,将行,酒阑索词,漫成

桂隐传杯处。有风流、千岩韵胜，太丘遗绪。玉季金昆霄汉侣，平步鸾坡挥麈。莫便驾、飞帆烟渚。云动精神衡岳去，向君山、帝乐

锵韶濩。兰艺畹,吊湘楚。　　南湖老矣无襟度。但尊前、跟踉醉
影,帽花颠仆。只恐清时专文教,犹贷阴山狂虏。卧锦帐、貔豼钲
鼓。忠烈前勋赍万恨,望神都、魏阙奔狐兔。呼翠袖,为君舞。

柳梢青　舟泊秦淮

天远山围,龙蟠淡霭,虎踞斜晖。几度功名,几番成败,浑似鸥飞。
　　楼台一望凄迷。算到底、空争是非。今夜潮生,明朝风顺,且
送船归。以上二首见中兴以来绝妙词选卷三

鹧　鸪　天

御路东风拂翠衣。卖灯人散烛笼稀。不知月底梅花冷,只忆桥边
步袜归。　　闲梦淡,旧游非。夜深谁在小帘帏。罘罳儿下围炉
坐,明处行人立地时。阳春白雪卷二

> 按此首又见史达祖梅溪词。

宴　山　亭

幽梦初回,重阴未开,晓色吹成疏雨。竹槛气寒,蕙畹声摇,新绿暗
通南浦。未有人行,才半启、回廊朱户。无绪。空望极霓旌,锦书
难据。　　苔径追忆曾游,念谁伴、秋千彩绳芳柱。犀奁黛卷,凤
枕云孤,应也几番凝伫。怎得伊来,花雾绕、小堂深处。留住。直
到老、不教归去。阳春白雪卷四

柳梢青　西湖

千丈风漪。霁光明处,花柳高低。箫鼓声中,宝钗遥认,兰棹交驰。
　　贪呆觑著帘儿。不好价、伊家怎知。便是重来,真情斯向,难
似当时。永乐大典卷二千二百六十五湖字韵

朝中措　重葺南湖堂馆,小词落成

先生心地等空虚。行处幻仙都。点缀玲珑花柳,翻腾窈窕规模。
　　三杯两盏,五言十字,迟老工夫。受用南湖风月,何须更到西湖。永乐大典卷一万一千三百十三馆字韵引张镃南湖集

存　目　词

广群芳谱卷十六蔬谱山药门有张镃南柯子"种玉能延命"一首,据全芳备祖后集卷二十五乃无名氏作品。

刘　过

过字改之,号龙洲道人,吉州太和人。生于绍兴二十四年(1154)。尝伏阙上书,请光宗过宫,复以书抵时宰,陈恢复方略。不报。放浪湖海间。开禧二年(1206)卒,年五十三。有龙洲集。

沁园春　御阅还上郭殿帅

玉带猩袍,遥望翠华,马去似龙。拥貂蝉争出,千官鳞集,貔貅不断,万骑云从。细柳营开,团花袍窄,人指汾阳郭令公。山西将,算韬钤有种,五世元戎。　　旌旗蔽满寒空。鱼阵整、从容虎帐中。想刀明似雪,纵横脱鞘,箭飞如雨,霹雳鸣弓。威撼边城,气吞胡虏,惨淡尘沙吹北风。中兴事,看君王神武,驾驭英雄。

又　题黄尚书夫人书壁后

缓辔徐驱,儿童聚观,神仙画图。正芹塘雨过,泥融路软,金莲自策,小小篮舆。傍柳题诗,穿花劝酒,麑蕊攀条得自如。经行处,有苍松夹道,不用传呼。　　清泉怪石盘纡。信风景江淮各异殊。

记东坡赋就,纱笼素壁,西山句好,帘卷晴珠。白玉堂深,黄金印大,无此文君载后车。挥毫罢,看淋漓雪壁,真草行书。

又　寄辛稼轩

古岂无人,可以似吾,稼轩者谁。拥七州都督,虽然陶侃,机明神鉴,未必能诗。常衮何如,羊公聊尔,千骑东方侯会稽。中原事,纵匈奴未灭,毕竟男儿。　　平生出处天知。算整顿乾坤终有时。问湖南宾客,侵寻老矣,江西户口,流落何之。尽日楼台,四边屏幛,目断江山魂欲飞。长安道,奈世无刘表,王粲畴依。

又　寄孙竹湖

问讯竹湖,竹如之何,如何未归。道吴山越水,无非佳处,来无定止,去亦何之。莫是秋来,未能忘耳,心与孤云相伴飞。愁无奈,但北窗寄傲,南涧题诗。　　人生万事成痴。算世上久无公是非。恨云台突兀,无君子者,雪堂寥落,有美人兮。疏雨梧桐,微云河汉,钟鼎山林无限悲。阳山县,是昌黎误汝,汝误昌黎。

又　卢蒲江席上,时有新第宗室

一剑横空,飞过洞庭,又为此来。有汝阳琎者,唱名殿陛,玉川公子,开宴尊罍。四举无成,十年不调,大宋神仙刘秀才。如何好,将百千万事,付两三杯。　　未尝戚戚于怀。问自古英雄安在哉。任钱塘江上,潮生潮落,姑苏台畔,花谢花开。盗号书生,强名举子,未老雪从头上催。谁羡汝,拥三千珠履,十二金钗。

又　寿

玉带金鱼,绿鬓朱颜,神仙画图。把擎天柱石,空留绿野,济川舟楫,闲舣西湖。天欲安刘,公归重赵,许大元勋谁得如。平章处,看人如伊吕,世似唐虞。　　　不须别样规模。但收揽人才多用儒。况自昔军中,胆能寒虏,而今胸次,气欲吞胡。紫府真人,黑头元宰,收敛神功寂似无。归来好,正芝香枣熟,鹤瘦松臞。

又　寄稼轩承旨

斗酒彘肩,风雨渡江,岂不快哉。被香山居士,约林和靖,与东坡老,驾勒吾回。坡谓西湖,正如西子,浓抹淡妆临镜台。二公者,皆掉头不顾,只管衔杯。　　　白云天竺飞来。图画里、峥嵘楼观开。爱东西双涧,纵横水绕,两峰南北,高下云堆。逋曰不然,暗香浮动,争似孤山先探梅。须晴去,访稼轩未晚,且此徘徊。

又

柳思花情,湖山应怪,先生又来。想旧时谈舌,依然解使,六丁奔走,驱斥风雷。翠袖传觞,金貂换酒,痛饮何妨三百杯。人间世,算谪仙去后,谁是天才。　　　碧窗画鼓船斋。胸次与乾坤一样开。试云间招手,下呼馀子,逡巡去矣,但觉尘埃。若是花时,无风无雨,一日须来一百回。教人道,看玉山自倒,不用相推。

又　张路分秋阅

万马不嘶,一声寒角,令行柳营。见秋原如掌,枪刀突出,星驰铁骑,阵势纵横。人在油幢,戎韬总制,羽扇从容裘带轻。君知否,是山西将种,曾系诗盟。　　　龙蛇纸上飞腾。看落笔四筵风雨惊。便尘沙出塞,封侯万里,印金如斗,未惬平生。拂拭腰间,吹毛剑在,不斩楼兰心不平。归来晚,听随军鼓吹,已带边声。

又　观竞渡

画鹢凌风,红旗翻雪,灵鼍震雷。叹沉湘去国,怀沙吊古,江山凝恨,父老兴哀。正直难留,灵修已化,三户真能存楚哉。空江上,但烟波渺渺,岁月泅泅。　　持杯。西眺徘徊。些千载忠魂来不来。谩争标夺胜,鱼龙喷薄,呼声贾勇,地裂山摧。香黍缠丝,宝符插艾,犹有樽前儿女怀。兴亡事,付浮云一笑,身在天涯。

又　赠王禹锡

自注铜瓶,作梅花供,尊前数枝。说边头旧话,人生消得,几番行役,问我何之。小队红旗,黄金大印,直待封侯知几时。杯行处,且淋漓一醉,明日东西。　　如椽健笔鸾飞。还为写春风陌上词。便平生豪气,销磨酒里,依然此乐,儿辈争知。霜重貂裘,夜寒如水,饮到月斜犹未归。仙山路,有笙簧度曲,声到琴丝。

又　送王玉良

万里湖南,江山历历,皆吾旧游。看飞凫仙子,张帆直上,周郎赤壁,鹦鹉汀洲。吸尽西江,醉中横笛,人在岳阳楼上头。波涛静,泛洞庭青草,重整兰舟。　　长沙会府风流。有万户娉婷帘玉钩。恨楚城春晚,岸花樯燕,还将客送,不与人留。且唤阳城,更招元结,摩抚之馀歌咏休。心期处,算世间真有,骑鹤扬州。

又　咏别

一别三年,一日三秋,庶几见之。念丹霞秋冷,风巾雾屦,五湖春暖,雨笠烟蓑。山水光中,要人携手,独欠金华俞紫芝。谁知道,向酴釄香里,杯酒同持。　　油然川泳云飞。但口不能言心自知。

便狂敲铜斗,我歌君和,醉拈如意,我舞君随。风韵如君,岂堪言别,别后如之何勿思。须金玉,再相逢莫负,芷约兰期。

又　王汝良自长沙归

一笛横风,稳转船头,系楫大江。还有人争说,鸣琴手段,教侬重吐,锦绣肝肠。不复少年,插花捶鼓,雅意在乎云水乡。阳关泪,笑琼姬犹恋,奇俊王郎。　　谈兵齿颊冰霜。有万户侯封何用忙。借烟霞且作,诗中队仗,鹭鹓已是,归日班行。收敛平生,筹边胸次,以酒浇之书传香。消凝处,怕三更枕上,疏雨潇湘。

又　美人指甲

销薄春冰,碾轻寒玉,渐长渐弯。见凤鞋泥污,偎人强剔,龙涎香断,拨火轻翻。学抚瑶琴,时时欲蔑,更掬水鱼鳞波底寒。纤柔处,试摘花香满,镂枣成班。　　时将粉泪偷弹。记缩玉曾教柳傅看。算恩情相著,搔便玉体,归期暗数,画遍阑干。每到相思,沉吟静处,斜倚朱唇皓齿间。风流甚,把仙郎暗掐,莫放春闲。

又　美人足

洛浦凌波,为谁微步,轻尘暗生。记踏花芳径,乱红不损,步苔幽砌,嫩绿无痕。衬玉罗悭,销金样窄,载不起、盈盈一段春。嬉游倦,笑教人款捻,微褪些跟。　　有时自度歌声。悄不觉、微尖点拍频。忆金莲移换,文鸳得侣,绣茵催衮,舞风轻分。懊恨深遮,牵情半露,出没风前烟缕裙。知何似,似一钩新月,浅碧笼云。

水　调　歌　头

春事能几许,密叶著青梅。日高花困,海棠风暖想都开。不惜春衣典尽,只怕春光归去,片片点苍苔。能得几时好,追赏莫徘徊。

雨飘红,风换翠,苦相催。人生行乐,且须痛饮莫辞杯。坐则高谈风月,醉则恣眠芳草,醒后亦佳哉。湖上新亭好,何事不曾来。

又

弓剑出榆塞,铅椠上蓬山。得之浑不费力,失亦匹如闲。未必古人皆是,未必今人俱错,世事沐猴冠。老子不分别,内外与中间。

酒须饮,诗可作,铗休弹。人生行乐,何自催得鬓毛斑。达则牙旗金甲,穷则蹇驴破帽,莫作两般看。世事只如此,自有识鹓鸾。

又 寿王汝良

文采汉机轴,人物晋风流。丈夫有此,便可谈笑觅封侯。试问湘南水石,今古阅人多矣,曾见此公不。名姓出天上,声誉塞南州。

斩楼兰,擒颉利,志须酬。青衫何事,犹在楚尾与吴头。闻道长安瀛水,尽是三槐风月,好奉板舆游。此曲为君寿,为我唤歌喉。

念奴娇 留别辛稼轩

知音者少,算乾坤许大,著身何处。直待功成方肯退,何日可寻归路。多景楼前,垂虹亭下,一枕眠秋雨。虚名相误,十年枉费辛苦。

不是奏赋明光,上书北阙,无惊人之语。我自匆忙天未许,赢得衣裾尘土。白璧追欢,黄金买笑,付与君为主。莼鲈江上,浩然明日归去。

又 七夕

并肩楼上,小阑干、独记年时凭处。百岁光阴弹指过,消得几番寒暑。鹊去桥空,燕飞钗在,不见穿针女。老怀凄断,夜凉知共谁诉。

不管天上人间,秋期月影,两处相思苦。闲揭纱窗人未寝,泪眼不曾晴雨。花落莲汀,叶喧梧井,孤雁应为侣。浩歌而已,一杯长记时序。

糖多令　安远楼小集,侑觞歌板之姬黄其姓者,乞词于龙洲道人,为赋此糖多令,同柳阜之、刘去非、石民瞻、周嘉仲、陈孟参、孟容,时八月五日也。
（按原题只"安远楼小集"五字,此从彊村丛书本龙洲词）

芦叶满汀洲。寒沙带浅流。二十年、重过南楼。柳下系舟犹未稳,能几日、又中秋。　　黄鹤断矶头。故人今在不。旧江山、浑是新愁。欲买桂花同载酒,终不是、少年游。

满江红　同襄阳帅泛湖

猎猎风蒲,画船转、碧湾沙浦。都不是、蓼汀桃岸,橘洲梅渚。指点山公骑马地,经由羊祜登山处。悄一如、人在水晶宫,销烦暑。

薰风动,帘旌举。秦筝奏,凌波舞。拚冰壶沉醉,晚凉归去。侵岸一篙杨柳浪,过云几点荷花雨。倚楼人、十里凭阑干,神仙侣。

又　高帅席上

敌面风轻,一两点、海棠微雨。春总在、英雄元帅,晓来游处。楼阁万家帘幕卷,江郊十里旌旗驻。有黄鹂、百舌啭新声,垂杨舞。

寒食近,喧箫鼓。车马闹,铜鞮路。尽不妨沉醉,与花为主。风韵可将图画比,笑谈尽是惊人语。问何如、邹湛岘山头,陪羊祜。

又　寿

霜树啼鸦,梅欲放、小春清晓。庆初度、佩环风外,笑声云表。一柱独擎梁栋重，十年整顿乾坤了。种春风、桃李满人间，知多少。

功甚大，心常小。居廊庙，思耕钓。奈华夷休戚，系王颦笑。盟府山河书带砺，成周师保须周召。看貂蝉、绿鬓本天人，真难老。

谒金门　次京口赋

归不去。船泊早春梅渚。试听玉人歌白苎。行云无觅处。　　蕲烛写诗无语。漠漠寒生窗户。明日短篷眠夜雨。宝钗留半股。

又

秋兴恶。愁怯罗衾风弱。雨线垂垂晴又落。轻烟笼翠箔。　　休道旅怀萧索。生怕香浓灰薄。桂子莫教孤酒约。诗情浑落魄。

贺新郎　平原纳宠姬，能奏方响，席上有作

倦舞轮袍后。正鸾慵凤困，依然怨新怀旧。别有艳妆来执乐，春笋微揎罗袖。试一曲、琅璈初奏。莫放珠帘容易卷，怕人知、世有梨园手。钗玉冷，钏金瘦。　　烛花对剪明于昼。画堂深、屏山掩翠，炭红围兽。错认佩环犹未是，依约雏莺啭柳。任箭滴、铜壶银漏。一片雄心天外去，为声清、响彻云霄透。人醉也，尚呼酒。

又　春思

院宇重重掩。醉沉沉、亭阴转午，绣帘高卷。金鸭香浓喷宝篆，惊起雕梁语燕。正一架、酴醾开遍。嫩萼梢头舒素脸。似月娥、初试宫妆浅。风力嫩，异香软。　　佳人无意拈针线。绕朱阑、六曲徘徊，为他留恋。试把花心轻轻数，暗卜归期近远。奈数了、依然重怨。把酒问春春不管。枉教人、只恁空肠断。肠断处，怎消遣。

又

老去相如倦。向文君说似，而今怎生消遣。衣袂京尘曾染处，空有香红尚软。料彼此、魂销肠断。一枕新凉眠客舍，听梧桐、疏雨秋声颤。灯晕冷，记初见。　　楼低不放珠帘卷。晚妆残、翠钿狼藉，泪痕凝面。人道愁来须殢酒，无奈愁深酒浅。但寄兴、焦琴纨扇。莫鼓琵琶江上曲，怕荻花、枫叶俱凄怨。云万叠，寸心远。自跋：壬子春，余试牒四明，赋赠老娼，至今天下与禁中皆歌之。江西人来，以为邓南秀词，非也。

又　游西湖

睡觉莺啼晓。醉西湖、两峰日日，买花簪帽。去尽酒徒无人问，唯有玉山自倒。任拍手、儿童争笑。一舸乘风翩然去，避鱼龙、不见波声悄。歌韵歇，唤苏小。　　神仙路远蓬莱岛。紫云深、参差禁树，有烟花绕。人世红尘西障日，百计不如归好。付乐事、与他年少。费尽柳金梨雪句，问沉香亭北何时召。心未惬，鬓先老。

又　赠张彦功

晓印霜花步。梦半醒、扶上雕鞍，马嘶人去。岚湿青丝双辔冷，缓鞚野梅江路。听画角、吹残更鼓。悲壮寒声撩客恨，甚貂裘、重拥愁无数。霜月白，照离绪。　　青楼回首家何处。早山遥、水阔天低，断肠烟树。谁念天涯牢落况，轻负暖烟浓雨。记酒醒、香销时语。客里归鞍须早发，怕天寒、风急相思苦。应为我，翠眉聚。

又　赠邻人朱唐卿

多病刘郎瘦。最伤心、天寒岁晚，客他乡久。大舸翩翩何许至，元是高阳旧友。便一笑、相欢携手。为问武昌城下月，定何如、扬子江头柳。追往事，两眉皱。　　烛花细剪明于昼。唤青娥、小红楼上，殷勤劝酒。昵昵琵琶恩怨语，春笋轻笼翠袖。看舞彻、金钗微溜。若见故乡吾父老，道长安、市上狂如旧。重会面，几时又。

又

弹铗西来路。记匆匆、经行十日，几番风雨。梦里寻秋秋不见，秋在平芜远树。雁信落、家山何处。万里西风吹客鬓，把菱花、自笑人如许。留不住，少年去。　　男儿事业无凭据。记当年、悲歌击楫，酒酣箕踞。腰下光铓三尺剑，时解挑灯夜语。谁更识、此时情绪。唤起杜陵风月手，写江东渭北相思句。歌此恨，慰羁旅。

水龙吟　寄陆放翁

谪仙狂客何如，看来毕竟归田好。玉堂无此，三山海上，虚无缥缈。读罢离骚，酒香犹在，觉人间小。任菜花葵麦，刘郎去后，桃开处、春多少。　　一夜雪迷兰棹。傍寒溪、欲寻安道。而今纵有，新诗冰柱，有知音否。想见鸾飞，如椽健笔，檄书亲草。算平生、白傅风流，未可向、香山老。

又

庆流阅古无穷，相门又见生名世。致君事业，全如原空格，据翰墨大全丙集卷十二补忠献，经天纬地。十二年间，挺身为国，勋庸知几。便书之竹帛，铭之彝鼎，勤劳意、竟谁记。　　一自平章庶政，觉人心、顿然兴起。朝廷既正，乾坤交泰，华夷欢喜。行定中原，锦衣归相，分茅□□翰墨大全作"裂地"，韵重，疑误。看貂蝉绿鬓，中书上考，过三千岁。

祝 英 台 近

笑天涯,还倦客。欲起病无力。风雨春归,一日近一日。看人结束征衫,前呵骑马,腰剑上、陇西平贼。　　鬓分白。只可归去家山,无田种瓜得。空抱遗书,憔悴小楼侧。杜鹃不管人愁,月明枝上,直啼到、枕边相觅。

柳梢青　送卢梅坡

泛菊杯深,吹梅角远,同在京城。聚散匆匆,云边孤雁,水上浮萍。　　教人怎不伤情。觉几度、魂飞梦惊。后夜相思,尘随马去,月逐舟行。

　　按此首前二句别又误作辛弃疾词,见词品卷二。

霜 天 晓 角

霜天晓角。梦回滋味恶。酒醒不禁寒力,纱窗外、月华薄。　　拥衾思旧约。无情风透幕。惟有梅花相伴,不成是、也吹落。

辘轳金井　席上赠马金判舞姬

翠眉重扫。后房深、自唤小蛮娇小。绣带罗垂,报浓妆才了。堂虚夜悄。但依约、鼓箫声闹。一曲梅花,尊前舞彻,梨园新调。
高阳醉、玉山未倒。看鞋飞凤翼,钗梁微袅。秋满东湖,更西风凉早。桃源路杳。记流水、泛舟曾到。桂子香浓,梧桐影转,月寒天晓。

　　按此下原有长相思"玉一梭"一首,乃李煜作,见南唐二主词;又"燕高飞"一首,"上帝钩"一首,乃吴潜作,见履斋先生诗馀,今并存目。

好事近 咏茶筅

谁斫碧琅玕，影撼半庭风月。尚有岁寒心在，留得数茎华髮。

龙孙戏弄碧波涛，随手清风发。滚到浪花深处，起一窝香雪。

按此首又见陈东少阳集。

四 字 令

情深意真。眉长鬟青。小楼明月调筝。写春风数声。　　思君忆
君。魂牵梦萦。翠销香暖云屏。更那堪酒醒。

按此首别误作刘克庄词，见啸馀谱卷二。

蝶恋花 赠张守宠姬

帘幕闻声歌已妙。一曲尊前，真个梅花早。眉黛两山谁为扫。风
流京兆江南调。　　醉得白须人易老。老去侯鲭，旧也曾年少。
后夜短篷霜月晓。梦魂依约云山绕。

又

宝鉴年来微有晕。懒照容华，人远天涯近。昨夜灯花还失信。无
心更唱江城引。　　行过短墙回首认。醉撼花梢，红雨飞成阵。
拌了为郎憔悴损。庞儿恰似江梅韵。

临 江 仙

满院花香晴昼永，愔愔亭户无人。谁将心绪管青春。游丝知我懒，
江柳也眉颦。　　近水远山都积恨，可堪芳草如茵。何曾一日不
思君。无书凭朔雁，有泪在罗巾。

又

数叠小山亭馆静,落花红雨园林。画楼风月想重临。琵琶金凤语,
长笛水龙吟。　　　青眼已伤前遇少,白头孤负知音。苔墙藓井夜
沉沉。无聊成独坐,有恨即沾襟。

又

长短驿亭南北路,蒙茸醉拥驼裘。雪天行计欠人留。严风催酒醒,
微雨替梅愁。　　　自作小词呵冻写,冷金淡衬银钩。此情知得几
时休。寒云迷洛浦,残梦绕秦楼。

又　茶词

红袖扶来聊促膝,龙团共破春温。高标终是绝尘氛。两箱留烛影,
一水试云痕。　　　饮罢清风生两腋,馀香齿颊犹存。离情凄咽更
休论。银鞍和月载,金碾为谁分。

江　城　子

海棠风韵玉梅春。小腰身。晓妆新。长是花时,犹系茜罗裙。一
撮精神娇欲滴,说不似,画难真。　　　楼前江柳又江云。隔音尘。
泪沾巾。一点征帆,烟浪渺无津。万斛相思红豆子,凭寄与个中
人。

又

淡香幽艳露华浓。晚妆慵。略匀红。春困恹恹,□□鬓云松。早
是自来莲步小,新样子,为谁弓。　　　画堂西畔曲栏东。醉醒中。
苦匆匆。卷上珠帘,依旧半床空。香炷满炉人未寝,花弄月,竹摇

风。

　　按此下原有浣溪沙"花插山榴映翠蛾"一首,乃晁端礼作,见闲斋琴趣外篇卷四,
今存目。

浣溪沙 赠妓徐楚楚

黄鹤楼前识楚卿。彩云重叠拥娉婷。席间谈笑觉风生。　　　　标格
胜如张好好,情怀浓似薛琼琼。半帘花月听弹筝。

又 春晚书情

墙外濛濛雨湿烟。参差小树绿阴圆。残春中酒落花前。　　　　海燕
成巢终是客,鳜鱼入夜几曾眠。人间一段恶因缘。

又 留别

著意寻芳已自迟。可堪容易送春归。酒阑无奈思依依。　　　　杨柳
小桥人远别,梨花深巷月斜辉,此情惟我与君知。

又

谁把幽香透骨薰。韵高全似玉楼人。几时劝酒不深颦。　　　　竹里
绝怜闲体态,月边无限好精神。一枝斜插坐生春。

又

雾鬓云鬟已懒梳。君休乔木妾归欤。且来卖酒伴相如,骨细肌丰
周昉画,肉多韵胜子瞻书。琵琶弦索尚能无。

　　按此下原有浣溪沙"清润风光雨馀天""昼漏迟迟出建章""湘簟纱厨午梦清"三
首,乃晁端礼作,见闲斋琴趣外篇卷四,今存目。

满　庭　芳

浅约鸦黄,轻匀螺黛,故教取次梳妆。减轻琶面,新样小鸾凰。每为花娇玉软,慵对客、斜倚银床。春来病,兰薰半歇,满笈舞衣裳。

悲凉。人事改,三春秾艳,一夜繁霜。似人归洛浦,云散高唐。痛念平生情分,孤负我、临老风光。罗裙在,凭谁留意,去觅反魂香。

西　江　月

细雨黄梅初熟,微风燕子交飞。手拈团扇写新题。心事恹恹难寄。

片月只堪供恨,双星却有重期。石榴裙子正芬菲。知为何人慵系。

又

素面偏宜酒晕,晓妆净洗啼痕。只疑身是玉梅魂。长为春风瘦损。

冉冉烟生兰渚,娟娟月挂愁村。落花飞絮耿黄昏。又是一番新恨。

又　武昌妓徐楚楚号问月索题

楼上佳人楚楚,天边皓月徐徐。呼童忙为卷虾须。试问中情几句。

圆少却因底事,缺多毕竟何如。嫦娥无语谩踌躇。飞过画栏西去。

天仙子　初赴省别妾

别酒醺醺容易醉。回过头来三十里。马儿只管去如飞,牵一会。坐一会。断送杀人山共水。　　是则青衫终可喜。不道恩情拚得未。雪迷村店酒旗斜,去也是。住也是。烦恼自家烦恼你。

又

彩笔恹恹慵赋咏。鬥草闲来寻小径。西园春事只供愁,当好景。成孤另。春又那知人欲病。　　洗尽残妆临晚镜。淡玉一团浆水莹。强持檀板近芳樽,云遏定。君须听。低唱月来花弄影。

六州歌头 题岳鄂王庙

中兴诸将,谁是万人英。身草莽,人虽死,气填膺。尚如生。年少起河朔,弓两石,剑三尺,定襄汉,开虢洛,洗洞庭。北望帝京。狡兔依然在,良犬先烹。过旧时营垒,荆鄂有遗民。忆故将军。泪如倾。　　说当年事,知恨苦,不奉诏,伪耶真。臣有罪,陛下圣,可鉴临。一片心。万古分茅土,终不到,旧奸臣。人世夜,白日照,忽开明。衮佩冕圭百拜,九泉下、荣感君恩。看年年三月,满地野花春。卤簿迎神。以上沈愚本龙洲词

又

镇长淮,一都会,古扬州。升平日,珠帘十里春风、小红楼。谁知艰难去,边尘暗,胡马扰,笙歌散,衣冠渡,使人愁。屈指细思,血战成何事,万户封侯。但琼花无恙,开落几经秋。故垒荒丘。似含羞。　　怅望金陵宅,丹阳郡,山不断绸缪。兴亡梦,荣枯泪,水东流。甚时休。野灶炊烟里,依然是,宿貔貅。叹灯火,今萧索,尚淹留。莫上醉翁亭,看濛濛雨、杨柳丝柔。笑书生无用,富贵拙身谋。骑鹤东游。

沁园春　送辛幼安弟赴桂林官

天下稼轩，文章有弟，看来未迟。正三齐盗起，两河民散，势倾似土，国泛如杯。猛士云飞，狂胡灰灭，机会之来人共知。何为者，望桂林西去，一骑星驰。　　离筵不用多悲。唤红袖佳人分藕丝。种黄柑千户，梅花万里，等闲游戏，毕竟男儿。入幕来南，筹边如北，翻覆手高来去棋。公馀且，画玉簪珠履，倩米元晖。

八声甘州　送湖北招抚吴猎

问紫岩去后汉公卿，不知几貂蝉。谁能借留侯箸，著祖生鞭。依旧尘沙万里，河洛染腥膻。谁识道山客，衣钵曾传。　　共记玉堂对策，欲先明大义，次第筹边。况重湖八桂，袖手已多年。望中原驱驰去也，拥十州、牙纛正翩翩。春风早，看东南王气，飞绕星躔。

四犯剪梅花　上建康钱大郎寿

水殿风凉，赐环归、正是梦熊华旦<small>解连环</small>。叠雪罗轻，称云章题扇<small>醉蓬莱</small>。西清侍宴。望黄伞、日华笼辇<small>雪狮儿</small>。金券三王，玉堂四世，帝恩偏眷<small>醉蓬莱</small>。　　临安记、龙飞凤舞，信神明有后，竹梧阴满<small>解连环</small>。笑折花看，橐荷香红润<small>醉蓬莱</small>。功名岁晚。带河与、砺山长远<small>雪狮儿</small>。麟脯杯行，狨鞯坐稳，内家宣劝<small>醉蓬莱</small>。

小桃红　在襄州作

晚入纱窗静。戏弄菱花镜。翠袖轻匀，玉纤弹去，小妆红粉。画行人、愁外两青山，与尊前离恨。　　宿酒醺难醒。笑记香肩并。暖借莲腮，碧云微透，晕眉斜印。最多情、生怕外人猜，拭香津微揾。

竹香子 同郭季端访旧不遇,有作

一琐窗儿明快。料想那人不在。熏笼脱下旧衣裳,件件香难赛。 匆匆去得忒煞。这镜儿、也不曾盖。千朝百日不曾来,没这些儿个采。以上彊村丛书本龙洲词卷上

祝英台近 同妓游帅司东园

窄轻衫,联宝辔,花里控金勒。有底风光,都在画阑侧。日迟春暖融融,杏红深处,为花醉、一鞭春色。 对娇质。为我歌捧瑶觞,欢声动阡陌。□似多情,飞上鬓云碧。晚来约住青骢,蹋花归去,乱红碎、一庭风月。

临江仙 四景

半雨半晴模样,乍寒乍热天时。榴花香逐湿风飞。绿云翻翠浪,水急转前溪。 谁识清凉意思,珊瑚枕冷先知。秋光预若借些儿。剩催金粟闹,素魄好扬辉。

鹧　鸪　天

楼外云山千万重。画眉人隔小帘栊。风垂舞柳春犹浅,雪点酥胸暖未融。 携手处,又相逢。夜阑心事与郎同。一杯自劝羔儿酒,十幅销金暖帐笼。

清平乐 赠妓

忔憎憎地。一捻儿年纪。待道瘦来肥不是。宜著淡黄衫子。 唇边一点樱多。见人频敛双蛾。我自金陵怀古,唱时休唱西河。
以上彊村丛书本龙洲词卷下

西　江　月

堂上谋臣尊俎,边头将士干戈。天时地利与人和。燕可伐欤曰可。

　　今日楼台鼎鼐,明年带砺山河。大家齐唱大风歌。不日四方来贺。汲古阁本龙洲词

　　此首又见稼轩词丁集。

临　江　仙

行道桥南无酒卖,老天犹困英雄。贵耳集卷上

糖　多　令

解缆蓼花湾。好风吹去帆。二十年、重过新滩。洛浦凌波人去后,空梦绕、翠屏间。　　飞雾湿征衫。苍苍烟树寒。望星河、低处长安。绮陌红楼应笑我,为梅事、过江南。全芳备祖前集卷一梅花门

贺　新　郎

水浴芙蓉净。护浓香、迟开半敛,靓妆临镜。长忆耶溪薰风里,年少红颜照映。夜露冷、酒随香醒。回首当时同舟侣,为相思、怕折琼瑶柄。千万缕,意难罄。　　玻璃三万六千顷。洗精神、尘埃尽绝,复然端整。浪蕊年来都慵问,爱此浓情淡性。待移种、灵根玉井。太一真人今何在,取高花、十丈供烟艇。来伴我,泛清影。阳春白雪卷四

　　原注云:右改之荷花词,余得于王乐道家所藏墨迹。

清　平　乐

新来塞北。传到真消息。赤地居民无一粒。更五单于争立。

维师尚父鹰扬。熊罴百万堂堂。看取黄金假钺,归来异姓真王。
吴礼部诗话

西吴曲 怀襄阳

说襄阳、旧事重省。记铜驼巷陌、醉还醒。笑莺花别后,刘郎憔悴
萍梗。倦客天涯,还买个、西风轻艇。便欲访、骑马山翁,问岘首、
那时风景。　　　楚王城里,知几度经过,摩挲故宫柳瘿。漫吊景。
冷烟衰草凄迷,伤心兴废,赖有阳春古郢。乾坤谁望,陆百里路中
原,空老尽英雄,肠断剑锋冷。花草粹编卷十一

存　目　词

调　名	首　句	出　处	附　注
长 相 思	玉一梭	沈愚本龙洲词	李煜作,见南唐二主词,词已见前孙惔存目附录
又	燕高飞	又	吴潜作,见履斋先生诗馀
又	上帘钩	又	又
浣 溪 沙	花插山榴映翠蛾	又	晁端礼作,见闲斋琴趣外篇卷四
又	清润风光雨馀天	又	又
又	昼漏迟迟出建章	又	又
又	湘簟纱厨午梦清	又	又
行 香 子	佛寺云边	花草粹编卷七	张矞作,见蜕岩词卷下。词附录于后
玉 楼 春	春风只在园西畔	词辨	严仁作,见中兴以来绝妙词选卷七

调　　名	首　　　句	出　　　处	附　　　　　注
望江南	元宵景	话本宋四公大闹禁魂张	话本依托。词附录于后
系裙腰	山儿矗矗水儿清	见山亭古今词选卷中	刘仙伦作,见中兴以来绝妙词选卷五

行香子　山水扇面

佛寺云边。茅舍山前。树阴中、酒旆低悬。峰峦空翠,溪水青连。只欠梅花,欠沙鸟,欠渔船。　　无限风烟。景趣天然。最宜他、隐者盘旋。何人村墅,若个林泉。恰似欹湖,似枋口,似斜川。

望江南　元宵

元宵景,天气正融融。柳线正垂金落索,梅花初谢玉玲珑。明月映高空。　　贤太守,欢乐与民同。箫鼓聒残灯火市,轮蹄踏破广寒宫。良夜莫匆匆。

蔡幼学

幼学字行之,瑞安人。生于绍兴二十四年(1154)。乾道八年(1172)进士,试礼部第一。绍熙四年(1193),秘书省正字。嘉定元年(1208),试中书舍人。二年(1209),试吏部侍郎兼直学士院。历官宝谟阁直学士、提举万寿宫、进权兵部尚书、兼太子詹事。嘉定十年(1217)卒,年六十四,谥文懿。有育德堂集。

好事近　送春

日日惜春残,春去更无明日。拟把醉同春住,又醒来岑寂。　　明年不怕不逢春,娇春怕无力。待向灯前休睡,与留连今夕。中兴以来

绝妙词选卷四

卢　炳

> 炳字叔阳,自号丑斋。嘉定七年(1214)时,守融州。被论凶狠奸贪,放罢。有烘堂词一卷。

西 江 月

残雪犹馀远岭。晚烟半隐寒林。溶溶春涨绿波深。时有渔人钓艇。　　倚岸野梅坠粉。蘸溪宫柳摇金。凭栏凝伫酒初醒。料得谁知此景。

念 奴 娇

晚天清楚,扫太虚纤翳,凉生江曲。四顾青冥天地阔,惟有残霞孤鹜。山气凝蓝,汀烟引素,竦竦浮群木。白蘋风定,波澄万顷寒玉。　　时有一叶渔舟,收纶垂钓,来往何幽独。短髮萧萧襟袖冷,便觉都无裨渡。曳杖归来,夜深人悄,月照鳞鳞屋。藤床一枕,迥然清梦无俗。

鹊桥仙 七夕

馀霞散绮,明河翻雪。隐隐鹊桥初结。牛郎织女两逢迎,□胜却、人间欢悦。　　一宵相会,经年离别。此语真成浪说。细思怎得似嫦娥,解独宿、广寒宫阙。

柳 梢 青

兰蕙心情,海棠韵度,杨柳腰肢。步稳金莲,手纤春笋,肤似凝脂。

歌声舞态都宜。拚著个、坚心共伊。无奈相思，带围宽尽，说与教知。

又　蜡梅

雅淡精神，铅黄未洗，犹带残妆。春艳一枝，鹅儿颜色，染就纤裳。

　　月移影转南窗。特地送、些儿暗香。宿酒初醒，这般滋味，梦断池塘。

谒　金　门

春寂寂。节物又催寒食。楼上卷帘双燕入。断魂愁似织。　　门外雨馀风急。满地落英红湿。好梦惊回无处觅。天涯芳草碧。

又

春事寂。苦笋鲥鱼初食。风卷绣帘飞絮入。柳丝萦似织。　　迅速韶光去急。过雨绿阴尤湿。回首旧游何处觅。远山空伫碧。

又　送客

门巷寂。梅豆微酸怯食。别恨萦心愁易入。寸肠如网织。　　去橹咿哑声急。泪滴春衫轻湿。尺素待凭鱼雁觅。远烟凝处碧。

浣　溪　沙

水阁无尘午昼长。薰风十里藕花香。一番疏雨酿微凉。　　旋点新茶消睡思，不将醽醁恼诗肠。阑干倚遍挹湖光。

贺　新　郎

绿遍芳郊木。早红褪香乾，堪叹韶华瞬目。薄幸东皇缘底事，得恁匆匆去速。正永日、初长晴淑。尤忆夜来成梦处,记分明、浑似瑶台宿。人语静,燕双逐。　　纱窗一炷沉烟馥。拚淋浪剧饮,高枕春醒草屋。无计留春添怅望,空写新词叠幅。算负却、照妆画烛。欲说萦心些个事,恐教人、蹙损眉峰绿。慵倚遍,画阑曲。

菩萨蛮 和韵

梦回小枕敲寒玉。博山香暖沉烟续。帏薄怯轻纱。风牵幌带斜。　　夜窗云影细。月送花阴至。身世在陶唐。闲愁不挂肠。

好　事　近

庭院欲昏黄,秋思恼人情乱。宝瑟试弹新曲,更与谁同伴。　　阳台魂梦杳无踪,奴住巫山畔。不似楚襄云雨,俏输他一半。

减字木兰花

传消寄息。咫尺还如千里隔。欲见无由。惹起新愁与旧愁。　　情怀如醉。欹枕连宵终不寐。无奈相思。此恨凭谁说与伊。

画　堂　春

轻红桃杏鬥娇妍。晓来葱蒨祥烟。霓旌绛节下云天。行地神仙。　　盛事频封锦诰,歌声齐劝金莲。教从沧海变桑田。富贵长年。

临江仙 寿老人

弱水蓬莱真胜地,祥烟闪烁霓旌。瑶池欢会下云軿。康宁新喜事,淑善旧家声。　　戏彩捧觞真乐事,蟠桃献寿千春。从今更愿子孙荣。加恩封锦诰,学道诵黄庭。

踏　莎　行

秋色人家，夕阳洲渚。西风催过黄华渡。江烟引素忽飞来，水禽破
暝双双去。　　奔走红尘，栖迟羁旅。断肠犹忆江南句。白云低
处雁回峰，明朝便踏潇湘路。

杏　花　天

镂冰翦玉工夫费。做六出、飞花乱坠，舞风情态谁相似。算只有、
江梅可比。　　极目处、璚瑶万里。海天阔、清寒似水。从教高卷
珠帘起。看三白、年丰瑞气。"海"字及末八字据词谱卷十补

水调歌头　题蒲圻景星亭上慕容宰

华亭新伟观，胜地得高雄。凭栏徙倚要眇，万里景无穷。好是江流
萦绕，那更云天舒阔，叠嶂倚晴空。眼界无尽藏，怀抱有清风。
　　主人贤，开绮席，泛金钟。放怀一笑，许我满酌醉颜红。只恐玺
书即下，促起飞凫东去，行作黑头公。还记今朝客，曾待一杯同。

鹧　鸪　天

初过清明春昼长。紫红香雾霭华堂。朱颜阿母逢生旦，彩戏儿孙
捧寿觞。　　齐祝颂，喜平康。天教两鬓正苍苍。壶中日月应长
久，笑看蟠桃几度芳。

菩　萨　蛮

石榴裙束纤腰袅。金莲稳衬弓靴小。娇骉□羞按"□羞"花草粹编卷三
作"羞见"，无空格人。伞低遮半身。　　恩情如纸薄。方信当初错。
邂逅苦匆匆。还疑是梦中。

踏 莎 行

雅淡容仪,温柔情性。偏伊赋得多风韵。明眸剪水玉为肌,凤鞋弓
小金莲衬。　　　相见虽频,欢娱无定。蛮笺写了凭谁问。坚心好
事有成时,须教人道都相称。

贺 新 郎

池馆闲凝目。有玉人、向晚妖娆,洗妆梳束。雅淡容仪妃子样,羞
使胭脂点触。莹冰雪、精神难掬。好是月明微露下,似晚凉、初向
清泉浴。好对我,笑羞缩。　　　好风拂面浑无俗。更撩人清兴,异
香芬馥。惹起新愁无著处,细与端相未足。俏不忍、游蜂飞扑。可
惜伊家娇媚态,问天公、底事教幽独。待拉向,锦屏曲。

水 调 歌 头

风驭过姑射,云珮挹浮丘。丁宁月姊,为我澄霁一天秋。尽展冰奁
玉鉴,要看瑶台银阙,万里冷光浮。分与世间景,好在水边楼。
　　想霓裳,呈妙舞,起清讴。蓝桥何处,试寻玉杵恣追游。拟待铅
霜捣就,缓引琼浆沉醉,谁信是良筹。长啸跨鲸背,不必愿封留。

武陵春　赓何显夫小舟有景

红荻黄芦秋已老,妆点楚江头。更有吴姬拨小桡。来往自妖娆。
　　　款款舣舟临别岸,短缆系花梢。料得前身是莫愁。依旧有风
流。

朝 中 措

晓来天气十分凉。时候近重阳。村落人家潇洒,篱菊有芬芳。

年来渐觉,诗肠愈窄,酒量偏狂。好景不须放过,何妨一醉千觞。

小　重　山

一见情怀便雅投。尊前成密约,意绸缪。已成行计理归舟。空相忆,无计为伊留。　　执别话离愁。萦牵滋味恶,在心头。而今无奈阻欢游。些子事,此恨两悠悠。

玉团儿　用周美成韵

绿云慢绾新梳束。这标致、诸馀不俗。邂逅相逢,情怀雅合,全似深熟。　　耳边笑语论心曲。把不定、红生脸肉。若得同欢,共伊偕老,心事试足。

醉蓬莱　上南安太守庚戌正月

正春回紫陌,瑞霭飞浮,暖风轻扇。皓月初圆,觉严城寒浅。彩结鳌山,纱笼银烛,与□花争艳。午夜融和,红莲万顷,一齐开遍。　　讼简民熙,史君行乐,簇拥朱轮,旌旗辉暖。鼎沸笙歌,遏行云不散。咫尺泥封,促朝天陛,侍玉皇香案。来岁元宵,龙灯影里,金杯宜劝。

一剪梅　元宵

灯火楼台万斛莲。千门喜笑,素月婵娟。几多急管与繁弦。巷陌骈阗。毕献芳筵。　　乐与民偕五马贤。绮罗丛里,一簇神仙。传柑雅宴约明年。尽夕留连。满泛金船。

满　江　红

碧眼真仙,算元住、蓬莱宫里。记当日、等闲跨鹤,人间游戏。要把忠勋扶帝业，更将姓字联宗系。拥朱轮、特地为民来，诗书帅。

千里地，都和气。十万户，生欢喜。祝黄堂眉寿，歌谣鼎沸。莫惜春醅供燕豆，便承芝检朝天陛。看云屏、隔坐并貂蝉，双清贵。

水调歌头 上沈倅

再拜识英度，喜气觉飞浮。神清骨秀，元是蓬莱谪仙流。盍去冲摩霄汉，刚向平分风月，半刺岭南州。素蕴未施展，阔步尚淹留。

从此去，朝帝阙，侍宸旒。论思献替、要须直与古人侔。好是羽仪朝著，勒就鼎彝勋业，却伴赤松游。曳杖太湖曲，笑傲八千秋。

清平乐 木犀

玻璃蒻叶。点缀黄金屑。雅淡幽姿风味别。翠影婆娑弄月。

秋光占断江南。清香鼻观先参。一朵折来和露，乌云髻畔斜簪。

念奴娇 白莲呈罗教、黄法

凿开方沼，问何人种玉、工夫奇绝。幻出瀛州有〔原校："有"字上下少二字〕□□，十万水仙罗列。风曳璃琚，露零珠珮，天上人妆结。君看炎夏，堕来何处冰雪。　　我来对此凉生，红尘飞尽，却笑凌波袜。最爱幽姿能雅淡，自蓄芳馨孤洁。挹取天浆，唤将空籁，齐作清歌发。不知尘世，晃然身在瑶阙。

又

碧池如染，把玻璃瓮就，纤埃都绝。西国夫人空里坠，圆盖亭亭排列。莹质无瑕，尘心不染，远社堪重结。当时盛事，虎溪茗盌〔按"盌"原作"盘"，校云："盘"疑"盌"〕翻雪。　　千载此意谁论，人争买笑，醉眼看罗袜。坐上如今皆我辈，素蕴从来皭洁。击节临风，停杯对月。

浩气俱英发。两翁仙举,玉堂正在金阙。

又

好风明月,共芙蕖、占作人间三绝。试问千花还□□原校:"还"字下少
二字,敢与英姿同列。一曲千钟,凌云长啸,舒放愁肠结。人生易
老,莫教双鬓添雪。　　　回首蝇利蜗名,微官多误,自笑尘生袜。
争似玉人真妩媚,表里冰壶明洁。露下寒生,参横斗转,又听胡笳
发。夜阑人静,一声清透云阙。

瑞鹧鸪 除夜,依逆旅主人,寒雨不止,夜酌

客里惊嗟又岁除。萧萧寒雨滴茅庐。山深溪转泉声碎,夜永风摇
烛影孤。　　　冷甚只多烧木叶,诗成无处写桃符。强酬节物聊清
酌,今岁屠苏自取疏。

武陵春 舟行三衢间,江干梅盛开,为风雨所妒,赋此以惜之

常记江南春欲到,消息付南枝。疏影横斜照水时。月淡暗香迟。
　　　可惜江头千树玉,雨暗更风欺。传语东君管领伊。憔悴有谁
知。

鹧鸪天 席上戏作

秋月明眸两鬓浓。衫儿贴体绉轻红。清声宛转歌金缕,纤手殷勤
捧玉钟。　　　娇娅姹,语惺松。酒香沸沸透羞容。刘郎莫恨相逢
晚,且喜桃源路已通。

蓦　山　溪

淡妆西子,怎比西湖好。南北两长堤,有罨画、楼台多少。翠光千

顷,一片净琉璃,泛兰舟,摇画桨,尽日金尊倒。　　名园精舍,总被游人到。年少与佳人,共携手、嬉游歌笑。夕阳西下,沈醉尽归来,鞭宝马,闹竿随,簇著花藤轿。

又　与何遂夫为寿

韶华七换,阻庆生申旦。今日向高堂,载卮酒、为君满劝。绣帘低挂,瑞霭□香浓,倩双娥,敲象板,缓缓歌珠贯。　　芝兰挺秀,俱是皇家彦。只这一般奇,见方寸、平生积善。几多厚德,天锡与遐龄,鬓长青,颜不老,日日开华宴。

减字木兰花

莎衫筊笠。正是村村农务急。绿水千畦。惭愧秧针出得齐。风斜雨细。麦欲黄时寒又至。馌妇耕夫。画作今年稔岁图。

满江红　送赵季行赴金坛

积雨连朝,添新涨、一篙春碧。寒犹在、东风料峭,柳丝无力。系惹画船都不住,从教兰棹双飞急。泛大江、东去欲何之,瓜期迫。

龙钟裔,神仙伯。金闺彦,文章客。算河阳花县,怎生留得。制锦才高书善最,鸣琴化洽人欢怿。想未容、坐暖诏归来,君王侧。

踏莎行　过黄花渡,沽白酒,因成,呈天休

猎猎霜风,濛濛晓雾。归来喜踏江南路。千林翠幄半红黄,试看青女工夫做。　　茅舍疏篱,竹边低户。谁家酒滴真珠露。旋酤一酏破清寒,趁晴同过黄花渡。

蝶恋花 和彭孚先韵

满架冰蕤开遍了。试问花神,留得春多少。清胜荀香娇韵好。谢庭风月应难到。　　酒酿新醅名不老。醉倒花前,真个无烦恼。满座清欢供一笑。春醒拚却明窗晓。

点　绛　唇

过眼溪山,向来都是经行处。骖鸾人去。冷落吹箫侣。　　小立江亭,愁对兼葭浦。无情绪。酒杯慵举。闲看江枫舞。

诉　衷　情

无端风雨送清秋。天气冷飕飕。行人先自离索,直是不禁愁。　　思往事,忆前游。泪难收。重阳近也,黄花依旧,谁伴清瓯。

念奴娇 上巳太守待同官曲水园,因成

快风收雨,正江城初霁,物华如许。丽日融和春思好,是处莺啼燕语。嫩绿成阴,落红堆绣,只恐春将暮。园林清昼,看看又见飞絮。　　太守无限风流,铃斋多暇,载酒郊原路。几队旌旗光闪烁,鼓吹更翻新谱。曲水流觞,兰亭修禊,俯仰成今古。为君一醉,归时楼上初鼓。

冉冉云 牡丹盛开,招同官小饮,赋此

雨洗千红又春晚。留牡丹、倚阑初绽。娇娅姹、偏赋精神君看。算费尽、工夫点染。　　带露天香最清远。太真妃、院妆体段。拚对花、满把流霞频劝。怕逐东风零乱。

全　宋　词

减字木兰花　咏梅呈万教

冰姿雪艳。天赋精神偏冷淡。惟有清香。何逊扬州暗断肠。
孤芳好处。消得骚人题妙句。皴皴寒枝。未必生绡画得宜。

鹧鸪天　题广文官舍竹外梅花呈万教

阁雨浮云寒尚轻。商量雪意未全成。莫嫌竹外萧然处,忽有幽香
透鼻清。　　诗兴逸,酒魂醒。主人留客更多情。不辞满引成痴
客,且为梅花醉一觥。

水龙吟　赓韵中秋

晚晴一碧天如水,风约尘埃都扫。素娥睡起,玉轮稳驾,初离海表。
碾破秋云,涌成银阙,光欺南斗。想广寒宫里,风流女伴,应都把、
仙歌奏。　　夜永风生悄悄。耀冰雪、寒侵重峤。今宵休道,从来
此夕,阴多晴少。坐久更深,露冷襟袖,不禁清晓。更天风吹下,桂
香拂袂,想蟾根老。

柳梢青　冬月海棠

笑菊欺梅。嫌蜂却蝶,压尽寒荄。月下精神,醉时风韵,红透香腮。
　　天工造化难猜。甚怪我、愁眉未开。故遣名花,凌霜带露,先
送春来。

少年游　用周美成韵

绣罗襕子间金丝。打扮好容仪。晓雪明肌,秋波入鬓,鞋小步行
迟。　　冠儿时样都相称,花插楝双枝。倩俏精神,风流情态,惟
有粉郎知。

汉　宫　春

向暖南枝，最是他潇洒，先带春回。因何事、向岁晚，揽占花魁。天公著意，安排巧、特地教开。知道是，仙翁诞节，琼英要泛金杯。

人学寿阳妆面，正梁州初按，羯鼓声催。年年此花开后，宴启蓬莱。朱颜不老，算难教、绿野徘徊。消息好，行看父子，和羹鼎鼐盐梅。

多丽　寿邵郎中

庆佳辰。熊罴协梦生申。记当年、曾游月殿，笑谈高跃龙津。德弥高、源流孔孟，才迥出、黼黻卿云。呕步华涂，蜚英腾茂，姓名端的简枫宸。最好是、雍容兰省，直道事吾君。还知否，承明倦直，来抚斯民。　　算人生、五马最贵，朱旛画戟行春。讼庭清、祥风和畅，铃斋静、佳气氤氲。寿宴香浓，梅繁柳嫩，年年今日劝芳尊。须信道、朱颜不老，眉寿等松椿。从兹去，衮衣特立，廊庙经纶。

满江红　贺赵县丞

媚景良时，无非是、三春富贵。花共柳、著工夫染，嫩红轻翠。日丽风和薰协气。莺吟燕舞皆欢意。况生辰、恰恰值清明，笙歌沸。

分天派，真龙裔。到月殿，攀仙桂。看眉间黄色，诏书将至。莫向蓝田分佐理。便趋紫禁参朝对。问玉皇、仙籍注长生，三千岁。

蝶恋花　和人探梅

罗幕护寒遮晓雾。爱日烘晴，又是年华暮。潇洒江梅争欲吐。暗香漏泄春来处。　　何日寻芳溪畔路。挈榼携筇，写景论心素。千里相逢真会遇。羡君解道江南句。

水 调 歌 头

富贵本何物,底用苦趋奔。都为造物娱弄,人事覆来翻。须索高抬
目力,觑破只同儿戏,不必更重论。但愿吾长健,赢得日加飡。

衣轻裘,乘驷马,驾高轩。算来荣耀,终输渔叟钓江村。休叹谋
身太拙,未必折腰便是,炙手几曾温。清议不可辱,千古要长存。

满 江 红

罨画池亭,对十万、盈盈粉面。依翠盖、临风一曲,霓裳舞遍。亭上
人如蓬岛客,坐中别有飞琼伴。占世间、风月最清凉,宜开宴。

当盛旦,歌喉啭。齐祝寿,金尊劝。算才华合侍,玉皇香案。处
事从来坚特操,立朝更要持公论。使他时、台阁振风声,朝天眷。

诉 衷 情

柴扉人寂草生畦。藤蔓乱萦篱。秋净楚天如水,云叶度墙低。

同把盏,且伸眉。对残晖。红茱笑捻,黄菊斜簪,恋饮忘归。

浣 溪 沙

常记京华昔浪游。青罗买笑万金酬。醉中曾此当貂裘。　　自恨
山翁今老矣,惜花心性谩风流。清樽独酌更何愁。

清 平 乐

方池小小。风摺玻璃皱。数朵荷花开更好。把住薰风一笑。
芳容淡注胭脂。亭亭翠盖相依。只欠一双鹨鷘,便如画底屏帷。

菩萨蛮 用周美成韵

而今怕听相思曲。多情蹙损眉峰绿。惜别上扁舟。望穷江际楼。　　蛮笺封了发。为忆人如雪。离恨写教看。休令盟约寒。以上校汲古阁本烘堂词

姜　　夔

夔字尧章,鄱阳人。约生于绍兴二十五年(1155)。萧德藻爱其词,妻以兄子。自号白石道人。庆元中,曾上书乞正太常雅乐,得免解,讫不第。约卒于嘉定十三年(1200)以后。有白石诗一卷,词五卷。又有绛帖平、续书谱、大乐议。

令

小重山令 赋潭州红梅

人绕湘皋月坠时。斜横花树小,浸愁漪。一春幽事有谁知。东风冷、香远茜裙归。　　鸥去昔游非。遥怜花可可,梦依依。九疑云杳断魂啼。相思血,都沁绿筠枝。

江梅引 丙辰之冬,予留梁溪,将诣淮而不得,因梦思以述志

人间离别易多时。见梅枝。忽相思。几度小窗,幽梦手同携。今夜梦中无觅处,漫徘徊。寒侵被、尚未知。　　湿红恨墨浅封题。宝筝空、无雁飞。俊游巷陌,算空有、古木斜晖。旧约扁舟,心事已成非。歌罢淮南春草赋,又萋萋。漂零客、泪满衣。

蓦山溪 题钱氏溪月

与鸥为客。绿野留吟屐。两行柳垂阴,是当日、仙翁手植。一亭寂

寞。烟外带愁横,荷苒苒,展凉云,横卧虹千尺。 才因老尽,秀句君休觅。万绿正迷人,更愁入、山阳夜笛。百年心事,惟有玉阑知,吟未了,放船回,月下空相忆。

莺声绕红楼 甲辰春,平甫与予自越来吴,携家妓观
梅于孤山之西村,命国工吹笛,妓皆以柳黄为衣

十亩梅花作雪飞。冷香下、携手多时。两年不到断桥西。长笛为予吹。 人妒垂杨绿,春风为、染作仙衣。垂杨却又妒腰肢。近平声前舞丝丝。

高溪梅令 仙吕调 丙辰冬自无锡归,作此寓意

好花不与殢香人。浪粼粼。又恐春风归去绿成阴。玉钿何处寻。 木兰双桨梦中云。小横陈。漫向孤山山下觅盈盈。翠禽啼一春。

按此首花草粹编卷四误作李之仪词。

阮郎归 为张平甫寿,是日同宿湖西定香寺

红云低压碧玻璃。悭 花上啼。静看楼角拂长枝。朝寒吹翠眉。 休涉笔,且裁诗。年年风絮时。绣衣夜半草符移。月中双桨归。

又

旌阳宫殿昔徘徊。一坛云叶垂。与君闲看壁间题。夜凉笙鹤期。 茅店酒,寿君时。老枫临路歧。年年强健得追随。名山游遍归。

好事近　赋茉莉

凉夜摘花钿,苒苒动摇云绿。金络一团香露,正纱厨人独。　　朝来碧缕放长穿,钗头罩层玉。记得如今时候,正荔枝初熟。

点绛唇　丁未冬过吴松作

燕雁无心,太湖西畔随云去。数峰清苦。商略黄昏雨。　　第四桥边,拟共天随住。今何许。凭阑怀古。残柳参差舞。

又

金谷人归,绿杨低扫吹笙道。数声啼鸟。也学相思调。　　月落潮生,掇送刘郎老。淮南好。甚时重到。陌上生春草。

虞美人　赋牡丹

西园曾为梅花醉。叶翦春云细。玉笙凉夜隔帘吹。卧看花梢摇动、一枝枝。　　娉娉袅袅教谁惜。空压纱巾侧。沉香亭北又青苔。唯有当时蝴蝶、自飞来。

又

摩挲紫盖峰头石。上瞰苍崖立。玉盘摇动半崖花。花树扶疏、一半白云遮。　　盈盈相望无由摘。惆怅归来屐。而今仙迹杳难寻。那日青楼、曾见似花人。

忆王孙　番阳彭氏小楼作

冷红叶叶下塘秋。长与行云共一舟。零落江南不自由。两绸缪。料得吟鸾夜夜愁。

少年游 戏平甫

双螺未合,双蛾先敛,家在碧云西。别母情怀,随郎滋味,桃叶渡江时。　　扁舟载了,匆匆归去,今夜泊前溪。杨柳津头,梨花墙外,心事两人知。

鹧鸪天 己酉之秋苕溪记所见

京洛风流绝代人。因何风絮落溪津。笼鞋浅出鸦头袜,知是凌波缥缈身。　　红乍笑,绿长颦。与谁同度可怜春。鸳鸯独宿何曾惯,化作西楼一缕云。

又

予与张平甫自南昌同游西山玉隆宫,止宿而返,盖乙卯三月十四日也。是日即平甫初度,因买酒茅舍,并坐古枫下。古枫,旌阳在时物也。旌阳尝以草屦悬其上,土人谓屦为屩,因名曰挂屩枫。苍山四围,平野尽绿,隔涧野花红白,照影可喜,使人采撷,以藤纠缠著枫上。少焉月出,大于黄金盆。逸兴横生,遂成痛饮,午夜乃寝。明年,平甫初度,欲治舟往封禺松竹间,念此游之不可再也,歌以寿之

曾共君侯历聘来。去年今日踏莓苔。旌阳宅里疏疏磬,挂屩枫前草草杯。　　呼煮酒,摘青梅。今年官事莫徘徊。移家径入蓝田县,急急船头打鼓催。

又 丁巳元日

柏绿椒红事事新。隔篱灯影贺年人。三茅钟动西窗晓,诗鬓无端又一春。　　慵对客,缓开门。梅花闲伴老来身。娇儿学作人间字,郁垒神荼写未真。

又　正月十一日观灯

巷陌风光纵赏时。笼纱未出马先嘶。白头居士无呵殿，只有乘肩小女随。　　花满市，月侵衣。少年情事老来悲。沙河塘上春寒浅，看了游人缓缓归。

又　元夕不出

忆昨天街预赏时。柳悭梅小未教知。而今正是欢游夕，却怕春寒自掩扉。　　帘寂寂，月低低。旧情惟有绛都词。芙蓉影暗三更后，卧听邻娃笑语归。

又　元夕有所梦

肥水东流无尽期。当初不合种相思。梦中未比丹青见，暗里忽惊山鸟啼。　　春未绿，鬓先丝。人间别久不成悲。谁教岁岁红莲夜，两处沉吟各自知。

又　十六夜出

辇路珠帘两行垂。千枝银烛舞僛僛。东风历历红楼下，谁识三生杜牧之。　　欢正好，夜何其。明朝春过小桃枝。鼓声渐远游人散，惆怅归来有月知。

夜行船　己酉岁，寓吴兴，同田几道寻梅北山沈氏圃，载雪而归

略彴横溪人不度。听流澌、佩环无数。屋角垂枝，船头生影，算唯有、春知处。　　回首江南天欲暮。折寒香、倩谁传语。玉笛无声，诗人有句，花休道、轻分付。

杏花天〔影〕 丙午之冬,发沔口。丁未正月二日,道金陵。北望淮楚,风日清淑,小舟挂席,容与波上

绿丝低拂鸳鸯浦。想桃叶、当时唤渡。又将愁眼与春风,待去。倚兰桡、更少驻。　金陵路。莺吟燕舞。算潮水、知人最苦。满汀芳草不成归,日暮。更移舟、向甚处。

醉吟商小品 石湖老人谓予云:琵琶有四曲,今不传矣:曰濩索(一曰濩弦)梁州、转关绿腰、醉吟商湖渭州、历弦薄媚也。予每念之。辛亥之夏,予谒杨廷秀丈于金陵邸中,遇琵琶工,解作醉吟商湖渭州,因求得品弦法,译成此谱,实双声耳

又正是春归,细柳暗黄千缕。暮鸦啼处。梦逐金鞍去。一点芳心休诉。琵琶解语。

玉梅令 高平调　石湖家自制此声,未有语实之,命予作。石湖宅南隔河有圃,曰范村,梅开雪落,竹院深静,而石湖畏寒不出,故戏及之

疏疏雪片。散入溪南苑。春寒锁、旧家亭馆。有玉梅几树,背立怨东风,高花未吐,暗香已远。　公来领略,梅花能劝。花长好、愿公更健。便揉春为酒,翦雪作新诗,拚一日、绕花千转。

踏莎行 自沔东来,丁未元日至金陵,江上感梦而作

燕燕轻盈,莺莺娇软。分明又向华胥见。夜长争得薄情知,春初早被相思染。　别后书辞,别时针线。离魂暗逐郎行远。淮南皓月冷千山,冥冥归去无人管。

诉衷情 端午宿合路

石榴一树浸溪红。零落小桥东。五日凄凉心事,山雨打船篷。

谙世味,楚人弓。莫忡忡。白头行客,不采蘋花,孤负薰风。

浣溪沙　予女须家沔之山阳,左白湖,右云梦,春水方生,浸数千里。冬寒沙露,衰草入云。丙午之秋,予与安甥或荡舟采菱,或举火罝兔,或观鱼篓下,山行野吟,自适其适,凭虚怅望,因赋是阕

著酒行行满袂风。草枯霜鹘落晴空。销魂都在夕阳中。　　　恨入
四弦人欲老,梦寻千驿意难通。当时何似莫匆匆。

又　己酉岁,客吴兴,收灯夜阖户无聊,俞商卿呼之共出,因记所见

春点疏梅雨后枝。翦灯心事峭寒时。市桥携手步迟迟。　　　蜜炬
来时人更好,玉笙吹彻夜何其。东风落屧不成归。

又　辛亥正月二十四日发合肥

钗燕笼云晚不忺。拟将裙带系郎船。别离滋味又今年。　　　杨柳
夜寒犹自舞,鸳鸯风急不成眠。些儿闲事莫萦牵。

又　丙辰岁不尽五日吴松作

雁怯重云不肯啼。画船愁过石塘西。打头风浪恶禁持。　　　春浦
渐生迎棹绿,小梅应长亚门枝。一年灯火要人归。

又　丙辰腊,与俞商卿、铦朴翁同寓新安溪庄舍,得腊花韵甚,赋二首

花里春风未觉时。美人呵蕊缀横枝。隔帘飞过蜜蜂儿。　　　书寄
岭头封不到,影浮杯面误人吹。寂寥惟有夜寒知。

又

蔪蔪寒花小更垂。阿琼愁里弄妆迟。东风烧烛夜深归。　　　落蕊

半黏钗上燕,露黄斜映鬓边犀。老夫无味已多时。<small>以上彊村丛书本白石道人歌曲卷三</small>

慢

霓裳中序第一　丙午岁,留长沙,登祝融,因得其祠神之曲曰黄帝盐、苏合香。又于乐工故书中得商调霓裳曲十八阕,皆虚谱无辞。按沈氏乐律,霓裳道调,此乃商调。乐天诗云:"散序六阕",此特两阕,未知孰是。然音节闲雅,不类今曲。予不暇尽作,作中序一阕传于世。予方羁游,感此古音,不自知其辞之怨抑也

亭皋正望极。乱落江莲归未得。多病却无气力。况纨扇渐疏,罗衣初索。流光过隙。叹杏梁、双燕如客。人何在,一帘淡月,仿佛照颜色。　　幽寂。乱蛩吟壁。动庾信、清愁似织。沉思年少浪迹。笛里关山,柳下坊陌。坠红无信息。漫暗水、涓涓溜碧。漂零久,而今何意,醉卧酒垆侧。

庆宫春　绍熙辛亥除夕,予别石湖归吴兴,雪后夜过垂虹,尝赋诗云:"笠泽茫茫雁影微。玉峰重叠护云衣。长桥寂寞春寒夜,只有诗人一舸归。"后五年冬,复与俞商卿、张平甫、铦朴翁自封禺同载诣梁溪,道经吴松。山寒天迥,云浪四合。中夕相呼步垂虹,星斗下垂,错杂渔火,朔吹凛凛,卮酒不能支。朴翁以衾自缠,犹相与行吟,因赋此阕,盖过旬涂稿乃定。朴翁咎予无益,然意所耽,不能自已也。平甫,商卿,朴翁皆工于诗,所出奇诡,予亦强追逐之。此行既归,各得五十馀解

双桨莼波,一蓑松雨,暮愁渐满空阔。呼我盟鸥,翩翩欲下,背人还过木末。那回归去,荡云雪、孤舟夜发。伤心重见,依约眉山,黛痕

低压。　　采香径里春寒，老子婆娑，自歌谁答。垂虹西望，飘然引去，此兴平生难遏。酒醒波远，政凝想、明珰素袜。如今安在，唯有阑干，伴人一霎。

齐天乐

黄钟宫　丙辰岁，与张功父会饮张达可之堂，闻屋壁间蟋蟀有声，功父约予同赋，以授歌者。功父先成，辞甚美。予裴回末利花间，仰见秋月，顿起幽思，寻亦得此。蟋蟀，中都呼为促织，善斗。好事者或以三二十万钱致一枚，镂象齿为楼观以贮之

庾郎先自吟愁赋。凄凄更闻私语。露湿铜铺，苔侵石井，都是曾听伊处。哀音似诉。正思妇无眠，起寻机杼。曲曲屏山，夜凉独自甚情绪。　　西窗又吹暗雨。为谁频断续，相和砧杵。候馆迎秋，离宫吊月，别有伤心无数。豳诗漫与。笑篱落呼灯，世间儿女。写入琴丝，一声声更苦。宣政间有士大夫制蟋蟀吟。

满江红

满江红旧调用仄韵，多不协律。如末句云"无心扑"三字，歌者将心字融入去声，方谐音律。予欲以平韵为之，久不能成。因泛巢湖，闻远岸箫鼓声。问之舟师，云：居人为此湖神姥寿也。予因祝曰：得一席风径至居巢，当以平韵满江红为迎送神曲。言讫，风与笔俱驶，顷刻而成。末句云"闻佩环"，则协律矣。书以绿笺，沉于白浪。辛亥正月晦也。是岁六月，复过祠下，因刻之柱间。有客来自居巢云：土人祠姥，辄能歌此词。按曹操至濡须口，孙权遗操书曰：春水方生，公宜速去。操曰：孙权不欺孤。乃彻军还。濡须口与东关相近，江湖水之所出入。予意春水方生，必有司之者，故归其功于姥云

仙姥来时，正一望、千顷翠澜。旌旗共、乱云俱下，依约前山。命驾

群龙金作轭,相从诸娣玉为冠。<small>庙中列坐如夫人者十三人。</small>向夜深、风定悄无人,闻佩环。　　神奇处,君试看。奠淮右,阻江南。遣六丁电雷,别守东关。却笑英雄无好手,一篙春水走曹瞒。又怎知、人在小红楼,帘影间。

一萼红　<small>丙午人日,予客长沙别驾之观政堂。堂下曲沼,沼西负古垣,有卢橘幽篁,一径深曲。穿径而南,官梅数十株,如椒、如菽,或红破白露,枝影扶疏。著屐苍苔细石间,野兴横生,亟命驾登定王台。乱湘流、入麓山,湘云低昂,湘波容与。兴尽悲来,醉吟成调</small>

古城阴。有官梅几许,红萼未宜簪。池面冰胶,墙腰雪老,云意还又沉沉。翠藤共、闲穿径竹,渐笑语、惊起卧沙禽。野老林泉,故王台榭,呼唤登临。　　南去北来何事,荡湘云楚水,目极伤心。朱户黏鸡,金盘簇燕,空叹时序侵寻。记曾共、西楼雅集,想垂杨、还袅万丝金。待得归鞍到时,只怕春深。

念奴娇　<small>予客武陵,湖北宪治在焉。古城野水,乔木参天。予与二三友日荡舟其间,薄荷花而饮。意象幽闲,不类人境。秋水且涸,荷叶出地寻丈,因列坐其下。上不见日,清风徐来,绿云自动。间于疏处窥见游人画船,亦一乐也。揭来吴兴,数得相羊荷花中。又夜泛西湖,光景奇绝。故以此句写之</small>

闹红一舸,记来时、尝与鸳鸯为侣。三十六陂人未到,水佩风裳无数。翠叶吹凉,玉容销酒,更洒菰蒲雨。嫣然摇动,冷香飞上诗句。　　日暮。青盖亭亭,情人不见,争忍凌波去。只恐舞衣寒易落,愁入西风南浦。高柳垂阴,老鱼吹浪,留我花间住。田田多少,几回沙际归路。

又　谢人惠竹榻

楚山修竹，自娟娟、不受人间褦暑。我醉欲眠伊伴我，一枕凉生如
许。象齿为材，花藤作面，终是无真趣。梅风吹溽，此君直恁清苦。
　　须信下榻殷勤，翛然成梦，梦与秋相遇。翠袖佳人来共看，漠
漠风烟千亩。蕉叶窗纱，荷花池馆，别有留人处。此时归去，为君
听尽秋雨。

眉妩　一名百宜娇　戏张仲远

看垂杨连苑，杜若侵沙，愁损未归眼。信马青楼去，重帘下，娉婷人
妙飞燕。翠尊共款。听艳歌、郎意先感。便携手、月地云阶里，爱
良夜微暖。　　无限。风流疏散。有暗藏弓履，偷寄香翰。明日
闻津鼓，湘江上，催人还解春缆。乱红万点。怅断魂、烟水遥远。
又争似相携，乘一舸、镇长见。

月 下 笛

与客携壶，梅花过了，夜来风雨。幽禽自语。啄香心、度墙去。春
衣都是柔荑荑，尚沾惹、残茸半缕。怅玉钿似扫，朱门深闭，再见无
路。　　凝伫。曾游处。但系马垂杨，认郎鹦鹉。扬州梦觉，彩云
飞过何许。多情须倩梁间燕，问吟袖、弓腰在否。怎知道，误了人，
年少自恁虚度。

清波引　予久客古沔，沧浪之烟雨，鹦鹉之草树，头陀、
黄鹤之伟观，郎官、大别之幽处，无一日不在心目
间。胜友二三，极意吟赏。曷来湘浦，岁晚凄然，
步绕园梅，摘笔以赋

冷云迷浦。倩谁唤、玉妃起舞。岁华如许。野梅弄眉妩。屐齿印

苍藓,渐为寻花来去。自随秋雁南来,望江国、渺何处。　　新诗漫与。好风景、长是暗度。故人知否。抱幽恨难语。何时共渔艇,莫负沧浪烟雨。况有清夜啼猿,怨人良苦。

法曲献仙音 俗名大石　黄钟商　张彦功官舍在铁
冶岭上,即昔之教坊使宅。高斋下瞰湖山,光景
奇绝。予数过之,为赋此(原未注宫调,据陆钟辉
本白石道人歌曲补,下二首同)

虚阁笼寒,小帘通月,暮色偏怜高处。树隔离宫,水平驰道,湖山尽入尊俎。奈楚客淹留久,砧声带愁去。　　屡回顾。过秋风、未成归计。谁念我、重见冷枫红舞。唤起淡妆人,问通仙、今在何许。象笔鸾笺,甚而今、不道秀句。怕平生幽恨,化作沙边烟雨。

琵琶仙 黄钟商　吴都赋云:户藏烟浦,家具画船。唯
吴兴为然。春游之盛,西湖未能过也。己酉岁,
予与萧时父载酒南郭,感遇成歌

双桨来时,有人似、旧曲桃根桃叶。歌扇轻约飞花,蛾眉正奇绝。春渐远、汀洲自绿,更添了、几声啼鴂。十里扬州,三生杜牧,前事休说。　　又还是、宫烛分烟,奈愁里、匆匆换时节。都把一襟芳思,与空阶榆荚。千万缕、藏鸦细柳,为玉尊、起舞回雪。想见西出阳关,故人初别。

玲珑四犯 此曲双调,世别有大石调一曲　越中岁暮
闻箫鼓感怀

叠鼓夜寒,垂灯春浅,匆匆时事如许。倦游欢意少,俯仰悲今古。江淹又吟恨赋。记当时、送君南浦。万里乾坤,百年身世,唯有此情苦。　　扬州柳,垂官路。有轻盈换马,端正窥户。酒醒明月下,梦逐潮声去。文章信美知何用,漫赢得、天涯羁旅。教说与。

春来要寻、花伴侣。

侧犯　咏芍药

恨春易去。甚春却向扬州住。微雨。正茧栗梢头弄诗句。红桥二十四,总是行云处。无语。渐半脱宫衣笑相顾。　　金壶细叶,千朵围歌舞。谁念我、鬓成丝,来此共尊俎。后日西园,绿阴无数。寂寞刘郎,自修花谱。

水龙吟　黄庆长夜泛鉴湖,有怀归之曲,课予和之

夜深客子移舟处,两两沙禽惊起。红衣入桨,青灯摇浪,微凉意思。把酒临风,不思归去,有如此水。况茂林游倦,长干望久,芳心事、箫声里。　　屈指归期尚未。鹊南飞、有人应喜。画阑桂子,留香小待,提携影底。我已情多,十年幽梦,略曾如此。甚谢郎、也恨飘零,解道月明千里。

探春慢　予自孩幼从先人宦于古沔,女须因嫁焉。中去复来,几二十年。岂惟姊弟之爱,沔之父老儿女子,亦莫不予爱也。丙午冬,千岩老人约予过苕雪,岁晚乘涛载雪而下。顾念依依,殆不能去。作此曲别郑次皋、辛克清、姚刚中诸君

衰草愁烟,乱鸦送日,风沙回旋平野。拂雪金鞭,欺寒茸帽,还记章台走马。谁念漂零久,漫赢得、幽怀难写。故人清沔相逢,小窗闲共情话。　　长恨离多会少,重访问竹西,珠泪盈把。雁碛波平,渔汀人散,老去不堪游冶。无奈苕溪月,又照我、扁舟东下。甚日归来,梅花零乱春夜。

八归　湘中送胡德华

芳莲坠粉,疏桐吹绿,庭院暗雨乍歇。无端抱影销魂处,还见　　墙

萤暗，薜阶蛩切。送客重寻西去路，问水面、琵琶谁拨。最可惜、一片江山，总付与啼鴂。　　长恨相从未款，而今何事，又对西风离别。渚寒烟淡，棹移人远，缥缈行舟如叶。想文君望久，倚竹愁生步罗袜。归来后、翠尊双饮，下了珠帘，玲珑闲看月。

解　连　环

玉鞭重倚。却沉吟未上，又萦离思。为大乔、能拨春风，小乔妙移筝，雁啼秋水。柳怯云松，更何必、十分梳洗。道郎携羽扇，那日隔帘，半面曾记。　　西窗夜凉雨霁。叹幽欢未足，何事轻弃。问后约、空指蔷薇，算如此溪山，甚时重至。水驿灯昏，又见在、曲屏近底。念唯有、夜来皓月，照伊自睡。

喜迁莺慢 太蔟宫　功父新第落成

玉珂朱组。又占了、道人林下真趣。窗户新成，青红犹润，双燕为君胥宇。秦淮贵人宅第，问谁记、六朝歌舞。总付与、在柳桥花馆，玲珑深处。　　居士。闲记取。高卧未成，且种松千树。觅句堂深，写经窗静，他日任听风雨。列仙更教谁做，一院双成俦侣。世间住。且休将鸡犬，云中飞去。

摸鱼儿 辛亥秋期，予寓合肥。小雨初霁，偃卧窗下，心事悠然。起与赵君猷露坐月饮，戏吟此曲，盖欲一洗钿合金钗之尘。他日野处见之，甚为予击节也

向秋来、渐疏班扇，雨声时过金井。堂虚已放新凉入，湘竹最宜欹枕。闲记省。又还是、斜河旧约今再整。天风夜冷。自织锦人归，乘槎客去，此意有谁领。　　空赢得，今古三星炯炯。银波相望千顷。柳州老矣犹儿戏，瓜果为伊三请。云路迥。漫说道、年年

野鹊曾并影。无人与问。但浊酒相呼,疏帘自卷,微月照清饮。以
上彊村丛书本白石道人歌曲卷四

自度曲

扬州慢　中吕宫　淳熙丙申至日,予过维扬。夜雪初
霁,荠麦弥望。入其城,则四顾萧条,寒水自碧,
暮色渐起,戍角悲吟。予怀怆然,感慨今昔,因自
度此曲。千岩老人以为有黍离之悲也

淮左名都,竹西佳处,解鞍少驻初程。过春风十里,尽荠麦青青。自
胡马窥江去后,废池乔木,犹厌言兵。渐黄昏,清角吹寒,都在空城。
　　杜郎俊赏,算而今、重到须惊。纵豆蔻词工,青楼梦好,难赋深
情。二十四桥仍在,波心荡、冷月无声。念桥边红药,年年知为谁生。

长亭怨慢　中吕宫　予颇喜自制曲,初率意为长短句,
然后协以律,故前后阕多不同。桓大司马云:昔
年种柳,依依汉南。今看摇落,凄怆江潭。树犹
如此,人何以堪。此语予深爱之

渐吹尽、枝头香絮。是处人家,绿深门户。远浦萦回,暮帆零乱向
何许。阅人多矣,谁得似、长亭树。树若有情时,不会得、青青如
此。　　日暮。望高城不见,只见乱山无数。韦郎去也,怎忘得、
玉环分付。第一是、早早归来,怕红萼、无人为主。算空有并刀,难
剪离愁千缕。

淡黄柳　正平调近　客居合肥南城赤阑桥之西,巷陌
凄凉,与江左异。唯柳色夹道,依依可怜。因度
此阕,以纾客怀

空城晓角。吹入垂杨陌。马上单衣寒恻恻。看尽鹅黄嫩绿,都是

江南旧相识。　　　正岑寂。明朝又寒食。强携酒、小桥宅,怕梨花落尽成秋色。燕燕飞来,问春何在,唯有池塘自碧。

石湖仙 越调　寿石湖居士

松江烟浦。是千古三高,游衍佳处。须信石湖仙,似鸱夷、翩然引去。浮云安在,我自爱、绿香红舞。容与。看世间、几度今古。

卢沟旧曾驻马,为黄花、闲吟秀句。见说胡儿,也学纶巾敧雨。玉友金蕉,玉人金缕。缓移筝柱。闻好语。明年定在槐府。

暗香 仙吕宫　辛亥之冬,予载雪诣石湖。止既月,授简索句,且徵新声。作此两曲,石湖把玩不已,使工妓隶习之,音节谐婉,乃名之曰暗香、疏影

旧时月色。算几番照我,梅边吹笛。唤起玉人,不管清寒与攀摘。何逊而今渐老,都忘却、春风词笔。但怪得、竹外疏花,香冷入瑶席。　　　江国。正寂寂。叹寄与路遥,夜雪初积。翠尊易泣。红萼无言耿相忆。长记曾携手处,千树压、西湖寒碧。又片片、吹尽也,几时见得。

疏　　影

苔枝缀玉。有翠禽小小,枝上同宿。客里相逢,篱角黄昏,无言自倚修竹。昭君不惯胡沙远,但暗忆、江南江北。想佩环、月夜归来,化作此花幽独。　　　犹记深宫旧事,那人正睡里,飞近蛾绿。莫似春风,不管盈盈,早与安排金屋。还教一片随波去,又却怨、玉龙哀曲。等恁时、重觅幽香,已入小窗横幅。

惜红衣　吴兴号水晶宫，荷花盛丽。陈简斋云："今年
何以报君恩。一路荷花相送到青墩。"亦可见矣。
丁未之夏，予游千岩，数往来红香中。自度此曲，
以无射宫歌之

簟枕邀凉，琴书换日，睡馀无力。细洒冰泉，并刀破甘碧。墙头唤
酒，谁问讯、城南诗客。岑寂。高柳晚蝉，说西风消息。　　　虹梁
水陌。鱼浪吹香，红衣半狼藉。维舟试望故国。眇天北。可惜渚
边沙外，不共美人游历。问甚时同赋，三十六陂秋色。

角招　黄钟角　甲寅春，予与俞商卿燕游西湖，观梅于
孤山之西村。玉雪照映，吹香薄人。已而商卿归
吴兴，予独来，则山横春烟，新柳被水，游人容与
飞花中。怅然有怀，作此寄之。商卿善歌声，稍
以儒雅缘饰。予每自度曲，吟洞箫，商卿辄歌而
和之，极有山林缥缈之思。今予离忧，商卿一行
作吏，殆无复此乐矣

为春瘦。何堪更绕西湖，尽是垂柳。自看烟外岫。记得与君，湖上
携手。君归未久。早乱落、香红千亩。一叶凌波缥缈，过三十六离
宫，遣游人回首。　　　犹有。画船障袖。青楼倚扇，相映人争秀。
翠翘光欲溜。爱著宫黄，而今时候。伤春似旧。荡一点、春心如
酒。写入吴丝自奏。问谁识，曲中心、花前友。

徵招　越中山水幽远。予数上下西兴、钱清间，襟抱清
旷。越人善为舟，卷篷方底，舟师行歌，徐徐曳
之，如偃卧榻上，无动摇突兀势，以故得尽情骋
望。予欲家焉而未得，作徵招以寄兴。徵招、角
招者，政和间，大晟府尝制数十曲，音节驳矣。予
尝考唐田畸声律要诀云：徵与二变之调，咸非流
美，故自古少徵调曲也。徵为去母调，如黄钟之

徵，以黄钟为母，不用黄钟乃谐。故隋唐旧谱，不用母声，琴家无媒调、商调之类，皆徵也，亦皆具母弦而不用。其说详于予所作琴书。然黄钟以林钟为徵，住声于林钟。若不用黄钟声，便自成林钟宫矣。故大晟府徵调兼母声，一句似黄钟均，一句似林钟均，所以当时有落韵之语。予尝使人吹而听之，寄君声于臣民事物之中，清者高而亢，浊者下而遗，万宝常所谓宫离而不附者是已。因再三推寻唐谱并琴弦法而得其意。黄钟徵虽不用母声，亦不可多用变徵蕤宾、变宫应钟声。若不用黄钟而用蕤宾、应钟，即是林钟宫矣。馀十一均徵调仿此。其法可谓善矣。然无清声，只可施之琴瑟，难入燕乐。故燕乐阙徵调，不必补可也。此一曲乃予昔所制，因旧曲正宫齐天乐慢前两拍是徵调，故足成之。虽兼用母声，较大晟曲为无病矣。此曲依晋史名曰黄钟下徵调、角招曰黄钟清角调

潮回却过西陵浦，扁舟仅容居士。去得几何时，黍离离如此。客途今倦矣。漫赢得、一襟诗思。记忆江南，落帆沙际，此行还是。

　　迤逦。剡中山，重相见、依依故人情味。似怨不来游，拥愁鬟十二。一丘聊复尔。也孤负、幼舆高志。水蓖晚，漠漠摇烟，奈未成归计。以上彊村丛书本白石道人歌曲卷五

自制曲

秋宵吟 越调

古帘空，坠月皎。坐久西窗人悄。蛩吟苦，渐漏水丁丁，箭壶催晓。引凉飔、动翠葆。露脚斜飞云表。因嗟念，似去国情怀，暮帆烟草。

　　带眼销磨，为近日、愁多顿老。卫娘何在，宋玉归来，两地暗萦绕。摇落江枫早。嫩约无凭，幽梦又杳。但盈盈、泪洒单衣，今夕

何夕恨未了。

凄凉犯 仙吕调犯商调　合肥巷陌皆种柳,秋风夕起
骚骚然。予客居阖户,时闻马嘶。出城四顾,则
荒烟野草,不胜凄黯,乃著此解。琴有凄凉调,假
以为名。凡曲言犯者,谓以宫犯商、商犯宫之类。
如道调宫上字住,双调亦上字住。所住字同,故
道调曲中犯双调,或于双调曲中犯道调,其他准
此。唐人乐书云:犯有正、旁、偏、侧。宫犯宫为
正,宫犯商为旁,宫犯角为偏,宫犯羽为侧。此说
非也。十二宫所住字各不同,不容相犯,十二宫
特可犯商、角、羽耳。予归行都,以此曲示国工田
正德,使以哑觱栗角吹之,其韵极美,亦曰瑞鹤仙
影(原未注宫调,据陆钟辉本补)

绿杨巷陌。秋风起、边城一片离索。马嘶渐远,人归甚处,戍楼吹
角。情怀正恶。更衰草寒烟淡薄。似当时、将军部曲,迤逦度沙
漠。　　追念西湖上,小舫携歌,晚花行乐。旧游在否,想如今、翠
凋红落。漫写羊裙,等新雁来时系著。怕匆匆、不肯寄与、误后约。
按此首别误入梦窗词集。

翠楼吟 双调　淳熙丙午冬,武昌安远楼成,与刘去非
诸友落之,度曲见志。予去武昌十年,故人有泊
舟鹦鹉洲者,闻小姬歌此词,问之颇能道其事,还
吴为予言之。兴怀昔游,且伤今之离索也

月冷龙沙,尘清虎落,今年汉酺初赐。新翻胡部曲,听毡幕、元戎歌
吹。层楼高峙。看槛曲萦红,檐牙飞翠。人姝丽。粉香吹下,夜寒
风细。　　此地。宜有词仙,拥素云黄鹤,与君游戏。玉梯凝望
久,叹芳草、萋萋千里。天涯情味。仗酒袚清愁,花销英气。西山
外。晚来还卷,一帘秋霁。

湘月　长溪杨声伯典长沙楫棹,居濒湘江。窗间所见,如燕公郭熙画图,卧起幽适。丙午七月既望,声伯约予与赵景鲁、景望、萧和父、裕父、时父、恭父大舟浮湘,放乎中流。山水空寒,烟月交映,凄然其为秋也。坐客皆小冠练服,或弹琴、或浩歌、或自酌、或援笔搜句。予度此曲,即念奴娇之鬲指声也,于双调中吹之。鬲指亦谓之过腔,见晁无咎集。凡能吹竹者,便能过腔也

五湖旧约,问经年底事,长负清景。暝入西山,渐唤我、一叶夷犹乘兴。倦网都收,归禽时度,月上汀洲冷。中流容与,画桡不点清镜。

　　谁解唤起湘灵,烟鬟雾鬓,理哀弦鸿阵。玉麈谈玄,叹坐客、多少风流名胜。暗柳萧萧,飞星冉冉,夜久知秋信。鲈鱼应好,旧家乐事谁省。以上彊村丛书本白石道人歌曲卷六

　　　小重山令　赵郎中谒告迎侍太夫人,将来都下。予喜,
　　　　　　为作此曲

寒食飞红满帝城。慈乌相对立,柳青青。玉阶端笏细陈情。天恩许,春尽可还京。　　鹊报倚门人。安舆扶上了,更亲擎。看花携乐缓行程。争迎处,堂下拜公卿。

　　　　念奴娇　毁舍后作

昔游未远,记湘皋闻瑟,澧浦捐裸。因觅孤山林处士,来踏梅根残雪。獠女供花,伧儿行酒,卧看青门辙。一丘吾老,可怜情事空切。

　　曾见海作桑田,仙人云表,笑汝真痴绝。说与依依王谢燕,应有凉风时节。越只青山,吴惟芳草,万古皆沉灭。绕枝三匝,白头歌尽明月。

卜算子 吏部梅花八咏,夔次韵

江左咏梅人,梦绕青青路。因向凌风台下看,心事还将与。
别庾郎时,又过林逋处。万古西湖寂寞春,惆怅谁能赋。

忆

又

月上海云沉,鸥去吴波迥。行过西泠有一枝,竹暗人家静。
见水沉亭,举目悲风景。花下铺毡把一杯,缓饮春风影。

又

西泠桥在孤山之西,水沉亭在孤山北,亭废。

又

藓干石斜妨,玉蕊松低覆。日暮冥冥一见来,略比年时瘦。
观酒初醒,竹阁吟才就。犹恨幽香作许悭,小迟春心透。

凉

凉观在孤山之麓,南北梅最奇。竹阁在凉观西,今废。

又

家在马城西,今赋梅屏雪。梅雪相兼不见花,月影玲珑彻。
度带愁看,一饷和愁折。若使逋仙及见之,定自成愁绝。

前

马城在都城西北,梅屏甚见珍爱。

又

摘蕊暝禽飞,倚树悬冰落。下竺桥边浅立时,香已漂流却。
径晚烟平,古寺春寒恶。老子寻花第一番,常恐吴儿觉。

空

下竺寺前甽石上,风景最妙。

又

绿萼更横枝,多少梅花样。惆怅西村一坞春,开遍无人赏。

细

草藉金舆,岁岁长吟想。枝上么禽一两声,犹似宫娥唱。

> 绿萼、横枝,皆梅别种,凡二十许名。西村在孤山后,梅皆阜陵时所种。

又

象笔带香题,龙笛吟春咽。杨柳娇痴未觉愁,花管人离别。　　路出古昌源,石瘦冰霜洁。折得青须碧藓花,持向人间说。

> 越之昌源古梅妙天下。

又

御苑接湖波,松下春风细。云绿峨峨玉万枝,别有仙风味。　　长信昨来看,忆共东皇醉。此树婆娑一惘然,苔藓生春意。

> 聚景官梅,皆植之高松之下,芘荫岁久,萼尽绿。夔昨岁观梅于彼,所闻于园官者如此,末章及之。

洞仙歌　黄木香赠辛稼轩

花中惯识,压架玲珑雪。乍见绌蕤间琅叶。恨春风将了,染额人归,留得个、袅袅垂香带月。　　鹅儿真似酒,我爱幽芳,还比酴醾又娇绝。自种古松根,待看黄龙,乱飞上、苍髯五鬣。更老仙、添与笔端春,敢唤起桃花,问谁优劣。

> 按此首别误入梦窗词集

蓦山溪　咏柳

青青官柳,飞过双双燕。楼上对春寒,卷珠帘、瞥然一见。如今春去,香絮乱因风,沾径草,惹墙花,一一教谁管。　　阳关去也,方表人肠断。几度拂行轩,念衣冠、尊前易散。翠眉织锦,红叶浪题诗。烟渡口,水亭边,长是心先乱。

永遇乐 次韵辛克清先生

我与先生,夙期已久,人间无此。不学杨郎,南山种豆,十一微微
利。云霄直上,诸公衮衮,乃作道边苦李。五千言,老来受用,肯教
造物儿戏。　　东冈记得,同来胥宇,岁月几何难计。柳老悲桓,
松高对阮。未办为邻地。长干白下,青楼朱阁,往往梦中槐蚁。却
不如、泛尊放满,老夫未醉。

虞美人 括苍烟雨楼,石湖居士所造也。风景似越之
蓬莱阁,而山势环绕,峰岭高秀过之。观居士题
颜,且歌其所作虞美人。夔亦作一解

阑干表立苍龙背。三面巉天翠。东游才上小蓬莱。不见此楼烟
雨、未应回。　　而今指点来时路。却是冥濛处。老仙鹤驭几时
归。未必山川城郭、是耶非。

永遇乐 次稼轩北固楼词韵

云隔迷楼,苔封很石,人向何处。数骑秋烟,一篙寒汐,千古空来
去。使君心在,苍崖绿嶂,苦被北门留住。有尊中酒差可饮,大旗
尽绣熊虎。　　前身诸葛,来游此地,数语便酬三顾。楼外冥冥,
江皋隐隐,认得征西路。中原生聚,神京耆老,南望长淮金鼓。问
当时、依依种柳,至今在否。

水调歌头 富览亭永嘉作

日落爱山紫,沙涨省潮回。平生梦犹不到,一叶眇西来。欲讯桑田
成海,人世了无知者,鱼鸟两相推。天外玉笙杳,子晋只空台。
　　倚阑干,二三子,总仙才。尔歌远游章句,云气入吾杯。不问王

郎五马, 颇忆谢生双屐, 处处长青苔。东望赤城近, 吾兴亦悠哉。

汉宫春 　次韵稼轩

云曰归欤。纵垂天曳曳, 终反衡庐。扬州十年一梦, 俯仰差殊。秦
碑越殿, 悔旧游、作计全疏。分付与、高怀老尹, 管弦丝竹宁无。

　　知公爱山入剡, 若南寻李白, 问讯何如。年年雁飞波上, 愁亦关
予。临皋领客, 向月边、携酒携鲈。今但借、秋风一榻, 公歌我亦能
书。

又 　次韵稼轩蓬莱阁

一顾倾吴。芏萝人不见, 烟杳重湖。当时事如对弈, 此亦天乎。大
夫仙去, 笑人间、千古须臾。有倦客、扁舟夜泛, 犹疑水鸟相呼。

　　秦山对楼自绿, 怕越王故垒, 时下樵苏。只今倚阑一笑, 然则非
欤。小丛解唱, 倩松风、为我吹竽。更坐待、千岩月落, 城头眇眇啼
鸟。以上白石道人歌曲别集

点绛唇 　寿

祝寿筵开, 画堂深映花如绣。瑞烟喷兽。帘幕香风透。　　一点
台星, 化作人间秀。韶音奏。两行红袖。齐劝长生酒。

越女镜心 　别席毛莹

风竹吹香, 水枫鸣绿, 睡觉凉生金缕。镜底同心, 枕前双玉, 相看转
伤幽素。傍绮阁、轻阴度。飞来鉴湖雨。　　近重午。燎银篝、暗
薰溽暑。罗扇小、空写数行怨苦。纤手结芳兰, 且休歌、九辩怀楚。
故国情多, 对溪山、都是离绪。但一川烟苇, 恨满西陵归路。

月上海棠 夹钟商 赋题

红妆艳色,照浣花溪影,绝代姝丽。弄轻风、摇荡满林罗绮。自然富贵天姿,都不比、等闲桃李。帘栊静悄,月上正贪春睡。　　长记初开日,逞妖丽、如与人面争媚。过韶光一瞬,便成流水。对此日叹浮华,惜芳菲、易成憔悴。留无计。惟有花边尽醉。

以上三首俱见洪正治刊本白石诗词集,不知应是何人作,姑附于此。

存　目　词

调　名	首　句	出　处	附　　注
蓦山溪	洗妆真态	洪正治本白石诗词集	曹组词,见梅苑卷二
又	鸳鸯翡翠	又	黄庭坚词,见山谷琴趣外篇卷一
点绛唇	金井空阴	又	吴文英词,见梦窗丙稿
又	金谷年年	又	林逋词,见苕溪渔隐丛话后集卷二十一
越女镜心	花匣么弦	又	赵闻礼词,见阳春白雪卷五。一作楼采词,见绝妙好词卷四
湘月	海天向晚	又	韩驹词,见草堂诗馀后集卷上
又	素娥睡起	又	姚孝宁词,见草堂诗馀后集卷一
催雪	风急还收	又	丁注词,见阳春白雪卷一
唐多令	何处合成愁	草堂诗馀别集卷二吴文英词注:刻尧章,误	吴文英词,见中兴以来绝妙词选卷十
一萼红	断云漏日	金绳武本花草粹编卷二十二	无名氏作,见万历刊本花草粹编卷十一

汪　莘

莘字叔耕,休宁(在今安徽省)人。生于绍兴二十五年(1155)。屏
居黄山。研穷易义,傍究韬钤、释、老诸书。嘉定中,尝诣阙三上书,不
报。徐谊欲以遗逸荐,不果。筑室柳溪,自号方壶居士。有方壶存稿,
词二卷。

水调歌头 东坡云:"明月几时有,把酒问青天。"本于
太白问月云:"青天有月来几时。"太白云:"今人
不见古时月。"本于抱朴子云:"今月不及古月之
朗。"抱朴子所言,非绮语也。深思而得之,诚有
此理。嘉定元年中秋日,因赋水调,其夜无月

听说古时月,皎洁胜今时。今人但见今月,也道似琉璃。君看少年
眸子,那比婴儿神彩,投老又堪悲。明月不再盛,玉斧亦何为。
　约东坡,招太白,试寻思。凭谁斫却,里面桂影数千枝。忆在无
怀天上,仍向有虞宫殿,看月到陈隋。别有一轮月,万古没成亏。

乳燕飞 汪子感秋,采楚词,赋此

去郢频回首。正横江、苏桡容与,兰旌悠久。怅望龙门都不见,似
把长楸孤负。念往日、佳人为偶。独向芳洲相思处,采蘋花、杜若
空盈手。乘赤豹,谁来后。　　云中眼界穷高厚。览山川、冀州还
在,陶唐何有。木叶纷纷秋风晚,缥缈潇湘左右。见帝子、冰魂厮
守。应记薰弦相对日,酹一杯、太乙东皇酒。问此意,君知否。

又 寄刘阊风祭酒

晓趁西湖约。到湖头、烟消日出,波生雨按"雨"原误作"两",从雍正刊本方
壶集脚。日矺白鱼携碧酒,要与诗人共酌。把楼上、珠按"珠"原作

"朱",从雍正刊本帘卷却。坐对荷花三万朵,念西邻、未嫁肌如削。待折与,不堪著。　　别来又见秋萧索。恨无由、将余风月,伴君云鹤。想见登山临水处,醉把茱萸繁礴。唱白雪、阳春新作。一自东篱人去后,算人间、黄菊空零落。叹作者,多命薄。

浪淘沙 与外甥吴晋良游落石

天末起凉风。云气匆匆。如今何处有英雄。独佩一壶溪上去,秋水澄空。　　绝壁耸云中。倒挂青松。醉歌汉殿与秦宫。日现山西留不住,目送飞鸿。

沁园春 自题方壶

春至伤春,秋至悲秋,谁在华胥。叹谪仙才气,飞扬跋扈,渊明何事,慷慨欷歔。自我少年,如今晚境,行半人间真有馀。都休问,且一觞一咏,吾爱吾庐。　　南皋境界何如。舍明月清风谁与居。望蓬山路杳,万株翠桧,方壶门掩,四面红蕖。中有佳人,绰如姑射,一炷清香满太虚。尘寰外,被鸣鸾报客,飞鹤传书。

满江红 谢孟使君

荆楚岁时,念自古、登临风俗。休更道、桓家车骑,谢家丝竹。不觉吹将头上帽,可来共采篱边菊。叹如今、重九有何人,相追逐。　　穷处士,枯如木。贤太守,温如玉。遣厨人馈酒,廪人馈粟。欲寄唐虞无限意,离骚都是相思曲。奈两三、寒蝶尚于飞,秋光促。

又 自赋

万古灰飞,算何用、黄金满屋。吾老矣,几番重九,几杯醹醁。此日登临多恨别,明年强健何由卜。且唤教、儿女逐人来,寻黄菊。

蘋已白,枫犹绿。鲈已晚,橙初熟。叹人间何事,稍如吾欲。五柳爱寻王母使,三间好作湘妃曲。向飘风、冻雨返柴扉,骑黄犊。

浣沙溪

一曲清溪绕舍流。数间茅屋正宜秋。芙蓉灼灼出墙头。　　　元亮气高还作令,少陵形瘦不封侯。村醪闲饮两三瓯。

念奴娇　寄孟使君

龙山高会,忆当时宾主,风流云散。今日紫阳峰顶上,人望旌旗天半。万叠红蕖,千层黄菊,照耀成飞观。西风浩荡,碧天斜去双雁。　　　遥想健笔淋漓,龙蛇落纸,妙句高张翰。笼日轻霞横数抹,绿水金波相间。目寄宣平,神追师道,归棹摇星汉。城中万户,烛光香雾交贯。

蓦山溪

金风玉露,洗出乾坤体。乘兴到前村,见一片、清溪无底。竹篱茅舍,鸡犬两三家,寻渔父,问湘灵,拄杖斜阳里。　　　青春误我,白髪今如此。幸自识方壶,有个人、神通游戏。涧边野鹤,岩上忽孤云,倾浊酒,对黄花,又似东篱子。

生查子　忆去秋抱病过冬,因赋此

春来春色佳,秋至秋光好。无计奈春归,又看秋光老。　　　去年飞雪时,病与梅花道。来岁雪飞时,为把金樽倒。

感皇恩

年少好寻芳,早春时节。飞去飞来似胡蝶。如今老大,懒趁五陵豪

侠。梦中时听得,秦箫咽。 割断人间,柳枝桃叶。海上书来恨
离别。旧游还在,空锁烟按"烟"字原脱,据雍正刊本补霞万叠。举杯相忆
处,青天月。

忆 秦 娥

村南北。夜来陡觉霜风急。霜风急。征途情绪,塞垣消息。
佳人独倚按"倚"原误作"忆",从雍正刊本琵琶泣。一江明月空相忆。空
相忆。寒衣未絮,荻花狼藉。淮南子曰:"薄苗类絮,而不可以为絮。"

点 绛 唇

数朵芙蕖,嫣然一笑凌清晓。谢家池沼。秋景偏宜少。 气挟
清霜,似把群花小。秋风袅。湘君来了。一曲烟波渺。

菩 萨 蛮

问言何处秋光好。当年曾过长洲道。一望没遮拦。天宽水亦宽。
也因轻霭扫。也傍斜晖讨。指点与君看。画他难不难。

桃源忆故人

人间只解留春住。不管秋归去。一阵西窗风雨。秋也归何处。
柴扉半掩闲庭户。黄叶青苔无数。犹把小春分付。梅蕊前村
路。

浣沙溪 九日

青女催人两鬓霜。自笤白酒作重阳。方壶老子莫凄凉。 天地
两三胡蝶梦,古今多少菊花香。只将破帽送秋光。

点　绛　唇

晓角霜天,昼帘却是春天气。小园行处。双蝶相随至。　　恰向梅边,又向桃边觑。孜孜地。访兰寻蕙。谁会幽人意。

汉　宫　春

春色平分,甚偏他杨柳,分外风流。夭桃自适其适,一笑还休。可怜仙李,对东风、却少温柔。争奈得、海棠妆点,向人浑不知羞。

谁觉韶华如梦,到酴醾开后,莺语供愁。天教姚黄晚出,贵与王侔。花中隐者,有春兰、秋菊俱优。须是到、溪山清冻,江梅香喷枝头。

菩萨蛮　金梦弼携鱼酒见访云:昨属渔人鱼。渔人言:
白茅潭中,有白鱼一双。今晨果揭其一以来。因赋此为谢,并致后会之意

渔翁家住寒潭上。晓霜晚日时相向。三尺白鱼长。一双摇玉光。　　前朝来献状。果慰携壶望。水月正商量。小桥梅欲香。

小　重　山

居士情怀爱小春。恰如重会面,旧时人。东君轻笑又轻颦。如道我,春去却伤心。　　青鸟下红巾。瑶池春信早,莫因循。柳丝黄日牡丹晨。相随逐,春浅到春深。

眊　龙　谣

梦下瑶台,神飞阆苑,自叹尘寰久客。三入成周,望皇居帝宅。荡兰桨、伊阙波涛,曳玉杖、洛阳阡陌。独踟蹰、武烈文谟,天垂晚,月

生魄。　　故人少,别怀多,引壶觞自酌,谁怜衰白。群仙问我,尚低头方册。共云将、东过扶摇,遇鸿濛、顿超玄默。待功成,翳凤骑麟,把蟠桃摘。

水 龙 吟

当年剪彩垂髫,超然便欲为仙去。世间俗状,人心狡计,不堪同住。每坐空山,独临古涧,神闲意寓。想瀛洲鸡犬,蓬莱猿鹤,应怅望,门前路。　　自昔侯王将相,几番成、落花飞絮。仰天醉眼,兴云妙手,年华迟暮。长揖烟尘,静朝日月,谁知幽素。正风清麟背,星垂海角,晓钟初寤。

水 调 歌 头

寄语山阿子,何日出幽篁。兰衣蕙带,为我独立万寻冈。头上青天荡荡,足下白云霭霭,和气自悠扬。一阵东风至,灵雨过南塘。　　招山鬼,吊河伯,俟东皇。朱宫紫阙、何事宛在水中央。长望龙辀雷驾,凭仗箫钟交鼓,宾日出扶桑。我乃援北斗,子亦射天狼。

又

谁与玩芳草,公子未西归。天然脱去雕饰,秋水落芙蕖。发轫朝兮东壁,弭节夕兮西极,故国入踌躇。梦里不知路,南斗正扶疏。　　鸩不好,凤不利,忆三闾。算来何事,苦道岁晏孰华余。首拜东皇太乙,复次云君司命,高曳九霞裾。山鬼正含睇,慕我欲何如。

又

尧舜去已远,稷契不重来。周流天上地下,我马亦悠哉。君向云中独立,知与何人相俟,孔盖逐风回。长忆目成处,却苦别离催。

被明月，佩宝璐，冠崔嵬。可怜幼好奇服，年老在尘埃。天地与吾同性，日月与吾同命，何事有馀哀。故国空乔木，野鹿上高台。

又　怀吴中诸友

孔孟化尘土，秦汉共丘墟。人间美恶如梦，试看几张书。还是天一地二，做出朝三暮四，堪笑又堪悲。谁忆陶元亮，春酒解饥劬。

老将至，岁既晏，念春归。停云亲友南北，何以慰离居。半郭半村佳处，一竹一花生意，吾亦爱吾庐。时访前村酒，旋买小溪鱼。

又　客有言持志者，未知其用，因赋

志可洞金石，气可塞堪舆。问君所志安在，富贵胜人乎。看取首阳二子，叩住孟津匹马，天讨不枝梧。特立浮云外，大块可齐驱。

铁可折，玉可碎，海可枯。不论穷达生死，直节贯殊途。立处孤峰万仞，袖里青蛇三尺，用舍付河图。晞汝阳阿上，濯汝洞庭湖。

又　客有言存心者，未得其序，因赋

欲觅存心法，当自尽心求。此心尽处，豁地知性与天侔。行尽武陵溪路，忽见桃源洞口，渔子舍渔舟。输与逃秦侣，绝境几春秋。

举全体，既尽得，要敛收。勿忘勿助之际，玄牝一丝头。君看天高地下，中有鸢飞鱼跃，妙用正周流。可与知者道，莫语俗人休。

满江红　客有索赋梅词者，余应之曰：自林和靖诗出，光前绝后矣。姑以此意赋之可也

唐宋诸公，谁道得、梅花亲切。到和靖、先生诗出，古人俱拙。写照乍分清浅水，传神初付黄昏月。尽后来、作者閗尖新，仍重叠。

离不得，春和腊。少不得，烟和雪。更茅檐低亚，竹篱轻折。何

事西邻春得入，还如东阁人伤别。总输他、树下作僧来，离言说。

鲁直云："今作梅花树下僧。"

又　不敢赋梅，赋感梅

洞府瑶池，多是见、桃红满地。君试问、江海清绝，因何抛弃。仙境常如二三月，此花不受春风醉。被贩儿、俚妇折来看，添憔悴。

泛雪艇，摇冰枻。溪馆静，村扉闭。须祁寒彻骨，清香透鼻。孤竹赤松真我友，姚黄魏紫非吾契。笑方壶、日日绕南枝，犹多事。

渊明云："高举寻吾契。"

水调歌头　岁暮书怀

草木自成岁，禽鸟已春声。仰观俯察，多少宇宙古今情。遐想炎黄以上，逮至汉唐而下，几个费经营。巢许有真意，无责自身轻。

富与贵，贫与贱，死还生。方壶岁晚，深感梅蕊向人倾。造物元来无物，有物还应自造，人意几曾平。天际识归路，野鹤忽长鸣。

沁园春　忆黄山

三十六峰，三十六溪，长锁清秋。对孤峰绝顶，云烟竞秀，悬崖峭壁，瀑布争流。洞里桃花，仙家芝草，雪后春正取次游。亲曾见，是龙潭白昼，海涌潮头。　　当年黄帝浮丘。有玉枕玉床还在不。向天都月夜，遥闻凤管，翠微霜晓，仰盼龙楼。砂穴长红，丹炉已冷，安得灵方闻早修。谁知此，问原头白鹿，水畔青牛。

又　挂黄山图十二轴，恰满一室，觉此身真在黄山中也，赋此词寄天都峰下王道者

家在柳塘，榜挂方壶，图挂黄山。觉仙峰六六，满堂峭峻，仙溪六

六, 绕屋潺湲。行到水穷, 坐看云起, 只在吾庐寻丈间。非人世, 但鹤飞深谷, 猿啸高岩。　　如今老疾蹒跚。向画里嬉游卧里看。甚花开花落, 悄无人见, 山南山北, 谁似余闲。住个庵儿, 了些活计, 月白风清人倚阑。山中友, 类先秦气貌, 后晋衣冠。

行香子　腊八日与洪仲简溪行, 其夜雪作

野店残冬。绿酒春浓。念如今、此意谁同。溪光不尽, 山翠无穷。有几枝梅, 几竿竹, 几株松。　　篮舁乘兴, 薄暮疏钟。望孤村、斜日匆匆。夜窗雪阵, 晓枕云峰。便拥渔蓑, 顶渔笠, 作渔翁。

又　雪后闲眺

策杖溪边。倚杖峰前。望琼林、玉树森然。谁家残雪, 何处孤烟。向一溪桥, 一茅店, 一渔船。　　别般天地, 新样山川。唤家僮、访鹤寻猿。山深寺远, 云冷钟残。喜竹间灯, 梅间屋, 石间泉。

水调歌头　雪中筚酒, 恰得三十六壶, 乃酹黄山之神, 而歌以侑之

酿秫小春月, 取酒雪花晨。漏壶插破浮蚁, 涌起碧鳞鳞。谁觉东风密至, 更带梅香潜入, 瓮里净无尘。一见酒之面, 便得酒之心。　　这番酒, □□□, 按原无空格, 据雍正刊本补末及宾。黄山图就, 旧日境界喜重新。三十六峰云嶂, 三十六溪烟水, 三十六壶春。寄语黄山道, 我是境中人。以上方壶存稿卷八

鹊桥仙　书所作词后

柳塘居处, 方壶道号, 汪姓莘名耕字。欲将丹药点凡花, 教都做、水仙无计。　　家中安石, 村中居易, 总是一场游戏。曲终金石满吾

庐,争奈少、柳家风味。

又 欲雪

倘来无定,浮生如寄,休说真非真是。道人半睡半醒时,全身在、碧霄宫里。　　风师四起,云君六合,茅舍有何准拟。待他雪阵打窗来,旋披起、半床纸被。

> **沁园春** 余自总角好性命之说。其一身之中,自黄庭之所已言,烟萝子之所未备,搜寻剖□,斯已勤矣。闲从人求其法,高者如捕影,卑者不足为。嘉泰二年冬夜,坐一榻,知思所及,随手眩目。尔后凡七载,时时为之,自知非深根固蒂之道,亦可谓世外之妙观矣。太上云笈有四规一镜之方,存形立影之法,十五年前,未知此也。偶自有得,后乃见之。乃叹曰:太上立法,令人造此,余以无法造,顾岂妄想哉。及观楞严宾主离合之义,又知十五年前所谓,正佛之所诃,故并赋之,以示同志,足以知余之不欺也

流水小桥,茅屋竹窗,纸帐蒲团。把坎宫闭了,虎龙吟啸,离宫锁定,日月回环。万点星飞,两轮电转,五色圆光天样宽。□奇处,渐冥冥杳杳,有个鸦翻。　　当时筑著机关。后常把空华戏弄看。更有些可笑,寐中清境,有些可怪,镜里清颜。太上留魂,老君炼魄,又被瞿昙都扫残。如何好,只按"只"原作"子",从雍正刊本单修见性,双炼还丹。

杏花天 寄天台刘允叔

残雪林塘春意浅。倚碧玉、阑干日晚。天涯五色明如翦。上有新蟾占断。　　从别后、水遥山远。倩说与、天台刘阮。方壶只有梅

花伴。不似桃花庭院。

又 有感

美人家在江南住。每惆恨、江南日暮。白蘋洲畔花无数。还忆潇
湘风度。　　幸自是、断肠无处。怎强作、莺声燕语。东风占断篆
筝柱。也逐落花归去。

减字木兰花

诗家清绝。檐外森然苍玉节。学易无思。一笑窗前白玉妃。
何人共说。山上青松松上雪。更有谁知。溪在门前月在溪。

西江月 赋红白二梅

红白虽分两色,清香总是梅花。早春风日野人家。相对伯夷柳下。
　　爱影拈将灯取,惜香放下帘遮。长安如梦只堪嗟。乐此应须
贤者。

又 赋红梅

曾把江梅入室,门人不敬红梅。清香一点入灵台。傲雪家风犹在。
　　状貌妇人孺子,性情烈士奇才。自开自落有谁来。与汝上林
相待。上林苑有朱梅

又 张文潜诗有东海大松,序云:土人相传,三代时物。
徐仲车先生和之。余意古松之散在天地间,其拄青
天而蔽厚地者,可以数计周知。欲合而处之,不可
得也。作问松

天下老松有数,人间不记何年。海心岳顶寺门前。我欲收成一片。
　　为向此公传语,却教老子随缘。龙盘虎踞负青天。岂若吾身亲见。

卜算子 立春日赋

夏则饮红泉,冬则餐红术。一片新春入手来,不费些儿力。　　春在水无痕,春在山无迹。李白桃红未吐时,好个春消息。

南 乡 子

茅舍起疏烟。家在寒溪阿那边。修竹当篱梅当户,萧然。问是尧天是葛天。　　风雨入新年。惟恐春阴咽管弦。绿酒一樽歌一曲,人传。不属天仙属散仙。

好事近 嘉定二年正月二日大雪

堂上挂黄山,辉映庭前春雪。记得山中雪境,恰一般清绝。　　须知天锡与方壶,比似镜湖别。好得镜湖狂客,伴方壶欢伯。

又 雪后金叔润相挽溪行

挽我过溪桥,请与春风权摄。推出雪峰千丈,照碧溪春色。　　别来三度见梅花,今日共君说。只这溪山十里,剩儿多风月。

生查子 春晴寓兴

天上不知天,洞里休寻洞。洞府天宫在眼前,春日都浮动。　　我自觉来看,他在迷时梦。觉则人人总是仙,步步乘鸾凤。

好事近 春有三变,曰:孟、仲、季。天分四象,曰:晓、夕、昼、夜。自是而出,有不可胜言者矣。约而赋之,凡七篇

风日未全春,又是春来风日。不出方壶门户,见东皇消息。　　此

全　宋　词

时春事苦无多，春意最端的。却被草牙引去，向柳梢收得。<small>右孟春</small>

又

春早不知春，春晚又还无味，一点日中星鸟，<small>按"鸟"原误"鸟"，从雍正刊本</small>
想尧民如醉。　　不寒不暖杏花天，花到半开处。正是太平风景，
为人间留住。<small>右仲春</small>

又

风雨打黄昏，啼杀满山杜宇。到得人间春去，问英雄何处。　　桃
红李白竞春光，谁共残妆语。最是梨花一树，照谁家庭户。<small>右季春</small>

又

阆苑梦回时，窗外数声啼鸟。觉我床前天气，便清明多少。　　诗
人门户约花开，宿蝶误飞了。一段山青水绿，作洞庭春晓。<small>右春晓</small>

又

夹岸隘桃花，花下苍苔如积。蓦地轻寒一阵，上桃花颜色。　　东
邻西舍绝经过，新月是相识。白玉阑干斜倚，作蓬山春夕。<small>右春夕</small>

又

天宇绿无云，迟日江山如绣。是日轻衫团扇，笑折花相授。　　南
山之北北山南，星鸟尚依旧。谁在松风高卧，作嵩阳春昼。<small>右春昼</small>

又

月落画桥西，花影柳阴相亚。把住常娥问道，是谁家亭榭。　　天
边处士少微星，正在杏花下。斜卓参旗一片，作草堂春夜。<small>右春夜</small>

洞仙歌 正月二日大雪,自后雨雪屡作,至三十日甲
子,始晴

春王正月,雪阵联翩下。我有春风怎生卖。忽扫残夜雨,推出朝
阳,天地里,玉烛一枝无价。　　早春虚过了,尚有二分,是处春光
好收买。也不违天性,不远人情,杨柳陌、临水夭桃亭榭。身子外、
只要自家人,共酒后羲皇,花前偏霸。

乳燕飞 清明日,携幼为南山之游,适为游人所先。回
访落石岩,恰坐定,有石楠红叶,飘下樽俎间,小
饮而归,久立碧桃花下,即事赋之

策杖南山去。到南溪、谁家宅院,欺人先渡。羽扇徐麾僮仆退,翠
柳白沙西路。帝赐我、阆风玄圃。一片飞来红叶阔,细看来、上有
双鸾句。应念我,尘中住。　　眼前儿女闲相语。怪人间、禁烟时
节,安排樽俎。为道从来寒食好,且莫思量今古。共绿水、春风鸥
鹭。望我壶天天未晚,记碧桃、花发闲庭户。归到也,对花舞。

八 声 甘 州

惜馀春、蛱蝶引春来,杜鹃趣春归。算何如桃李,浑无言说,开落忘
机。多谢黄鹂旧友,相逐落花飞。芳草连天远,愁杀斜晖。　　谁
向西湖南畔,问亭台在否,花木应非。看孤山山下,惟说隐君庐。
想钱塘、春游依旧,到梨花、寒食隘舟车。寻常事,不须惆怅,暮雨
沾衣。邵康节云:"风雨寻常事,人心胡不安。"

浣沙溪 邦君孟侯坐上论牡丹,以为此花发于春深,禀
气厚,故结花大,且属余赋词。遂以此意赋之。
二月初二夜

白日青天蘸水开。落花江上玉鞭回。东君擎出牡丹来。　　　　独占

洛阳春气足,遂中天下作花魁。相知深处举离杯。使君时擢浙东仓使。

满庭芳 雨中再赋牡丹

云绕花屏,天横练带,画堂三月初三。斜风细雨,罗幕护轻寒。无数天香国色,枝枝带、洛浦嵩山。烧红烛,吞星□日,光射九霞冠。

　仙宫,深几许,黄莺问道,紫燕窥帘。似太真姊妹,半醒微酣。须信生来富贵,何曾在、草舍茅庵。皇州近,扁舟载去,春色冠东南。韩魏公牡丹诗云:"管弦围簇生来贵。"

谒金门 使君再招饮,牡丹如山,坐上赋此

檐溜滴。都是春归消息。带雨牡丹无气力。黄鹂愁雨湿。　　争看洛阳春色。忘却连天草碧。南浦绿波双桨急。沙头人伫立。

玉楼春 赠别孟仓使

一片江南春色晚。牡丹花谢莺声懒。问君离恨几多长,芳草连天犹觉短。　　昨夜溪头新溜满。樽前自起喷龙管。明朝飞棹下钱塘,心共白蘋香不断。

江 神 子 再赠

鹧鸪声里别江东。绿阴中。夕阳红。一点离愁,相对景重重。目断大罗天上客,朝玉帝,把芙蓉。　　紫阳山下偶相逢。醉金钟。跨苍龙。归去故山,犹带白云封。洞口桃花如恨我,飘满地,任春风。

满庭芳 寿金黄州

云梦南来,岷嶓东会,楼前天水苍茫。黄州太守,万里作金汤。淮

上烟尘初敛,仍安集、耕陇渔乡。须知道,纶巾羽扇,不独数周郎。

生朝,遥想处,雪消赤壁,春动黄冈。有新翻杨柳,细抹丝簧。竹外一枝更好,应回首、清浅池塘。看看也,天边风诏,归侍赭袍光。

哨遍 余酷喜王摩诘山中与裴迪书,因櫽括其语为哨遍歌之。其用韵平侧按稼轩词

近腊景和,故山可过,足下听余述。便自往山中,憩精蓝,与僧饭讫。北涉灞川,明月华映郭,夜登华子冈头立。嗟辋水沦涟,与月上下,寒山远火按"火"原误"家",从雍正刊本蒙笼。听林外犬类豹声雄。更村落谁家鸣夜春。疏钟相闻,独坐此时,多思往日。 噫,记与君同。清流仄径玉玪琮。携手赋佳什。往来萝月松风。只待仲春天,春山可望,山中卉木垂萝密。见出水轻鲦,点溪白鹭,青皋零露方湿。雉朝飞,麦陇鸣俦匹。念此去非遥莫相失。倘能从我敢相必。天机非子清者,此事非所急。是中有趣殊深,愿子无忽。不能一一。偶因驮檗附吾书,是山人王维摩诘。以上方壶存稿卷九

存 目 词

历代诗馀卷五十有汪莘南州春色"清溪曲"一首,乃汪梅溪作,见花草粹编卷八引辍耕录,而辍耕录不载。此词已见前王十朋存目。

曹彦约

彦约字简甫,号昌谷,都昌人。生绍兴二十七年(1157)。淳熙八年(1181)进士。薛叔似宣抚京湖,辟为主管机宜文字。历湖南、江西安抚,迁宝章阁学士,提举崇福宫。绍定元年(1228)卒。有昌谷集,自永

乐大典辑出。

满庭芳 寿妻

老子今年,年登七十,阿婆年亦相当。几年辛苦,今日小风光。遇好景,何妨笑饮,依前是、未放心肠。人都道,明明了了,强似个儿郎。　　幸偿。婚嫁了,双雏蓝袖,拜舞称觞。女随夫上任,孙渐成行。惭愧十分圆满,无以报、办取炉香。频频祝,百年相守,老子更清强。截江网卷六

按此首原无撰人姓氏,题作"曹安抚寿妻"。